清代雜劇敘録

袁世碩題

上卷

杜桂萍 魏洪洲 編著

時代出版傳媒股份有限公司
安徽教育出版社

圖書在版編目（ＣＩＰ）數據

清代雜劇叙録／杜桂萍，魏洪洲編著．—合肥：安徽教育出版社，2022.12
ISBN 978-7-5336-9865-2

Ⅰ．①清⋯　Ⅱ．①杜⋯　②魏⋯　Ⅲ．①雜劇—文學研究—中國—清代　Ⅳ．①I207.37

中國版本圖書館 CIP 數據核字（2022）第 205093 號

清代雜劇叙録
QINGDAI ZAJU XULU

出 版 人：費世平
選題策劃：張丹飛
項目統籌：江　舟　陶忠娣
上卷責任編輯：陶忠娣　徐　鵬　汪　琳
中卷責任編輯：付　静　徐　宇　陸　彦
下卷責任編輯：江　舟　魏曉玲
裝幀設計：朱　錦　朱嫣然
美術編輯：許海波
技術編輯：陳善軍

出版發行：安徽教育出版社
地　　址：合肥市經開區繁華大道西路 398 號　郵編：230601
網　　址：http://www.ahep.com.cn
營銷電話：（0551）63683015，63683016
排　　版：安徽時代華印出版服務有限責任公司
印　　刷：安徽新華印刷股份有限公司

開　　本：710mm×1010mm　1/16
印　　張：102.5（叁卷）
版　　次：2022 年 12 月第 1 版
印　　次：2022 年 12 月第 1 次印刷
定　　價：598.00 圓（叁卷）

（如發現印裝質量問題，影響閱讀，請與本社營銷部聯繫調換）

杜桂萍

　　現爲北京師範大學文學院教授、博士生導師，兼任中國俗文學研究會副會長、中國近代文學學會副會長、中國古代戲曲學會副會長、中國散曲學會副會長等。先後在《中國社會科學》《文學評論》《文藝研究》《文學遺産》等期刊發表學術論文多篇，出版專著《清初雜劇研究》《文獻與文心：元明清文學論考》《清代雜劇作家創作論考》《文體形態、文人心態與文學生態——明清文學研究行思録》等，主編《明清文學與文獻》《勵耘學刊》等。現主持國家社科基金重大項目"清代詩人别集叢刊"。

魏洪洲

　　現爲河北師範大學文學院副教授、碩士生導師，兼任中國散曲學會理事等。主要從事元明清文學研究。在《文獻》《求是學刊》《中國社會科學院研究生院學報》等期刊發表學術論文多篇，主持"古代戲曲格律譜研究"等國家社科基金項目，參與"清代詩人别集叢刊"等多項國家社科基金重大項目。

西臺記

晚菴陸世廉著

第一齣

【商調鳳凰閣】（生扮謝翱小生扮鄧剡各冠帶家人隨上）生：江天殘熖恨煞孤忠難效劍光橫厲彡蕭蕭幸得故人相靠（小生）事機堪笑枉白了風霜鬢毛（生）漫將書劍學從軍塞草寒烟帶夕驪（小生）浪說野謀能補國笳聲已徹嶺雲（相揖介生）小生謝翱字皐羽建溪人也蒙故人文丞相徵至幕府

（裊身臣志節易寫難十胸懷難吵在不於浮豔實地描摹肝膽掃眉具見）

西臺記

一

陸世廉《西臺記》

風流塚

風流塚用韻不借不重

仲愔鄒式金著

正名　平康巷題遍柳枝詞

樂遊原灑盡紅裙淚

第一折

【遶池遊】（生冠帶侍從家僮隨上）風流高選薄宦來。江甸縱襟期調鶯跋燕旅況浮沉春光深淺儘才名娛人少年左右廻避（侍從下生集唐數首新詞帶恨成醉聞花氣睡聞鶯畫圖省識春風面贏得

鄒式金《風流冢》

齋曲有十種僅梓其半自是天生仙骨即介白譚科備極神韻益先生精解音律親敎紅兒故其妙如此

半臂寒　　　　　　　南山逸史著

臨江僊【末上】自古有情埋不得硯田掘出根苗偶拈牛臂譜風騷餘寒香徹骨呵凍瘦添腰　了却情根生死了阿誰當下勾銷今宵能有幾今宵鍾聲敲夢醒冷水牛空澆

喫不了的蘆鹽一朝快意
著不得的半臂千古鍾情
正名
會爭憐的泉姬春山淡鎖

陳于鼎《半臂寒》

長公妹　　　　　　　　　南山逸史著

【踏莎行】（末上）短髮如銀，微鬍添皺，秋風倍惹身消瘦。迭尋韻事譜歌喉，餘生聊覓紅爲友。　蘇妹香才，秦觀撗手，鴛闈三試諧佳偶。名成重把腹笥搜，臉些罰了三杯酒。

正名　蘇小妹香閣中巧續繡毬詩
　　　秦少游合卺時再填龍虎榜

第一齣　家慶

不了緣

第一齣

碧蕉軒主人著

變文一詩合有此劇蕭閒澹冶頗令風人不滛不傷之旨

生上　雙鯉迢迢歎索居。去年今際擁薩屍。秋風原上重同首。為甚潘郎鬢已絲。小生張珙字君瑞、西洛人也、向年寓居蒲東普救寺與崔相國女鶯鶯成就了好事、荏苒年餘誰料老夫人違背前盟、半途變卦、因此上去年今際走馬長安、倏忽之間不覺又殘秋時候了、咳、我想世間功名路窄、兒女情

碧蕉軒主人《不了緣》

衛花符　　　　　　　　伊令堵廷棻著

【踏莎行】〖末上〗小院清清關情碎碎亭邊夜月焚紅
厭辨香祈壽賜花枝休教三月為花世　若個兒
郎不因春礴哭花何似安花智崔郎粉本傳紅幡

海棠花下星星記

正名　小園清聚多文女

　　　朱幡立淡煞風姨

第一齣〖南呂蕭豪韻不犯不重〗

萬古情

第一齣

〈沁園春〉（末）人死人生因空證色盡起於情看彭殤修短丹貧崇富賢奸好惡總是盧聲聾動靖宜矛蟄觸紛擾惕我情綜幾縱橫紊得透個中滋味爾而平 泠泠一杯熱酒澆斷餘情醉復惺山高水遼風吟月詠狂歌狎舞且樂娉婷愛重恩深情墊契今河憐今古編荒壁那來者勾情都管相貌果崢嶸。

范希哲《萬古情》

鴛鴦墜雜劇

方疑子次
飛石生商

開場

霍先生輕遘鬼神機 莱夫人錯配鸞鳳對
梁大郎苦結死生緣 黃小姐硬認鴛鴦墜

魂覯

（水紅花）旦上剛向蕭寺攝魂臺半路小精靈順風

方疑子《鴛鴦墜》

孤鴻影　　　　　芥庵周如璧著

熱憐才溫小姐沙洲甘死
聞鍾情蘇學士鴻影留詞
正目
鬼同心王朝雲幽魂入夢
古女俠林行婆雅信傳詩

第一折

孤鴻影

山谷謂東
坡卜算子
詞非煙火
食人語此

生扮蘇東坡上旁髯曾遊似夢中欣然雞犬出新
豐嶺南萬戶皆春色會有幽人客寓公下官蘇軾

一

周如璧《孤鴻影》

夢幻緣

第一齣

芥庵周如璧著

〔外扮圉公上〕自家劉府內圉公是也壯年識字通文，卑行接帖管門告示上小子定然第一客來時大老也相隨腳跟體面十分榮耀口頭顱自風雲奇。只因生來命硬不容家主長存既少故人通問又無小主延賓遺下荒圖一所數年倒塌荊榛又是老見高興自向夫人乞恩清閒百倍自在三分瀟

草橋驚夢後有尋夢錯夢奇矣今更為幻夢愈出愈奇入不言兮出不辭乘廻風兮載雲旗是此劇神境

夢幻緣

一

續西廂　　　　　　　　　伊璜查繼佐著

第一折　應制填詞

〔二宮使上〕早上傳呼宮太來。至尊親試探花才。綠囊秘好和烟出題目應知第幾枚。咱宮人奉了朝廷旨意親到翰林院新授編修國史張探花的寓所就賜他張芝的筆左伯的紙韋仲將的墨要他應制題詩朝廷則便著俺立賫回奏我想等閒的應制題詩怎應的這等急詔來未知那探花如何下筆

世諭西廂後卷逓前而未有敢作者此借應制填詞此義誓死為當生所就賜色遂使傳燁燁祠亦朴古力追元人才思

續西廂　　　　　一

穄門四嘯

一嘯
十三娘笑擲神奸首
一折

穄門嘯史戲筆
溧陽季子點次

一悟評一諧而一諧而一譏一譏而去而來笑而別何物女

【引子謁金門】(生扮李正郎晉巾儒服上)巫雨歇。雙調邊迓鬥。空憶懨情如蕉天付風流多蘊藉怎教達埋卻。【換頭】最惜燕穠趙冶轉盼頓成胡越冷雨孤衾

葉承宗《十三娘笑擲神奸首》

紅羅鏡

陽曲傅青主先生真山著

五世孫履巽順菴輯

第一摺

（丑扮麻子歸女丑扮搗子上）（麻白）自家姓麻名子歸、與這富樂院中劉媽媽相處穿吃都在他家、就與他家支應門戶人見我臉上幾個麻子又穿吃在忘八家、就順口叫我做麻子龜、思想起來我只幾口茶飯費了多少精神熬了多少歲月纔掙得只個祿位却被那有勢豪好討便宜的連富樂院中一撮鹽土兒也要拿得屋底去豈沒有思想我只口茶飯的人因此怕

傅山《紅羅鏡》

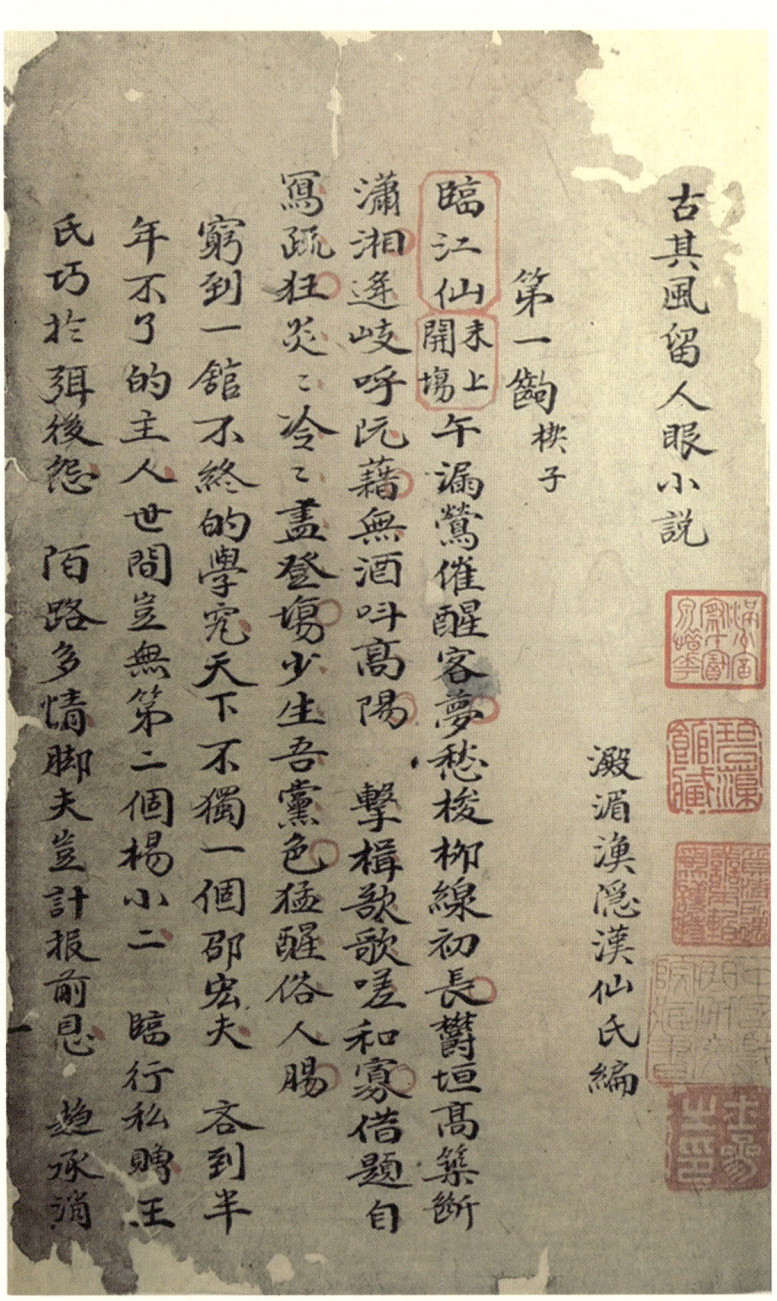

馬世俊《古其風留人眼小說》

臨春閣　　　　　　　梅村吳偉業著

正目
　洗夫人錦織通侯　　張貴妃彩筆詞頭
　青溪廟老僧說法　　越王臺女將邊愁

第一齣

〖旦戎服錦華雜從上〗中原逐鹿辨雌雄。誰辨雌雄俗眼同。天使李陵兵敗北不教女子在軍中自家高凉洗氏、譙國夫人是也、俺笑男兒慣裝門面明是簡鬚眉短氣倒推開說此輩都是婦人女媛怕

通天臺

灌隱主人著

正目

沈左丞醉哭通天臺

第一齣　漢武帝夢指函關道

生扮沈左丞上憶秦娥　愁脈脈。江山滿目傷心客。傷心客。長干夢斷灞橋聞笛。天涯夢斷看衰白。秦川對酒青衫濕青衫濕冷猿悲雁暮雲蕭瑟　小生沈烱表字初明吳興武康人也少不逢時長而

鸚鵡洲

西神鄭 瑜著

〔罣中四孛〕才情橫溢，舌藁紛披，真可嗣響臨川老瑯。飄粢狡獪，作戲耳莫向痴人前說夢。

〔生扮禰衡上〕堪笑世間人，辭歡就苦再不肯啟雕籠。卻鸚鵡自從在黃鶴樓看開了五月梅花。此後便摔斷了漁陽趕不打這鼓，我禰正平為何說此四句？人生在世，與那些冤家眷屬齷齪糾纏一朝死了走在牛空中，他那裏尋得我著？譬如鸚鵡、還是在籠中快活還是在籠外快活？就是我前日打鼓時節骯髒牢騷招非惹是，不如呂先生贈我

汨羅江

西神鄭　瑜著

永尚新頒依此騷譜之定一絕

生扮屈平上二一片騷魂寄楚辭懷沙猶記獨醒時。

自從江上逢漁父學得餔糟與歠醨我屈平學貫

天人識通今古當年志節曾將日月爭光後世才

名已共乾坤不朽無奈時逢濁亂主遇昏庸上官

張儀內外交訌叉致熊蹯於不熟子蘭鄭袖宮朝

謠詠遂飾娥眉以善淫竟致放逐江潭行吟澤畔

既深思而高舉亦何去而何從呵鬼神以問天渺

汨羅江　一

鄭瑜《汨羅江》

徐石麒《買花錢》

坦菴大轉輪雜劇

邘上徐又陵編　同社……

第一折

〔生上蝶戀花〕二十餘年心冗冗為著此書苦煞天公嘆食盡書中千萬鵠蠹魚誰是神仙種搔首問天天不憒濁酒澆腸兼淚如泉湧入萬四千毛髮孔一聲長嘯背寒慄小生覆姓司馬名貌洛陽人也才通玄笈學徧青箱二酉山頭時舊五丁之力三千履禮龍兼諸子之長十分抱負九分詩筆

徐石麒《大轉輪》

讀離騷

悔庵尤侗著

阻屈宋之英華振風雅之逸韻選詞命意穆然今古

正目

苦湘纍問天呵壁　老漁父說客垂綸
小巫女朝雲感夢　美宋玉午日招魂

第一折

（生扮屈原上）〔菩薩蠻〕洞庭木落秋風嫋平蕪極望愁香草歲晏就華予。君門虎豹居。美人來又去。解珮空延竚。搔首問青天。青天正醉眠。下官屈平字原、楚之同姓也、仕先懷王時爲三閭大夫、入則與

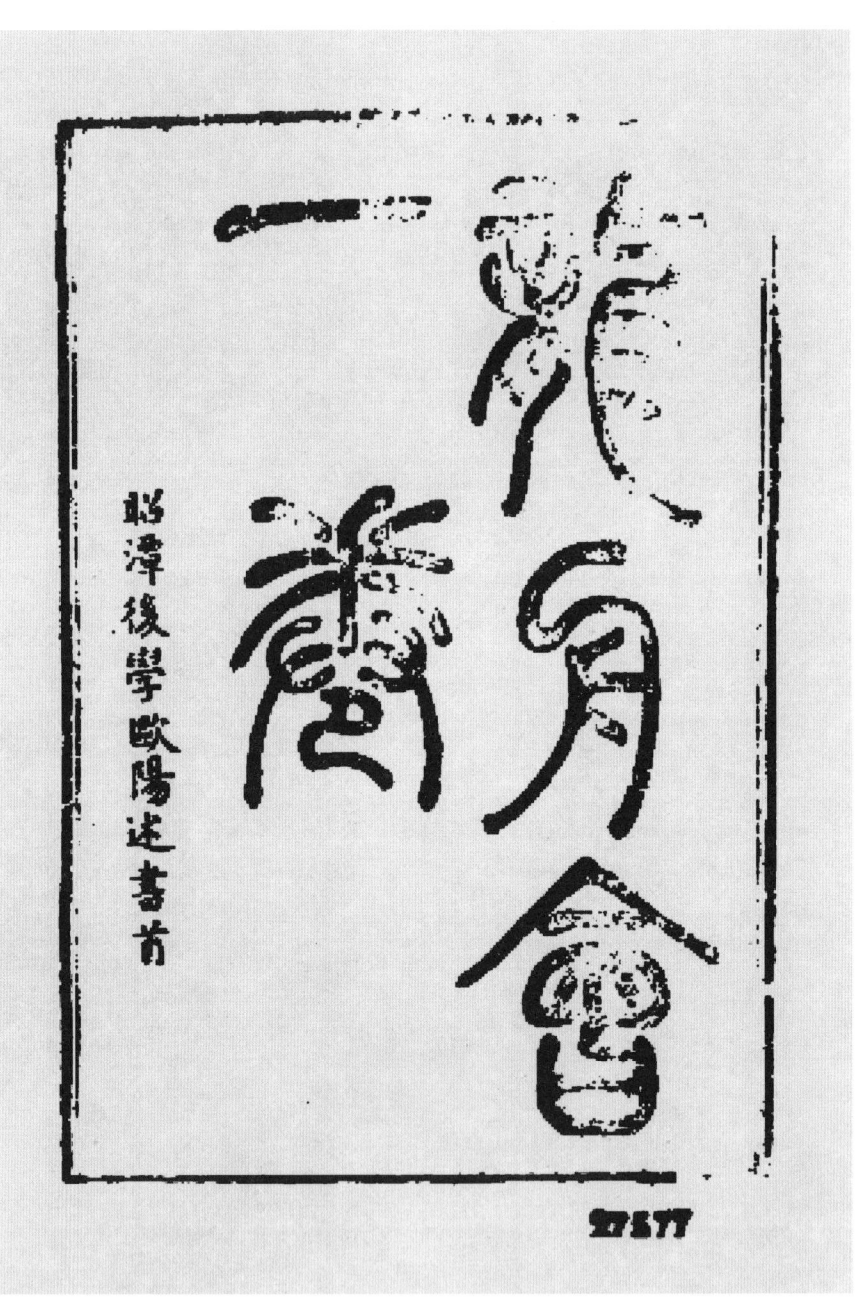

王夫之《龍舟會》

昭君夢

既揚薛　旦著

第一折

詩餘小調【西江月】末扮睡魔跳舞上

世事一番蕉鹿人情，半枕黃粱溫柔被底口脂香，現出骷髏粉相。海上驢兒一叫，神仙打點行裝，夢生夢死破天荒，俺睡魔是也。自混沌初分以來，我監起乾坤一棒，便訂下個夢幻的種子。請看姜嫄履跡便生聖人，商王繪形遂逢良相，孔夫子見周公也要俺一番

薛旦《昭君夢》

西河合集

擬連廂詞　蕭山毛奇齡 字僧開稿 又字于珍席懷 壹駿開大校

擬連廂詞

人唱一人司笙笛琵琶三[已]過亂離日難禁老病
先演吹彈畢司唱者云
身堪憐小兒女不嫁奉雙親試問有官你道道
四句詩說在那里只因孟子上說得好別女居室
人之大倫又言男子生而願為之有室女子生
而嫁若過此期者每年到二月間豔陽天氣天桃
願為之有家所以古禮男子三十而娶女子二十

柴舟別集

同學諸公評定

雜劇醉畫圖

心裏事開胸欲語誰　畫中人飲酒成知己

步步嬌　換首跏蹰悶思想簡事橫胸儻生平志激

昂滿腹牢騷待對誰人講。且自酌壺觴醉鄉另闢乾

坤樣。

遊山歸袂尚沾雲。踪跡瑰琦每自欣。未老娥眉搢、

絕世縱傷驥足亦超塵三千莫試屠龍技萬戶雜

廖燕《醉畫圖》

柴舟別集
同學諸公評定
雜劇鏡花亭

水月村高流欣把臂　鏡花閣淑媛情題名

（一江風生）趁東風踏遍閑郊隴歷亂鶯鳴花笑最關情蝶閙蜂忙幾處紅妝擁一路行來春色撩人香風引袂真好天氣也呵溪山隔幾重溪山隔幾重行行小徑通留人那得桃源洞。來到此處又是一樣光景那邊竹林深處不知誰

借桃源
洞引出
水月村
又借水

廖燕《鏡花亭》

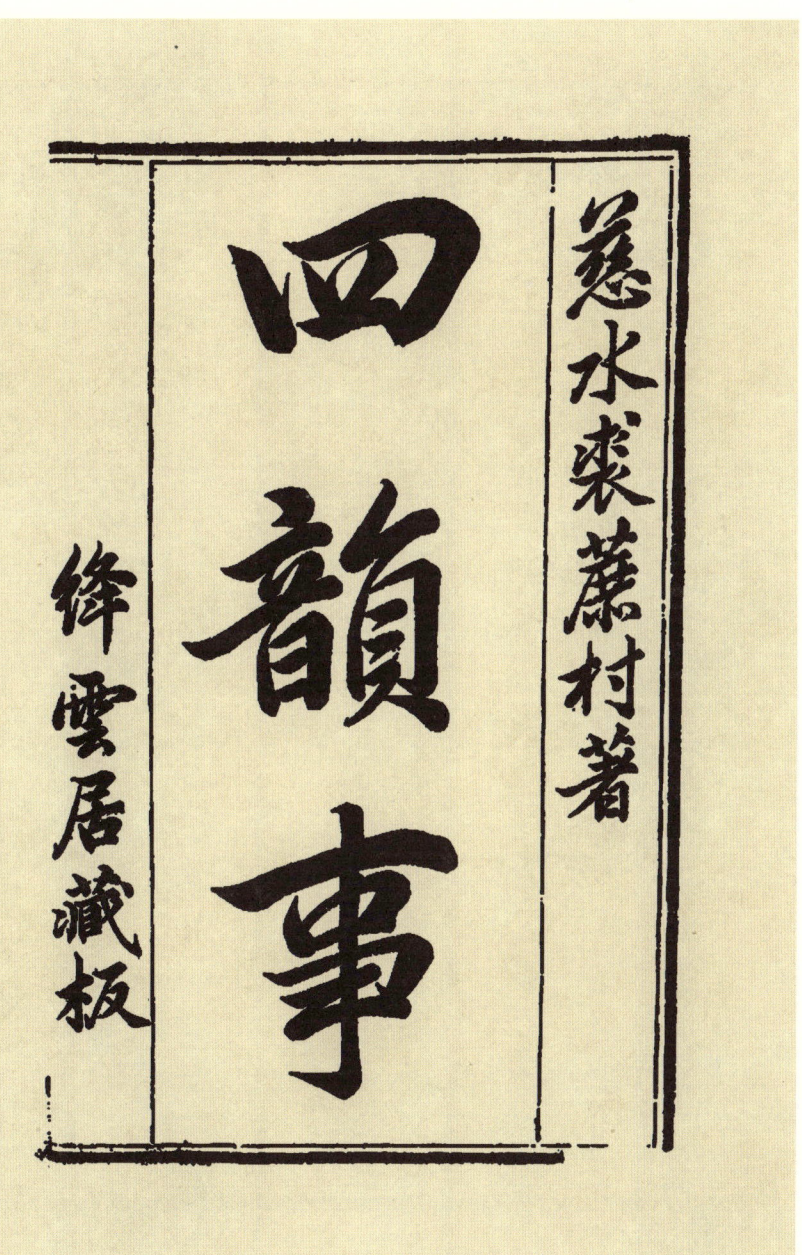

裘琏《明翠湖亭四韵事》

醉高歌傳奇

題目　金鶯兒真點春風面
正名　賈伯堅詞寄醉高歌
　　　風雅主人填詞
　　　簡閣道人評點

楔子

〔旦引冲旦上〕詩云　柳色舒黃拂檻垂　小樓寂寂鎖巖麓。春來慣覺無情思　開盡棠梨總不知。描寫出校書身分
〔冲旦詩云〕奩匣開時曉色朦　庭花折處露華濃　繡牀紙上寫出侍
怪得無鍼線　侍罷新粧日又中。女身分〔旦〕妾身金鶯兒、
原籍山左、本係良家、不幸誤落風塵、名隸樂籍、前日在

四嬋娟

第一折 謝道韞

錢塘洪昇昉思氏
長洲徐麟雪昭氏

（末扮謝安引健兒上）賦罷相歸來已二毛，十年蕭艾臥煙郊，雖然竹木非吾有，且復官拜太傅位登三公。野夫謝安，表字安石，晉人也。官拜太傅，統轄朝野，批林率眾山氏日暇，然竹木非必盡錄，尚書事業以來鎮撫朝野，十年鎮此東山，以安樂以來，每上廣陵之東望京口，每值好景無子不健，見兒女輩詩文聊以為家庭歡樂事。道便走無乃子健兒養視紀而已，今兒郎何在。把家供使足吾有女郎道韞小婿書心靖，詩賦巳聲與王右軍次子遜之為夫君論他鄉

齊人記

沸乾坤騙老虛名利　昧良心泪沒真仁義
小齋頭閒翻孟子書　水湄生巧演齊人記

第一齣

【鷓鴣天】人生拆齊落之栖身天地間公侯誰是我幽閒心知蹤
爾原羞應耐慣唉來戲厚顏前嫌他肘後黃金重敢向街頭
乞飯錢目家齊人是也半生落魄鎮日遊問家有嬌妻美妾騙得
他淄萬戶儘叔來即墨千家所幸者家胞欠之子者必子得我面
覷夢喜歡消受黃昏云雨正是萬事何須光較計天生衣祿稱各
皮練光全憂無本生涯　　　　　　　　　　　　　隨人笑竹間話休題今日清早起來水必不曾沾口料想在
家中有好何處且向鬧市中酒飯一餐覓須自在食見吃他

顧彬《齊人記》

拜針樓八折

蕪湖　北嶹王　墅填詞
研露齋主人批點

○○○第一折　詒母

七娘子 生巾服上 儀容泮受天生雅稱羊車邅宜洗
馬曼倩詼諧宗之瀟洒有何愁向眷間壓 坐介 人逢
花鳥亦前緣心比遊絲更會牽縱使功名不由命
也難終日對殘編小生姓後名名字賓王吳江秀

八折內逐句逐
字皆真色生香
絕不拾前人牙
慧填詞聖手
此一折是立賓
王之罪案自當
句句作喪心語
句妙在句句蘊
藉風流是書生
不是惡少

原稿起首
有蝶戀花
調升題目
正名今剏
去以不用
副末登場
似不必裝
此頭面也

王墅《拜針樓》

紫芝緣

華亭鶴史編次

贈玉

〔戀芳春〕（生巾服上）田玉無根穿珠失串瓏梅香冷姑仙說甚鶲枝寄穩花夢迷連雀觔奇緣長踐苦的是天台路遠情見眷粉褪脂消盈盈淚滿離船花落青門三月紅林空啼烏亂香叢垂楊有線牽人意不向東屆縶短篷小生平江何繡字曰虎絲舊本燕巢从架喬梁之彩今遷鶯谷新啼錦木之華只是文戰冷淹故爾驟壇小就向來師事倪元鎭雖青山筆底已圖成滄海之奇但紅袖香中久譜出相思之字平康李若蘭與小生同心

鴛鴦史

第一齣

華亭鶴史編次

揪梅生晉巾便服稍水揣舳上

菊花新　新辟綠酒剩初春舞扇歌裯不奈人風雅度如神攄果盈車莫禁。

十載才華思若狂從教銅雀鎖春陽金尊夜聽瓊簫醉向秦臺跨鳳皇潁人江筆小字兔儇酒社詩壇雕龍繡虎金聲作賦。長門榜價高縣、玉杵求槳僒窟玄霜久待既擅謝安之趣復叩張緒之名目來走馬廣陵沈舟邢上欲尋青圃樂地一聲紅蝸

華亭鶴史《鴛鴦史》

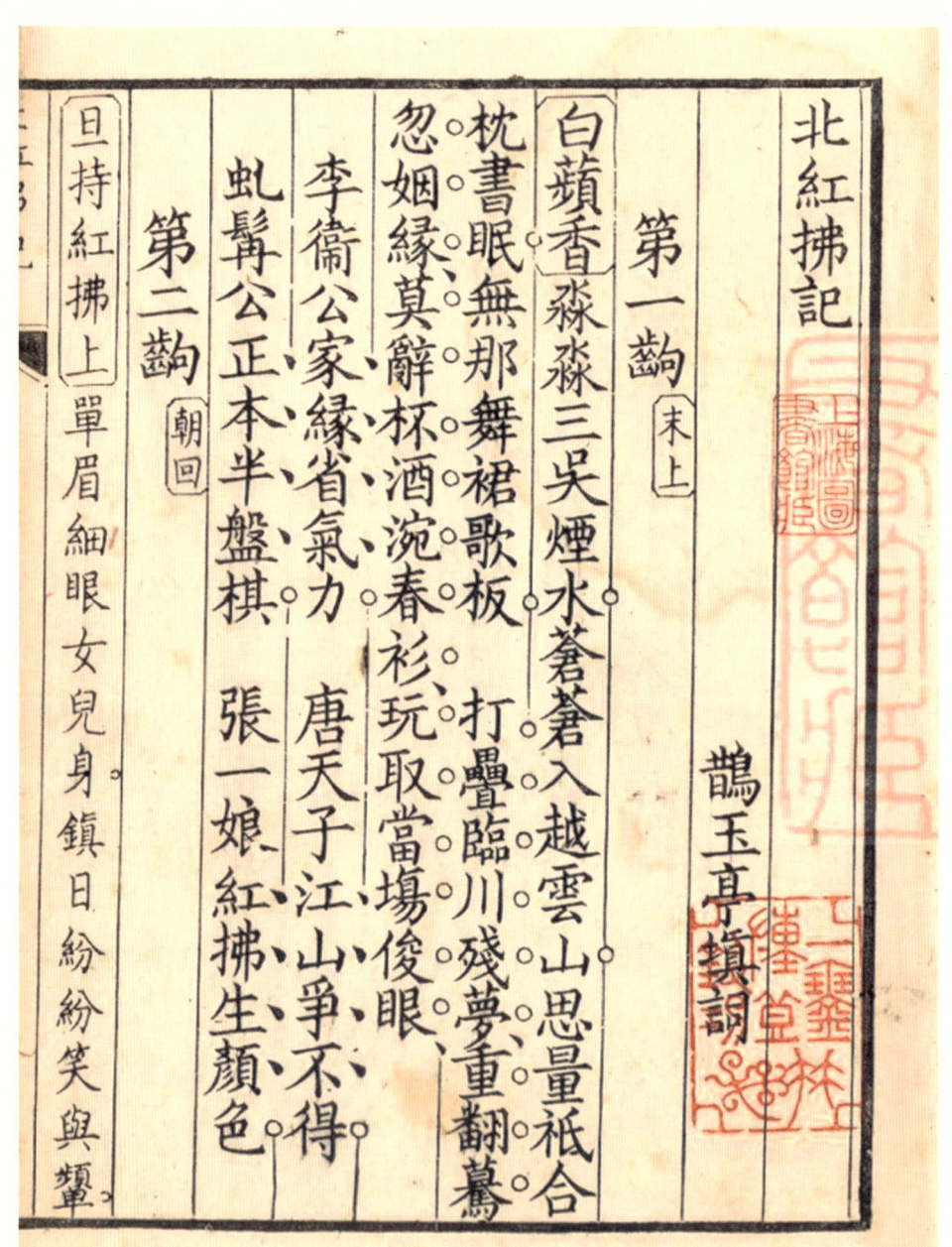

曹寅《北紅拂記》

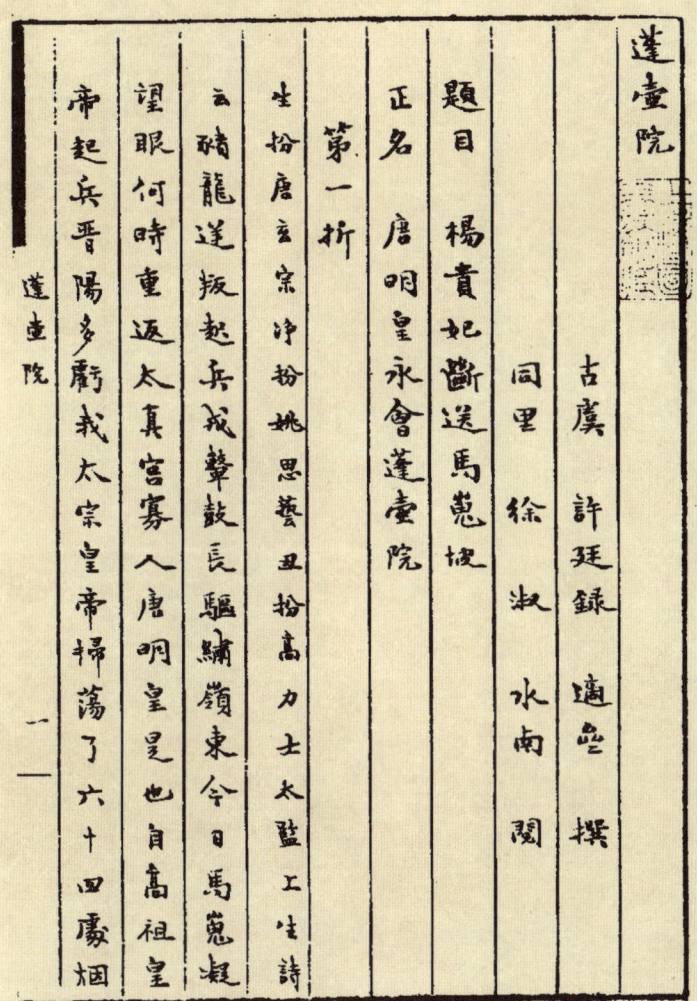

蓬壺院

古虞 許廷錄 遁叟 撰
同里 徐 淑 水南 閱

題目 楊貴妃斷送馬嵬坡
正名 唐明皇永會蓬壺院

第一折

(生扮唐玄宗淨扮姚思藝丑扮高力士太監上生詩云)
碩龍迸板起兵戎鼙鼓長驅繡嶺東今日馬嵬凝
望眼何時重返太真宮寡人唐明皇是也自高祖皇
帝起兵晉陽多虧我太宗皇帝掃蕩了六十四處烟

許廷錄《蓬壺院》

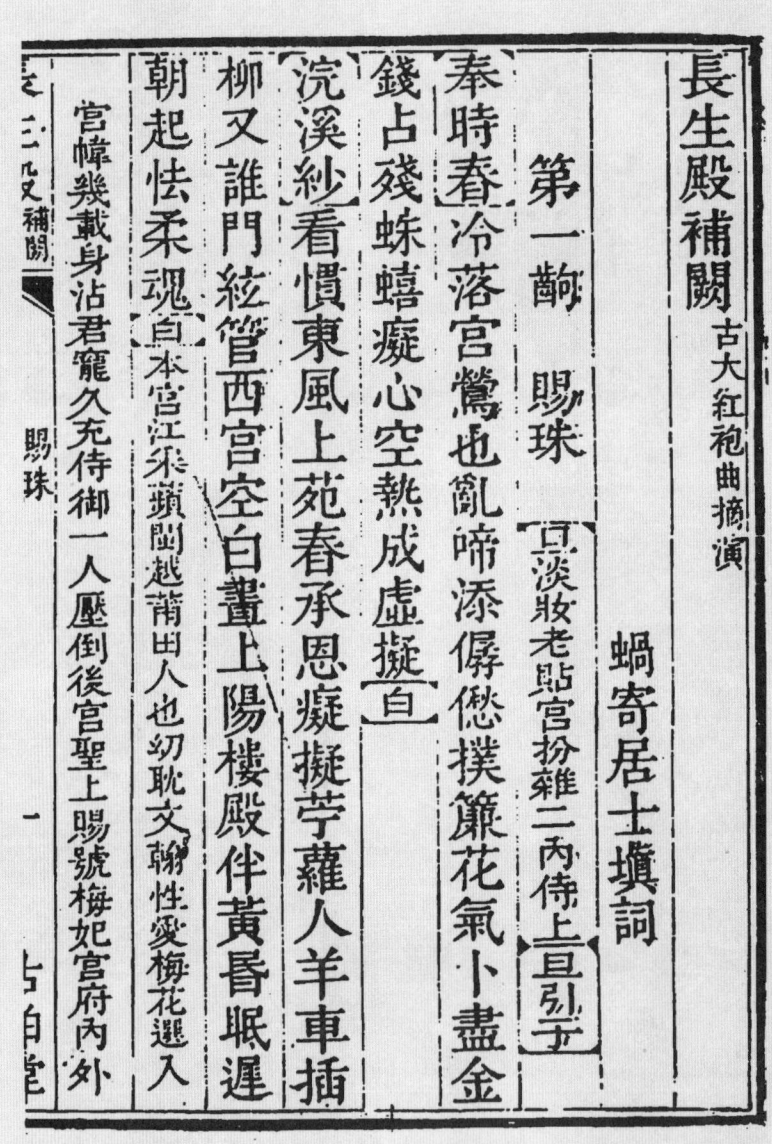

長生殿補闕

古大紅袍曲摘演

蝸寄居士填詞

第一齣　賜珠

〔占淡妝老貼宮扮雜二丙侍上且引〕

【奉時春】冷落宮鶯也亂啼添儜僽撲簾花氣卜盡金錢占殘蛛蟢癡心空執成虛擬〔白〕

浣溪紗看慣東風上苑春承恩癡擬苧蘿人羊車插柳又誰門絃管西宮空白畫上陽樓殿伴黃昏眠遲朝起怯柔魂〔點本宮江采蘋閩越莆田人也幼耽文翰性愛梅花選入宮幃幾載身沾君寵久充侍御一人壓倒後宮聖上賜號梅妃宮府內外〕

鑾新曲卷下

錢塘縣貢士臣厲鶚恭填

百靈效瑞

第一折

點絳脣 正旦扮觀音小旦扮善財貼扮龍女雜扮十六羅漢四金剛韋馱四揭帝神上瓔珞飄揚寶冠搖漾天人相來賀吾

皇花雨繽紛降某乃觀音大士是也從聞思修證圓通果示三十二應現身普度有情諸佛子列五十

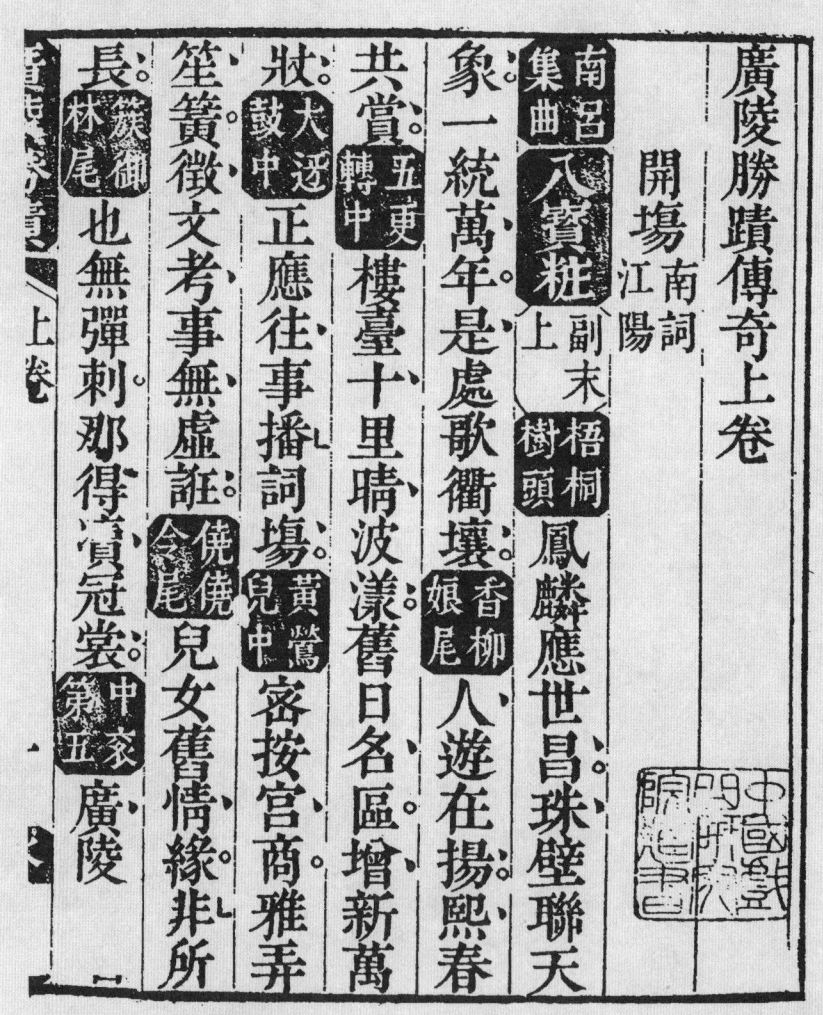

周壎《廣陵勝迹》

南山法曲

青田湘巖填詞

〖外扮南極老人白鬚靴杖掛葫蘆上〗

〖雙調新水令〗彤霞平覆九天低亘長空碧烟無際真醇倘露酒瀟灑漾雲衣兔走烏飛問年華有誰記

駞背童顏雪鬢鬚千秋藤杖掛葫蘆丹成久矣無生滅

扮向人間作畫圖俺南極老人星是也光並東君位臨

南極在天成象長懸參井之墟在地成形小著松喬之

算立滄桑而不壞洛書中五福我中過第一名狀元後

皋頭天外氣象萬千

一幅壽星圖翻新出色

韓錫胙《南山法曲》

序

滇取千古第一等風流人物刻劃其性情摹變異神彩竝以發其忠孝悱惻之思俾千載而下可興更觀可以廉頑而立懦者盲非沈思大力足與其人其事相副盍憂乎孕難哉此余於諧堂劉先生議大禮北劉不能求為之擊節三歎也劉為介

楊升庵先生佐升菴以高明伉爽之胸宏博鑑航之學卓眹為一代才人而議禮一節忠孝斐然觀

其永昌諸詩槩乎君父遭困頓而意彌篤是其性

劉聾《楊狀元進諫謫滇南》

康衢樂

華亭王典吾慎齋鑒定

鉛山蔣士銓苕生編

新城陳守誠伯常訂

第壹齣　呈瑞

【齊天樂】(雲旗引東嶽上五嶽皆公服秉桓圭青田齊魯羣峯戴)

西岳金氣上連真宰(南岳位踞離宮上北岳星分畢)

上(中岳環向嵩高羅拜)(水幟引四瀆上皆侯服秉信圭洪流聚海)

宿(上)

領巨浸朝宗河濟江淮(合)春滿皇都祥光佳氣九

天開

一片石

華亭王興吾宗之評定

鉛山蔣士銓清容填詞
真州吳承緒芬餘正譜

第一齣 夢樓

【蝶戀花】青青踏遍天涯路剔蘚捫蘿多少低徊處死生諸劫不盡之根

生心事苦神仙如怨還如訴 往情深繫

檀聽唱銷魂句春水綠波人緩渡題詩且上婁妃墓 碑墨纔乾方伯去鳳管香

小住為佳耳

【商調】【鳳凰閣】（生巾服雜舟子搖船同上）春隨人去又被江山圍住角巾

一番聞後

引子

蔣士銓《一片石》

第二碑 又名後一片石

見亭外史正譜
藏園居士填詞
蒼厓老人評校

【蝶戀花】隆興觀側秋墳路破屋頹籬遶斷摹碑處方伯來
尋前事苦雲中似有靈妃訴　雞犬人家都撤去上塚題
坊另譜清商句疊韻雙聲人曉渡各攜新酒澆前墓

第壹齣　廣韻

（南呂）【一剪梅】（小生巾服上）大小姑山石翠浮才過江州又到洪州

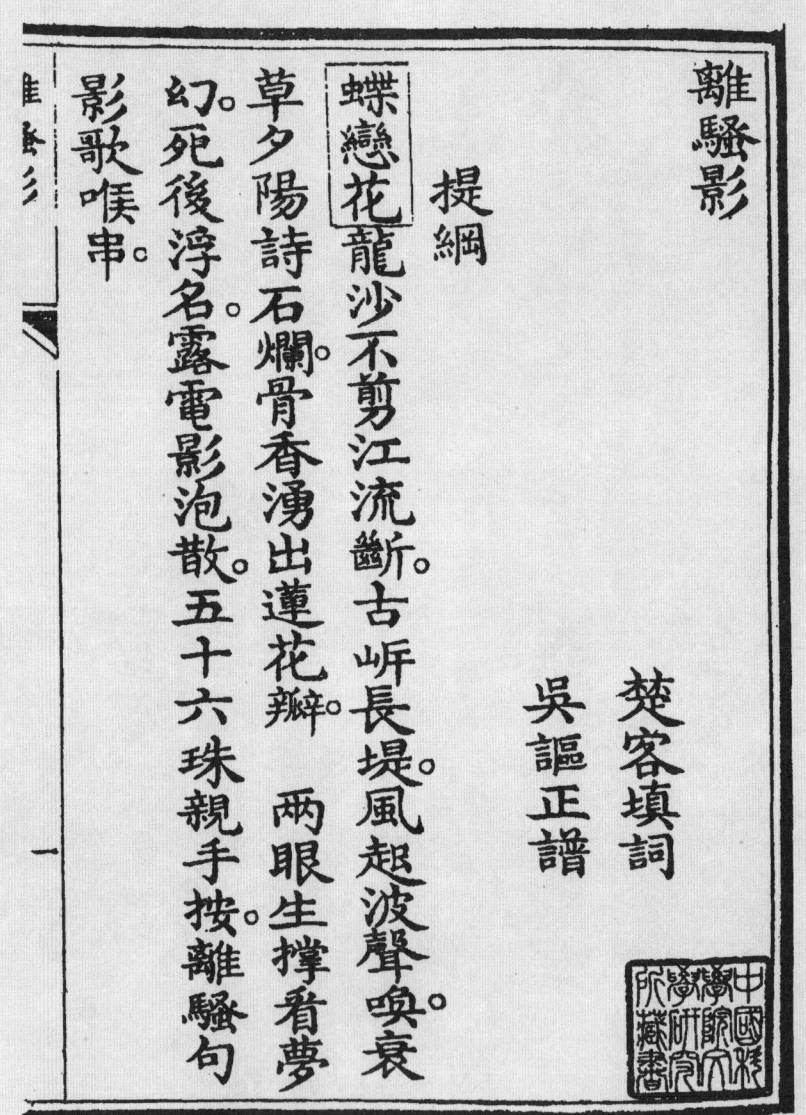

離騷影

楚客填詞
吳謳正譜

提綱

蝶戀花 龍沙不剪江流斷。古圻長堤風起波聲喚衰草夕陽詩石爛骨香湧出蓮花瓣　兩眼生撐看夢幻死後浮名露電影泡散五十六珠親手按離騷句影歌喉串

楊宗岱《離騷影》

目錄

凡　例 ┃┄┄┄┄┄┄ 001

陸世廉 ┃┄┄┄┄┄┄ 003
《西臺記》／ 003

鄒式金 ┃┄┄┄┄┄┄ 006
《風流冢》／ 006

陳于鼎 ┃┄┄┄┄┄┄ 009
《半臂寒》／ 010
《長公妹》／ 011
《中郎女》／ 013
《京兆眉》／ 014
《翠鈿緣》／ 015

碧蕉軒主人 ┃┄┄┄┄┄┄ 017
《不了緣》／ 017

堵廷棻 ┃┄┄┄┄┄┄ 019
《衛花符》／ 019

范希哲 ┃┄┄┄┄┄┄ 021
《三幻集》／ 022
  ・《萬古情》／ 022
  ・《萬家春》／ 023
  ・《豆棚閑戲》／ 023

方疑子 — 027
《鴛鴦墜》／ 027

周如璧 — 029
《孤鴻影》／ 029
《夢幻緣》／ 030

查繼佐 — 032
《續西廂》／ 033

葉承宗 — 035
《孔方兄》／ 036
《賈閬仙》／ 037
《十三娘笑擲神奸首》／ 038
《狗咬呂洞賓》／ 039

傅山 — 042
《紅羅鏡》／ 042
《齊人乞食》／ 045
《驕其妻妾》／ 046
《八仙慶壽》／ 047

馬世俊 — 048
《古其風留人眼小說》／ 048

吳偉業 — 052
《臨春閣》／ 052
《通天臺》／ 058

黃周星 — 063
《試官述懷》／ 064
《惜花報》／ 064

鄭瑜 — 066
《郢中四雪》／ 066
- 《鸚鵡洲》／ 067
- 《汨羅江》／ 067
- 《黃鶴樓》／ 067
- 《滕王閣》／ 068

徐石麒 — 070
《坦庵詞曲六種》／ 070
- 《買花錢》／ 071
- 《大轉輪》／ 071

目錄

- 《拈花笑》／072
- 《浮西施》／073

宋琬 ┃ 077
《祭皋陶》／077

尤侗 ┃ 081
《讀離騷》／081
《吊琵琶》／090
《桃花源》／092
《黑白衛》／094
《李白登科記》／096

王夫之 ┃ 100
《龍舟會》／100

趙進美 ┃ 105
《瑤臺夢》／105
《立地成佛》／107

薛旦 ┃ 109
《昭君夢》／109

毛奇齡 ┃ 111
《不賣嫁》／112
《不放偷》／113

葉奕苞 ┃ 115
《經鋤堂樂府》／115
- 《燕子樓》／116
- 《奇男子》／117
- 《老客婦》／118
- 《長門宮》／118

邊汝元 ┃ 121
《鞭督郵》／121
《傲妻兒》／127

周樹 ┃ 131
《馮驩市義》／131

嵇永仁 ┃ 136
《續離騷》／137
- 《劉國師教習扯淡歌》／137
- 《杜秀才痛哭泥神廟》／137

- 《痴和尚街頭笑布袋》／ 138
- 《憤司馬夢裏罵閻羅》／ 138

龍燮 — 145
《芙蓉城記》／ 145

蒲松齡 — 149
《鬧館》／ 149
《閻羅》／ 150
《鍾妹慶壽》／ 151

廖燕 — 152
《柴舟別集》／ 152
- 《醉畫圖》／ 152
- 《訴琵琶》／ 153
- 《續訴琵琶》／ 153
- 《鏡花亭》／ 154

裘璉 — 156
《明翠湖亭四韵事》／ 156
- 《昆明池》／ 157
- 《集翠裘》／ 157

- 《鑒湖隱》／ 158
- 《旗亭館》／ 158

《萬壽無疆升平樂府》／ 170

張雍敬 — 173
《醉高歌》／ 173

洪昇 — 193
《四嬋娟》／ 193
- 《謝道韞詠絮擅詩才》／ 194
- 《衛茂漪簪花傳筆陣》／ 194
- 《李易安鬥茗話幽情》／ 195
- 《管仲姬畫竹留清韵》／ 195

顧彩 — 198
《大忽雷》／ 199

顧彬 — 200
《齊人記》／ 200

張潮 — 203
《筆歌》／ 203

- 《凱歌》/ 204
- 《瑶池宴》/ 204
- 《窮途哭》/ 204
- 《乞巧文》/ 205
- 《拜石丈》/ 205

程 端 —— 210
《虞山碑》/ 210

陸 曜 —— 214
《峴山碑》/ 215

車江英 —— 217
《四名家傳奇摘齣》/ 217
- 《藍關雪》/ 217
- 《柳州烟》/ 218
- 《醉翁亭》/ 219
- 《游赤壁》/ 219

沈玉亮 —— 222
《鴛鴦冢》/ 222

王 墅 —— 229
《拜針樓》/ 229

張 韜 —— 232
《續四聲猿》/ 232
- 《杜秀才痛哭霸亭廟》/ 233
- 《戴院長神行薊州道》/ 233
- 《王節使重續木蘭詩》/ 234
- 《李翰林醉草清平調》/ 234

陳夢雷 —— 238
《元正嘉慶》/ 238
《八仙慶壽》/ 239

華亭鶴史 —— 241
《紫芝緣》/ 241
《鴛鴦史》/ 243

曹 寅 —— 246
《太平樂事》/ 246
- 《開場》/ 247
- 《燈賦》/ 247

- 《山水清音》/ 247
- 《太平有象》/ 247
- 《風花雪月》/ 248
- 《龍袖驕民》/ 248
- 《貨郎擔》/ 249
- 《日本燈詞》/ 249
- 《賣痴呆》/ 249
- 《豐登大慶》/ 249

《北紅拂記》/ 252

徐旭旦 / 259

《靈秋會》/ 259

黃之雋 / 261

《四才子奇書》/ 261
- 《鬱輪袍》/ 262
- 《夢揚州》/ 263
- 《飲中仙》/ 263
- 《藍橋驛》/ 264

魏荔彤 / 271

《歸去來辭》/ 271

傅廷標 / 273

《臘盡春回》/ 274

許廷錄 / 276

《蓬壺院》/ 277

許名崙 / 282

《陶然亭》/ 283
《卷石夢》/ 293

唐 英 / 308

《燈月閒情》/ 308
- 《虞兮夢》/ 309
- 《英雄報》/ 310
- 《女彈詞》/ 311
- 《長生殿補闕》/ 311
- 《十字坡》/ 312
- 《三元報》/ 313
- 《傭中人》/ 314
- 《梁上眼》/ 315
- 《蘆花絮》/ 317
- 《梅龍鎮》/ 318

- 《麵缸笑》 / 319
- 《清忠譜正案》 / 320
- 《笳騷》 / 321

厲鶚 / 329

《百靈效瑞》 / 329

袁棟 / 331

《玉田樂府》 / 331

- 《陶朱公》 / 331
- 《賺蘭亭》 / 332
- 《江采蘋》 / 333
- 《姚平仲》 / 334
- 《白玉樓》 / 335
- 《鄭虎臣》 / 336
- 《鵝籠書生》 / 336
- 《桃花源》 / 337

崔應階 / 340

《情中幻》 / 340

《烟花債》 / 351

吳城 / 359

《群仙祝壽》 / 359

楊潮觀 / 367

《吟風閣雜劇》 / 367

- 《新豐店馬周獨酌》 / 368
- 《大江西小姑送風》 / 368
- 《李衛公替龍行雨》 / 369
- 《黃石婆授計逃關》 / 370
- 《快活山樵歌九轉》 / 370
- 《窮阮籍醉罵財神》 / 371
- 《溫太真晉陽分別》 / 372
- 《邯鄲郡錯嫁才人》 / 372
- 《賀蘭山謫仙贈帶》 / 373
- 《開金榜朱衣點頭》 / 374
- 《夜香臺持齋訓子》 / 374
- 《汲長孺矯詔發倉》 / 375
- 《魯仲連單鞭蹈海》 / 376
- 《荷花蕩將種逃生》 / 376
- 《灌口二郎初顯聖》 / 377
- 《魏徵破笏再朝天》 / 378
- 《勸文昌狀元配瞽》 / 378

- 《華表柱延陵挂劍》 / 379
- 《東萊郡暮夜却金》 / 380
- 《下江南曹彬誓衆》 / 380
- 《韓文公雪擁藍關》 / 381
- 《荀灌娘圍城救父》 / 382
- 《信陵君義葬金釵》 / 382
- 《偷桃捉住東方朔》 / 383
- 《换扇巧逢春夢婆》 / 384
- 《西塞山漁翁封拜》 / 385
- 《凝碧池忠魂再表》 / 385
- 《大葱嶺隻履西歸》 / 386
- 《寇萊公思親罷宴》 / 386
- 《翠微亭卸甲閑游》 / 387
- 《感天后神女露筋》 / 388
- 《諸葛亮夜祭瀘江》 / 388

周壎 / 401

《廣陵勝迹》 / 401
- 《燈游》 / 402
- 《詩籠》 / 402
- 《花瑞》 / 403
- 《堂宴》 / 404
- 《虎夢》 / 405
- 《桃醫》 / 406
- 《神鏡》 / 406
- 《佛輪》 / 407

廖景文 / 417

《遺真記》 / 417

韓錫胙 / 444

《南山法曲》 / 444

《砭真記》 / 446

雲卧山人 / 451

《譜定紅香傳》 / 451

劉肇 / 458

《楊狀元進諫謫滇南》 / 458

朱景英 / 463

《桃花緣》 / 464

蔣士銓 — 467

《西江祝嘏》/ 467
- 《康衢樂》/ 468
- 《忉利天》/ 469
- 《長生籙》/ 469
- 《升平瑞》/ 470

《一片石》/ 472
《四弦秋》/ 484
《第二碑》/ 493
《采石磯》/ 503
《廬山會》/ 504

江大鍵 — 506

《柴桑樂》/ 507

曹錫黼 — 511

《頤情閣五種》/ 511
- 《桃花吟》/ 512
- 《雀羅庭》/ 512
- 《曲水宴》/ 513
- 《宴滕王》/ 513
- 《同谷歌》/ 514

楊宗岱 — 520

《離騷影》/ 521

永恩 — 535

《度藍關》/ 535

王文治 — 538

《浙江迎鑾樂府》/ 538
- 《三農得澍》/ 539
- 《龍井茶歌》/ 539
- 《祥徵冰繭》/ 540
- 《海宇歌恩》/ 540
- 《燈燃法界》/ 541
- 《葛嶺丹爐》/ 541
- 《仙醞延齡》/ 541
- 《瑞獻天台》/ 542
- 《瀛波清晏》/ 542

徐㸦 — 545

《寫心雜劇》/ 545
- 《游湖》/ 546
- 《述夢》/ 546

- 《醒鏡》/ 547
- 《游梅遇仙》/ 547
- 《痴祝》/ 548
- 《虱談》/ 548
- 《青樓濟困》/ 549
- 《哭弟》/ 549
- 《湖山小隱》/ 550
- 《酬魂》/ 550
- 《祭牙》/ 550
- 《月下談禪》/ 551
- 《問卜》/ 551
- 《悼花》/ 552
- 《原情》/ 552
- 《壽言》/ 553
- 《覆墓》/ 553
- 《入山》/ 554
- 《覓地》/ 554

全 德 — 565
《紅牙小譜》/ 565
- 《輞川樂事》/ 566
- 《新調思春》/ 566

桂 馥 — 568
《後四聲猿》/ 568
- 《放楊枝》/ 568
- 《題園壁》/ 569
- 《謁府帥》/ 569
- 《投圂中》/ 570

熊 超 — 582
《齊人記》/ 582

潘 炤 — 594
《夢花影》/ 594
《小滄桑》/ 600
《千秋慶·獻壽》/ 602

趙式曾 — 604
《琵琶行》/ 604

青霞寓客 — 611
《北孝烈》/ 611

目録

秋緑詞人 / 613
《桂香雲影》 / 613

四費軒主人 / 616
《豫忠》 / 616
《董孝》 / 618

畢華珍 / 620
《列子御風》 / 620

雪樵居士 / 622
《牡蠣園》 / 622

和　瑛 / 624
《草堂寢》 / 624

瞿　頡 / 626
《雁門秋》 / 627

張曾虔 / 631
《青溪笑》 / 632
- 《捐金》 / 632
- 《倚玉》 / 633
- 《泛月》 / 633
- 《吟秋》 / 634
- 《品詩》 / 634
- 《擲釧》 / 634
- 《浣紗》 / 635
- 《贈蝶》 / 635
- 《傷春》 / 636
- 《説艷》 / 636
- 《家宴》 / 636
- 《公車》 / 637
- 《盟心》 / 638
- 《識俊》 / 638
- 《命字》 / 638
- 《皈禪》 / 639

《續青溪笑》 / 649
- 《勸美》 / 649
- 《説艷》 / 649
- 《桂苑》 / 650
- 《茶圍》 / 650
- 《驚寒》 / 651
- 《教戲》 / 651

- 《珍舊》／ 652
- 《醒芳》／ 652

王懋昭 654
《神宴》／ 654
《弧祝》／ 654
《悅慶》／ 655

周淦 658
《定天山》／ 658

孔廣林 660
《璇璣錦》／ 661
《女專諸》／ 663
《松年引》／ 665

胡重 667
《海屋添籌》／ 667
《嘉禾獻瑞》／ 668

丁秉仁 670
《繡錦臺》／ 670

仲振奎 687
《憐春閣》／ 688

汪柱 696
《賞心幽品》／ 696
- 《采蘭紉佩》／ 697
- 《賞菊傾酒》／ 697
- 《愛梅錫號》／ 698
- 《畫竹傳神》／ 698

《砥石齋韵品雜齣》／ 699
- 《妻梅子鶴》／ 699
- 《破牢愁》／ 699

程居易 702
《碧玉玲瓏》／ 702

春橋 704
《四喜緣》／ 704

曾衍東 707
《述意》／ 708

左潢 — 709

《桂花塔》/ 709

呂星垣 — 725

《康衢新樂府》/ 725
- 《萬年輯瑞》/ 726
- 《萬壽蟠桃》/ 726
- 《萬福朝天》/ 727
- 《萬寶屢豐》/ 727
- 《萬花先春》/ 727
- 《萬里安瀾》/ 728
- 《萬騎騰雲》/ 728
- 《萬卷瑯嬛》/ 728
- 《萬舞鳳儀》/ 729
- 《萬國梯航》/ 729

劉永安 — 732

《冰心册》/ 733

王訢 — 741

《寬大詔》/ 742

汪應培 — 745

《香夢》/ 746
《錦歸》/ 747
《催生帖》/ 748
《公宴》/ 753
《閨餞》/ 754
《儷筵》/ 755
《不垂楊》/ 756
《簾外秋光》/ 760
《棠宴》/ 769

石韞玉 — 776

《花間九奏》/ 776
- 《伏生授經》/ 777
- 《羅敷采桑》/ 777
- 《桃葉渡江》/ 777
- 《桃源漁父》/ 778
- 《梅妃作賦》/ 778
- 《樂天開閣》/ 779
- 《賈島祭詩》/ 779
- 《琴操參禪》/ 780
- 《對山救友》/ 780

《紅樓夢》/ 783

衛大壯 —————————— 788
《醉月》／ 788

許鴻磐 —————————— 790
《六觀樓北曲六種》／ 790
- 《西遼記》／ 791
- 《雁帛書》／ 792
- 《女雲臺》／ 793
- 《孝女存孤》／ 794
- 《儒吏完城》／ 795
- 《三釵夢》／ 796

范 駒 —————————— 804
《送窮》／ 804

仲振履 —————————— 806
《雙鴛祠》／ 806

趙文楷 —————————— 821
《菊花新夢稿》／ 821

陳 棟 —————————— 824
《芋蘿夢》／ 824
《紫姑神》／ 827
《維揚夢》／ 829

舒 位 —————————— 831
《瓶笙館修簫譜》／ 831
- 《卓女當壚》／ 831
- 《樊姬擁髻》／ 832
- 《酉陽修月》／ 833
- 《博望訪星》／ 833

彭體元 —————————— 838
《雙龍珠》／ 839
《孝感天》／ 842
《天感孝》／ 846

陸繼輅 —————————— 850
《碧桃記》／ 850

姜 城 —————————— 854
《四愁吟樂府》／ 854

- 《吊湘》/ 854
- 《送窮》/ 855
- 《絕交》/ 855
- 《論錢》/ 856

孔昭虔 / 857
《蕩婦秋思》/ 857
《葬花》/ 861

徐 信 / 863
《遺臭碑政績》/ 864

朱鳳森 / 867
《韞山六種曲》/ 867
- 《金石錄》/ 867
- 《輞川圖》/ 869
- 《平釦記》/ 870

單瑤田 / 875
《四時春》/ 875

褚龍祥 / 877
《襄陽獄》/ 878
《紅樓夢》/ 879

湯貽汾 / 880
《逍遙巾》/ 880

蔣學沂 / 888
《麒麟閣》/ 888

存 華 / 891
《龍江守歲》/ 892

周樂清 / 893
《補天石傳奇》/ 894
- 《宴金臺》/ 894
- 《定中原》/ 895
- 《河梁歸》/ 896
- 《琵琶語》/ 898
- 《紉蘭佩》/ 899
- 《碎金牌》/ 900
- 《紞如鼓》/ 902
- 《波弋香》/ 903

鄧祥麟 — 915
《避債臺》 / 916

擊壤民 — 920
《萬壽圖》 / 920

嚴廷中 — 922
《秋聲譜》 / 922
- 《武則天風流案卷》 / 923
- 《沈媚娘秋窗情話》 / 923
- 《洛城殿無雙艷福》 / 924

嚴保庸 — 930
《孟蘭夢》 / 931

梁廷枏 — 941
《小四夢雜劇》 / 941
- 《江梅夢》 / 942
- 《圓香夢》 / 943
- 《曇花夢》 / 944
- 《斷緣夢》 / 946

周宜 — 959
《紅樓佳話》 / 959

鷗波亭長 — 962
《夢華因》 / 962

吳藻 — 971
《喬影》 / 972

劉伯友 — 978
《花裏鐘》 / 978

管庭芬 — 982
《南唐》 / 982

趙對澂 — 986
《酬紅記》 / 986

沈壽生 — 1008
《十快記》 / 1008

目錄

顧太清 ············· 1013
《桃園記》 / 1013
《梅花引》 / 1015

金連凱 ············· 1018
《業海扁舟》 / 1018

黃治 ············· 1033
《味蔗軒春燈新曲》 / 1034
- 《雁書記》 / 1034
- 《玉簪記》 / 1035

張聲玠 ············· 1041
《玉田春水軒雜齣》 / 1041
- 《訊盼》 / 1041
- 《題肆》 / 1042
- 《琴別》 / 1042
- 《畫隱》 / 1043
- 《碎胡琴》 / 1043
- 《安市》 / 1044
- 《看真》 / 1044
- 《游山》 / 1045
- 《壽甫》 / 1045

張興仁 ············· 1049
《青衫泪》 / 1049

蔡榮蓮 ············· 1051
《支機石》 / 1052

黃燮清 ············· 1055
《鴛鴦鏡》 / 1055
《凌波影》 / 1059
《絳綃記》 / 1062

何兆瀛 ············· 1064
《仙合》 / 1064

范元亨 ············· 1069
《空山夢》 / 1069

何珮珠 ············· 1075
《梨花夢》 / 1075

俞樾 ▎──────── 1079

《老圓》／ 1079

《二奇合傳》／ 1081

- 《驪山傳》／ 1081
- 《梓潼傳》／ 1082

陳獬 ▎──────── 1085

《馬家河尋兄》／ 1085

王復 ▎──────── 1088

《艷禪》／ 1088

東仙 ▎──────── 1090

《養怡草堂樂府》／ 1090

- 《芋佛》／ 1090
- 《賦棋》／ 1090
- 《逼月》／ 1091
- 《平濟》／ 1091

李崇恕 ▎──────── 1095

《桃花源記》／ 1095

劉恭璧 ▎──────── 1100

《續西廂記》／ 1100

陳烺 ▎──────── 1108

《玉獅堂傳奇十種》／ 1108

- 《同亭宴》／ 1108
- 《迴流記》／ 1109
- 《海雪吟》／ 1110
- 《負薪記》／ 1111
- 《錯姻緣》／ 1112
- 《悲鳳曲》／ 1113

許善長 ▎──────── 1126

《神山引》／ 1127

《靈媧石》／ 1133

- 《伯嬴持刀》／ 1133
- 《忠妾覆酒》／ 1134
- 《無鹽拊膝》／ 1134
- 《齊婧投身》／ 1135
- 《莊侄伏幟》／ 1135
- 《奚妻鼓琴》／ 1136
- 《徐吾會燭》／ 1136

- 《魏負上書》 / 1137
- 《轟姊哭弟》 / 1137
- 《繁女救夫》 / 1138
- 《西子捧心》 / 1138
- 《鄭袰教鼻》 / 1138

胡盍朋 / 1143

《海濱夢》 / 1143

李慈銘 / 1156

《桃花聖解盦樂府》 / 1156

- 《舟覯》 / 1156
- 《秋夢》 / 1158

鄭由熙 / 1163

《雁鳴霜》 / 1164

秦 雲 / 1172

《筆談》 / 1172

佑 善 / 1175

《鑒花亭》 / 1175

- 《稱周》 / 1175
- 《懷肉》 / 1176
- 《鳴冤》 / 1176
- 《賦詩》 / 1176
- 《賞花》 / 1176
- 《神怒》 / 1176
- 《燈游》 / 1177
- 《天戮》 / 1177

楊恩壽 / 1178

《姽嬝封》 / 1179

《桂枝香》 / 1182

《桃花源》 / 1186

張懋畿 / 1189

《袁浦花》 / 1189

《點鬼簿》 / 1191

汪宗沂 / 1202

《後緹縈》 / 1202

吳寶鎔 ———————— 1212

《太守桑》／ 1212

何鏞 ———————— 1215

《乘龍佳話》／ 1215

劉清韵 ———————— 1218

《小蓬萊傳奇》／ 1218
- 《炎涼券》／ 1219
- 《氤氳釧》／ 1220
- 《天風引》／ 1222
- 《飛虹嘯》／ 1223
- 《鏡中圓》／ 1225
- 《千秋淚》／ 1226

《望洋嘆》／ 1228

《拈花悟》／ 1231

徐鄂 ———————— 1233

《白頭新》／ 1233

劉龍貽 ———————— 1239

《桃花源》／ 1239

《懶閑天籟》／ 1241

歐陽淦 ———————— 1243

《新上海》／ 1243

《玉鈎痕》／ 1244

蔣景緘 ———————— 1245

《俠女魂》／ 1245
- 《足冤》／ 1245
- 《拒烟》／ 1246
- 《探獄》／ 1246
- 《兵解》／ 1247
- 《贈金》／ 1248

談小蓮 ———————— 1249

《風月空》／ 1249

龍繼棟 ———————— 1251

《烈女記》／ 1252

洪炳文 ———————— 1259

《信香夢》／ 1260

《芙蓉孽》／ 1263

《警黃鐘》／ 1271

《電球游》 / 1277
《後懷沙》 / 1282
《懸崖猿》 / 1283
《古殷鑒》 / 1287
《普天慶》 / 1289
《撻秦鞭》 / 1290
《秋海棠》 / 1296
《荆駝憾》 / 1299
《四時樂》 / 1300

蔣倬章 / 1301
《冥鬧》 / 1301

胡薇元 / 1303
《壼庵五種曲》 / 1303
- 《鵲華秋》 / 1304
- 《青霞夢》 / 1304
- 《樊川夢》 / 1305

賀良樸 / 1311
《嘆老》 / 1311

陳時泌 / 1313
《武陵春》 / 1313
《非熊夢》 / 1318

廖恩燾 / 1323
《學海潮》 / 1324

唐咏裳 / 1326
《七襄機》 / 1326

劉鈺 / 1329
《海天嘯》 / 1329
- 《追父》 / 1329
- 《訣兒》 / 1330
- 《訓子》 / 1330
- 《授徒》 / 1331
- 《斥埭》 / 1331
- 《蹈海》 / 1332
- 《拒友》 / 1332
- 《救俠》 / 1333

● 清代雜劇叙録

丁傳靖 ▎ ················· 1342
《霜天碧》 / 1343

蘇　源 ▎ ················· 1346
《東郭傳》 / 1346

陳天華 ▎ ················· 1360
《黄帝魂》 / 1360

袁祖光 ▎ ················· 1362
《瞿園雜劇》 / 1363
- 《仙人感》 / 1363
- 《藤花秋夢》 / 1363
- 《孽海花》 / 1364
- 《暗藏鶯》 / 1365
- 《賣詹郎》 / 1365

《瞿園雜劇續編》 / 1371
- 《東家颦》 / 1371
- 《鈞天樂》 / 1372
- 《一綫天》 / 1372
- 《望夫石》 / 1373
- 《三割股》 / 1374

孫寶鏡 ▎ ················· 1379
《安樂窩》 / 1379
《鬼磷寒》 / 1380

麥仲華 ▎ ················· 1382
《血海花》 / 1382

馮　焕 ▎ ················· 1384
《賞中秋》 / 1385
《外國人查鼠疫》 / 1385

龐樹松 ▎ ················· 1387
《玉鈎痕》 / 1387

陳　栩 ▎ ················· 1390
《自由花》 / 1391
《媚紅樓》 / 1393

韓茂棠 ▎ ················· 1394
《軒亭冤》 / 1395
《愛國泪》 / 1409

目錄

王時潤 ┃———— 1412
《王粲登樓》 / 1412

俞天憤 ┃———— 1414
《同情夢》 / 1415

高　增 ┃———— 1418
《女中華》 / 1418
《俠客》 / 1419
《人天恨》 / 1420
《女英雄》 / 1420
《血海恨》 / 1421
《活地獄》 / 1422

龐樹柏 ┃———— 1423
《碧血碑》 / 1423

吳　梅 ┃———— 1426
《軒亭秋》 / 1427
《落茵記》 / 1428
《暖香樓》 / 1431
《雙泪碑》 / 1436

王蘊章 ┃———— 1440
《碧血花》 / 1441

陸恩煦 ┃———— 1443
《血手印》 / 1443
《李範晋殉國》 / 1444

朱　山 ┃———— 1445
《賀新年》 / 1445

柳亞子 ┃———— 1447
《松陵新女兒》 / 1447

孫大武 ┃———— 1449
《海棠夢》 / 1449

玉　橋 ┃———— 1456
《雲萍影》 / 1456

感　惺 ┃———— 1458
《斷頭臺》 / 1458
《三百少年》 / 1459

虞 名 ┃ ━━━━━━━ 1461

《指南公》／ 1461

碩 果 ┃ ━━━━━━━ 1462

《一家春》／ 1462

朗 ┃ ━━━━━━━ 1463

《窮途淚》／ 1463
《炎凉鏡》／ 1464

附錄一：
雜劇作品失傳之作者小傳（上）

┃ ━━━━━━━ 1467

三餘子 ／ 1469
傅齡文 ／ 1470
張　怡 ／ 1471
張彝宣 ／ 1472
金　堡 ／ 1473
沈　槎 ／ 1474
余　懷 ／ 1475
丘　園 ／ 1476
吳　綺 ／ 1477
顧大申 ／ 1478
朱素臣 ／ 1479
李式玉 ／ 1480
丁　澎 ／ 1481
陳祚明 ／ 1483
陸　舜 ／ 1484

王　抃 ／ 1485
萬　樹 ／ 1487
閔南仲 ／ 1488
汪士鋐 ／ 1489
汪　楫 ／ 1490
劉蔭樞 ／ 1491
陳學泗 ／ 1492
張令儀 ／ 1493
李天根 ／ 1495
李　鍇 ／ 1496
程　崟 ／ 1497
汪　靷 ／ 1498
敦　誠 ／ 1499
朱依真 ／ 1500
王　曇 ／ 1501

黃　濬 / 1502	張雲驤 / 1506
周星譽 / 1503	金綬熙 / 1508
平步青 / 1504	黃　人 / 1509

附錄一：
雜劇作品失傳之作者小傳（下）
　　　　　　　　　　1511

王仝高 / 1513	吳業溥 / 1525
碧虛仙史 / 1514	伊小痴 / 1526
陳陛謨 / 1515	周元公 / 1527
陳元林 / 1516	方外畸人 / 1528
范性華 / 1517	林奕構 / 1529
李茂英 / 1518	樸　心 / 1530
馬　萬 / 1519	沈懋德 / 1531
阮麗珍 / 1520	吳金鳳 / 1532
吳秉鈞 / 1521	吳孝緒 / 1533
吳棠楨 / 1522	吳仲甫 / 1534
退耕老農 / 1523	惜春主人 / 1535
田　民 / 1524	德　成 / 1536

附錄二：作家索引 ——— 1537

附錄三：劇名索引 ——— 1547

主要參考文獻 ——— 1567

凡 例

一、本敘錄主要載錄有清一代文人創作之雜劇作品以及相關序跋、題詞與評語等。所收雜劇作品，時間限定在 1644 年到 1911 年之間，即順治元年至宣統三年之間；所收序跋、題詞與評語等，則主要錄入民國及之前者。

二、對於易代之際作品的選擇，主要以作品問世時間爲依據，由明入清之作家和由清入民國之作家，凡考訂其作品問世於清代者一律收入。對於創作時間不能確定但可能完成於清代者亦酌情收入。

三、明清以來，雜劇已非元時"一本四折一楔子"之基本體式，在音律、曲辭、賓白等方面亦變化繁複，不僅有"南雜劇"與"北雜劇"之分別，且傳奇與雜劇之界限也日益難以區分。本敘錄主要以劇本體制之長短爲劃分標準，十一折（齣）及以下折（齣）數之戲曲作品均歸爲雜劇，超出者暫判爲傳奇。

四、本敘錄以作者爲綱，以作品爲目。共收入雜劇作家二百五十七位，皆爲姓名或字號可知者，按作者出生先後排序，個別僅知卒年或生卒年不詳者，根據其大致生活時間列入。每位作家出之以小傳，考述其生卒、字號、籍貫、履歷、創作等情況，并注明所依據之主要傳記文獻。雜劇作品失傳之作者小傳見附錄一。

五、本敘錄收入之雜劇作品共五百六十八種，均爲作者姓名或字號可考者。無名氏或佚名之作暫未收入。敘錄主體分爲"劇情概要與本事""著錄、版本與收藏情況""序跋、題詞與評語"三個部分。遵循"知見"之原則，在"經眼"之前提下，對雜劇內容、文本面貌、版本和收藏概況、題詞和序跋等進行梳理、彙輯。

六、本敘錄盡量對收入之雜劇作品及其相關情況進行勾稽、考釋，力求還原雜劇創作之關鍵信息。凡與作品相關之題名、本事、體式、折數、脚色、創作時間等皆納入敘録内容與考釋範圍之内。

七、本敘録之作品著録信息，主要參考二十世紀以來之戲曲目録學著述，即《清代雜劇全目》（傅惜華）、《古典戲曲存目彙考》（莊一拂）、《古本戲曲劇目提要》（李修生）及《莊一拂〈古典戲曲存目彙考〉補正》（趙興勤），另參以《明清傳奇綜録》（郭英德）。未見於以上五部著作者，暫不標注著録情況。

八、本敘録力求提供所收雜劇作品的基本版本信息。稿本、鈔本、刻本之别，均以序次臚列。各版本之異體字及顯見形近訛誤或版刻、抄寫變異字，除特别存有疑義者隨文説明外，皆徑改，不另出校記。

九、本敘録收録之序跋、題詞以及評語等，有來自雜劇文本者，亦有取自其他别集、筆記等文獻者，均以提供雜劇作品副文本之"完備"信息爲目的。文獻之題署，盡可能依據底本。但原本僅題"序""跋""題詞"等，則補題戲曲作品之本名，以書名號識之；原本無題名，則酌情補題。相關文字，均酌情劃分段落，加以標點。

十、雜劇文本及相關文獻資料，時或出現難以辨識之字體，或有脱字之現象。凡無法辨識或脱字處，皆以"□"標識。原文誤字或抄寫、刷印模糊不清者，則以括號標注相關字，以供研究者參考。

十一、本敘録引用及參考之文獻，除期刊和學位論文外，一般不在行文中標注版本信息，統一列入全書末之"主要參考文獻"。

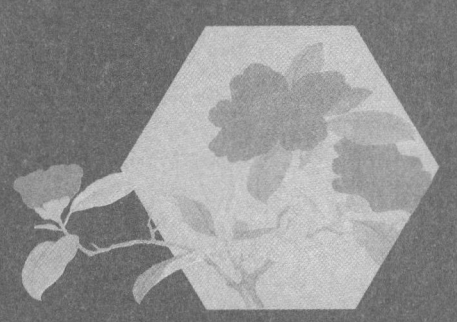

陸世廉
（1585—1669）

　　字起頑，號生公，又號晚庵，長洲（今江蘇蘇州）人。曾九次參加鄉試，皆不中。崇禎十三年（1640）被保薦爲廣州府通判，南明桂王時官光禄寺正卿。計六奇《明季南略》卷十轉引《粤事紀》云："（永曆元年）正月朔，帝在梧江舟次，免朝賀。於梧州知府陸世廉取庫銀五十兩，爲雇覓挽夫費，將北進桂林府。"并注明："陸世廉，蘇州人，恩貢，後爲光禄寺正卿。"南明滅亡以後，隱居家鄉二十年，自號暇園主人。究心於經學，著有《暇園志》等。有傳奇《八葉霜》（未見）、雜劇《西臺記》。

　　按，關於陸世廉的生卒年，《清代雜劇全目》未標注。鄧長風《九位明清江蘇、上海戲曲家生平考略》根據（乾隆）《蘇州府志》卷五十六小傳以及鄭敷教《前中大夫陸晚庵小傳》推斷其生卒年爲"1585—1669"，《古本戲曲劇目提要》從之。

　　傳記文獻：（乾隆）《蘇州府志》卷五十六、計六奇《明季南略》卷十、鄭敷教《前中大夫陸晚庵小傳》（趙詒琛重編《重編桐庵文稿》）、鄧長風《九位明清江蘇、上海戲曲家生平考略——美國國會圖書館讀書札記之十一》（《明清戲曲家考略全編》上）等。

《西臺記》

● 劇情概要與本事

　　劇首署"晚庵陸世廉著"。四齣，未標齣目。寫宋末國勢危急，丞相文天祥收拾殘兵，化爲一旅，又招謝翱與鄒灃入幕，共參軍事。文天祥孤軍無援，難以自存，問計於謝、鄒。謝翱認爲祇得號召東南，聯絡忠義，盡心而已；鄒㵎則建議與都統張世傑軍互爲表裏，或有一綫機會。文天祥差人請張世傑來相府商量，二人忠誠自矢，均抱赴難殉國之决心。後五坡一敗，文天祥被元軍所執，元博羅丞相見其意氣高岸，不肯歸降，便令人將之押至相府，欲羞辱其一番。文天祥唯願速死，以完全節，故面見博羅，長揖不跪，抗節不屈。博羅知道其終不爲所用，便奏過皇帝，再作區處。張世傑十萬水軍扼守海口，不意元師徑自岡門而入，致其與帝舟聲息杳不相聞。這時探子來報，言帝舟已覆，百官從死，陸秀夫抱少主赴海痛哭一場，投崖而死。張世傑見舉國淪胥，事已不可爲，遂取辦香案，禱告天地，言天若不祚宋，可速起風濤，覆没衆舟。果然風暴驟起，全没水軍。謝翱得知文天祥已經遇難，到西臺設酒吊唁，抒發失國之悲。

按，本劇之作期，應在入清以後。劇中極寫恢復之失敗，云："三百年社稷，數已垂盡，應是胡元入主中國，雖忠臣義士極力挽留，終亦不易。"追悼故國之情緒也極爲强烈。鄧長風《明清戲曲家考略全編》認爲此劇作於"北歸返里之後"，即南明桂王失敗後，是合乎實際的。徐子方《明雜劇研究》認爲："此劇之作時雖不可考，要當爲其經歷之實録。雖不必作於明亡之前，但亦可歸入明人雜劇之列，如文天祥之於宋詩，張炎等之於宋詞然。"不確。

生扮謝翱，小生扮鄒㵎，正旦扮天妃，净扮博羅，副净扮龍神，末扮張世傑，外扮文天祥，雜扮水族。登場人物尚有家人、風伯、雨師、探子、衆軍、家僮等，俱未分配脚色。

本事見元胡翰（1307—1381）《謝翱傳》（程敏政《宋遺民録》卷二）、明宋濂（1310—1381）《宋文憲公集》卷十《謝翱傳》、陳邦瞻（1557—1628）《宋史紀事本末》等。明卜世臣（生卒年不詳）《冬青記》傳奇與此題材同。

● 著録、版本與收藏情況

《清代雜劇全目》《古典戲曲存目彙考》《古本戲曲劇目提要》著録。現存

《雜劇三集》本,王永寬、楊海中、幺書儀選注《清代雜劇選》(中州古籍出版社1991年版)據之排印。

● 序跋、題詞與評語

鄒式金《〈西臺記〉評語》(《雜劇三集》所收本《西臺記》卷首):

表貞臣志節易,寫義士胸懷難。妙在不矜浮艷,實地描摹,肝膽鬚眉具見。

鄒式金
(1596—1677)

　　字仲愔，號木石居士、香眉主人，無錫（今江蘇無錫）人。崇禎十三年（1640）進士，曾任南京户部主事、郎中等。南明時任福建泉州知府，襄贊隆武帝抗清。失敗後回鄉隱居，曾入無錫衆香庵，三十年居樓不下，以遺民自居。清初曾涉獄案。《明季南略》卷四云：“鄒來甫，無錫泰伯鄉人，庠士，不剃髮，隱居教授。至康熙初年，族紳鄒式金被仇家訟陷藏來甫於家，遂逮來甫。”工詩詞，擅書畫，通曲律。著有《香眉亭詩》《宋遺民錄》等，雜劇有《風流冢》一種。又與長子鄒漪（1615—?）合作編選完成《雜劇新編》，又稱《雜劇三集》。

　　傳記文獻：鄒仁溥《泉州知府木石公小傳》[《（江蘇常州）鄒氏宗譜》卷三]，顧光旭《梁溪詩鈔》卷十五，計六奇《明季南略》卷四，（嘉慶）《無錫金匱縣志》卷六《文苑》，杜桂萍、馬銘明《〈雜劇三集〉編纂問題考論》（《古籍整理研究學刊》2009 年第 6 期）等。

《風流冢》

● 劇情概要與本事

　　劇首署“仲愔鄒式金著”，正名爲“平康巷題遍柳枝詞，樂游原灑盡紅裙淚”。四折，未標折目。寫宋代柳永功名未就，薄幸名存，因增定《大晟樂府》有功，除授浙江餘杭縣尹。途經江州，聞當地名伎謝天香才色雙絕，便去訪尋。謝氏亦久慕柳永，曾手抄其詞集，終日吟想。二人相見，甚是纏綿繾綣。後柳永升任屯田員外郎，又擬補翰林，却因其《西江月》詞中有“不求富貴"之語，皇帝便批他作白衣卿相，令其去花前月下填詞。柳永感仕途險窄，終非所好，忽聞此信，欣喜萬分，當即與謝氏一起游覽湖山，笑談風月而去。不久，柳永病逝，衆伎醵金葬之樂游原上。時值清明，謝天香與衆伎又來掃墓、祭拜，表達對柳永的懷念之情。

按，《遠山堂劇品》著錄鄒式金雜劇《春風吊柳七》，爲南曲一折。論者如曾永義、陳芳、徐子方等認爲此乃《風流冢》之異名，故多據《遠山堂劇品》將《風流冢》歸入明代。筆者以爲不然。一因題名不同，二因折數不同（一爲一折，一爲四折），三則有曲調差異，故二者至少有簡繁之別。傅惜華《清代雜劇全目》懷疑《春風吊柳七》爲《風流冢》初稿，周妙中《清代戲曲史》認爲"《風月吊柳七》即《風流冢》第四折，因爲它是一折南曲，内容衹是吊柳七一段"。筆者傾向於《風流冢》乃鄒式金編訂《雜劇三集》時的修改之作，應定爲清代作品。另，孫書磊《明清之際雜劇作期叢考》（《古籍整理研究學刊》2005年第3期）亦言："聯繫劇情，該劇（《風流冢》）應作於作者離開唐王政權之後的順治二年（1645）。"

生扮柳永，旦扮謝天香，小旦扮婢女、趙香香，老旦扮陳師師，貼旦扮徐冬冬，外扮吕夷簡，末扮宋仁宗。

本事見於《清平山堂話本》卷一《柳耆卿詩酒玩江樓記》、明馮夢龍（1574—1646）《喻世明言》卷十二《衆名姬春風吊柳七》。元關漢卿（生卒年不詳）《錢大尹智寵謝天香》雜劇與此題材同。

● 著錄、版本與收藏情况

《清代雜劇全目》《古典戲曲存目彙考》《古本戲曲劇目提要》著錄。現存《雜劇三集》本，鄭振鐸《清人雜劇二集》、《清人雜劇百廿種》第3册據之影印。

● 序跋、題詞與評語

鄭振鐸《〈風流冢〉跋》(《清人雜劇二集》卷首《題記》):

鄒式金,字仲愔,號木石,無錫人。嘗選《雜劇新編》(一作《三集》),繼沈泰《明劇》初、二集後,吳梅村爲之序。梅村稱他爲"梁谿老學,宿有契悟,旁通聲律"。其自作的《風流冢》亦在集中。《風流冢》寫柳永事。按,叙永事者,詞話有《衆名妓春風吊柳七》(見《古今小説》)及《柳耆卿詩酒玩江樓記》(見《清平山堂話本》)。關漢卿有《錢大尹智寵謝天香》劇,今見《元曲選》。元戲文、雜劇并有《詩酒玩江樓》名目,惜均不傳。這劇所寫,前半爲耆卿生平,後半爲謝天香及衆名妓於清明日上墓吊他事。蓋合《謝天香》劇和《春風吊柳七》詞話而爲一者。而於《玩江樓記》周月仙事則不之及焉。

陳于鼎
（1600—1661）

　　字爾新，號實庵、嘯齋、南山逸史等，宜興（今江蘇宜興）人。天啓元年（1621）舉人，崇禎元年（1628）進士，考選翰林院庶吉士，除編修。不久以居鄉不謹，削職家居。弘光時，起任翰林院掌院正詹士。次年降清，北上授弘文院編修。未幾，革職南還。後涉通海案，被清廷處死。臨刑曾自言："明末惟李定國、鄭某水陸兩大戰差可人意。吾得附其驥尾，死何恨哉！"（顧予咸《翰林院左春坊左庶子陳公墓表》）有經學著作《麟旨定》，今存。又存雜劇五種：《半臂寒》《長公妹》《中郎女》《京兆眉》《翠鈿緣》，合稱《嘯齋曲五種》。鄒式金《雜劇三集》眉評云："嘯齋曲有十種，僅梓其半。"可見尚有其他劇作，惜已散佚。另，毛先舒《詩辯坻》卷四《詞曲》云："《北西廂》古本，陳實庵點定者爲佳，別本多所改竄，浸離其故。"今未見。

　　按，《古典戲曲存目彙考》《清代雜劇全目》《古本戲曲劇目提要》均以"南山逸史"出目，云其生平不詳。楊鍾羲《雪橋詩話三集》卷一云："嘗見倪文正詩畫册，題者爲潞河門下士張文斑，明天官尚書郎西泠張中發，南山逸史陳于鼎實庵，吳趨後學葉襄聖野，西陵門下士吳山濤，晉江舊史憨齋黃文焕，會稽唐九經豫公，釣史查繼佐伊璜氏，皆遺民也。"陸萼庭《康居平曲話·南山逸史是誰》認爲所言之"南山逸史陳于鼎"，其時代與身份均合乎雜劇所記，肯定作者南山逸史爲陳于鼎。曾永義《清代雜劇概論》從曲文"庚青""真文"韵不分斷定陳于鼎爲吳人。孫金振《陳于鼎生平事迹證補》推其生卒年爲"1601—1662"；陸勇強《清代曲家疑年考辨》一文，定其生卒年爲"1601—1661"；呂楊等《陳于鼎事迹述略及其評價》據《宜興亳里陳氏家乘》則定爲"1600—1661"。以《家乘》爲是。

　　傳記文獻：顧予咸《翰林院左春坊左庶子陳公墓表》（《宜興亳里陳氏家

乘》卷十一）、楊鍾羲《雪橋詩話三集》卷一、談遷《北游錄》之《紀程》、徐鼒《小腆紀傳》卷六十三《貳臣傳》、陸萼庭《康居平曲話·南山逸史是誰》（《清代戲曲家叢考》）、孫金振《陳于鼎生平事迹證補》（《文獻》1992年第3期）、陸勇强《清代曲家疑年考辨》（《戲曲藝術》2004年第1期）、吳春彦《清初戲曲家陳于鼎生平事迹考論》（《中華戲曲》第49輯，文化藝術出版社2014年版）、賈朝晶《南山逸史〈嘯齋曲五種〉研究》（山西師範大學碩士學位論文，2002年）等。

《半臂寒》

● 劇情概要與本事

劇首署"南山逸史著"，正名爲"吃不了的薑鹽一朝快意，著不得的半臂千古鍾情，會爭憐的衆姬春山淡鎖，能擺脱的小宋古寺尋盟"。四齣，依次爲《史娛》《忍凍》《爭憐》《嘯隱》。另，第一齣前有【臨江仙】一曲，似傳奇之副末開場。寫北宋雍丘人宋祁生於仕宦之家，童年善病，雅好神仙；早歲多聞，兼通音樂。與兄宋郊齊名，并入翰林，人誇"二宋"。曾因諫阻太后謁享太廟，舉朝欽仰。今纂修《唐書》，繕寫已畢，便請夫人帶女樂上堂，歌舞侑酒，十分快活。這時，宋郊、張先來訪，言徐復之將入山修道，約宋祁明日往郊外話别。宋郊見弟弟如此奢靡，甚是不滿，言其忘却本來面目。次日，宋祁依約前往，正與徐復之話别之際，大風驟發，冷氣侵膚。他人或布袍遮體，或身挂重裘，衹有宋祁羅襦單薄，寒栗生肌，忙命僕人回府取衣。不久，僕人帶來許多衣服，原來衆妻妾聽聞宋祁寒冷，便爭相脱下半臂送與宋祁禦寒。張先打趣他前生種下福因，今生多受美人們憐念。但宋祁不願妻妾認爲自己有薄厚之嫌，竟一件也不敢穿。他冒雪忍凍而歸，妻妾紛紛打聽其穿了誰人半臂，知其一件也不曾穿，或惱或哭，或藉彈唱對之埋怨、譏誚。宋祁受到觸動，生出家訪道之心。不久，宋祁不顧妻妾、子女阻攔，上表辭官。然後身着道裝，飄然遠去。入南明寺，與徐復之、慧雲和尚等說法談經，共證菩提。

生扮宋祁，小生扮宋郊、宋雲，旦扮鄭瓊鶯，小旦扮董青霞，老旦扮勝蘭，貼旦扮文簫，老旦、貼旦、淨、丑扮衆女樂，淨扮張先、柳烟姐，外扮徐復之，末扮慧雲，丑扮巫姬，雜扮書童、院子。

本事出自宋魏泰《東軒筆錄》卷十五。清鄭瑜（1612？—1667？）《椽燭修書》劇，與此劇第一折劇情相似。

◆ 著錄、版本與收藏情況

《古典戲曲存目彙考》《清代雜劇全目》《古本戲曲劇目提要》著錄。今存《雜劇三集》本。

◆ 序跋、題詞與評語

鄒式金《〈半臂寒〉批語》（《雜劇三集》所收本《半臂寒》第一折眉批）：

嘯齋曲有十種，僅梓其半。自是天生仙骨，即介白諢科，備極神韵。蓋先生精解音律，親教紅兒，故其妙如此。

《長公妹》

◆ 劇情概要與本事

劇首署"南山逸史著"，正名爲"蘇小妹香閣中巧續綉球詩，秦少游合巹時再填龍虎榜"。四齣，依次爲《家慶》《郵晤》《續詩》《考婚》。寫宋代蘇洵乃飽學之士，與夫人程氏育有二子一女。二子蘇軾與蘇轍，聯名金榜，共步玉堂。中年所生之女名小妹，才華不遜班姬、謝女，與父、兄堪稱"四蘇"。

蘇洵愛若珍寶。時值三月上弦，乃蘇洵壽誕之辰，小妹備下酒席，邀二兄爲父親祝壽。席間，衆人祝酒行令，好不快活。高郵人秦觀才絢七襄，志希三立，又風節自矜。奈年華弱冠，功名未遂，家室未諧。某日，蘇軾、黃庭堅慕名來訪，三人齊往東郭高臺之上飲酒閒話。言談中，蘇軾知秦觀不獨文詞冠世，且留心經濟，手眼出人之上。秦觀發願要娶一位才女爲妻，黃庭堅提議以蘇小妹許之。蘇軾不敢自專，言待稟過父母，再煩黃庭堅作伐。後楚姬片雲入席，片雲久慕秦觀才華，請其贈詩，并願與之結成連理，生死相依。某日，蘇洵偶往園中散步，見綉球花開，皎若白玉，團若晶球，欲作七律一首品題，剛成四句，便爲人召去，不得終篇。小妹往園中游玩，當即將父親所作詩篇續完。蘇洵歸來，見小妹續句，贊其藍出青逾，又交給女兒兩卷詩文，命其點評。這兩卷詩文分別是王安石之子王雱、秦觀所作。小妹瀏覽過後，對秦觀文采大加贊賞。蘇洵遂命蘇軾籌辦喜宴，將已經中舉之秦觀贅爲門婿。成婚之夜，小妹自負才高，不肯輕易合巹，要試秦觀三題，一作詩，二射覆，三作對，三題合式，方許牽絲入幕。前二題，秦觀輕易完成；第三場作對，秦觀一時被難倒，徘徊門前。蘇軾前來探聽動静，見此，投石入水以點撥秦觀，秦觀當即對出。小妹認爲此對更見高才，遂與秦觀共入洞房。

　　生扮秦觀，小生扮蘇轍，旦扮蘇小妹、二鬟，老旦扮程氏，净扮院子，末扮蘇軾，丑扮門人，外扮蘇洵、黃庭堅。

　　本事出自南宋無名氏《東坡問答錄》以及明馮夢龍（1574—1646）《醒世恒言》卷十一《蘇小妹三難新郎》。明陳汝元（生卒年不詳）《金蓮記》傳奇，清李玉（1602？—1676？）《眉山秀》傳奇、車江英（生卒年不詳）《游赤壁》雜劇中均有演述此事關目。

● 著錄、版本與收藏情况

　　《古典戲曲存目彙考》《清代雜劇全目》《古本戲曲劇目提要》著錄。今存《雜劇三集》本。

《中郎女》

● 劇情概要與本事

劇首署"南山逸史著",正名爲"重文學的老奸瞞輕財全友,讀父書的俊文姬女作男工,受孤棲的懦賢王拋妻割愛,落便宜的窮董祀婦貴夫榮"。四齣,前三齣依次爲《贖姬》《歸漢》《完婚》,第四齣不全,脫齣名。另,第一齣前有【菩薩蠻】一曲,似傳奇之副末開場。寫曹操挾天子以令諸侯,修文事又嫻武備,求賢若渴,不辭勞瘁,終使海甸初平,烽煙暫息。今欲擇耆宿名賢修史,與衆謀臣商議。王粲推薦蔡邕之女文姬擔當此任,言其絕代聰明,能記憶其父之書,況淵源授受,衣鉢嫡傳。然蔡文姬已身陷匈奴,爲左賢王之妻,恐不能輕易回還。曹操命王粲修下國書,齎金珠百斛、彩幣千車,贖取蔡文姬歸漢。又令曹彰率精兵一同前往,倘左賢王倔强,或剿或擒,務取蔡文姬還朝。蔡文姬夙承家教,飽讀父書,本想做個巾幗男兒、衣冠女子,不料身入虜廷,降志辱身,甚是淒慘。今聽聞此事,心中暗喜。左賢王不願放人,見曹彰帶兵前來,迫於壓力,祇得放蔡文姬歸去。陳留人董祀曾受業蔡邕門下,昔與文姬訂下姻盟,文姬被擄後,董祀飄流京洛,鶉衣露肘,破屋撐天,淒涼度日。今曹操特授其爲丞相掾,賜宅第、奴僕等,令其與蔡文姬重續前緣。新婚之夜,二人回憶生平,感慨萬千。皇帝特加文姬館職,文姬秉筆纂修國史。書成,獻給皇帝。皇帝封其爲陳留郡君。

生扮董祀,小生扮王粲,旦扮蔡文姬,小旦扮文姬女,凈扮劉楨、左賢王,副凈扮曹彰,末扮荀彧,丑扮楊修、文姬子,外扮曹操,雜扮宮侍。

本事見於《後漢書·列女傳·董祀妻》。元金仁傑(?—1329)《蔡琰還漢》雜劇,明陳與郊(1544—1611)《文姬入塞》雜劇,清尤侗(1618—1704)《吊琵琶》、薛旦(1620?—1706?)《昭君夢》、曹寅(1658—1712)《續琵琶記》、周樂清（1785—1855）《琵琶語》、張瘦桐（生卒年不詳）《中郎女》等與此題材同。

● 著錄、版本與收藏情況

《古典戲曲存目彙考》《清代雜劇全目》《古本戲曲劇目提要》著錄。今存《雜劇三集》本。

《京兆眉》

● 劇情概要與本事

劇首署"南山逸史著"，正名爲"忙京兆撇不下細君恩愛，聖天子饒得過太守風流"。四齣，依次爲《待描》《眉嫵》《盜憎》《主聖》。寫漢宣帝時，河東平陽人張敞，家秉儒風，心留吏治，用法深嚴，存心平恕。京城群盜縱橫，皇帝特簡其爲京兆尹。自到任以來，計擒諸盜，致畿甸肅清、士民樂業。張敞與妻子張氏琴瑟和諧，感情甚篤，又頗解惜玉憐香，每日朝謁回衙，常在閨中爲張氏畫眉，助媚增嬌，因此京中盛傳"京兆眉嫵"。楊惲夫人與魏相國夫人聞之，極爲艷羡，於是設下酒席，請張夫人赴宴，欲學畫眉之法。張夫人來後，果然黛色超凡，修蛾如畫。魏夫人甚是折服，打聽畫眉師爲誰，乃知出自張敞之手。此事遂傳遍京城，爲妻描眉亦成一時風尚。因張敞爲官清正，捕盜護民甚力，爲大盜張貝等所忌恨。張貝賄賂官員，使之彈劾張敞，言其章臺走馬，不守官箴；閨閣畫眉，有荒政務。皇帝不知虛實，召丞相蕭望之與光祿勳楊惲諮詢。蕭言閨房之事，尤難詳察，不敢妄言；楊曰料無此事。皇帝又召張敞前來面鞫，張敞承認確曾走馬章臺，然祇爲訪查盜賊潛踪；畫眉之事亦爲真，然夫婦一倫，有無限隱微之事，若說起夫婦私情，更有甚於畫眉者。皇帝聽完，不動聲色，要其回私寓候旨。張敞歸家，忐忑不安。

不久聖旨到，不僅對張敞未加責罰，反進階一級，賜通天犀管十枝、螺子黛一升，以供其爲妻畫眉之用。

生扮張敞，小生扮楊惲、內官，旦扮張夫人，小旦扮嫣然、楊夫人，淨扮侍兒、張貝，副淨扮李戎，末扮漢宣帝，丑扮魏夫人、錢智，外扮蕭望之。登場人物尚有內侍、儀從等，俱未分配脚色。

本事見於《漢書》卷七十六《張敞傳》，劇本加入奸人藉閨中畫眉攻擊張敞之事。元高文秀（生卒年不詳）《京兆尹張敞畫眉》雜劇（佚），明汪道昆（1525—1593）《遠山戲》雜劇、范文若（1590—1637）《倩畫眉》傳奇，清陳培脈（1670—1730）《畫眉記》雜劇與此題材同。

● 著錄、版本與收藏情况

《古典戲曲存目彙考》《清代雜劇全目》《古本戲曲劇目提要》著錄。今存《雜劇三集》本。

《翠鈿緣》

● 劇情概要與本事

劇首署"南山逸史著"，正名爲"曾行刺的韋家郎拗不過荒唐月老，巧貼翠的种氏女掩不過嫵媚刀痕"。五齣，依次爲《詒姻》《刺偶》《議親》《嬌妝》《證舊》。第一齣前有【西江月】曲，似傳奇之副末開場。寫唐時，書生韋固乃節度使之子，倜儻好奇，喜讀書，復工擊劍，曾聘下潘昉之女爲妻，尚未成婚。寶應初年，韋固上京應試，夜宿宋城客寓，旅况無聊，便到平林之下閑步。偶遇一老翁，自言月下老人。韋固問婚姻之事，老人言潘氏非其配，此去三十里，有賣菜陳嫗，其懷中二歲女孩乃其婦也，韋固不信。次日，策馬東進，果在店北地方遇一賣菜老嫗，懷抱幼女。韋固驚問老婦姓氏及女孩年齡，與老翁所言正相符。韋固大驚，爲使月老之言不驗，提刀直刺，欲殺死女孩。女孩受傷大啼，老嫗急呼救命，韋固上馬逃離。衆鄉鄰前來救助，所幸女孩祇是損了額間皮膚，不致傷命。原來此女乃种節度使之女，遭安史之亂，一家被害，老僕陳嫗將之懷抱逃離，暫時安身在此。在衆人建議與幫助下，老嫗携女孩往相州投奔种氏故友節度使王泰。韋固入京高中，十四年後已官至西川節度使，派人迎娶潘氏，不料潘氏已死，遂喚來官媒，待選一位名門望族、絕世佳人續弦。媒氏言王泰之女年十七八歲，才貌俱全，正待婚配。韋固本與王泰屢世通家，極相契厚，認爲求親必允。王泰之女實爲其收養之种氏女，今已及笄，容貌端妍，又知書達理。王泰一心要爲其尋個風流才子爲婿，見韋固尚未有室，遂將此女相許。成婚之日，种氏以翡翠梅花鈿粘在眉間，欲遮蓋傷痕，却愈增嬌媚。次日，韋固詢問新人眉心疤痕之由來，方知其爲當年陳嫗懷中之女，受傷未死。韋固始信姻緣天定。

生扮韋固，旦扮种氏，貼扮王泰夫人，老旦扮陳嫗、保姆，副净扮官媒，末扮何登者、院子，丑扮童子、梅香、侍女，外扮月下老人、王泰，雜扮市人。

本事見於唐李復言《續幽怪錄·定婚店》及宋委心子《新編分門古今事類》卷十六所收《韋固赤繩》。明劉兑（生卒年不詳）《月下老定世間配偶》雜劇與此題材同。

● 著錄、版本與收藏情況

《古典戲曲存目彙考》《清代雜劇全目》《古本戲曲劇目提要》著錄。今存《雜劇三集》本。

碧蕉軒主人

姓名、里居、經歷皆不詳。齊森華等主編《中國曲學大辭典》言其爲"明末清初人"。有雜劇《不了緣》一種。

《不了緣》

● 劇情概要與本事

劇首署"碧蕉軒主人著"。四齣，未標齣目。寫張生與崔鶯鶯分別後，走馬長安，求取功名。一年後，落魄而歸。途中金風颯颯，黃葉飛飛，好似去年西行時候。來到普救寺，但見重門靜掩，杳無人聲，不復舊日光景。正自納悶，香火道人前來行禮，張生向其打聽消息，方知鶯鶯已經嫁給鄭恒，紅娘隨嫁而去，老夫人也搬往鄭府左近居住。張生聞此，肝腸寸斷，欲待寄書訴衷腸、續前緣，却不知該寄往何處。鶯鶯自成婚後，住重樓煖閣，聽玉簫金管，然整日眉峰緊斂，憮憮如有所思，鄭恒由此生出許多猜疑。不久，張生來訪，以鶯鶯中表至親求見。鶯鶯知是張生，以身子不快爲由避門不出。張生思念鶯鶯心切，欲至屋內一見，被紅娘婉言阻止，祇得隨鄭恒往書房飲酒閑話。張生酒醉，留宿鄭宅，滿懷愁悶，輾轉難眠，剛剛假寐片時，忽聞叩門之聲。原來鶯鶯日夜思念張生，今日未能相見，便作詩一首，央紅娘送來，與張生搭話。張生讀完詩作，長嘆一聲，知道"從前種種，不堪回首；從後種種，越令斷腸"。紅娘言鶯鶯之所以嫁與鄭恒，是因爲張生長久以來杳無音信，鶯鶯認爲自己無辜被弃。不覺四更鼓過，張生、紅娘祇得灑淚而別。張生歸去，想起與鶯鶯之姻緣似大夢一場，欲就不能，欲捨不可，不能釋懷，遂往普救寺尋法本一論究竟。法本講述色空之理，張生聞之，欲遁入空門。法本則言張生情根未斷，崔、張二人緣分未了，三十年後當重續前緣。

生扮張生，小生扮鄭恒，旦扮鶯鶯，小旦扮紅娘，凈扮香火道人，丑扮書童，外扮法本。

本劇接續元王實甫（生卒年不詳）《西廂記》雜劇第四本，結局有改動。按，孫書磊《明清之際雜劇作期叢考》（《古籍整理研究學刊》2005年第3期）認爲該劇未見於沈泰《盛明雜劇》而被收入鄒式金《雜劇三集》之中，故其"作期應在崇禎三年（1630）至順治十八年（1661）間"，且"劇中宣揚'色空'觀念，流露出作者對社會的極度失望，所以，該劇更可能在清初創作"。

◆ 著録、版本與收藏情況

《清代雜劇全目》《古典戲曲存目彙考》著録。今存《雜劇三集》本。

◆ 序跋、題詞與評語

焦循《〈不了緣〉評語》（《劇説》卷二，《中國古典戲曲論著集成》第八集，中國戲劇出版社1959年版）：

碧蕉軒主人作《不了緣》四折，則本"自從別後減容光"一詩而作也：崔已嫁鄭恒；張生落魄歸來，復尋蕭寺訪鶯鶯，不可復見——情詞淒楚，意境蒼涼，勝於查氏所續遠甚，董、關而外，固不可少此別調也。

堵廷棻

　　字芬木，號伊令，無錫（今江蘇無錫）人。《古典戲曲存目彙考》言其"約順治十八年前後在世"，《古本戲曲劇目提要》亦云其"生卒年代不詳，約順治十八年前後在世"。少有詩名，《梁溪詩鈔》言其"幼有雋才，以詩名於時"。順治二年（1645）舉人，四年（1647）進士，授直隸滿城知縣，又曾任山東歷城知縣。（民國）《續修歷城縣志》言其："清介自矢，不名一錢。聽訟無冤民，以文學飾吏治。困於上官，每事抵牾，感憤成疾。一日謝事，所負至三千餘金。士民戴德，刻日完輸。歸卒，邑人思之。"與周亮工（1612—1672）為莫逆之交，與吳偉業（1609—1672）亦有往來。著有《襟蘭集》《九友堂集》。工度曲，有雜劇《衛花符》一種。

　　傳記文獻：（乾隆）《金匱縣志》卷八、（乾隆）《滿城縣志》卷六、（民國）《續修歷城縣志》卷三十八、顧光旭《梁溪詩鈔》。

《衛花符》

◆ 劇情概要與本事

　　劇首署"伊令堵廷棻著"，正名為"小園清聚多文女，朱幡立淡煞風姨"。二齣，未標齣目。第一齣前有【踏莎行】曲，似傳奇之副末開場。寫唐代崔玄微興耽水木，侶結漁樵。天寶初，結廬洛苑之東，雖蓬蒿滿徑，竟也清雅幽閑。花神和二三女伴每遇春時，常至其林亭中吟風弄月，抹雨梳煙。一日，眾花仙與封家十八姨又來崔玄微院中佳會，眾仙飲酒。封舉觴，花仙石卿天性不勝酒力，故不飲。封強之，亦不飲。封怒，不顧解勸，離席而去，餘人亦不歡而散。會後，石卿對崔玄微言，花仙姊妹皆住院中，每歲多爲惡風所撓，常求封十八姨相庇；今封怒，恐不相保，求崔作一朱幡，以爲衛花之符。崔依其言，樹起朱幡，院中百花賴以安。

生扮崔玄微，老旦、旦、貼旦扮衆花仙，小旦扮石卿，茶旦扮封十八姨，雜扮二女奴。

《古本戲曲劇目提要》認爲此劇"可能爲順治、康熙之間所作"。本事見唐鄭還古《博异記·崔玄微》，明馮夢龍（1574—1646）《醒世恒言》卷四《灌園叟晚逢仙女》以之爲入話。清吳階（1757—1821）《護花幡》傳奇（佚）、萬承紀（1766—1826）《護花鈴》傳奇（佚）、朱□□（生卒年不詳）《護花記》傳奇（佚），與此題材同。

◆ 著錄、版本與收藏情况

《清代雜劇全目》《古典戲曲存目彙考》《古本戲曲劇目提要》著錄。今存《雜劇三集》本。

范希哲

自署四願居士、看松主人、秋堂和尚、西湖素岷主人、魚籃道人、燕客退拙子、小齋主人、不解解人等，錢塘（今浙江杭州）人，生平事迹不詳。或云其爲龔鼎孳（1616—1673）門客，戲曲作品多由李漁（1611—1680）"閱定"，應與李漁友善。著有《綉刻傳奇八種》：《萬全記》《十醋記》《補天記》《雙瑞記》《偷甲記》《四元記》《雙錘記》《魚籃記》，皆存。雜劇有《三幻集》，署"李漁閱定"，附刻於《綉刻傳奇八種》之後，合稱《綉刻傳奇十種》。

關於上述傳奇戲曲作者問題，學界有爭論。按，初刊本《笠翁新三種傳奇》包括《補天記》《雙瑞記》《四元記》，署李漁所作。芥子園刊本《笠翁傳奇五種》包含《萬全記》《十醋記》《雙錘記》《偷甲記》《魚籃記》，亦署李漁所作。康熙明善堂所刊《笠翁閱定傳奇八種》，標明李漁爲閱定者，非作者。現在一般認爲這八種傳奇爲范希哲所作，主要根據是《今樂考證·著録九》在"李漁"條後列"四願居士"條，包括《偷甲記》《魚籃記》《雙錘記》《萬全記》《十醋記》《四元記》，案語云："《曲考》……入《十醋》於無名氏，注云'龔司寇門客作'。或云係范希哲作。或又以《萬全》一種爲范氏作。近得五種合刻本，署曰'四願居士'。笠翁無此號，殆爲希哲無疑耶？"在"四願居士"條後又列"范希哲"條，收《補天記》一種。孫楷第認爲："《今樂考證》案語所言甚是。又稱《補天記》署范希哲名，其本今在《新傳奇三種》中，然則八種皆希哲所撰歟？"《今樂考證》祇肯定《補天記》爲范希哲作，推測其餘七種傳奇亦可能爲范氏所作，孫楷第對此亦持存疑態度。

傳記文獻：姚燮《今樂考證》、曾永義《清代雜劇概論》（《中國古典戲劇論集》）等。

《三幻集》

包括雜劇《萬古情》《萬家春》《豆棚閑戲》三種。《豆棚閑戲》劇內多引艾衲居士《豆棚閑話》。吳曉鈴《〈三幻集〉跋》引用鄭振鐸相關說法，認爲《豆棚閑話》"當係出於明代遺民之手"，"《三幻集》之作者亦必去此時未遠"。

劇情概要與本事

《萬古情》

六齣，未標齣目。寫地獄欣逢五百年之曠典，觀音大士、太乙真人分別奉如來法旨及道君敕旨，同到幽冥界口，撫恤地獄衆鬼魂，爲其減罪滅灾。冥府勾情都管率領功曹叩迎法駕，兼送文案。菩薩、真人吩咐其將案內鬼魂詳分明白，送歸陽間，都管領旨施行。這時，一新到亡靈思家痛哭，甚是悲切。菩薩、真人聞之傷情，爲之落泪，遂令都管查詢明白。都管言此人生前功德無量，應重生人世，福禄兩全。菩薩因其幸遇欽恤之期，特令飛升天界，其家人享百世崇榮。隨後，菩薩、真人及其侍衛諸神共赴地藏王菩薩及十殿閻王所設齋席。因鬼魂盡往投生，地獄爲之一空，不但鬼吏無事可爲，血池刀山也變得碧澄蒼翠。無常、歇壁鬼、牛頭、馬面等趁機相約游玩，恰遇追魂女、攝魄郎隨母親孟婆出來玩耍，衆人坐在草茵之上，嬉戲玩笑。隨後孟婆邀請同僚們往家中小飲三杯。散花天女待如來説法已畢，散花而回，還剩得桂花、杏花、瓊花三支，欲尋有緣之人付之。這時望見南瞻部洲一户城裏人家樂聲咿咿，香雲冉冉，又間着哭泣哀哀，甚是奇怪，便傳土地來問，方知正是幸遇菩薩、真人之亡靈家，遂托土地將三花相贈，以應其家三元之兆。最後，十府閻君感佩仙佛慈恩，設建水陸無遮大會，請地藏王菩薩赴齋。

生扮太乙真人，小生扮攝魄郎，旦扮觀音大士、追魂女，小旦扮散花天女，老旦扮孟婆，净扮勾情都管，副净扮王靈官，末扮韋馱尊者，丑扮土地，外扮地藏王，雜扮善財、龍女、二道童、無常、歇壁鬼、牛頭、馬面、侍者六人、十殿閻王。登場人物尚有功曹等，俱未分配脚色。

本事未詳，似專爲喪葬演出而撰。該劇末曲【清江引】言："因緣福報從來有，萬古情難剖。蓋棺生死完，澤蔭輝煌久。這一篇《薤露》詞、《蒿里》歌無作有。"

《萬家春》

一齣。寫時值蟠桃再熟之期、萬聖朝宗之日，玉帝設宴天宫，大集群仙。福德星君早來，見群仙未到，便暫駐鶴駕，徘徊碧落，遥覷紫氣。不久天禄星君、南極星君、文昌帝君以及張仙人亦到。他們見雲物呈祥，認爲下界吉人必多，故喜氣氤氳不散。衆神相約留下一物相贈，并贅以吉言。其中福星贈如意，禄星贈牙笏，壽星贈海屋之籌，文昌贈册書，張仙人則送子。最後，劉海亦乘雲趕來，聞衆仙在此賜福，便以手中金錢一串相贈。

登場人物有福德星君、天禄星君、南極星君、文昌帝君、張仙人、王母、仙童、侍女、劉海等，俱未分配脚色。

本事未詳。此劇與乾嘉間鈔本《吉祥戲九種》所收《萬年歡慶》劇情節類同。

《豆棚閑戲》

六齣，未標齣目。寫世代務農的圃大官，家有豆棚一架，每到暑熱難當時節，鄉民們便結伴來此乘凉閑話。一日，在前村教書的蔡翁亦來此閑坐，衆人想以《浣紗記》故事難爲他。當鄉民將劇中西施、范蠡事迹講畢，蔡翁認爲其言不確，言西施并非美女，衹是一個平常的村莊女兒，且沒有父母拘管，不懂禮法，纔逢人説話，觸處留情，後被范蠡載入五湖，沉入水中；而范蠡亦非忠厚之人，因他令君王嘗糞，將妻子與人，并置鄉親伍員於死地，又見越王鳥喙長頸，難與同安，便埋名改姓，保全殘喘。蔡翁講得生動有趣，衆人歡喜，便約定明日再來。次日傍晚，幾個鄉村婦女亦來聽講。蔡翁又講了妒婦故事，言晉文公出奔，介之推相隨而去，不及回家説與妻子石尤夫人知道。石尤誤以爲丈夫有了新歡，將自己拋弃，心中滿是怒氣。十九年後，介之推方與文公一同歸國，石尤一見丈夫，便哭鬧打駡，更將其禁錮在家。文公尋訪介之推不見，放火燒山，結果燒死了夫妻二人。石尤死後，便在妒婦津爲祟。衆人聽後亦感有趣。某日，村中樵夫上山砍柴，遇到在此避世的甄、魏二位書生，説起蔡翁所講故事。書生們認爲蔡翁得罪名教，定非正人君子，當晚趕到豆棚之下，以伯夷、叔齊之事向其問難。蔡翁則言叔齊隨伯夷采薇首陽山，飢餓欲死，受夢庸人所惑，萌生塵念，奔入城市，欲向天子求仕。結果爲商朝頑民鬼魂所劫，幸得天神相救，方化險爲夷。最後，纔知是大夢一場。蔡翁之言被天庭稽察使者所聞，遂向上帝訴其毀謗聖賢。上帝大怒，敕令五殿閻君拘其魂魄，又令范蠡、西施、介之推母子及伯夷、叔齊與他當面質對。蔡翁狡辯，閻王處以拔舌酷刑。范蠡等人紛紛爲之求情，最後閻王准他回歸陽世，但需改换諸不實之辭。

生扮甄生、范蠡，小生扮魏生、介之推，旦扮王大娘、西施，小旦扮李大姐、叔齊，老旦扮張媽媽、伯夷，净扮閻王，副净扮圉大官，末扮蔡翁，丑扮村婦、介母，外扮稽察使者，雜扮衆鄉民、土地、老尼姑、樵夫。登場人物尚有金童、玉女、鬼卒等，俱未分配脚色。

本事出自清艾衲居士（生卒年不詳）《豆棚閑話》第一則《介之推火封妒婦》、第二則《范少伯水葬西施》、第七則《首陽山叔齊變節》。

● 著録、版本與收藏情况

《清代雜劇全目》《古典戲曲存目彙考》著録，前者將之定爲無名氏作品。現存康熙間刻《綉刻傳奇十種》本，藏國家圖書館，鄭振鐸《清人雜劇百廿種》第 5 册據之影印；舊鈔本，藏首都圖書館，《綏中吳氏藏抄本稿本戲曲叢刊》第 1 册據之影印。

● 序跋、題詞與評語

吳曉鈴《〈三幻集〉跋》(《綏中吳氏藏抄本稿本戲曲叢刊》第 1 册影印本卷末)：

右無名氏《三幻集》一卷，江都黃文暘《曲海總目》之"國朝雜劇"、鎮海姚梅伯之《今樂考證》稿本"著錄四"暨海寧王靜庵之《曲錄》卷三俱載其目，惟作者無考。蓋此書絕鮮傳本，非三氏所可睹，其所以著錄者，則不過本諸焦里堂氏之《曲考》耳。

曩者紅廬讀曲，得盡窺不登大雅之堂收藏珍秘，竟得斯集鈔本，喜甚！然終以未能展讀原刊爲憾。丙子秋，鄭因百師購得《繡刻傳奇十種》於三晉，所謂"傳奇十種"者，乃合《繡刻傳奇八種》及《三幻集》而成，實當作十一種也。時余方有《繡刻傳奇八種》作者之研究，因得時就鄭師請益，獲觀此册，驚爲瑰寶。又二年，值世亂，索居多暇，更假歸錄副焉。

此書半葉曲八行，行廿字；白之行倍於曲，每行少曲一字。全書五十五葉，共收雜劇三本，計《豆棚閑戲》六齣，卅二葉；《萬古情》六齣，十八葉；《萬家春》不分齣，五葉。《萬家春》搬群仙錫福事，祇宜吉羊釁習；《萬古情》則叙蘇愔陰府，似爲慰藉喪家而作。二劇曲文均無足稱，惟後者描繪牛首阿旁、污池刀山，頗見機杼，令人混忘其森嚴堪怖，而有秀隽可愛之感也。《豆棚閑戲》一本艾衲居士《豆棚閑話》中《介之推火封妒婦》《范少伯水葬西施》及《首陽山叔齊變節》三則推衍而成，全劇頗富風趣，惟後幅持論稍嫌涉腐耳。

艾衲居士時代無考。鄭西諦師云：曾見乾隆四十六年刊本書業堂《豆棚閑話》，謂其書之寫成當遠在乾隆之前無疑，後得清初寫刻本，果實其言。又云：書中諸作迷離惝怳，憤懣不平，當係出於明代遺民之手。其言甚確。竊案書中第二則，曾引梁伯龍氏《浣紗記》"迎施"齣"江東百姓全是賴卿卿"

句，則其寫成必後於嘉靖昆腔盛行之時，或當在明清鼎革際。據此，則《三幻集》之作者亦必去此時未遠，或云是范希哲，以乏確證，不敢遽信，容當詳考之。

綠雲山館小主人識，時在共和戊寅仲春月

方疑子

姓字、生平皆不詳,清初人。有雜劇《鴛鴦墜》一種,今存。

《鴛鴦墜》

◆ 劇情概要與本事

劇首題"鴛鴦墜雜劇",署"方疑子次,飛石生商"。四折,依次爲《魂覯》《竭誠》《冥謁》《回生》。《魂覯》前有《開場》,即"霍先生輕透鬼神機,老夫人錯配鸞凰對,梁大郎苦結生死緣,黃小姐硬認鴛鴦墜",似題目正名。寫少女黃玉鶯幼遵母命,許與真定書生梁高秀爲妻,不料遭祖母阻撓,遂抑鬱成病,臥床不起。梁高秀入京應試方畢,聞黃玉鶯臥病,當即歸省。途中見一絶色女子,好生面善,原來是玉鶯游魂。黃玉鶯言自己命不久矣,高秀若要救她,需往村東數里之草堂,及門謁拜塾師霍先生,向其垂泪求救,無論詬駡捶擊,還是拖曳穢唾,都需盡數受之。説完別去。梁高秀依言前往草堂,跪求霍先生搭救愛妻。霍趕其離去,不從,又命學生對之又打又唾,梁高秀依然苦苦哀求。霍感梁高秀真誠,施法引導其進入冥界。此時梁方知霍乃冥王,遂自寫訴詞以進。冥王謂黃玉鶯慕義而亡,陽禄未盡,准其回生。黃醒後,向母親陳説梁高秀入冥搭救自己之經歷。祖母遂答應了二人婚事,并擇吉日令其成親。

生扮梁高秀,小生扮香案使、學生,旦扮黃玉鶯,小旦扮學生、文華,净扮捲簾大將,末扮學生,丑扮學生、黃太夫人,小丑扮香案使,外扮霍先生,雜扮黃衫人。登場人物尚有小厮、院子、黃夫人,俱未分配脚色。

據吳書蔭《〈還金記〉傳奇和〈鴛鴦墜〉雜劇》(《中國文化研究》2017年秋之卷) 考證，本劇男女主人公當分別以真定梁清標與王鐸之女爲原型。按，梁清標 (1620—1691)，字玉立，號棠村、蕉林、蒼岩、冶溪漁隱等，真定 (今河北正定) 人，崇禎十六年 (1643) 進士。順治元年 (1644) 降清，補翰林院庶吉士，授編修。歷任弘文院編修、國史院侍講學、詹事府詹事、禮部左侍郎、吏部右侍郎、吏部左侍郎、兵部尚書、禮部尚書、刑部尚書、户部尚書、保和殿大學士等職。著有《蕉林詩集》《棠村詞》等。

● 著録、版本與收藏情況

《古典戲曲存目彙考》著録。現存清初鈔本，與張瑀《還金記》傳奇合訂爲一帙，藏北京大學圖書館。《不登大雅文庫珍本戲曲叢刊》第 4 册據之影印。

周如璧

字芥庵,清初人,里居、生平事迹皆不詳。曾永義《清代雜劇概論》云其"約爲順康間人"。有雜劇《孤鴻影》《夢幻緣》二種。

《孤鴻影》

◆ 劇情概要與本事

劇首署"芥庵周如璧著",正目爲"熱憐才溫小姐沙洲甘死,暗鍾情蘇學士鴻影留詞。鬼同心王朝雲幽魂入夢,古女俠林行婆雅信傳詩"。六折,未標折目。寫蘇軾疏性逸情,賦才高妙,博觀群籍,仁宗皇帝以國士待之。後爲黨人所忌,不容於朝廷,謫授寧遠軍節度副使,惠州安置。蘇軾料北歸無日,遂選白鶴觀隙地,作屋長居,所喜東鄰翟秀才善於劇談,西家林行婆能釀酒栽花,猶未十分寂寞。又與溫都監相鄰,溫氏有女名超超,年十六七,極有才情,每夜暗至窗外,聽蘇軾諷咏詩文。一夕爲蘇軾察覺,邀其涼亭閑話。溫超超敬慕蘇軾文采風流,欲托終身,未待出口,蘇軾却爲弟子王郎説合,溫超超黯然告辭。後超超欲再圖良遘,蘇軾已貶至儋州。超超知與蘇軾再無相見之期,鬱鬱成病,臨終向林行婆訴説一片真情,并留下詩箋一幅,要其日後轉交蘇軾。四年後,蘇軾遇赦北還,路過惠州,拜訪故友。林行婆交以詩箋,并言當日情狀。蘇軾聞之,痛哭不已,又往溫超超墓地澆奠,口占《卜算子》詞,以爲哀誄。

生扮蘇東坡,小生扮王子直,旦扮溫超超,小旦扮王朝雲鬼魂,老旦扮林行婆,末扮舟子、翟逢亨,丑扮童子,外扮吴子野,雜扮家僮。

本事見於宋王楙《野客叢書》卷十、清沈雄（生卒年不詳）《古今詞話》轉引元龍輔《女紅餘志》等。按，《卜算子》詞題爲"黄州定慧寓居作"，乃蘇軾元豐五年（1082）寓居黄州定慧院時所作，但《汲古録》《女紅餘志》皆認爲是蘇軾海外歸來重回惠州爲温氏女所作。曾永義《清代雜劇概論》認爲是劇從《卜算子·缺月挂疏桐》一詞設想而來："所謂'孤鴻影'即指温女。以詞中有'縹緲'之語故温女早逝，以詞中有'揀盡寒枝不肯栖'句，故温女非才學如東坡者不肯事。作者亦善於附會敷演。"清謝士鄂（1627—1706）《情文種》雜劇（佚）、張九鉞（1721—1803）《六如亭》傳奇與此題材同。

◆ 著録、版本與收藏情況

《清代雜劇全目》《古典戲曲存目彙考》《古本戲曲劇目提要》著録。今存《雜劇三集》本。

《夢幻緣》

◆ 劇情概要與本事

劇首署"芥庵周如璧著"。六齣，未標齣目。寫劉夫人夢見神仙賜其海棠花一枝，後生下一女，遂爲之取名"夢花"。又綉了花神聖像，時時禮拜。十數年後，劉夢花長成，對鏡整妝，驚嘆於自己的美麗容顏，忽見鏡上一片紅暈浮動，丫環茜紅認爲這是喜兆。此時忽聞街上有賣《金榜題名録》者，遂買一本來看。《題名録》載本科狀元爲南直梁州人史珏，至今未聘，劉夢花心慕之。史生爲痴癖多情之人，一夜風清月明，蕭齋閒静，不覺情根生動，好生惆悵。他凝神静坐之際，恍惚間見有美人前來，玉顔瑩潤，吐氣若蘭。史珏向前假抱，欲與之相親，可又轉眼不見，爲此喪魄銷魂，又不知是幻是真。劉夢花偶因鏡中窺影，頓起春情，自此多眠多夢，一病沉沉。花神知二人合有塵因，便夢中撮合，使兩人了却夢裏情緣。

生扮史珏，旦扮劉夢花，小旦扮茜紅、紅裳小姬，老旦扮老夫人、白衣娘子，中凈扮石家醋醋，末扮花神，丑扮青條、楊家綠兒，外扮園公。

本事不詳，有仿明湯顯祖（1550—1616）《牡丹亭》傳奇意。劇本眉批云："《草橋驚夢》後有《尋夢》《錯夢》，奇矣，今更爲《幻夢》，愈出愈奇。"

● 著錄、版本與收藏情況

《清代雜劇全目》《古典戲曲存目彙考》《古本戲曲劇目提要》著錄。今存《雜劇三集》本。

查繼佐
（1601—1676）

　　字伊璜，一字敬修，號與齋（或有因誤認"與"爲"興"，而寫作"興齋"者），明亡後改名爲省，字不省，別署東山釣叟，海寧（今浙江海寧）人。年少高才，詩詞書畫無所不精。崇禎三年（1630）舉人。南明魯王時任兵部職方司主事，抗清兵於浙，後因對國事失望而歸里隱居。曾遭《明史》之獄，因吳六奇（1607—1665）援救得免。後改名左尹，號非人。鈕琇《觚賸》卷七《雪遘》云："孝廉嗣後（筆者注：指莊氏'明史案'之後）益放情詩酒，盡出其橐中裝，買美鬟十二，教之歌舞，每於長宵開宴，垂簾張燈，珠聲花貌，豔徹簾外，觀者醉心。"楊恩壽《詞餘叢話》卷三云："查伊璜孝廉自遭私史禍，益放情詩酒。家僮、侍婢俱解音律，悉以'些'名之。有雲些、月些二婢，尤聰俊。孝廉每得佳句而未成套者，輒令二些記之，續有所得，輒歌前句，串合成套，名曰'活錦囊'。"晚年築敬修堂於鐵冶嶺下，聚門人講學，人稱敬修先生。著有《敬修堂詩集》《東山遺集》《罪惟錄》《流寇瑣聞》等。戲曲有傳奇《眼前因》《梅花讖》《玉琢緣》《鳴鴻度》《三報恩》《非非想》，皆未見；雜劇有《續西廂》，又有南曲譜《九宮譜定》傳世。

　　傳記文獻：查繼佐《明書·東山自叙》、沈起《查東山先生年譜》（《北京圖書館藏珍本年譜叢刊》第67册）、李桓《國朝耆獻類徵初編》卷四百六十三、佚名《皇明遺民傳》卷四、吳修《昭代名人尺牘小傳》卷四、楊恩壽《詞餘叢話》卷三、（民國）《杭州府志》卷一百四十四、（民國）《海寧州志稿》卷二十九等。

《續西廂》

● 劇情概要與本事

劇首署"伊璜查繼佐著"。四折，依次爲《應制填詞》《因風托素》《白馬堅盟》《紫綸合玉》。寫張珙與崔鶯鶯西廂作合後，尚未合巹成婚，便受老夫人所迫，與崔鶯鶯分別，上京應試。後得中探花，除翰林院編修。某日，兩宮使來其寓所，令奉旨題詩，詩題爲《明月三五夜》，催促甚急。正巧鶯鶯所贈情詩中有同題之作，張珙自感不能勝過鶯鶯，遂將此詩抄錄呈交。因此詩體近閨詞，皇帝認爲應非張珙所作。後張珙將與鶯鶯之情事稟告皇帝，皇帝遂任命其爲河中府尹，以便二人成婚。同時崔鶯鶯得知張珙高中，便寄來書信一封、玉環一枚、亂絲一鈎及文竹、茶碾子等物，以表深情。鶯鶯久盼張生不至，鄭恒却來到普救寺，對老夫人謊稱張珙撇下鶯鶯，已經入贅衛尚書府中。老夫人心中疑惑，意欲令崔鶯鶯改婚鄭恒。幸得杜確聽聞此事，及時趕來，與紅娘一起據理力爭，方維護了張、崔之婚約。老夫人認爲鄭恒遠道而來，不應令其空手歸去，便强迫紅娘替鶯鶯嫁與鄭恒。紅娘不從，然老夫人態度執拗，堅持許婚。紅娘無奈尋短見自盡，幸得歡郎救回。張珙歸，鄭恒知事敗，負氣而死。最後使臣宣讀聖旨，敕令張生與鶯鶯完婚，鶯鶯被封爲文淑夫人，紅娘爲張生側室。

生扮張珙，小生扮杜確，旦扮崔鶯鶯，老旦扮崔夫人。登場人物尚有紅娘、宮使、歡郎、使臣，俱未分配脚色。

本事見於元王實甫（生卒年不詳）《西廂記》第五本，又有改動。董康《曲海總目提要》云："王實甫《西廂》有關漢卿續四齣。此蓋彷彿其意爲之。"

● 著錄、版本與收藏情況

《清代雜劇全目》《古典戲曲存目彙考》《古本戲曲劇目提要》等著錄。今存《雜劇三集》本。

● 序跋、題詞與評語

鄒式金《〈續西廂〉眉批》（《雜劇三集》所收本《續西廂》第一折）：

世謂《西廂》後卷遜前而未有敢作者，此藉應制填詞、止義誓死，爲鶯、紅生色，遂使全傳煒煒。其詞亦樸古，力追元人。

焦循《〈續西廂〉評語》（《劇說》卷二，《中國古典戲曲論著集成》第八集，中國戲劇出版社 1959 年版）：

查伊璜以關所續未善，更作《續西廂》四折，大概仍用董、關，而增以應制、賦詩，即用"待月西廂"之句；又夫人欲以紅娘配鄭恒，紅娘不許而欲自縊。事皆蛇足，曲亦村拙，遠不及漢卿矣。

葉承宗
（1602—1648）

字奕繩，號濼湄，別署濼湄嘯史、稷門嘯史，歷城（今山東濟南）人。天啓七年（1627）舉人，後七上春官而不第，益奮力於學問。崇禎十年（1637）與友人創歷山文社。順治三年（1646）中進士，授臨川知縣。五年（1648），時任江西總兵金聲桓（？—1649）叛清攻撫州。城破，被執，不屈自盡。（乾隆）《歷城縣志》卷四十一云："承宗少嗜古，能文章，讀書雖元旦不廢。"曾纂修《歷城縣志》《葉氏族譜》《少陵詩選》《記珠》等。著有《濼函》十卷，現存順治友聲堂刊本。其弟葉承桃所作《濼函序》云："爾時檢括巾笥之著述，議梓未果，并欲廣羅古今，上自五經，下迄樂府，手訂目校，成集《濼函》。評騭幾就，恭遇新朝開科，名雋春闈，一行作吏，首仕臨川。"由此可知《濼函》十卷作於其出仕之前。《濼函》卷十爲雜劇，目錄包括《四嘯》（《十三娘笑擲神奸首》《猪八戒幻結天仙偶》《金玉奴棒打薄情郎》《羊角哀死報知心友》）、《後四嘯》（《狂柳郎風流爛醉》《莽桓温英雄懼內》《窮馬周旅邸奇緣》《痴崔郊翠屏嘉會》）及北曲《狗咬吕洞賓》《沈星娘花裏言詩》《黑旋風壽張喬坐衙》三種，南曲《百花洲》《芙蓉劍》二種。共計十三種。今僅見四種：《孔方兄》《賈閬仙》《十三娘笑擲神奸首》《狗咬吕洞賓》。

傳記文獻：（乾隆）《歷城縣志》卷四十一、（同治）《臨川縣志》卷三十三、孫書磊《明清之際雜劇作期叢考》（《古籍整理研究學刊》2005年第3期）、王君《葉承宗〈濼函〉研究》（南京師範大學碩士學位論文，2011年）等。

《孔方兄》

● 劇情概要與本事

劇首署"濟南葉承宗奕繩著，葉承祧奕紹較"，題目正名爲"錦屛館敷衍《錢神論》，金紫芝改號孔方兄"。一折。寫歷城縣書生金莖，世居龍洞山下，結茅爲屋，讀書其中，頗爲瀟灑。然縈葉書香，一貧如洗。自認爲平生視金錢如糞土，故錢財不與自己親近。近來財帛運轉，忽想趨奉錢神，遂將南陽魯褒所著《錢神論》推廣敷演，稱頌金錢功德，以表崇敬之意。全劇無情節，主要以曲詞感慨金錢的巨大力量。

正末扮金莖。

本事來自《晉書》卷九十四《隱逸列傳·魯褒傳》。元鍾嗣成（1275？—1345後）有《錢神論》雜劇，未見。按，是劇不見於清初刊《灤函》目錄中，或爲清初之作。孫書磊《明清之際雜劇作期叢考》認爲該劇"應作於明天啓七年（1627）至順治三年（1646）"。

● 著錄、版本與收藏情況

《清代雜劇全目》《古典戲曲存目彙考》《古本戲曲劇目提要》著錄。現存順治十七年（1660）友聲堂刻《灤函》第十卷所收本，藏國家圖書館，鄭振鐸《清人雜劇二集》、《清人雜劇百廿種》第3冊據之影印。王紹曾、宮慶山編《山左戲曲集成》（上海古籍出版社2007年版）整理排印。

《賈閬仙》

● 劇情概要與本事

一折，題目正名爲"孟東野殘冬供酒脯，賈閬仙除日祭詩文"。寫唐代詩人賈島，字閬仙，少負才名，長從釋教，後韓愈勸之蓄髮求官，從此詩名日進，遂與孟郊齊名。孟郊，字東野，新任溧陽縣尉，召賈島前來作幕。時值除夕日，賈島設下美脯佳肴，取來一季所得詩文，安放正中，跪拜祭奠。祭畢，恰好孟郊來訪，飲酒中，賈島訴盡飄零不遇之悲憤。按，作者《自記》云："此余乙酉除日戲筆也。"知是劇作於順治二年（1645）。

正末扮賈島，副末扮孟郊。

本事見於《金門歲節》以及《唐才子傳》卷五、馮贄《雲仙雜記》卷四等。清石韞玉（1756—1837）《賈島祭詩》雜劇與此題材同。

● 著錄、版本與收藏情況

《清代雜劇全目》《古典戲曲存目彙考》《古本戲曲劇目提要》著錄。現存順治十七年（1660）友聲堂刻《櫟函》第十卷所收本，藏國家圖書館，鄭振鐸《清人雜劇二集》、《清人雜劇百廿種》第3冊據之影印。王紹曾、宮慶山編《山左戲曲集成》（上海古籍出版社2007年版）整理排印。

● 序跋、題詞與評語

葉承宗《〈賈閬仙〉自記》（《清人雜劇二集》影印順治十七年友聲堂刻《櫟函》卷十《賈閬仙》卷末）：

櫟湄嘯史曰：徐山陰所演，南北間出，乃當時新樣錦機，在今殊成油調，頗爲選家所不貴。且韵脚層見疊出，又犯德清所譏。吳心臣，慧人也，遂覺後來居上。余歲除酣飲，興會偶及，遂成此調。多演數韵，藉山陰粉本而濫觴，焉得無康成入室操戈乎？然韵脚不重，宫調不奸，略有微長，焉得起文長老子與之細論文耶？

嘯史又曰：此余乙酉除日戲筆也。貯諸巾笥，携之而南。將圖授梓，不意兵燹，竟失元編。禪榻宵永，緣韵憶句，尋調綴篇，復成完曲，以資痦歌。若夫後幅乃效《四聲猿》體。按【太平令】煞尾，原係六字三韵，其上字必用去聲。自文長創爲八字四韵，衍爲長篇，遂成絶調。而後來竟無有屬而和之者，獨吴心臣太史襲而衍之。余不揣鄙陋，因其調法，益廣百韵，韵不複押，曲不南參，鋭效郢音，遑恤邯步。海内明眼人，當不以我爲西顰之效也。

田御宿《〈賈閬仙〉跋》（《清人雜劇二集》影印順治十七年友聲堂刻《灤函》卷十《賈閬仙》卷末）：

田御宿曰：詞旨風華，音節響亮，備極推敲，出以渾成，偉麗秀爽，情韵雙饒，允稱作手。至【太平令】一曲，博學宏才，熱腸傲骨，俱見筆端。其波瀾層遞處，轉起轉生，取象題中，拓境題外。窮思極想，又似一氣呵成。意不堆砌，字不重複，韵不扭捏，妙合天然。雜之元人名曲中，不知誰爲伯仲？欣賞，欣賞。

《十三娘笑擲神奸首》

● 劇情概要與本事

劇首題"稷門四嘯·一嘯"，署"稷門嘯史戲筆，灤陽季子點次"。正名爲"十三娘笑擲神奸首"。二折，未標折目。寫維揚書生李正郎與勾欄小妓庚秋水交好，已有婚姻之約。諸葛殷覬覦庚秋水美色，與鴇母設計奪姻，李正郎祇得向好友趙中行及其妻子荆十三娘求助。趙、荆二人俱是救危扶困之俠客，聽完李生所述事情本末，荆十三娘當場表示願爲之報仇，并約李生六月六日北固山下相待。李生等依約而往，果見十三娘帶秋水而來。詢問得知，諸葛殷帶歌兒舞女出游時，已被十三娘飛劍斬殺。李、庾二人感謝荆十三娘搭救之恩。趙生勸李生携秋水遁迹湖山，遠害全身。李生心繫功名，不願同去。趙、荆二人飄然而去。

生扮李正郎，小生扮趙中行，旦扮庾秋水，小旦扮荆十三娘。

本事見於宋孫光憲《北夢瑣言》以及《太平廣記》卷一九六《荆十三娘》。

● 著錄、版本與收藏情況

《清代雜劇全目》《古典戲曲存目彙考》《古本戲曲劇目提要》著錄。現存順治十七年（1660）友聲堂刻《灤函》第十卷所收本，藏國家圖書館，鄭振鐸《清人雜劇二集》、《清人雜劇百廿種》第 3 册據之影印。王紹曾、宮慶山編《山左戲曲集成》（上海古籍出版社 2007 年版）收入排印本。

《狗咬呂洞賓》

● 劇情概要與本事

劇首署"稷門嘯史戲筆，灤陽季子點次"，劇末題目正名爲"奉符縣官拿石守道，東岳廟狗咬呂洞賓"。四折，未標折目。寫仙人呂洞賓遨游五岳，在泰山雲端看見書生石介，知他日後也是仙籍中人，便化作道人，以求布施修玄元宮之名，前來點化。石介不識真身，以貧窮無物拒絕。呂洞賓祇好等其歷盡窮通之後，再來接引。一日，石介城中訪友未遇，晚歸途中撞着當地捕官蔡奇，蔡奇怒他搶白自己，誣其爲賊，放惡犬咬傷他，又鎖進泰廟東廂，欲將之凍死。呂洞賓帶柳樹精一起搭救石介，來到察院訪蔡奇，也被惡犬撕咬。呂洞賓讓柳樹精施展法術，蔡奇恐懼，釋放了石介。後來，石介受薦考中狀元，官拜御史，衣錦還鄉。蔡奇恐石介報復，特來請罪。最後在呂洞賓點化之下，石介又服用了仙茶仙棗，終於大悟，拜呂洞賓爲師。蔡奇在泰山上建呂祖廟，石介配享，又請文人將此事編成劇本傳唱。

正末扮石介，冲末扮呂洞賓，孤扮蔡奇，中净扮柳樹精，雜扮張千等。

本劇綰合俗諺"狗咬呂洞賓，不識好人心"及《呂祖全書》卷二《謁石直講》等敷演而成，并加入石介事。按，石介（1005—1045），字守道，兖州奉符（今山東泰安）人，與孫復、胡瑗并稱"宋初三先生"。按，孫書磊《明清之際雜劇作期叢考》認爲是劇"應作於明天啓七年（1627）至順治三年（1646）"。

● 著錄、版本與收藏情況

《清代雜劇全目》《古典戲曲存目彙考》《古本戲曲劇目提要》著録。現存順治十七年（1660）友聲堂刻《灤函》第十卷所收本，藏國家圖書館，鄭振鐸《清人雜劇二集》、《清人雜劇百廿種》第3冊據之影印。王紹曾、宮慶山編《山左戲曲集成》（上海古籍出版社2007年版）收入排印本。

● 序跋、題詞與評語

鄭振鐸《葉承宗雜劇四種跋》（《清人雜劇二集》卷首《題記》）：

葉承宗，字奕繩，濟南人。清初爲臨川縣尹，遇變殉難。著《灤函》十卷。第十卷爲雜劇、樂府。據目録，於《孔方兄》《賈閬仙》二雜劇外，并有《四嘯》（《十三娘》《猪八戒》《金玉奴》《羊角哀》）、《後四嘯》（《狂柳郎》《莽桓温》《窮馬周》《痴崔郊》）及"北曲"三本（《狗咬呂洞賓》《沈星娘花裏言詩》《黑旋風壽張喬坐衙》）。又有"南曲"《百花洲》《芙蓉劍》二種。但今日所見《灤函》，則都僅得《孔方兄》《賈閬仙》《十三娘》《呂洞賓》四本耳。《孔方兄》是一本戲劇化的《錢神論》。以儒生金莖的獨唱,表白出錢神勢力的偉大,是憤世之作。《賈閬仙》亦充滿了懷才不遇的悲悶。賈島除夕祭詩,是實事。《十三娘》故事,亦見《太平廣記》,寫女俠荊十三娘救李正郎所愛之妓女庚秋水出諸葛殷家事。《呂洞賓》以俗語"狗咬呂洞賓,不識好人"點綴成文。而平空添出石介一人,以洞賓度介爲仙之事爲中心,反成了元人的神仙度世劇一流的東西了。

傅 山
(1606—1685)

初名鼎臣，字青竹，後改名山，字青主，號石道人、五峰道人、朱衣道人等。名號甚多，爲古今士林所罕見。陽曲（今山西陽曲）人。明諸生，入清不仕，以遺民自居。據李元度《國朝先正事略》載，傅山曾被徵博學鴻詞，"固辭，不可，乃稱疾，有司令役夫舁其床以行，二孫侍。將至京師三十里，以死拒，不入城"。工詩，善書畫，通醫學，精於經史。有《霜紅龕集》，存乾隆初年刻本。雜劇四種：《紅羅鏡》《齊人乞食》《驕其妻妾》《八仙慶壽》。今人輯有《傅山全書》（山西人民出版社2016年版）。

按，關於傅山生卒年，爭論頗多。如《清代雜劇全目》記作"1605—1690"，《古典戲曲存目彙考》記作"1607—1684"等。鄧長風《〈霜紅龕集〉的版本與傅山的生卒年》考證定爲"1606—1685"，今從。

傳記文獻：全祖望《陽曲傅先生事略》（《鮚埼亭集》卷二十六）、戴廷栻《石道人別傳》（《半可集》下冊）、李塨《記杜紫峰傅青主軼事》（《恕谷後集》卷三）、《清史稿》卷五百一、李元度《國朝先正事略》卷四十六、（康熙）《陽曲縣志》卷十四、（康熙）《曲沃縣志》卷二十、尹協理《新編傅山年譜》等。

《紅羅鏡》

● 劇情概要與本事

劇首署"陽曲傅青主先生真山著，五世孫履巽順庵輯"。六折，未標題目。寫太原書生陸龍爲郡主之子，性頗不羈，偶往花街一游，遇名妓弱娟，見其風華絶代，便不吝千金，追歡買笑。弱娟久厭風塵，思從俊雅，見陸龍人才、年紀與自己正相合，便許以終身，將生平珠翠、衣服、玩好等盡付之，又與其約定日期私奔。臨行，弱娟怕陸生做事不老成，不免約來再三囑咐叮嚀；又恐自己所用菱花同心鏡落入鴇子之手，即用新獲紅羅包裹，藏在陸龍胸前帶出。明日，新中舉子約請妓女們前往應承，院中姊妹趙静姝、劉無雙等共赴弱娟處相邀。弱娟心繫陸龍，本無意與會，然爲了脱身，祇得前去。陸龍好友田基與城東南魏榆古寺主持有舊，遣人暗中將陸龍、弱娟帶往寺中暫居。郡主聽聞兒子與妓女私奔，大怒，上本欲懲處弱娟等人，追回嫖資。陸龍好友林木公感念陸、弱二人真情，欲成全他們，遂進宮游説内官亨公公，求其周旋。林、亨二人設計，請求皇帝允准以王府官樂之名將弱娟賜予陸龍，經亨公公極力保奏，終得皇帝恩准。陸龍、弱娟二人洞房花燭，終成眷屬，亨公公與林木公等齊來祝賀。劇中還穿插了魏榆寺僧欲調戲弱娟、弱娟爲岫雲鬼魂所救之事。

小生扮陸龍，旦扮劉無雙、岫雲，小旦扮弱娟，貼旦扮趙静姝，老旦扮亨公公，净扮林木公，副净扮愚可用、和尚鳴皋，丑扮麻子歸、和尚，女丑扮鴇子，小丑扮村妓、保兒，外扮田基，雜扮家人。

本事待考。或云據時人時事撰寫。

● 著録、版本與收藏情況

《清代雜劇全目》《古典戲曲存目彙考》《古本戲曲劇目提要》著録。現存清鈔本，藏中國藝術研究院圖書館；另有民國二十三年（1934）太原鉛印《傳奇拾遺》第一種本，《古本戲曲叢刊三集》據之影印。尹協理主編《傅山全書》（山西人民出版社 2016 年版）收入。

● 序跋、題詞與評語

傅山《〈紅羅鏡〉序》（《古本戲曲叢刊三集》影印鉛印本《紅羅鏡》

卷首）：

大戲場維摩曰："功當成好事業，不必假好人手；緣當合好風流，不必輒好人收；名當傳好文章，不必出好人口。"用世大賢看取《紅羅鏡》可也。

松僑石道人

張赤幟《晋陽川方言》（《古本戲曲叢刊三集》影印鉛印本《紅羅鏡》卷首）：

抬掇　言偏心親愛，如母護子也。

扢董　言不分好歹，即收留也。

胡柴　言滿口胡說，若柴之亂也。

厮拉　言二人之手相携也。

勾搭　言撮合一處，私相親愛也。

苗條　言女身細長，輕便可愛也。

扢悠　言從容慢走，不覺勞也。

麻繁　言煩瑣討厭，妄求人也。

悠亞　言徐行緩步，不急忙也。

話攔　言説即提起，作證據也。

屋忽　言悶熱，屋内不爽快也。

跋蹳　言物有妨礙，於我不便也。

冒忽天　言突如而來，便啓口動手也。

呆答孩　言一直走動，不知有所妨害也。

歪剌古　言不端正之婦女也。

爬不跌　言恨不得如此也。

白故故　言無因而失敗也。

打骨都　言不擇好歹就幹也。

臧臧侭人　言不成才也。

張赤幟釋

傅山

《齊人乞食》

● 劇情概要與本事

一折。寫齊人在郊外下跪乞討，酒飽飯足之後回家向妻妾吹噓道，自己受王公大人相邀，一起郊外踏青，傷今吊古之餘，又共用酒食。妻子早已知道其所行所爲，但并未拆穿其謊言，祇問爲何見其跪在路旁，是在行什麼禮節？齊人道是飲酒大醉、玉山傾頹之故。妻子復問其身着如此衣帽，手持竹杖，却是爲何？齊人見無法隱瞞，祇得說這是自己吃飯的傢伙。妻子言齊人如此行徑，怎能令自己仰望而終身？齊人辯解世情如此，何必大驚小怪，再說自古真與假、臧與穀、賢與盜，均死塵埃，一般無二。妻子羞憤而怒罵丈夫，齊人不以爲意。劇中對人情世態頗多指責，充滿不平之氣。

丑扮齊人，旦扮齊人之妻。

本事見《孟子·離婁下》"齊人有一妻一妾"章。明許潮（生卒年不詳）《公孫丑東郭息忿争》雜劇、孫鍾齡（生卒年不詳）《東郭記》傳奇，清顧彬（生卒年不詳）《齊人記》雜劇、熊超（1736？—1788後）《齊人記》雜劇等，與此題材同。

● 著録、版本與收藏情况

《清代雜劇全目》《古典戲曲存目彙考》《古本戲曲劇目提要》著録。現存清鈔本，藏中國藝術研究院圖書館；另有民國二十三年（1934）太原鉛印《傳奇拾遺》第二種本。尹協理主編《傅山全書》（山西人民出版社2016年版）收入。

《驕其妻妾》

● 劇情概要與本事

一折。寫齊人墦間乞食，酒飽飯足之後歸家。祇見房門緊閉，不見妻子笑臉來迎。齊人一再呼門，妻子纔勉強開門。齊人入門就吹噓道：自己剛剛與王公貴人飲宴，被殷勤勸酒，故而大醉。以後富貴之人再來相邀，自己得回避回避。妻子聽後，祇是低頭不語。齊人見沒有回應，大怒。妻子悲嘆自己遇人不淑，如今做了乞人之婦，又質問丈夫今日在墦間做了什麼、吃了何物。齊人花言巧語，不肯承認行乞之事。妻子當場揭穿其在墦間所行所爲。齊人知欺瞞不過，爭辯道：世人莫不是白日驕人，昏夜乞哀，自己所爲并非特殊，不必疑怪。對於妻子看重的名節，齊人認爲不必認真，因爲世間之賢愚、功過等都會被歲月消磨殆盡。見妻子還是不停埋怨，齊人反而責備婦人家沒見識，所以纔會如此大驚小怪。

丑扮齊人，旦扮齊人妻子。

本事見《孟子·離婁下》"齊人有一妻一妾"章。是劇與作者《齊人乞食》一劇題材相同，內容亦存相似處，二者或存在改編關係。

● 著錄、版本與收藏情況

《古典戲曲存目彙考》著錄。現存顧名《曲選》（光華書局 1931 年版）所收排印本，蔣瑞藻《小說考證》（上海古籍出版社 1984 年版）轉錄本，劉階平《清初鼓詞俚曲選》（山西人民出版社 2018 年版）所收排印本。

《八仙慶壽》

● 劇情概要與本事

一折。寫莊子、東方朔、寒貧、李正陽、幼伯子、女丸、麻姑、酒客八仙，爲人祝壽。到得宴前，衆仙商量以何物爲獻。莊子以所作《養生主》、東方朔以滑稽、寒貧以"寒貧"二字、幼伯子以至言、酒客以美酒等爲壽。

衆扮莊子、東方朔、寒貧、李正陽、幼伯子、女丸、麻姑、酒客等八仙，俱未分配脚色。

本事不詳，當爲作者綰結民間八仙傳説與其他神异的傳説人物等綴合而成。是劇乃傅山爲母慶壽所作。

● 著録、版本與收藏情况

《清代雜劇全目》《古典戲曲存目彙考》《古本戲曲劇目提要》著録。現存舊鈔本、民國二十三年（1934）太原鉛印《傳奇拾遺》本。尹協理主編《傅山全書》（山西人民出版社 2016 年版）收入。

馬世俊
(1609—1666)

　　字章民，或字甸臣、甸丞，號匡庵、漢仙，又號士參，別署㴒湄漁隱。溧陽（今江蘇溧陽）人。陳芳《清初雜劇研究》言其"生年不詳"，鄧之誠《清詩紀事初編》則著其生於萬曆三十七年（1609）。幼年喪父，家貧苦學。七應鄉試，順治十四年（1657）方中舉，十八年（1661）中狀元，授翰林院修撰。康熙三年（1664）遷侍讀，五年（1666）卒於官。工詩文書畫，與兄馬世傑（生卒年不詳）并稱"二馬"。又曾與同里吳穎（生卒年不詳）、錢士偉（生卒年不詳）等結爲"十三子文社"。（嘉慶）《溧陽縣志》言其："生平博涉經史，好性理之學，兼工書畫，鑒家有'二右'之目，謂書右軍、畫右丞也。"著有《十三經彙解》《理學淵源錄》《匡庵詩集》《匡庵文集》。有雜劇《古其風留人眼小說》一種，收入《馬世俊佚稿》。

　　按，《馬世俊佚稿》尚收錄雜劇《齊人記》一種，應是顧彬（生卒年不詳）所撰，參見本書"顧彬"條。

　　傳記文獻：《清史列傳》卷七十、李桓《國朝耆獻類徵初編》卷一百十六、張維屏《國朝詩人徵略》卷六、《詞林輯略》卷一、（乾隆）《鎮江府志》卷三十七、（嘉慶）《溧陽縣志》卷十三等。

《古其風留人眼小說》

● 劇情概要與本事

　　劇首題"古其風留人眼小說"，署"㴒湄漁隱漢仙氏編"。八齣，除首齣標《楔子》外，其他各齣未標齣目。寫慈溪邵士任雖名列芹宮，奈謀生乏術，致徹骨單寒、切膚貧困。時當歲首，邵士任無計度日，便與妻陳氏商議，準備出外處館。爲籌措薦金，祇得將家中僅剩舊帳子、鍋子等賣掉，換得二兩銀子。老教師趙伯瀾及少年書生白霞冠亦來尋薦頭錢虛齋薦館。錢虛齋按三人所獻薦金發放館約：白霞冠出銀六兩，被派往半偈庵坐館，年脩金二十兩；趙伯瀾出銀四兩，被安排到溧陽縣吳家彎頭蔡肖宇家，年脩金十六兩；邵士任出銀二兩，館處吳家彎頭楊小橋家，年脩金十二兩。楊小橋性素鄙吝，僅在牛棚中隔出一間做學館。一日，趙伯瀾前來探視，邵士任失言將之得罪，趙伯瀾憤憤而去。楊小橋本來就因每日供給對邵士任心生不滿，又聞聽趙伯瀾言邵士任批改《唐明王孝經序》時，誤把"朕聞上古其風"點作了"朕聞上，古其風"，將描紅簿中的"佳作仁"寫作"皆作人"，故將他羞辱一番後逐出。楊小橋妻子知丈夫鄙嗇，偷偷向邵士任請罪，并送其白金二兩、錢五百以爲路費。邵士任歸途中遇脚夫施惠，施惠見其是讀書人，又與己同路，便將其行李并在擔上，代其挑過五十餘里，又留其宿在家中，出麥飯與他充飢。邵士任負囊而行，因勞累暈倒路上，恰被半偈庵雲樹和尚救起，請他代替離館的白霞冠，邵士任欣然應允。後邵士任高中舉人，報子將紅榜張貼其屋前，一向不來往的親鄰都争先恐後地送賀儀攀附，趙伯瀾、白霞冠亦代人送來良田、豪宅，又馬上安排投靠者收拾燈籠、轎子，把陳氏抬至新宅。邵士任被任命爲巡按御史巡察應天府，見白霞冠已在此謀得小職，便派其代尋雲樹和尚、施惠等，酬謝昔日恩情。雲樹和尚不願出山，邵士任擬爲其建静室一所；又得知施惠陷入一宗强盗案，便親自審理，還其清白，又爲其安排千總之職。理刑官知邵士任惱恨楊小橋，於是捏造罪名，將楊小橋押解到堂。邵士任察其實無大惡，但爲報昔日之辱，假稱要打其四十大板。在楊小橋苦苦哀求下，順勢稱念其妻賢惠而免予責罰，將之趕了出去。

生扮邵士任，小生扮汪鐵匠子、施惠，旦扮陳氏，老旦扮楊小橋妻，小旦扮白霞冠、吳糞頭子，净扮錢虛齋、楊小橋子、徽商、張東橋，副净扮趙伯瀾，末扮香火僧、理刑官，丑扮楊小橋，外扮雲樹和尚、李奉溪，雜扮報

馬世俊

子、投靠人，丑、生、末、老旦、小旦、净扮趨奉男女。

本事未詳。是劇《楔子》末上開場云："擊楫欲歌嗟和寡，借題自寫疏狂。炎炎冷冷盡登場，少生吾黨色，猛醒俗人腸。"當爲作者寫心之作。質清《〈古其風留人眼小説〉〈齊人記〉跋》認爲"馬氏此稿作於未達之時，存斯幻想以自慰耳"。或當撰於順治十四年（1657）之前，待考。

● 著録、版本與收藏情況

《清代雜劇全目》《莊一拂〈古典戲曲存目彙考〉補正》著録。現存《馬世俊佚稿》所收本，藏中國藝術研究院圖書館。

● 序跋、題詞與評語

質清《〈古其風留人眼小説〉〈齊人記〉跋》（《馬世俊佚稿》所收本《齊人記》卷末）：

右《古其風留人眼》及《齊人記》雜劇稿本二種，海虞沈氏得自廢書中。《古其風》下題"灘湄漁隱漢仙氏編"，右下角有白文水印一方，文曰"士參之印"。《齊人記》無題識，後附《卷堂文》《村館難處》《村師難作》《村劇詩》若干篇，末附明萬曆間吳江張麗貞等公案二則。而《卷堂文》下署馬世俊名。細審《卷堂文》《村館》諸篇，悉以嬉笑怒駡發爲文章，以自嘲解，然此中況味，非親身經歷，孰能若是？而其寓意與《古其風》相仿佛。更證以"士參"一印，"士參"二字與"世俊"諧聲，從而知爲馬氏所作。然考馬氏身世，幼年失怙，家本清寒，雖少負文名，以村塾糊口，受人嘲諷，亦情理中事。惟《古其風》之作，馬氏隱以邵宏夫自艴。及中式後，竟因抗傲不習酬應，以清冷京官終其身。從而知馬氏此稿作於未達之時，存斯幻想以自慰耳。末附公案二則，似爲作者采集以供編劇資料。惜其曲本不傳。此《古其風》《齊人記》二篇，非惟馬氏著述中毫未提及，即《曲海總目》亦從未著錄。惜手頭無《匡庵文集》，未知《村劇》等篇曾否收入耳。抑或作者居官後，以少年之作，語多譏諷而深自珍秘，以致湮沒不聞歟？抑或因滿清文網之嚴，而深韙之歟？若然，即三百年後之今日，此稿猶存人間，亦云幸矣。

一九五七年三月重裝既竣漫記，質清

怡齋《馬世俊傳略》（《馬世俊佚稿》所收本《齊人記》卷末）：

馬世俊，字章民，一字甸臣，江蘇溧陽人。幼失怙，讀書聰穎過人，八歲能詩。及爲諸生，屢試第一，海內知名。以幼失怙，故家極清寒。七應鄉試，中式順治丁酉（一六五七）舉人，辛丑進士。廷對稱："王者，天下爲家，不宜示同異，必盡捐滿漢之名，俾精白一心，以成至治。"見宰輔，長揖不拜。既而臚唱第一，無輿馬僕從，徒步歸寓。自作詩云："聽得臚傳第一聲，玉階何意引諸生。同瞻蕊榜隨雲動，獨捧官袍映日明。櫻薦寢園初罷燕，柳依禁御尚聞鶯。應憐十里無歸騎，自愧才疏欲避名。"一時都人士傳爲佳話。官修撰，不習酬應，送迎宴會多謝絕不顧。甲辰由修撰升侍讀。丙午（一六六六）卒官。

世俊未入內庭時，與兄世傑，同里中詩友吳穎、錢士偉、唐明獻、史燧、趙倫、史忠秀、費達，芮城彭旭、彭新等，結爲十三子文社。時人稱世傑兄弟爲"二馬"。世俊長於詩文外，尤精書畫，畫師右丞，而稍簡率，類藍瑛而饒逸致。當時賞鑒家有"二右"之目，謂書右軍、畫右丞也。惜其畫不多傳，余曾見其《金箋墨筆山水》一幀，樹木雙鉤夾葉，多率意爲之，似不經意，而饒端靜簡逸之趣，實啓錢杜一脈。其著作有《十三經彙解》《理學淵源錄》《匡庵文集》《李杜詩彙注》等。

丁酉春仲，怡齋識於吳門旅次

吳偉業
(1609—1672)

字駿公,號梅村,別署鹿樵生、灌隱主人、大雲居士等,太倉(今江蘇太倉)人。崇禎四年(1631)進士,授翰林院編修,升南京國子監司業,晋左庶子等。福王時爲少詹事,因與馬士英不合而家居。明亡不出。後被徵仕清,任秘書院侍講、國子監祭酒,順治十四年(1657)辭官還鄉。擅詩文,與錢謙益(1582—1664)、龔鼎孳(1616—1673)并稱"江左三大家"。獨創"梅村體",《四庫全書總目提要》卷一七三云:"其中歌行一體,尤所擅長。格律本乎四傑,而情韵爲深;叙述類乎香山,而風華爲勝;韵協宫商,感均頑艷,一時尤稱絶調。"有《梅村家藏稿》《綏寇紀略》等,今人輯爲《吳梅村全集》。戲曲作品有傳奇《秣陵春》,雜劇《臨春閣》《通天臺》。

傳記文獻:陳廷敬《吳梅村先生墓表》(《午亭文編》卷四十七),王昶《吳偉業傳》(《春融堂集》卷六十四),《清史稿》卷四百八十九,(同治)《蘇州府志》卷六十六,顧師軾《梅村先生年譜》(《清初名儒年譜》第3册),馮其庸、葉君遠《吳梅村年譜》,等等。

《臨春閣》

● 劇情概要與本事

劇首署"梅村吳偉業著",正目爲"冼夫人錦繖通侯,張貴妃彩筆詞頭。青溪廟老僧説法,越王臺女將邊愁"。四齣,未標齣目。寫高凉冼氏勇武又有謀略,深受南朝陳後主器重,因軍功被封爲譙國夫人,任嶺南節度使。冼夫人奉旨巡視諸邊,對文武將吏、番漢軍民等恩威并施、賞罰兼用,既維護邊境安定，又大顯國威。後主召她入宮賜宴，命貴妃張麗華起草詔書，褒獎冼夫人，張、冼二人惺惺相惜。後主與張麗華同去清溪寺聽智勝禪師說法，冼夫人護駕隨行。智勝向冼氏暗示日後陳國有亡國之禍。冼夫人回嶺南後，得知隋兵南下攻陳，興師勤王。途中宿越王臺，夢張麗華鬼魂向她訴說悲怨。驚醒後，聞報金陵已陷，後主出降，貴妃殉國，不勝悲嘆，遂卸印解甲，入山修道而去。

生扮陳後主，小生扮江總，旦扮冼夫人，小旦扮張麗華，老旦扮袁大舍，淨扮爨阿四，副淨扮韓將軍，末扮傳令官、太監蔡臨兒，副末扮孔範，丑扮老道人，外扮智勝。

本事出自《隋書‧譙國夫人傳》《陳書‧張貴妃傳》等。據黃果泉《吳偉業傳奇、雜劇撰年考辨》（《河南師範大學學報》2000年第6期）考證："吳偉業傳奇、雜劇均作於仕清以前，且集中在順治九年至十年間。"

● 著錄、版本與收藏情況

《清代雜劇全目》《古典戲曲存目彙考》《古本戲曲劇目提要》著錄。現存順治間原刻本，藏中國藝術研究院圖書館，鄭振鐸《清人雜劇初集》、《清人雜劇百廿種》第1冊據之影印；康熙間刻《雜劇三集》本、清振古齋重刻本，藏國家圖書館。又有姚燮《今樂府選》稿本第29冊所收本、宣統二年（1910）吳梅輯刻《奢摩他室曲叢》第一集所收本、民國間貴池劉氏《暖紅室彙刻傳奇》所收本，以及王永寬、楊海中、幺書儀選注《清代雜劇選》（中州古籍出版社1991年版）所收排印本。

● 序跋、題詞與評語

吳梅《〈梅村樂府二種〉跋》（宣統二年吳梅輯刻《奢摩他室曲叢》第一集所收本《臨春閣》卷首）：

梅村樂府，嗣響臨川，南部夢華，托諸幻影，艷思哀韵，感人深矣。傳本絕少，又掩於詩名，幾與碣石幽蘭，同此淪隱。考《秣陵》一劇，有集中《金人捧露盤》詞，足資談屑；而《臨春閣》《通天臺》，則西堂《梅村詞序》《古夫于亭雜錄》僅述其目，知者益鮮。江山劉君子庚，視梅振古齋刻本，則三種完具。豐城劍氣，忽焉騰霄，文字有靈，洵不誣也。而墨色黯淡，縑素欲裂，讀之益增淒感。先生考終，命以"詩人"表墓。俯仰身世，不殊《枯樹》《江南》，發爲聲歌，復瓌姿妍骨，一以悲哀爲主。蓋所遇爲之，先生實不能自止。高涼冼氏，或感忠州義師，而隱刺寧南輩歟？初明一表，當即敬通自序。石頭車駕，修陵松檟，《臨春》妙曲，益寓憑吊之懷爾。左氏之書，義深君父。若先生者，詞人云乎哉！吾鄉藏書之富，首推藝芸、佞宋。劫灰伊後，經籍蕩然，而劉氏古紅梅閣巋然尚存。梅與子庚交且十年，乃得此帙，亟爲重刊，海內知音，定符玄賞。《秣陵春》卷帙較富，尚俟他日云。

宣統庚戌，長洲吳梅

鄭振鐸《〈梅村樂府二種〉跋》（《清人雜劇初集》所收本《通天臺》卷末）：

右《臨春閣》《通天臺》雜劇二種，吳偉業撰。偉業，字駿公，號梅村，別署灌隱主人，江蘇太倉人。崇禎四年進士，授翰林院編修，遷南京國子監司業。福王時，拜少詹事，與馬士英、阮大鋮等不合，辭官歸里。入清家居，杜門不出。後清廷嚴促其出仕，不得已赴京，授國子監祭酒，不久辭歸。康熙十年卒，年六十三。偉業詩文，負一時重望。詩與錢謙益、龔鼎孳并稱江左三大家。所作於詩文集外，有《秣陵春》傳奇一種，及《臨春閣》等雜劇二種。諸劇皆作於國亡之後，故幽憤慷慨，寄寓極深。《臨春閣》本於《隋書·譙國夫人傳》，以譙國夫人冼氏爲主，寫江南亡國之恨。陳氏之亡，論者每歸咎於張麗華諸女寵，偉業力翻舊案，深爲麗華鳴不平。此劇或即爲福王亡國之寫照歟？以"畢竟婦人家難决雌雄，則願你决雌雄的放出個男兒勇"云云爲結語，蓋罵盡當時見敵則退之諸悍將怯兵矣。《通天臺》本於《陳書·沈炯傳》，叙炯流寓長安，鬱鬱寡歡。一日郊游，偶遇漢武帝通天臺，乃登臺痛哭，草表奉於武帝之靈。醉卧間，夢武帝召宴，并欲起用之，炯力辭，帝乃送之出函谷關外。醒時却見自身仍在通天臺下一酒店中。或謂，炯即作者自况。故炯之痛哭，即爲作者之痛哭。蓋偉業身經亡國之痛，無所泄其幽憤，不得已乃藉古人之酒杯，澆自己之塊壘，其心苦矣。《通天臺》第一折，炯之獨唱，悲壯憤懣，字字若杜鵑之啼血。其感人，蓋有過於《桃花扇·餘韵》中之【哀江南】一曲也。

中華民國二十年二月二十八日，鄭振鐸

沈修《〈臨春閣〉題辭》（宣統二年吳梅輯刻《奢摩他室曲叢》第一集所收本《臨春閣》卷首）：

樂府三種，成繇駿公。吳君靈鵷，聿錄其二：靖節自祭，《通天臺》焉；莊生寓言，《臨春閣》焉。血罄遺耆，節旌玄妃，初明麗華，斯襲幻影。文隱誼蹟，厥惟《臨春》，繹思頻仍，乃鏡厓略，用白修蘊，序之云云。

孝慈端型，爰逮國勝；内壼操潔，夙崇前明。甲申之春，莊烈矢蓋，從者物斃，椒風穆馨。弘光肅明，斃難京雒；隆武孝毅，宅貞龍潭。軍燔桂林，永曆逋緬；王后耿節，粤芳滇雲。然於麗華，祊牒异也。天啓正適，懿安徽稱；魯王雙嬪，越郡令族。先後徇烈，朔南偕榮，昆岡鬱攸，爐璞肯淬。璧月靈魄，姓同常娥，亦三人焉，寧不謂盛？曰隱熹后，將嫌黜尊；曰甄前妃，病尚存國；吳氏命筆，則元妃乎！蛟關阨兵，長垣困仇，琅琦堙家，健跳陁身。蠣風鯨濤，尺組嬰脰，妃也命嗇，甚前嬪焉。小君笄珈，國慼沈井；侄娣雲挈，睆增張星。令光薨徂，伯緒文悼。齊媽崩札，臨沂策哀。先生托音，情益幻矣。

南朝六闈，陰漸朔邦。獻容、令嬴，遺羞晉梁；妙登、婧英，孅行齊宋。奄宅江表，陳宮夙貞。皇英昔風，通導昆軌；慈訓弘範，德芬椒衢。妙容、婺華，躬協蕙問；龔、孔、張、薛，狎客矢詠。信若艷蠱，冥節韌只。麗華命字，宮庭四焉。陰、劉聿隆，張、楊聿陵。碩人其頎，寧任吉悔。冀髮富鬒，妙神嫻華。毓胚前星，齡始十算。有仍玄妻，西京上官。夔昭弗任，矧曰元秀。姊月馨媚，膝端瑩如。物之珍尤，靈亦甚也。譽樂既甚，眚患攸吊。令質婉嫕，能遂億逞。靚飾妙采，云足寓道；玉樹瓊蕊，爰可詠德。陳后苟哲，曷兆亡豐？夏喜、殷妲，徇尚寵國。況靡虐行，天實孕美。象服溟嶼，炯戒耽逸。若元妃者，斯更淑已。循測妙惜，麗華應尸。

今其曲文，蓋適誠敬。賓主易類，正名爰訛。青豀昔祠，靈媛肅饗。負劍嬰妭，側焉孀從。文心斡旋，位著仍穆。譙國聖母，聿旌忠州。陳亡翼隨，秦實洗病。事不史吻，勳紅崖焉。麗華亭亭，栖影結綺。業用比興，曷標臨春？懷宗弗閔，作者冥諷，社稷之徇，甸侯云然。陪敦失馮，寧是盡職；野井辱悋，卒稱主君。次睢作牲，虐弄鄫子；效節旌曠，榮加寄公。若夫天王，分則無外。叔帶犯順，襄邑鄭氾。儋翩不賓，敬宮姑獪。《春秋》律嚴，曾莫貶議。遹出自寶，后緍且然。

漢京參移，宋鼎再卜；唐葉廟寢，亦恒淪夷。昆陽碩猷，天祖盛責；尹室潛斃，國君愚誠。思陵燭謀，經潰諒爾。胭井媚雪，六朝春荒；煤丘仄曬，九縣姓革。後主衡德，奚朋烈皇；孝陵言勳，實汰永定。名傑富穰，績戡興王。淫威脅從，域易反正。朱繩伐軀，俊碩涼志。桂、福、唐、魯，曷羈人心。瓊臺寶衣，失慮孰甚？闐觀敬節，女貞攸宜。《辯亡》成篇，魏武托恖。既慶妃烈，冥招帝魂。

先生此文，信匪虛作。薊訓銅狄，牧之庭華。臨川、鉛山，言遜有物。振古舊鍥，愁遺蟬餘。劉君子庚，昔以君贈。爰更授槧，傳諸人焉。

庚戌花朝，長洲沈修

楊恩壽《〈臨春閣〉評語》（《詞餘叢話》卷二，中國戲劇出版社1959年版）：

《臨春閣》雜劇，哀悱頑艷，不類《通天臺》之悲惋。要其用意，尤在於全篇結尾，從馮夫人口中特為點出，蓋諷明末諸帥也。詞云："俺二十年嶺外都知統，依舊把兒子征袍手自縫。畢竟婦人家難決雌雄，則願你決雌雄的放出個男兒勇！"

董康《〈臨春閣〉評語》（《曲海總目提要》卷十九，人民文學出版社2014年版）：

《臨春閣》，吳偉業撰。偉業字駿公，別號梅村，崇禎四年辛未會元榜眼，累遷諭德。福王時官至少詹。入本朝起用，授國子監祭酒。與錢謙益、龔鼎孳齊名，近時人選三人詩文集，謂之"江左三大家"。所演《臨春閣》事，隱指福王也。福王中使四出，遴選秀女，中山王裔孫徐國公之女，已經選妃，又有祁姓、阮姓，俱經選擇。偉業《送女道士卞玉京》詩："詔書忽下選蛾眉，細馬輕車不知數。"（按福王彼時勢已魚爛，本無尚可枝策之理，譬之日已麗天，殘星暫閃，立見隕墜，而猶不自知覺。如偉業詩所云，是誠所謂下愚之不可移者也。）記其事也。又云："中山有女嬌無雙，明眸皓齒垂明璫。曾因內宴直歌舞，坐中瞥見塗鴉黃。歸來女伴洗紅妝，枉將絕技矜平康，如此纏足當侯王。"紀中山女被選事也。又云："依稀記得祁與阮，同時亦中三宮選。可憐俱未識君王，軍府抄名被驅遣。"紀祁、阮同被選也。又云："漫詠《臨春》《瓊樹》篇，玉顏零落委花鈿。當時錯怨韓擒虎，張孔承恩已十年。"則言徐與祁、阮，未承恩澤，不能及張、孔也。此劇大指即此詩意。冼氏無謁陳主事，是藉用秦良玉事也。崇禎時，四川石砫女將秦良玉，奉詔勤王，入都陛謁。崇禎特賜之以詩，末句云："他日功成麟閣上，丹青先畫美人圖。"偉業暗引冼氏，以比良玉耳。

按劇前《總目》云："冼夫人錦繖通侯，張貴妃彩筆詞頭。青溪廟老僧說法，越王臺女將邊愁。"今止二折者，蓋青溪爲隋害貴妃之所，後二折大意，說陳亡而冼氏歸隋，寓傷感之意，優場演唱，無取乎爾，故止存其前半也。

吳梅《〈臨春閣〉評語》（《吳梅全集·理論卷·中國戲曲概論》，河北教育出版社2002年版）：

梅村《臨春閣》譜冼夫人勤王事，大爲張、孔吐冤，蓋爲秦良玉發也。第四折收尾云："俺二十年嶺外都知統，依舊把、兒子征袍手自縫。畢竟是、婦人家難決雌雄，則願決雌雄的放出個男兒勇。"此又爲左寧南諷也。

《通天臺》

◆ 劇情概要與本事

劇首署"灌隱主人著"。二齣，未標齣目。寫南朝沈炯本爲梁元帝尚書左丞，國家覆亡後，流落關隴，不得返鄉。某日心情愁鬱，遂携書童到城外消遣，遇漢武帝所建通天臺。登臺觀臨，由漢武帝想到了自家梁武帝，不由得爲梁武帝破國亡家的人生際遇以及自己飢寒交迫的現實窘境悲嘆不已。於是，做下一道表文，向漢武帝訴說滿腹不平。睡夢中，漢武帝遣人引之上殿，欲授其官職。沈炯執意不從，祇求漢武帝能助自己早日返鄉。武帝喚來宮女麗娟侑酒送行，并言數十年後待之於嵩山。後武帝一行直送到函谷關外，方纔離去。沈炯驚醒，發現身處通天臺下酒店中，方纔所歷乃夢境一場。

生扮沈炯，旦扮麗娟，外扮漢武帝，丑扮奚童、函谷關把總，雜扮太監、從官。登場人物尚有田千秋、漢武帝其他隨從等，俱未分配脚色。

本事出自《陳書·沈炯傳》。

● 著錄、版本與收藏情況

《清代雜劇全目》《古典戲曲存目彙考》《古本戲曲劇目提要》著錄。現存順治年間原刻本，藏國家圖書館，鄭振鐸《清人雜劇初集》、《清人雜劇百廿種》第 3 冊據之影印；清振古齋重刻本，藏國家圖書館等。又有《雜劇三集》本、姚燮《今樂府選》稿本第 29 冊所收本、宣統二年（1910）吳梅輯刻《奢摩他室曲叢》第一集所收本、民國間貴池劉氏《暖紅室彙刻傳奇》所收本，以及王永寬、楊海中、幺書儀選注《清代雜劇選》（中州古籍出版社 1991 年版）所收排印本。

● 序跋、題詞與評語

沈修《〈通天臺〉題辭》（宣統二年吳梅輯刻《奢摩他室曲叢》第一集所收本《通天臺》卷首）：

彼稷冥悗，溢情豪綈。梅邨詩詞，聲涕雜標。降格音曲，婉而成章。續徽承雲，嗇性房露。獎飾文媛，闡揚貞妃。《臨春》《秣陵》，操尚夐逸。科第雪忿，展成《鈞天》；謳歈溺心，圓海《春謎》。浩唱烈韵，惡先生焉。

節以名寇，壬微悼衷。修家左丞，冥與儷轍。往昔劉峻，方規敬通，作文攄憂，敏析同異。陵谷貿徙，夙宵麥訛。鼎湖龍亡，闕鏡鷟泣。旨齊辛檗，暄春凜秋。宅憂終身，蔑更忘弭。因藉故實，默自旋爾。

名碩艷遇，昔寧無之。天於初明，肆逞荼酷。纆棘洵耻，曷加俘臣；珪裳匪榮，矧宦讐國。冥謁曩帝，表陳通天。漢臺茗亭，煒亙霄極。被識英主，旅人聆言。羨思仁親，天子獲印。篤念靈誶，叶休徵歘。幽明路悠，妙應斯捷。世競底惑，修心不惛。陰陽家亡，周職蓋寑。袪魅情狀，易誰鈎深。靈威赤標，云實炎昊。於蠋慶忌，或馮山谿。仁加伯元，卒藩荊州。敬執項羽，爰任僕射。糞土臣炯，武皇矜諸。柏臺荒雲，柞寢瀟雨。甚矣騷瑟，茂陵兹辰。

　　方、徐、嚴、枚，比席園令；邢、趙、衛、尹，變班陳嬌。宅娛琴觥，析奧文賦。區夏柄失，甲幃遑勤。膠西鏗鏗，諄息灾厲；平津諤諤，策渾賢良。足音寥聞，五百春矣。蟊賊侯景，不庭蕭梁。身丁亂離，矜是碩彥。昆弟息胤，虐逢鯨鯢。妻虞泣刑，貞血漬胠。聖善素鹹，職饗印燂。子焉相存，僅一娣婦。南望愍惻，百茶嬰心。异朝君臣，分薄誼厚。軫念庸德，力拯宜也。矧帝綏極，務植名行。瑩飾孝治，建元綸音；篤扶人綱，元朔令誥。敦乂七教，甄明五書。賦褒陵雲，爵進髦士。太主董偃，寧誅直言；長卿、文君，憚析珍儷。嚴助伏刃，實燎張湯。表稱東歸，增昔愧已。

　　昔代園寑，喪威林烝。牧芻行吟，莫更蹌舞。拜手頓首，温顔錫章。涼暄宅心，孰肯斯若。往訓映牒，寧其食言。彙臣復家，懼或寑事。存愛著愨，神明聿交。精多物宏，靈爽自結。臍兆獲返，理之恒乎？宙夏云一，先生曷歸？尋君遂初，復我邦族。憊靡攸騁，戚誠無驊。陽岑擷薇，勿審誰菜；栗里扃竇，强旌吾廬。同時逸民，實與鈞慸。恭子入觀，國仍梁都。君親之間，豈不兩勝？

　　樂府箋恨，信曰自悼。命悕鍾律，結言冥寥。修令籀詞，輒悟文表。運筆斯巧，人謀鬼謀。生能徙闉，死莫徵隸。函谷姓改，元封則那。將哀孝陵，粤假梁武。王氣業盡，謂鍾山何！伶人南冠，帝子北降。曲者曲也，情之壹焉。《離騷》美人，豈繄淫惑。孝武招隱，稱貽麗娟。華予昔門，氣勝蘭澤。既謬貞一，姝寧樂聞？先生愛姬，曰倩扶氏，色藻雙婧，疑相匹倫。羞同巨君，聘諱原碧；矧事安石，妾兼文青。岱神光明，輕小節也。吾黨秀傑，畢能斐然。

　　靈雄茂年，學邃音呂。粤國盛操，風山矢音；如須閑情，香閣吐韵。行世二帙，馥聲詞林。駿公靈編，聿久湮曖。《通天》《臨春》，儷若笙磬。曄曜英皋，尤榮素宗。遑辭不文，序如前云。

　　　　　　　　　　　　浴佛之夕，沈修後齊

楊恩壽《〈通天臺〉評語》（《詞餘叢話》卷二，中國戲劇出版社 1959 年版）：

吳梅村《通天臺》雜劇，藉沈初明流落窮邊，傷今弔古，以自寫其身世。至調笑漢武帝，嬉笑甚於怒罵，但覺楚楚可憐。或謂"爲宏（應爲'弘'）光解嘲"，恐未必然也。其第一齣【煞尾】云："則想那山繞故宮寒潮向空城打，杜鵑血揀南枝直下。偏是俺立盡西風搔白髮，祇落得哭向天涯。傷心地付與啼鴉，誰向江頭問荻花？眼呵，盼不到石頭車駕！淚呵，灑不上修陵松檟！祇是年年秋月聽悲笳。"苦雨淒風、燈昏酒醒時讀之，涔涔者不覺濕透青衫。較之"我本淮南舊雞犬，不隨仙去落人間"之句，尤爲淒惋。

董康《〈通天臺〉評語》（《曲海總目提要》卷十九，人民文學出版社 2014 年版）：

《通天臺》，吳偉業撰，以沈炯自喻也。《陳書·沈炯傳》：炯字初明，梁武帝時釋謁王國常侍，遷爲尚書左民侍郎，出爲吳令。侯景之難，景將宋子仙據吳興，遣使召炯，逼之令掌書記。子仙爲王僧辯所敗，僧辯素聞其名，於軍中購得之。及簡文遇害，高帝南下，侯景東奔至吳郡，獲炯妻虞氏、子行簡，并殺之。炯弟攜其母避而獲免。侯景平，梁元帝愍其妻子嬰戮，特封原鄉縣侯，邑五百戶。僧辯爲司徒，以炯爲從事中郎，梁元帝徵爲給事黃門侍郎，領尚書左丞。荆州陷，爲西魏所擄，魏人甚禮之，授炯儀同三司。炯以母老在東，恒思歸國，恐魏人愛其文才而留之，恒閉門卻掃，無所交游。時有文章，隨即弃毀，不令流布。嘗獨行經漢武通天臺，爲表奏之，陳己思歸之意，其辭曰："臣聞喬山雖掩，鼎湖之靈可祠；有魯既荒，大庭之迹無泯。伏維陛下，降德猗蘭，纂靈豐谷，漢道既登，神仙可望。射之罘於海浦，禮日觀而稱功；橫中流於汾河，指柏梁而高宴。何其樂也！豈不然歟？既而甲帳珠簾，一朝零落；茂陵玉椀，宛出人間。陵雲故基，共原田而臚臚；別風餘趾，對陵阜而茫茫。羈旅縲臣，能不落泪？昔承明既厭，嚴助東歸；駟馬可乘，長卿西返。恭聞故實，竊有愚心；黍稷非馨，敢忘徼福？奏訖。"其夜炯夢見有宮禁之所，兵衛甚嚴。炯便以情事陳訴。聞有人言："甚不惜放卿還，幾時可至？"少日，便與王克等并獲東歸。

黄周星
(1611—1683)

　　字九烟，又字景明、景虞等，號圃庵、而庵，別署笑蒼道人、汰沃主人等。原籍上元（今江蘇南京），育於湖南湘潭周姓。崇禎六年（1633）舉人，十三年（1640）進士。甲申國變（1644），投南京福王政權，授户部主事。上疏復姓，改周爲黄。南明弘光政權亡後改名黄人，字略似，號笑蒼子、將就主人、半非道人等。後流寓江南，貧乏不給，以教書爲生。嗜酒，其《楚州酒人歌》云："天醉地醉人皆醉，丈夫獨醒空憔悴。"七十歲時，薦舉博學鴻詞，不就，迫之，則嘆曰："吾苟活三十七年矣，老寡婦其堪再嫁乎？"康熙十九年（1680）端午，投秦淮河自盡。其自撰《墓誌銘》云："其胸中空洞無物，惟有'山水文章'四字。故嘗有詩云：'高山流水詩千軸，明月清風酒一船。藉問阿誰堪作伴？美人才子與神仙。'則道人之志趣可知矣。"精書法，與杜濬、周蓼恤、杜芥稱"湖廣四强"。善詩文，（康熙）《繁昌縣志》云其"文章奇古，尤長於詩"。著有《夏爲堂集》《夏爲堂別集》《圃庵詩文》，後人輯有《黄九烟先生遺集》。編輯有《唐詩快》十六卷，又曾與人修訂評點《西游記》爲《西游記證道書》。亦通音律，工戲曲，撰有傳奇《人天樂》及雜劇《試官述懷》《惜花報》。《人天樂》傳奇附有《製曲枝語》十條。

　　按，卓爾堪《明遺民詩》小傳言其作多在明清之際遭劫掠散佚，現存者多爲入清後作。又，黄周星自稱"至六旬始思作傳奇"，故其戲曲作品皆當撰於入清以後。

　　傳記文獻：黄周星《自撰墓誌銘》（《黄周星　王岱集》）、瞿源洙《黄九烟先生傳》（《笠洲文集》卷七）、朱日荃《夏爲堂別集序》（《黄周星　王岱集》）、李桓《國朝耆獻類徵初編》卷四百七十三、（康熙）《繁昌縣志》卷十二、（乾隆）《杭州府志》卷一〇五、（同治）《長興縣志》卷十四等。

《試官述懷》

● 劇情概要與本事

劇首署"笛步笑蒼子編，孤山野漁子訂"，一折。寫時值大考之年，一位官員剛剛被欽點爲考官，他一心鑽刺，兩眼糊塗，看文字不分青紅皂白，選士子全仗金錢。他怕左右祗候人役不知上科規矩，臨期致有違錯，不免喚來吩咐一番。説完各種考場程式，又言秀才們望中，祗爲銀子，自己做試官，也祗爲銀子。

净扮試官，雜扮祗候人役。

本事待考。

● 著録、版本與收藏情況

《清代雜劇全目》、《古典戲曲存目彙考》、《古本戲曲劇目提要》（稱此劇已佚，不確）著録。現存康熙二十七年（1688）《夏爲堂別集》刻本，藏國家圖書館。黃仕忠編校《明清孤本稀見戲曲彙刊》（廣西師範大學出版社 2014 年版）收入。

《惜花報》

● 劇情概要與本事

四折，未標折目。寫武林書生王晫潛心圖史，樂志田園，不以功名爲念；且生有愛花之癖，視花如同性命，曾作《戒折花文》勸諸同輩。當春光明媚之時，王生前往沈衡玉園中賞花，蒙主人留飲，就宿廊側，徘徊花間，見花朵爲風吹落，十分惋惜，便將剩粉殘香掇起供養。南岳花神紫虛元君魏夫人感王生真情，令弟子黃令徵前來接引。王生隨黃轉過太湖石，早別有洞天，這裏有各種奇異花草和衆多護花仙人。王生得到盛情款待。魏夫人請其飲百花膏，令盧女鼓琴，太真彈奏琵琶，念奴等爲之奏樂歌唱，將其《戒折花文》櫽括成曲。又令麗娟做百花舞，王生嘆爲觀止。不覺雞聲已唱，群星將隱，魏夫人遣令徵送王生回歸舊處。若干年後，魏夫人又令崔玄微引王暐入仙境，敕封他爲護花使者，掌管群芳院事。衆仙奉命將之送入仙院隸事，皆言此乃惜花之報。

生扮王暐，小生扮張籍，旦扮黃令徵、麗娟，小旦扮太真，貼旦扮梅妃、綠絲、盧女等，老旦扮魏夫人、袁寶兒，净扮念奴、蘇直，末扮崔玄微，丑扮仙童、碎桃、阿紀等，小丑扮綠珠、郭橐駝，外扮宋仲孺。

本事來自清初王暐小説《看花述异記》，《笠閣批評舊戲目》著録此劇爲王丹麓作，姚燮《今樂考證》辨正云："此劇九烟爲丹麓紀事作也。"按，潘樹廣《明遺民黃周星及其"佚曲"》（《文學遺産》2001年第2期）一文詳考本事，又云："由《看花述异記》的寫作時間（康熙七年三月），亦可推知《惜花報》爲黃氏晚年之作。"按，王暐（1636—1698後），字丹麓，號木庵，自號松溪子，錢塘（今浙江杭州）人。順治間諸生，與黃周星爲忘年交。著有《今世説》八卷、《遂生集》十二卷、《霞舉堂集》三十五卷、《墻東草堂詞》等，又與張潮（1650—1709?）合作編刻《檀几叢書》。

● 著録、版本與收藏情况

《清代雜劇全目》《古典戲曲存目彙考》著録。現存康熙二十七年（1688）《夏爲堂別集》刻本，藏國家圖書館。黃仕忠編校《明清孤本稀見戲曲彙刊》（廣西師範大學出版社2014年版）收入。

鄭瑜
（1612？—1667？）

一名若羲，字玉粟，一字無瑜，號夕可，別署正誼、西神，無錫（今江蘇無錫）人。三十歲喪妻，終身未再娶。黃蛟起《西神叢語》云："鄭瑜，字無瑜，與曹履垣、胡慎三、嵇息廬爲酒友，與黃心甫、顧野巨爲詩友，與堵禾齋爲文友。"工詩文，善詞曲，有《正誼堂詩稿》等。雜劇《鄂中四雪》，今存。《遠山堂劇品》錄其雜劇《椽燭修書》一種，當作於明代，今未見傳本。

按，關於鄭瑜生卒，曾影靖《清人雜劇論略》言其"生卒年及生平均無可考"，曾永義《明雜劇概論》亦言其"字號、籍貫、生平俱不詳"，并斷其爲明代作家。陳芳《清初雜劇研究》則言其"約清順治十年（1653）前後在世"。周妙中《清代戲曲史》記述其性格平易近人，約生活在"1612—1667"。

傳記文獻：鄭炳泉《鄭氏續修大統宗譜》、黃蛟起《西神叢語》、顧光旭《梁溪詩鈔》等。

《鄂中四雪》

包括《鸚鵡洲》《汨羅江》《黃鶴樓》《滕王閣》四劇。具體作期不詳。按，徐子方《明雜劇研究》將《鄂中四雪》歸入明代，云："此劇作時無考，以《遠山堂劇品》已著錄鄭劇，故一并歸入明人雜劇之列。"然從作品內容看，四劇塑造的抒情主體乃是一介遺民的形象。如《汨羅江》中的屈原："劫塵彈指，歲月如流。縱當日君明臣良，至今數千里雲夢瀟湘，未必仍屬爽鳩之樂。即在我諫行言聽，到今幾千年，芊、昭、屈、景，未必永分軫蚓之躔。"應爲入清後之感慨。

● 劇情概要與本事

《鸚鵡洲》

劇首署"西神鄭瑜著"。一折。寫禰衡死後，交往衆仙，神游八極，甚爲逍遥。一日重游鸚鵡洲，看到後人爲其所建廟宇、墳冢及石碑，感慨萬千。又與當年所賦鸚鵡之魂靈相遇，鸚鵡問他現在是否還恨黄祖，禰衡説自己命該如此，不怪黄祖；又問他恨劉表、曹操否，禰衡表示不但不恨，還感激他們。接着，鸚鵡依次詢問赤壁之戰、建銅雀臺、擊鼓罵曹、殺伏后等與曹操相關之事，禰衡均一一爲曹操辯解，并頌曹操功德。

生扮禰衡，登場人物尚有鸚鵡鬼魂，未分配脚色。

是劇應是反徐渭（1521—1593）《狂鼓史》雜劇之意而作，主要爲曹操作翻案文章。

《汨羅江》

劇首署"西神鄭瑜著"。一折。寫屈原學貫天人，識通今古，却被楚王放逐江潭。屈原投江死後，修文水府，混迹波臣，逍遥自在，無拘無束，與楚江漁父相知。漁父每得魚沽酒，便唤來屈原，飲酒讀《離騷》。一日，又魚熟酒暖，二人對酌。漁父提議屈原將《離騷》編成一部新曲演唱，屈原欣然應允。於是，漁父誦一段《離騷》，屈原填一段新詞，一白一曲，彼此對答。最後二人枕藉舟中，任其漂流。

生扮屈原，末扮漁父。

本事乃敷演屈原《離騷》而成。清張堅（1681—1763）《懷沙記》傳奇與此題材同。

《黄鶴樓》

劇首署"西神鄭瑜著"。一折。寫仙人吕洞賓厭居天上，喜游人間。一日與弟子柳樹精重訪黃鶴樓，當年做東的沈東老以及榴皮畫鶴的酒家翁已經去世，祇得用丹藥把葫蘆裹的江水點化成酒，師徒二人一邊對飲，一邊談論仙情人事。呂洞賓回憶了自己所遭受的風、火劫數，否定了何仙姑以及劍斬黃龍的存在等。最後師徒二人同歸蓬萊仙島，又將世上怪异之事通過一問一答，數說一遍。

生扮呂洞賓，末扮柳樹精。

本事見於純陽子《呂岩集》以及民間傳說。元馬致遠（1251？—1321後）《岳陽樓》雜劇，明賈仲名（生卒年不詳）《升仙夢》雜劇、谷子敬（生卒年不詳）《呂洞賓三度城南柳》雜劇、朱有燉（1379—1439）《常椿壽》雜劇等，與此題材相同。

《滕王閣》

首頁署"西神鄭瑜著"。二折，未標折目。寫唐代才子王勃省親官署，舟過馬當，遇山神說滕王閣重陽大宴，群公賦詩，并求作序文，潤筆頗厚，兼可得名，於是命僕人揭下懸賞榜文，求見閻都督。閻老爺知他為總角小孩，輕視不見，祇是令人將之帶入西閣，做完一聯，就讓人報來。待王勃賦完《滕王閣序》，閻都督等為其才華所傾，請其入席。席終，群公又分別送來黃金、蜀錦、字畫、美酒、夜光珠、汗血馬等做潤筆之費。

生扮王勃，小生扮孟學士，净扮王將軍，末扮院子、宇文新州，外扮閻都督。登場人物尚有閻都督之小吏二人，俱未分配脚色。

本事見五代王定保《唐摭言》，同時敷演《滕王閣序》一文。元無名氏《滕王閣》雜劇，清曹錫黼（1726—1754）《滕王閣》雜劇、無名氏《滕王閣》傳奇，與此題材同。

● 著錄、版本與收藏情況

《清代雜劇全目》《古典戲曲存目彙考》《古本戲曲劇目提要》著錄，今存

《雜劇三集》本。

● 序跋、題詞與評語

鄒式金《〈邯中四雪〉評語》(《雜劇三集》所收本《鸚鵡洲》卷首眉批)：

《邯中四雪》，才情橫溢，舌藻紛披，真可嗣響臨川。老瞞翻案，狡獪作戲耳，莫向痴人前說夢。

尤侗《〈邯中四雪〉評語》(《西堂樂府自序》，《西堂樂府》本)：

近見西神鄭瑜著《汨羅江》一劇殊佳，但櫽括《騷經》入曲，未免有聱牙之病。

焦循《〈邯中四雪〉評語》(《劇說》卷五，《中國古典戲曲論著集成》第八集，中國戲劇出版社1959年版)：

《黃鶴樓》末【收江南】一曲，柳問呂答，與徐文長《翠鄉夢》末同。《滕王閣》則全以王子安一序作曲。《汨羅江》則以《離騷經》作曲，讀原文一段，歌曲一段，立格甚奇，得未曾有。

徐石麒
（1612？—1675後）

　　字又陵，號坦庵，江都（今江蘇揚州）人。（嘉慶）《重修揚州府志》卷五十三小傳云："石麒承父教，精研名理，好著書，尤精詞曲，入白仁甫、關漢卿之室。"明亡後隱居北湖，以著述自娛。同邑郭士璟《坦庵訂正詞韵序》評價云："以其感憤之懷寄之詩賦，滑稽之致寄於南北劇。"女元端，亦曉音律，嘗與徐石麒切磋。徐石麒著述豐厚，據說有四十餘種，三百六十多卷。明亡後所餘無幾。今存《花傭月令》《客齋餘話》《坦庵枕函待問編》《古今青白眼》《坦庵詩餘瓮吟》《坦庵詞三種》《坦庵樂府黍香集》等。傳奇四種：《九奇逢》《珊瑚鞭》《胭脂虎》《辟寒釵》，唯《珊瑚鞭》存。又有雜劇四種，存《坦庵詞曲六種》中。

　　傳記文獻：劉師培《徐石麒傳》（《左盦外集》卷十八）、李桓《國朝耆獻類徵初編》卷四百二十三、郭士璟《坦庵訂正詞韵序》（焦循《揚州足徵錄》卷十四）、李斗《揚州畫舫錄》卷二、阮元等《廣陵詩事》、（嘉慶）《重修揚州府志》卷五十三、（光緒）《增修甘泉縣志》卷十二、李艷輝《徐石麒及其戲曲創作研究》（南京師範大學碩士學位論文，2012年）等。

《坦庵詞曲六種》

　　雜劇《買花錢》《大轉輪》《拈花笑》《浮西施》，與《瓮吟》《黍香集》合稱《坦庵詞曲六種》。孫書磊《明清之際雜劇作期叢考》（《古籍整理與研究》2005年第3期）據《買花錢》前作者撰於癸巳（1653）夏的《〈拈花笑〉引》，斷定其"作於順治十年（1653）夏"；又據其他三劇題署、劇情等判斷其"創作時間與《拈花笑》不同，而且應早於《拈花笑》，在順治元年（1644）至十年（1653）之間"。

◆ 劇情概要與本事

《買花錢》

劇首題"坦庵買花錢雜劇",署"邗上徐又陵編,友人吳國次、羅然倩、劉雨光評閱"。四折,未標折目。寫南宋書生于國寶赴杭州應試,功名不就,羞歸故里。時值清明節,與好友韋子雋探春,正遇駙馬楊震携姬妾游湖。楊府歌伎粉兒執花頻頻顧盼于生,于國寶爲之神魂顛倒。楊府游船離去後,于、韋二人便到斷橋酒店買醉。席間,于國寶乘着酒興在店壁上題《風入松》一首。後聽聞聖駕到來,衆人回避。皇帝來到酒店,見壁上題詞,大爲贊賞,但覺末句有寒酸之氣,稍爲點綴,又遣人尋訪作者。楊震召于國寶等人做留春之宴,粉兒前來侑酒。楊震見于國寶才情不凡,又知其與粉兒彼此有意,就將粉兒相贈。完婚之際,中官賫詔紙宣于國寶見駕。皇帝欣賞其才華,授翰林學士,送回駙馬府中完婚。此後,皇帝又將秦檜故園賜給于國寶,并多有封賞。楊震、韋子雋以及斷橋酒店王二官等紛紛來賀。

生扮于國寶,小生扮宋孝宗,旦扮粉兒,貼旦扮楊震姬妾,净扮李蔚通,中净扮妓女、内官,末扮韋子雋,丑扮張伯濟,外扮楊震,雜扮王二官等。

本事出自宋周密《武林舊事》卷三"西湖游幸(都人游賞)"及明馮夢龍(1574—1646)《警世通言》卷六《俞仲舉題詩遇上皇》,《買花錢》改"俞"爲"于"。清張聲玠(1803—1848)《玉田春水軒雜齣》之《題肆》雜劇與此題材同。

《大轉輪》

劇首題"坦庵大轉輪雜劇",署"邗上徐又陵編,同社諸子評訂"。四折,未標折目。寫洛陽書生司馬貌才學冠世,抱負遠大,奈生不逢時,屢試不第,貧困潦倒,受盡妻子嘮叨埋怨,心生憤懣,遂作詩責罵上天昏昧不明。玉帝大怒,遣太白星君將其魂魄拘來究問,司馬貌毫不畏懼,極力訴說自己才高命窘的遭遇。天庭認爲：司馬貌若能在六個時辰之内斷明漢朝四百年疑獄，可證明其言非誑，可免於罪罰。司馬貌通史曉理，來到地府後賞罰得當，很快斷清韓信、劉邦、項羽等案，安排各鬼魂下界投胎爲三國人物以了前仇舊怨。天帝龍顏大悦，悉令遵照執行，又遣太白星君送其回歸陽世，司馬貌還魂驚醒，與妻子共接天詔。玉帝下旨：司馬貌轉世爲司馬懿，并收三國，一統稱尊，并命趙王、燕太子、荆軻等人投胎爲兒孫將相輔佐之，三國時代由此開始。

生扮司馬貌，小生扮玉帝，旦扮司馬貌妻吳氏、金童，貼旦扮玉女，净扮閻羅王，末扮文昌星君，丑、付扮千里眼、順耳風，外扮太白星君。另有韓信、彭越、英布、戚夫人、項羽、劉備、關羽、張飛、諸葛亮、孫權、周瑜、魯肅、陸遜、曹操、郭嘉、張遼、許褚、趙王、燕太子丹、荆軻、田光、高漸離、樊於期等人物登場，俱未分配脚色。

本事出自《梁史平話》、元刊本《三國志平話》引子及明馮夢龍（1574—1646）《古今小説》之《鬧陰司司馬貌斷獄》。另民間有所謂"半日閻羅"的故事，亦本此。清嵇永仁（1637—1676）《續離騷》之一《憤司馬夢裏罵閻羅》雜劇，與此題材同。

《拈花笑》

劇首題"坦庵拈花笑雜劇"，署"坦庵戲筆"。一折。寫杜得錦十三歲嫁封鏐爲妻，二十年來夫妻和諧恩愛，但封鏐後又納妾冒如花，冷落了妻子。杜氏爲此心中憤恨難平，終日吵鬧。一日，妻妾相見，相互揭短對罵，杜氏氣憤難當，要與冒如花拼命，亂作一團。封鏐祇得推倒杜氏，將冒如花抱走。杜氏更是惱怒，於是備下鋼刀，欲乘夜結果二人。

生扮封鏐，旦扮杜得錦，貼旦扮冒如花。

本事不詳。吳梅《中國戲曲概論》認爲《緑野仙踪》曾采録之。據作者《〈拈花笑〉引》交代，是劇創作時間爲順治十年（1653）。

《浮西施》

劇首題"坦庵浮西施雜劇",署"邗上徐又陵編,同社諸子評閱"。一折,寫范蠡助越滅吳後,辭封却賞,將遁迹山林,又恐將西施留在國中終爲禍本,於是載之同去,欲沉之江中。西施一再辯解自己不是破國亡家的禍首,而是越王事成之功臣,苦苦哀求范蠡饒恕、放過自己。但范蠡不爲所動,讓水手將西施抛入江中。

生扮范蠡,旦扮西施。

本事可能與《墨子·親士》"西施之沉也,其美也"句有關,清初艾衲居士(生卒年不詳)《豆棚閑話》中有"范少伯水葬西施"。宋元戲文《范蠡沉西施記》(已佚)與此題材同。明梁辰魚(1519—1591)《浣紗記》傳奇寫范蠡與西施終成眷屬,幷一起泛舟五湖。

● 著錄、版本與收藏情况

《清代雜劇全目》《古典戲曲存目彙考》《古本戲曲劇目提要》著錄。現存順治間南湖享書堂原刻本,藏國家圖書館、首都圖書館等,鄭振鐸《清人雜劇二集》、《清人雜劇百廿種》第3冊據之影印,又有姚燮《今樂府選》稿本第32冊所收本,藏浙江圖書館。

● 序跋、題詞與評語

徐石麒《〈拈花笑〉引》(《清人雜劇二集》所收本《坦庵詞曲六種》第三種《拈花笑》卷首):

女子最弱,到妒時,扛金鼎,舉石白,丈二將軍不能過也。女子最愚,到妒時,放大光明,無幽不察,可謂極巧窮工。女子最愛修潔,到妒時,雖污池在前,涸厠在後,舉身投之,略無所恤。凡此種種,雖天性使然,亦童而習之也。姑姨姊妹,竟日喋喋,惟此一義。正如商賈學算法,子弟讀爛經,日增益其所不能,故探奇盡變乃爾。吾向集古今妒婦事,成一帙,命曰《指木遺編》。然其事隱,其詞文,恐不堪入閨閣耳。夏日無事,又爲拈作歌曲,祇取通俗,不顧鄙俚。蓋欲入懞懂隊中,説現身法也。倘市兒傳誦,得一二語爲胭脂虎解頤,或可以發其廉恥羞惡之心,却勝啜倉庚膽一碗耳。

癸巳夏抄,自題於湖上草亭

鄭振鐸《坦庵詞曲四種跋》(《清人雜劇二集》卷首《題記》):

《買花錢》《大轉輪》《浮西施》《拈花笑》四劇,徐石麒作。石麒,字又陵,號坦庵,江都人,著《蝸亭雜訂》及《坦庵詞曲六種》,《買花錢》等皆收入其中。《買花錢》寫落第舉子于國寶懷才不遇,題《風入松》"一春常費買花錢,日日醉湖邊"一詞於酒家壁。宋孝宗微行,爲改數字。因此遭遇天子,授爲翰林,而楊駙馬亦以歌伎粉兒贈之。此事盛爲士人所傳,惟楊駙馬贈妓,却是石麒添出的。宋、元人詞話有《趙伯昇茶肆遇仁宗》一本。事略相類,皆是替失意人揚眉吐氣的。《大轉輪》爲至今尚流傳於民間之一故事,即所謂"半日閻羅"者是。《古今小説》載《鬧陰司司馬貌斷獄》一本,元刊本《三國志平話》,亦以此故事爲引子。嵇永仁亦有《憤司馬夢裏罵閻羅》一劇。《浮西施》爲一翻案文章。説明:史所載范蠡"浮西施於五湖"者,并非偕隱而去,實是將她沉之江中。和梁辰魚《浣紗記》之所述,恰好相反。劇中西施之辯,振振有辭,氣概很盛,反顯得范蠡是一個極狠毒無理的人物。《拈花笑》以白描的手筆,不用底稿,寫出一家妻妾二人的争風打罵。并無深意,祇是一本笑劇。"《拈花笑》,個個家,有一本。"曝露了明末士人階級的荒淫無度的生活的真相。

吳梅《坦庵詞曲五種》(《吳梅全集·理論卷·讀曲記》,河北教育出版社2002年版):

此爲江都徐又陵作。又陵,名石麒。焦里堂《劇説》云:"吾鄉徐又陵,號坦庵，填詞入馬東籬、喬夢符之室。所作有《大轉輪》《買花錢》《拈花笑》《浮西施》《胭脂虎》《珊瑚鞭》《九奇逢》。余又有《坦庵著書目》一冊，計二十餘種。"則又陵著述佚者正多也。詞中《買花錢》劇本《詞評》，《浮西施》本《墨子》，《大轉輪》亦本舊說。惟《拈花笑》則嬉笑怒罵，刻畫太過。近世盛行，不置姬侍，亦一偏之見，而豪家子，金屋金釵，置而弗御，於是驚寵感悅，時有所聞。如《拈花笑》云云，固猶是尋常兒女也。劇中脫漏漫漶處，據亡友黃慕韓（振元）藏本鈔補。慕韓藏曲至富，歿後遺書星散，余得其《畫中人》《六如亭》《乞食圖》《紅梨》《宵光劍》等十餘種。秋燈校讀，益動我山陽鄰笛之思矣。

己未冬仲之五日，長洲吳梅書於東斜街寓齋

十二月八日重讀一過，題四絕句：

《拈花笑》

拈花迦葉指禪宗，眷屬神仙也是空。我最服膺蘇老語，啼顏笑齒宦場中。

《大轉輪》

十七史從何處說，紛紛哀怨總成虛。何妨醉倒東籬下，來聽虞初一卷書。

《浮西施》

五湖烟水自蒼茫，誰信佳人是國殤？我本姑蘇臺下住，忍聽遺屧響空廊。

《買花錢》

三春都費買花錢，難得知音在九天。祇恐亭皋風葉下，傷心不獨柳屯田。

吳梅《〈坦庵雜劇〉評語》（《吳梅全集·理論卷·中國戲曲概論》，河北教育出版社 2002 年版）：

清人則取裁說部，不事臆造，詳略繁簡，動合機宜，長劇無冗費之辭，短劇乏局促之弊。又如《拈花笑》《浮西施》等，以一折盡一事，俾便觀場，不生厭倦。

吳梅《〈坦庵雜劇〉評語》（《吳梅全集·理論卷·中國戲曲概論》，河北教育出版社 2002 年版）：

徐石麒四本，以《買花錢》爲最，取俞國寶風入松事爲本，復取楊駙馬粉兒爲輔，其事頗艷。至以粉兒歸國寶，雖不合事實，而風趣更勝。【解三酲】四曲，字字馨逸，非明季人所及也。《拈花笑》摹妻妾妬狀，穢褻可笑，《綠野仙踪》曾采錄之，今人知者鮮矣。《大轉輪》以劉、項事翻案，自云以兩《漢書》翻成《三國志》，亦荒唐可樂。獨《浮西施》一折，盡辟一舸五湖之謬，以夷光沉之於湖，雖煮鶴焚琴，太煞風景，顧亦有所本。墨子云："西施之沉也，其美也。"是亦非又陵之創説矣。

宋琬
（1614—1674）

　　字玉叔，號荔裳，別署二鄉亭主人，萊陽（今山東萊陽）人。明末清兵攻入萊陽，包括其父、兄在內，闔家數十口同時罹難，宋琬因避亂於吳中而幸免。順治四年（1647）中進士，授户部主事。後因僕人誣陷入獄數月，復爲浙江按察使。順治十八年（1661），又有族人誣其"與聞逆謀"，全家下獄二年有餘，巡撫蔣國柱爲之辯白。康熙三年（1664）放歸，寓居江南凡七年。十一年（1672）起爲四川按察使。明年，吳三桂叛，破成都，家人陷蜀。時在京師述職，驚憂致疾而死。居京時，與施閏章（1618—1683）、丁澎（1622—1686）、嚴沆（1617—1678）等合稱爲"燕臺七子"；詩文與施閏章齊名，有"南施北宋"之稱。著有《安雅堂詩》不分卷、《安雅堂文集》二種各二卷、《安雅堂書啓》一卷、《安雅堂未刻稿》八卷、《入蜀集》二卷、《二鄉亭詞》三卷、雜劇《祭皋陶》一卷，彙爲《安雅堂全集》。2003 年齊魯書社出版點校本《宋琬全集》。

　　傳記文獻：《清史稿》卷四百八十四、《清史列傳》卷七十、李桓《國朝耆獻類徵初編》卷一百五十二、錢林《文獻徵存錄》卷二、蔡冠洛《清代七百名人傳》、（康熙）《吳江縣志》卷三十八、（乾隆）《山東通志》卷二十八、汪超宏《宋琬年譜》等。

《祭皋陶》

● 劇情概要與本事

　　劇首署"二鄉亭主人新編，海上隨緣居士評"。四齣，未標齣目。寫東漢汝南人范滂早年持節幽并，錚錚鐵脊，孤身許國。先前因得罪中涓，身陷北寺，幸蒙解綬，得返故園。中常侍曹節、王甫董蟠居掖庭，擅作威福，自從殺了陳蕃、竇武後，更是肆無忌憚，將李膺、范滂等人作爲眼中之刺，必欲除之而後快。於是羅織罪名，將二人捉拿，范滂祇得與七旬老母作別。范滂被逮來京，繫身詔獄，遇獄神皋陶之廟宇，遂進廟向皋陶控訴奸人罪行，訴説自己的冤屈。曹節等恐日久生變，乃假傳詔旨，到獄中勘問范滂，欲藉機將之除去。幸皋陶顯靈，托夢於漢桓帝。皇帝下旨釋放范滂等人，又將曹節、王甫等正法。歷經劫難後，范滂已看破紅塵，絕意功名，遂退隱姑射山。

生扮范滂，小生扮郭揖、楊球，老旦扮范滂母，净扮皋陶、曹節、穆姓百姓，小丑扮牢修，外扮吕疆、陶姓百姓，雜扮校尉、李膺、殷姓百姓。登場人物尚有鬼判、獄卒等，俱未分配脚色。

本事見《後漢書·黨錮傳》。按，因"于七之變"遭人誣告，宋琬兩次入獄，是劇即獄中所作。宋琬《詔獄行》詩云："中心悲，泪盈把。酹酒呼皋陶，皋陶竟喑啞。"汪超宏《宋琬年譜》將此劇創作時間定爲康熙八年（1669）。曹爾堪《京華詞》中有《賀新凉·集宋荔裳觀察燕邸，同余岱嶼、王蒼嵐、秦補念、王雪洲、余佺廬、劉峻度、王西樵、鞠觀玉、周星公、王阮亭》，題下注"五月十四日"，又有自注云："是夕，觀《祭皋陶》新劇，荔裳自度曲也。激楚悲凉，不能仰視。"知是劇康熙十年（1671）五月十四日已完成。

● 著録、版本與收藏情況

《清代雜劇全目》《古典戲曲存目彙考》《古本戲曲劇目提要》著録。現存康熙十二年（1673）原刻本，藏國家圖書館、上海圖書館、南京圖書館，《清人雜劇百廿種》第5冊據之影印；乾隆十一年（1746）重刻本、道光十六年（1836）袁恕抄本，藏上海圖書館；道光十九年（1839）澤三抄本，藏中國藝術研究院圖書館。又有順治至乾隆間續刻《安雅堂全集》所收本，王紹曾、宮慶山編《山左戲曲集成》（上海古籍出版社2007年版）據之整理編選。

● 序跋、題詞與評語

杜濬《〈祭皋陶〉弁語》（國家圖書館藏康熙十二年刻本《祭皋陶》卷首）：

　　雜劇、院本，詞家之支流也。然出之有道，要不為無益於世。蓋古之忠臣孝子、義人烈士，事在正史，不但愚氓無由知，即淺學儒生，至有不能舉其姓字者。惟一列之俳場，節以樂句，則流通傳播，雖婦人孺子，皆知稱道之。故雜劇之效，能使草野閭巷之民，亦知慕君子而惡小人，此莊士之所不廢也。余家藏書不備，嘗就余所見，輯成《史泣》《史笑》二書。若以傳奇家例論，則《史笑》多凈、丑，《史泣》多苦生。其間尤痛心酸鼻，不能已已者，莫如東京之范孟博、南渡之岳鵬舉。鵬舉之事，既已廣被樂府，獨恨孟博未遇奇筆。

　　一日，客有授余《祭皋陶》四齣者，余驚喜讀之。大約以辛辣之才，構義激之調，呼天擊地，涕泗橫流，而光焰萬丈，未嘗少減。作者其有憂患乎？其有憂患而無患乎？夫無孟博之憂患，決不能形容孟博之直氣，使千載之上，宛在目前，至於如此也，亦足見雜劇之功偉矣。或曰："吳導、郭楫，事在建寧二年，不祭皋陶，與抗辯，王甫案可考也。漢帝赫然誅牢修、節、甫，而大赦黨人，孟博歸田養道，庸得若是乎？"余曰：不然。夫正史能紀實，而不能翻空；雜劇能翻空，而不能翻人心之所本無。彼誼辟神靈，而忠良得蒙澡雪，此所謂翻空，而非人心之所本無者。夫古今之人心，即古今之實事，空云乎哉！彼正史所載，妄語耳。

　　　　　　　　　　　　康熙十一年春仲，杜陵睿水生題

宋琬

隨緣居士《〈祭皋陶〉題詞》（國家圖書館藏康熙十二年刻本《祭皋陶》卷首）：

每疑"祭皋陶"一段公案，強作解事小兒，便道：皋陶爲古來第一明允刑官，今日建牙若盧堂上，冤民朝夕膜拜泣禱，决不負人香火。請看范孟博，爲東漢奇男子，冥遭牢修媒蘖奇禍事。孟博慷慨不數語，即爲奏聞帝，立見平反，爲後世没，人理人非，萬軍來觀，載之祀典，徵以百牢，詎逾與！予聞而嘻曰：此是上碧翁索性培護善類，渠何與事，輒妄獵人間酒肉乎？若值上帝醉，約百皋陶無濟耳。不見秦之圜土，歷百餘歲，尚化爲丐酒之蟲邪？或曰：唯唯，否否。九閽高，一言提救者誰？苟非虞廷士師，惡不可爲。我不爲惡者，烏得而免諸？由此觀之，若有能不祭皋陶者，方許他祭皋陶。

康熙癸丑暮春之初，凡鳥山鄉隨緣居士題於綉林草堂

梁清標《宋荔裳觀察暮春召飲寓園，觀〈祭皋陶〉新劇次韵》（梁清標《蕉林詩集》，河北人民出版社2012年版）：

對酒當歌水竹叢，人間何事謗書同？不須重讀三君傳，今古傷心一曲中。
春城忍見一花飛，勝侣長安此會稀。白舫柳塘簫鼓發，朱樓夾岸盡開扉。
絲管聲中逐冶游，已知世事曲如鈎。笑啼千載憑優孟，花自垂垂水自流。
氍毹燈下曲新翻，疑是王郎舊泪痕。當日風流餘幾在，渭城更唱欲銷魂。

尤侗
（1618—1704）

　　字同人，後改展成，號悔庵，又號艮齋、梅花道人、萬峰山長，晚年號西堂老人，長洲（今江蘇蘇州）人。順治九年（1652）以貢生謁選，得授永平府推官，因懲訓旗丁而遭罷職。康熙十八年（1679），舉博學鴻詞科，授翰林院檢討，入修《明史》。以年老致仕。世祖稱之爲"真才子"，聖祖稱之爲"老名士"。著有《西堂餘集》、《鶴栖堂稿》、《西堂樂府》（又名《西堂曲腋》）等，彙爲《西堂全集》。其中《西堂樂府》包括傳奇《鈞天樂》一種，雜劇《讀離騷》、《吊琵琶》、《桃花源》、《黑白衛》、《李白登科記》（又名《清平調》）五種。乾隆四十五年（1780），其著述因"有乖體例，語多悖逆"而遭禁。

　　傳記文獻：尤侗自撰《悔庵年譜》（《尤侗集》）、潘耒《尤侍講艮齋傳》（《遂初堂文集》卷十八）、朱彝尊《翰林院侍講尤先生墓志銘》（《曝書亭集》卷七十六）、《清史稿》卷四百八十九、李元度《國朝先正事略》卷三十九、（乾隆）《江南通志》卷一百六十五、（乾隆）《長洲縣志》卷二十五、（同治）《蘇州府志》卷五十七等。

《讀離騷》

● 劇情概要與本事

　　劇首署"長洲尤侗悔庵撰"，正目爲"湘纍問天呵壁，漁父說客垂綸，巫女朝雲感夢，宋子午日招魂"。四折，未標折目。寫屈原本楚之同姓，先仕懷王時，爲三閭大夫，上官大夫爭寵害能，向懷王進讒，致其怒而疏遠屈原。襄王即位，又聽令尹子蘭之譖，將屈原放逐江南。屈原心中鬱結，作《離騷》

以冀君之一悟，然終無可奈何。如今披髮行吟，彷徨山澤，每過帝王、公卿廟宇祠堂等，見可驚可愕之事，則筆題壁上，呼天而問之，正是奪他人之酒杯，澆自己之塊壘。屈原見天不語，祇得往太卜鄭詹尹處詢問以解狐疑。鄭詹尹聽完其祝告，認爲其并無疑問，不必再占。因楚國祭神之曲鄙俚淫褻，兩位巫覡特請屈原別撰新詞，屈原爲之編作《九歌》。洞庭湖之神洞庭君見屈原欲懷沙而死，憐其才，哀其命，遣白龍扮作漁翁勸諭他。屈原志意堅決，終投水而死。洞庭君派金童玉女迎之爲水仙。後宋玉作《高唐》《神女》二賦，又爲屈原招魂。

生扮屈原，小生扮宋玉，旦扮神女，末扮鄭詹尹、漁翁、景差、唐勒，丑扮巫、覡、巫陽，雜扮東皇太乙、東君、雲中君、湘君、湘夫人、大司命、少司命、河伯、山鬼、國殤、白龍、金童玉女，外扮洞庭君、楚襄王。

本事見於《史記》卷八十四《屈原賈生列傳》，又雜取《楚辭》詩意敷演而成。清鄭瑜（1612？—1667？）有《汨羅江》雜劇，題材相似。按，據尤侗《悔庵年譜》卷上，可知是劇撰於順治十三年（1656），乃其自況之作，"先君雅好聲伎，予爲教梨園子弟十人，資以裝飾，代斑斕之舞，自製北曲《讀離騷》四折用自況云"。

● 著錄、版本與收藏情況

《清代雜劇全目》《古典戲曲存目彙考》《古本戲曲劇目提要》著錄。現存版本較多，主要有康熙間聚秀堂原刻《尤太史西堂全集·西堂樂府》所收本，藏中國科學院圖書館等，鄭振鐸《清人雜劇初集》、《清人雜劇百廿種》第1册及《四庫禁毀書叢刊·集部》（北京出版社1997年版）第129册據之影印；康熙二十五年（1686）金閶周君卿刻《西堂全集》本，《續修四庫全書·集部》第1407册據之影印；康熙間刻、吳梅批注《西堂樂府》本，藏國家圖書館；民國上海文瑞樓石印《西堂全集·西堂樂府》本，藏國家圖書館、北京師範大學圖書館等；《雜劇三集》本、姚燮《今樂府選》稿本第30册所收本，以及王永寬、楊海中、幺書儀選注《清代雜劇選》（中州古籍出版社 1991 年版）所收排印本。

● 序跋、題詞與評語

尤侗《〈西堂樂府〉自序》（《四庫禁毀書叢刊·集部》第 129 冊影印康熙間聚秀堂原刻《尤太史西堂全集·西堂樂府》所收《西堂樂府》卷首）：

　　元人雜劇，睢景臣有《屈原投江》，尚仲賢有《歸去來兮》，關漢卿有《哭昭君》，張時起有《昭君出塞》，吳昌齡有《夜月走昭君》，俱未及見。世所傳者，獨馬東籬《漢宮秋》耳。顧漢元屠夫，妻子被人奪去，何處更施麋面？東籬四折，全用駕唱，大覺無色。明妃千秋悲怨，未爲寫照，亦是闕事。故予力爲更之。

　　近見西神鄭瑜著《汨羅江》一劇，殊佳，但櫽括《騷經》入曲，未免聱牙之病。餘子寥寥，自鄶無譏矣。予所作《讀離騷》，曾進御覽，命教坊內人裝演供奉。此自先帝表忠微意，非洞簫玉笛之比也。王阮亭最喜《黑白衛》，攜至雉皋，付冒辟疆家伶，親爲顧曲。吳中士大夫家往往購得鈔本，輒授教師，而宮譜失傳，雖梨園父老，不能爲樂句，可慨也。然古調自愛，雅不欲使潦倒樂工，斟酌吾輩，衹藏篋中，與二三知己，浮白歌呼，可消塊壘。亦惟作者各有深意，在秦箏趙瑟之外。屈原，楚之才子；王嬙，漢之佳人。懷沙之痛，亂以招魂；出塞之愁，續以吊墓。情事淒愴，使人不忍卒業。陶潛之隱而參禪，隱娘之俠而游仙，則庶幾焉。後之君子讀其文，因之有感，或者垂涕想見其爲人。

吳偉業《〈西堂樂府〉序》（《四庫禁毀書叢刊·集部》第 129 冊影印康熙間聚秀堂原刻《尤太史西堂全集·西堂樂府》所收《西堂樂府》卷首）：

　　余讀《漢史》，至孝章於崔駰之事，未嘗不廢書興感也。駰以布衣獻頌，受知人主,謂其才過於班固。既遇之於竇憲第,有詔召見,而憲以白衣阻之,待命授官,會值上賓,不果。嗟乎!此其與吾友尤展成何相類也。展成司李北平,政成報績,遭遇視亭伯勝之,而雕龍之才,凌雲之氣,經乙夜之所賞嘆,緣鼎湖陟格,不得一望承明之庭。相如被詔於上林,浩然哀吟於雲夢,上有好文之主,下受不世之知,而時會適然,遇與不遇之不同若此。士君子之牢落於斯世者,可勝道哉!

展成既退歸吳門,修閑居養親之樂,詩文爲當代所稱。以其餘暇,操爲北音,清壯佚宕,聽者無不以爲合節。予十年前喜爲小詞,晋江黃東崖貽之以詩曰:"徵書鄭重眠餐損,法曲淒凉涕泪横。"今讀展成之詞而有感於余心也。後之人有追論其世者,可以慨然而嘆矣。

婁東吳偉業梅村撰

曹爾堪《〈西堂樂府〉題詞》(《四庫禁毁書叢刊·集部》第129册影印康熙間聚秀堂原刻《尤太史西堂全集·西堂樂府》所收《西堂樂府》卷首):

雜劇至元人,曲盡其妙,後人無處生活。吾友悔庵起而排之,以沉博絕麗之才,爲嬉笑、爲怒罵,雅俗錯陳,畢寫情狀。此則元人之所秘者,後人不能學也。向有《讀離騷》《吊琵琶》二種,鄒木石太守梓行《名家雜劇》,已爲壓卷。近復編《桃花源記》,服其老宿談禪;《黑白衛記》,詫其英雄説劍。使馬東籬、王實甫諸君見之,且有撟舌而不下者,況鹿鹿時輩乎!吳中前輩,如張伯起改定《紅拂》,梁伯龍重編《吳越春秋》,未嘗不膾炙騷壇。然其所填詞,淺易流便,大都在里優酒旗歌扇之間耳,豈能沉博絕麗,如我悔庵哉?桓譚嘗語人曰:"子雲之作必傳,顧君與譚不及見也。"悔庵雜劇必傳無疑,余老矣,敬援古語爲信。

乙巳五月十九日,武塘曹爾堪題

尤侗

李瀅《〈西堂樂府〉題詞》（《四庫禁毀書叢刊·集部》第 129 册影印康熙間聚秀堂原刻《尤太史西堂全集·西堂樂府》所收《西堂樂府》卷首）：

樂府元人擅殊絶，臨川近代尤超越。悲壯重將北調翻，《四聲猿》出田水月。後來伎樂滿江東，吳歈越唱徒懵懵。填詞浪說阮元海，合拍争傳梁伯龍。祇今宇内新聲异，梅村祭酒推舉觶。按就銀箏幾斷腸，歌成《玉樹》都流涕。前年識子姑蘇臺，百斛珠璣咳唾開。一曲滄浪浸花竹，拂衣歸卧興悠哉。以此抗懷同栗里，閑譜宫商得至理。避世如過五柳村，游仙欲盡桃花水。明妃哀怨左徒忠，紫塞荒江悲不窮。琵琶捍撥《離騷》句，盡寫《陽春》《白雪》中。還嗟萬事多反覆，眼底鬚眉何碌碌。聊憑紅袖托青萍，閃閃電花盈尺幅。白門蕭寺風雨秋，忽漫披吟遣客愁。棒喝忽來高座上，鶴笙疑過碧山頭。如君熟諳九宫譜，躍鐵迴馺那足數？腰鼓勾欄幾抑揚，酒旗歌扇增豪舉。愛君新詞難釋手，對君擊節還搔首。横吹玉笛海雲邊，浮雲世態夫何有？君不見龜年已老善才亡，三叠《霓裳》空擅場。吹篪擊筑非無意，何如嘻笑狂歌寄興長？

丙午杪秋，淮南李瀅題

王士禎《寄懷悔庵先生并題新樂府四絶句》（《四庫禁毀書叢刊·集部》第 129 册影印康熙間聚秀堂原刻《尤太史西堂全集·西堂樂府》所收《西堂樂府》卷首）：

南苑西風御水流，殿前無復按【梁州】。飄零法曲人間遍，誰付當年菊部頭？（悔庵樂府，順治中曾進御覽。）

猿臂丁年出塞行，灞陵醉尉莫相輕。旗亭被酒何人識？射虎將軍右北平。

五柳歸來對遠公，虎谿三笑許相同。今朝識得廬山面，蓮社花源一徑通。（題《桃花源》）

千金匕首上花斑，兒女恩仇事等閑。他日與君論劍術，要離冢畔買青山。

（題《黑白衛》）

余諾先生序新樂府，忽忽五年矣。已酉冬，書來督逋。寒夜風雨，卧不成寐，聽黃河激蕩聲，偶爲四絶句，寄先生教之。或即附録卷末代序，可乎？

濟南同學弟王士禎頓首

鄭振鐸《〈西堂樂府〉跋》（《清人雜劇初集》所收本《西堂樂府》卷末）：

右《讀離騷》《吊琵琶》《桃花源》《黑白衛》《清平調》雜劇五種，尤侗撰。侗，字同人，後改字展成，號悔庵，又號艮齋。江蘇長洲人。順治間貢生，蹭蹬場屋者數十年，天下皆稱之爲"老名士"。所作至傳宫中。康熙十八年，舉博學鴻詞科，授翰林院檢討，入史館修《明史》。康熙四十三年卒，年八十七。侗詩文宿有重名，戲曲尤爲時人所宗。所作於雜劇五種外，尚有《鈞天樂》傳奇一種。

《讀離騷》四折，譜屈原事，組織《楚辭》中之《天問》《卜居》《九歌》《漁父》諸篇入曲，而以宋玉之《招魂》爲結束，結構殊具別裁。此劇曾進御覽，且嘗演於内府。《桃花源》四折，譜陶淵明事，以《歸去來辭》起，而以作詩自祭、入桃源洞仙去爲結。《吊琵琶》四折，譜王昭君事，情節略同馬致遠之《漢宫秋》，而以蔡文姬之祭青冢爲結束。《黑白衛》四折，譜聶隱事（應爲"娘"）事。侗《自序》謂"王阮亭最喜《黑白衛》，嘗携至雉皋，付冒辟疆家伶，親爲顧曲"云云。《清平調》一折，亦名《李白登科記》，譜李白中狀元事，白所作爲《清平調》三章，評定者亦即楊玉環。

侗之數作，於題材上皆故作滑稽。若洞庭君之遣白龍，化身漁父，迎接屈原爲水仙；若以陶淵明爲入桃源仙去；若李白之中狀元；等等，并皆出於常人之意外。惟《黑白衛》《吊琵琶》二劇之結構，較爲嚴肅耳。然就曲文觀之，則侗誠不愧才子，其使事之典雅，運語之俊逸，行文之楚楚動人，在在皆令讀者神爽。斯類超脫之神筆，蓋未嘗爲拘律守文者所夢見也。

中華民國二十年二月十日，鄭振鐸

吳梅《〈西堂雜劇〉評語》（《吳梅全集·理論卷·中國戲曲概論》，河北教育出版社2002年版）：

曲至西堂，又別具一變相。其運筆之奧而勁也，使事之典而巧也，下語之艷媚而悠悠動人也，置之案頭，竟可作一部异書讀。如《讀離騷》之結局，以宋玉招魂；《吊琵琶》之結局，以文姬上冢，此等結構，已超軼前人矣。至其曲詞，正如珊珊仙骨。《讀離騷》中警句云："便百千年難打破悶乾坤，祇兩三行怎吊得盡愁天下。"又云："一篙爭弄兩頭船，雙鞭難走連環馬。"又云："似這般朝也在，暮也在，佳人難再，又何妨、夢兒中住千秋萬載。"《吊琵琶》警句云："剛彈了、離鸞離鷟小引，忽變做、求凰求凰新本。喜結并頭緣，好脫孤眠運，則你楚裏王先試一峰雲。"又云："可笑你、圍白登急死蕭曹，走狼居、嚇壞嫖姚。祇學得、魏絳和戎嫁楚腰，虧殺你、詩篇應詔，賀君王枕席平遼。"又云："渡河而死公無吊，女子卿受不得冰天雪窖。這魂魄呵，一靈兒隨着漢天子伴黃昏；這骸骨呵，半堆兒交付番可汗埋青草。"又云："猛回頭、漢宮何處也？斷烟中、故國天涯。"又云："步虛聲、天風吹下，祇指尖兒不會撥琵琶。"其他《黑白衛》之高渾，《桃花源》之曠逸，直爲一朝之弁冕云。（西堂曲世多有之，故不多列。）

王士祿《〈讀離騷〉題詞》（《四庫禁毀書叢刊·集部》第129冊影印康熙間聚秀堂原刻《尤太史西堂全集·西堂樂府》所收《讀離騷》卷首）：

屈大夫執履忠貞，被放行吟，《離騷》以作。其詞支離紆鬱，托喻抒情。後世幽憂之士，率於此流連而三復焉。吾友悔庵以掞天之才，屈首佐郡久之。直道不容，復投劾以去。其所撰述，至流聞宮掖，世廟嘗嘆其才，若漢武之於司馬,將官之禁近,會龍馭上賓,其事遂已。是其受知遇主,雖視左徒有殊,至懷才而不得伸,則實有同者。此《讀離騷》之所由作也。今讀其詞,磊塊騷屑,如蜀鳥啼春,峽猿叫夜。有孤臣嫠婦,聞而拊心;逐客騷人,聆而隕涕者焉。至於推排煩懣,滌蕩牢愁,達識曠抱,又有出於左徒之上者。昔人云:"痛飲酒,讀《離騷》,便可稱名士。"必具悔庵之才之識,始可當此語。不然略涉高陽之詞,粗舉江蘺之句,遂爾妄冀風流,豈不謬哉!

新城王士禄題

丁澎《〈讀離騷〉題詞》(《四庫禁燬書叢刊·集部》第129册影印康熙間聚秀堂原刻《尤太史西堂全集·西堂樂府》所收《讀離騷》卷首):

古云:"痛飲酒,讀《離騷》,便可稱名士。"嗟乎!斯言一何易也!《離騷》者,《三百篇》之變耳。左徒既放江潭,行吟澤畔,故發爲詞章,以抒其憤懣不平之志,要不失風人忠厚之旨,猶夫《三百篇》之意也。後之擬者,蘭臺而下,惟長沙一賦足稱千古知己。然未聞填詞及之也。填詞之作,始於煬帝《望江南》,太白《憶秦娥》《菩薩蠻》,《金荃》《花間》,至宋云盛。迨關、王輩出,則又變爲雜劇。自世變遞降,古音邈焉。《風》變爲《雅》,《雅》變爲《頌》,《頌》變爲賦、爲詩,且變爲填詞,爲雜劇,變極矣。而要其所歸,莫不以《楚詞》爲宗。

尤子悔庵,領袖詞壇久矣。一旦譜爲新聲,命曰《讀離騷》,以補詩歌所未備。其猶有溯源復古之思乎。遂使汨羅孤忠,湘潭遺恨,長劍高冠,宛然在目,真千百年如一日也。余居東無事,嘗傳喬補闕《綠珠篇》軼事,亦作《演騷》一劇以寄志,今視尤子,未免有大巫之嘆。嗟乎!尤子,推此志也。美人可以喻君,椒蓀可以況己。"翳春蘭兮秋菊,采芳華其未央。"豈僅施孟衣冠,流連於一觴一咏之間而已哉!

西陵丁澎題

彭孫遹《〈讀離騷〉題詞》(《四庫禁毀書叢刊·集部》第129冊影印康熙間聚秀堂原刻《尤太史西堂全集·西堂樂府》所收《讀離騷》卷首)：

> 左徒，古今第一怨人也。江潭憔悴，千載同憐。然自《懷沙》賦後，瀟湘一派水，終古生色。即蘅杜小物，亦自比尋常草木，分外幽馨，差足令靈均不恨。才如悔庵，可以怨矣。但羈人遷客，何地無有？安得使悔庵一一抽毫，盡平此胸中五岳？南園春盡，繁綠盈枝。今雨不來，人踪欲合。命小史按節歌之，每闋一終，浮杯一酌。有如此下酒物，輒覺滄浪亭上，蘇長史咄咄妒人。
>
> 甲辰立夏後三日，海鹽彭孫遹題於南園

吳綺《〈讀離騷〉題詞》(《四庫禁毀書叢刊·集部》第129冊影印康熙間聚秀堂原刻《尤太史西堂全集·西堂樂府》所收《讀離騷》卷首)：

> 瀟湘千古傷心地，歌也誰聞，怨也誰鞾。我亦江邊憔悴人。　青山剪紙歸來晚，幾度招魂，幾度銷魂。不及高唐一片雲。(右調《采桑子》)
>
> 豐南吳綺

吳梅《〈讀離騷〉注》(國家圖書館藏康熙間刻、吳梅批注《西堂樂府》本所收《讀離騷》卷末)：

> 展成此作，適下第之時，感憤無聊，所以泄恨也。纔讀《離騷》，便稱名士，索解人恐不得耳。
>
> 瞿注

《吊琵琶》

● 劇情概要與本事

劇首署"長洲尤侗悔庵撰",正目爲"呼韓邪求婚畫障,漢元帝嫁女龍沙,王昭君夢回宮闕,蔡文姬泣吊琵琶"。四折一楔子,未標折目。寫漢代成都秭歸人王嫱年方十七,父親王穰將之獻入漢宮。因宮女衆多,詔令圖形後召幸。畫工毛延壽藉機索取金銀,王嫱因家貧未與,毛延壽遂將其眼下點成大破,以此王嫱被收入冷宮。三年後某天,王嫱夜坐無聊,彈奏琵琶遣悶,恰爲正在永巷微行的漢元帝聽到,遂召來接駕。元帝見其生得風流出衆,光彩射人,問其爲何久不進御,方知毛延壽索賄事,當即下旨將毛斬首,又册封王嫱爲妃子。毛延壽懼罪逃往匈奴,將不曾點破的《昭君圖》副稿進獻單于,慫恿其興兵索取王嫱。元帝爲保江山社稷,忍痛將王嫱送往胡地。當隊伍行至交河,王嫱投水而死。自王嫱去後,元帝悶悶不樂,又得知其死訊,萬分悲痛,衹能在深宮長夜挂起王嫱畫像追悼。後身子困乏,入帳安歇,夢中見王嫱鬼魂偷回上苑,二人互訴別後思念。若干年後,蔡邕之女蔡琰身陷匈奴,被左賢王立爲閼氏,聽聞王嫱青冢近在幕南,趁着良宵,私携酒肴,親往祭告,悲訴自己與王嫱類似之遭際。

正旦扮王嫱、蔡琰,末扮漢元帝,冲末扮單于,净扮毛延壽。

本事見於《漢書》及《西京雜記》等,與元馬致遠(1251?—1321後)《漢宮秋》雜劇、明陳與郊(1544—1611)《昭君出塞》雜劇、清薛旦(1620?—1706?)《昭君夢》雜劇題材相似。尤侗《〈西堂樂府〉自序》自述創作動機云:"東籬四折,全用駕唱,大覺無色。明妃千秋悲怨,未爲寫照,亦是闕事,故予力爲更之。"是以改爲旦本,爲昭君寫心。按,據尤侗《悔庵年譜》卷上,知是劇撰於順治十八年(1661)六月。

● 著録、版本與收藏情況

《清代雜劇全目》《古典戲曲存目彙考》《古本戲曲劇目提要》著録。現存版本較多，主要有康熙間聚秀堂原刻《尤太史西堂全集·西堂樂府》所收本，藏中國科學院圖書館等，鄭振鐸《清人雜劇初集》、《清人雜劇百廿種》第1冊及《四庫禁毁書叢刊·集部》（北京出版社1997年版）第129冊據之影印；康熙二十五年（1686）金閶周君卿刻《西堂全集》本，《續修四庫全書·集部》第1407冊據之影印；康熙間刻、吳梅批注《西堂樂府》本，藏國家圖書館；民國上海文瑞樓石印《西堂全集·西堂樂府》本，藏國家圖書館、北京師範大學圖書館等；《雜劇三集》本以及姚燮《今樂府選》稿本第30冊所收本。

● 序跋、題詞與評語

彭孫遹《〈吊琵琶〉題詞》（《四庫禁毁書叢刊·集部》第129冊影印康熙間聚秀堂原刻《尤太史西堂全集·西堂樂府》所收《吊琵琶》卷末）：

明妃遠行，千古恨事。文通解人，賦中亦復草草。無論東籬矣。悔庵濡毫粉水，染紙錦江，如面其人，如聞其語。至藉清笳之拍，極哀艷之思。調促音長，纏綿欲絶。此詞，他人尚不堪多讀，況於僕本恨人耶？走筆二章，以當倚和。情生於文，不自知其言之傷也！

一去紅顔帝子家，至今哀怨寫琵琶。朔天二月猶風雪，吹作明妃冢上花。

新詞一奏和人稀，冉冉春雲凝不飛。紅粉青娥齊掩泣，情知不獨爲明妃。

《雨窗讀〈吊琵琶〉劇再題，調【羅敷令】》：

從頭細數傷心事，幽怨琵琶，哀拍蘆笳。一代紅顔萬里沙。　沉吟掩卷愁無限，風鬧窗紗，雨滴檐牙。蛺蝶多情苦殉花。

海鹽彭孫遹

焦循《〈吊琵琶〉評語》（《劇說》卷五，《中國古典戲曲論著集成》第八集，中國戲劇出版社 1959 年版）：

尤西堂作《吊琵琶》，前三折全本東籬，末一折寫蔡文姬祭青冢，彈《胡笳十八拍》以吊之。雖爲文人狡獪，而別致可觀。

《桃花源》

● 劇情概要與本事

劇首署"長洲尤侗悔庵撰"，正目爲"陶處士去官彭澤，王刺史送酒潯陽，白蓮社參禪慧遠，桃花源問渡漁郎"。四折一楔子，未標折目。寫東晉潯陽柴桑人陶淵明少慕琴書，不樂仕宦，祇因家貧親老，躬耕不能自給，遂出任彭澤縣令。後因不肯爲五斗米折腰，毅然挂冠歸去。一日他在家彈奏獨弦琴，抒發清高雅趣。江州刺史王弘仰慕陶淵明風節，派使者擔酒相贈。陶得酒後，便在東籬下暢飲，又與來訪的王弘共酌。後陶淵明至廬山聽高僧慧遠法師說法，徹悟人生如夢，於是自撰祭文一篇和挽歌一曲，意欲告別人世。他退歸田園後所結的白蓮詩社之詩友周續之、劉麟之、龐通之、顔延之等攜酒肴，前來祭奠。桃花源中神仙洞長謂陶淵明本是桃源洞中神仙，暫謫人間爲松菊主人，如今限滿，於是派人迎接他歸至桃源故里，復爲仙人。

正末扮陶淵明，冲末扮慧遠法師，旦扮仙女，净扮漁翁，孤扮王弘，外扮龐通之，徠扮阿舒、阿宣、小廝，卜兒扮仙母，雜扮周續之、劉麟之、陸修静、竺道生。登場人物尚有彭澤縣百姓、白衣人、廬山土地、二虎、侍者、顔延之、仙童等，俱未分配脚色。

本事見於《晋書·陶潛傳》，并綰結陶淵明《歸去來兮辭》《桃花源記》等敷演而成。按，據尤侗《悔庵年譜》卷上記載，是劇當撰於康熙二年(1663)。

● 著錄、版本與收藏情況

《清代雜劇全目》《古典戲曲存目彙考》《古本戲曲劇目提要》著錄。現存版本較多，主要有康熙間聚秀堂原刻《尤太史西堂全集·西堂樂府》所收本，藏中國科學院圖書館等，鄭振鐸《清人雜劇初集》、《清人雜劇百廿種》第 1 冊及《四庫禁毀書叢刊·集部》（北京出版社 1997 年版）第 130 冊據之影印；康熙二十五年（1686）金閶周君卿刻《西堂全集》本，《續修四庫全書·集部》第 1407 冊據之影印；康熙間刻、吳梅批注《西堂樂府》本，藏國家圖書館；民國上海文瑞樓石印《西堂全集·西堂樂府》本，藏國家圖書館、北京師範大學圖書館等；姚燮《今樂府選》稿本第 30 冊所收本。

● 序跋、題詞與評語

彭孫遹《〈桃花源〉題詞》（《四庫禁毀書叢刊·集部》第 130 冊影印康熙間聚秀堂原刻《尤太史西堂全集·西堂樂府》所收《桃花源》卷末）：

歸把荷裳製，高隱從茲始。烟外迷津，雲中問渡，桃花春水。想武陵當日避秦人，五柳前身是。　一曲紅牙試，千載分明似。玉骨蟬輕，仙踪羽化，碧霄高逝。想世間不屑折腰人，今古都如此。（右調《小桃紅》）

海鹽彭孫遹

吳綺《〈桃花源〉題詞》（《四庫禁毀書叢刊·集部》第 130 冊影印康熙間聚秀堂原刻《尤太史西堂全集·西堂樂府》所收《桃花源》卷末）：

山空石古，遮斷桃花櫓。采菊東籬杯自舉，獨把義熙留取。　門生兒子籃輿，有時直上匡廬。人道賢哉隱者，不知佛也仙乎？（右調《清平樂》）

豐南吳綺

《黑白衛》

● 劇情概要與本事

劇首署"長洲尤侗悔庵撰",正目爲"老尼姑說劍終南地,磨鏡郎喬做東床婿,劉僕射大戰素紅幡,聶隱娘戲跨黑白衛"。四折,未標折目。寫唐代魏博鎮大將聶鋒有一女名隱娘,年方十歲,被終南山中一位精通劍術的老尼用法術攝去。老尼本是得道修行的神仙,見聶隱娘有仙骨,就授與寶劍,教其劍法。五年後,聶隱娘學成疾行與擊劍絕技,老尼送她歸家,臨別贈以"遇鏡而圓,遇鵲而住,遇空而藏,遇猿而聚"四句偈語。有神仙化作磨鏡少年來到聶家門外,隱娘聞其聲,告知父母,招此磨鏡少年與之配爲夫婦。不久父母亡故,魏博節度使田季安以重金聘用隱娘夫婦爲侍衛。時田季安與陳許節度使劉昌裔有隙,遂派隱娘前往行刺。聶隱娘與丈夫將囊中紙錢剪成黑白二衛,各騎其一至大梁。劉昌裔事先測知行刺密謀,派人迎接,待之以禮,隱娘感劉公恩德,願叛魏博而投陳許。她剪下一縷素髮連夜送至魏博田季安枕邊,以示不歸之意。田大怒,先後派劍客刺殺隱娘,反被隱娘殺死。後來,聶隱娘與丈夫告別劉公,前往終南山尋訪師父,述說別後遭際,并與老尼的其他徒弟李十二娘、荊十三娘、車中女子、紅綫等相會。此時上帝傳旨相召,老尼遂率聶隱娘等同赴天庭,共論劍術。

正末扮磨鏡少年,旦扮聶隱娘,衆旦扮李十二娘、荊十三娘、紅綫等,净扮袁公,外扮聶鋒,孤扮劉昌裔,卜兒扮丁氏。登場人物尚有老尼、牙將等,俱未分配脚色。

本事見唐裴鉶《傳奇》之《聶隱娘》篇。按,是劇劇末彭孫遹題詞署"甲辰六月十日",甲辰即康熙三年(1664),知當撰於本年六月之前。

◆ 著錄、版本與收藏情況

《清代雜劇全目》《古典戲曲存目彙考》《古本戲曲劇目提要》著錄。現存版本較多，主要有康熙間聚秀堂原刻《尤太史西堂全集·西堂樂府》所收本，藏中國科學院圖書館等，鄭振鐸《清人雜劇初集》、《清人雜劇百廿種》第1冊及《四庫禁毀書叢刊·集部》（北京出版社1997年版）第130冊據之影印；康熙二十五年（1686）金閶周君卿刻《西堂全集》本，《續修四庫全書·集部》第1407冊據之影印；康熙間刻、吳梅批注《西堂樂府》本，藏國家圖書館；民國上海文瑞樓石印《西堂全集·西堂樂府》本，藏國家圖書館、北京師範大學圖書館等；姚燮《今樂府選》稿本第30冊所收本。

◆ 序跋、題詞與評語

彭孫遹《〈黑白衞〉題詞》（《四庫禁毀書叢刊·集部》第130冊影印康熙間聚秀堂原刻《尤太史西堂全集·西堂樂府》所收《黑白衞》卷末）：

司馬子長作《刺客傳》，淋漓盡致，千載猶生。其傳末乃云："惜哉！其不講於刺劍之術。"此語不獨爲慶卿道，似因要離、聶政一流，頭壁俱碎，深加惋惜。窺其意中，已隱隱有隱娘、紅綫一輩人在，使之低回神往。悔庵負絕世之才，多發憤之作。所撰《黑白衞》填詞，惝怳離奇，勝讀龍門一傳，是雖寄托所爲，亦足令天下無義氣丈夫心悸。僕常私謂世間不平事，如聚塵積阜，未易消除。能消除者，唯酒與匕首二物。然拍浮酒海，放浪醉鄉，可以澆磊塊，不可以行胸懷。終不若三寸芙蓉，差強人意。"見買若耶溪水劍，明朝歸去事猿公。"寄語悔庵，此後嘗（疑爲"當"）尋僕於飛林削仞、懸崖絕澗之間矣。

甲辰六月十日，海鹽彭孫遹題

吳梅《〈黑白衛〉跋語》（國家圖書館藏康熙間刻、吳梅批注《西堂樂府》本所收《黑白衛》卷首）：

此劇冒巢民先生曾付家伶宴賞，漁洋亦盛稱之。余擬製譜而未遑，如他日神州光復，得徜徉於歌扇酒局之間，首當作此。

―――《李白登科記》―――

● 劇情概要與本事

又名《清平調》。劇首署"吳儂悔庵填詞"。一折。寫唐代開元年間開科取士，天下舉人試卷，俱由貴妃楊玉環評閱。楊貴妃見李白卷後附《清平調》三首，大加贊賞，親筆點定李白爲狀元。李白得高力士傳旨，入宮見駕，并叩見楊貴妃，之後披紅游街，曲江赴宴，雁塔題名。楊貴妃的姊妹秦國夫人、韓國夫人、虢國夫人等爭睹狀元風采。宰相楊國忠奉旨命教坊司梨園子弟參見狀元，且歌唱李白所作《清平調》，樂工李龜年、賀懷智、許永新等皆來參見李白。李白飲酒至醉，乘馬歸第，路遇安祿山而將之痛罵。回到府中，高力士奉楊貴妃懿旨送來鮮荔枝爲李白解酒，李白讓高力士爲其脫靴後安寢。

生扮李白，小生扮杜甫，旦扮楊貴妃，老旦扮許永新，貼旦扮劉念奴，三旦扮秦國夫人、韓國夫人、虢國夫人，净扮楊國忠、安祿山，副净扮賀懷智，末扮孟浩然，外扮李龜年，丑扮高力士，雜扮執事。登場人物尚有宮女等，俱未分配脚色。

此劇乃綰結李白《清平調》詞及其相關傳聞敷演而成。明朱有燉（1379—1439）《踏雪尋梅》結尾、屠隆（1542—1605）《彩毫記》之《脫靴捧硯》齣、吳世美（生卒年不詳）《驚鴻記》第十五齣《學士醉揮》，與此題材類似。又，清代張韜（1651—1710?）有同名雜劇。按，據劇首作者《自記》，知該劇作於康熙七年（1668）。

● 著錄、版本與收藏情況

《清代雜劇全目》《古典戲曲存目彙考》《古本戲曲劇目提要》著錄。現存版本較多，主要有康熙間聚秀堂原刻《尤太史西堂全集‧西堂樂府》所收本，藏中國科學院圖書館等，鄭振鐸《清人雜劇初集》、《清人雜劇百廿種》第1冊及《四庫禁毀書叢刊‧集部》（北京出版社1997年版）第130冊據之影印；康熙二十五年（1686）金閶周君卿刻《西堂全集》本，《續修四庫全書‧集部》第1407冊據之影印；康熙間刻、吳梅批注《西堂樂府》本，藏國家圖書館；民國上海文瑞樓石印《西堂全集‧西堂樂府》本，藏國家圖書館、北京師範大學圖書館等；姚燮《今樂府選》稿本第29冊所收本。

● 序跋、題詞與評語

尤侗《〈清平調〉自記》（《四庫禁毀書叢刊‧集部》第130冊影印康熙間聚秀堂原刻《尤太史西堂全集‧西堂樂府》所收《李白登科記》卷首）：

客恒山者三月，梁宗伯家居，相邀為河朔之飲，輒呼女伶侑觴。伶故晉陽佳麗，能發南音，側鬟垂袖，宛轉欲絕矣。宗伯語予："子為周郎，試度新曲。"唯唯未遑也。秋水大至，屋漏床床，顧視燈影，獨坐太息。漫走筆成《李白登科》一劇，聊爾妄言，敢云絕調？持獻宗伯，宗伯曰："善。"遂授諸姬，習而歌之。

戊申七夕，悔庵自記

杜濬《〈李白登科記〉題詞》（《四庫禁毀書叢刊‧集部》第130冊影印康熙間聚秀堂原刻《尤太史西堂全集‧西堂樂府》所收《李白登科記》卷首）：

癸丑中夏，余客梁溪，自北禪僧舍移寓碧山莊。因寺寓中濕，髀間楚不可忍。方伏枕呻吟,而吾友悔庵貽余新製《李白登科記》。余睹其名而異之,躍起把玩,命意既高,布采復卓,則听然而笑。笑者,喜歟?吾不得而知也。已復泫然而泣。泣者,悲歟?吾不得而知也。計余棄場屋已三十年,理在悲喜之外,則又胡然而喜,胡然而悲歟?余亦不得而知也。

獨竊深嘆,制科射策,始於西漢;學士之名,見於唐初;翰林之官,設於開元。狀元,在唐時已有此名,至趙宋始顯。然初授官,不過僉判、延評,積官久之,然後入館閣,登兩制,以至執政宰相。未若三百年間,釋褐即踐清華,循資便躋台輔,得之者若登仙,羨之者不容口。其隆重貴盛,至於斯極也。然繇宋合論之,數百人中不愧科名者,越不過十許人,餘亦絕無可采。向來名士,狀元無幾。名士挈日月而行,而歷科狀元,至有不能舉其姓字者。惟梨園弟子,多扮狀元,而狀元之抱負,亦無以遠過於扮者。余嘗私計彼梨園者,與其徒扮狀元,何如徑扮李白中狀元,猶可以解嘲而釋憾耶?而悔庵適先獲我心,遂有此記,可謂古今之至快。

乃或者謂:"李白之不中狀元,兒童走卒知之矣,曲雖工,其如人不信何?"余應之曰:"是不有蔡邕之例可援乎?"夫蔡邕之時,并無狀元之名。然高則誠一旦與之狀元,則群然而狀元之矣。夫邕亦非人所不知之人也,吾意高生殆亦矯狀元之不學,而藉邕之博洽以蓋之;猶夫悔庵矯狀元之無才,而藉白之騷雅以蓋之也,何傷乎?且夫以李白之狂,使其在世不死,目笑狀元,不知作何等語,今一旦請入甕中,正似其生平輕薄之報,而非以榮之也。如謂以李白榮狀元則可矣,然而必無是事也。無是事而忽有之,所謂"筆補造化",造化元留此缺陷,以待悔庵之筆。悔庵之筆既出造化之意,則謂從來之狀元皆虛,而李白獨實可也。如此,則李白可受矣。

嗟乎,嗟乎!無可以為有,則高才不第,何必深憂?千百世後,雖不必盡如李白,安知不附杜甫、孟浩(疑脫"然")之驥?此《春秋》之法,所謂"予之"者也。由是而相形相反,則有可以為無,吾懼夫《春秋》之法,又有所謂"奪之"者也。悔庵深於《春秋》哉!若夫余之讀是記也,忽笑忽啼，固別有所觸，而絕不在於區區之間。雖起李白於青山，猶不足以知之也，而況他人乎？

黃鶴山樵黃岡杜濬題

尤侗

梁清標《梁玉立先生評》（《四庫禁毀書叢刊·集部》第130冊影印康熙間聚秀堂原刻《尤太史西堂全集·西堂樂府》所收《李白登科記》卷首）：

此劇爲青蓮吐氣，極其描畫，鬚眉畢見，使千載下凜凜如生，可謂筆端具有化工。至其葱蒨幽艷，一一合拍，又餘伎矣。

王夫之
(1619—1692)

　　字而農，號薑齋，自稱西堂老人，另署一瓢道人、雙髻外史、檮杌外史、船山病叟、南岳遺民等，學者稱其船山先生、夕堂先生，衡陽（今湖南衡陽）人。崇禎十五年（1642）舉人。曾加入南明桂王朱由榔政權抗清，任行人司行人，因受到排擠而退出。後從瞿式耜繼續抗清，見事不可爲，遂歸。築室石船山，以著述爲事。後人輯其著作成《船山全集》三百二十四卷，雜劇《龍舟會》附其後。

　　傳記文獻：《清史稿》卷四百八十、余廷燦《王先生夫子傳》（《存吾文稿》卷三）、劉毓崧《王船山先生年譜》（《清初名儒年譜》第 7 册）、王之春《王夫之年譜》、杜桂萍《遺民品格與王夫之〈龍舟會〉雜劇》（《社會科學輯刊》2006 年第 6 期）。

《龍舟會》

● 劇情概要與本事

　　劇首題"龍舟會雜劇"，署"衡陽王夫之撰"，題目正名爲"鸚鵡洲游人拆字，龍舟會烈女抱冤"。四折一楔子，未標折目。寫唐代巴陵女子謝小娥年幼失母，更無兄弟，由父親謝皇恩鞠養成人，後招贅平江段不降爲婿。春初翁婿往蘇杭貿易，單留下一個老嬷嬷陪小娥在家過活。前些日子，父親等捎來書信，言不日將歸。小娥日日江頭凝望，不覺已是暮秋，尚無消息，擔心不已。原來謝皇恩及段不降已在潯陽江上爲盜劫殺。小孤山神女知謝小娥乃貞烈之女，必能爲親人報仇，遂令其父、夫托夢於小娥，告知其被害經歷，又用隱語暗示仇人姓名。謝小娥醒後，見榻前父親鬼魂所留下之血點，知此夢非虛，遂將家業付予老嬤嬤，自己帶着倭劍，向江湖上尋求高人，猜解字謎，爲父、夫報仇。後將夢中所得啞謎，請教於士人李公佐，知仇人乃江上大盜申蘭、申春兄弟。遂女扮男裝，混入申家做傭工。端午節趁申氏兄弟酒醉之際，手刃仇人，後投案自首。官府問清原委，將謝小娥免罪釋放。

旦扮謝小娥，末扮段不降、李公佐，搽旦扮小孤山神女，孛兒扮謝皇恩、申蘭，卜兒扮張搬古、刺史，雜扮申春、保長、知客、奚童。

本事見於唐李公佐《謝小娥傳》、李復言《續幽怪錄‧尼妙寂》、《新唐書》卷二〇五《烈女傳》之"段貞居妻"及明凌濛初（1580—1644）《初刻拍案驚奇》卷十九《李公佐巧解夢中言，謝小娥智擒船上盜》篇。按，是劇當創作於清初（南明時期）作者還家之後。

● 著錄、版本與收藏情況

《清代雜劇全目》《古典戲曲存目彙考》《古本戲曲劇目提要》著錄。現存同治四年（1865）湘鄉曾氏金陵刻《重刊船山遺書》所收本，藏國家圖書館、中國藝術研究院圖書館，鄭振鐸《清人雜劇二集》、《清人雜劇百廿種》第3冊據此影印；光緒三十年（1904）《警鐘日報》鉛印本，藏上海圖書館；王永寬、楊海中、幺書儀選注《清代雜劇選》（中州古籍出版社1991年版）收入排印本。

● 序跋、題詞與評語

康和聲《〈龍舟會雜劇〉序》（《民國叢書》第5編89綜合類《湖南文獻彙編》）：

事到無可奈何，始有無可奈何之計，當其未至於無可奈何也，必盡其心之所安，力之所能至，以冀挽回劫運，不至於無可奈何。及其既至於無可奈何也，則於無可奈何之中，隱寓無可奈何之計，以冀將來觀感，補救於無可奈何之後，此仁人志士之苦心，不忍以無可奈何而自喪其秉彝之真也。

余少時讀船山先生《龍舟會》雜劇，心竊疑焉。以爲先生純儒，何故有此戲曲？既而讀其全書，知先生生平著述，念念不忘故國，血泪與俱。岳山起義，嶺表從王，皆於未全至無可奈何之時，盡其心之所安，力之所能至，以冀光復明室，還於舊都。及權奸秉政，永明播遷，緬甸促亡，明室絕望，所謂終無可奈何之時也。身既已老，虜焰方張，乃藉小娥詭服爲男、托傭申家報仇之事，以暗示後來假手復國之計，其詞隱，其志苦，其計亦良非迂。冒烈女之名，而不犯當時文網之忌，雖曰小本戲曲，以視莊言法語，明垂教戒，啟發尤深。其後徐錫麟藉充清室道員，於安慶警察畢業之際，手刃巡撫滿人恩銘，感動全國，不待武昌首義，而清室已成虛器，即其驗也。

今何時乎？倭奴猾夏，奪我大部河山，西南西北，固已把握時機，及其未至無可奈何，追隨最高領袖，努力抗建，人人有先生起義從軍之心，駸駸乎與民主列強，幷肩作戰，掃除一切侵略，以奠世界和平。我東南東北淪陷區域，孰非黃炎子姓？愛國同胞，或脅於暴力，或誤入歧途，一時不能自拔，所謂無可奈何也。讀先生此劇，觀其沉機應變，功成志遂，遠勝男兒，其亦可以奮然起矣。若其不然，則請試讀曲終二語曰："大唐家九葉神聖孫，祇養得一夥烟花賤！"豈非痛罵當時一般貳心之臣乎？其尚猛省也哉，其尚猛省也哉！

康和聲《〈龍舟會雜劇〉跋》（《民國叢書》第5編89綜合類《湖南文獻彙編》）：

此劇詞句科白，幷入神品。抗戰以來，自中央以至各省，戲劇宣傳，不遺餘力，未見有將此劇表演者，豈非以《船山遺書》卷帙浩繁，未經搜及而達其寓意哉？自今以往，甚望操劇化教育者，留心衍繹，發揮技能，於上等社會，古裝歌咏，以譜其絕妙之好詞；於一般民眾，則就其步驟，改用平話，以闡其報國之深心，尤望當代鉅公，廣事印送，流播淪陷區域，必有好古篤學之士，讀此心感，不敢中途變節，慕小娥之忠烈，而終思所以挽救者，此則和聲區區之愚，表彰是編之微意也。

惟原本幾經展轉，始得刊行，以今核之，第一折"末待我點個亮來看"句下，括弧中作"城下點燈上"，疑是"虛"字下落"實"字，"待我點個亮來看虛實"，乃下點燈上，不然，"虛下"二字，似不成文。第二折"糜郎"末句下有"筆酣墨飽縱橫如意"八字，此明是評語，誤入正文。【尾聲】"遍人間自有有人"句，疑落"心"字，作"自有有心人"。第三折"換衣哭拜云"，第四折"末喜大叫云"，兩"云"字當是"介"字筆誤。然均不敢妄改，附識於此，以俟知者。

鄭振鐸《〈龍舟會雜劇〉跋》（《清人雜劇二集》卷首《題記》）：

王夫之，字而農，號船山，湖南衡陽人。明亡，入山不仕。著作極多。《龍舟會》一本，附全集後。以李公佐的《謝小娥傳》爲藍本，却也不是沒有悲憤的。"破船兒沒舵隨風轉，棘鈎藤逢人便待牽，羞天！花顏面愁人見，叩頭蟲腰肢軟似綿。堪憐！翻飛巷陌烏衣燕，依然富貴揚州跨鶴仙。"這罵的是誰？"却嘆咱半生半生向天，空熬得鬢邊鬢邊霜練。眼對着江山江山如顛，似落葉依苔依苔蘚。庭院歸燕，衡不起殘紅片。"爲什麼平空發這嘆息？"大唐家九葉聖神孫，祗養得一夥烟花賤！"夫之是那末沈痛的在感嘆着！

劉師培《水調歌頭·書王船山先生〈龍舟會〉雜劇後》（《警鐘日報》1904年4月24日第四版）：

一掬新亭泪，鼙鼓震江皋。回首天荆地棘，萬里感萍飄。對此江山半壁，惆悵《春燈》《燕子》，宮闕吊南朝。逝水東流去，嗚咽楚江潮。　　子房椎，荊卿劍，伍胥簫。遐想中原豪俠，高義薄雲霄。太息大仇未報，安得驊騮三百，慷慨策平遼？一洗腥膻恥，滄海斬虬蛟。

王夫之《〈龍舟會〉音釋》（同治四年湘鄉曾氏金陵刻《重刊船山遺書》所收本《龍舟會雜劇》卷末）：

脚（古效切）、略（力吊切）、着（直詔切）、宿（音秀）、襪（孚怕切）、甲（居訝切）、煞（所駕切）、達（丁花切）、札（側駕切）、食（時利切）、辣（郎假切）、答（丁把切）、末、泥、孤，番語，此云官人。凡北曲之末，即南曲之生。卜兒，本女脚，但與南丑脚同，故可藉作男扮。孛兒，即南曲之净。茶旦，南曲小旦，宮詞所謂"十三嬌小喚茶茶"也。

趙進美
（1620—1693）

字嶷叔、韞退，號清止，自號鵝岩道人，益都（今山東青州）人。年十四即補博士弟子員。崇禎九年（1636）省試第一。十三年（1640）成進士，授行人司行人，與李雯（1607—1647）、方以智（1611—1671）等相唱和。順治二年（1645），起任太常寺博士，歷刑、户、禮三科給事中、江西按察司副使等。十七年（1660）起，轉任廣東、陝西、河南布政使司參政和福建按察使護理巡撫。與邵焕元（1623—1695）、彭而述（1606—1665）、宋琬（1614—1674）、周體觀（1618—1680）、申涵光（1620—1677）、趙賓（1609—1677）并稱爲"江北七才子"。擅詩文，能作曲，著有《清止閣集》二十卷，卷五收録有《瑤臺夢》《立地成佛》雜劇二種。

傳記文獻：王士禎《誥授中大夫福建提刑按察使司按察使清止趙公墓志銘》（《蠶尾文集》卷十四），田雯《中大夫福建提刑按察使司按察使清止趙公墓碑》（《古歡堂集》卷二），趙執信《代六叔祖祭四叔祖文》《代十八弟執璲祭祖父文》《中大夫福建提刑按察使司按察使先祖韞退趙公暨原配張淑人合葬行實》（《趙執信全集》，齊魯書社1993年版）等。

《瑤臺夢》

● 劇情概要與本事

正目爲"許進士秋月瑤臺夢，瓊仙女曉露步虛詩"。一折。寫仙人許瀍因微小過錯被貶謫人間。後身居進士，但病卧河中。趁着許瀍在睡夢之中，女仙許飛瓊帶領仙伴引之入瑤臺，一起飲酒賦詩。許瀍酒醉，衆仙人相擁送他歸去。許瀍醒來，發現之前的歡愉祇是幻夢，不禁心生悵惘，希望來日能親赴瑤臺，仙夢成真。

小生扮許瀍，旦扮許飛瓊。

本事出自《太平廣記》卷七十。據王光魯序及是劇內容，知爲明末所作。按，趙進美於崇禎十四年（1641）與王光魯有詩酒唱酬，序文當作於此際。

● 著録、版本與收藏情況

《清代雜劇全目》《古典戲曲存目彙考》著録。現存清鈔《清止閣集》卷十三《南北曲》收録本，藏國家圖書館，王紹曾、宮慶山編《山左戲曲集成》（上海古籍出版社 2007 年版）以之爲底本排印。另有清鈔本，藏於山東省圖書館，韓寓群主編《山東文獻集成》第二輯（山東大學出版社 2008 年版）據之影印。

● 序跋、題詞與評語

王光魯《〈瑤臺夢〉序》（《山東文獻集成》第二輯所收《瑤臺夢》卷首）：

自清遠道人以夢名傳奇，天下無不思夢其夢者。夫因緣所之，與夢相引，令一切妄爲之猶致睡以瞑，藥而召景，以巫師糾纏幻誕。引人入五濁惡道，魔也，非夢也。如此而夢，其不可耐，與醒同。籠水趙韞退，風骨冷异，稟胎自玉京蕊闕中來。髮甫燥，文聲震東省，弱冠進賢，華軒高蓋，時人艷之。而韞退若有不屑然者。微吟清嘯，意言俱遠。以雲霞杳靄間，嘗有朋侶與共歌咏言笑。一日，閱許瀍瑤臺之夢，怳然如身所經歷事，乃按譜而歌之，譬景純、太白作游仙詩，直用本家筆意，無所憪張已。自清虛動蕩，不可向邇，餘子筆冢硯臼，未免淬穢太清之恨。我聞神仙樂事，唱飛裙雲錦之姬，舞芳樹能言之鳥，可辨則已耳。使其可辨，必人間此種文字無疑矣。余向有少作，托之嘉、隆間人，韞退謬以爲可，俾余序之。蓋余爾時筆札不離清遠後塵，如桓司馬之似劉琨，念之都覺興盡，何能與韞退比肩乎？余尚意韞退有真夢焉，秘之不告我也。

邗水社弟子王光魯題

《立地成佛》

● 劇情概要與本事

劇首署"清止子氏編著"，正目爲"施焰口到處逐人來，放屠刀立地成佛去"。四折一楔子，未標折目。寫豐于禪師本來是西方古佛，見衆生相殘相害，遂降下凡塵到新安休寧寺出家。四月初八爲釋迦誕辰，住持準備設壇講法，尋找可以講經之人，無奈没有中意人選，豐于禪師毛遂自薦。他先向僧衆講解何爲佛、僧、説法行法、説經講經等，又向俗衆講解世間强弱苦樂，引導人們皈依佛法。講法第二日，豐于禪師到葉屠户門口跪拜，葉屠户準備施齋與他，但豐于禪師説自己并非來乞化，而是希望葉屠户放下屠刀，出家爲僧。但經過幾番講法度脱，依然未能勸動葉屠户。次日，葉屠户趕了牲口回家準備宰殺，豐于禪師又以牲口苦難、因果報應相勸説，葉屠户依舊頑固不化。豐于禪師令一頭牲口化作葉屠户已經逝去的父親，講述其殺生後在地獄所受折磨，葉屠户方纔警醒，願意拜豐于禪師爲師，出家爲僧。葉屠户母親、妻子、兄弟來請葉屠户回家，他令衆人回家吃齋修行，自己則堅持己心，一意奉佛。

正末扮豐于禪師，外扮葉屠户，旦扮葉屠户妻子，净扮住持，卜兒扮葉屠户母親，徠兒扮葉屠户兄弟。

本事不詳。一般認爲是劇作於清初。

● 著録、版本與收藏情況

《清代雜劇全目》《古典戲曲存目彙考》著録。現存清鈔《清止閣集》卷十四《南北曲》收錄本,藏國家圖書館,王紹曾、宮慶山編《山左戲曲集成》（上海古籍出版社 2007 年版）以之爲底本排印。另有清鈔本,藏於山東省圖書館,韓寓群主編《山東文獻集成》第二輯（山東大學出版社 2008 年版）據之影印。

● 序跋、題詞與評語

丁耀尤《書〈立地成佛〉劇後》（《山東文獻集成》第二輯所收《立地成佛》劇卷首）：

天下有害物之庖犧氏乎？庖犧不出,率獸食人,佛必勸人爲屠,如湯武焉。殺機不盡,生機不出,唯屠與佛近。趙嶷叔非爲放生文也。名將爲神,殺人如麻；彌勒成佛,食飱魚肉,又安見佛之非屠,必不屠而佛也？麴犧入廟,破戒於臺城之一卵,固無足齒。而佛圖澄咨,計乃至配革囊生子,無損佛法。則知淫殺之戒,亦如吾儒。克伐小乘,一自了漢耳。西天路上,不禁魚蒜真羅漢。吾常恐繡佛前長齋變爲蛇蝎,則人固有不屠於刀而屠於不刀者,何時放下乎？往余常禁葷而不忌酒蠣,有"持螯拍甕,獨步禪林"之句。予所師明空和尚曰："善哉,善哉！魯智深成佛,亦復如是。"予既悔余天吏之未達,藉以演屠家轉輪法焉。

琅琊社弟子丁耀尤題

薛 旦
(1620？—1706？)

　　字既揚，一作季央，號訢然子、聽然子，又署采芝客，原籍長洲（今江蘇蘇州），入清寓居無錫。明諸生。顧光旭《梁溪詩鈔》卷十八"薛秀才旦"云："既揚生而慧業，吐納風流，懷才不遇，艷思綺語，往往見於歌曲。自謂仙吏玉娥，曳霞捧硯；天魔山鬼，卷霧侍几。如《蘆中人》《醉月緣》《續情燈》《長生桃》《一宵泰》，凡十餘種，盡登梨棗，欲步武徐文長、沈君庸諸公之後，以舒其憤懣之氣，蓋亦悲哉！"其戲曲作品達二十一種，唯傳奇《續情燈》、《鴛鴦夢》、《醉月緣》、《九龍池》（亦稱《十二金錢》）和雜劇《昭君夢》傳世。另，趙景深《明清曲談·薛旦的〈九龍池〉》推測《戰荊軻》《蘆中人》可能是雜劇。由嚴繩孫《題薛既揚〈龍女書〉雜劇》一文，可知其尚有雜劇《龍女書》一種。詩集有《燕游詩草》一種。

　　按，周妙中《清代戲曲史》推測其生於崇禎三年（1630）以前，康熙四十九年（1710）尚在世；鄧長風《蘇州派戲曲家作品歸屬考辨三題》則認爲："薛旦大約生於萬曆末（四十八年，1620）前後，卒於康熙四十五年（1706）前後。"

　　傳記文獻：顧光旭《梁溪詩鈔》卷十八、鄧長風《蘇州派戲曲家作品歸屬考辨三題》（《明清戲曲家考略全編》下）、嚴繩孫《題薛既揚〈龍女書〉雜劇》（《秋水集》卷二）等。

《昭君夢》

◆ 劇情概要與本事

　　劇首署"既揚薛旦著"。四折，未標折目。寫漢宮人王嫱（昭君）生來蕙性蘭心,國色天香,却入宮見妒,又不甘賄賂毛延壽,被誤寫真容,致皇帝將之遠嫁匈奴。王昭君每日與氈裘作伴,慣聽塞北笛吹,因此常常悲嘆身世,懸想皇朝,日夜思歸。某夜侍女來報,言單于今晚不來歇宿,王嬙乃屏退左右,倦坐二更後睡去。氤氳大使同情其遭遇,遣睡魔將之引入夢中,又派金甲神等護送其夢魂穿玉門關、過古戰場、渡黑龍江,歷盡險阻,重回漢宮。內侍忽遇昭君,非常驚奇,為之引見漢帝。漢帝驚見昭君,詢之歸來經歷,得以互訴舊情,歡喜異常。又憐昭君歸途勞頓,讓其至未央宮歇息。王昭君與漢帝溫存後復睡,朦朧間竟見單于追來。後睡魔將其喚醒,昭君纔發現是大夢一場。

　　生扮漢帝,小生扮內監,旦扮王昭君,老旦、小旦扮胡女、宮女,淨扮金甲神、單于,末扮睡魔、內監,外扮氤氳大使。

　　本事見於《漢書·元帝紀》、《漢書·匈奴傳》、葛洪《西京雜記》"畫工弃市"。元馬致遠(1251?—1321後)《漢宮秋》雜劇,明陳與郊(1544—1611)《昭君出塞》雜劇、無名氏《和戎記》傳奇,清張雍敬(1644?—1719?)《昭君怨》雜劇、周樂清(1785—1855)《琵琶語》雜劇等,與此題材同。按,《古本戲曲劇目提要》稱該劇"似寫於康熙中葉"。孫書磊《明清之際雜劇作期叢考》(《古籍整理研究學刊》2005年第3期)認為此說錯誤,因順治十八年(1661)鄒式金《雜劇三集》中已收有此劇,而沈泰於崇禎二年(1629)編輯出版的《盛明雜劇》未收該劇,則《昭君夢》當寫於崇禎三年(1630)至順治十八年(1661)之間。再聯繫劇中強烈的民族情緒,故而推測該劇"更有可能創作於入清後的順治年間"。

● 著錄、版本與收藏情況

　　《清代雜劇全目》《古典戲曲存目彙考》《古本戲曲劇目提要》著錄。今存《雜劇三集》本。

毛奇齡
（1623—1713）

　　一名甡，字大可，號初晴、秋晴，別署于一、齊于、僧開、僧彌、春莊、又生、春遲等，人稱西河先生，蕭山（今浙江杭州）人。明末諸生。少與兄毛萬齡（1605—1681）齊名，人稱"小毛生"。曾參加東南義軍，因反對馬士英（1591？—1646）、方國安（？—1646），亡命江湖。明亡，寄身山谷，讀書土室。後應施閏章（1618—1683）之招，設講江西白鷺洲書院。康熙十八年（1679）舉博學鴻詞，列二等，授翰林院檢討，充明史館纂修官，後充會試同考官。以疾告歸。平生博覽群籍，淹通經史，工詩詞古文，善書，精於音律。與毛先舒（1620—1688）、毛際可（1633—1708）齊名，時稱"浙中三毛"。著述甚富，其《西河合集》（又名《毛西河先生全集》）包括著述一百餘種，近五百卷。曾校注王實甫《西廂記》，有《毛西河論定西廂記》傳世（存民國武進董氏誦芬堂室石印本）。又有《擬連廂詞》一卷，包括《不賣嫁》《不放偷》二種，一般以雜劇視之，胡春麗《毛奇齡著述考略》認爲其撰於順治十年（1653）左右。

　　傳記文獻：毛奇齡《自爲墓志銘》（《西河文集》卷一〇一）、施閏章《毛子傳》（《學餘堂文集》卷十七）、全祖望《蕭山毛檢討別傳》（《鮚埼亭集外編》卷十二）、《清史稿》卷四百八十一、《清史列傳》卷六十八、李桓《國朝耆獻類徵初編》卷一百十九、胡春麗《毛奇齡著述考略》（《文津學志》，2016年）等。

《不賣嫁》

● 劇情概要與本事

劇首題"擬連廂詞",署"蕭山毛奇齡字僧開,又字于稿,珍席懷、壹駿聞大較"。不分折。寫金朝天會年間小木蘭河之風俗:凡是窮家小戶,女兒沒有下定的,到十六歲後,便把家世生年、技藝容色等寫成小曲,將女兒梳妝俊俏,沿路歌唱,遇到中意者,聽憑收取。里頗夫婦之女利哥,十八歲還不曾字人。里頗夫婦以自己年老貧困、女兒嫁人可有依靠爲理由,要利哥行賣嫁之事,并苦苦相勸。利哥誓不隨便嫁人,情願侍奉雙親。若再逼迫,願投河明志,父母衹好依從。

登場人物有里頗夫婦、利哥,俱未分配脚色。

是劇爲反元代《賣嫁》雜劇之意而作。焦循《劇説》云:"先生不爲詞,取元人無名氏《賣嫁》《放偷》二劇,而反之曰《不賣嫁》《不放偷》。是則《賣嫁》《放偷》乃元人雜劇。"

● 著録、版本與收藏情況

《古典戲曲存目彙考》《古本戲曲劇目提要》著録。現存康熙間書留草堂刻《西河合集》所收本,藏國家圖書館、復旦大學圖書館等;康熙間書留草堂刻乾隆三十五年(1770)陸體元修補重印《西河合集》所收本,藏國家圖書館、遼寧圖書館等;嘉慶元年(1796)刻《西河合集》所收本,藏中國科學院圖書館、大連圖書館等。又有姚燮《今樂府選》稿本第31册所收本,藏浙江圖書館。

《不放偷》

● 劇情概要與本事

不分折。寫遼金風俗，在正月十六日，偷者無罪。原遼宗室耶律忽礔兵敗降金，在金爲官期間，大興治教，不許放偷，舊風俗爲之一變。其侄自稱西遼皇帝，金主欲發兵征討，先派耶律忽礔前去招降，同時又派察八監視忽礔。察八夫人五骨倫氏本爲忽礔之妻，遼亡時二人相失，爲察八所救，與之結爲夫妻。放偷日，五骨與忽礔相見，五骨想與忽礔暫作偷人，再成夫婦。忽礔堅持不從，哪怕五骨以死相迫。五骨後將此事告知察八，察八敬重忽礔爲人，毅然將五骨送還。

登場人物有耶律忽礔、察八、五骨倫氏、祗從等，俱未分配脚色。

是劇爲反元代《放偷》雜劇而作。

● 著錄、版本與收藏情況

《古典戲曲存目彙考》《古本戲曲劇目提要》著錄。現存康熙間書留草堂刻《西河合集》所收本，藏國家圖書館、復旦大學圖書館等；康熙間書留草堂刻乾隆三十五年（1770）陸體元修補重印《西河合集》所收本，藏國家圖書館、遼寧圖書館等；嘉慶元年（1796）刻《西河合集》所收本，藏中國科學院圖書館、大連圖書館等。又有姚燮《今樂府選》稿本第31册所收本，藏浙江圖書館。

● 序跋、題詞與評語

毛遠宗《識語》（《西河合集》第90册所收《不放偷》卷末）：

按宋人《松漠紀聞》一書，大抵載汴河以北遼、金遺事。有元人小説家曾取其二事編作兩劇，而其文不全，且事本《紀聞》，然間雜以子虛亡是、汗漫不經之言，君子惡之。家公少年時曾改其劇，謂小説家語敗倫傷化。既事在元前，思以前元詞正之。因念遼作大樂，金作清樂，内有連廂詞頗近古法。古歌者不舞，舞者不歌，歌之應舞，皆截然不顧詞義，祇以音節爲進退，而連廂詞舞人扮演，必得與詞義相照應者，行、立、坐、卧悉與唱文賓白互爲動止。此在宋安定郡王鼓子詞、金董解元搊彈詞後，漸接元人雜劇、院本，扮家執唱一大關鏾也。按其法，專設一司唱者，雜設諸執器色者，筝、笛、琵琶排坐場右，吹彈數曲，然後敷白道唱，使扮演上場，其中末泥、旦兒互爲賓主。

此一例，係先汀州司馬得之於寧庶人所傳樂譜中者，而見之者忌之，有隙者訴其文於兩浙布政使張君，謂其文誚君，不待聘而自呈其身。君信之，敕提學張君上之制府，幸驗文無過，得不坐。然其文則何可泯矣？家公恥爲詞，且事秘，恐聞者驚怪，因久毀之不令見。宗私藏一帙，謂家公大節在是，挽回名教，砥世摩俗，豈可與小説家詞并就泯没？況憂患所繫，生其後者，豈敢遺忘？因勒附詞末，冀與斯世填詞家一論述云。

男遠宗識

葉奕苞
（1629—1687）

字九來，號二泉、半園，別署群玉山樵，昆山（今江蘇昆山）人。監生。陳維崧《葉九來詩集序》云其"年少負盛才，爲人壘砢善使氣，目光閃閃，若岩下電，酒間譚説，聲如洪鐘"，李集《鶴徵録》卷七亦言其"少負异才，博雅善詩歌"。康熙十八年（1679），參加博學鴻詞科考試，罷歸，葺"半繭園"，流連觴咏，幾無虚日。工詩文，善書畫，尤長於金石之學。蓄有家庭戲班，曾搬演己作。著有《經鋤堂文集》《經鋤堂詩集》《續花間集》《金石録補》《金石小箋》等。戲曲有《經鋤堂樂府》，包含雜劇四種。

按，莊一拂《古典戲曲存目彙考》云其"約清康熙初前後在世"；鄧長風《四位明末清初戲曲家生平考略》據其《經鋤堂詩稿》卷二《次函白吴丈韵爲予題勝公畫鳳》七古長詩，定其生年"爲崇禎己巳（1629）。卒於康熙丁卯（1687），年五十九"。

傳記文獻：《清史列傳》卷七十二，李桓《國朝耆獻類徵初編》卷四百二十五，李集《鶴徵録》卷七，張慧劍《明清江蘇文人年表》及陸林、吴家駒選注《朱柏廬詩文選》，鄧長風《四位明末清初戲曲家生平考略》（《明清戲曲家考略全編》下）。

《經鋤堂樂府》

包括雜劇《燕子樓》《奇男子》《老客婦》《長門宫》四種。黃文暘《曲海目》"國朝雜劇"云："《盧從史》《老客婦》《長門賦》《燕子樓》四種，群玉山樵作，一名《鋤經堂樂府》。"姚燮《今樂考證》、王國維《曲録》均著録此四劇，文字全同《曲海目》。據杜桂萍《葉奕苞〈經鋤堂樂府〉相關史實考》

（《文學遺產》2008年第3期），四劇正確名稱應爲《奇男子》《老客婦》《長門宮》《燕子樓》，合稱《經鋤堂樂府》；四劇約作於順治末至康熙十年（1671）之前。

● 劇情概要與本事

《燕子樓》

劇首署"群玉山樵著"，正名爲"張尚書一朝身去，白舍人千里傷心，關盼盼半生苦節，燕子樓百世流芳"。四折，未標折目。寫徐州角妓關盼盼，容貌絕世，名負當時，然早已厭棄倚門賣笑、迎來送往的門户生活，一心從良，欲覓個憐才輕色之人，了却終身之托。某日，禮部尚書張建封見牡丹盛開，治酒邀校書郎白居易賞玩，并遣人喚盼盼前來侍宴。席間，張建封爲盼盼之清歌妙舞所傾倒，對其色藝稱賞不已。白居易見此，提議其爲盼盼落籍，并納爲姬妾。張建封欣然應允，并將新建的燕子樓作爲藏嬌之所。盼盼甚受張建封寵愛，與之朝歡暮樂，享盡春花秋月。不料，張建封忽然辭世，姬妾們不顧前情舊好，紛紛另適他人，唯有盼盼獨居燕子樓中，凄凉自守。如是十餘年，匆匆而過。一夕，盼盼空閨獨坐，無以遣懷，於是把前情後緒，輾轉沉吟，寫成《燕子樓詩》三首。又聽聞司勛員外郎張仲素將赴長安，就托他將詩帶給白居易等。白聽聞盼盼之始末，既敬其雅操，更愛其新詞，乃依韵和之，并贈絕句一首，但其中多有責她不肯殉夫之意。盼盼不做烈婦，乃是怕丈夫承擔重色輕德之名。今見白詩，知世人不能理解自己偷生之深意。無奈，衹得自盡。

末扮白居易，旦扮關盼盼，副旦扮好好、紅紅，副末扮張仲素，孤扮張建封，雜扮張千。

本事見於唐白居易《白氏長慶集·燕子樓詩序》，又據宋計有功《唐詩紀事》所載《張建封妓》相關傳說敷演而成。宋元戲文《許盼盼燕子樓》、元侯克中（生卒年不詳）《關盼盼春風燕子樓》雜劇、明竹林居士（生卒年不詳）

《燕子樓》傳奇、清陳烺（1822—1903）《燕子樓》傳奇，與此題材同。

《奇男子》

劇首署"群玉山樵著"，正名爲"奇男子把酒問天，大將軍開筵納士"。二折，未標折目。寫唐代京兆人王適，性好讀書，懷奇負氣，因爲人鯁介，不諧於世。貞元五年，赴直言試科，雖對語驚人，却未中式，落魄而歸。他閑坐無聊，滿腔愁悶，祇得往曲江頭消遣一番。見江邊高中士子們正在游街，王適認爲他們才學并不好，祇是運氣佳而已，遇到頭腦冬烘的試官，當然榜上有名。若宋玉、景差、賈誼等人來評卷，自己一定是頭名狀元。王適越想越覺得造化弄人，上天不公，於是攤卷在地，責問青天，自己三場文字，哪一篇不洗六朝之陋，哪一句不起八代之衰，爲何竟榜上無名？更悲嘆世路險惡、人情凉薄，落第之後，不要說親戚友朋多有奚落，甚至家庭之內亦有許多難看的光景。念此，不免放聲痛哭。這時，好友王涯、韓愈等前來尋訪，在衆人安慰下，王適方纔離開。此後，王適潦倒更甚，本想入幕藩鎮，做個參軍或記室，尋個出身，無奈那些節度、安撫甚是驕吝，無可與言。近聞金吾李將軍，年少負才，知人善任，王適便到轅門求見。轅門官見他衣衫襤褸，說話蹊蹺，不與他通報。王適門外擊鼓，驚動了李將軍。李將軍見其名刺上自謂"奇男子"，知他抱負不小，便迎入內堂談話。王適言語高妙，識見不凡，李將軍當即聘之爲幕僚，以便時時請教。這時，皇帝傳旨，李將軍除授鳳翔節度使，王適任大理評事，攝監察御史、監察判官。王、李二人當即換上官服，望闕謝恩。

末扮王適，徠兒扮奚童，孤扮李金吾，雜扮王涯、獨孤鬱、張惟素、韓愈、儀從、轅門官、報子。

本事見於唐韓愈《試大理評事王君墓志銘》。

《老客婦》

劇首署"群玉山樵著",正名爲"鐵笛仙强下讀書臺,龍門子敬送老客婦"。二折,未標折目。寫會稽人楊維楨,元末登進士第,署天台尹,改錢清場鹽司令,因狷直忤物,十年不調。後升江西等處儒學提舉,還未上任,便天下大亂,遂避地富春山,又遷居松江。此時,他聲名已起,問字徵詩者,户外履滿。某日,楊維楨閒暇無事,往江邊散步,恰逢乘舟而來的翰林學士詹同。原來,詹奉朱元璋之命帶着聘幣,徵取楊維楨往京城纂修禮樂書。楊維楨聽聞來意,一再拒絶,言:"如八十歲老婦,就木不遠,豈有復理嫁者乎?"并賦《老客婦謠》一首以明心志。最終皇命難違,楊維楨祇得勉强赴京入史館。皇帝對其恩禮備至,楊維楨却屢次上疏乞歸。最終,皇帝賜其安車還山,并下旨着文武百官等在西門外設祖帳,爲之餞行。宋濂約他在十里長亭話别,并贈其七言長詩一首,楊維楨回贈一詩,并吹笛起舞作别。然後,由大將軍徐達、左丞相李善長所率領的大小官員、國子監諸生以及京中父老等紛紛前來拜送。

正末扮楊維楨,俫兒扮奚童,冲末扮詹同、宋濂,雜扮侍從、國子監生、父老。

本事出自元詹同(生卒年不詳)《老客婦傳》。

《長門宮》

劇首署"群玉山樵著",正名爲"卓文君紅粉當爐,馬相如青雲得路,漢武帝白首迷仙,陳皇后黄金買賦"。四折,未標折目。寫漢武帝皇后陳氏,曾專寵南内,後因嫉妒,被别置長門宫,幽愁輾轉,無計打動君王。某日,宫女向她獻計,可請司馬相如將其境况寫成詩歌,以達上聽,或有轉機。司馬相如本蜀地才子,娶臨邛富室女卓文君爲妻,近有狗監楊得意將其《子虚》《長楊》二賦薦於天子,蒙恩除授文園令,深得武帝寵信。陳氏遣人奉金來求,相如欣然應允,爲作《長門賦》一篇,將陳氏的孤苦凄凉寫得淋漓盡致。

武帝一見此賦，果然深受觸動，認爲陳皇后妒忌新人也是婦人常事，永閉冷宮，處罰太過，當即命令宮監駕車，臨幸長門宮。

生扮司馬相如，正旦扮陳皇后，小旦扮卓文君，孤扮漢武帝，雜扮宮女、力士等。

本事出自西漢司馬相如《長門賦序》，并縮結其與卓文君故事敷演而成。

● 著錄、版本與收藏情況

《清代雜劇全目》《古典戲曲存目彙考》著錄，現存康熙原刻《經鋤堂集》本，藏華東師範大學圖書館、上海圖書館等。另，《中國古籍總目》言有乾隆七年（1742）刻本，藏地不詳。

● 序跋、題詞與評語

尤侗《〈葉九來樂府〉序》（《四庫禁毀書叢刊·集部》第 129 册影印康熙間刻本《尤太史西堂全集·西堂雜俎二集》卷三）：

古之人不得志於時，往往發爲詩歌，以鳴其不平。顧詩人之旨，怨而不怒，哀而不傷，抑揚含吐，言不盡意，則憂愁抑鬱之思，終無自而申焉。既又變爲詞曲，假托故事，翻弄新聲，奪人酒杯，澆己塊壘。於是嘻笑怒罵，縱橫肆出，淋漓極致而後已。《小序》所云："言之不足，故嗟嘆之；嗟嘆之不足，故永歌之；永歌之不足，不知手之舞之，足之蹈之也。"至於手舞足蹈，則秦聲趙瑟，鄭衛遞代，觀者目揺神愕，而作者幽愁抑鬱之思爲之一快。然千載而下，讀其書，想其無聊寄寓之懷，愾然有餘悲焉。而一二俗人，乃以俳優小技目之，不亦异乎？

予生世不諧，索居多恨，灌園餘暇，間作彈詞，辟如學畫不成，去而學塑，固無足比數矣。然當酒酣耳熱，仰天嗚嗚，旁若無人者，其類放言自廢者與？若吾友葉子九來，門地人材，并居最勝。方以文筆掉鞅名場，夫何不樂，而潦倒於商黃絲竹之間？或者游戲及之耳。雖然，以葉子之才，荏苒中年，風塵未偶，豈無邑邑於中者？忽然感觸，或藉此爲陶寫之具，未可知也。是則予所引爲同調者也。

嗟乎！歌苦知希，曲高和寡，安得徐文長搗鼓，康對山彈琵琶，楊升庵傅粉挽雙丫髻，來演吾劇者？雖爲之執爪，所忻慕焉。彼世間院本，滿紙村沙，真趙承旨所謂"戾家把戲"耳，何足道哉，何足道哉！

邊汝元
(1653—1715)

字善長，號漁山，別署桂巖嘯客，任丘（今河北任丘）人。諸生，屢試不第，遂絕意仕進。（乾隆）《任丘縣志》云其曾在康熙三十一年（1692）館於京師，後歸里與同邑名士結還真社，"飲酒賦詩，不預外事"。工詩，善書畫。有《桂巖草堂詩集》《桂巖草堂文集》《漁山詩草》等。又有《桂巖嘯客雜劇》，今存《鞭督郵》《傲妻兒》二種。龐塏（1640—?）《鞭督郵》卷首序文云："桂巖嘯客戊午歲曾製《羊裘釣》雜劇，久已刊行。"知其尚有《羊裘釣》雜劇，今未見。

傳記文獻：錢陳群《皇清敕贈登仕郎、增廣生漁山邊公暨配馬孺人、繼配章孺人、紀孺人、韓孺人合葬墓誌銘》（《綏中吳氏藏抄本稿本戲曲叢刊》第1冊影印舊鈔本《鞭督郵》卷首）、徐世昌《大清畿輔先哲傳》卷十九、（乾隆）《任丘縣志》卷八。

《鞭督郵》

◆ 劇情概要與本事

劇首題"鞭督郵雜劇"，署"桂巖嘯客編"。二齣，未標齣目。寫涿縣僂桑村人劉備，原係漢景帝閣下玄孫，後家道貧窮，以販履織席為業。幸遇關羽、張飛兩位英雄，遂在桃園中結為兄弟，不求同生，但願同死。黃巾亂起，劉備兄弟三人勠力同心，報效朝廷。因蕩寇之功，劉備除授安喜縣縣尉之職。雖功高賞薄，亦不以為意，每日與兄弟們講論韜略，熟習弓刀。一日，聞督郵按臨，出郊將之迎入驛館。督郵見未有金銀送來，便百般刁難，明日又將劉備手下書辦鎖去拷打，令其誣陷劉備科斂民財。劉備平日愛民如子，一清如水，當地百姓便齊到驛館保舉。門役却毆打百姓，不容入內。張飛酒後路過，問明是非，怒闖驛館，打散侍從，將督郵押到縣衙前，綁在拴馬椿上痛罵，并折柳條抽打。督郵求饒，百姓高聲叫好。後劉備趕到，救下督郵。最後兄弟三人挂印而去。

生扮劉備，净扮張飛，副净扮督郵，末扮書辦，雜扮侍從，外、丑、老旦、貼旦扮鄉民。登場人物尚有督郵侍從、門役等，俱未分配脚色。

本事見於《三國演義》第二回《張翼德怒鞭督郵，何國舅謀誅宦竪》。據作者自序，知是劇作於康熙五十年（1711）。

● 著録、版本與收藏情況

《清代雜劇全目》《古典戲曲存目彙考》著録。現存清鈔《桂巖嘯客雜劇二種》本，藏中國科學院圖書館；清鈔《雜劇二種》本，藏中國藝術研究院圖書館；舊鈔本，藏首都圖書館，《綏中吳氏藏抄本稿本戲曲叢刊》第 1 册據之影印。另有吳秀華主編《清雜劇傳奇九種》（花山文藝出版社 2017 年版）所收排印本。

● 序跋、題詞與評語

龐塏《雜劇叙》（《綏中吳氏藏抄本稿本戲曲叢刊》第 1 册影印舊鈔本《鞭督郵》卷首）：

桂巖嘯客戊午歲曾製《羊裘釣》雜劇，久已刊行。辛卯歲，復製《鞭督郵》《傲妻兒》二種，關目詞白，較前尤勝，可傳也。嘯客語余曰："鄙人拙於帖括，詩詞一道，稍有一得，詩稿浩繁，無力灾梨。茲《鞭督郵》《傲妻兒》二劇，演之臺上，可以娛目，即置之案頭，亦不至噴飯。意欲以之問世，雖爲費不多，顧安所得數金乎？"因謄寫式樣稿本，納弊籠中，以俟之他日。噫！嘯客老矣，一生攻苦，皓首無成，不得已以詞曲小技自鳴，而囊橐蕭然，不能自辦，不大可嘆耶！余綜其生平，悲其志，讀其詞，不覺唾壺盡碎矣。

鏡河釣叟撰

邊汝元《〈鞭督郵〉叙》（《綏中吳氏藏抄本稿本戲曲叢刊》第 1 冊影印舊鈔本《鞭督郵》卷首）：

辛卯八月鄉試，余以耄而且貧，塊處牖下。噫！諸公方角勝一戰，而余顧作壁上觀乎？高誦魏武"老驥伏櫪"之歌，悒悒者久之。偶取義德"鞭督郵"事，演成雜劇二折。劇成，鼓掌稱快，頗屬狂妄。然"此夜一輪滿，清光何處無"句，有何奇而如滿？不覺夜半，撞鐘以自鳴，其得意耶，亦猶是矣。

辛卯中秋夜，桂巖嘯客題

邊汝元《〈鞭督郵〉自記》（《綏中吳氏藏抄本稿本戲曲叢刊》第 1 冊影印舊鈔本《鞭督郵》卷末）：

按【混江龍】一曲無板，句之多少，各劇亦無定數，惟起結有法，中間對將去耳。故亦敢拘拘於譜內"名揚天下"一則也。

自記

龐塏《〈鞭督郵〉評》（《綏中吳氏藏抄本稿本戲曲叢刊》第 1 冊影印舊鈔本《鞭督郵》卷末）：

文長《狂鼓史》一劇，千古絕調，此其嗣音。

鏡河釣叟評

钱陈群《皇清敕赠登仕郎、增广生渔山边公暨配马孺人、继配章孺人、纪孺人、韩孺人合葬墓志铭》(《绥中吴氏藏抄本稿本戏曲丛刊》第1册影印旧钞本《鞭督邮》卷首):

乾隆己巳,天子诏举湛深经术之士,以备采录。余以三人应诏,而任丘边连宝与焉。连宝以母与己皆病,辞不赴。越明年四月,遂丁母艰。越十月,将与其父并其前母合葬矣,乃手其父若母状,匍匐来谒,泣涕再拜,言曰:"先君子温温无所试,老于诸生,赍志牖下以殁,非有功业之烜赫照耀耳目者可供纪载,然承先人遗泽为清白吏,子孙砥志励行,以无忝所生。且役其生平精力,专一于诗,雕肝镂肾,至死不倦。其述作往往不愧古人,似非不中铭法,而当代大人先生素称不苟誉毁人,笃于古而达于辞者,惟公为最。且不孝连宝于公为门下士,素悉于古人也。昔欧阳子尝为其门人苏轼铭其父苏洵氏之墓矣,连宝虽万万不敢与轼比,而公则今之欧阳子也,敢以吾父并吾母铭累吾师,以图不朽。不孝等亦死且感激不朽。"余感其言之婉,以依来状,为诠次之如左。

按状,公讳汝元,字善长,号渔山,姓边氏,世籍任丘。明永乐间,讳复初者以武功显,授世袭百户。百户公孙讳永,以商辂榜进士起家,仕至户部郎中,以子贵,赠都宪。自赠都宪公八传而至安庆太守公讳举。太守公生福州司马公讳之铉,司马公子六人,公其次也。公为人和易,端凝持身,斩斩不苟,而孝友尤其天性。胞兄弟及群从共二十二人,皆奉公为圭臬,而公友爱至笃,终身无间言。岁壬申,以贫故,馆京华。母马安人以暴疾卒于家,跟跄奔赴,以头触棺而哭,死而复甦者再。越明年忌辰,为诗五百言以述其悲,观者涕下,从游弟子为废《蓼莪》。公席祖、父世宦之馀,务以冰蘖励清操,无膏粱纨裤之习。少随司马公宦游,于一切玩好皆无所好,惟好积书。中岁归里,与邑中名士十数人结还真社,日饮酒赋诗,不预户外事。晚节乃愈益敛饬,布袍革带,翔步里闬中,衣冠履屦,无一中时式者。里人胥尊礼之,敬其古林君子也。

性好學,文章甲於郡邑,而數奇不售,屢躓場屋,遂絕意進取。自司馬公解組後,家益中落,授徒糊口,所得不足以供食指,至令妻女傭縅綫繼之。嘗有句云:"八口曾無三日米,百年剩有一床書。"又云:"三餐十指禿,八口五更啼。"蓋實錄云。公於詩,自蘇、李而下,迄勝國作者,無不窺其閫奧,而一以浣花爲宗。與同邑龐雪崖先生相切劘,其交分在師友間。公深自謙,抑剡襟沃善,而其詩清蒼雄健,實岳岳不相下。所著有《桂巖草堂詩》、古文若干卷待刊。又嘗以詩之餘力,間爲樂府,所撰有《羊裘釣》《鞭督郵》《傲妻兒》雜劇三種,品格不在"粲花"下。而《督郵》數折,獨骯髒悲壯,論者以"漁陽摻撾"比之。然公素嫻音律,故以所著授優伶,按拍而歌,絕無一字戟喉吻,非若王實甫、湯義仍輩傳奇,必待改竄後被管弦也。書法兼師蘇、米,幼亦工畫,後惡其僕僕徇人也,遂不卒業。

憶昔雍正乙卯,余奉世宗憲皇帝命,視學畿輔,按河間試,任丘得一卷,磊落倜儻,知爲奇童,乃公幼子連寶也。時大旱而雨,余《喜雨》七言古詩,遍示諸生,無能和者。獨連寶次韵和之,因難見巧,工力悉敵,有蟻封水曲、疾徐中節之妙,因愈嘆其奇。時則連寶之兄束以優行廩生來謁,敦龐渾厚,亦醇謹佳士。及來京師,而京學訓導邊中寶者,又以《京庠勸學詩》來獻,其詩與連寶相伯仲,則連寶之兄,而束之弟也。難弟難兄,後先輝映。時雖未悉其家世,意其祖若父必積德種學君子也。其後任邑劉君炳、邊君繼祖先後入詞垣,并從余游,時相過從,於杯酒談論間,然後知其家世特詳,未嘗不嘆水源木本,家學淵源。束等兄弟之文章卓卓,其所從來者有自,而天之報施善人爲不爽也,漁山公可以不死矣。

然聞束年近六旬,已不事舉子業,中寶惟博一第,而轗軻偃蹇,屈於下寮。至於連寶,其文章卓越,固已登古作者之堂而嚌其胾,乃困頓場屋者已十有二次矣,卒不第。余嘗以鴻博舉矣,又不中,今又以經學薦矣,又以病與憂免。前者寄詩呈謝,有"無復乘時氣,空餘不肖身"之句。余爲扼腕者久之。及今以狀來謁，見其年纔五十，髮白齒落，且當大變之後，黧黑顫頯，無復嚮時精悍之色。余恐其煩冤瞆眊，頹廢沉淪，卒使其先人之德，幽而不耀也。嗚乎！可不惜哉。

元配馬孺人，婉婉寡言笑，每夜必計數晝間所經幾許事、所說若干言，檢點無過，而後即寢。嫁六年卒，生二子，曰業、曰臬。繼娶章孺人。孺人父故任邑名宿，有《貯月軒詩集》行世。孺人亦夙嫻翰墨，與公遞相唱和，搖毫擲簡，筆墨橫飛。已而盡焚其稿，曰："此非婦職，不可示人也。"未幾卒，無子。繼娶紀孺人，素嬴（應為"羸"）弱善病。馬安人閫政嚴肅，男待外，婦侍內，必至夜分乃罷。孺人勉強支厲，久而成疾以卒，無子。繼娶韓孺人，則束、中寶、連寶之所從出也。孺人母為馬安人胞妹，安人素稔其賢，因為公委禽於歸。後佐公事兩大人，得其歡心。兩大人沒，佐公襄事，悉如禮法。姒娌間共事馬安人，或安人為其不悅，孺人偵知，必預告誡之，或即代為彌縫，故數十年相好如一日。漁山公之長兄、嫂相繼而沒，子杰、孫烜俱客死於外，奉祀缺人，每遇祭掃，孺人戒束等必先伯父母，而後及其父。十月朔，剪送寒衣，戒兒婦等亦然。每謂束等曰："爾等兄弟當於异日各戒爾子孫，毋令爾伯父母之鬼終餒也。"為業、臬娶婦，盡出其衣飾，各以其半畀之。時束等雖未生，而其女已數歲矣，絕不作异日嫁娶計。臬病酒狂，每大醉時，父母、妻子皆反眼，若不相識。漁山公屢扶之，孺人輒從容勸解曰曰（疑衍一"曰"字）："渠時不勝杯酌耳，非敢為忤逆也。"束曾三娶婦，中寶、連寶皆再娶婦，并有亡婦所遺子女。孺人每戒後婦曰："而不聞我先姑之於諸子婦乎？汝舅男女兄弟共九人，惟汝舅為先姑馬安人出。吾又為安人甥女，而吾姑同仁一視，從無一錢一物、一針一縷私及吾夫婦二人。古人云'婦學於姑'，吾學吾姑，爾輩又當我學矣。"故諸兒婦於亡婦所遺子女，不使失所，無先生後養之嫌，皆秉孺人教也。

漁山公，增廣生，雍正十三年恭遇覃恩，貤贈登仕郎、順天府儒學訓導，以康熙乙未四月初三日卒，年六十三。馬孺人，雄縣文學諱祖蔭女，卒於康熙丙辰年八月二十三日，年二十二。章孺人，同邑副榜武邑分訓諱漢女，卒於康熙庚申四月十一日，年二十四。紀孺人，文安文學諱勛女，卒於康熙甲子年四月初一日，年二十，并以覃恩，貤贈孺人。韓孺人，雄縣文學諱景琦女，卒於乾隆庚午年四月十五日，年八十四，以覃恩貤封孺人，子五人：長業，增廣生，卒；次杲，武庠生，卒；次朿，優行廩生；次中寶，癸卯拔貢生，舉賢良方正，特授任縣訓導，調順天府學訓導，中式戊午科舉人，加教授銜，補授涿州訓導；次連寶，乙卯拔貢生，丙辰召試博學鴻儒，己巳召試經學。女一人，適文安太學生井湄，卒。孫六人：長安，次定，廩生；次廷掄，庠生；次廷遴；次廷徵；次廷揞。曾孫□人。

銘曰：殃慶之來視所受，疇其爲善而寡佑。延促遲速顧有候，福履綿綿不欲驟。芽而不熾俟厥後，公與孺人復何咎？

賜進士出身、資政大夫、內廷供奉經筵講官、刑部左侍郎、加一級、紀錄二次，嘉興年通家弟錢陳群頓首拜撰文。

賜進士出身、中憲大夫、江西九江府知、前丁卯科欽點山西正主考、翰林院編修，同邑愚表再侄劉炳頓首拜書丹。

賜進士出身、文林郎、翰林院庶吉士，愚侄孫繼祖頓首拜篆蓋。

《傲妻兒》

● 劇情概要與本事

劇首題"傲妻兒雜劇"，署"桂巖嘯客編"。四折，未標折目。寫清河縣有一簑片常峙節，家道貧窮，老婆爲此終日吵鬧，一再逼迫他出門借貸。常峙節無奈，欲往西門慶處告哀。出得門來，恰遇亦爲清客幫閑的應伯爵，遂請其幫忙周全。伯爵當即應承，并言此事需面見西門慶，委屈訴說，方能有濟。西門慶家私萬千，自在東京拜太師蔡京爲義父後，更官運亨通，升任提刑千户。爲此連日應酬，困於酒食，倍感睏倦。今日謝絕一切送迎，梳洗畢即往雪洞閑坐消遣。五娘潘金蓮奉大娘之命，請其前往翡翠軒參加家宴，西門慶藉機調戲金蓮。六娘李瓶兒亦奉命前來相催，西門遂牽潘携李向翡翠軒行來。常峙節、應伯爵來到西門府門首，聽説西門慶正在飲宴，便在廳上坐等。不久，西門慶出來會客，應伯爵言常峙節因無錢受妻子責駡事，望西門慶早伸援手。西門慶即令書童取來十四五兩銀子，送與常峙節置辦衣食，又言待房子成了，再一總成就。常峙節作揖感謝，袖銀歸家，趾高氣揚，自與往日不同。他來到門首，故意將銀子藏了，老婆認爲又是春夢一場，遂大罵丈夫窮嘴臉，滿口謊，做幫閑也不長進，連累自己受窮，咒他死了乾净。此時，常峙節纔掏出袖中銀包，老婆見是銀子，馬上轉怒爲喜，一再認錯賠罪，見丈夫祇是不理，哭着要自盡。常峙節借機將妻子奚落一番，整頓夫綱。

旦扮李瓶兒，小旦扮潘金蓮、常峙節妻，老旦扮純鴻雁、如意，净扮西門慶，副净扮應伯爵，丑扮常峙節，雜扮酒保、書童、畫童。

本事見於小説《金瓶梅》綉像本第五十六回《西門慶捐金助朋友，常峙節得鈔傲妻兒》。子弟書與大鼓書均有《得鈔傲妻》，題材類似。據作者自序，知是劇作於康熙五十年（1711）。

● 著録、版本與收藏情況

《清代雜劇全目》著録。現存清鈔《桂巖嘯客雜劇二種》本，藏中國科學院圖書館；清鈔《雜劇二種》本，藏中國藝術研究院圖書館，《傅惜華藏古典戲曲珍本叢刊》第 26 册據之影印；舊鈔本，藏首都圖書館，《綏中吴氏藏抄本稿本戲曲叢刊》第 1 册據之影印。另有吴秀華主編《清雜劇傳奇九種》（花山文藝出版社 2017 年版）所收排印本。

● 序跋、題詞與評語

邊汝元《〈傲妻兒〉叙》（《傅惜華藏古典戲曲珍本叢刊》第 26 册影印康

熙間稿本《傲妻兒雜劇》卷首）：

　　北門交謫，學士不免河東獅子，其吼可畏也，孰敢傲之？峙節真鬚眉丈夫哉！然峙節之傲，傲之以財，實傲之以所得於西門之財，則其傲之也固宜。或曰："允若是，素封之家，其財不可勝計也，將炫所有以傲之乎？"余曰："某貧士，未嘗身處其境，傲與否，所不知也。"寒冬無事，偶取《金瓶梅》一則，譜成雜劇四折。觀者其以余爲揣摩世情也可，其以余爲現身說法也可，其以余爲茶前酒後藉以消遣睡魔，姑妄言之而妄聽之也亦可。

辛卯臘八日，桂巖嘯客題

　　邊汝元《〈傲妻兒〉自記》（《傅惜華藏古典戲曲珍本叢刊》第26冊影印康熙間稿本《傲妻兒雜劇》卷末）：

　　冬夜冷甚，劇成，命老妻暖酒，張燈以侍，效白香山故事，爲之高聲朗誦一遍，因詰之曰："何如？"婦曰："好！但不知卿當何時傲我耶？"余不覺鼓掌大笑，滿飲一大白。

自記

　　龐塏《〈傲妻兒〉評語》（《傅惜華藏古典戲曲珍本叢刊》第26冊影印康熙間稿本《傲妻兒雜劇》卷末）：

　　摹寫盡情，其秀在骨。粲花而後，應不多覯。

鏡河釣叟評

　　懶雲《〈傲妻兒〉評》（《傅惜華藏古典戲曲珍本叢刊》第26冊影印康熙間稿本《傲妻兒雜劇》卷末）：

　　余觀"齊人乞墦"一事，其婦真巾幗而鬚眉者乎？子輿氏寫之者，重之也。至若常峙節夫婦，有何可取，而漁山寫之？夫老常以得鈔而始傲，二嫂因見鈔而乃柔，余不知過此一往，又作如何面目。況今日不少峙節，家家皆有二嫂，總有西門之賞封，不能遍給；即給，亦不能常繼。而此日之爲西門者，已非昔之西門比。思及此，真所謂"欲哭渾無泪，欲笑不成聲"也，寫之何爲？而漁山必欲寫之者，表峙節乎？鄙二嫂乎？多西門乎？非也，今讀其結句曰："落落窮儒，靠甚麼作主張。"其下場詩曰："我也不學常峙節，你也不是西門慶。"即此一參，漁山之意思過半矣。觀場者慎勿自等矬人。

懶雲評

周 樹
（1636—1680後）

　　原名之道，字次修，後名樹，字起莘，一字西山，蕭山（今浙江杭州）人。鄧長風《十四位清代浙江戲曲家生平考略》考證其生年大約在崇禎九年或十年（1636或1637），卒年不詳。歲貢。康熙十八年（1679）受薦舉，參加博學鴻詞考試，未入選。後官宣平教諭。（光緒）《宣平縣志》卷七言其："文采風流，日引諸生講學，又於制義外導以詩賦。或謝不敏，曰：'不學，則終於不能也。'宣士乃稍知學古。"著有《載道堂文集》《性理日錄》《倚玉堂詩鈔》《倚玉堂文鈔》和《壁上詞》等。雜劇有《馮驩市義》一種。

　　傳記文獻：（光緒）《宣平縣志》卷七、（民國）《蕭山縣志稿》卷十六、潘衍桐《兩浙輶軒續錄》卷三、秦瀛《己未詞科錄》卷六、鄧長風《十四位清代浙江戲曲家生平考略》（《明清戲曲家考略全編》上）等。

《馮驩市義》

● 劇情概要與本事

　　劇首題"馮驩市義雜劇"，署"蕭山周起辛樹（一名之道，又字次修）編"，正目爲"馮先生作客抱鋏三彈，孟嘗君辭相齊呼萬歲"。四折一楔子，未標折目。寫齊國馮驩滿腹文章，豪氣干雲，怎奈一貧如洗，家徒四壁，堂上七十歲老母尚無力供奉。聽聞齊相田文好客，不論賢愚貴賤都收在門下，便前往投奔。當傳侍詢問其才能時，馮驩以無能自謙，遂被安置在傳舍，以下客待之。馮驩心中不平，便一再彈鋏而歌，提出要魚吃，要車乘，又要養活母親，田文均予以滿足，馮驩感激不盡，每懷報德之心。一年後，田文因所養食客太多，封邑所得不足以供奉，請馮驩往其封地薛國收債。馮驩臨行，詢問倘債務收畢，應"何市而返"。田文令其察家中所無者，儘買來就是。馮驩先派人往薛地，將帖子張挂四門，要求欠債人戶於次日齊集聽候，到者犒賞牛酒，不到者照券倍罰。馮驩到後，又向衆人宣布，孟嘗君憐惜百姓窮苦，將一應借欠本利盡行蠲免，又取其券當場焚之，百姓莫不歡喜感動，情願以性命報答孟嘗君之恩情。馮驩歸來，向孟嘗君講述了收債經過，并曉之以義利之辨。孟嘗君甚爲嘆服，最後在馮驩的建議下，又辭去相位，歸薛國安享尊榮。薛地百姓聞此，紛紛迎接，歌頌之聲不絶。

正末扮馮驩，冲末扮田文，净、旦、卜兒、徠兒、雜扮欠債薛民。登場人物尚有傳侍、卒子等，俱未分配脚色。

本事見於《戰國策·齊策四》及《史記·孟嘗君列傳》等。元鍾嗣成（1275？—1345後）《馮驩焚券》雜劇（佚），與此題材同。按，鄧長風《十四位清代浙江戲曲家生平考略——美國國會圖書館讀書札記之十二》（《明清戲曲家考略全編》上）認爲是劇作期大概在順康之際。

● 著錄、版本與收藏情況

《清代雜劇全目》《古典戲曲存目彙考》著錄。現存康熙九年（1670）刻《倚玉堂文鈔》附刻本，藏國家圖書館、南京圖書館，鄭振鐸《清人雜劇百廿種》第7册據之影印；乾隆間鈔《倚玉堂文鈔》附鈔本，藏日本静嘉堂文庫；朱絲欄舊鈔本，藏中國藝術研究院圖書館，《傅惜華藏古典戲曲珍本叢刊》第25册據之影印。

● 序跋、題詞與評語

周樹《〈馮驩市義〉自記》（《傅惜華藏古典戲曲珍本叢刊》所收本《馮驩市義雜劇》卷末）：

樹自記曰：元劇賓白最難摹擬布置。昔人有謂：主司所定題目外，止曲名及韵,賓白則演劇時伶人自爲之,故多鄙俚蹈襲之語。此亦未有確據。賓白爲關目所係,節奏肯綮,全在賓白傳出。如一調中,多有斷截,布綴賓白,且有曲文,上句此意,下句彼意,絕不相關者,藉非賓白,奚能接續成文?鄙俚固多,而雅煉諧趣者亦復不少。且即如關漢卿所傳六十劇,馬致遠十三劇,王實甫廿二劇,諸劇豈盡皆主司所定,盡皆闈撰?而賓白則如出一口,又豈必盡藉伶人之口乎?此白當出自作者之意,非伶人布綴可知也。近人摹仿元劇,於詞調中掇織方言,惟恐不多,惟恐不肖,獨於賓白罕有髣髴者。豈調則必用方言,而白則不須方語乎?終是儈父之見。

周樹

來集之《周次修〈馮驩市義〉劇序》(清稿本來集之《倘湖遺稿》):

填詞家相率推高元人,非卑今而佞古也。自兩宋諸名公以詩餘擅美,流傳宫禁,分播鄉間,粗至於鐵綽板之銅將軍,細至於十七八之女郎,無不嘆咏抑揚,窮奇盡變,美無可加。勢不得不演爲有元之北劇,其法一事分爲四齣,每齣則一人暢陳其詞旨,若今制業之"某人意謂"云者,賓白宛轉附麗之,故得罄所欲言,淋漓曲折。而一二英絕之士,如關、鄭諸公,領袖其間,遂成洋洋一代之風。乃予尤所心服者,如吳昌齡編《西游記》矣,八十一難之中,儘多熱鬧,應接不遑。及讀其曲,一齣爲諸將餞行,一齣爲村婆稱述餞行之情狀,一齣爲胡婆賣餅,抑何其閑冷處反多也?王實甫編《西廂記》矣,使今人爲之,當作飛虎賊凶勇之詞,或白馬將軍激壯之語,而豪邁俊偉,反出自酒肉僧之口中。紅始傳柬回柬,關目所存,而請晏一事,甚無樞紐,顧復揮灑鉅篇,春容和雅。豈非作者胸中,另有結撰,偶藉本題,別成奇構,而不爲本題所縛?此元人之所以高於千古也。

予同學周子次修,文壇之飛將軍,海內操觚之士,無不延頸結納,才情涌溢,筆有餘鋒。近所編《馮驩市義》一劇,殆其寄焉。蓋有以見其胸中所吞,高之在秦漢以上,而下之亦自元人以至於今茲也。昔儒有言:揚州上當天市垣，故其民計錐刀而逐什一。又下元甲子之人，嗜利忘義，今時正當下元也。予與次修生其時，居其地，目見兼并之家，誅及蠅頭，算窮蚊睫，能不怨憤填膺？安得起彈鋏之士，取其填囊盈篋之券，悉舉而付之祖龍乎？此劇行，冤家債主俱化爲甘露和風矣。顧其思幽而曲，語駿而雄，迴風生瀾，寸鐵見血，使湯若士、盧次楩見之，亦當噙舌泚顙。然則世之讀雜劇者，正不必卑今而佞古也。英絶領袖，不屬之次修而誰屬哉？

闕名《〈馮驩市義〉總評》（《傅惜華藏古典戲曲珍本叢刊》所收本《馮驩市義雜劇》卷末）：

　　北曲之難，難於氣勝，以全力舉之。故云詞句軟弱，無大氣象，爲樂府最忌。且詞曲俱尚巧妙，惟元人藏巧於意，而語仍渾質，絶非纖巧一流。此劇以江海之才氣，具全獅之力量，一氣奔放，如天馬行空。且未嘗不巧，而又未嘗不質，於老辣中極自然之致，即東籬、孟符、小山、德輝諸人，奚以過是？明季諸名家雜劇林立，謂其宮調雖北，實近於南，秀麗巧琢者多有，與元人渾樸流脱、自然巧妙者，大相徑庭。即吾越徐文長《四聲猿》，爲北曲之杰，惟《禰衡》《木蘭女》二劇頗似元音，而《禰衡》劇稱最。至如《玉通》《女狀元》二劇，音調靡雜，自取戾家。讀此，安能不發積薪之嘆？

　　曲有名家，有行家，然上乘首推當行。若此淹通閎博，文彩爛然，則爲名家。妝演摹擬，宛然身世，曲盡情態，是爲行家。

　　詞如繁露，氣如良駒。常境中情思絶佳，异想處意味沉雄。樹老爲人，梗概橫絶，故指事用物，極任縱誕，而不屑於拘攣補綴。恒憶涵虛子評元人，有以"瑶天笙鶴""太華孤峰"稱之者，吾於是曲亦云。

　　寫意落句處，是金董解元後身，可謂取法最上。他人摹仿元人者，便覺瞠後。

　　此劇不惟詞妙，而賓白酷似元人，獨絶一時。

焦袁熹《此木軒雜著》卷八"雜劇愈疾"（焦循《劇說》卷五，《中國古典戲曲論著集成》第八集，中國戲劇出版社 1959 年版）：

周樹

紀伯紫見周樹所作《馮驩市義》雜劇，攫之行，曰："合肥龔宗伯病渴甚，余戒其讀書，屏一切圖籍；然所以祛宗伯疾者，其在此書矣。"宗伯得而讀之，果霍然已，以謂孔璋之檄，能愈頭風，不是過也。

嵇永仁
(1637—1676)

字匡侯，號留山，又號東田，別號抱犢山農。祖籍常熟（今江蘇常熟），後徙無錫（今江蘇無錫）。廩生。懂醫學，通音律，善詩文，有氣節。康熙十二年（1673），入范承謨（1624—1676）福建總督幕爲記室，明年耿精忠（？—1682）叛，嵇永仁被俘下獄，脅之降，不從。康熙十五年（1676），范承謨被害，嵇永仁亦自縊死。有《抱犢山房集》。許旭（1620—1689）《閩中紀略》謂："留山才最敏速，性又機警，在幕中輒唱和爲樂。所著醫書，盈尺積几。尤善音律，製小劇，引喉作聲，字字圓潤。逆旅之中，藉以遣懷導鬱。雖骨肉兄弟無以過也。"傳奇有《揚州夢》、《雙報應》、《珊瑚鞭》（佚）、《布袋禪》（佚）等，雜劇有《續離騷》。另，王龍光（？—1676）《次和淚譜》云其"好爲填詞，工北曲，其《游戲三昧》一種，詞壇艷稱之"，知其尚有《游戲三昧》雜劇，未見。

按，關於其生卒年之記述多有訛誤，如《清代雜劇全目》記其生年爲"天啓七年（1627）"，實乃崇禎十年（1637）；《古典戲曲存目彙考》將其卒年定爲1678年，而《清史稿》則記作康熙十五年（1676）。

傳記文獻：嵇有慶《嵇氏宗譜》、錢儀吉《嵇王沈三先生事狀》（《衍石齋記事稿》卷八）、張伯行《嵇留山先生傳》（《正誼堂文集》卷十一）、陸楣《嵇留山先生墓表》（《鐵莊文集》卷六）、顧棟高《皇清誥贈光祿大夫太子太保文華殿大學士兼吏部尚書留山嵇公神道碑銘》（《萬卷樓文稿》卷七）、《清史稿》卷四百八十八、陳鼎《留溪外傳》卷一、（乾隆）《無錫縣志》卷三十一等。

《續離騷》

劇首題"續離騷",署"抱犢山農填詞難中遺稿"。包括《劉國師教習扯淡歌》《杜秀才痛哭泥神廟》《痴和尚街頭笑布袋》《憤司馬夢裏罵閻羅》四種,均爲一折。劇前有《詞目開宗》,似傳奇之副末開場。乃嵇永仁獄中所作,創作時間當在康熙十四年(1675)。

● 劇情概要與本事

《劉國師教習扯淡歌》

《續離騷》第一種,一名"劉青田教習扯淡歌"。寫明代開國元勳劉基退居林下,某日張三豐來訪。二人閑酌之時,劉基將其新作之《扯淡歌》分爲九段,講述大概,令童子們來演唱。歌詞歷數三皇五帝至明代帝王將相及朝代興亡之事,最後皆歸入"扯淡"。每段演唱之後,張三豐都會評之"其實好扯淡也",并追問下一段。待全部唱畢,張三豐拍手叫好,又滿飲一杯。後辭歸,劉基悲嘆後會難期,張三豐則以人生聚散本無常勸解。最後兩人各吟一詩作結。

生扮劉基,末扮張三豐,雜扮上酒者,衆扮童子六人。

本事未詳。

《杜秀才痛哭泥神廟》

《續離騷》第二種。寫宋代和州秀才杜默飽有才學,但文場落魄。酒醉後入烏江岸邊之項王廟哭祭,先陳述項羽非凡的經歷和功業,稱贊其仁、義、禮、智、勇等優秀品質;又指出項羽"用人不哲"之過失,責怪其不能任用陳平、韓信等謀臣戰將,而聽信項伯之言,放劉邦歸漢中,錯失良機,致使兵敗烏江,身首異處。最後,杜默抱着項羽塑像痛哭,訴説自己懷才不遇之悲憤及窘迫之生計，神像亦感動落泪。

生扮杜默，旦扮虞姬，净扮項羽，雜扮鬼判。上場人物尚有廟祝，未分配脚色。

本事見宋洪邁《夷堅志》及明彭大翼（1552—1643）《山堂肆考》。明沈自徵（1591—1641）《霸亭秋》雜劇，清張韜（1651—1710?）《杜秀才痛哭霸亭廟》雜劇、唐英（1682—1756）《虞兮夢》雜劇以及尤侗（1618—1704）《鈞天樂》傳奇中《哭廟》齣，與此題材相似。

《痴和尚街頭笑布袋》

《續離騷》第三種。寫一個肩上掮着布袋的和尚，在街頭放聲大笑，衆人圍着他，猜其笑的緣由。人們説了很多，問他是在笑違背忠孝、敗壞節義之人，還是在笑戀酒貪花、守財使氣之徒，或是在笑奸盗僞善、讒諂妒害之徒，還是在笑陰差陽錯、顛三倒四之人，等等，皆被布袋和尚一一否定。最後他告訴衆人，所笑爲伏羲、神農、堯、舜、龍逢、比干、伊尹、吕尚、老子、如來、孔子、張道陵等人物，也笑玉皇、閻王以及古往今來的萬萬歲，他們所行之事皆滑稽可笑。布袋和尚笑完了，圍觀者也散了，但他的笑并没有獲得衆人的理解和認同。

净扮布袋和尚。其他圍觀之衆人，俱未分配脚色。

本事見於五代宋初釋道真《景德傳燈録》卷二十七、明田汝成（1501—?）《西湖游覽志餘》等的記載，又加以《布袋和尚歌》敷演成劇。元鄭廷玉（生卒年不詳）有《布袋和尚忍字記》雜劇。

《憤司馬夢裏罵閻羅》

《續離騷》第四種。寫東漢時西川書生司馬貌，與剛剛從地府還魂的烏老飲酒，得知其之所以回轉陽世，全仗金銀紙錢之力，不由大怒，痛罵閻王不講公道，致使人間是非顛倒。烏老聽後離去，司馬貌則入帳而眠，睡夢中被衆鬼勾入地府。面對閻王的指責與恐嚇，司馬貌據理力爭，從容應對，迫使閻王以禮相待。最後，閻王聽從其建議，向天庭請求更改條令，即讓吃虧之善人現世受報，化凶爲吉。閻王又請其暫留地府，幫助處理幾件未完之大案。

生扮司馬貌，净扮閻王，末扮烏老，雜扮衆鬼。場上尚有童子、鬼判，俱未分配脚色。

本事出自元刊本《三國志平話》引子以及馮夢龍《古今小説》卷三十一《鬧陰司司馬貌斷獄》。另外民間亦有"半日閻羅"故事。清徐石麒（1612？—1675後）《大轉輪》雜劇與此題材同，但《大轉輪》重在斷獄，此劇重在駡閻羅。

● 著録、版本與收藏情況

《清代雜劇全目》《古典戲曲存目彙考》《古本戲曲劇目提要》著録。現存康熙間抱犢山房原刻《嵇留山殉難遺稿》本；雍正間刻本，藏國家圖書館、中國藝術研究院圖書館等，鄭振鐸《清人雜劇初集》、《清人雜劇百廿種》第1册據之影印。此外，尚有同治元年（1862）長沙刻《抱犢山房集》本，藏國家圖書館。

● 序跋、題詞與評語

嵇永仁《〈續離騷〉引》（《清人雜劇初集》影印雍正間刻本《續離騷》卷首）：

填詞者，文之餘也；歌哭笑駡者，情所鍾也。文生於情，始爲真文；情生於文，始爲真情。《離騷》乃千古繪情之書，故其文一唱三嘆，往復流連，纏綿而不可解。所以飲酒讀《離騷》，便成名士。緣情之所鍾，正在我輩，忠孝節義，非情深者莫能解耳。屈大夫行吟澤畔，憂愁幽思而《騷》作。語曰："歌哭笑駡，皆是文章。"僕輩邁此陸沈，天昏日慘，性命既輕，真情於是乎發，真文於是乎生。雖填詞不可抗《騷》，而續其牢騷之遺意，未始非楚些別調云。

竹崖樵叟《〈續離騷〉序言》（《清人雜劇初集》影印雍正間刻本《續離騷》卷首）：

天高地迥，無處可寄愁埋憂；古往今來，何日能焚書廢筆？吊沉石之屈子，祇宜飲酒讀《騷》；念顧曲之周郎，亦可逢場作戲。茲《續離騷》一集者，歌同郢里，哭比長沙。笑固似稷下滑稽，罵亦類漁陽悲壯。濡毫遣興，何殊七澤之行吟；感事鳴憂，奚啻三閭之獨醒？無語不入情，真使人笑啼俱至；有言皆寓意，頓令我塊磊能消。斯可謂歷憂患而盱衡千古，因發憤而游戲三昧者也。噫！在獄才子，再傳四聲之猿；搦管文人，已窺一斑之豹。所當亟懸國門，廣布海內，庶知有江左新音，何必非楚詞別調。在作者不妨托諸意中，在讀者尤當索之言外云爾。

竹崖樵叟謹識

范承謨《書〈續離騷〉後》（《清人雜劇初集》影印雍正間刻本《續離騷》卷末）：

慷慨激烈，氣暢理該，真是元曲。而其毀譽含蓄，又與《四聲猿》爭雄矣。捧讀之際，具感友誼忠懷，不禁涕泗滂沱，一見不忍再見，想伯約、信國，睹此必有餘哀也。意謂猩猩、鸚鵡、梟獍、獅蟲等類，雖屬怪種，亦當痛快一擊，使後世知有底止畏懼，少存人性，所廣功德，不可稱、不可量，非特爲麟鳳龜龍吐氣生色已也。東田先生以爲然否？

瀋陽范承謨炭筆識

又口拈一絕：業鏡塵蒙業海遥，勞人空染泣鮫綃。却聽三棒漁陽鼓，勝似焚香讀楚《騷》。

王龍光《讀〈續離騷〉》（《清人雜劇初集》影印雍正間刻本《續離騷》卷末）：

緣情舒憤道心生，舌底青蓮金石鳴。鬼佛仙儒渾作戲，哭歌笑罵漫成聲。騷壇即席逢中散，警世當場快屈平。此去吳門紙價重，周郎不數舊聞名。

會稽王龍光

林可棟《讀〈續離騷〉次韵》（《清人雜劇初集》影印雍正間刻本《續離騷》卷末）：

往事關情豪氣生，懸崖激水自爲鳴。歌來喧寂皆空相，哭到淒凉總失聲。古佛拈花惟有笑，書生憤世意難平。流傳詞話描摹筆，杯酒消磨千載名。

榕城林可棟

沈上章《讀〈續離騷〉次韵》（《清人雜劇初集》影印雍正間刻本《續離騷》卷末）：

未盡顛危已達生，午鐘晨角夜猿鳴。牢騷不灑黃金泪，慷慨猶歌白雪聲。賦比《三都》才獨重，詞雄《七發》病堪平。憐君夙有如椽筆，浪擲旗亭酒社名。

雲間沈上章

鄭振鐸《〈續離騷〉跋》（《清人雜劇初集》影印雍正間刻本《續離騷》卷末）：

右《續離騷》雜劇四種，嵇永仁撰。永仁，字留山，別號抱犢山農，無錫人。吳縣生員。范承謨總督福建，延入幕中。耿精忠叛清，繫承謨於獄，并執永仁等。在獄凡三年，與承謨同時被害。永仁在獄中，嘗與同繫諸人唱和爲樂，無從得紙筆，則以炭屑書於紙背，或四壁，皆滿。亂平後，閩人錄而傳之。《續離騷》即其獄中作之一。所撰尚有《抱犢山房集》六卷及《揚州夢》《雙報應》二種傳奇。永仁善詩文，尤喜作劇。許旭《閩中紀略》謂："留山才最敏速，性又機警，在幕中輒唱和爲樂。所著醫書，盈尺積几。尤善音律，製小劇，引喉作聲，字字圓潤。逆旅之中，藉以遣懷導鬱。雖骨肉兄弟無以過也。"

《續離騷》有范承謨《書後》，及同難會稽王龍光、榕城林可棟、雲間沈上章諸人題詩。承謨謂，《續離騷》"慷慨激烈，氣暢理該，真是元曲。而其毀譽含蓄，又與《四聲猿》爭雄矣"。永仁《自序》曰："屈大夫行吟澤畔，憂愁幽思而《騷》作。語曰：'歌哭笑罵，皆是文章。'僕輩遘此陸沈，天昏日慘，性命既輕，真情於是乎發，真文於是乎生。雖填詞不可抗《騷》，而續其牢騷之遺意，未始非楚些別調云。"永仁之以《離騷》名劇，其意蓋在於此。故《續離騷》胥爲憤激不平之作，悲世憫人之什。蓋永仁遘難囚居，不知命在何時。情緒由憤鬱之極而變爲平淡，思想由沈悶之極而變爲高超，而語調則由罵世而變爲嘲世，由積極之痛哭而變爲消極之浩歌。蓋不知生之可樂，又何有乎死之可怖？《扯淡歌》《笑布袋》諸作，胥爲斯意也。

《續離騷》第一種爲《劉國師教習扯淡歌》，寫劉基與張三豐對酌，命子弟歌其所作《扯淡歌》，以侑觴事。以極冷淡之劇情，布置成如此頗熱鬧之排場，作者手腕不可謂不高。曲白全襲劉基《扯淡歌》本文，組織殊見匠心。《扯淡歌》歷敘三王五帝以來大事件、大人物，而結之以"算來都是精扯淡"一語，憤世之極，遁於玩世。"遇着作樂且作樂，得高歌處且高歌"，永仁之意，殆在於此。

第二種爲《杜秀才痛哭泥（脫"神"）廟》，按此事本末，見《山堂肆考》。明清之交，寫杜默哭廟事爲雜劇者凡三見：一爲沈自徵君庸之《霸亭秋》，一爲張韜權六之《霸亭廟》，一即永仁此劇。而永仁之著此劇，意或別有所在，并不專着眼於秀才落第，傷心自哭也。其措語全若憑吊項王，惜其不能成大事。《曲海總目提要》謂："永仁或有籌策，傷承諈不能用，藉此寓意，未可知也。"理或然歟？

第三種爲《痴和尚街頭笑布袋》，寫痴和尚揹布袋，鎮日在十字街頭，呵呵的笑個不住，在笑聲裏却罵倒一切營營碌碌之世人。彼視世事皆爲空虛，歷史上之人物，以及天上玉皇、地下閻王，悉皆忙得可笑，忙得無謂。歌曲原本《布袋和尚歌》意，永仁之有取於此，其意正與《扯淡歌》同。

第四種爲《憤司馬夢裏罵閻羅》，寫西川司馬貌夢中至陰曹罵閻王事。司馬貌斷獄之傳説，流行已久。元建安虞氏刊行之《三國志平話》，已取此作爲入話。《古今小説》中，亦有《鬧陰司司馬貌斷獄》一回。以此爲劇者，則有徐石麟（應爲"麒"）之《大轉輪》，及永仁此劇。然他作皆着重於斷獄，永仁則獨着重於謾罵閻羅一節。彼欲閻羅令善人現世受報，化凶爲吉，轉難成祥，"便有那天堂身後過，争似這生受用白雲窩"。永仁於此，蓋不無深意存。其或於獄底刀光之下，尚有一綫之冀望在歟？

中華民國二十年正月二十日，鄭振鐸

吳梅《〈續離騷〉評語》（《吳梅全集·理論卷·中國戲曲概論》，河北教育出版社 2002 年版）：

嵇永仁，字留山，又號抱犢山農。居范忠貞幕，耿精忠之亂，同及於難。困圄圉時，楮墨不給，乃燒薪爲炭，寫著作四壁皆滿。其《續離騷》劇，即獄中作也。中有"杜默哭廟"，尤爲悲壯，較沈自徵作，亦難軒輊。如【沉醉東風】云："學詩書頭烘腦烘，學劍術心慵意慵。避會稽藏了鋭氣，練子弟熟了操縱。那怕赤帝梟雄，趁着那輦蹕東巡想截龍，小可的擾不碎秦王一統。"【得勝令】云："似這般本色大英雄，煞强如謾罵假牢籠。寧可將三分業輕抛送，怎學那一杯羹造孽種。破百二秦封，秉烈炬咸陽慟。噪金鼓關中，嚇得衆諸侯拜下風。"【七弟兄】云："酒席上殺風算甚麼勇，猛放一綫走蛟龍，教千秋豪杰知輕重。割鴻溝無恙漢家翁，慶團圞呂雉諧鴛夢。"此數支皆雄恣可喜。

龍燮
(1640—1697)

　　字理侯，號石樓、改庵，又號雷岸、桂崖，晚號瓊花主人，望江（今安徽望江）人。十四歲補諸生，後四次秋試不第，遂弃舉業，肆力於詩賦古文。康熙十八年（1679），舉博學鴻詞科，授翰林院檢討，纂修《明史》。後遷詹事府左春坊左中允兼翰林編修，改署大理寺寺正、刑部河南司員外郎，調工部屯田司郎中，尋以勞瘁得疾終。曾參修《望江縣志》《安慶府志》。性格孤介，田雯（1635—1704）《石樓和蘇詩序》言其"偪仄鬱塞，孤行於當代"。曾作《和蘇詩》初集、二集、三集，意欲"追和古人以能變化爲獨工也"。另有《石樓藏稿》《改庵詩文全稿》《詞稿》《晴窗隨筆》等。戲曲有傳奇《江花夢》和雜劇《芙蓉城記》，合刻爲《龍改庵二種曲》。

　　按，關於龍燮生卒年，説法甚多。趙景深《明清曲談》記爲"1642—1694 以後"；張慧劍《明清江蘇文人年表》記爲"1643—1699?"；周妙中《清代戲曲史》則記爲"1619—1692"。陸洪非《龍燮及其〈江花夢〉與〈芙蓉城〉》記作"1640—1697"（《藝譚》1982 年第 3 期），今從。

　　傳記文獻：龍光《燮公傳》（《皖人戲曲選刊·龍燮卷》附錄）、龍垓《龍燮公年譜》（《皖人戲曲選刊·龍燮卷》附錄）、李集《鶴徵錄》卷二、秦瀛《己未詞科録》卷三、（乾隆）《望江縣志》卷七、金天翮《皖志列傳稿》卷一等。

《芙蓉城記》

● 劇情概要與本事

　　劇首署"望江龍燮石樓"。題目正名爲"俊學士珠圍翠繞，鹵男兒車載斗量。殺風景火山劍樹，負恩愛鬼子空王"。七齣，依次爲《標引》《仙迎》《乞 誚》《索偶》《宣諭》《懲奸》《判事》。《標引》齣似傳奇之副末開場。寫宋代石延年（字曼卿）死後，受上帝差遣，任芙蓉城主。城中處處盡瑤臺瓊館，亦有三千仙女，都是傾城美女、絕世佳人，個個玉骨冰肌。其中有生前受到男性侮辱、殘害的女子，如昭君、侯夫人、綠珠、碧玉、霍小玉、崔鶯鶯等。作爲城主，石曼卿要爲她們伸冤理屈，主持公道，遂將這些未了公案奏聞上帝，請求對毛延壽、許廷輔、孫秀、武承嗣、李益、元稹等傷害過女性之人予以懲處。上帝降旨，前四案由閻羅寇準審斷，毛延壽等四人皆被罰爲畜生；後兩案由石曼卿處分，元稹轉世爲僧，李益轉世娶醜婦。

生扮石延年、功曹，小生扮牛郎、寇準、李益，旦扮秦弱蘭、歌姬、霍小玉，小旦扮杜秋娘、玉女、舞姬，貼旦扮步非烟、歌姬、崔鶯鶯，老旦扮齊人妻、舞姬，净扮武公業、判官，副净扮徐必用、孫秀，末扮許廷輔，丑扮齊人、金童、武承嗣，外扮陶穀、毛延壽、元稹，雜扮鬼卒。登場人物尚有衆仙女等，俱未分配脚色。

此劇本事，莊一拂《古典戲曲存目彙考》認爲來自南宋施元之注釋《蘇文忠公詩集·芙蓉城詩》所引胡微之《王子高芙蓉城傳略》，亦見《雲麓漫鈔》《綠窗新話》。陸林《試論清初戲曲家龍燮及其劇作》則認爲與劇本創作有關的是蘇軾《芙蓉城詩》前四句，即"芙蓉城中花冥冥，誰其主者石與丁。珠簾玉案翡翠屏，霞舒雲卷千娉婷"。同題材劇作有無名氏《王子高》戲文、元施惠（生卒年不詳）《芙蓉城》戲文，均不存。陸林《試論清初戲曲家龍燮及其劇作》（《社會科學輯刊》2010年第4期）推測是劇寫於康熙十三年（1674）冬。

● 著錄、版本與收藏情況

《古典戲曲存目彙考》《古本戲曲劇目提要》著錄。現存乾隆四十二年（1777）序重刻《龍改庵二種曲》所收本，藏國家圖書館、北京大學圖書館，鄭振鐸《清人雜劇百廿種》第5册據之影印；龍雯鈔本，陸林家藏，陸林

《皖人戲曲選刊·龍燮卷》（黃山書社 2009 年版）以此爲底本；民國間鈔《和蘇詩三集》附鈔本，《清代詩文集彙編》第 154 册（上海古籍出版社 2010 年版）據之影印。

● 序跋、題詞與評語

龍燮《〈芙蓉城記〉引》（《皖人戲曲選刊·龍燮卷》所收《芙蓉城記》卷首）：

余客蘭水，寓王氏一小樓。曹生、龔生日過寓中，余與兩生約曰："此中祇可飲酒下棋，如白戰故事。有以詩文挑我者，吾將登樓去梯，客豈能飛上耶？"兩生皆笑。一日寒甚，三人煨芋飲樓上，龔生曰："昨讀先生《四集》。"語未竟，而余遽起，繞坐大呼曰："誰放此痴人來？"童僕皆驚愕相覬。龔生徐曰："以詩文挑者，違先生約也；某之所以挑先生者，非詩文也。先生坐。"余因詰之，則曰："先生之《四集》，詩賦文詞已具，而傳奇獨缺。觀先生之才，似不止此。且先生未倦詩文，某不敢以傳奇請也，以其爲游戲也；先生既倦詩文，某敢以傳奇請也，以其爲游戲也。先生何辭焉？"余啞然笑曰："子之狡獪也，以筆硯苦我而佯以游戲挑我。然余嘗擬和坡公游芙蓉城詩，至今尚欠此一債，不若以曲償之。"因謂兩生曰："斯子以旬日復來。"隨擁爐呵筆，稍取芙蓉城事，點綴成之。兩生携酒至，則脫稿久矣！因出視，相遇抵掌絕倒。余曰："此亦飲酒下棋類耳。不暇工，亦不欲工，以其爲游戲也。"兩生睨而笑曰："先生又得毋如坡公所云'決破藩墻，今後又復滚滚多言'矣，奈何？"

蔣士銓《〈芙蓉城記〉題詞》（《皖人戲曲選刊·龍燮卷》所收《芙蓉城記》卷末）：

欲界根塵色界身，思從天上擁靈真。仙官地美難長據，應有專城受代人。

仕宦難尋春夢婆，前塵追憶托微波。窮官莫羨襄陽估，自是郎君乞相多。
天上人間邂逅重，花前嘲戲逞機鋒。因緣一笑生還滅，聊爲痴人唱《懊儂》。
天曹法吏坐南臺，那藉人間判事才。自是慧根男子少，故煩金母掌蓬萊。
死作閻羅寇替韓，生人聲伎鬼吹彈。火城劍樹嘶驢馬，蠟燭成灰淚未乾。
元才子去作闍黎，李十郎猶得悍妻。自古文人苦無行，平反當使墮泥犁。

　　　　　　　　　　　　　　　　　　　　　　　　　蔣士銓

蓮池漁隱《題〈芙蓉城〉感石樓公作》（《皖人戲曲選刊·龍燮卷》所收《芙蓉城記》卷末）：

事先已識《江花夢》，又演《芙蓉城》一篇。三百年來都幻見，早知鴻博賦朱箋。
仙鄉一樣有閑花，種得芙蓉滿路賒。莫笑乞人常到此，三千國色也渾家。
鶯啼碧玉空歸國，常恨當初負李元。來到芙蓉仙館裏，罰他禪將雪心冤。
曲唱《懲奸》一齣中，分明善惡各西東。明妃金谷財何處，直到森羅心未雄。

　　　　　　　　　　　　　　　　　　　　　　　　　蓮池漁隱

龍燮《看演〈瓊花夢〉劇漫書六首（送歐陽主簿）》之六（《和蘇詩三集》，載《清代詩文集彙編》第154冊）：

《芙蓉》直與《四聲》齊（徐文長有《四聲猿》），脫稿知誰袖底攜？老覺江淹才思盡，水東流去那能西？（曩客蘭水，撰《芙蓉城記》，本石曼卿事，音節極悲壯可觀，稿竟爲某竊去。常擬續之，輒閣筆而罷。）

蒲松齡
（1640—1715）

字留仙，一字劍臣，別署柳泉居士，淄川（今山東淄博）人。弱冠即有文名，年十九補博士弟子員，後屢試不利，主要以教讀爲生，曾館同郡畢際有（1622—1693）家三十年。康熙九年（1670）南游，在寶應知縣孫蕙（字樹百，1632—1685）府爲幕僚一年許。康熙五十一年（1712）援例考試成爲歲貢生。（乾隆）《淄川縣志》卷五云其"性樸厚，篤交游，重名義"。著有《聊齋詩文集》《聊齋志異》以及《聊齋俚曲》十四種。雜劇有《鬧館》《閨窨》《鍾妹慶壽》三種，《閨窨》後附《考詞九轉貨郎兒》。

傳記文獻：（乾隆）《淄川縣志》卷五、李桓《國朝耆獻類徵初編》卷四百四十三、張維屏《國朝詩人徵略》卷一十四、路大荒《蒲松齡年譜》、袁世碩《蒲松齡生平事迹著述新考》等。

《鬧館》

● 劇情概要與本事

一折。寫邠陽縣訓蒙先生和爲貴，家境貧窮，又遇荒年，無奈逃至洛川，盤纏全無，祇得敲動手板，尋找主顧。後遇到當地人禮之用，想請和爲貴教授自己兒子，但又怕費錢，於是提出了一系列苛刻的要求，在飲食、鋪蓋、束脩等方面極盡簡省。和爲貴爲了糊口，急於入館，祇得滿口答應。

外扮和爲貴，丑扮禮之用。

本事不詳，當來自作者長年爲館的經歷。按，此劇曲詞無宮調、曲牌，頗類俗曲。

● 著錄、版本與收藏情況

《清代雜劇全目》著錄，云未見傳本，疑其或爲《鬧窘》之誤，不確。現存清鈔《聊齋詩文集》所收本，藏中山大學圖書館。另有路大荒整理本，見《蒲松齡集》（上海古籍出版社1986年版）。

《鬧窘》

● 劇情概要與本事

一折。寫一位不學無術的士子在考場上種種可笑的行爲與心理。他聞得老軍催促交卷，心似油澆，便潛出號外，求助臨生，却被拒絕。又聽得考生彼此借閱文章，相互寒暄恭維，更是心焦，不由得埋怨考官所出考題太過艱澀。又想考前周倉曾受過自己的祭禮，文曲星建閣曾用了自己的大梁，此時都不來相助，亦心生埋怨。一怒之下，欲毀卷離場，又怕歸家後受到父親、兒子責問。祇得向各位神靈許願，救助自己脫却今日大難。之後，感覺慧性大開，文思泉涌。做完試卷，自信一定會榜上有名。又開始想象中舉後赴宴席、會同年、刻齒録、拜房師諸事。

净扮考生。登場人物還有老軍，未分配脚色。

本事未詳，或據作者科場經歷及聞見而創作。

● 著錄、版本與收藏情況

《清代雜劇全目》《古典戲曲存目彙考》《古本戲曲劇目提要》著錄。現存清鈔《聊齋詩文集》所收本，藏中山大學圖書館。另有路大荒整理本，見《蒲松齡集》（上海古籍出版社1986年版）。

《鍾妹慶壽》

● 劇情概要與本事

一折。寫鍾馗過生日，鍾妹本想獵百頭肥鬼作賀禮，却祇獵得小鬼一頭，覺得太過單薄，不成禮數，於是騙手下胖鬼去送禮，借機也將之作爲壽儀一部分。胖鬼知往鍾馗家，心中驚怖，不願前去。鍾妹就以主人家會賞酒飯、銀錢等引誘他，胖鬼答應前往。鍾馗生平清介，不愛喧鬧，不受諸神慶賀，祇將妹子的禮物一并全收。最後，鍾馗飲着妹妹送來的美酒，吃着妹妹送來的鬼肉，又與衆鬼卒一起舞蹈，很是盡興，直至醉倒。

旦扮鍾妹，丑扮胖鬼，净扮鍾馗。登場人物中尚有鬼卒數人，俱未分配脚色。

本事當來自宋孟元老《東京夢華錄》之《鍾馗小妹》。宋官本雜劇有《鍾馗》，或與此劇題材相似。

● 著錄、版本與收藏情況

《清代雜劇全目》《古典戲曲存目彙考》《古本戲曲劇目提要》著錄。現存清鈔《聊齋詩文集》所收本，藏中山大學圖書館。另有路大荒整理本，見《蒲松齡集》（上海古籍出版社1986年版）。

廖 燕
(1644—1705)

初名燕生，字人也，曲江（今廣東韶關）人。十九歲補諸生，後弃置科舉，改名夢醒，號柴舟，名其室爲"二十七松堂"。終身未仕。性格孤傲。張維屏《國朝詩人徵略》卷十四引《嶺海詩鈔》云："柴舟性簡傲，邑令歲周饋之，求一詩不可得。"工古文，善草書。王源（1648—1710）《廖處士墓志銘》評其爲人爲詩曰："卓犖奇偉，矯矯絕依傍，議論發前人所未發。序事宗龍門，詩新警雄逸，字字性靈，而其人品學術、性情神態，磊落浩然之氣，畢露於行間。"著有《二十七松堂集》及戲曲《柴舟別集》。

傳記文獻：王源《廖處士墓志銘》（《居業堂文集》卷十七）、曾璟《廖燕傳》（《廖燕全集》）、李桓《國朝耆獻類徵初編》卷四百三十、張維屏《國朝詩人徵略》卷十四、趙貞信《廖柴舟先生年譜》（《廖燕全集》）、（光緒）《曲江縣志》卷十四。

《柴舟別集》

包括雜劇《醉畫圖》《訴琵琶》《續訴琵琶》《鏡花亭》四種，皆以作者自己爲主人公。

● 劇情概要與本事

《醉畫圖》

劇首署"同學諸公評定"。一折，正名爲"心裏事開胸欲語誰，畫中人飲酒成知己"。寫書生廖燕性喜清狂，情憎濁俗。一日苦悶牢騷，以酒消愁。獨自飲酒，倍感無趣，想到古人以書下酒，乃携酒肴往二十七松堂，對所挂

《杜默哭廟圖》《馬周濯足圖》《陳子昂碎琴圖》《張元昊曳碑圖》飲酒獨語，訴說對方的奇事、奇遇，悲嘆自身之落魄無聊。

生扮廖燕，雜扮家僮。

是劇乃依作者平日生活情景敷演而成，或受明鄒兑金（1599—1646）《空堂話》影響。廖燕《張某曳碑圖贊并傳》云："予築二十七松堂，紙窗土壁，聊蔽風雨而已。某月日屬友某繪此四圖於壁，筆勢生動，鬚眉磊落可喜。予醉後無聊，則對圖呼叫，或大笑痛哭，與之拱揖捉襟，快訴胸臆於一堂也。壁上時聞有嘆息聲，亦各繫以贊并爲此記云。"

《訴琵琶》

又名《乞食》。劇首題"訴琵琶劇本"，署"曲江廖燕柴舟甫編"。一齣，正目爲"遭偃蹇窮鬼苦纏人，訴琵琶酸丁甘乞食"。寫書生廖燕爲窮鬼、瘧鬼所擾，典盡家財，酒米俱空。雖滿腹文章，却無可療飢，欲乞食，又怕有失人品。突然想起陶淵明亦曾乞食，曾作《乞食》古風一篇最妙。廖燕將此故事編成幾闋詞，譜入琵琶新調，然後至城西門内密友黃少涯家，以這幾闋新詞向其請教。友人黃少涯雖不富裕，然爲人甚是俠義，置酒款待廖燕。酒間廖唱起所編之詞，黃細聆詞意，便知大概，承諾明日邀集諸友，接濟廖生。

生扮廖燕，小生扮黃少涯，丑扮窮鬼，雜扮瘧鬼。

是劇因作者生活困窘敷演而成。按，黃少涯乃廖燕的好友，廖燕《横溪詩集序》云："少涯……與余交數十年如一日，尤愛余所爲古文詞，曾爲余序而傳之。"

《續訴琵琶》

劇首題"續訴琵琶劇本"，署"曲江廖燕柴舟甫編"，正目爲"開麯糵窮鬼永潛踪，談姻緣道人新贈句"。二齣，依次爲《逐窮》《悟真》。寫書生廖燕受窮鬼糾纏，不勝煩惱，乃請詩伯、酒仙來幫忙驅逐。先是詩伯斥責窮鬼，孰料窮鬼引經據典，大談其對世人之種種好處，并言不曾虧負廖生。詩伯説他不過，乃請酒仙。窮鬼一聽酒仙將到，馬上逃之夭夭。廖燕爲謝二位逐窮之功，設下酒席。三人正在歡飲，忽然有道人闖入，言廖生已挂名仙籍，勸其不要沉湎詩酒。廖燕甚受鼓舞，表示要努力上進，參透賢聖仙佛，做一個天下第一的人。

生扮廖燕，小生扮詩伯，末扮酒仙，丑扮窮鬼，雜扮瘧魔、道人。

是劇靈感或來自唐韓愈《送窮文》。清尤侗（1618—1704）傳奇《鈞天樂》中《送窮》一齣，范駒（1757—1789）《送窮》雜劇，姜城（1772—1837?）《四愁吟樂府》中《送窮》雜劇，與此題材相似。

《鏡花亭》

劇首題"雜劇鏡花亭"，署"同學諸公評定"。一齣，正目爲"水月村高流欣把臂，鏡花閣淑媛倩題名"。寫書生廖燕春日閑游，望見竹林深處一庭院甚是可觀，近前觀賞，果然景致清幽，更有雅亭一座，想主人必定不俗，遂入園探訪。庭院主人乃一老者，喚作水月道人，在此隱居多年，知來客爲廖燕，甚爲熱情，設酒款待。二人投緣，把酒賦詩論道。酒足之後，老者邀其爲新構小亭題名，又喚出女兒文蒨來拜見。廖燕爲其題作"鏡花亭"。文蒨素慕廖燕才華，呈上詩集請題名、斧正。後天色漸晚，廖燕辭歸。

生扮廖燕，旦扮文蒨，外扮水月道人。

本事未知，或據廖燕對生活某事所發感慨而構思。劇中莊名"水月村"，亭名"鏡花亭"，集名"鏡花亭詩草"，或表明劇中所寫均爲鏡花水月。

● 著錄、版本與收藏情況

《清代雜劇全目》《古典戲曲存目彙考》《古本戲曲劇目提要》著錄。現存清鈔《柴舟全集》本，藏國家圖書館，鄭振鐸《清人雜劇二集》、《清人雜劇百廿種》第3冊據之影印；蔡升奕校點《廖燕全集校注》（人民文學出版社2018年版）所收本。其中《醉畫圖》又爲王永寬、楊海中、幺書儀選注《清代雜劇選》（中州古籍出版社 1991 年版）所收錄。

● 序跋、題詞與評語

鄭振鐸《〈柴舟別集〉跋》（《清人雜劇二集》所收本卷首《題記》）：

廖燕的《醉畫圖》《訴琵琶》《續訴琵琶》及《鏡花亭》四劇，均《空堂話》一流的憤激之作。惟鄒氏尚托張敉，燕則直書曰："小生姓廖，名燕，別號柴舟，本韶州曲江人也。"以作者自身為劇中人，殆初見於此。燕有《二十七松堂集》，為明、清間"才子"之一。好為迂闊駭俗之論。自傷淪落之情多，而哀悼家國破滅之意少。《鏡花亭》敘他漫游到水月村，見水月道人之女深喜其文。"真個是鏡花水月兩朦朧。"《醉畫圖》以二十七松堂壁上所繪的杜默、馬周、陳子昂、張之昊四圖為對象，將酒勸畫，復以自飲。藉古人之鬱悶，發自己的牢騷。"畫中人真我黨，豈是無端學楚狂，我祇是顛倒乾坤入醉鄉。"《訴琵琶》則敘"遭偃蹇窮鬼苦纏人，訴琵琶酸丁甘乞食"事。他以陶淵明乞食故事，譜入琵琶新調，到朋友家去彈唱起來。"他聽了自然會意。"《續訴琵琶》則為前者的續編。他托詩伯、酒仙去驅逐窮鬼，果被逐去。正在飲酒相賀，一道人突闖入，贈詩一首，又不見了。他因悟"含污納垢，就裏可同謀，富貴功名豈易求。□杯何處不風流。"不第舉子的狂態，在這裏很明白的被披露出來。

裘璉
（1644—1729）

　　字殷玉，號蔗村，別號廢莪子，人稱橫山先生，慈溪（今浙江慈溪）人。早孤家貧，讀書刻苦。弱冠補弟子員，入太學，屢試不中，以教讀爲生。康熙五十四年（1715）方中進士，年已七十有二，不久致仕，以山水自娛。雍正六年（1728）因事牽及被逮，次年死於獄中，年八十六。家有玉湖樓，藏書數千卷。工詩文，善詞曲。著有《復古堂集》《橫山詩文集》《玉湖詩綜》等。戲曲有《廢莪傳奇》（或稱《玉湖樓傳奇》）十七卷，其中雜劇有《明翠湖亭四韵事》《五夜鐘》《蓬萊夢》《周南解》《同甲會》《萬壽無疆升平樂府》等。除《明翠湖亭四韵事》《萬壽無疆升平樂府》外，其他未見存本。傳奇有《女崑崙》《醉書箋》《綉當壚》《混天盒》《銀河棹》，除《女崑崙》外，其他亦失傳。另據（光緒）《慈溪縣志》載："黃宗羲曰：'裘子爲先忠端作《神筵曲》，淋漓悲壯，突過天池。扣舷而和之，聲出金石。'"知尚有《神筵曲》（又作《神弦曲》），康熙二十九年（1690）爲黃宗羲父所撰，今未見傳本。

　　傳記文獻：《清史列傳》卷七十一、裘姚崇《橫山先生年譜》、（雍正）《寧波府志》卷二十六、（光緒）《慈溪縣志》卷三十三等。

《明翠湖亭四韵事》

　　又名《明翠湖亭》《四韵事》。玉湖樓原刊本自題爲"玉湖樓第三種傳奇《明翠湖亭》"，可見尚有第一、第二種的可能。署"慈溪廢莪子編"。裘璉《〈明翠湖亭四韵事〉弁言》言："予之欲傳此四韵事，三年於兹，不困於帖括制舉，即輟於衣食奔走。甚矣，閉户著書之難也！閱庚戌臘，遂得卒業宜豐，始於除夕前五日，畢於人日後三日。"庚戌即康熙九年（1670），可知四劇撰於康熙九年（1670）至十年（1671）間。所謂《明翠湖亭》，乃取其中四劇名中各一字而得，如孫楷第《戲曲小說書錄解題》所云："其曰'明翠湖亭'者，則四劇名目各取其一字以爲總名也。"四劇即《昆明池》《集翠裘》《鑒湖隱》《旗亭館》。劇前均有小叙，表明作者創作目的，并附有題材本事。

裘璉

● 劇情概要與本事

《昆明池》

劇首題"玉湖樓第三種傳奇《明翠湖亭》"，署"慈溪廢莪子編"。二折，依次爲《百官應制》《延清獨步》。前有楔子四句，即"正月晦駕幸昆明，帳殿前彩結樓成，命昭容新翻御製，冠群僚獨步延清"，似題目正名。寫唐中宗時，值正月晦日，駕幸昆明池，命百官應制池上，選詩作新樂府，令昭容上官婉兒主考。上官婉兒以"良辰美景，賞心樂事"八字爲試卷編號，以"奉和晦日幸昆明池應制"爲題，以"來"字限韻，以三鼓爲率，令諸人屬和。衆人交稿，上官婉兒評閱，將宋之問詩作定爲壓卷，又賜錦袍爲賀。

生扮宋之問，小生扮沈佺期，旦扮上官婉兒，小旦、老旦扮宮女、應制官員，净扮武承嗣、盧僎、應制官員，中净扮太監、應制官員，末扮杜審言、魏元忠、應制官員，丑扮侯思正、陳子昂、太監、應制官員。

本事見於宋尤袤《全唐詩話》卷一。

《集翠裘》

劇首題"玉湖樓第三種傳奇《明翠湖亭》"，署"慈溪廢莪子編"。二折，依次爲《佞臣輸裘》《馬奴嘲裘》。前有四句楔子，即"則天后依紅偎綠，兩弄臣供奉雙陸，老丞相一擲千金，付馬奴披裘行國"，似題目正名。寫唐代武則天春日開宴，弄臣張宗昌、張易之兄弟伴駕，甚得武后歡心。二人供奉打雙陸時，恰好海南地方上貢集翠裘一襲，珍麗异常，武后將之賜與張宗昌。宰相狄仁傑進宮奏事，武后令其與張宗昌打雙陸，以狄仁傑所衣朝衣與張宗昌翠裘對賭。狄仁傑獲勝，取走翠裘，讓馬奴穿上，以此羞辱張氏。

生扮狄仁傑，老旦扮武后，旦、小旦扮宮娥，净扮馬奴、太監，末扮太監，丑扮張宗昌，小丑扮張易之。

本事見於唐薛用弱《集异記》卷第二、清張潮（1650—1709？）《虞初新志》等。清余懷（1616—1696）《集翠裘》（已佚）傳奇與此題材同。

《鑒湖隱》

劇首題"玉湖樓第三種傳奇《明翠湖亭》"，署"慈溪廢莪子編"。四折，依次爲《金龜换酒》《夢游帝居》《百僚祖道》《寶珠易餅》。前有楔子四句，即"宴謫仙金龜换酒，夢道服玉闕朝真，詔百僚賦詩祖道，歸四明狂客山人"，似題目正名。寫唐代賀知章與李白爲莫逆之交，春日踏青過天津橋，見有酒樓，便相約鬥酒，皆大醉。賀知章解下金龜當酒錢。賀本爲仙人，偶謫塵寰，凡期將滿。蓬萊真君遣夢神等引他入夢，帶之歷游仙界，再將天寶後事相示，賀知章醒後便上書乞休。皇帝携群臣爲之餞行，特賜鑒湖二頃以爲清修之所。衆人離去後，賀又告知李白朝政日非，勸他早日歸去。回鄉後，賀知章將私邸改爲道觀，静修其中。一日湖邊散步，遇一賣藥老翁，老翁實爲仙人韓康，專爲度脱賀而來。賀知章見他相貌清奇，知爲异人，就用手中寶珠换了藥餅。

生扮賀知章，小生扮李白、仙童，旦扮玉女，老旦扮仙童、太監，小旦扮楊貴妃，净扮夢神、安禄山、李林甫、舟子，中净扮太監，末扮唐明皇，丑扮書童、蕭炅，外扮張九齡、韓康。

本事見於《新唐書·賀知章傳》。明葉憲祖（1566—1641）《賀季真》雜劇（已佚）與此題材同。

《旗亭館》

劇首題"玉湖樓第三種傳奇《明翠湖亭》"，署"慈溪廢莪子編"。三折，依次爲《讀詩種情》《冒雪訪友》《歌詩諧耦》。前有楔子四句，即"巧雙鬟讀詩種情，三才子雪宴旗亭，諸伶妓詩分甲乙，挾嬋娟快度新聲"，似題目正名。寫唐代少女雙鬟，幼失父母，身陷風塵，性厭繁華，喜看詩賦，尤愛王之渙之詩篇，至有托付終身之念。一日，王之渙與高適、王昌齡冒雪游逛，買醉旗亭館，恰遇雙鬟等在店中鬥樂。王昌齡提議三人賭賽，以詩入諸伶歌詞多者爲優。先登場二人，唱王昌齡七絕二首、高適五絕一首，獨無王之渙詩。王之渙指雙鬟道："此女最佳，待彼所唱，如非吾詩，即終身不敢與二子爭衡矣。"待雙鬟唱，果是"黃河遠上白雲間"，乃王之渙名作。衆人驚喜。王之渙、雙鬟彼此有意，高適、昌齡出白銀百兩，成全二人爲一夜夫妻。

生扮王之渙，小生扮王昌齡，旦扮雙鬟，小旦扮喬媚，老旦扮蘇慧，净扮張二官，末扮李大官，丑扮高適、旗亭店主，小丑扮許春卿。

本事見唐薛用弱《集异記》、《唐詩新話》。明鄭之文（生卒年不詳）《旗亭記》、恒居士《喝采獲名姬》，清張龍文（？—1645）《旗亭宴》、唐英（1682—1756）《旗亭飲》、金兆燕（1719—1791）《旗亭記》等劇作與此題材同。

● 著錄、版本與收藏情況

《清代雜劇全目》《古典戲曲存目彙考》《古本戲曲劇目提要》著錄。現存康熙間裘氏絳雲居原刻本，藏國家圖書館、中國科學院圖書館、中國藝術研究院圖書館等，鄭振鐸《清人雜劇初集》和《清人雜劇百廿種》第 1—2 册、《傅惜華藏古典戲曲珍本叢刊》第 25 册據之影印。又有姚燮《今樂府選》稿本第 34 册所收本，藏浙江圖書館。

● 序跋、題詞與評語

裘璉《〈明翠湖亭四韵事〉弁言》（《清人雜劇初集》影印康熙間裘氏絳雲

居原刻本《明翠湖亭四韵事》卷首）：

予之欲傳此四韵事，三年於茲，不困於帖括制舉，即輟於衣食奔走。甚矣，閉戶著書之難也！閱庚戌臘，遂得卒業宜豐，始於除夕前五日，畢於人日後三日。以予在家度之，或薪米逋償之擾，或往來宴賀之煩，皆不能免。今幸問花河陽，登梅尉之遺址，尋淵明之醉石。江淹云："放浪之餘，頗著文章自娛。"予亦用此自娛耳，遑問工否哉？若傳奇本意，見於小序，宮商高下，不敢從時，所籍世之周顧予誤也。

慈水廢莪子題於瑞芝亭

馮家楨《〈四韵事〉敘》（《清人雜劇初集》影印康熙間裘氏絳雲居原刻本《明翠湖亭四韵事》卷首）：

楊子雲曰："雕蟲小技，壯夫不爲。"甚矣，莽大夫之言陋也！蓋神龍能伸亦能屈，鷗鳥能高亦能下。靈均以美人比君，不貶《離騷》；淵明著《閑情》，不累靖節；廣平賦《梅花》，不損鐵肝石腸。古來登騷雅之壇者，必多慧業奇性，异節殊勛。公瑾顧曲，風流自喜，銘庸赤壁；安石期功，不廢絲竹，爲晋名臣；令公聲伎滿前，宴必奏樂，出入將相。下而學士大夫，如宋蘇子瞻、秦少游，明唐子畏、康對山，皆耽詞酣曲，望起星雲。嗟乎！聲歌一道，好之爲之，皆出尋常，顧可以小技忽乎哉？

裘子殷玉，詩古文妙天下矣。尤酷好填詞，所著"玉湖"數種，藏之家。今春又讀其《四韵事》，有豪情，有逸致，有奇氣，有濟世心，有出世想。綉口錦心，吐其香艷，有若"大江東去"者，有若"楊柳樓頭"者。昔人稱："湯若士善南，徐青藤善北。"至於《四韵》，殆已兼之。不寧唯是。太史公詫子房形貌，如婦人好女；唐太宗嘆服鄭公，覺其嫵媚。由是言之，婦女之容，嫵媚之態，非智勇瓌偉者不能具，亦不能言也。余交殷玉十餘年，今老且憊矣。清尊白社，無不伶歌而已和。故與殷玉，更爲樂府膠漆。余何敢太傅、令公自居？抑公瑾諸人，竊有期於作者也。

亥春禹月望日，八十老人馮家楨退庵漫題

胡亦堂《〈明翠湖亭四韵事〉序》(《清人雜劇初集》影印康熙間裘氏絳雲居原刻本《明翠湖亭四韵事》卷首)：

往余同殷玉至清谿，宿家山人樓。時秋雨滿山，紅葉墮空，相與論詩未已也，又相與論辭。殷玉素好填詞，《醉書箴》《绣當爐》，久嘖嘖人口。自館甥余家，銳意制舉業，三年不顧曲矣。是夜，得詩中韵事四種，歡甚起舞，相謂曰："此可付傳奇家一大嚼也。"迄三四年，隨余過宜豐，讀書瑞芝亭。閉門《博議》，斗酒《漢書》，暇則佐以詩歌。余自慚一行作吏，倡和未遑。上元席次，出所編傳奇《四韵事》示余，則前所云梁公、秘監、沈、宋、高、王諸人事也。因慨然思清谿夜雨時，猶忽忽如昨。今欲復如曩時風致，邈不可得。讀殷玉之詞，知其視宜豐猶清谿也。然殷玉出其著述之才，覃思今古，行將有合。幸不劇擾錢穀兵農，則亦筆劄金華白虎。吾知其异日者，雖對清谿猶宜豐矣，迴思瑞芝度曲，且忽忽如前日事。而因思人之著述，遇可爲之時，則當爲之，慎毋淹忽以縻歲月如余也。

南江笠叟漫題於宜豐署閣

溪上散人《〈明翠湖亭傳奇〉跋》(《清人雜劇初集》影印康熙間裘氏絳雲居原刻本《明翠湖亭四韵事》卷末)：

壬子冬，予□宜豐旅夜，獨飲斗酒，悶不能出一字，抽架上書，無一快意者。忽憶吾友裘子《明翠湖亭四韵》，命童子急挑燈，爲我取是書來。輒大呼曰："有是哉！"初讀之，予不信天下有是書；細讀之，并不信天下有作是書之人。凤醒頓解，使予老興復豪。因嘆袁中郎先生於石簣齋頭得《徐渭集》，深夜狂呼，叫已復讀，讀已復叫，童子睡者驚起。方信向之作《四聲猿》者，一標"余田水月"，一標"天池山人"，合而即徐文長一人。予謂中郎初未識文長之書，亦初未謀文長之面，至今猶傳爲咄咄怪事。獨予則蚤知天下有是書，蚤知書爲袠子所作。今讀之，反不信天下有是書，反不信天下有作是書之人，更爲大怪耳。

溪上散人題

鄭振鐸《〈明翠湖亭四韵事〉跋》(《清人雜劇初集》影印康熙間袠氏絳雲居原刻本《明翠湖亭四韵事》卷末)：

右《明翠湖亭四韵事》雜劇四種，慈溪袠璉撰。璉字殿玉，號蔗村，別署廢葰子。生而孤露，天才過人，能爲詩、古文及樂府詞。弱冠補弟子員，旋援例入大學。蹭蹬場屋者五十餘年，至康熙甲午，始舉順天鄉試。次年，成進士，改庶常，時璉已七十餘矣。未幾，致仕歸。璉所作傳奇、雜劇不少，《四韵事》之首，自題"玉湖樓第三種傳奇"，則至少尚有第一、第二種。然今僅見《四韵事》一種，他皆不可考知矣。《四韵事》以名不相涉之四短劇組成之，有如汪道昆之《大雅堂》、徐渭之《四聲猿》、葉憲祖之《四艷記》、車任遠之《四夢記》、黄兆森之《四才子》，蓋以四劇爲一集，其習尚從來久矣。璉之四劇，一曰《昆明池》，二曰《集翠袠》，三曰《鑒湖隱》，四曰《旗亭館》，以其皆爲文人之韵事，故總名《四韵事》。

《昆明池》寫上官婉容侍唐中宗，於昆明池上評詩事。《集翠袠》寫狄仁傑與張昌宗雙陸，贏得昌宗集翠袠，遂付家奴衣之事。《鑒湖隱》寫賀知章歸隱鑒湖事。《旗亭館》寫王昌齡、高適、王之涣於旗亭聽伶妓歌詩事。四劇中，惟旗亭聽歌詩事譜者最多，明鄭之文有《旗亭記》，清張龍文有《旗亭宴》、盧見曾有《旗亭記》，今惟見曾及璉二作存。其他三劇，則其題材皆爲前人所未嘗經涉者。諸劇中，惟《集翠袠》較爲激昂奔放，餘皆穩妥而已。璉《自序》曰："江淹云：'放浪之餘，頗著文章自娱。'予亦用此自娱耳，遑問工否?"明、清之際劇作家,類多藉故事以發泄一己之牢愁,若璉之"用以自娛"云云,蓋超於當代風尚之外者。璉於每劇,已各有自序并本事,茲故不贅。

中華民國二十年正月二十五日,鄭振鐸

裘璉《〈昆明池〉小叙》(《清人雜劇初集》影印康熙間裘氏絳雲居原刻本《昆明池》卷首):

閱《唐史》,沈、宋皆坐張易之黨,貶南中。其詩雖佳,宜無足稱者。予之傳此,非慕之,嘆之也。何嘆乎爾?中宗初立,庶事叢脞,内有宣淫之母后,耽耽其上;外有奸佞之徒,左右其間。正綢繆桑土、勵精圖治之時也,乃不聞有新政可書,親率群臣盤游嬉戲,不已甚乎!昭容,婦官也。考之《周禮》,不過九嬪世婦中人耳。雖通詩翰,珥筆内庭已耳,何至結爲彩樓,出游外苑,使之考第群臣上下,長後宫干政之漸?房州之役,宜其及也。之問、佺期,險惡小人。覽其詩,率侈張諂媚。意其時,曲江、燕國諸臣,必有含規隱諷情見乎詞者,而昭容不知取也,是皆可嘆已。語云:唐以詩賦取士,李、杜何曾作狀元?夫李、杜不第,則謂唐無詩賦也可;之問冠昆明之首,則謂昭容不解詩也可。讀是編,知作者爲嘆,勿爲慕,可與言詩已矣。

附《全唐詩話》(《清人雜劇初集》影印康熙間裘氏絳雲居原刻本《昆明池》卷首):

中宗正月晦日,幸昆明池,賦詩,群臣應制百餘篇。帳殿前結彩樓,命昭容選一篇,爲新翻御製。從臣悉集其下,須臾,紙落如飛,各認其名而懷之。既退,惟沈、宋二詩不下。移時,一紙飛墜,競取而觀,乃沈詩也。及聞其評曰:二詩工力悉敵。沈詩落句云:"微臣雕朽質,羞睹豫章才。"詞氣已竭。宋云:"不愁明月盡,自有夜珠來。"猶陟健舉,沈乃伏,不敢復争。

闕名《〈昆明池〉總評》（《清人雜劇初集》影印康熙間裘氏絳雲居原刻本《昆明池》第一折末）：

《昆明》劇，清嚴華巧，文彩煥然，兼江南、東吳兩體之長。

闕名《〈昆明池〉折評》（《清人雜劇初集》影印康熙間裘氏絳雲居原刻本《昆明池》第一折末）：

藻思典句，爛若春葩。所謂張鳴善之詞，如彩鳳刷羽者也。

白大有才氣，富贍而不傷穢苔。人謂其善學《琵琶》，不知其考核故實，點染情景，正復句句與《琵琶》相別。

闕名《〈昆明池〉折評》（《清人雜劇初集》影印康熙間裘氏絳雲居原刻本《昆明池》第二折末）：

華觀偉麗，過於佚樂，乃承安體也。用之嗣聖此事，妙在恰合，非樂府三昧，不能作，亦不能曉。

用詩詞成語，不傷音律，臨川當退避三舍。

裘璉《〈集翠裘〉小叙》（《清人雜劇初集》影印康熙間裘氏絳雲居原刻本《集翠裘》卷首）：

狄梁公，唐之純臣也。讀《虞初》所志"集翠裘"一事，則賢而俠者也。方昌宗供奉雙陸時，一見梁公，固已氣阻。此何待勝負局終，乃褫其衣哉！其付馬奴著之，出光範門，則又以詼諧戲笑之態，寓其悲憤激越之情。目中微獨無昌宗，并無武后矣。然則敬君之義奈何？梁公之君，中宗也；梁公之心，房州也；梁公之事業，唐也，非周也，即無武后，庸何傷？予故於填詞之末，表而出之，告夫天下之事君以權，而不失其純者。

附《虞初新志》（《清人雜劇初集》影印康熙間裘氏絳雲居原刻本《集翠裘》卷首）：

則天時，南海郡獻集翠裘，珍麗异常。張昌宗侍側，則天因以賜之。遂命披裘，供奉雙陸。宰相狄梁公仁傑，時入奏事，則天令升座。因命梁公與昌宗雙陸，梁公拜恩就局。則天曰："卿二人賭何物？"梁公對曰："争先三籌，賭昌宗所衣毛裘。"則天謂曰："卿以何物爲對？"梁公指所衣紫絁袍，曰："臣以此敵。"則天笑曰："卿未知此裘，價逾千金，卿之所指，爲不等矣。"梁公啓曰："臣此袍，乃大臣朝見奉對之衣。昌宗所衣，乃嬖幸寵遇之服。對臣之袍，臣猶怏怏。"則天業已處分，遂依其説。而昌宗心赧神阻，氣勢索莫，累局連北。梁公對御，就褫其裘，拜恩而出，至光範門，遂付家奴衣之，乃促馬而去。

闕名《〈集翠裘〉總評》（《清人雜劇初集》影印康熙間裘氏絳雲居原刻本《集翠裘》第一折末）：

《集翠》劇，寫武后，則裙裾脂粉；寫二張，則嘲譏戲諧；寫梁公，則攄忠訴志。蓋兼香奩、騷人、楚江三體而有之。

闕名《〈集翠裘〉折評》（《清人雜劇初集》影印康熙間裘氏絳雲居原刻本《集翠裘》第一折末）：

如紅鴛戲波。

謔而不莊，浮而且艷。寫武、張自宜如此。入梁公數拍，如嬌花艷日中，閃出一陣狂風驟雨，使人爽然自失。神手也。

譜此入韵事，要從唐太宗覺魏鄭公嫵媚處想來。曲白俱有氣力，確是天

裘璉

池子對手。

闕名《〈集翠裘〉折評》(《清人雜劇初集》影印康熙間裘氏絳雲居原刻本《集翠裘》第二折末)：

詞家十二科中，四曰"忠臣烈士"，六曰"斥奸罵讒"，是折本此。所謂《小雅》悲傷怨黷而不流於謗者也。

其詞峭直刻壯，有銅將軍、鐵綽板唱"大江東去"之觀。振鬣長鳴，凡馬皆喑，當是東籬對手。

裘璉《〈鑒湖隱〉小叙》(《清人雜劇初集》影印康熙間裘氏絳雲居原刻本《鑒湖隱》卷首)：

富貴之迷人，浸淫於不自覺。而其既且至於欲罷不能。《易》曰：哲人見幾。夫子曰："舍之則藏。"蓋難之也。賀知章可謂有道士矣。迹其《本傳》，夢游帝居，寶珠易餅，皆不足信。予獨因其未老乞休而傳之。雖然，彼不挂冠於開元之日，而獨拂衣於天寶之初，非有先幾之哲者不能。玄宗寵之，餞其行邁，贈以詩篇，且賜之鑒湖二頃，廷臣應制百餘篇。嗚呼！可謂盛矣。世之隱者多有，達而隱者難之；達而隱者多有，隱而見榮於君相，見稱於天下後世者難之。知章可謂有道士矣。嗚呼！予亦四明客也，遇與否，各有其時，乃獨覽其軼事，著爲傳奇，倘亦慨然而興起者乎？

附《本傳》(《清人雜劇初集》影印康熙間裘氏絳雲居原刻本《鑒湖隱》卷首)：

賀知章，字季真，四明人，擢超群拔類科，授太常博士。陸象先嘗曰："季真清韵風流，吾一日不見，則鄙吝生矣。"遷集賢學士，善行草書，好事者每具筆研以從，即數十字，世傳爲天球尺璧也。後升禮部侍郎。天寶初，夢游帝居。數日寤，乞歸。賜鑒湖剡川一曲，詔令供帳都門，百僚祖餞，上作詩贈之。自號四明狂客。嘗謁賣藥老，問黃白之術，攜一大珠。老人欲以其珠易餅，賀難之。老人曰："慳吝未除，安能成道？"後賀相傳卒仙去云。

闕名《〈鑒湖隱〉總評》（《清人雜劇初集》影印康熙間裘氏絳雲居原刻本《鑒湖隱》第一折末）：

其詞清而且麗，華而不艷，有不吃烟火食氣，真可謂不羈之材。若被泰華之仙風，招蓬萊之海月，誠詞林之宗匠也。

闕名《〈鑒湖隱〉折評》（《清人雜劇初集》影印康熙間裘氏絳雲居原刻本《鑒湖隱》第一折末）：

太白謫仙，季真狂客，作寒儉語不得，作鹵莽語亦不得。寫來一一如生，作者應是兩公再世。

闕名《〈鑒湖隱〉折評》（《清人雜劇初集》影印康熙間裘氏絳雲居原刻本《鑒湖隱》第二折末）：

恍恍惚惚，確是夢境；離離奇奇，確是仙境。予曰：不是夢做仙人，還是仙人做夢耳。不然，何以有此？

闕名《〈鑒湖隱〉折評》（《清人雜劇初集》影印康熙間裘氏絳雲居原刻本《鑒湖隱》第三折末）：

從出世中，寫出一段事君愛友、忠欵情狀，方是真正有道之言。其點醒名利客處，反在他自己口中說出。作者體驗到見得易、行得難的地位，妙、妙！曲白俱自然。

闕名《〈鑒湖隱〉折評》(《清人雜劇初集》影印康熙間裘氏絳雲居原刻本《鑒湖隱》第四折末)：

寫情寫境，無不入妙。其不在場中服藥，則脫李丹窠臼矣。
學仙不遽仙，大有餘地，作者豈偶然？
得此，鑒湖生色。

裘璉《〈旗亭館〉小叙》(《清人雜劇初集》影印康熙間裘氏絳雲居原刻本《旗亭館》卷首)：

古今風流韵事，有其人已往，讀其書，如親見其事。且不覺身入其中者，往往而有，未有如三詩人旗亭飲雪之韵之甚者也。夫人之才名，動公卿易，動愚夫匹婦難。今使伶官、妓女之輩，乃心嚮往之，歌而見，見而拜，拜而願飲其酒。緇衣之好，不過是已。所可慨者，三人之中，唯達夫官差顯，稱善終；二王者，皆淪落不偶。又何其動優伶反易，而動王侯顧難哉！點綴雙鬟，雖莫須有，亦想當然。覽是編者，誰爲今之雙鬟也哉？

附《唐詩新話》(《清人雜劇初集》影印康熙間裘氏絳雲居原刻本《旗亭館》卷首)：

開元中，王昌齡、高適、王之渙齊名，時風塵未偶，而游處略同。一日，天寒微雪，三詩人共詣旗亭，貰酒小飲。有梨園伶官十數人會宴。三詩人因避席隈映，擁爐火以觀。俄有妙妓四輩，尋續而至，奢華艷曳，都冶頗極。旋則奏樂，皆當時名部也。昌齡等私相約曰："我輩各擅詩名，每不自定甲乙。今可密觀諸伶所謳，若詩入歌詞之多者爲優。"俄而，一伶拊節而唱，乃曰："寒雨連江夜入吳，平明送客楚山孤。洛陽親友如相問，一片冰心在玉壺。"昌齡引手畫壁曰："一絕句。"尋，又一伶謳曰："開篋泪沾臆，見君前日書。夜臺何寂寞？猶是子雲居。"適引手畫壁曰："一絕句。"尋，又一伶謳曰："奉帚平明金殿開，強將團扇共徘徊。玉顏不及寒鴉色，猶帶昭陽日影來。"昌齡又引手畫壁曰："二絕句。"之渙自以得名已久，因謂諸人曰："此輩皆巴人下里詞耳。陽春白雪之曲，俗物豈敢近哉？"因指諸妓中最佳者曰："待此子所唱，如非吾詩，即終身不敢與子爭衡矣。"須臾，次至雙鬟發聲。則謳"黃河遠上"一絕。之渙即揶揄二子曰："田舍奴，我豈妄哉！"因大諧笑。諸伶不喻其故，皆起請曰："不知諸郎君何此歡噱？"昌齡等因話其事，諸伶競拜，乞俯就筵席。三子從之，飲醉竟日。

闕名《〈旗亭館〉總評》（《清人雜劇初集》影印康熙間裘氏絳雲居原刻本《旗亭館》第一折末）：

《旗亭》劇乃一十五家中之"香奩體"，一十二科中之"風花雪月"也，不得以"烟花粉黛"目之。

又評：娟媚處，如山花獻笑；幽宕處，如雁陣驚寒；葩艷處，如晴霞結綺；韵致處，如天風環珮。詞家之長，兼而有之。

闕名《〈旗亭館〉折評》（《清人雜劇初集》影印康熙間裘氏絳雲居原刻本《旗亭館》第一折末）：

曲白口氣逼真，白勝《西樓》，曲勝《牡丹亭》。蓋《西樓》白多刻畫，不若此自然真切；《牡丹亭》曲過雕巧，不若此天然婉麗也。

闕名《〈旗亭館〉折評》（《清人雜劇初集》影印康熙間裘氏絳雲居原刻本《旗亭館》第二折末）：

一幅絕好雪景，覺南宮北苑，亦止肖其形耳。

闕名《〈旗亭館〉折評》（《清人雜劇初集》影印康熙間裘氏絳雲居原刻本

裘璉

《旗亭館》第三折末）：

關目之妙，全在歌詩一段，安頓最難。此曲情景宛然，風流如昨。其填詞豐艷，展音清麗。元之子安、明之子一，可與三分樂府矣。

―――――――《萬壽無疆升平樂府》―――――――

● 劇情概要與本事

一名《萬壽升平樂府》。劇首署"浙江寧波府慈溪縣監生裘連（璉）恭祝進呈"。十二齣，依次爲《諸天贊歌》《大地呈祥》《文星聚榜》《五星聚奎》《桂杏聯芳》《群英赴選》《伏魔監試》《天女散花》《天門迎榜》《率士稱觴》《萬國嵩呼》《群真彙祝》，另有《開場楔子》。寫大清皇帝六十萬壽屆至，如來囑咐無量壽佛預備慶祝事宜。無量壽佛招集妙吉祥菩薩、大辨才天女等，宣說當今皇帝南巡北狩、導淮疏河、慎獄好生、重道右文、蠲免錢糧、增廣試額等種種功德偉績，認爲其是古往今來第一聖主。這時忉利天王、文昌帝君亦因皇帝萬壽，特來請命。無量壽佛遂宣如來諭言，向諸真分派任務。統領三天都使者奉玉帝敕旨，傳集山神、水神、園林神、廣野神，要其培植祥禽異獸、異果珍蔬，待明年正月中旬，般般齊備，種種靈奇，俾天下臣民取獻闕廷，爲聖主賀壽。皇帝六旬萬壽，開科取士，文昌帝君奉世尊、玉帝法旨，預定天榜，他奏請玉帝，將自古及今之大才子未得一第者如李白、杜甫等，以及栖遁賢才、徜徉泉石者如梁鴻、嚴光等降生人世，使其少年登科，一路功名，大抒偉抱。因大清皇帝御極，星星連貝，宿宿編珠，木、火、土、金、水五星君化作五老聚於奎垣，此乃三千八百年未有之奇祥。壽星亦恰巧與五星相遇。衆香國主花王奉月主嫦娥之令，傳杏花仙子紅瓊、桂花仙子金粟來月宮伺候。嫦娥令桂花二月早開，以應萬壽恩科之鄉試；杏花八月重開，亦應恩科之會試，二仙領命而去。一位博學高才、老而不遇的士子帶着蒼頭參加恩科鄉試，蒼頭爲主人高興，但説起主人四十年來因讀書應試所受之苦楚，不覺落泪，他衷心代之祈禱，希望主人此次能揚眉吐氣。萬壽開科，不比往常，伏魔大帝親自帶周倉前來監試，他捉拿了作祟的紅紗妖女，又令貢院土地韓愈揭起士子們的睡魔，并勸散了場門外中式士子的祖先，考試順利進行。大辨才菩薩帶領金童玉女來到科場，將五色花瓣灑落，一時間异香盈室，士子們塵心如洗，佳句叠出。放榜之日，文昌帝君與關帝同來鑒察，二神閑坐天門之上，演説朝廷作養士之恩與士子報答君親之道，以當訓誨。各省各府百姓特來京都，向皇帝獻上醴泉、甘露果、靈芝、仙藕、仙棗、仙桃以及嘉禾、萬民衣等，以表忠愛之心。朝鮮、牂牁、于闐、鮮卑等國亦派遣使者前來拜表稱賀，恭祝皇帝萬壽，并獻上各種奇珍异寶。無量壽佛帶領妙吉祥菩薩、大辨才天女等，齊下九天，準備向太和殿上廣散花香，至心祝贊。太上老君與壽星、仙人劉海等亦來向大清皇帝稱慶。無量壽佛帶來佛祖如來《太平辭》一闋，敬獻黼座，老君等聯成《萬壽詩》一章，爲皇帝歌之。最後，天女將天花向各處宮室分散，使明日异香滿室。贊祝完畢，衆神仙返回天宮。

　　生扮文昌帝君，小生扮妙吉祥菩薩、山神、花王、書童、貢院土地，旦扮天樂天妓八人、嫦娥、紅紗妖女、藍采和，貼旦扮宮女，小旦扮大辨才天女、廣野神、紅瓊、玉女，老旦扮金粟、觀世音菩薩，净扮軍官、華多壽、壽星，副净扮脚夫、周倉、賀永昌，末扮帝釋天、園林神、朱衣童子、壽星、太上老君，副末扮統領三天都使者、帝釋天，丑扮祝萬福、劉海，外扮無量壽佛、水神、奎星、伏魔大帝、關帝，雜扮獅子光童子、大猛童子、韋馱、寶藏童子、香華童子、天聾、地啞、天神、宮女、老蒼頭、禄世全、善財童子、丑、雜扮金童，雜、末扮二蒼頭，净、丑扮二土地，末、净、丑、副净扮老人，雜、副末、小旦、旦扮半老人、使者八人。此外登場人物尚有獅子、象、四金剛、彌衡、李白、杜甫、孟浩然、劉蕡、賈島、張祜、李鷹、嚴光、梁鴻、戴顒、陶潜、林逋、魏野、五星君、衛士、樂人、報人等，俱未分配脚色。

本事不詳，當爲匯合道教各路神仙和古代名詩人故事而成。據闕名序，是劇當創作於康熙五十一年（1712），乃裘璉奉編修高興（1659—1718）之命，專爲慶祝康熙帝六旬萬壽所撰。

● 著錄、版本與收藏情況

《古典戲曲存目彙考》著錄。現存舊鈔本，藏於首都圖書館。後收入《綏中吳氏藏抄本稿本戲曲叢刊》第1冊。

● 序跋、題詞與評語

闕名《〈萬壽無疆升平樂府〉序》（《綏中吳氏藏抄本稿本戲曲叢刊》第1冊影印舊鈔本卷首）：

《萬壽升平樂府》，康熙壬辰歲，先生過當湖，訪高編修巽亭時所作也。編修具摺進呈，先生名由是得上達。癸巳，聖祖避暑熱河，問編修曰："汝去年所進樂府，此人在京否？"編修以在浙對，遂令人促先生入都。甲午，遂魁北闈。榜進呈，聖祖喜曰："裘璉中矣。"乙未成進士，殿試三甲第一名，欽賜傳臚，授檢討，時年已七十二矣。先生有《恭紀聖恩錄》，真非常異數也。

張雍敬
(1644？—1719？)

　　初名玤，字珩佩，一字簡庵，別號風雅主人，室名靈雀軒，秀水（今浙江嘉興）人。布衣終生。康熙二十年（1681），北游京師，無所遇，後游歷杭州、宣城等地。工書畫，通曆算，精製藝，擅音律。著有《定律玉衡》《宣城游學記》《西術推步法例》《環愁草》《閑留集》等，多不存。戲曲作品有傳奇《祝英臺》《十二奇踪記》，雜劇《醉高歌》《再生緣》《千秋恨》《仙筵投李》《塵寰夢》《碧桃花》《賈郎續夢》《三分案》《昭君怨》等。今僅見《醉高歌》傳世。

　　按，嚴敦易《元明清戲曲論集》據張翊清（生卒年不詳）於康熙五十八年（1719）所作《〈醉高歌〉叙》稱其爲"先兄"，以及其好友潘耒（1646—1708）生平信息，推斷其大致生於順治初年，卒於康熙四十七年（1708）至五十八年（1719）間。姑從之。

　　傳記文獻：張翊清《〈醉高歌〉叙》（《醉高歌》雜劇）、馮金伯《國朝畫識》卷五、阮元等《疇人傳合編校注》卷四十、（光緒）《嘉興府志》卷五十三、（民國）《新塍鎮志》卷十四。

《醉高歌》

● 劇情概要與本事

　　封頁題"醉高歌題曲"，署"秀水張簡庵原著"，"雲深主人藏板"。卷首題"醉高歌傳奇"，署"風雅主人填詞，簡閬道人評點"。題目正名爲"金鶯兒真點春風面，賈伯堅詞寄醉高歌"。分三劇，即所謂的《西廂記》體。第一劇四折，依次爲《識畫》《題帕》《窺鏡》《定情》，其中第一折前有《楔子》；

第二劇四折，依次爲《紀夢》《護花》《泣別》《寄詞》；第三劇四折，依次爲《情幻》《露情》《舟晤》《證畫》。寫元代金鶯兒原籍山左，本係良家女子，不幸誤落風塵，名隸樂籍，因才貌出衆被尊爲上廳行首。學士賈伯堅與濟南路總管張子友相聚飲宴，召金鶯兒承應，金鶯兒與賈伯堅一見鍾情。賈伯堅在帕上題詩贈鶯兒，次日又到鶯兒住處相訪，談心訂盟。不久賈伯堅被授御史職，奉詔赴京，臨行托好友張子友關照鶯兒，到任後又寫《醉高歌》《紅綉鞋》情詞二首寄給鶯兒以明心迹。紈綺子弟秦衙内覬覦鶯兒美色，求歡遭拒，懷恨在心，便到京師慫恿諫官彈劾賈伯堅；又在濟南散布流言，説賈伯堅已抛弃金鶯兒另有新歡，以斷絶其念頭。賈伯堅被劾罷官，乘船離京南返，金鶯兒思念伯堅，亦乘船來京尋訪，二人在黄河渡口新河驛相遇，互叙衷情。張子友受賈伯堅牽連也被解職，乘船沿黄河西歸也到達新河驛，於是在張子友主持下，賈伯堅、金鶯兒這對有情人成爲眷屬。

正末扮賈伯堅，冲末扮張子友，旦扮金鶯兒，冲旦扮柳枝，外旦扮事事宜，搽旦扮般般醜，净扮秦衙内，雜扮差役、僕役、院子、儐相等。

本事見於元夏庭芝（1300？—1375）《青樓集》之《金鶯兒傳》。按作者康熙三十九年（1700）所作《自序》，知是劇創作時間爲其"弱冠"之時。

● 著録、版本與收藏情況

《古典戲曲存目彙考》《古本戲曲劇目提要》《明清傳奇綜録》著録。現存康熙間刻本，藏國家圖書館；乾隆三年（1738）靈雀軒刻本，藏國家圖書館、北京大學圖書館、慶應大學·斯道文庫等，《古本戲曲叢刊六集》據之影印。

● 序跋、題詞與評語

張雍敬《〈醉高歌〉自序》（《古本戲曲叢刊六集》影印乾隆三年靈雀軒刻本《醉高歌傳奇》卷首）：

甚矣，文章知己之難也！夫《莊子》，文之至奇者也，今古有不知之者乎？則欲遇知其解者，當亦甚無難矣，顧必俟諸百世之遠。且以百世之遠，而等諸旦暮，則何其望之甚深，而又若幾幾乎不敢望也。夫旦暮不可必，故俟諸百世，乃遇之百世之遠，而幸之有若旦暮，則非以百世爲可必也，政以百世猶不可必耳，則甚矣，文章知己之難也。惟其難也，故不得不望之百世而下；亦惟其難也，故愈不敢輕望乎百世而下。蓋能知《莊子》者，必其能作《南華》。心即《莊子》之心，才即《莊子》之才，而後先兩人，真如一人者也。迄今百世之遠矣，未聞有能再作《南華》者。人乃爭爲之評，爭爲之注，自附於知者甚夥，而卒未有定論，則以人非莊子之人也。然則凡所謂知《莊子》者，不特今百世之遠之未有，且將令繼此千萬世并莫有知其解者矣。然則知己之難，詎不信夫？

而遇之無難者，則唯王實甫之《西廂》。《西廂》，詞之至奇者也。其在當日，亦已膾炙人口，流譽騷壇，有關漢卿爲之續，有丹丘子爲之評，有董解元爲之脫化，而明之李卓吾、湯若士、徐文長輩，又皆爲之評點，則世之知之者，類不乏人。然猶是評《莊子》、注《莊子》者耳，欲求能再作《南華》者，則尚未易得也。近乃得一金聖嘆。聖嘆之爲評點也，句梳而字櫛焉，微者顯之，淺者深之。作者有其意，而讀者或未之能解，聖嘆獨能解之；即作者未必有其意，而聖嘆別以己意解之，能使讀者皆信爲實有其意。蓋不唯使作者之精神盡出，而并使讀者之精神與之俱出，斯豈非心即實甫之心，才即實甫之才，而兩人如一人者與！夫以《莊子》之文，歷百世而未遇知其解者；實甫之詞，僅三百餘年，而蚤已遇之，則其足幸也，又奚啻旦暮矣。實甫有知，亦可快然無憾矣乎！

雖然，猶有憾。鄉使當元之世，天既生一實甫，又即生一聖嘆，則彼兩人者，心相同也，才相若也，把臂入林，倡予和女，其愉快又當何如乎？乃顧使此兩人，一生於三百年之前，既不能逮見聖嘆，而心感其爲知己；一生於三百年之後，又不得親炙實甫，而自表其爲知己。夫既前不見古人，後不見來者，則三百年之與百世，總一不相遇爾，又安見百世爲相遇之遠，而三

張雍敬

百年爲相遇之近，而足幸也哉？

是固所貴乎知己者，貴於生同時，而無取乎曠世而相感也；貴於面相識，而無取乎聞聲而相思也。然而難矣。蓋天之生才有限，日月之精英，山川之靈淑，恒必越數百年而後生一人焉。則此一人者，固間氣所鍾，不可無一，而亦不能有二，此其所以爲奇也。若一時而頓有兩人，則其爲才也必非奇才，而造物之生才，亦不甚奇矣。

然則文章知己，必無遇之旦暮者乎？曰：是則有一說焉。天雖不能既生一人，又生一人焉以爲之知己，而不能不間生一人，則亦不能使此一人者不自爲知己。夫"文章千古事，得失寸心知"，人以爲他人知我，勝我自知；我則以爲我之自知，更勝於人之知我。我自知我，又何待於百世，并何論旦暮哉！

此其說，余得以身證之。余弱冠時，雅好樂府，嘗作傳奇、雜劇十餘種。既而學道，綺語是戒，鄉所成稿，多爲好事者取去。迄今三十餘年，其詞之工拙，亦多不復記憶。庚辰歲，章子禹陶從予問制藝法。予謂："作文之法，其妙悉寓於傳奇。生、旦，其題旨也；外、末、丑、淨，其陪襯也。劈空結撰，文心巧也；點綴附會，援引博也。關目布置，鍊局勢也；折數斷續，明層次也，而且埋伏有根，照應有法，綫索必貫，收拾必完。既曲盡行文之妙，而其音律宮調之嚴，則又如傳注之不可或背，先民之不可不程。至其情文相生，能使古人重開生面，神情口角，無不曲肖，令觀者聽者，俳則頤解，怒則髮指，樂焉而歌，感焉而泣，皆有不期然而然者。夫文章至於肖其神情，肖其口角，而可喜可怒、可歌可哭，則至矣、盡矣，蔑以加矣。制藝之法，亦若是焉已矣。"

語次，因憶鄉之所作，當猶有存者。隨檢諸篋中，得《醉高歌傳奇》，《再生緣》《千秋恨》《仙筵投李》雜劇四種。驟讀之而驚，以爲此非詞家所能有也；再讀之而疑，以爲此非我才所能辦也。吾不知作此詞時，若何構思，若何運筆。其矢口而成耶？其苦吟而得耶？其亦擊節嘆賞而自鳴得意否耶？

遥憶當時，杳如隔世，恍若三十年前作者一人，三十年後讀者又一人也。第覺當日所命之意，皆今日我意之所欲吐；當日所造之語，皆今日我口之所欲宣。欣賞之至，爰爲評之點之。是天生我於三十年之前，使我即爲實甫；留我於三十年之後，使我即爲聖嘆，則亦造物之奇也。

夫實甫、聖嘆，猶曰兩人如一人耳，而我則一人而如兩人。兩而一之，猶有間也；一而兩之，又寧有間與？我爲我知，我與我遇，得諸己而有餘矣，而又何所俟而何所憾也耶？雖然，終不能無所俟，無所憾也。世之人，稍能握筆，撰爲詩文，輒自作評點，托爲名流之所鑒賞，以欺世之聾瞽，往往爲識者所嗤鄙。今乃尤而效之，得毋與之連類共笑而并弃之乎？意非更得一人焉，能契我三十年前之心之才，又即契我三十年後之心之才，而爲之取證，終無以見我評點之至當，一如聖嘆之於實甫，而夐絶於世俗之所爲也。然而此一人者，其旦暮遇之乎？未可知也。其俟諸百世乎？亦未可知也。苟其未可知也，則文章知己之難，詎不信夫？詎不信夫？

莊子所謂知其解者，非指文章。金聖嘆亦豈便是實甫知己？篇中請此二客，祇圖作一篇好文字，如古人賦詩，斷章取義，《莊子》之寓言十九云爾。

潘耒《〈醉高歌〉序》（《古本戲曲叢刊六集》影印乾隆三年靈雀軒刻本《醉高歌傳奇》卷首）：

文、詞、詩、賦，其體各异，古今才子，往往不能兼者，以爲其法不同，未可以合一也。況填詞之與制藝，尤爲迥异者哉！我友張子簡庵，天資穎悟，文心巧妙，謂可以一之。其論作文之法，謂莫備於傳奇。有聞而疑之者，張子曰："天下之理，一而已矣。苟得其一，則凡事可通。況制藝之與填詞，均文類乎！"

予閑居林下，時相往還，因得讀其填詞四種，才情直踞元人之上，斯已奇矣。復自評之點之，以暢通之，其章法變化，宛然與八股吻合。其論奇而正,新而確。問舉業者,讀其書而究其法,其於制藝也何有?果能神而明之,則凡文、詞、詩、賦,皆可通而爲一,又何患乎才之不能兼善哉?謂予不信,試取其書而讀之。

松陵潘耒拜題

張翊清《〈醉高歌〉叙》(《古本戲曲叢刊六集》影印乾隆三年靈雀軒刻本《醉高歌傳奇》卷首):

填詞必推夫元人,與唐之詩、宋之詞、明之制藝一也。後之作者,當無復有勝之者矣。不惟不能勝之,亦豈復有與之并駕者乎?設於此而謂猶有以勝之,不將舉天下而群誂其妄也哉?而證之先兄,則亦竟有不妄者。

先兄穎悟絕世,時藝而外,詩、文、詞、賦,以及律呂、篆畫、圖章,靡不可以名世。然易成而易弃,不自珍惜。所相爲終身者,曆學、填詞而已。夫填詞,小數也,視曆道之精微淵奧,大不相侔,夫亦何爲而同其耆好哉?蓋先兄立志甚高,必欲居世之第一而後快。以爲吾詩詞雖佳,恐未之勝李、杜、秦、周;文雖佳,恐未之勝韓、柳、王、唐。即伯仲古人,而吾已居其次矣。思夫曆學自漢以來,聖道猶未盡明,此誠古今之絶學,而可以收其功。故畢生之力,從事於此,明聖道,斥异説,闡蓋天九重,著天地七政,恒星之里實盈縮、斋闈視差諸數,以窮渾天之原,爲綱弦諸立成,以立句股測算之本。書凡十餘種,蓋皆存曆理於一綫,仔肩天地,權衡造化,料量法象,而振起千秋者也。

暇則寄情於填詞,謂其體兼詩、文、詞、賦,而其法合乎八股,可爲制藝之津梁。其才情,則元人猶未之能盡者也。因復取《醉高歌》《千秋恨》《再生緣》《仙筵投李》四種,自爲評點,以示志焉。然斯道也,文人置之久矣,夫孰能知之?其能無知己之嘆歟?惟翊清從事於此,故於評點之當,雖不能贊一詞,而實有以深契之矣。且文章各有定體,詩文已不相通,而況以諧聲按律之文，悉備乎八股變化之法哉？奇矣，至矣，誠哉古今之第一也已！而其自叙與所題詞，及所評者，有文焉；而白之中有詩焉，有詞焉，有賦焉。故雖一填詞，能令讀者知其可以王，可以唐，可以李、杜，可以韓、柳，而無不可以秦、周者，又具於是，寧僅爭勝於王、關、白、馬而已哉！苟能知其可以王，可以唐，可以李、杜、韓、柳、秦、周，而實可以勝元人，以獨立乎四百年之内，則其超守敬，軼洛下，而爲二千餘年之一人者，殆亦可因此而信之矣。夫文章知己，得諸於己，而評點知己，復得之於手足，并無俟旦暮，又何論百世之遠哉？夫亦可以快然而無恨矣乎！

唯是曆學、填詞，相去甚遠，其所重在彼不在此。翊清不患讀填詞，而不心折乎先兄之才，誠爲四百餘年之一人，以信予言之不妄。第恐人譽其才，謂填詞已足以盡其奇，外此不復有所求，而不知又爲二千餘年之一人，則夫經天緯地之文，不反因此而隱乎？知己之難，不在文章矣。

康熙己亥歲仲冬朔，同懷弟翊清拜撰

張雍敬《〈醉高歌〉總論》（《古本戲曲叢刊六集》影印乾隆三年靈雀軒刻本《醉高歌傳奇》卷首）：

《金鶯兒》原傳止百五十餘字，而《醉高歌》填詞，乃有萬二千餘言。此非於本題之外，別有生發也，不過就題前題後、反面側面、段落處、罅縫處，一一勘得分明，則唯恐描寫不盡，無待乎別有生發也。

全傳十二折，唯《寄詞》一折是其正面。其前《定情》，則"樂心肯意獨自來時"之句也；《紀夢》，則"來時節兩三句話，去時節一篇詩"之句也；《泣別》，則"畫船開拋、閃得人獨自"之句也；《情幻》，則"不流心事，不隔相思，記在人心窩直到死"之句也。此皆所謂段落處也。《護花》，伏被劾之根；《露情》，證被劾之實。此則題之罅縫處也。是皆爲題中之所固有。

若夫登筵識面，過訪訂盟，及臨江舟次，邂逅重逢，似非題中之所有。

而遇合之初，必即漸相親；挂冠之後，必續尋舊好，始終情事，想有當然，則所謂題前題後者也。至於聞歌看舞，鏡裏窺妝，風雨秋宵，夢魂顛倒，則又其故作波瀾，而生情於反面側面者也。

故曰：好着衹在局中，巧樣盡在機上。絕妙文章都在題內，衹要勘題極其分明耳。故作文之法，先貴審題，必也一路不饒，一絲不走，行行顧母，滴滴歸源，然後能變化縱橫，生新出色。若曰"題外生情"，甚則認影迷頭，不甚亦畫蛇添足矣。

或曰："此傳首以識畫，終以證畫，非題外者乎？而反若以此爲全部之張本，始終之關鍵者，則何也？"道人曰："古人凡作詩文，皆必有一主意寓於其中，無徒作者，特藏而不露，世或未易察耳。此傳之始終於畫者，則主人寓意之所在也。若曰我此一本《醉高歌》，全是畫一金鶯兒也云爾。"

張雍敬《文體一致題辭》（《古本戲曲叢刊六集》影印乾隆三年靈雀軒刻本《醉高歌傳奇》卷首）：

讀文作文，初無二致。故善讀文者，必善於作文；其不善作文者，必其不善於讀者也。所謂善讀者，無他，眼到、口到、心到而已矣。夫"三到"之說，世莫不聞，而何善作文者之鮮耶？則於所謂"三到"者，猶未之甚解也。

蓋眼到，非徒讀一字看一字，讀一句看一句已也。讀起處，便須注射到結處；讀結處，便須回顧到起處。至其間呼應處、關鍵處、提掇照映處，必須眼光四射，照顧靡遺。務使一篇之文字與一篇之精神，全體畢現於目前，衹當作一句讀，一句看，夫而後謂之眼到也。

口到，非徒高聲朗誦，字句清楚已也。須知每句中，有應一字一讀，二字一讀，或三字四字一讀者；每段中，有應兩句一連，三句一連，或四五句、六七句，以至一二十句一連者。其間接奏斷續，務要分明。其勢緊注處，不可緩讀；其氣和平處，不可急讀。至於神情口氣，指點者，須象指點；詠嘆者,還其咏嘆。或抒情寫志,或感慨悲涼,文情既別,讀法亦殊。抑揚頓挫,輕重疾徐,莫不有自然之音節存焉,夫而後謂之口到也。

若所謂心到者,看一題,非徒解一題;讀一句,非徒會意一句也。凡看一題,即有題前題後、題內題外、反面側面、實處虛處。以至全部經書,有語同而意別,有意合而語殊,或各分頭項,或互相發明,須一一融洽於胸中。看題既明,然後文之佳否,乃得而見。每讀一句,即當想其用意之所在,爲寫實義,爲寫虛神;爲是伏案,爲是承明;爲是挽抱上文,爲是偷吸下意;爲開爲合,爲賓爲主;爲反正,爲串側。雖股法段落,界限分明,而其氣脈流通,任舉一言片語,無有不與全神相貫穿者。譬如蛛網,有蟲觸之,其觸處甚微,而全網莫不俱動。斯其爲心到已。

此非讀時文當然也,凡讀一切古文、詩賦、詞曲,皆當以此法讀之。而未善讀文者,唯當先讀填詞,則眼到、心到,猶與文同,而口到一事,則神情音節,自能如法,故入手最易。口到既得,則眼到、心到,亦與之俱得,蓋三者原屬一事也。故必先讀填詞,而後移此法以讀他書,則莫不善讀矣。即以讀法爲作法,則無不善作矣。

雖然,此言也出,世必將聞而疑之,謂夫填詞之與舉業,不相通也。不知詩賦文詞,有异體而無异理,作者亦祇有一法而更無二法。主人生平,於學問一途,更無甚得力异人處,唯是看得天下祇有一理,不論作詩文詞賦,亦祇是用一法耳。吾願學者以"三到"法,先熟讀此四種填詞,則於讀文作文,自必皆有得力處也。

張雍敬《〈醉高歌〉目錄識語》(《古本戲曲叢刊六集》影印乾隆三年靈雀軒刻本《醉高歌傳奇》卷首):

元人雜劇止有四折,其題目正名,止各一句。至《西廂記》乃用四劇十六折,而題目正名,於篇首既總立四句,每劇又各立四句,且叶之以韵。蓋既變雜劇而爲傳奇，則其體製自不得不與之俱變。然細按之，實有未妥。如以"張君瑞巧作東床婿"爲題目，是矣，而開口先説法本，是豈可以爲題目耶？以"崔鶯鶯待月西廂記"爲正名，是矣，而老夫人一句，豈可以爲正名耶？其未妥者一。且篇首既有題目正名，則一部傳奇，大義已該括於此，無容又分出四個題目、四個正名也，其未妥者二。若謂劇中每折各有其意，則一劇四折之中，折折皆可爲題目，亦皆可爲正名，乃以兩折派作題目，兩折派作正名，其未妥者三。題目正名，既有一十六句，以應一十六折，則必挨其次第，使名目一一皆與篇合方可。今按第一劇中，《鬧齋》爲第二折，而"小紅娘傳好事"乃作第三句；《聯吟》爲第三折，而"崔鶯鶯燒夜香"又作第二句，其未妥者四。此等處，人以其無關於傳奇之工拙，往往忽略，殊不知此政體裁所在，不可不辨也。今此傳題目正名，止用二句，以復元人之舊；分爲三劇，以仿實甫之體；每折則各以二字名之，如近代南曲傳奇之例。會古今南北而酌定之，庶得其當已。

簡闇道人（張雍敬）《〈識畫〉折總評》（《古本戲曲叢刊六集》影印乾隆三年靈雀軒刻本《醉高歌傳奇》之《識畫》折末）：

昔人有謂：文章畫定界限做，便不得佳者。此爲意思不貫，轉接不靈，及近時之四橛八股文字言耳，非作文正訣也。作文之法，先要曉得界限，凡鑄局布勢、段落步驟，皆從此出。此折凡一十七曲，曲各一意，而遠近淺深，次第出落，刪去一句不得，移置前後一曲亦不得，豈非有固然之界限在乎？然合十七曲，止成一篇，而一篇又止兩字，曰"識畫"而已。蓋唯界限看得分明，則胸有成竹，規矩既定，神巧自生，故能一氣卷舒，并泯其界限痕迹。昔人謂退之以文爲詩，東坡以詩爲詞，今主人則又以文爲詞也。

簡閻道人（張雍敬）《〈題帕〉折總評》（《古本戲曲叢刊六集》影印乾隆三年靈雀軒刻本《醉高歌傳奇》之《題帕》折末）：

夫所謂美人者，必其自顛至踵，容貌身材、五官四肢、肌骨毛髮、心神態度，無一不美者也。若欲盡舉而悉數之，誠萬言書所不能罄；而約舉之，又未免挂一漏萬，此咏美人之所以難也。

此折文章凡千二三百言，并未嘗將校書之姝麗處，實實稱贊一句，指陳一端。蓋通篇主意，祇是要描寫出學士深情耳，將學士之十分愛敬、异樣鍾情處寫得透快，則校書之姝麗足以動人處，自不待言而可見矣。此其相題立意，高人一解。故能使通篇文字，筆筆不猶人也。或曰："篇中指稱處，如翠蛾嬌波、歌喉笑口、香肩酥胸、玉葱香鈎、桃花面、楊柳腰，以至妝飾之鸞釵寶髻、羅裙翠帶、環佩霓裳、芙蓉之扣、鴛鴦之袖，約凡三四十見，安得云無一筆實寫乎？"道人曰："此乃其墨耳，非其筆也。此等詞語，在主人祇當作之乎者也等字用耳，其用意初不在是也。"試觀篇中之言"眉"者三：曰"想遙山兩黛凝秋"，是言其度曲時之神情；曰"向華筵兩蛾輕鬥"，是言其初見時之羞澀；曰"眉低黛色情初逗"，則又言其眉眼傳情耳。絕非實寫"眉"字也，豈若"宮樣眉兒新月偃"之類乎？言"袖"者五：曰"那紅袖"，則萬福之狀也；曰"險浣了鸞迴鳳舞宮妝袖"，則拒酒之情景也；曰"催展鴛鴦袖"，又"香散春風兩袖"，又"錦袖輕回欺舞雪"，則皆形容舞態之始終耳。亦并非實寫"袖"字也，豈若"紅袖鸞銷玉笋長"之類乎？由此而推，可見予言之不欺也。

主人嘗謂先輩論文六字法，就中唯"輕""清"二字最勝。蓋"清"非枯淡無詞語之謂，法脉逼真，絲絲入筬，不枝不蔓，是則謂"清"。"輕"非浮泛不切實之謂，詞意圓足，八面玲瓏，毫無着迹，是則謂"輕"。此篇文字，人皆稱其香艷穠麗，而吾獨目之曰"清"，然亦終不於香艷穠麗外求"清"。人皆服其刻畫沉痛，而吾獨許之曰"輕"，然亦終不於刻畫沉痛外求"輕"。

知此者，可與論文矣。

簡閬道人（張雍敬）《〈窺鏡〉折總評》（《古本戲曲叢刊六集》影印乾隆三年靈雀軒刻本《醉高歌傳奇》之《窺鏡》折末）：

文章妙境，常有意想不到之處。此非獨他人意想之所不能到也，而并非我意想之所能到也。蓋初時相題立意，我得而主之。到提筆之後，趁勢乘興，信手揮灑。當其有上句，并不照管到下句；有前段，并不照管到後段。而胸中腕下，自有機神來相湊泊。此則所謂若有神助者是也。作文若不得此境，任爾巧妙，總屬畫工，非化工也。

此折題意，止是過訪訂盟。其校書之晨起嚴妝，學士之凌晨叩戶，所以寫兩情之熱。逮學士已到，而校書之妝猶未畢，所以寫亟之之至，使益見熱之之至。此皆題中所固有，而意想之所到者也。至於坐待則不能寧耐，驚斷則又不知趣，於是悄步入室，密密偷窺，而不知不覺，漸近妝臺，致書生瘦影亦入鏡中。而校書之眼快心靈，學士之閃避不及，奇情妙境，忽然奔會。此段神理，無論非題中所有，即作者□□筆前，亦未嘗想到此也。然看來又似有此題□□□□□意思在內者。而初非節外生枝，稍溢一□□題目外也。或問："既非意想所到，如何能得此境界？"曰："祇要將心思來收攝，使之極微極細，微若針尖，細若絲，忽直透到題之骨髓裏去。然後循其端緒，抽繹出來，則自可無心而遇之。此赤水玄珠，非離朱契詬所能索而得也。"

簡閬道人（張雍敬）《〈定情〉折總評》（《古本戲曲叢刊六集》影印乾隆三年靈雀軒刻本《醉高歌傳奇》之《定情》折末）：

俗題貴乎能雅，艷題貴乎能淡。雅則神清，淡則味永。欲求淡雅，在取題神。嘗見傳奇中寫男女期會事，形容醜惡，詞語穢褻，令人閉目掩耳不及。輒嘆古人造墨造筆，乃竟爲此輩狼藉作踐，真是恨事。此無他，蓋唯呆詮題面，不能遠取題神故也。昔仇十洲畫春宮百幅，已得九十九矣，尚少其一，不能足數。其女乃補作之，但畫一床，低垂其帳，粉燈熒熒，悄不見人，唯床前有烏靴、弓鞋各一雙耳，可謂淡雅之至矣。而十洲九十九幅之意，已無一不具此一幅中，抑何其清且永也，則亦唯善寫題神而已。

《定情》一折，是寫原傳中"情好最密"四字，乃題之正面也，却偏將正面閃過，并不實寫一筆，而又將一題化作兩篇。《定情》專寫題前，《紀夢》專寫題後，而題之正面，則放在中間無文字處。然此無文字處，政自有或雅或俗，或淡或艷，無限綢繆，若干做作，千百言所不能罄者在。而讀者於此亦莫不心領神會，恍然若有千百言文字在。無一筆寫到，政即無一筆不寫到斯，其清永爲何如也。主人生平凡作一切詩文，皆出自性靈，不事摹仿。嘗見括帖家用記誦學問者，輒嗤之曰："善讀書者，着衣吃飯處，遺矢撒溺處，皆是絶妙文章，安用此爲？"聞者或疑爲戲論，而孰知《定情》一折，絶妙文章，乃果從畫春宮悟出也。

簡闇道人（張雍敬）《〈紀夢〉折總評》（《古本戲曲叢刊六集》影印乾隆三年靈雀軒刻本《醉高歌傳奇》之《紀夢》折末）：

男女之私，人之大欲存焉。天下古今，此等事故是不少，則亦極其平常者矣。而詞家往往樂爲傳之。非以才子佳人邂逅適願，其情事必有不同於庸俗者，以故足傳也耶。今夫學士，才子也；校書，佳人也。隔千里而幸逢，愜三生之夙願。花前月下，尊酒談心；燈綠夢回，拈題寄咏。盡綢繆之致，極繾綣之情。曲曲寫來，自覺風流夐絶，斯真才子佳人，樂心肯意之韵事也。枕席之私，政有無容問者矣。然則非才子佳人之事之足傳也，□作者之筆足傳耳。

主人生平，斤斤繩墨，終身未嘗作一戲謔語，道一穢褻事。至作填詞，寫男女情事，無不摹神入化，苟非親見其人，有不讀其文而想見其風流豪宕者乎？吴封與曰："讀書與爲人是一事。讀書者，讀此爲人之書；爲人者，爲此讀書之事。"余謂："爲人與作文是兩事，爲人要莊重，作文要輕快；爲人要謹飭，作文要縱橫；爲人要直遂，作文要曲折；爲人要忠厚，作文要尖利；爲人要肝膽披露，作文要吞吐含蓄；爲人要真修實行，作文要劈空結想。蓋無一不相反也。宋廣平鐵石心腸，而作《梅花賦》，則又極其嫵媚，斯真能分作兩事者。"東坡云："若將文字論心事，便有無窮受屈人。"余恐世之讀主人填詞者，不免以文人才子目之，則其受屈也匪淺矣。

簡闇道人（張雍敬）《〈護花〉折總評》（《古本戲曲叢刊六集》影印乾隆三年靈雀軒刻本《醉高歌傳奇》之《護花》折末）：

院本唯正末、正旦有曲，餘人止備腳色，都無曲文。乃《西廂記》中之紅娘本係冲旦，而亦爲之譜曲者，則以其間情事，有不得不出之紅娘口中者，故相題立局，變其體也。此傳凡分三劇，前後二劇皆末唱，中一劇係旦唱，而此折獨譜作冲旦唱者，則亦善於相題立局焉耳。

凡有一題，即有題前題後、反面側面，非題之外別有所謂前後反側也，合前後反側，而後得題之完全面目耳。譬之命題止一"硯"字，則題之正面，亦即止此一字而已，至析而言之，則受墨者堂，受水者池。池之上曰眉，四周之稜曰廉，角曰隅，側爲旁，下爲底，虛者爲瓦，實者爲臺，有若干名色，而合之止成一硯，一有不具，便不成硯。此外，無論嵌以砂礫不得，即嵌以金玉亦不得也。既見其完全面目，則任爾說堂說池，說旁說底，絕口不道一硯字，而所說自無非硯者。故善作文者，往往祇於題之前後反側處着筆，而正面自於言外見得。此倒實爲虛，倒虛爲實，乃文章之妙境，而不寫題面，正所以深寫之也。如金、賈之情好最密，雖已將題之前後譜作二折，而云歸之後，必有一段睏倦神情，尚未及寫。寫題後不到，即是寫正面不到矣。

此《護花》之前半折，必不可不作也。然使譜作旦唱，則方當睏倦時，何容絮絮答答,訴說不休?且形容之語,亦必出自旁觀者之口爲妥,故補作柳枝所唱,於情景爲合。至於拒絕秦衙内一番説話,尤宜柳枝出口,若譜作旦唱,則是使上界神仙與濁世村夫交口諔語,不幾辱没殺乎?此等意思,皆在下筆之先,文字之外,非善於相題者不能也。

簡闇道人(張雍敬)《〈泣别〉折總評》(《古本戲曲叢刊六集》影印乾隆三年靈雀軒刻本《醉高歌傳奇》之《泣别》折末):

凡傳奇關目,貴乎出新者,以關目新,則曲文、賓白與之俱新也。然有必不可得而新者,則分别之曲是也。傳奇大概,不過悲歡離合,故分别之曲,無一種無之。古今傳奇不知凡幾,則分别之曲亦不知凡幾,其關目不幾陳腐矣乎?而作者往往愈出愈新,此不必别構奇思、别造生句也,祇在用筆何如耳。即如"五經""四子"題目,作者必不能背聖賢之意,而立一别解。則理同,必不能捨之乎者也,而創一别調。則文同,而場屋之中,雖千萬人同此一題,其布局遣詞,必無一篇一句雷同者,异以筆也。其文章之或工或拙,若霄漢之於塵壤,珠玉之於瓦礫。什伯千萬,不可等齊,亦异以筆也。

成、弘先正既有傳文,隆、萬名家復開風氣,亦异以筆也。异則新矣,而題目非猶是經□之舊乎?試□此折之命意吐詞,何一非别時情景之所必有?□□意想之所不能到,句句祇如尋常説話,亦初無琢煉之勞。而讀者但覺其异樣生新,則亦唯用筆之不猶人耳。吾不知主人之筆,其天勝耶,抑學勝耶?天勝,則不可强而至也;若學勝,則亦夫人之所能造也。夫豈獨主人之詞然哉!吾意古今來名世諸大家,亦止是學勝而已矣。

簡闇道人(張雍敬)《〈寄詞〉折總評》(《古本戲曲叢刊六集》影印乾隆三年靈雀軒刻本《醉高歌傳奇》之《寄詞》折末):

先輩云"文無正面",非謂全無正面也,謂不一直幾句説完題面,或説盡題意耳。故無論善作文者，祇向題之前後左右討生活，即先輩樸實頭做法，通篇皆靠實發揮，然而其間必有虛實，必有段落，斷無一直幾句説完説盡者也。試看此傳一十二折，凡二百餘曲，都在原傳之前後左右生發。唯此折是其正面，然起處六曲，祇説盼信不來，乃題前反樸法；及書寄到，且未遽發，又閑閑寫了二曲，乃緩步入題法；發書後《耍孩兒》一曲，略舉大意，仍未實拈題中一字，是爲虛挈法；【九煞】問升遷，【八煞】説歸期，此正吃緊心事，乃通篇精神凝注處，是爲補題法。【七煞】至【四煞】始摹寫原詞，然運化轉換，亦并不呆疏正面一語。至於【三煞】是總束法，【二煞】是反掉法，【尾】又寫到題後去，真是"文章無正面"也。

此書合全部觀之，一篇文字；析而言之，逐折逐首，亦一篇文字。無不合乎八股之法。原傳，全部之題也。《識畫》《題帕》之類，十二折之題也。是又從原傳分析者，此折【七煞】至【四煞】，則原傳中之原詞也，"樂心"兩句，【七煞】之題也；"畫船開拋閃"五字，【六煞】之題也；"人獨自至中條山，隔不斷相思"，【五煞】之題也；"常記得"至末，【四煞】之題也。則又寄詞中之分析者，而又各成一篇文字，全部莫不皆然，而此折尤爲易見。要知逐首細分，亦無非分此原傳中之意爾，故可以分之而爲數百十篇，合之而爲一大篇也。然認題不真，則生嵌及勉强之病雜出矣，其能分合皆中乎法度哉？桂明州往役，義也；往見，不義也。題每股之中，又匯一篇八股小文字，即在時藝，亦屬僅見，而竟得之於填詞。大奇，大奇！

簡闇道人（張雍敬）《〈情幻〉折總評》（《古本戲曲叢刊六集》影印乾隆三年靈雀軒刻本《醉高歌傳奇》之《情幻》折末）：

主人資性敏捷，凡一切文章技藝，經目輒解，不俟終日。然其所得，雖歷久不復更進，恒止如初習時，一若或有限之者。幼時從朱南陽先生游，授以制藝，纔六篇，即問曰："若能作破承乎？"曰："請試爲之。"師命題，立

張雍敬

就以進。師爲首肯，曰："能復作起講乎？"曰："能。"復綴以進。師喜曰："豈遂能終篇乎？"則笑曰："安有能作破承、起講，而不能終篇者耶？"師大喜曰："吾教授數十年，生徒數百人，若子者未之見也，願厚自愛。"既而文不加進。師訝曰："吾向也期子實深，今久之而文思不進。何也？"曰："生所受之文，似無足以啓發我之志意者，以故無所得。"師曰："學問之道，淺求之則淺，深求之則深，子之患在視之太易耳。"於是感奮，簡練揣摩，三年無所得。

一日晏坐，見條香烟篆，嬝嬝空際，恍然曰："斯其爲作文之法與？"因作《香篆賦》以見意。曰："曠吾觀於造化兮，氣壹絪而彌綸。維炎方之鬱蒸兮，其臭烈而芳芬。體萬物而不遺兮，徵燦著夫草木。如彼鷄骨與旃檀兮，莫不孕扶輿之靈淑。香馥郁其遠聞兮，固爲世所珍异。羌不脛而走兮，來遠致乎海外（叶五墜反）。屑之杵之兮，復和之以衆芳。雜揉而能鎔渾兮，非人力其焉成（叶音常）。體纖修以條直兮，束八百於徑寸。可展誠而格帝天兮，寧唯人對之而情遠。炷一莖於畫爐兮，青縷縷其承宇。無使微風之輕蕩兮，顧重簾而使下（叶後五反）。態悠揚以蜿蟺兮，勢欲斷而猶連。乍迢迢其遠逝兮，復縈紆以却還（音旋）。若紛糾以散漫兮，仍循序而有繹。謂端緒其可尋兮，終縹緲而無迹。逝者不可留兮，未及瞬而已失。繼起合沓以奔赴兮，方疊疊以相及。絕飄忽以奮迅兮，亦容與而自如。蓋其機甚疾兮，而其度則徐寂。萬籟而不聞兮，境與世其皆遺。聊消摇以燕坐兮，注余目而神怡。雲起滅以無端兮，水瀠洄而流行（叶音杭）。夫惟變動而不居兮，用昭天地之文章。昔對之而不能明言兮，今乃於斯焉遇之。且奚獨雲與水之爲然兮，盍曠觀而悟之。"重爲之歌曰："承鏒艾兮火初爇，明一點兮炯不滅？烟霏霏兮致飄越。澹蕩兮空靈，聚散兮縱橫，態不恒兮迹不仍。孰爲之兮清復輕，孰爲散兮杳且冥，唯此炯炯者爲其天（叶音汀）。"師見之，嘆曰："子得之矣！子得之矣！文自此進矣，吾無以復子矣。"

簡闇道人（張雍敬）《〈露情〉折總評》（《古本戲曲叢刊六集》影印乾隆三年靈雀軒刻本《醉高歌傳奇》之《露情》折末）：

前四曲虛描，次四曲實寫，絕似兩對格文字。而虛描處能映帶事實，實寫處又別有閒情。縱橫變化，不離規矩，祇覺句句都是"露情"兩字，於題義不走一絲。末三曲又包含下文，并歸到"燕飲"上作結，更無剩義。其□□於氣勢磅礴中，又往往以小語致巧，在全詞中另□一體。

簡闇道人（張雍敬）《第三劇〈楔子〉總評》（《古本戲曲叢刊六集》影印乾隆三年靈雀軒刻本《醉高歌傳奇》之第三劇卷首）：

此楔承《露情》折，作一波瀾，以起下之《舟晤》。凡作文最要見景生情，無風起浪。第二劇中之《楔子》，所謂見景生情，而此則無風起浪也。要皆為鬥笋合縫之法。

簡闇道人（張雍敬）《〈舟晤〉折總評》（《古本戲曲叢刊六集》影印乾隆三年靈雀軒刻本《醉高歌傳奇》之《舟晤》折末）：

填詞之作，大抵皆言情而已。吾獨怪夫近代傳奇，未嘗識所謂情也。臨了一折，必譜作圓聚，其圓聚又必藉錦歸，無一不然，幾同印板。使不圓聚，便不足以言情乎？使不錦歸，便有所輕重於情乎？蓋俗腸多鄙，唯知富貴為可慕，而於情字分量初未之識也。元人雜劇皆據事填詞，不盡拘團圓俗套，即主人所作種種樂府，如《塵寰夢》、《碧桃花》、《賈郎續夢》、《三分案》、《昭君怨》、《仙筵投李》、《千秋恨》、《再生緣》（并雜劇）、《祝英臺》（焰段）、《十二奇蹤記》（傳奇，謂燕丹、赤松子、留侯、滄海君、項羽、漢高帝、衛滿、樊於期、田光、荊軻、高漸離、宋意等凡十有二人）亦然。至此本傳奇，則更以解組歸來，為稱心快。

简闇道人（张雍敬）《〈证画〉折总评》（《古本戏曲丛刊六集》影印乾隆三年灵雀轩刻本《醉高歌传奇》之《证画》折末）：

或问："文章如何得佳？"曰："祗要熟，多读多做，自然得佳。""或资钝不能多读，事扰不能多做，奈何？"曰："有反约法，有偷闲法。于平日所读若干文字中，遴取其最有法则者一二十篇，时时温习，资即少钝，何患不熟？平旦醒来，随口拈取一题，打一腹稿，不过片刻可就，又何患他事之相扰耶？"

"尝见有记诵多至千百篇，而犹苦难于措笔者。一二十篇，不綦少乎？"曰："学者但宜多读古书，至于时文，不过观其体裁风气而已，何取于多耶？彼务多者，盖欲供其剿窃套换耳。岂知凡有一题，即有是题之真精神、真面目，亦即有是题之真法脉、真辞气，无可用其套窃。且所遇题目不可胜计，又安能一一得成文而套窃之？若行文之法，则固千篇一理者也，如起承转合、起转承合、宾主反正、提掇关锁、埋伏照应、挑逗映带之类，不过四五十法，苟得其意，自能用之不穷；举一隅尚可以三隅反，况一二十篇哉？吾犹以为多矣。"

"文须论工拙，腹稿恐未及详审也。"曰："工拙且不必论，此法祗求其熟耳。行文要诀在乎快捷，快则轻，捷则灵。若能一挥而就，即无甚奇思异想，而字里行间自有一种机神流奕，气势苍莽，足以动人处，盖不求工而自工矣。快捷非熟不得，是故贵乎腹稿也。"

"又尝见有作文极快捷者，而都不得佳，何也？"曰："此又于提笔前少了一个'迟'字也。提笔前须有三层工夫在：凡题目到手，先要看书，将白文涵泳数过，以求圣贤旨趣之所归。复将传注，细细体认贴切，以求其理脉的确，务使心与理融，而圣贤之语一如我口之所出。然后审题，其虚神何在，其实义何在；何处当轻，何处当重，为是徵足上文，为是带起下意，又一一得其窾窾。然后立局，或宜顺讲，或宜逆入；或宜浑做，或宜分疏；或贵虚描，或貴實發，使胸中先有成竹。三者工夫既畢，然後研墨提筆，一直掃去，斷不可略有停滯。即使下文未能遽接，而手中筆須作振振欲下之勢。設有字句未安處，對偶未工處，姑且置之，俟完後再加點竄，斷不可為一字一句，勞其思索，以滯其筆機。余故嘗謂：'認題不妨移時，遲之謂也；成文不可逾刻，快捷之謂也。'"

"又嘗見作文有快且佳者，當亦從熟中來。而一或荒疏，便苦生澀，將熟亦不足恃乎？"曰："此正坐不曾真熟耳。主人少年時，凡一切詩文技藝，不學則已，學則不爐不扇，不寢不食，發憤以求之，不過拚數月工夫，無有不得力者。中年多病，既而學道，遂一概屏弃。然未免見獵心喜，或數年而偶作一文，或數月而偶吟一詩，但提起筆，總覺與少年用功時無二，初未嘗有荒疏生澀之苦，蓋得力於'熟'字者深耳。一勞永逸，極是大便宜事。視彼專事記誦者，窮年纍月，孳孳矻矻，老死不得休，其勞逸相去為何如也？此係主人一一親歷實境，更不打一誑語，深願與學文者共證之。故常書之以教煇祖。一部《醉高歌》，其文章所以佳處，正得力在一'熟'字，故於末詳論之。"

附《金鶯兒傳》（《古本戲曲叢刊六集》影印乾隆三年靈雀軒刻本《醉高歌傳奇》卷首）：

金鶯兒，山東名姝也。美姿容，善談笑，搊彈合唱，鮮有其比。賈伯堅任山東僉憲時，與金情好最密。後為西臺御史，不能忘情，嘗作《醉高歌》《紅綉鞋》詞以寄之，曰："樂心兒比目連枝，肯意兒新婚宴爾。畫船開拋閃得人獨自。遙望關西店兒，黃河水流不盡心事，中條山隔不斷相思。常記得夜深沉、人靜悄自來時。來時節兩三句話，去時節一篇詩，記在人心窩兒裏，直到死。"為臺端所知，被劾而去。至今山東以為美談云。

洪 昇
(1645—1704)

字昉思，號稗畦，又號南屏樵者，錢塘（今浙江杭州）人。國子監生。因遭"家難"，不容於父母，挈其眷之京師。流寓困窮，情懷怫鬱。康熙二十八年（1689），因國喪期間觀演《長生殿》傳奇而被革除功名。晚年居杭州，境遇不佳。康熙四十三年（1704），訪友歸途中，失足落水而死。工詩善曲。有《嘯月樓集》《稗畦集》《稗畦續集》。戲曲今存傳奇《長生殿》《錦綉圖》、雜劇《四嬋娟》。另有《天涯泪》和《青衫濕》等七種，未見。梁紹壬《兩般秋雨盦隨筆》卷三《拍曲几》云："余二十年前，曾在外舅黃鐵年先生家見《昉思度曲圖》，毛西河、高江村諸巨手俱有題咏，山舟學士爲跋識數語，歸於洪氏，今不知尚存否也。昉思先生傳奇《長生殿》之外，尚有《天涯泪》《四嬋娟》《青衫濕》三種，今其稿猶存黃氏，蓋先生爲文僖相國孫婿也。"

傳記文獻：《清史列傳》卷十七、吳顥《國朝杭郡詩輯》卷六、章培恒《洪昇年譜》、曾永義《清洪昉思先生昇年譜》等。

《四嬋娟》

劇首署"錢塘洪昇昉思氏填詞，長洲徐麟靈昭氏樂句"。四折，分寫四事，依次爲《謝道韞咏絮擅詩才》《衛茂漪簪花傳筆陣》《李易安鬥茗話幽情》《管仲姬畫竹留清韵》。章培恒《洪昇年譜》"康熙四十二年癸未（1703）"條，引孫鳳儀《牟山詩鈔》中《和贈洪昉思原韵十首》其九原注："新譜《四嬋娟》，已授梓矣。"知是劇作於康熙四十二年（1703）之前。

● 劇情概要與本事

《謝道韞詠絮擅詩才》

劇首題"謝道韞",又名《詠雪》。寫東晉謝安罷相歸家,優游林下,常與兒女輩談論文義,以爲家庭樂事。一日,天降瑞雪,謝安吩咐擺下宴席,令侄兒謝璉、侄女謝道韞前來賞雪飲酒。席間,謝安吟"白雪紛紛何所似"句,令大家聯吟。謝璉以"撒鹽空中差可擬"續之,而謝道韞則以"未若柳絮因風起"作對。謝安對道韞之句甚是贊賞,認爲可傳千古。

正旦扮謝道韞,冲末扮謝安。登場人物尚有謝璉、胡麻、老姥姥、院公、歌妓等,俱未分配脚色。

本事見於《晋書・謝安傳》、南朝宋劉義慶《世説新語・言語第二》及唐陸龜蒙《小名錄》。明許潮(生卒年不詳)《泰和記》有《謝東山雪朝試兒女》雜劇,與此劇題材同。

《衛茂漪簪花傳筆陣》

劇首題"衛茂漪",又名《簪花》。寫東晉琅邪臨沂人王羲之官拜右軍將軍、會稽内史,放情山水,寄興筆墨。其學書數載,遍臨古今名人碑刻,祇是入神之處無人點化,自覺尚隔半塵。一日,王羲之聽説表姊衛茂漪在含香館中設下絳紗,與人指授書法,便執贄門牆,求其指教。衛茂漪感其誠意,向其講解筆陣圖,傳授簪花妙格。

冲末扮王羲之,正旦扮衛茂漪,旦兒、搽旦扮女學生。另有家僮、院公、婢女翠翹、金鳳等登場,俱未分配具體脚色。

本事見於東晉王羲之《書衛夫人〈筆陣圖〉後》、唐張懷瓘《書斷》、韋續《墨藪》以及元陶宗儀(1316—?)《南村輟耕錄》等。

《李易安鬥茗話幽情》

劇首題"李易安",又名《鬥茗》。寫宋代李清照、趙明誠夫妻恩愛,志趣相投。某日,有人送來古畫《牡丹圖》求售,二人展卷觀賞,甚是喜歡,奈明誠宦囊清苦,無力購買,李清照典當金釵相助。婢女紅瘦呈上陽羨新茶,李清照認爲如此佳茗,不可胡亂就飲,應伴以鬥茶之戲。於是,趙明誠歷數前代之美滿夫妻、恩愛夫妻、生死夫妻等,以爲賭茶游戲。

正旦扮李清照,正末扮趙明誠,外扮院公。另有侍女紅瘦、緑肥登場,俱未分配脚色。

本事見於宋李清照《金石録後序》"烹茶檢書"一段。清朱鳳森(1776—1832)雜劇《金石録》之《鬥茗》齣與此題材同。

《管仲姬畫竹留清韵》

劇首題"管仲姬",又名《畫竹》。寫宋宗室趙孟頫入元不仕,後蒙元世祖徵召,官拜翰林學士,恩禮甚渥。辭官後,趙孟頫與妻子管道昇歸隱白蘋洲別業。趙素妙丹青,管氏亦嫻絹素、工畫竹。時值重陽佳節,趙遣僕人邀妻子登舟游湖。二人在湖中欣賞秋景,吟詩作畫,感嘆光陰易逝,約定明日再游。

正旦扮管道昇,正末扮趙孟頫。另有漁童、樵夫登場,俱未分配脚色。

本事見於元伊世珍(生卒年不詳)《嫏嬛記》、夏文彥(生卒年不詳)《圖繪寶鑒》、孔齊(1318?—?)《至正直記·松雪遺事》等。

● 著録、版本與收藏情況

《清代雜劇全目》《古典戲曲存目彙考》《古本戲曲劇目提要》著録。現存清鈔本,藏國家圖書館,鄭振鐸《清人雜劇二集》、《清人雜劇百廿種》第3册據之影印。另有王永寬、楊海中、玄書儀選注《清代雜劇選》(中州古籍出版社1991年版)本,劉輝箋校《洪昇集》卷六(浙江古籍出版社2012年版)所收本。

洪昇

● 序跋、題詞與評語

惠潤《〈四嬋娟〉題詞》（《清人雜劇二集》影印清鈔本《四嬋娟》卷首）：

踵元人爲劇則者，推田水月生。豪蕩滑稽，能發其胸中突兀奇怪不平之氣，庶幾乎騷人之遺矣。余獨怪其傳花、黃二氏，閨閣女子，擅文武才，卒見庸於世，一若張大巾幗以貶損世之爲丈夫者，似亦過論也。假令閨閣女子果擅文武才如二氏耶，焉知不淪落轗軻，垢面蓬首，負抑鬱困頓之累，以終其身耶？何則？造物所忌者才耳，遑問其爲男子、爲閨閣乎？此余之所以嘆也。

錢唐洪子昉思，示余以《四嬋娟》劇。余反復其意而悲之。夫於古今千百嬋娟中，獨舉此四人，豈不以四人之所遇勝千百歟？幸而免於淪落轗軻歟？然而天壤之內，復有王郎以及桑榆狙獝之恨，所謂"四嬋娟"者，其二已如此，悲夫！悵兩美之難合，或雖合而不終，昉思用意，較田水月生爲益微而愴矣。天將忌之，則如勿生；既生之，又忌之，奚説耶？余安得呼造物者而問諸？

江上同學弟惠潤序

鄭振鐸《〈四嬋娟雜劇〉跋》（《清人雜劇二集》影印清鈔本《四嬋娟》卷首《題記》）：

洪昇，字昉思，號稗畦，錢塘人。以作《長生殿傳奇》有名於世。晚年渡江，老僕墜水，昇已醉，提燈救之，遂與俱死。他所作，有《稗畦集》及《天涯淚》《四嬋娟》雜劇。傳本均罕見。今竟得《四嬋娟》，喜可知也。《四嬋娟》體近《四聲猿》，以四折寫謝道韞、衛茂漪、李易安、管仲姬四才女事。綺膩風光，本不易寫得好。此四劇遂亦不若《長生殿》的動人。

吳梅《〈四嬋娟雜劇〉跋》（《清人雜劇二集》影印清鈔本《四嬋娟》卷末）： 洪昇

四種清爽拔俗，當是昉思少作，與《長生殿》中北詞若出兩手。蓋能整齊，而不能疏略，去元人尚遠也。鈔手庸劣，時有錯訛；略記上方，未能細勘。

乙亥十一月十二日，霜厓吳梅書於大石橋

顧 彩
(1650—1718)

字天石,號湘槎、往深山人,別署夢鶴居士,錫山(今江蘇無錫)人。諸生。康熙二十年(1681)入國子監,名噪都下。秋試不第,游山東曲阜,結識衍聖公孔毓圻(1657—1723)父子,甚相得。孔氏父子爲顧彩選訂刊行《往深齋詩集》,并與其共同編撰《草堂嗣響》詞選。顧彩工詩歌,精詞曲。《錫金識小録》卷七云:"顧文學天石……工詩歌,尤精度曲。久客衍聖公所,所著傳奇至數十種。"著有《往深齋詩集》《辟疆園文稿》《第十一段錦詞話》《鶴邊詞鈔》《仲里志》等。戲曲方面,今存《大忽雷》雜劇,以及與孔尚任(1648—1718)合撰之《小忽雷》傳奇。孔尚任《燕臺雜興四十首》之十七小注云:"無錫顧天石名彩,作《楚辭譜》,傳屈、宋故事。"孔尚任《〈桃花扇〉傳奇本末》又云:"顧子天石,讀予《桃花扇》,引而申之,改爲《南桃花扇》。"知其尚著有傳奇《楚辭譜》和《南桃花扇》二種,已佚。

按,關於《大忽雷》一劇之作者,(乾隆)《曲阜縣志》卷五十三歸之於孔尚任名下;周妙中《清代戲曲史》認爲當爲顧彩與孔尚任合撰;劉喜海《嘉蔭簃集》卷上《小忽雷記》言"夢鶴居士倚聲譜爲《小忽雷》傳奇四闋,又二闋曰《大忽雷》傳奇",孫書磊《〈大忽雷〉雜劇考》據此認爲:"《大忽雷》應爲顧彩獨立撰寫的作品。"(《南京師範大學文學院學報》2009年第3期)今從孫説。

傳記文獻:顧玉書等《顧氏宗譜》、高鑅泉《錫山歷朝著述書目考》卷五、(民國)《續修曲阜縣志》卷五等。

《大忽雷》

● 劇情概要與本事

劇首題"大忽雷傳奇"。二折，依次爲《買胡琴》《碎胡琴》。寫唐代四川書生陳子昂，文比司馬相如，家埒陶朱公，感蜀地謀利者多，讀書者少，恐錦綉胸襟，埋没間巷，遂赴長安尋求機會。一日，前往太學游玩，在街市上遇一老者，頭頂胡琴，手持草標，高聲叫賣，言此乃古琴大忽雷。陳子昂喜獲至寶，當即以千兩白金買下，又邀盧照鄰、楊炯等文士名公來寓所聽琴。次日，陳子昂設下宴席，邊彈邊唱，傾訴自己的落魄經歷，感嘆人不如琴。後又當衆摔碎胡琴，正當衆人疑惑之際，子昂將自己所作詩文分發給衆人，由此獲得關注，文名遂起。

正末扮陳子昂，副末扮駱賓王，净扮盧照鄰、太學生，副净扮楊炯、太學生，丑扮王勃、老客，雜扮奚奴。

本事見於宋尤袤《全唐詩話》卷一《陳子昂》引《獨异記》，清張聲玠（1803—1848）《玉田春水軒雜齣》之《碎胡琴》雜劇與此題材同。

● 著録、版本與收藏情况

《莊一拂〈古典戲曲存目彙考〉補正》著録。現存嘉慶年間劉喜海味經書屋鈔本《小忽雷》傳奇所附本，藏南京圖書館；清末民初劉世珩暖紅室刻《匯刻傳奇》所收《小忽雷》傳奇所附本。又有《古本戲曲叢刊七集》影印乾隆鈔本《小忽雷》所附本及徐振貴主編《孔尚任全集輯校註評》（齊魯書社2004年版）所附排印本。

顧 彬

　　字天誤,號水湄,錫山(今江蘇無錫)人。生卒年不詳。顧彩(1650—1718)之弟。顧光旭《梁溪詩鈔》卷二十八云其:"幼敏悟絕倫,工詩古文詞。所著傳奇《齊人記》膾炙人口。獨不喜爲舉業,不應有司試,以布衣終。善詼諧,好飲酒,世無知者。"今存雜劇《齊人記》一種。

　　按,《馬世俊佚稿》録有雜劇《齊人記》一種,傅惜華《清代雜劇全目》等據現存《馬世俊佚稿》卷末"質清"之題識,認定該劇乃馬世俊(1609—1666)所作。但"質清"本身之情況不詳,題識時間在1957年,距劇本撰成時代較遠;馬世俊《匡庵文集》又無該劇相關記載,"質清"之言可疑。陸萼庭《清代戲曲家叢考》依據上述《梁溪詩鈔》之記載等,傾向認爲《齊人記》所謂"順治原稿本"不確,而應是康熙間顧彬的手稿或傳抄本。另外,顧彬精於音律,別號"水湄",正與《齊人記》正目之"水湄生巧演齊人記"相符。筆者贊同陸氏之觀點。

　　傳記文獻:顧光旭《梁溪詩鈔》卷二十八、陸萼庭《清代戲曲家叢考》。

《齊人記》

● 劇情概要與本事

　　劇首正目曰:"沸乾坤騙老虛名利,昧良心汩没真仁義。小齋頭閑翻《孟子》書,水湄生巧演《齊人記》。"四齣,齣目悉出自《孟子》一書,依次爲"齊人有一妻一妾,至則盡富貴也";"其妻告其妾曰,至所之也";"早起施從良,至饜足之道也";"其妻歸告其妾曰,至幾希矣"。寫齊人家住臨淄城中,有一妻一妾。他鎮日閑游，每天早晨都一早就去鬧市"唱個蓮花調"覓食。其妻子對他"清早披衣而去"、"晚來醉飽而歸"、不求上進的行徑産生懷疑。一日待齊人醉歸，就問他既不嫻家事，又不懂營生，且不追求名利，爲何能够整日在外酒足飯飽？齊人誇口説日與孟嘗君、蚳蛙、田嬰、王歡等權貴豪富相交，且耻笑陳仲子如乞兒餓殍。其妻問爲何不藉這些貴人提携走上仕途，享受夫貴妻榮。齊人又拿魯仲連自比，稱自己視富貴如浮雲，并説明天一早要去管仲、晏嬰家。妻、妾均不相信齊人之言。後齊人出門，妻子暗自潜隨，見街上一群乞丐正等待齊人到來，一起去墳地向祭墳人乞食。齊人到後，就去東廓墦間去乞食，那裏葬的多是權貴。齊人滿心歡喜而行，恰遇孟嘗君、田單、王歡等帶僕從相繼迎面而來，齊人躲在楊樹之下，還是被隨從僕人驅趕。齊人走至東廓墦間，不斷向祭墳人乞討酒食，最後酒足飯飽、心滿意足。其妻看到這一切後，滿懷愁悶與悲憤而先行回家，到家遇妾相問，先是悲嘆落泪而不語，再告以實情，二人大駡齊人，相擁而泣於中庭。恰此時齊人歸來，欲擁妻抱妾，皆被推開。齊人不明就裏，托大訓斥其妾，并詢問二人哭泣之因。其妾藉見門口有良人行乞之事而心生悲戚以諷之，齊人依然裝大。最後被妻妾説破并受到責罰後，齊人方發誓不再爲非分之舉，在家中安心讀書求取功名。

生扮齊人，旦扮齊人之妻，貼扮齊人之妾，净扮祭者，丑扮僕人，雜扮齊東野人、宋人、滕人、鬥鷄者、走狗者、陸博者。登場人物尚有孟嘗君、田單、王歡、僕從等，俱未分配脚色。

本事見《孟子·離婁下》"齊人有一妻一妾"章。明許潮（生卒年不詳）《公孫丑東郭息忿争》雜劇、孫鍾齡（生卒年不詳）《東郭記》傳奇，清傅山（1607—1684）《齊人乞食》《驕其妻妾》雜劇、熊超（1736？—1788後）《齊人記》雜劇等，與此題材同。

顧彬

● 著錄、版本與收藏情況

《清代雜劇全目》《莊一拂〈古典戲曲存目彙考〉補正》歸爲馬世俊之雜劇，《古典戲曲存目彙考》歸爲顧彬之傳奇，言已散佚，均不確。現存《馬世俊佚稿》所收本，藏中國藝術研究院圖書館。

● 序跋、題詞與評語

質清《〈古其風留人眼小說〉〈齊人記〉跋》，見"馬世俊《古其風留人眼小說》"條。

張 潮
（1650—1709？）

　　字山來，號心齋，別署心齋居士、三在道人，歙縣（今安徽歙縣）人，長期寓居江都（今江蘇揚州）。弱冠補諸生，曾在康熙初年以歲貢授翰林孔目。平生好學，交游甚廣。陳鼎（1650—?）《心齋居士傳》云："潮幼穎異絶倫，好讀書，博通經史百家言。弱冠補諸生，以文鳴大江南北，彙試不第，以貲爲翰林郎，不仕，杜門著書，自號心齋居士。"曾編刻《檀几叢書》《昭代叢書》和小説集《虞初新志》等。《虞初新志·凡例》云："鄙人性好幽奇，衷多感憒。故神仙英杰，寓意《四懷》；外史奇文，寫心一啓。"自注云："予向有才子、佳人、英雄、神仙《四懷詩》及《徵選外史啓》。"著有《心齋詩集》《心齋聊復集》《詩幻》《心齋雜俎》《花影詞》《幽夢影》等。又有曲集《筆歌》傳世。

　　傳記文獻：陳鼎《心齋居士傳》（《留溪外傳》卷六）、（乾隆）《歙縣志》卷十二、蕭相愷主編《中國文言小説家評傳》等。

《筆歌》

　　包括散曲一卷及雜劇五種。雜劇名爲《凱歌》《瑶池宴》《窮途哭》《乞巧文》《拜石丈》，其中《瑶池宴》《窮途哭》《乞巧文》《拜石丈》屬於《筆歌》，又名"甲之四折"，均爲一折。劇首署"新安張潮山來氏著，同學諸子評"。第一折前有【蝶戀花】二曲，似副末開場。正名爲"穆天子絶域快遨游，阮嗣宗窮途傷痛哭，柳子厚乞巧換冠裳，米元章拜石具袍笏"。陳鼎《心齋居士傳》云其寫作目的"爲嬉笑唾駡悲哀涕泣排場局，以自娛自悼"。

◆ 劇情概要與本事

《凱歌》

劇首署"歙縣臣張潮"。一折。寫康熙時，蒙古厄魯得部首領噶爾丹率眾侵犯喀爾喀部，朝廷再三面諭，令其和好。噶爾丹雖折箭爲誓，表示遵從，然又一再背盟。皇帝見其負固不服，三次御駕親征，殺過了黑魯淪河，最終噶爾丹眾叛親離，兵敗自殺，皇帝率領將士凱旋。

登場人物爲眾軍士，俱未分配腳色。

本事來自時事。按，康熙二十九年（1690），準噶爾汗國首領噶爾丹藉追擊喀爾喀部之機，直逼北京，康熙帝三次親征平叛，至康熙三十六年（1697）噶爾丹兵敗自殺而結束。據其內容，是劇創作時間當在康熙三十六年（1697）後不久。

《瑤池宴》

一折。寫周穆王時，民安物阜，河清海宴，周王欲遍歷九垓，近來又得造父一人，極善馳驅，因此率眾西游，觀風訪道。一日車駕入瑤池懸圃，西王母設下酒宴盛情款待。席間，穆王請教長生久視之訣，西王母勸其不用談空論玄，但靜中葆原而已。二人還以短歌彼此酬答。最後，穆王又整駕南行，與西王母分別。

生扮周穆王，旦扮西王母，老旦、小旦扮侍女，凈扮造父，外扮祭公，雜扮太監。登場人物尚有力士，未分配腳色。

本事見於《穆天子傳》以及《史記‧趙世家》等。

《窮途哭》

一折。寫晉代阮籍避地佯狂，居心坦率。疾禮法如仇讎，偕老莊爲知己。雖知直道難容，究竟胸中有主。一日出門沿大道直行，見世人爭走旁門枉道，古道上人迹稀少。走了若干時候，看到前面已無路可走，不由放聲痛哭，感嘆古往今來之大道難行。

登場人物僅阮籍，未分配腳色。

本事見於南朝宋劉義慶《世説新語》。

《乞巧文》

一折。寫唐代河東人柳宗元，命運迍邅，謫居外郡。一日送客晚歸，見女郎們紛紛望空拜禱，詢問得知，此乃向天孫乞巧。柳宗元感嘆自己生無靈心，動輒被議。故易女裝祈求天孫授其迎人之技，使其成爲"巧夫"。夢中天孫告訴他應該安於命運，莫生妄想。

旦扮天孫。登場人物尚有柳宗元、丫鬟、侍女等，俱未分配腳色。

是劇乃據唐柳宗元《乞巧文》敷演而成。

《拜石丈》

一折。寫宋代襄陽人米芾，現知無爲州軍事。他生性疏狂，愛石成癖。一日，天氣晴和，將所藏奇石一一玩賞。事畢，米芾往州衙左側散步，又發現一大塊奇石，倍感僥幸，尊稱其爲石丈。本待要跪拜一番，但身着便服，認爲不夠鄭重，便遣人回衙取來袍笏，更衣後，舞蹈揚塵，屈膝跪拜。

登場人物米芾，未分配腳色。雜扮米芾僕人。

本事見於宋費袞《梁溪漫志》卷六、葉夢得《石林燕語》卷十以及明馮夢龍（1574—1646）《古今譚概》等。

◆ 著錄、版本與收藏情况

《古本戲曲劇目提要》附錄二之《清代劇目補錄》著錄。現存清鈔本，藏浙江圖書館。又，周妙中《江南訪曲錄要》云天一閣存清刊本。沈玉亮與吳陳琰合刻《鳳池集》八卷，末附張潮《凱旋曲》雜劇一折，現存康熙四十四年（1705）刻本。另有劉和文校點《張潮全集》（黄山書社2021年版）收入排印本。

序跋、題詞與評語

吳綺《〈筆歌〉序》(清鈔本《筆歌》卷首)：

聞之，詩惟言志，而能詩莫尚於青蓮；曲以宣情，而顧曲獨稱於紅豆。然情之所發，樂之數不及於哀；若情之既深，真之極究歸於誕。故古之達士，莊言而或雜以諧；昔有文人，靜觀而即有所動。經留於子，首稱漆園之書；咸本於《騷》，獨妙江潭之作也。

吾友山來張子，少承家學，早負時名。書既讀於等身，賦復工乎叉手。乃於授簡之暇，爰多協律之篇。酒邊時復高吟，花下頻爲朗咏。裒其所製，題曰《筆歌》，以一帙而示予，命數言爲弁首。

夫子文無口，何意能聲？元銳諸毛，寧能奏雅？子爲是也，誰其聽之？既而展卷以觀，乃復掩書而嘆。仰懷穆滿，開天路之難登；遠溯嗣宗，悵世途之多阻。巧難勝拙，徒貽誚於陳梭；衆欲呼顚，且放狂而具笏。武侯灑淚，千古沾襟；令伯含毫，百年隕涕。他若興悲於弱子，甚乃憑弔於戰場。此之爲歌，痛於泣矣；其豈爲筆，不能言耶？

蓋情之感於歡樂者輕，而感於悲思者重；情之托於言語者淺，而托於翰墨者深。所以拔劍高鳴，匪云"樂只"；扣壺長嘯，惟喚"奈何"而已。但韓娥抗聲，而四座之悲歡不一；葉者合奏，而一人之卧起再三。彼雖歌者之精，要亦作者之妙也。嗟乎！人生快心之處，寧有幾端？世間失意之□，當非一事。吾安能藉"三影"之麗句，盡以寫千古之閑愁也哉！

年家眷弟吳綺拜撰

吳綺《〈瑤池宴〉評語》(清鈔本《瑤池宴》卷末)：

寫荒忽之情，惝怳如見，遂覺日行萬(疑脫"里")，八駿竟得重來。

顧彩《〈瑤池宴〉評語》(清鈔本《瑤池宴》卷末):

鈞天高會，非人間所有，真乃詞霏玉屑，響遏流雲。尤妙在簡嚴不支。若如徐文長口中，不知作幾許方言聲口矣。

張潮《〈窮途哭〉評語》(清鈔本《窮途哭》卷首):

阮嗣宗非方行矩步者，此不過藉題發論耳。若執其字句而訾議之，便是痴人説夢。

崔如岳《〈窮途哭〉評語》(清鈔本《窮途哭》卷末):

直道難行，千古同慨。先生此詞幾於擊筑悲歌，作變徵之聲矣。但恐世上直走的要哭，旁走的也要哭，祇落得彌勒佛笑不了。

吴綺《〈窮途哭〉評語》(清鈔本《窮途哭》卷末):

感慨淋漓，筆墨之中有聲有泪。

顧彩《〈窮途哭〉評語》(清鈔本《窮途哭》卷末):

千古乾坤，缺陷甚多，若一椿椿哭去，正復倒盡愁腸，拽枯泪海，亦哭不盡。祇恁平平叙去，忽遇應哭之時，放膽哭他幾聲，又便住了。使讀者言外覺得神色慘傷，洵千古第一情種。

孔尚任《〈乞巧文〉評語》(清鈔本《乞巧文》卷末):

巧可乞乎? 吾見世之弄巧者，往往成拙；拙中大巧，惟猶龍老子知之。柳州《乞巧文》本是憎巧文，山來先生演成詞曲，令世知巧之不如拙，乞之翻爲多事。安吾拙以觀天下巧，而天孫自此無權矣。

崔如岳《〈乞巧文〉評語》（清鈔本《乞巧文》卷末）：

世上鬚眉男子，那裏乞得巧來？試看柳柳州著裙衫、束髮簪筓，乃敢向天孫乞憐，是大乞巧法子。此孟夫子所以致嘆，予以順爲正也。

吳綺《〈乞巧文〉評語》（清鈔本《乞巧文》卷末）：

柳州一作，遂爲千秋口實，得此可以不恨。

顧彩《〈乞巧文〉評語》（清鈔本《乞巧文》卷末）：

千方百計乞巧，却乞不來。究竟世間一等巧於取名，巧於取利，巧於同流俗，巧於避禍灾者，渠并不曾從天孫乞來。然則乞巧真有何益？山來覷破此意，藉子厚作一排場，畢竟歸到守拙而止，非徒向熱心人澆冰雪，亦向迷津路喚轉頭，功德不小，不得僅以小文字目之。

又曰（《乞巧文》劇末）：

凡檃括古文者，原文所有之意不可減，原文所無之意不可增，再加以段落分明，方爲能事。兹篇可謂處處合拍，然必須取柳州原文對讀，方知其妙。

孔尚任《〈拜石丈〉評語》（清鈔本《拜石丈》卷末）：

米老拜石，千古韵事，然亦見舉世無可拜之人。如生公說法，達磨面壁，皆是引石爲知己，曲中煞有深意。

鄭旭旦《〈拜石丈〉評語》（清鈔本《拜石丈》卷末）：

四折中，此尤爲全璧，且最出色。有味，耐看，耐咀。此何以故？蓋曲者，曲也。必如此折，方盡曲字之義。若無頓迭、起伏、波瀾，縱然詞極藻艷，總是錦綉直口布袋耳。試取笠翁及時手諸製觀之，知不以予言爲妄。

徐崧《〈拜石丈〉評語》（清鈔本《拜石丈》卷末）：

以風流才子之筆，寫風流才子之情，直是自然寫照。

吳綺《〈拜石丈〉評語》（清鈔本《拜石丈》卷末）：

米老顛狂，可悲可笑，如此那得不愛？

顧彩《〈拜石丈〉評語》（清鈔本《拜石丈》卷末）：

米老自是千古奇顛，拜石自是千古韵事。然米老之顛非顛也，其胸中一段浩落光明，對石丈時無异赤子之事親，忠臣之對主，惜千古無人代之抒寫耳。今得山來定，應拊掌稱知己不置。

孔尚任《〈筆歌〉評語》（張潮編輯《尺牘友聲·丙集》）：

年翁佳句，尤足冠冕，一集三四聯，更非流輩所夢見也。羡服，羡服！《筆歌》定爲當代奇書，容細讀再謝教。不悉。

張鼎望《〈筆歌〉評語》（《致張潮信附語》，張潮編輯《尺牘友聲·新集》卷三）：

伏讀尊著《筆歌》，可以凌壓關、王。望思元曲之稱佳者，《西廂》《琵琶》《拜月亭》，今《西廂》有金聖嘆評，《琵琶》有毛聲山評，惟《拜月亭》尚在缺然。伏願先生出其靈心妙筆，點綴成評，亦小品中一奇也。

程 端

　　字豈一，常熟（今江蘇常熟）人。諸生，順康間在世。才情勃發，留心國計，曾向常熟縣令于宗堯條陳漕法二十款。程端《虞山碑》第一齣《力行官兑》生脚于宗堯白："昨日有個秀才程端，條陳漕法二十款，洞悉民間隱弊。若何而軍民不相見面，若何而吏胥不致侵漁，若何而耗贈永著成規，若何而色目均沾實惠。章章有法，井井有條。"著有《虞山碑》雜劇、《送于公遺像入祠弦索調》【北雙調新水令】散套，收於于宗堯吊唁詞曲文集《遺愛集》，後者亦爲《全清散曲》收録。又有《西廂印》傳奇，已佚，《曲海總目提要》録其梗概。

　　傳記文獻：顧宸《〈虞山碑〉序》（《遺愛集》）、董康《曲海總目提要》卷二十五、（民國）《重修常昭合志》卷十八。

《虞山碑》

● 劇情概要與本事

　　劇首署"虞山程端豈一父著"。四齣，依次爲《力行官兑》《下察民情》《百姓銜哀》《城隍留任》，前有"副末開場"。寫康熙初年，三韓人于宗堯年方一十九歲，選受江南常熟縣令。上任伊始，他就爲秀才馮生伸冤，懲處了前任縣令瞿鱷孫。常熟往常間乃漕蠹窟穴所在，他們又與旗伍勾結，表裏作奸，流弊日滋，致使百姓苦不堪言。當地秀才程端洞悉其中隱弊，向于宗堯條陳漕法二十款。于讀之，喜而不寐，決心照此施行。遂與縣丞、主簿等同到城隍廟公議漕政，并起誓救民於水火，革除一切陋規時弊。百姓聞訊，紛紛拈香提燈迎接。不料，因漕政焦勞，于宗堯染成重疾。常熟百姓感其恩德，多處設醮爲之祈禱，懇請上天延其陽壽，當方土地亦請求文昌帝君將闔城民情轉達天聽。于宗堯歿後，常熟士民進城禮拜哭祭，爭訴其昔日恩情，又爲之建祠虞山。上帝因其生前所爲，特賜其冠帶錦袍，封爲常熟城隍。

生扮于宗堯，小生扮梓潼帝君、馮生，小旦扮門子，老旦扮仙女，净扮禮生、瞿鰐孫，副净扮土地、和尚、判官，末扮主簿、王文吉、傳旨官，外扮縣丞，丑扮厨子、傘夫，雜扮四百姓、四僧人、四道士、鼓樂四人、戲子四人、旗手四人、僧道四人、耆老四人、百姓四人、童子四人、執事等。另有外、末扮皂隸，外、老旦、净、旦扮常熟百姓，外、旦、净、丑扮常熟百姓鬼魂。登場人物尚有從人等，俱未分配脚色。

本事來自當時實事，乃爲歌頌于宗堯之德政。與清陸曜（生卒年不詳）《峴山碑》雜劇同題材。按，于宗堯（1650—1672），字允泰，號二巍，遼東廣寧衛（今遼寧北鎮）人，漢軍正白旗。廣西總督于時曜子，康熙七年（1668）以父蔭任常熟知縣，關心民瘼，勵精圖治，康熙十一年（1672）病歿於任上。柩將北歸，紳民號泣挽留，葬於虞山西門外山麓，祀名宦祠。卷首有顧宸作於康熙十一年（1672）七月之序，知是劇當完成於此時或稍前。

● 著錄、版本與收藏情況

《古典戲曲存目彙考》著錄。現存康熙間上壽堂刊《遺愛集》本，藏國家圖書館；民初吳縣丁初我鈔校本，藏上海圖書館。按，《古典戲曲存目彙考》將《遺愛集》作爲戲曲專集，不確。《遺愛集》實收《雜文》一卷、《虞山碑》一卷、《峴山碑》一卷、《樂府》一卷，共四卷。

● 序跋、題詞與評語

程端《〈虞山碑〉序》（康熙間上壽堂刊《遺愛集》所收《虞山碑》卷首）：

天地，一大戲場也；仕宦，一小戲場也。令人歌思，令人指摘，令人感

程端

慨涕泣，皆在曲終人不見後，從而華袞之，粉墨之。一人之筆，道路之口，數百萬老弱男婦之心也。于公宰虞惠政，爲國朝治行第一，他日載之史傳，如龔、黄、召、杜，自是垂芳不朽，載瞻廟貌，俎豆千秋，亦足爲後之牧民者勸。然而間閻負販以及屠沽樵牧之徒，卒以不被管弦奏氍毹，爲終不能已已。

死生，數也；愛戴，情也。生爲良吏，歿爲明神，理也。數以徵過去，情以徵現在，理以徵未來。遍山河大地，無非生、旦、净、丑，亦無非過去、現在、未來，人心若此，天道可知。公死之兩月，飛蝗從西北來，民間劇戲禳之輒去，於是謳歌簫管之聲繞村落，説者將使優孟衣冠假公之威靈以驅之，如武陵之赴海，如茂陵之不入境，公其許我哉？公祠於是，葬於是，其勿以好筵席無不散，繳過緋場而白眼置之也。

康熙壬子七月戊午，虞山程端序

顧宸《〈遺愛集〉序》（康熙間上壽堂刊《遺愛集》卷首）：

余姻家程子豈一，才情鑿勃，所著《西廂印》，老詞人如余澹心、鄧頤庵輩皆爲之心折，乃豈一更以才情運其經濟，如《虞山碑雜劇》暨弦索調新詞，賢父母于公之漕政在是。公出知常熟，仰見聖天子勤恤民隱之至意，更體各憲臺表率屬吏之清風，矢志爬剔漕弊，一切含脚營窖之名，芟除務盡。原其始，公之胸中既有成算，而又采豈一之條對，定爲漕兑事宜。於是在民革船頭之患，在軍亦免脱巾之呼。獻歲漕艘，銜尾疾發，軍之德公不後於民。然則豈一之留心國計，不難爲方平之十四策，顧何得以風流靡麗目我豈一也哉！

唐世，望春樓下鑿廣運潭以聚漕舟，舟人爲吴楚張大笠廣袖，歌《得寶》之歌。崔成甫廣之爲十闋，命婦女鮮服靚妝，鳴鼓吹笛以和之。于公，今之鄭侯也，《虞山碑》一刻，其即所謂《得寶》之歌，崔縣尉之十闋也。夫望春樓下，又添得吳歈楚些矣。若公之生榮死哀，別有《遺愛集》。是集也，頤庵曾為之訂正，後以卷帙太繁，頤庵即謝校閱之責。豈一是刻，遂俾余言弁其首而行之。

程端

　　　　　　　　　　　康熙壬子秋七月，梁溪顧宸漫題

陸曜

字日華，常熟（今江蘇常熟）人。諸生。生平經歷不詳，翁叔元（1633—1701）《翁鐵庵年譜》記其於順治十四年（1657）與同里諸友舉行文會："十四年丁酉，叔元二十五歲。與同里繆湆璘淵、趙令卿朔德、陳鄴仙協、陳顥士令聞、時彥龍乘、陸日華曜、陸子翼晟、陸馭青士炳、陳在茲采齊爲文會。居則接席，行則聯袂，春花秋月，宵盤晝憩，極友朋之樂。"著有《剃淫文》《戒賭文》《治心編》等，以易風俗，復古道。（康熙）《常熟縣志》卷五言其："好學砥行，每思興起古道，挽回世風。著《剃淫文》《戒賭文》，遍告邑人。又采錄古人格言爲《治心編》，以正人心、移風俗爲已任，晚習岐黄術濟人。"戲曲作品有《峴山碑》雜劇，收於《遺愛集》。

按，《峴山碑》作者陸曜身份及名號等，學界説法頗多。《古典戲曲存目彙考》言其："字朗甫，常熟（今屬江蘇）人。諸生。清康熙中前後在世。"齊森華等主編《中國曲學大辭典》言："清順、康間人。字日華，一字蒸甫，號畢泉。江蘇常熟人。諸生，晚學醫。"戈炳根《常熟國家歷史文化名城詞典》言："陸曜字日華，又字朗甫，號畢泉。常熟人。清初諸生。"趙興勤《莊一拂〈古典戲曲存目彙考〉補正》則認爲："此陸曜（字君暘），當是熟諳民間藝術的落魄文人"，"當活動於清初的順、康年間"。以上諸説所言名號，分屬明清兩代四位名陸曜（耀）者：一是吳江人陸耀，字朗甫。生於雍正元年（1723），卒於乾隆五十年（1785），官至湖南巡撫（馮浩《湖南巡撫陸君耀墓志銘》）。二是常熟人陸曜，字日華。諸生。大約生活於順康時期［康熙五十一年（1712）刻《常熟縣志》卷五］。三是常熟人陸曜，字蒸甫，號畢泉。諸生。因子陸枝貴，贈彝陵知州［康熙五十一年（1712）刻《常熟縣志》卷五］。四是嘉定人陸曜，字君暘，是一位具有"清客"身份的民間藝人，曾被雍正帝召入宫廷表演,與錢芳標、宋琬等人有交往〔(嘉慶)《直隸太倉州志》、徐珂《清稗類鈔》"音樂類"〕。

傳記文獻:康熙五十一年(1712)刻《常熟縣志》卷五、翁叔元《翁鐵庵年譜》(《清初名儒年譜》第14冊)、董康《曲海總目提要》卷二十五、錢芳標《憶舊游·悼嶚城陸君暘》(《湘瑟詞》卷二)、徐珂《清稗類鈔》"音樂類"、(嘉慶)《直隸太倉州志》卷四十一等。

陸曜

―――――|《峴山碑》|―――――

◆ 劇情概要與本事

劇首題"遺愛集·峴山碑",署"虞山陸曜日華氏著"。四折,依次為《籲天》《巷哭》《鬧祠》《跨鶴》。寫東岳帝君屬員左司仙史負責清察人間功罪,然後向天庭轉奏。近日收到常熟縣各境土地申奏及士民公醮青詞,總計千餘,均是為本縣知縣于宗堯祈恩卻病者。洞真法師施亮生亦來為之請命,并陳述于宗堯善政功績。鬼判帶回上帝御批,言于宗堯原係五雲閣仙吏,因微過暫謫塵寰,今塵限已滿,著回洞霄宮仍掌修文院事。法師見此,無奈告別。于宗堯歿後,香花馥郁,鼓樂喧闐,百姓將其神像送入遺愛祠中。常熟士民都來獻祭哭拜,陳説其往日恩德。一位山西俠士偶過常熟,見闔境百姓為于宗堯銜哀、揮泪,認為其定為异人,便往祠中參拜。恰遇三個無賴在祠中厮鬧,俠士大怒,將之趕了出來。于宗堯成仙後,任修文院碧落侍郎,尚不能斷絕情緣,忘卻塵念,故命仙童點上五炷清香,望空拜祝。首祝當今皇帝龍飛萬載,再祝繼母籌添海屋,三祝哥哥爵邀茅土,四祝妻子年登壽考,五祝虞山舊治四境升平。最後想起幼弟、弱妹,猶自傷心落泪。這時,玉帝傳旨,令其赴宴瑤池,與其去世的父母團聚,于宗堯聞之大喜。

生扮于宗堯、值日功曹,小生扮施亮生、太原俠士,旦扮賈氏、巡察功曹，小旦扮掌案功曹，末扮東岳左司仙史、魏濟之，外扮管家、值日功曹，丑扮小厮、崔命，小丑扮桂哥、賈氏子，雜扮耆老、僧、道、仙童，生、小生、末、雜扮秀才，净、丑、小丑扮無賴。登場人物尚有鬼判等，俱未分配脚色。

此劇係由實事而作，歌頌于宗堯德政。與清程端（生卒年不詳）《虞山碑》雜劇題材同。于宗堯事迹見"程端《虞山碑》"條。

● 著録、版本與收藏情況

《古典戲曲存目彙考》著録。現存康熙間上壽堂刊《遺愛集》本，藏國家圖書館；民初吴縣丁初我鈔校本，藏上海圖書館。

車江英

　　字號、生平等均不詳。浚儀散人《〈四名家傳奇摘齣〉序》云："乙卯初夏，讀江右車子江英填詞，取韓、柳、歐、蘇之事，譜作新聲。於是知車子人品之高邁、襟期之曠達，有不可一世之概矣。"乙卯，當爲雍正十三年（1735）。陳芳《清初雜劇研究》據此言其爲康雍間江西人。有雜劇《四名家傳奇摘齣》。

　　傳記文獻：浚儀散人《〈四名家傳奇摘齣〉序》（《四名家傳奇摘齣》）。

《四名家傳奇摘齣》

◆ 劇情概要與本事

　　一名《四名家填詞摘齣》。包括《藍關雪》《柳州烟》《醉翁亭》《游赤壁》。關於四劇的體例，一般將之歸入雜劇，如周妙中《清代戲曲史》。也有認爲其爲傳奇者，如嚴敦易《元明清戲曲論集》言："這四種實是傳奇，并非雜劇。就每一種傳奇中，選出若干齣，另行付刊的本子，與戲曲選本的性質仿佛。也許還是不曾寫完的傳奇，便先揀幾個斷片來發表了（下詳説）。所謂'摘齣'者，當即表示'摘出的幾齣'之意，甚爲明顯。……它本質上之爲傳奇，恐無可置疑。最大的一層觀察點，便是内容各出題材之不符和罅漏，毫無貫串，處處關目零落不全。"今暫將四種定爲雜劇。

《藍關雪》

　　四齣，依次爲《湘歸》《報參》《賞雪》《衡山》。寫唐代韓愈侄韓湘子人物清奇，才情瀟灑，後赴天台尋師訪道，修成正果。祇因塵緣未了，尚該留下兒孫一脉，於是三載後返鄉與妻子共度七夕，同望牛女雙星，作一夕之歡，雞鳴乃別。韓愈勤於政事，與妻子裴氏伉儷情深。忽得兵部緊急文書，言蔡州吳元濟反叛，命李愬率兵征討，宰相裴度爲監督，韓愈爲參謀。韓愈率五百軍士，別妻出戰。天降大雪，吳元濟在望京樓之暖閣飲酒，觀賞衆姬雪中走馬。入夜，又在蕊珠宮擁姬娛樂，放鬆警惕。李愬、裴度、韓愈領兵逼近，李愬趁雪夜殺入蔡州，擒獲吳元濟。韓愈貶官潮州，路過衡山，深雲籠罩，不見景致，倍感遺憾。天神南岳大帝聽説韓文公到，令風伯吹散重雲。韓愈賞景賦詩，盡興而去。

生扮韓愈，小生扮韓湘子、李愬，旦扮裴氏，小旦扮杜氏等，净扮吳元濟、山神，丑扮吳府辦事官，外扮裴度、南岳大帝等。

本事見唐韓愈《平淮西碑》以及宋司馬光《資治通鑒》等。元紀君祥（生卒年不詳）《韓湘子三度韓退之》、趙明道（生卒年不詳）《韓退之雪擁藍關記》，明錦窠老人（生卒年不詳）《升仙記》、雲霞子（生卒年不詳）《藍關記》等均演述同一題材。

《柳州烟》

四齣，依次爲《春閨》《倡和》《風謡》《驛畚》。寫五英、九英乃唐代宰相王叔文之女，俱有詩才，王叔文愛若掌珍。某日，春光明媚，天氣晴和，姐妹往花園中游玩，賞花撫琴，九英又作七言絕句一首，請姐姐賜教。五英忽然想起昨日夢中被一折柳之人引入桃園，不知是何徵兆。柳宗元、劉禹錫赴京應試，得中高魁，王叔文欲招贅二人爲婿。柳、劉前往府中面謝，并藉機探聽閨中消息。二人被分別引至東、西兩處書房，五英、九英奉父命扮作婢女，試以詩題，柳、劉一揮而就，俱有佳句。五英、九英甚是滿意。後劉禹錫被貶往連州，雖風土荒涼，却也吏效循良，民成樂業。而柳宗元被謫往柳州，爲官德服民心，其事迹被采入歌謡傳唱。一日，二人奉命進京，途經驛站，遇到五英、九英姐妹，同憶舊情，分別成親。

生扮柳宗元，小生扮劉禹錫，旦扮王五英，小旦扮王九英，丑扮婢女、書僮、驛丞等。

本事未詳。

《醉翁亭》

五齣，依次爲《秋聲》《縫別》《吊石》《蓉館》《返魂》。寫宋代歐陽修挑燈夜讀，見秋月可人，不由步出書房臨眺一番。後返回書齋，聽室外秋聲陣陣，引起無限情思，乃作《秋聲賦》。歐陽修將參加秋試，妻子胥氏在自家門前送別，互相慰勉。中榜得官後，歐陽修憶母思妻，甚爲牽挂。又聽聞好友石曼卿因卸甲傷風，一病而亡，十分傷感，於是備下香案，憑空遥祭。石曼卿魂靈感其情誼，揚鞭策馬在其眼前經過。石曼卿奉玉皇之命，署芙蓉仙館館主。已登仙籍的嵇康、阮籍、李白、杜甫等齊來祝賀。石曼卿查得祝賀者中有歐陽胥氏之名，好生不解，一番打聽之後，方知胥氏久病在床，今魂游芙蓉仙館。查其陽壽未盡，將之送回人世。胥氏醒後，方知已過三年；又知歐陽修得中進士，點選詞林。然自己和婆婆皆在病中，不能前往相聚，不覺傷心。

生扮歐陽修，小生扮石曼卿，旦扮胥氏，丑扮春童等。

本劇乃敷演宋歐陽修《秋聲賦》《祭石曼卿文》等而成。

《游赤壁》

五齣，依次爲《考婿》《歸院》《送別》《赤壁》《後晤》。寫宋代蘇洵有二子一女，其女蘇小妹才華不在兩兄長之下。近有高郵才士秦觀前來求親，蘇洵愛他年少才高，況又新中進士，恰好天然伉儷，遂將親事許下。新婚之夜，蘇小妹遣人將秦觀引入書房，親出三題，試其才華。秦觀輕易通過了前兩場，第三場乃七字對，一時取巧不來。蘇洵見秦觀久未出堂，有心相助，便將瓦片投入池塘進行點撥。秦觀心領神會，據此寫出對句。蘇軾循例到京，蒙皇帝遷用，任職翰林。某日散朝回宅，遇宰相王安石，安石回避；遇老臣司馬光，蘇軾下馬施禮；遇門下侍郎呂惠卿，蘇軾大罵而去。秦觀貶官郴州，偶遇青樓女子黃義姑，義姑本是良家女子，貌美才俊，出口成章，一心要覓個才郎作配，故托住青樓，訪求名士，今慕秦觀才華，竟托付終身。後秦觀離去，黃義姑爲之餞行，二人灑泪而別。蘇軾與黃庭堅、佛印和尚同游赤壁，吊古賦詩，飲酒行令。秦觀自郴州返京，過長沙，訪義姑，携之回京。

生扮蘇軾，小生扮秦觀，旦扮黃義姑，小旦扮蘇小妹，净扮王安石，小净扮内官，末扮佛印和尚，小丑扮呂惠卿，外扮蘇洵、司馬光、黃庭堅等。

本事見於宋蘇軾《赤壁賦》及明馮夢龍（1574—1646）《醒世恒言》卷十一《蘇小妹三難新郎》等。元費唐臣（生卒年不詳）《蘇子瞻醉寫赤壁賦》雜劇、無名氏《赤壁賦》雜劇，明許潮（生卒年不詳）《赤壁游》、沈采（生卒年不詳）《赤壁記》，清姜鴻儒（生卒年不詳）《赤壁記》等，題材與此相類。

● 著録、版本與收藏情況

《清代雜劇全目》《古典戲曲存目彙考》《古本戲曲劇目提要》著録。現存雍正間原刻本，藏國家圖書館、南京圖書館、浙江圖書館，鄭振鐸《清人雜劇二集》、《清人雜劇百廿種》第 4 册據之影印。

● 序跋、題詞與評語

浚儀散人《〈四名家傳奇摘齣〉序》（《清人雜劇二集》影印雍正間原刻本《四名家傳奇摘齣》卷首）：

傳奇一道，世人每以香艷爲佳，而清新流麗，究不過閨中怨婦，佻達子矜，綺語柔腸而已。求其藉管風弦月之詞，發胸中之磊落，如徐文長《四聲猿》、尤展成《西堂樂府》之作，殊不可多得。乙卯初夏，讀江右車子江英填詞，取韓、柳、歐、蘇之事，譜作新聲。於是知車子人品之高邁，襟期之曠達，有不可一世之概矣。

夫文章之道，援經據史，無藉古人之行事，以抒一己之性情。況繪形設象，搜腔檢拍，而僅以束喉細語，打諢花唇，博紈袴當場之一笑，不亦陋哉！車子負雋俊之才，寢食於韓、柳、歐、蘇之文者數十年於茲。其（疑脫"文"）章經濟，久已登其堂奧，仿佛其爲人。是以搦管舒嘯之下，得以言夫子、君子之所欲言，而遂其四君子未逮之志焉耳。

嗟乎！韓、柳、歐、蘇，膾炙人間，讀其文，靡不樂聞其遺事，乃前此曾無有取其梗概，被之管弦者。車子獨以慧心綉口，措意敷詞，使其形聲口吻，儼若再生，而一發其胸中磊落之氣。其人品襟懷，固與四君子并驅千古矣。夫豈歌傷心紅雨、腸斷綠綺者，所可同日而語哉？至若引商刻羽，不蔓不支，奪元人之席，又其末焉者也。

雍正乙卯清和上浣，浚儀散人書於情話軒

鄭振鐸《〈四名家傳奇摘齣〉跋》（《清人雜劇二集》影印雍正間原刻本《四名家傳奇摘齣》卷首《題記》）：

車江英的《韓柳歐蘇四名家傳奇摘齣》，蓋"藉管風弦月之詞，發胸中之磊落，如徐文長《四聲猿》、尤展成《西堂樂府》"也。寫韓事者爲《藍關雪》四折，寫柳事者爲《柳州烟》四折，寫歐陽事者爲《醉翁亭》五折，寫蘇事者爲《游赤壁》五折。韓、蘇事，元、明作家，涉筆者已多；柳及歐陽事則殆江英第一次爲捉入筆端者。浚儀散人序云："江右車子江英……負雋俊之才，寢食於韓、柳、歐、蘇之文者數十年於茲。文章經濟，久已登其堂奧，仿佛其爲人。是以搦管舒嘯之下，得以言夫子、君子之所欲言，而遂其四君子未逮之志焉耳。"

沈玉亮
（？—1705後）

字瑶岑、瑶琴，號亦村、一村、紉芳等，武康（今浙江德清）人。自稱是沈約（441—513）後人。諸生。屢試不第，久困秋闈。工詩善曲，汪惟憲（1682—1742）《積山雜記》云："沈丈於詩古文外，又長於譜曲，與錢塘洪昉思昇齊名。洪傳而沈不傳，蓋有幸有不幸焉。"有《蕉浪軒稿》，今存康熙刻本；與吳陳琰（生卒年不詳）合編《鳳池集》十卷，存康熙四十四年（1705）刊本。《鳳池集》所載皆爲應制詩賦，亦收沈氏自作應制詩一首。所附沈玉亮序署"中秋前三日"，提及時處病中；聯繫吳陳琰序，可判斷亦爲康熙四十四年（1705）作，知其當時仍在世。戲曲創作，據德滋《鴛鴦冢序》云有"傳奇五種"，今僅知雜劇《鴛鴦冢》和傳奇《春富貴》傳世。

按，胡效琦《杭州市戲曲志》言其"約明神宗萬曆四十七年（1619）前後在世"，不確。又，陳芳《清初雜劇研究》言其尚有雜劇《鍾馗嚇鬼》，誤。《鍾馗嚇鬼》實爲套曲。

傳記文獻：汪惟憲《積山雜記》（《積山先生遺集》卷七），沈玉亮、吳陳琰《鳳池集》卷首之《吳序》《沈序》。

《鴛鴦冢》

● 劇情概要與本事

劇首署"亦村遙岑填詞"。八折，依次爲《評心》《課藝》《修文》《吞金》《殉節》《崇祠》《哭墓》《夢圓》。第一折前有楔子，似傳奇戲曲之副末開場，又有下場詩，類題目正名："吳秀才玉樓修文，戴烈婦金環矢節。蝴蝶夢證果完因，鴛鴦冢吟風嘯月。"寫錢塘書生吳錫髫齡屬對，弱冠游庠，有"聖童"之目，然多愁善病，弱不勝衣，後娶妻戴氏，伉儷情深。戴氏幼即端莊，長而貞靜，內則協和妯娌，上能虔奉公婆，終朝翻經奉佛，爲丈夫祈福。一日，吳錫與好友金石交、支蘭契等在湖上舉行文會，歸來即染病不起。不覺兩年有餘，骨瘦如柴。戴氏服侍殷勤，不分晝夜，又拜佛茹齋、求神代死等，但吳錫之病日甚一日。臨終，吳錫與妻子言別，又將平日所作詩文用酒澆奠，并托之於金石交、支蘭契，使傳後世。吳錫死，戴氏痛不欲生，房中自縊，幸被救回。後水米不沾，痛哭求死。最終吞下金釵等，肝膽俱裂而死。戴氏殉節之事引起轟動，文人紛紛賦詩作文以紀其事。在金石交、支蘭契等人籲請之下，官府准許爲烈婦建祠。時值清明節，金生等往祭吳錫夫婦，天色漸晚，便在祠堂歇宿。金生夢中見吳錫夫婦氅衣霞帔，前來房中拜謝、敘別，叮嚀其代爲致謝同儕友朋，并勸慰父母不必悲傷，黃泉之下二人已得雙栖。

登場人物有吳錫、戴氏、吳錫母、吳錫弟、金石交、支蘭契、弋友鵬、乳母姥姥、丫鬟、書童、門公、蒼頭、舟子、衆僧、衆道、功德院主管、風伯、雨師、雷公、電母、木匠、送詩友人、吏典等，俱均未分配脚色。

是劇據時事敷演而成，寫吳錫夫妻故事。按，吳錫，字天與，錢塘（今浙江杭州）人，人謂之"聖童"，青年早逝。妻戴氏，名賢，字德芳，殉夫而死，年僅二十二歲。戴名世《戴名世集》卷八有《吳烈婦傳》，毛際可《安序堂文鈔》有《戴烈婦傳》，又有毛奇齡爲其所撰《墓志》等。按，吳烈婦死於康熙二十七年（1688），德滋《〈鴛鴦冢〉序》署"康熙己巳除夕"，據文意，是劇完成時間爲康熙二十八年（1689）末。

● 著錄、版本與收藏情况

《古典戲曲存目彙考》《古本戲曲劇目提要》《明清傳奇綜錄》著錄。現存康熙二十八年（1689）刻本，附於沈氏《課蒙餘錄》後，藏國家圖書館。

沈玉亮

序跋、題詞與評語

德滋《〈鴛鴦冢〉序》（康熙間刻沈氏《課蒙餘錄》附刻本《鴛鴦冢》卷首）：

傳奇，傳奇也。文奇，不傳事；事奇，不傳文。相得而彰，亦村《鴛鴦冢》是也。按《烈婦傳》，戴氏歸吳六載，侍湯藥居其半。吳死，婦志已決，自盡不獲，先後凡七死而後畢志焉。嗚呼，烈矣！是編不獨傳烈婦已傳之節，更能表烈婦不傳之心，故當不以詞曲觀也。亦村告余：吳生，其同研友，冬盡，薄游湖上，憩祠下，車過腹痛。歸譜是種，七日告竣，可云速矣。而結構精嚴，步武周密，渺情致語，觸緒紛來，疑若有神助者。奇事奇文，若相待然，故兩垂不朽。蓋亦村於音律之學，獨得妙解，傳奇五種，膾炙在人。亦有以不治舉子家言為亦村規者，故詞場馮婦，曲終及之，深嘆知音之難其人，而聊以謝不知者之詬病也。

康熙己巳除夕，薇巖德滋頓首題

《〈鴛鴦冢〉彙評》（康熙間刻沈氏《課蒙餘錄》附刻本《鴛鴦冢》卷首）：

適庵式如曰：天與年最少，吾黨視為畏友，玉樓召賦，同學傷之。有婦以烈傳，天與不死矣；有亦村之《鴛鴦冢》傳奇，烈婦不死矣。"奇事奇文，若相待然"，善夫德滋之言也！

月坡子傳曰：為烈婦易，為節婦難，蓋烈在一時，節且一世也。若天與之婦，七死而不易此志，則又以烈而兼節者矣。亦村妙筆，宛轉寫照，至今讀之，紙上拂拂猶有生氣。

亦齋治人曰：去冬，余同亦村謁天與烈婦墓，相顧凄然。亦村俯首若有所思，不數日，《鴛鴦冢》出矣。亦村諸傳奇，俱極要渺，而此種尤為得意之筆，故謀梓獨先。但亦村苦貧，是刻亦二三知己釀金為之。其他傳奇，正需將伯之助。世有知音，宜亟賞焦桐，毋使久沉爨下也。

清峙民則曰：小阮天與，鳳抱英才，玉樓早赴，深堪痛悼。德配戴矢志相從，之死靡二，良足傳者。亦村懷友情深，拾藻摘詞，叠成八闋，表烈節於閨房，假衣冠於優孟。酒酣燭跋，如聆三峽啼猿，莫不淚下。天與神在碧落，疑當爲之鼓掌矣。

蓮峰尹達曰：此劇若首折降凡，終篇證仙，雖極鬧場，究爾矢概。亦村曲筆，凌空步虛，務傳其真而止。然關目都雅，機趣橫生，讀之眉皺，演之解頤。

毅齋貢五曰：亦村於曲，無有師傳，都由心悟。靈機觸處，與天籟齊鳴，故宜奪粲花之席，而笑玉茗爲傖父矣。

勉齋去非曰：天與有此奇偶，自應藉婦以傳，然非亦村奇情寫照，安能曲曲傳之如生，使天下後世知巾幗中有不愧鬚眉若此者哉？昔盱女賴子禮而名存，饒娥得柳州以不朽，有是傳奇，而天與烈婦真傳矣。至於和宮按徵，已近自然，典語方言，俱歸恰好，則又亦村之奇窮而益工也。雪窗無寐，披閱是編，不覺有人琴之痛。

醉石元滄曰：《琵琶》《西廂》，分路揚鑣，曲家奉爲不祧之俎豆。然《西廂》文義雖妙，不過言情之書耳；《琵琶》傳趙氏，幾陷中郎以不孝，其間紕謬正多。若亦村傳烈婦，并天與亦與之俱傳，無論曲白足掩前人，即此命意，已大得風人之旨矣。

楓山安策曰：古樂府自《咏廬江》一篇而後，千古無兩。即情事可傳，終不若此情、此事、此詩之纏綿，反覆讀之，使人心結血迸者也。天與佳配戴烈婦，殉夫七死，真情奇節，聞之斷腸。方爲之嘆悼，無奇文以相與不朽，茲讀亦村《鴛鴦冢》八折，足與《廬江》一篇頡頏分席矣。

韞石廷玉曰：曲文之妙，如【小梁州】【步步嬌】等，詞義兼到也；曲律之妙，如【祝英臺】【園林好】等，音義兼到也。吾尤服其眾僧之【孝南枝】，道士之【朝元令】，聲情畢肖，雅俗賞識，雖傍枝插節，亦不草草，豈非

沈玉亮

异才？

拙存子錫曰：余訪亦村，見其譜第六折，時未落墨，向余述意義如此，余甚難之。亦村面余，草【駐馬聽】數調，文不加點，而周密精確，且於音律，不差半黍。向非深信亦村之敏妙，幾疑其夙構矣。

樸堂趾仁曰：負奇才者，必有不可一世之概。亦村曲學，既已登峰造極，其他詩詞，矢口便工，然未嘗以己之長，形人之短。群居共處，溫如訥如，其度量故自不可測也。

笳墩厚餘曰：《鴛鴦冢》，傳烈婦也。金石交，自寓也。傳夫婦而朋友之道亦傳，推之君臣、父子、昆弟，莫不皆然。即小觀大，舉一例百，足知亦村之自命矣。

楚烟甸玖曰：是編亦村取韓憑"冢上有鴛鴦"之義，故爾正名，蓋取古人況今人也。前此有其事，或無其文以傳之，湮沒不彰，何可勝道！今世宗工匠伯，既薄聲律為雕蟲之技，而騷壇風雅，能詞者或棘手於排場，故關目之難，視填詞加倍。亦村落筆，雖敏妙絕倫，而結構鋪張，余見其經營，正復慘淡也。

戴名世《吳烈婦傳》（《戴名世集》卷八，中華書局 1986 年版）：

吳烈婦，姓戴氏，名賢，字德芳，錢塘諸生吳錫之妻也。吳與戴皆新安人而商於杭州，因家焉。烈婦生十年，父卒，哀毀如成人，人皆異之。年十七，歸吳錫。

錫年少好學，自幼時人皆以神童稱之。烈婦歸一年而錫病，病浸劇，烈婦日夜拜家廟禱於天，願減己壽以益夫。久之，病不可起，乃請於錫，願先死。錫曰："汝先死，是趣我死也。"烈婦泣而止。及錫卒，烈婦觸柱流血，拔鬢髮幾盡。於是裏衣悉易粗麻，密紉其領袵。凡自經者再，皆為家人所救，不死。又吞金指環數枚，亦不死。母謂之曰："兒素以孝聞，今母在，胡可死也?"烈婦曰:"事母有兄在。"其舅姑復勸慰之曰:"吾爲錫立後,新婦撫之以事兩人,不亦可乎?"烈婦曰:"事翁姑有叔在,至立後之事,翁自爲之。新婦志決矣,不用生爲也。"然家人愈防之,無稍間,不得死。時錫死已逾四旬,烈婦嘆曰:"不意此身今日尚在人間!"先是,絕食已七日,氣息僅屬,至是恐不即死,密取金簪斷爲數段,復碎玻璃鏡,雜吞之,肝膽破裂,吐碧水斗餘而死,年二十有二。是爲康熙戊辰三月二十四日也。烈婦且死,謂侍婢曰:"殮我勿易我衣,勿圖我容,令畫工得見我也。"於是自巡撫、都御史以下,皆祭吊烈婦,而其親黨釀金建"吞金祠"於烈婦冢旁,冢在西湖之葛賢嶺下。

贊曰:烈婦,余族女也。以余所聞烈婦平生,蓋古所稱備四德者。至其慷慨殉夫,吞金裂膽,何其死之苦也!然不如是之苦,無以見其烈婦之奇。嗚呼!西湖之濱,岳少保、于尚書之祠與墓在焉,烈婦一弱女子,巍然鼎峙其間,豈不賢乎哉!

毛際可《戴烈婦傳》(《安序堂文鈔》,《四庫全書存目叢書·集部》第229册影印本):

烈婦戴氏,其家由新安遷於杭,稱右族。十歲喪父,哀毀如禮。至年十七,歸吳集生之子錫,事舅姑以孝聞。時錫已補博士弟子,少年攻苦,讀書常至夜分。氏針紉相對,無倦色。

錫嬰瘵疾,侍湯藥三載如一日。祝天願以身代,誓斷葷血,更散妝奩,建橋放生,以延夫算。後疾篤,知不可爲,氏絕食求死。錫覺之,問故。氏曰:"吾年方少,恐疑异日有他志,願死於君前,以絕君念。"錫曰:"脱君不死,而汝先死,是速吾死也。"始復食如初。及錫已屬纊,氏號擗,自拔其兩鬢幾盡,以頭觸屏几,流血淋漓覆面。見者無不嗚咽失聲。已而投繯者再,力救之始蘇。其母泣曰:"俟吾以天年終,汝死未晚。"氏曰:"兒已適人,止畢兒身事已耳，不能復事母也。"屆夫既殯之逾月，遂遍拜尊屬告別，從此水漿不入於口矣。先是，氏吞金指環不死，家人盡屏釵珥，不使近。一夕，私紿小婢，得金簪，碎剪之，并裂西洋鏡，仰吞幾盡。遂致胃損膽破，嘔碧水斗餘。臨終，密囑老婢曰："吾生平從不令醫者診脉，死後，慎勿令畫工寫吾真。"時年二十有二。

鶴舫氏曰：人生大節，以捐軀爲難，然往往奮然於一決。乃氏更於旬月之間，楚痛備嘗，百折而不易其志。其翁每向人大慟曰："吾媳瀕死者七。每一救之，則其死愈苦。而不知千百載後，人以其死爲愈烈也。"余僑寓會城，數日前，知烈婦吞金絕粒，心甚异之。至三月二十四日，聞其死，不覺泫然久之，遂援筆爲之傳。

詳晰中波瀾層叠，使烈婦千載下凛凛有生氣。古人所謂筆補造化者惟此等文足以當之。

王墅

　　字北疇,蕪湖(今安徽蕪湖)人。生平經歷不詳,大致生活在康熙時期或稍前。齊森華等主編《中國曲學大辭典》歸之爲"乾隆時人",不確。自幼好學,弱冠補博士弟子員。(嘉慶)《蕪湖縣志》卷十三言其:"少強學,富腹笥,跌宕自喜,弱冠補弟子員。每下筆自抒意匠,弗屑拾前人牙慧,亦不甚愛惜,隨手散去。終以負才,寡所合,早逝。"著有雜劇《拜針樓》,今存。據姚燮《今樂考證》著録,王墅尚有傳奇《後牡丹亭》一種,未見。

　　傳記文獻:(嘉慶)《蕪湖縣志》卷十三等。

《拜針樓》

◆ 劇情概要與本事

　　劇首署"蕪湖北疇王墅填詞,研露齋主人批點"。八折,依次爲《詿母》《閨評》《聞匪》《班約》《停歡》《激學》《夢咻》《榮卺》。寫吳江書生後客,其父乃華亭教諭,不幸卒於任上,母鞠氏孀居十載,撫之成人。後客少聰俊,有才名,前太守因此薦之入泮,豐孝廉重其器,將女兒采蘋許之爲妻。不料後客一到長成,百般游蕩,與妓女紅曉烟交好,常隨其入子虛班串戲。又嗜賭,負債纍纍,親朋皆痛惜之。鞠氏欲其收心向學,爲之迎娶采蘋。采蘋雖年已及笄,祇爲後客科第未成,是以屢次訂期,不肯輕易就嫁。某日,兄弟莽蒼言後客平日不讀書,祇是賭錢、嫖妓等,甚至被人討賭博錢,連衣服也被剝去。采蘋好生失望,頓足痛哭,決定答應婚事,以便能對後客有所約束。合卺日,正趕上紅曉烟生日,後客被母親強留家中,不得赴宴,甚是苦惱。

後見采蘋美貌非常，喜甚，主動求歡，然采蘋堅拒之，且一連兩夜未曾脫衣就枕。鞠氏憂之，前來解勸，并強使其夫婦共居一樓。采蘋爲激丈夫向學，悲訴自己所嫁非人，欲以針刺爛花容，苟且度日。後客深受觸動，表示文名不遠，終身不出戶庭；著述不成，永世不諧花燭。從此後客晝夜在洞房攻讀，采蘋則以針綫相伴。明年，後客中狀元，歸謝采蘋，又拜昔日刺面之針，題所居爲"拜針樓"。重行花燭，采蘋以曉烟能閉門守志，允作小星，後客甚喜。

生扮後客，小生扮宮四合，旦扮豐采蘋，老旦扮鞠氏，小旦扮丫鬟、紅曉烟，凈扮金串花，副凈扮梅香，末扮伊吾韋、老院子，雜扮儐相。

本事未詳。吳梅（1884—1939）曾將是劇潤飾删訂爲《針師記傳奇》，刊於《小說月報》第九卷第三號至第八號。

● 著錄、版本與收藏情況

《清代雜劇全目》《古典戲曲存目彙考》《明清傳奇綜錄》《古本戲曲劇目提要》著錄。現存康熙四十八年（1709）楊氏研露齋刻本、康熙間貴德堂刻本，俱藏國家圖書館。《不登大雅文庫珍本戲曲叢刊》（學苑出版社 2003 年版）第 14 册據貴德堂刻本影印。《古本戲曲叢刊七集》據研露齋本影印。又有光緒五年（1879）蕪湖貴德堂重刻本，藏安徽省圖書館。

● 序跋、題詞與評語

楊天祚《〈拜針樓〉序》（《不登大雅文庫珍本戲曲叢刊》第 14 册影印康熙間貴德堂刻本《拜針樓》卷首）：

仲宣辭賦，代有文人；彝甫清譚，世推名士。辨琅琊之稻，幼即多奇；識蝌蚪之書，長尤博物。年年麗製，函薰豆蔻之香；夜夜新詞，篋燦葡萄之錦。然愁城未破，《送窮文》自古不靈；而傲骨徒撐，《遂初賦》於今有作。

骚人运蹇，缙绅罔识陈三；才子情锺，儿女偏知柳七。每多抑郁，抚匣剑以悲歌；妙解音声，顾银筝而制曲。名齐小宋，曾传"红杏枝头"；句比大苏，不羡"绿杨影里"。即斯八折，已见一斑。

　　豪士呼卢，差拟樗蒲十万；贫交狎妓，何须粉黛三千？喧箫鼓以逢场，迹疑优孟；藉樽罍而快意，兴托高阳。虽喜清狂，终嫌佻达。得邀象服，端赖金针。藉壶内之磨礲，泄胸中之磈礧。行间芍药，非同搥鼓之牢骚；字里琳琅，并异偷香之嫵媚。愚者求之楮叶，达士喻以空花。从此谱付何戡，调翻车子。谁家风月，不歌王建之词？到处楼台，尽唱元稹之曲。

研露斋主人杨天祚题

張 韜
(1651—1710?)

字球仲、求仲，一字權六，號紫微山人。原籍鄞縣（今浙江寧波），後隨父遷居浙江海寧。康熙十五年（1676）例貢，二十二年（1683）起任浙江烏程訓導，三十八年（1699）遷四川天全六番州招討司經歷。因四川巡撫能泰（生卒年不詳）推薦入都候選，康熙四十七年（1708）升任休寧知縣。王德浩《硤川續志》卷六言其"性豪邁，善結納，嫺吟詠"。曹宗載《紫硤文獻錄》卷二云："權翁風情炳琅，文藻秀逸，清詞麗句，恍若玉樹瑶華，令人愛玩不置。"工詩文，善詞曲。著有《大雲樓集》《天全六番稿》《四書偶參》《茗溪唱和詩》《響臻堂偶參》等。雜劇有《續四聲猿》。

按，鄧長風《十四位清代浙江戲曲家生平考略》推斷："張韜或生於順治間，卒於康熙四十九年（1710）以後不久，大約活了六十歲左右。"柳森《〈天全六番稿〉考論》據《大雲樓集》《天全六番稿》確認其生卒年爲"1651—1710?"，可從。

傳記文獻：王德浩《硤川續志》卷六、曹宗載《紫硤文獻錄》卷二、（道光）《海昌備志》（點校本）卷三十二、（咸豐）《天全州志》、（民國）《海寧州志稿》卷十三、鄧長風《十四位清代浙江戲曲家生平考略——美國國會圖書館讀書札記之十二》（《明清戲曲家考略全編》上）、柳森《〈天全六番稿〉考論》（《圖書館理論與實踐》2019年第8期）等。

《續四聲猿》

包括雜劇《杜秀才痛哭霸亭廟》《戴院長神行薊州道》《王節使重續木蘭詩》《李翰林醉草清平調》，均爲一折。卷首有張韜《〈續四聲猿〉題辭》云：

"猿啼三聲，腸已寸斷，豈更有第四聲，況續以四聲哉！但物不得其平則鳴，胸中無限牢騷，恐巴江巫峽間，應有'兩岸猿聲啼不住'耳。徐生莫道我饒舌也。"署爲"紫微山人志感"。鄧長風《十四位清代浙江戲曲家生平考略》據此推斷："《續四聲猿》雜劇正是他心聲的宣泄。此四折短劇，必作於他離開天全、沿三峽飛流而下之時。"與張韜的《題辭》相對照，或可信從。

● 劇情概要與本事

《杜秀才痛哭霸亭廟》

劇首題"杜秀才痛哭霸亭廟雜劇"，署"紫微山人填詞"。寫和州書生杜默空有滿腹文章，怎奈遭時不偶，曾十舉不第，流落長安。後落魄歸里，途經霸亭驛，天冷遇雨，宿於西楚霸王廟，感慨項羽力敵萬夫却落得烏江自刎的下場，與自己字字錦綉却不入主司之眼的境遇一樣。杜默拈土當香，祭拜項羽，向神像哭訴自己讀書、應試之艱辛，考官評卷之冬烘，悵然嘆息曰："以大王之威不能取天下，以杜默之才不得中狀元。"直哭得泥神泪垂。天明，杜默燒掉詩稿，看破世事而去。

正末扮杜默。

本事出自宋洪邁《夷堅志·三志辛集》卷八《杜默謁項王》以及明彭大翼（1552—1643）《山堂肆考》等。與明沈自徵（1591—1641）《霸亭秋》雜劇、清稽永仁（1637—1676）《杜秀才痛哭泥神廟》雜劇題材同。

《戴院長神行薊州道》

劇首題"戴院長神行薊州道雜劇"，署"紫微山人填詞"。寫宋江攻打高唐州爲妖法所困，不能取勝。軍師吳用派神行太保戴宗往薊州尋訪公孫勝。李逵定要一同前往，路上却不聽戴宗號令。戴宗恐貽誤軍機，就暗中施展法術，或令李逵跑起來無法停歇，或令其釘在原地不能動彈。李逵害怕，向戴宗求救。戴宗乘機作弄他，讓他發誓再不吃牛肉。

張韜

正末扮戴宗，淨扮李逵。

本事見於《水滸傳》第五十三回《戴宗智取公孫勝，李逵斧劈羅真人》。

《王節使重續木蘭詩》

劇首題"王節使重續木蘭詩雜劇"，署"紫微山人填詞"。寫揚州王播昔年貧困落魄，經常到木蘭院裏投齋，遭衆僧厭惡。主持長老更將提示齋飯之鐘聲改到飯後。王播因是懷忿，題詩離去。後飛黃騰達，官拜鹽鐵使。一日還鄉，重訪木蘭院。主持聽聞，趕緊用絳紗籠罩住其所題詩句，以示尊崇，想藉此平息王播怒氣。王播到寺後，回憶起自己當年所受羞辱，又見衆僧前倨後恭，甚是感慨，便在當年詩句後再續二句。又賜下良田，命僧衆周濟貧士。

正末扮王播，淨扮主持長老。登場人物尚有衆僧及王播隨從等，俱未分配腳色。

本事見五代南漢王定保《唐摭言·王播》。明來集之（1604—1682）《秃碧紗》（全名《秃碧紗炎凉秀士》）雜劇、清周壎（1714—1783）《木蘭院詩籠處故里垂芳》雜劇，與之題材同。

《李翰林醉草清平調》

劇首題"李翰林醉草清平調雜劇"，署"紫微山人填詞"。寫唐明皇與楊貴妃見沉香亭畔木芍藥盛開，大開宴席，又宣翰林供奉李白譜寫新詞。李白此時與賀知章狂飲畢，正在長安市上醉眠，雖被載入宮中，尚衣衫不整，牙笏倒持，一副醉態。唐明皇令人將李白扶上鴛鴦七寶床歇息，又親自調羹爲之做醒酒湯。李白醒後，貴妃爲他捧硯，高力士爲他脱靴。他又飲下一斗蒲萄美酒，揮毫寫下了《清平調》三章。明皇甚是贊賞，馬上令人譜曲合奏。

正末扮李白，冲末扮唐明皇。登場人物尚有楊貴妃、高力士、李龜年、衆樂工等，俱未分配腳色。

本事見於《新唐書·李白傳》。清尤侗（1618—1704）《清平調》雜劇與此題材同。

● 著錄、版本與收藏情況

《清代雜劇全目》《古典戲曲存目彙考》《古本戲曲劇目提要》著錄。現存康熙刻本《大雲樓集》之附錄本，藏國家圖書館，鄭振鐸《清人雜劇初集》、《清人雜劇百廿種》第 2 冊據之影印，民國三年（1914）吳梅據之鈔錄。另，傅惜華《水滸戲曲集》（上海古籍出版社 1985 年版）收入《戴院長神行薊州道雜劇》點校本，王永寬、楊海中、幺書儀選注《清代雜劇選》（中州古籍出版社 1991 年版）亦收錄該劇排印本。

● 序跋、題詞與評語

張韜《〈續四聲猿〉題辭》（《清人雜劇初集》影印康熙間刻《續四聲猿》卷首）：

猿啼三聲，腸已寸斷，豈更有第四聲，況續以四聲哉！但物不得其平則鳴，胸中無限牢騷，恐巴江巫峽間，應有"兩岸猿聲啼不住"耳。徐生莫道我饒舌也。

紫微山人志感

黃丕烈《〈續四聲猿〉跋》（《清人雜劇初集》影印康熙間刻《續四聲猿》卷首）：

海寧張權六，名韜，司訓烏程，著《大雲樓詩文集》，附《茗溪唱和詩》《響臻堂偶參》《續四聲猿》傳奇。有徐倬、韓純玉、洪圖光、毛際可序。

復翁記

張韜

鄭振鐸《〈續四聲猿〉跋》(《清人雜劇初集》影印康熙間刻《續四聲猿》卷首)：

右《續四聲猿》雜劇四種，海寧張韜著。韜字權六，自號紫微山人。生平事迹不甚可考，僅知其嘗司訓烏程，且曾與毛際可、徐倬、韓純玉諸人交往而已。是韜之生年，當在順治、康熙之際。所著有《大雲樓詩文集》諸作，毛、徐諸人，皆爲之序，《續四聲猿》即附集後。

韜著此劇，自謂續明青藤山人《四聲猿》，其自序曰："猿啼三聲腸已斷，豈更有第四聲，況續以四聲哉！但物不得其平則鳴，胸中無限牢騷，恐巴江巫峽間，應有'兩岸猿聲啼不住'耳。"是韜之續青藤，蓋有無限牢騷在。青藤四作，各不相涉，韜之續作亦然。

一爲《杜秀才痛哭霸亭廟》，寫杜默下第東歸，過項王廟，有感而痛哭事。默事見《山堂肆考》，明沈自徵君庸已寫爲《霸亭秋》一劇；韜同時人嵇永仁留山，亦嘗寫入其所作《續離騷》中；并韜此作，蓋有三劇。以情景言，韜作似較君庸、留山皆勝。夫以瘦馬羸童，度此青山暮靄，風雨疏林，衣單蹄滑，此情此景，失意人能不勾起牢愁萬斛耶？

一爲《戴院長神行薊州道》，寫戴宗、李逵同往薊州訪公孫勝，宗在中途作法弄逵事。此事全本《水滸》，即曲白亦多襲《水滸》本文。《水滸》故事，爲元劇喜用之題材，李逵尤爲高文秀、康進之諸家所喜寫之人物。至明而作者寥寥，於李開先、許自昌、沈璟、沈自晋之《寶劍》《水滸》《義俠》《翠屏山》諸記，與凌濛初之《宋公明鬧元宵》外，嗣音蓋鮮。韜此作，可謂空谷足音。

一爲《王節使重續木蘭詩》，寫王播貴後，至木蘭院，重續其囊所留題"慚愧闍黎飯後鐘"句事。播事見《唐摭言》，《破窑記》傳奇曾藉作吕蒙正微時事，來集之亦嘗寫爲《碧紗》一劇。來氏之劇，寫播事之始末；韜作則僅述其重續《木蘭詩》，故較爲簡短。然藉以泄其不平之氣則一也。世俗炎凉之態，惟寒士感受最深，故言之亦最痛且切。

一爲《李翰林醉草清平調》，寫李白扶醉，爲唐皇草《清平調》三章事。天子調羹，寵璫脱靴，蓋亦失意文人極寫得意之事，以自寬慰者。同時尤侗西堂，亦嘗寫此事，爲《清平調》一劇，其意亦同。

綜觀韜之四作，除《戴院長神行薊州道》爲純粹之故事劇外，他皆鳴其不平之作，如韜所自叙者。韜詩文皆佳，填詞亦足名家，雜劇尤爲當行。續青藤之《四聲》，雋艷奔放，無讓徐、沈，而意境之高妙，似尤出其上。青藤、君庸諸作，間有塵下之音，雜以嘲戲。韜作則精潔嚴謹，無愧爲純正之文人劇。清劇作家，似當以韜與吳偉業爲之先河。然三百年來，韜名獨晦，生既坎坷，沒亦無聞。論叙清劇者，宜有以章之矣。

中華民國十九年十二月十九日，鄭振鐸

吳梅《〈續四聲猿〉題識》（康熙間刻《大雲樓集》附刻本《續四聲猿》卷首）：

此四折較桂未谷作，實高萬倍。尤以《清平調》爲首，余一讀一擊節，不愧才人吐屬也。紫微爲張廣文權六韜，官烏程訓導，著有《大雲樓詩文集》。一時文人，如徐倬、韓純玉、洪圖光、毛際可輩，皆縞紵贈答，以淵雅著稱。即此四劇，亦深得元賢三昧，識者不以余言爲阿好也。

丁丑六月，吳梅書於百嘉室

陳夢雷
（1650—1741）

字則震，一字省齋，號松鶴、得一道人，侯官（今福建閩侯）人。康熙九年（1670）進士，選庶起士，授編修。十三年（1674），耿精忠反，被迫接受僞職。亂平，以附逆罪，遣戍尚陽堡。三十七年（1698）冬巡得赦，次年侍奉皇三子胤祉讀書。參與編輯《古今圖書集成》。雍正時，以與誠親王胤祉之關係，再放關外，死於黑龍江戍所。著有《閑止書堂集鈔》《松鶴山房詩集》。《松鶴山房詩集》卷九《雜曲》收《元正嘉慶》《八仙慶壽》雜劇二種。汪超宏《陳夢雷雜劇二種》考證其創作時間在康熙三十八年（1699）至五十二年（1713）之間；王漢民《明清劇目考遺（二）》則認爲二劇"大致作於康熙三十七年（1698）至康熙去世前這段時間内，具體時間已難考定"。

按，關於其生卒年，説法頗多。汪超宏《陳夢雷雜劇二種》定爲"1651—1723左右"，趙興勤《莊一拂〈古典戲曲存目彙考〉補正》定爲"1650—1741"，今從。

傳記文獻：陳壽祺《陳編修夢雷傳》（錢儀吉《碑傳集》卷四十四）、李桓《國朝耆獻類徵初編》卷一百十六、謝國楨《明清筆記叢談·陳則震事輯》、汪超宏《陳夢雷雜劇二種》（《明清曲家考》）、王漢民《明清劇目考遺（二）》（《清代戲曲考論》）等。

《元正嘉慶》

● 劇情概要與本事

一折。寫新春元旦之辰，萬國朝宗之會，南極散仙東方朔、李白，與瑶池仙侍麻姑、董雙成，共駕祥雲，縱觀寰海，游歷京城。衆仙飛過鳳樓金闕，見九門洞開，六街紛遝，車如流水馬如龍，一派太平景象。最後，仙人們留下度索仙桃、昭華玉琯、滿酌流霞及瑤池玉樹等以兆祥瑞。

外扮東方朔，生扮李白，旦扮董雙成，小旦扮麻姑。

本事未詳，當取自民俗傳說。據《莊一拂〈古典戲曲存目彙考〉補正》推測，是劇"當作於康熙末年"。

● 著錄、版本與收藏情況

《莊一拂〈古典戲曲存目彙考〉補正》著錄。現存康熙五十二年（1713）刻《松鶴山房詩集》本，藏國家圖書館，《續修四庫全書》（上海古籍出版社2002年版）第1415冊據之影印。

● 序跋、題詞與評語

陳夢雷《〈元正嘉慶〉評語》（康熙五十二年刻《松鶴山房詩集》卷九《雜曲·元正嘉慶》卷末）：

得一道人曰："摹寫元正景物，作一幅極妙畫圖，入俗處更饒情趣，而太平氣象如見。至於頌禱中，無非納牖。真是撒米成珠手段也。"

—————————|《八仙慶壽》|—————————

● 劇情概要與本事

一折。寫長壽星君生日，漢鍾離等八仙奉瑤池王母之命，同往慶祝。壽筵前，瑞靄繽紛，祥雲靉靆，圖書滿室，翰墨飄香。八仙將携來之閬苑奇珍、蓬萊佳釀等進獻，一起祝壽。然後又將龍管鳳笙、雲璈錦瑟并奏，玉女輕舒彩袖，作霓裳之舞。

登場人物有漢鍾離、鐵拐李、呂洞賓、何仙姑、張果老、曹國舅、藍采和、韓湘子，俱未分配脚色。

本事未詳，當據民俗傳說改寫。按，《松鶴山房詩集》卷九《雜曲》還收有其散曲二套。在其一《月夜泛舟》末有陳夢雷後記曰："朱邸千秋賜宴，梨園樂作。王曰：'八仙一曲，俗不可言。思有以易之，先生一構思，可乎？'余以不習音律辭。王曰：'姑勿論字之陰陽，但如填詞，平仄按譜，以付歌兒。不叶，則易一二字可耳。'余不敢辭，勉效顰以應命。後未聞有所改易，究未知其叶與否。徒資識者噴飯耳。"知此劇專為康熙三子胤祉生日所作。康熙四十八年（1709），胤祉晋封為和碩誠親王，是劇當創作於此年或稍後。

● 著録、版本與收藏情況

現存康熙五十二年（1713）刻《松鶴山房詩集》本，藏國家圖書館。《續修四庫全書》（上海古籍出版社 2002 年版）第 1415 册據之影印。

● 序跋、題詞與評語

陳夢雷《〈八仙慶壽〉評語》（康熙五十二年刻《松鶴山房詩集》卷九《雜曲·八仙慶壽》卷末）：

得一道人曰："'寬厚載福'一語，一篇扼要在此。雲錦陸離、敲金戛玉，無非為此句作襯語耳。乃知公劉好貨、太王好色，當道志仁者，正不在迂闊也。"

華亭鶴史

真實姓名、生平經歷，均不詳。存雜劇《紫芝緣》《鴛鴦史》二種。按，《紫芝緣》中王長宣、張伯應在聽雪堂品題何綉畫作，後王因此被皇帝遥贈"天倪真士"之號，而劇首所附《序》，末署"太原天倪貞士題於聽雪堂上"。由是，劇作者華亭鶴史或爲王長宣，待考。

傳記文獻：天倪貞士《〈紫芝緣〉序》（《紫芝緣》卷首）。

《紫芝緣》

◆ 劇情概要與本事

劇首署"華亭鶴史編次"。八齣，依次爲《贈玉》《驚波》《品勝》《聆樂》《觀圖》《寄鴻》《賜環》《合芝》。寫平江何綉精於繪事，向來師事倪元鎮。與平康李若蘭情投意合，指望百年比翼。孰料鴇母王素情嫌何綉貧窮，強挾若蘭渡江北去。臨別之際，二人相約虎丘話別，訴説衷腸，又以紫玉芝草環佩、紫玉靈芝扇墜互贈，希圖他日有緣，雙芝再合。若蘭隨鴇母至真州後，鴇母對其千敲萬打，逼令接客。若蘭計無所出，趁鴇母熟睡之際潜行江邊，欲投水自盡，以報何綉。豫章致仕官員桂楫起任禮部尚書，乘舟赴任，發現若蘭，將之救下，并收爲義女，帶往京城。後桂楫與權相蓋溪不和，劾蓋奸狀，反遭圈套，結果忠而被戮，家屬盡充宮奴。若蘭入宮後，與宮人趙子霞頗稱契合，結爲姊妹。她每念義父深冤未雪、與何郎重逢無日，便整日苦惱悲啼。時值元宵佳節，皇帝秉燭夜游，又與百官設宴金鑾殿。席間歌人唱曲，曲詞乃王長宣、張伯應題何綉畫作者，極贊其畫筆高尚。皇帝好奇，遣內監崔仁召何綉當廷面試，果然名下無虛，又令其畫成天下四大景，甚是不凡。遂授以翰林待詔事，并賜黃金十笏、斑管百枝。若蘭前日賞燈時，不意將何綉所贈紫玉靈芝扇墜失落，爲崔仁所得，崔仁手中扇墜又爲何綉所見，何綉遂向崔仁説明原委，并請其訪查若蘭消息。崔仁回宮查明若蘭身世，答應代其傳書與何綉。結果書信遺落殿中，被皇帝發現，皇帝命人追查此事。趙子霞誓與若蘭同死，遂一同上殿。若蘭言明事情經過，皇帝感李、趙二人節義，遂封李爲宜人、趙爲孺人，一起送歸何綉。最後，三人奉旨完婚。

生扮何綉，小生扮張伯應、皇帝，旦扮李若蘭，老旦扮桂夫人，小旦扮侍兒、趙子霞，旦、小旦扮宮人，净扮王素情，末扮王長宣、崔公公，丑扮儐相，外扮桂楫、崔仁、内監、老旦、雜扮官員，雜扮水手、文武官員等。

本事待考。

● 著録、版本與收藏情況

《古典戲曲存目彙考》著録。現存清刻本，藏國家圖書館，《清人雜劇百廿種》第6冊據之影印。

● 序跋、題詞與評語

天倪貞士《〈紫芝緣〉序》（清刻本《紫芝緣》卷首）：

《紫芝緣》傳乎？曰："傳矣。"何傳乎？"情傳耳。"有説乎？曰："有。曾讀唐人小説，得無情賊兩人：其一元相微之，其一參軍李益也。元以獸行於中表，既而弃之，過矣。崔寄情於書，不能挽，委身於人，分也。卒暴其私於戚黨，畜生乎！元稹想堕阿鼻地獄矣。霍玉之於君虞也，如膠如漆，父母不能離。藍葉、藍花之詩，楚語至今刺鼻也。益何心哉？竟使鴟弦一絶，鳳嘴難續，嚙臂長痛而死於情。緑珠，碧玉姨姊矣，益亦無所置辭矣。"

我嘗謂彼元、李者，貴人也，儒者也。讀書學道，舉以忠孝自任者也。

意忠孝其非人,情乎?無情於君父,而謂之忠孝,不可也。然則忠孝不當責備於貴人、儒者,但可求之於婦人女子者耶?婦人女子不讀書,不學道,何如知有忠孝,但知有情耳。當熊搏虎,非勇於忠孝,特勇於情也。嗚呼!推此而情之時義大矣。一情立而萬體備矣,與日星河岳并不磨矣。寒泉之下,艷魄有知,聞予言而春紅開兩靨矣。

《春秋》書法,重在隱惡,雖忠勤貴重如趙盾,不少假借。而卓吾李老登董狐之堂,奪斧衮之筆,加陵嶠以弒母、逆賊之目,可謂嚴矣。乃二賊一經詞人之手,遂漏吞舟之魚。可嘆也,可嘆也!古來男子有情者少,而女子有情者常多,間或有如荀奉倩輩,是黃河一清耳。女子中則綠珠、紅拂、李娃、關盼,皆青泥中白蓮花也。《紫芝緣》所載兩人,聞奇於情,而情難於李何。惟貴不忘賤,有宋弘之風,亦有可取。其遇合之際,若尤券然,情之所深,金石爲裂,不虛也。惟作曲者能洞兩人之情。文生於情,文乃真,則閱曲者可盡兩人之情。情生於文,情愈實,有真情斯有真文,惟真文可傳真情。世寧有真情之文不傳者耶!我故曰:"《紫芝緣》傳矣。"

太原天倪貞士題於聽雪堂上

闕名《〈紫芝緣〉跋》(清刻本《紫芝緣》卷末):

妍詞綺語,出徵入宮,筆攢五色之花,句滿三山之秀。湯臨川不過是也。

《鴛鴦史》

◆ 劇情概要與本事

劇首署"華亭鶴史編次"。四齣,依次爲《探梅》《問水》《賺綉》《合標》。寫潁人江兔仙有潘安之貌、張緒之名,近來走馬廣陵,與友人宋王孫、韓藉士游,偶遇角妓青來,對其一見傾心,神往不已。爲接近青來,兔仙邀青來等人泛舟游湖，并往玉勾斜探梅。眾人見遠水溪邊有十里梅林，便捨舟登岸，將食盒移往梅間，席地暢飲。當地勢家公子周西岐携幫閑龔常立等游春，窺見青來，驚爲天人，後受邀入席，打聽青來身份，又設下奸計，欲劫取青來。明日，周西岐、龔常立訪妓女柳搖金，令其慫恿青來乘舟同去金山。青來不願前往，但柳搖金等一再糾纏，祇得勉強答應。舟中，青來發現中計，暗自傷神，對兔仙懷想不已。周、龔等故意挨到日暮，借宿古寺。周西岐送走別人，單留下青來伴宿。青來無可奈何，祇得和衣假寐。西岐三番五次想喚醒青來，成就好事，青來就是不理。第二日，又將青來帶到焦山，欲將之軟禁於此。青來正彷徨無計，幸遇俠客成節，成節得知其遭遇後，決定相助，帶人殺散周、龔等，救走青來，并送之回廣陵。兔仙知青來被人脅迫遠去，傷心欲絕，準備買舟前往江南尋訪，恰與青來相遇。二人叩謝成節大恩，并問其姓名以圖後報。成節不求回報，飄然而去。

生扮江兔仙，小生扮宋王孫、馮鋏，旦扮青來，小旦扮玉梅，貼扮柳搖金，小旦扮蓮房，净扮周西岐，末扮韓藉士、艄公、楊芳，丑扮龔常立，外扮經相公（情痴子）、老僧、成節，雜扮從人、水手、嘍囉等。

本事待考。

● 著錄、版本與收藏情況

《古典戲曲存目彙考》著錄。現存清刻本，藏國家圖書館，《清人雜劇百廿種》第六册據之影印。

● 序跋、題詞與評語

闕名《〈鴛鴦小史〉叙》（清刻本《鴛鴦史》卷首）：

昔王可交櫂舟入江，遇兩道者呼其名，以二栗食之。送之登岸，乃在天台瀑布寺前，始知真人之寓世，固未嘗絕也。蓋入於正，則大羅玉京；出於奇，則丸飛劍走。故纔博浪而即赤松，以至逾垣破壁。感之以義，投之以情，死可生，離可合，泰山可挾，北海可超。或而飛，或而見，或而疾徐。若而人者，有耶？無耶？大道一成，隨緣可遇。今日之兔仙，即今日之戍節。情與義并，不必西岐（後脫）。

闕名《〈鴛鴦史〉跋》（清刻本《鴛鴦史》卷首）：

轉折有致，而鋪叙更神。中間一段情至之處，令人莫可端倪。是大老手，是大奇文。讀此須珍珠船載裏成、綠萼來聽，庶不負此豪筆也。

曹 寅
(1658—1712)

字子清,又字幼清,號楝亭、荔軒,又號雪樵、柳山居士、棉花道人、鵲玉亭等。祖籍豐潤(今河北唐山),遷居遼陽(今遼寧瀋陽),後入漢軍正白旗籍。康熙二十九年(1690)起,曹寅先後出任蘇州織造、江寧織造,後兼兩淮鹽政等要職。工詩文詞曲,喜交結當代名流。法式善《梧門詩話》云:"曹楝亭性豪放,縱飲徵歌,殆無虛日,酷嗜風雅,東南人士多歸之。"曾奉旨主持編撰《全唐詩》《佩文韵府》等。自云:"吾曲第一,詞次之,詩又次之。"(王朝璩《〈楝亭詞鈔〉序》)著有《楝亭詩鈔》等。戲曲有《表忠記》《後琵琶》《虎口餘生》等傳奇,以及《太平樂事》和《北紅拂記》雜劇。

按,《清代雜劇全目》以"柳山居士"出目,并言其"姓、字、號,均已無考。籍里、事迹,亦皆不詳"。不確。

傳記文獻:《清史稿》卷四百八十五、《清史列傳》卷七十一、張維屏《國朝詩人徵略》卷二十、王樹楠《祭曹子清先生文》(《陶廬文集》卷一)、李斗《揚州畫舫錄》卷二、周汝昌《曹寅年表》(《紅樓夢新證》)、方曉偉《曹寅評傳·曹寅年譜》。

《太平樂事》

凡十齣,包括《開場》與單折雜劇九種,雜劇依次爲《燈賦》《山水清音》《太平有象》《風花雪月》《龍袖驕民》《貨郎擔》《日本燈詞》《賣癡呆》《豐登大慶》。均署"柳山居士撰"。按,該劇卷首有洪昇序,末署"癸未臘月,錢唐後學洪昇拜記",癸未即康熙四十二年(1703),知是劇完成於此年或之前。

● 劇情概要與本事

《開場》

僅【滿庭芳】一曲，總寫元宵夜熱鬧、喜慶的景象。

未標登場人物及腳色。

據作者《自序》，《開場》《燈賦》二齣出自明陳鐸（1454？—1507）《太平樂事》。

《燈賦》

無曲，均爲賓白。演述上元夜燈月交輝，火樹銀花，滿城簫鼓喧闐，笙歌不斷。游人乘着香車寶馬，在街市上觀賞各種奇异花燈。

未標登場人物及腳色。其中有科白提示語云"一遞一句説"，可知登場人物至少二人。

《山水清音》

寫一位樵夫遇到一位漁翁，互道"新年如意"，又相約往市上觀看社火。二人邊走邊聊，訴説各自受用之處。樵夫言自己之柴門遠離城市，平日有白雲作伴，鹿猿相招，貰松醪，燃杉子，還可將艾納燒。漁父則言自己所居之漁村水鄉，沙擁輕舟，物産豐饒。冬日霜風起時，妻兒老小都坐在蘆花香絮之中。接着二人分別演唱《樵歌》《漁歌》，描述逍遥、自在的生活。

登場人物有樵夫、漁夫，俱未分配腳色。

本事未詳。

《太平有象》

寫時值朝貢之期，外國使臣紛紛進京獻寶，又趁着驛館閑暇，練習禮儀，演習歌舞，準備慶祝元宵佳節。

净扮青海部落大都護。登場人物尚有西海黃臺吉、哈密國侍子、烏斯國侍子、八百媳婦、狗西番、藏國侍子、西洋舶主等，俱未分配脚色。

本事未詳。

《風花雪月》

寫京城外一鄉下老漢，雖年過八十，但身體硬朗，從來不曉得頭疼腦熱。今靠着田園過活，無病無災，與妻子齊眉到老。時值元宵節，老漢在孫子王留的攙扶下，到茶亭觀看村中健兒搬演社火，正遇到村漢寶哥與妻兒帶着禮物去岳父家走親戚。老漢邀請他們往家裏歇歇脚，他們便取紅棗奉與老漢。老漢女婿也從城裏賣扇子歸來。衆人問其城中風景如何，賣扇人言那裏熱鬧異常，正在搬演"風花雪月"故事。後村中開始社火表演，衆人觀賞龍燈、虎燈等。

外扮老漢，丑扮王留。登場人物尚有寶哥、村婦、賣扇人等，俱未分配脚色。

本事未詳。

《龍袖驕民》

寫時值元宵佳節，京城處處笙歌簇馬，杯酒邀花。一少年在街市游逛，看到陌上女子乘車閑游，衙門中正在傳宴，酒肆裏翠擁紅遮，豪門外秧歌表演正盛，街面上挂滿謎語，主人正在招攬顧客付費猜謎。賣花與賣菜的兩位小哥因爲爭説瓜與花的好處，斗起嘴來，最後各吃了一個歡喜團兒，以免傷了和氣。

生扮京城游冶少年，旦扮游春女子，雜扮秧歌婦女。登場人物尚有妓、謎人、賣瓜人、賣花人等，俱未分配脚色。

本事未詳。

《貨郎擔》

寫一貨郎挑着擔子，搦着蛇皮鼓，走街串巷，隨牙趁販。擔子裏有針綫包、磨合羅等。一群嬉戲的兒童圍住他，挑選着喜歡的玩具。

雜扮貨郎。登場人物尚有二小童，俱未分配脚色。

本事未詳。

《日本燈詞》

寫中華皇帝御極以來，日本國海不揚波，通商薄賦，黎庶沾恩。今值正月令節，日本國王無以報答，命人打鼓跳舞，演戲鬧燈，祝賀中華聖人萬壽無疆。按，劇中多有日語擬音。

雜扮日本國王。登場人物尚有女樂等，俱未分配脚色。

本事未詳。

《賣痴呆》

寫京城中一富家子，上承遺蔭，下衍繁枝，有無盡的田園、珍寶，祇是自己百無一能，終日游戲，因此闔族親朋送他一個別號：痴呆子。痴呆子對此不以爲辱，反以爲福。一日，他往長安市上，欲與人做交易，用痴呆換聰明。他先後遇到了醫士，星、相、卜者等聰明人，經過與衆人交談，最後明白自己并不呆。

丑扮痴呆子，雜扮醫士、星者、相者。登場人物尚有賣糖者、剃頭匠、賣鷄鴨者、卜者等，俱未分配脚色。

本事未詳。

《豐登大慶》

寫皇帝來日將在御樓下大酺天下，東園行首率領弟子搬演燈詞，慶祝豐收，歌頌太平。

曹寅

登場人物有東園行首等，俱未分配脚色。

本事未詳。

● 著録、版本與收藏情况

《清代雜劇全目》《古典戲曲存目彙考》《古本戲曲劇目提要》著録。現存康熙四十八年（1709）自刻本，藏南京圖書館、復旦大學圖書館。又有姚燮《今樂府選》稿本第2册所收本，藏浙江圖書館。

● 序跋、題詞與評語

曹寅《〈太平樂事〉序》（康熙四十八年刻本《太平樂事》卷首）：

舊有金陵陳大聲《太平樂事》一闋，相傳其初授百户時，魏國公所命作。其"雞鵝擔人"結句云："剛賣了第一日。"蓋文人無賴之語也。余表兄東皋酷愛其詞，以子鵝相餉，勒家僮令演之。然曲多焰段小令，衹堪彈唱。因補填大套七齣，以《太和正音》《燈詞》繫其尾，大聲《開場》《燈賦》弁其首。適有莊貞生妙製米燈，諸巧輻輳，其戲遂成。鬚眉弄影，不獨稚子矣。

武林秭畦生擊賞此詞，以爲勁氣可敵秋碧。曾爲秭畦説宫調，令其注《彈詞·九轉貨郎兒》下。未幾，有捉月之游。又一年，東皋亦下世。此詞已入山陽之笛，急切付梓，蓋存故人之餘意焉爾。

己丑九月十五日，柳山居士書

洪昇《〈太平樂事〉題詞》（康熙四十八年刻本《太平樂事》卷首）：

昔漢唐始立樂府，有《景星》《齋房》《天馬》《赤雁》等曲，承《豳風》之緒餘，歌詠太平。遠被重譯，貢琛獻贄，無不聞風嚮化，則樂之感人深且遠矣。後世衍爲歌行，截爲斷句，再變而填詞，遞降而散曲，加以賓白，演以排場，成雜劇、傳奇。雖與古樂分途，然其紀風俗，頌熙皞，同一意也。

金、元以來，院本特盛。明代所纂《雍熙樂府》，多取御筵歌唱，不無猥雜。金陵陳大聲點綴昇平，旁摭逸事，亦瑣褻不雅觀。柳山先生出使江左，鈴閣多暇，含風咀雅，酌古準今，撰《太平樂事》雜劇，以紀京華上元。凡漁樵耕牧，嬉游士女，貨郎村伎，花擔秧歌，皆摩肩接踵。外及遠方部落，雕題黑齒，卉服長肢，傑休兜離，罔不羅列院本。其傳神寫景，文思煥然，詼諧笑語，奕奕生動。比之吳昌齡"村姑演說"，尤錯落有古致。而序次風華，即《紫釵》元夕數折，無以過之。至於《日本燈詞》，譜入蠻語，怪怪奇奇，古所未有。即以之紹樂府餘音，良不虛矣。吾知此劇之傳，百世以下猶可想見其盛，而況身際昌期者乎！

曹寅

癸未臘月，錢唐後學洪昇拜記

朱彝尊《〈太平樂事〉題詞》（康熙四十八年刻本《太平樂事》卷首）：

楊朝英論定元曲目，曰《太平樂府》。其後陳大聲、劉仲修遇歲華，均有焰段。然未若柳山先生，意匠經營，窮工極致。聚沙爲塔，鞭石成橋，未足喻其變幻。觀止矣！鼓鐘之詩云："以雅以南，以籥不僭。"非有凌雲之才，安能婷群雅若此！

小長蘆朱士僭評

曹寅《〈太平樂事〉第八齣題記》（康熙四十八年刻本《太平樂事》第八齣《日本燈詞》齣末）：

此曲調寄【中呂】，依吳昌齡《北西游》"滅火詞"而作。倭語出《萬里海防》及《日本圖纂》、四譯館譯語填合而成。洋舶人云，倭國惟伎女始着彩衣，所唱與粵東【采茶歌】音調相近，亦《溱洧》之屬也。燈則以布機春盒之類爲戲。男以蠟撚鬚，薙頂髮，女黑齒着屐，衣食皆仰於官。對馬島接壤高麗，其都會則薩摩州也。前年得曝書亭所藏《吾妻鏡》，考之無異。《吾妻鏡》者，華言《東鑒》，明弘、正間其國所刊書也。

柳山記

陶鼎《〈太平樂事〉第九齣題記》（康熙四十八年刻本《太平樂事》第九齣《賣痴呆》齣末）：

結句用諢語，爲秋碧解嘲，不失本色。賓白半出曲師王景文。景文侍柳山先生十年，後搦筆能詩、古文辭。年未五十以病殞，傳宮調者遂無人矣。

立亭

曹寅《〈太平樂事〉第十齣題記》（康熙四十八年刻本《太平樂事》第十齣《豐登大慶》齣末）：

前明分雅俗定樂，俗樂多入僧、道、教坊。元旦喜慶，多用【黄鍾】。此燈詞《太和正音》《雍熙樂府》皆載之，想出勳戚及東園鐘鼓司所作也。鄭世子《樂書》有《天下太平》字舞，當時尚見唐宋遺派。然以八音揉合，入【青天歌】【金字經】，以節其舞，未免雅俗不倫矣。此齣舞人如其數，燈分二色，頗具新意。今人樂猶古之樂，其餘皆襲東園。過務之法，調以子母寄清鍾。禮失求野，知音者哂之耳。

柳山記

《北紅拂記》

● 劇情概要與本事

又名《莽擇配》，劇首署"鵲玉亭填詞"。十一齣，第一齣乃副末開場，齣末有題目正名，云："李衛公家緣省氣力，唐天子江山争不得。虬髯公正本半盤旗，張一娘紅拂生顔色。"齣目依次爲《朝回》《謁見》《私奔》《訪覓》《投店》《觀棋》《贈家》《采藥》《傳書》《瀝酒》。寫隋末楊素家伎紅拂本姓張，係東吳衣冠子女，因避兵西來，父母亡故後入楊素府做侍兒，深受楊素喜愛，並輪班隨侍見客。三原人李靖到長安求取功名，求見楊素，與紅拂初次見面，互有好感。紅拂當夜盜取金牌令旗，扮作打差官夜會李靖，訴説以身相托之意，二人決定連夜赴太原投奔李世民。途中遇來太原打王氣之虬髯翁，紅拂與其結拜爲兄妹。虬髯翁本有圖王之意，見李世民有帝王之相，遂携家避居海外，放弃逐鹿中原的意圖。十年後，虬髯翁海外立國，成爲扶餘國王，一日收到大唐李靖署名的檄文，望其相助大唐征服高麗。虬髯翁念與李靖的故交，派兵相助。李靖輔佐李世民平定天下，位極人臣，下朝後將虬髯翁的消息告知紅拂，夫婦二人設宴慶賀。

生扮李靖、李公子（李世民），旦扮紅拂，小旦扮虬髯翁妻三娘，净扮虬髯翁，末扮徐洪客，外扮楊素、劉文静。

本事見唐杜光庭《虬髯客傳》傳奇。明張鳳翼（1527—1613）《紅拂記》傳奇、凌濛初（1580—1644）"紅拂三傳"雜劇（《莽擇配》《北紅拂》《虬髯翁》）、馮夢龍（1574—1646）《女丈夫》傳奇與此題材同。據作者《自識》，知是劇作於康熙三十一年（1692）。

◆ 著録、版本與收藏情况

《古典戲曲存目彙考》著録。現存康熙間刻本，藏上海圖書館；另有1943年邵鋭抄本，藏中國藝術研究院圖書館。據周興陸《試論曹寅的〈北紅拂記〉》（《紅樓夢學刊》2007年第一輯）考證，刻本乃抄本之祖本。

◆ 序跋、題詞與評語

曹寅《〈北紅拂記〉自識》（上海圖書館藏康熙間刻本《北紅拂記》卷首）：

李藥師非常人，雖小説家亦喜以事摭實之，每恨其筆無颯爽之氣。及見張靈虛填詞,竟以私奔爲奇事,與破鏡樂昌合傳;馮猶龍以陳眉公言,雖單作一記,而以衛公參柴紹、紅拂參娘子軍,尤爲穿鑿。且二本皆以虬髯翁降唐爲圓場,齷齪瑣屑,畫虎不成幾類狗矣。壬申九月入越,偶得凌初成填詞三本,三人各爲一齣,文義雖屬重複,而所論甚快,筆仿元人,但不可演戲耳。舟中無事,公之梅谷同好,因爲之添減,得十齣。命王景文雜以蘇白,故非此無調侃也。庶幾一洗積垢,爲小說家生色,亦卒成初成苦心也。敘事凌本甚當,但填詞少不稱敘,已隨筆改補。梅谷云:"優於王實甫,故不然;然過於關漢卿遠矣。"

柳山自識

尤侗《題〈北紅拂記〉》(上海圖書館藏康熙間刻本《北紅拂記》卷首):

案頭之書、場上之曲,二者各有所長,而南北因之异調。元人北曲固自擅場,但可被之弦索,若上場頭一人單唱,氣力易衰,且賓白寥寥,未免冷淡生活。變而南音,徘徊宛轉,觀者耳目皆靡,其移人至矣。然王實甫《西廂》一經李日華改竄,幾於點金成鐵。北之日趨而南也,雖風氣使然,寧無古調不彈之嘆乎?愚謂元人北曲,若以南詞關目參之亦可:兩人接唱,合場和歌,中間間以蘇白插科打諢,無施不可,又爲梨園子弟另辟蠶叢。此意無人解者,今於柳山先生遇之。

唐人小說傳衛公、紅拂、虬髯客故事,英雄兒女,各具本色。吾吴張伯起新婚伴房,一月而成《紅拂記》,風流自許。乃其命意遣辭,委蕤殊甚。即如《私奔》一齣,"夜深誰個叩柴扉","齊微"韵也;"顚倒衣裳試覷渠","魚虞"韵也;"紫衣年少俊龐兒","支思"韵也。以一曲而韵雜如此,他可知矣。浙中凌初成更爲北劇,筆墨排奡,頗欲睥睨前人。但一事分爲三記,有叠床架屋之病。體格口吻,尚仿元人,未便闌入紅牙翠管間也。柳山復取而合之,大約撮其所長,汰其所短,介白全出自運,南北鬥笋,巧若天成。

又添徐洪客《采藥》一折，得史家附傳之法。正如虎頭寫照，更加頰上三毫，神采倍發，豈惟青出於藍、冰寒於水乎？

柳山游越五日，倚舟脫稿，歸授家伶演之，予從曲宴得寓目焉。既復示予此本，則案頭之書、場上之曲，兩臻其妙，雖周郎復起，安能爲之一顧乎？於是擊節欣賞而題其後。

西堂老人尤侗

毛際可《題〈北紅拂記〉》（上海圖書館藏康熙間刻本《北紅拂記》卷首）：

張伯起《紅拂記》，牽合樂昌公主事。如傳紅綃妓者，附入紅綫，以爲掩映生姿，何若直書本事之爲當家乎？至若凌初成易南曲爲北曲，三人各分一齣，可以置几案而不可以登氍毹，謂其義意重疊故耳。柳山先生出游越中，於兩日內刪改爲十齣，詞曲賓白，無不窮工盡致。且同一俠也，李靖俠而爽，紅拂俠而慧，虬髯俠而憤，洪客俠而高。即越公下追尋之令，亦具咄咄英雄本色。譬若張樂洞庭不可雜以凡響，寫千尋絕壁不可綴以細蕊柔條，尤非伯起所能夢見也。

遂安毛際可

胡其毅《〈北紅拂記〉跋》（上海圖書館藏康熙間刻本《北紅拂記》卷末）：

嚮聞青藤老人爲梅禹金點訂《昆侖奴》一劇，海內推服。然其中曲太文、白太板，猶欠本色。若凌初成於《紅拂》傳奇，改南作北，可稱快事，第不免有重複之病。今得柳山先生爲之刪潤串合，無毫髮遺憾，此徐天池所不及者。宮調既諧，神情愈出，當場無不叫絕。使張、徐、衛、拂諸人有知，亦當下拜矣。

昔公家子建，才無所用。一日召賓客，酒酣縱談，上下千古，以及俳優雜技，起舞蔗竿，淳于生發天人之嘆。未若先生浙游舟中，焚香獨坐，把盞

曹寅

揮毫，三日成此，更屬奇特。淳于生見之，又當何如也？愚不曉音律，見聞謭陋，妄附數語末簡，徒貽佛腳之誚。

北山胡其毅拜識

杜琰《〈北紅拂記〉跋》（上海圖書館藏康熙間刻本《北紅拂記》卷末）：

此劇過古人者三：撮凌氏之長，函三爲一，而直者如生，繼者如附，無觚圓齟齬迹也；其賓白科介，眉目天成，有千金難易一字者；至若宮調辭彩，掀雲氣，泣幽靈，乃復皦繹純淨，凡作家湊語敗筆，兩俱無之，其鼓轊吹、噫渾茫矣。

而愚於是又得三快焉。始也謁先生於署，出是編，快讀痛飲，密霰忽作，踏晶皓、哦餘韵而歸，一快也。獻歲數日，招集水亭，命侍史奏之，是日也，春陽弄姿，主賓怡穆，二快也。既而携全帙抵舍，適有鉤陽羡數葉者，函沸，蟹眼自沃，且咢且嚌，載乙載繙，至漏下十三箭始罷，三快也。夫以最勝之書，而得快如是，尚何云哉？謹署尾曰：此柳山先生自吳屆越，舟中二晨夕之餘瀋也。觀者但從氍毹上稱快，其猶知二五而不知十矣。

癸酉首春，後學杜琰拜識

王裕《〈北紅拂記〉跋》（上海圖書館藏康熙間刻本《北紅拂記》卷末）：

天下事，勢可以取，可以無取。英雄豪傑，貴自知耳，世豈有真知英傑者哉？彼唐舉姑、布子卿之屬，大率皆臆測不足道。即如司馬徽、裴行儉，號爲有知人之鑒，亦復時有得失。

吾於古今來心悦數公：事可以終濟，而人不可以終偕，則去之，范少伯是也；心可以大遂，而勢不可以復留，則去之，張子房是也；時事不可爲，而心必欲爲之，則不去而繼之以死，諸葛武侯是也；既委曲以集事，復委曲以全身，李鄴侯是也。此四君者，皆千古第一流人，不可位置。詎意時際中晚，乃有徐洪客其人者，立身局外，現影人間，儵然而來，儵然而去，如神龍之出沒，直欲玩弄造化，揶揄四君矣。

然天下大器也，苟非其人，不可力取。若項羽之喑嗚叱咤，氣蓋一世，力可以取天下而不能取，由於德量不大。司馬懿、劉裕竭智積慮，必欲取天下於故主之手，而不能永，由於心術不仁。何物張仲堅，乃能審己知人，棄大取小，奄有海外，而不知其所終窮，豈不唾笑項籍，虭視晉、宋哉？至若李藥師，則一代將相之材，自當安分就功，不容別置一喙。惟是紅拂之物色英雄，風流倜儻；張、徐之屈伸去取，慷慨欷歔，正當以北調傳神寫照。而況綺思泉涌，俊語瀾翻，抉隱窮源，標新領異，足以前掩古人，後空作者，則謂宇宙間之紅拂傳奇自今日始有也可。

癸酉仲春，大江王裕拜識

程麟德《〈北紅拂記〉跋》（上海圖書館藏康熙間刻本《北紅拂記》卷末）：

塵埃中不能識天子、宰相，是伯樂不常有也。予最愛讀《虬髯客傳》，極擊節虬髯，而最奇紅拂姬。虬髯一見太原公子裼裘而來，不覺意氣消盡，即將大隋天下，委而去之，此英雄不欺人處。然此時太原公子居養原自不同。李衛公謁司空日，猶夫措大，而紅拂一見，便識其爲异日公侯，立捨管弦錦綺，甘從四海無家一漢，奔走荒荒欲墮之乾坤中，卒獲終身榮適，此識力爲何等乎？天地間奇人，自不易生。紅拂姬有色有藝、有識有膽且有福，世不能再見者，固當於甀瓿中見之。柳山先生材大如天，使紅拂姬復生矣。且使復生於管弦錦綺中，亦奇矣。

此惟以北曲十齣，掃南曲全本之龐雜；惟以二張識二李，掃樂昌破鏡之牽合。曲律逼真元人，介白簡雅生動，使觀聽者如食哀家梨，蕭爽鬆快。予又於此折中拈一句以概之："玩取當場俊眼。"吁！當場俊眼，自不易生。漂母飯王孫，云："哀之者，庸衆之也。"湯臨川寫柳秀才"鳳尖頭叩首三千

曹寅

下",毋乃太過。何日出先生家伶,演先生此折,紅拂、虬髯登場時,予當對之三揖,釂酒三杯。

癸酉菊月,練江程麟德拜識於懸香閣之右偏

朱彝尊《〈北紅拂記〉跋》(上海圖書館藏康熙間刻本《北紅拂記》卷末):

吳人好填詞,然如張伯起之《紅拂》,陸天池之《西廂》,一俗不可醫,一膩不可近。茲得柳山主人改作《北紅拂記》,鑄詞則濃淡皆工,襯字則銖兩悉稱,甜齋、酸齋不得擅美於前矣。

朱彝尊

闕名《〈北紅拂記〉跋》(上海圖書館藏康熙間刻本《北紅拂記》卷末):

傳奇以奇傳也。紅拂、藥師、虬髯,人多支離其說。柳山先生獨取凌初成三本,刪改合一,始以紅拂,次第出奇,至洪客采藥,所稱王公將相,前後等浮雲矣。詞簡而該,白樸而文,且往往於曲終見自然有餘地,使夫蛾眉吐氣,豪俠生風,千百世而下,如見其人。固將爭雄騷雅,詞人豈能望其萬一哉!丁丑(後闕)。

徐旭旦
（1659—1720）

　　字浴咸，號西泠，別號聖湖漁父，錢塘（今浙江杭州）人。康熙十四年（1675）拔貢士，年僅十七歲。後屢試不第，曾九赴棘闈，三中副車。康熙十八年（1679），應博學鴻詞，未獲錄用。康熙二十五年（1686），受兵部尚書靳輔（1633—1692）舉薦，特授兩河監理，此間與孔尚任（1648—1718）結交。後歷官江南興化知縣、湖南寧遠知縣、廣東連平知州等。博學多才，聖祖南巡，召對五次，應制詩賦頗多。著有《世經堂初集》《世經堂詩詞樂府鈔》《世經堂集唐詩詞刪》等。工戲曲，有傳奇《芙蓉樓》（未見），今存雜劇《靈秋會》。

　　傳記文獻：徐旭旦《世經堂初集》、（康熙）《永明縣志》卷十三、（雍正）《連平州志》卷六、（咸豐）《重修興化縣志》卷六等。

《靈秋會》

● 劇情概要與本事

　　一名《仙菊澨》，劇首署"聖湖漁父徐旭旦撰，南屏樵者洪昇校"。一折。寫秋日菊花盛開，作金、玉二色。仙子萼綠華、許飛瓊采花釀酒，名曰仙菊澨，又邀東海公等至方丈仙山，作靈秋佳會。東海公宴罷初回，見近海一方紫雲盤蓋，瑤鳥飛鳴，原來是下界孫大司空壽誕，故有此瑞應。孫本是玉繩星，乃衆仙舊侶，今降生人世，奉命治水，全活東南百姓，將來領取三十年太平宰相。東海公遂停鸞止鶴，待東方朔、王方平、王子晉來後，又邀麻姑等人共往海陵祝壽。司空正宴集流香閣，飲酒賦詩，好不熱鬧。衆仙當筵詞頌大司空以才子取上第、以大儒作名臣等經歷。

生扮東海公，小生扮王子晋，正旦扮麻姑，貼旦扮許飛瓊，老旦扮萼緑華，小旦扮杜蘭香，净扮東方朔，外扮王方平等。登場人物尚有仙童、仙女，俱未分配角色。

此劇爲孫在豐祝壽而作，依劇情，可知當作於康熙二十六年（1687）。按，孫在豐（1644—1689），字屺瞻，浙江德清人。康熙九年（1670）進士，授翰林院編修，總裁《明史》。康熙二十五年（1686）遷工部右侍郎，次年七月奉命督浚淮揚下河。康熙二十七年（1688），改授翰林學士，後官至内閣大學士兼禮部右侍郎。

◆ 著録、版本與收藏情况

是劇附於《世經堂詩抄》卷三十《世經堂樂府》之末，乃康熙五十一年（1712）刻本，藏南京圖書館、遼寧省圖書館等。《清代詩文集彙編》第197册（上海古籍出版社2010年版）收入。

黃之雋
(1668—1748)

初名兆森，字若木，一字石牧，號唐堂，晚年自稱石翁，又稱老牧。休寧（今安徽休寧）人，長居華亭（今上海）。久困鄉闈，曾九試九黜，康熙五十九年（1720）始中舉，次年成進士，改翰林院庶吉士。雍正元年（1723）得授翰林院編修，奉命提督福建學政，後遷右春坊右中允，轉左巡撫。雍正五年（1727）罷歸。乾隆元年（1736），再赴京師，應博學鴻詞試，以不完卷而終。曾久居陳元龍（1652—1736）廣西巡撫幕。能詩文，善音律。著《唐堂集》，有集唐詩《香屑集》。戲曲《唐堂樂府》，包括雜劇《四才子奇書》和傳奇《忠孝福》。《中國古籍總目·集部·曲類》將《忠孝福》著爲雜劇，誤。

傳記文獻：黃之雋自撰年譜《冬錄》（《唐堂集》）、《清史列傳》卷七十一、李桓《國朝耆獻類徵初編》卷一百二十五、李元度《國朝先正事略》卷四十、李富孫《鶴徵後錄》、（乾隆）《福州府志》卷四十六、（道光）《休寧縣志》卷十三、（光緒）《重修華亭縣志》卷十二等。

《四才子奇書》

一名《四才子》。包括《鬱輪袍》《夢揚州》《飲中仙》《藍橋驛》雜劇四種，每劇均爲四折。當作於康熙四十三年（1704）或稍早，時在廣西陳元龍幕府。《唐堂集》卷五〇有【滿江紅】《題凌雲長沙妓傳奇》附記云："昔粵撫陳公家伶每演予《揚州夢》樂府，頗流傳。"可見曾被廣泛搬演，陳公即廣西巡撫陳元龍。姚燮《今樂考證》引陳元龍語云："石牧《四才子》劇，憤激牢騷，寓言於聲音、酒色、神仙之域。太倉相國每宴會必奏之。浹辰不厭。"

劇情概要與本事

《鬱輪袍》

劇首署"松江石牧填詞",題目正名爲"不肯追趨張九皋,岐王教演《鬱輪袍》,琵琶曲好聞公主,穩看王維奪錦標"。四折,依次爲《指迷》《學巧》《假伶》《奪元》。第一折前有【西江月】曲,似傳奇之副末開場。寫唐代太原人王維年逾舞象,才過雕龍,文詞獨擅,書法兼精,旁通音律,廣有交游。曾邀游京城,被岐王引爲上賓。今試期臨近,王維認爲不中狀元,終自枉登金榜。奈不學無術的張九皋已靠疏通關係被内定爲本科首名,王維不屑與之爲伍。張九皋反來王維寓所進行試探,大講鑽營之法。其走後,王維認爲自己亦不能太過迂執,於是主動請求岐王幫助。岐王令王維假扮王府伶人,到玉真公主府中演出。公主爲王維技藝、風采所吸引,令其再彈唱一曲。王維就以自己所作【鬱輪袍】曲進呈,公主更加贊賞。岐王藉機點破王維的真實身份,并請公主助王維奪取狀元。公主欣然應允,派人向試官送去紙條。試官趕緊尋找王維試卷,發現已被糊塗房官打入落卷之内,衹得在王維試卷上重新圈點,將之填爲第一甲第一名。張榜後,岐王和公主設下狀元宴爲王維慶賀,王維也叩謝二位大恩。

生扮王維,小生扮岐王,正旦扮玉真公主,小旦扮宮婢、王府藝人、歌妓,老旦扮王府藝人、歌妓,净扮張九皋、王府藝人,外扮試官、王府藝人、歌童,丑扮王府藝人、歌童。登場人物尚有門役、宮婢、太監等,俱未分配脚色。

本事見唐薛用弱《集异記》。明王衡(1562—1609)《鬱輪袍》雜劇、張琦(生卒年不詳)《鬱輪袍》傳奇,清朱鳳森(1776—1832)《輞川圖》雜劇與此題材相同。

《夢揚州》

劇首署"松江石牧填詞",題目正名爲"才書記縱游月夜,賢節度曲庇風流,老司徒筵開洛下,狂御史夢醒揚州"。四折,依次爲《訪姬》《規友》《索姝》《圓艷》。第一折前有【蝶戀花】曲,似傳奇之副末開場。寫唐代萬年人杜牧才情蓋世,得中進士後,被淮南節度使牛僧孺聘爲幕府書記。杜牧貪戀揚州風月,常趁夜色潛出府外尋芳問艷。僧孺知杜牧經常沉醉夜行,着實放心不下,又不好説破,就派軍校暗中保護。一日,杜牧夜過二十四橋,訪名妓紫雲、紅雨,得知紫雲已爲李司徒購往洛陽,不由心生惆悵。紅雨久慕杜牧才華,常讀其《樊川集》,遂懇請其爲羅扇題詩,又與杜牧共度良宵。牛僧孺知杜牧與紅雨情事,恐其酒色過度,委婉相勸,杜牧拼命掩飾,僧孺衹得將其行踪記録讓杜牧自看。杜牧感牛僧孺良苦用心,表示以後不再出外閑游,僧孺亦答應玉成他與紅雨之好事。後朝廷擢杜牧爲監察御史,分司東都,限時上任。到洛陽後,杜牧赴司徒李愿宴會,遇紫雲侑酒,仗着酒興請求李愿將紫雲相贈。李愿欣賞杜牧才情,就陪了妝奩將紫雲送歸杜牧,恰巧牛僧孺亦將紅雨送至洛陽。杜牧與紫雲、紅雨飲酒題詩,巧妙化解二人醋意。

生扮杜牧,小生扮趙鄉紳,旦扮紫雲,小旦扮紅雨,净扮孫鄉紳,末扮李愿,丑扮丫鬟,外扮牛僧孺、錢鄉紳,雜扮四軍校、李府總管、牛府下人,三旦、副净、丑扮女樂。登場人物尚有院子、報子、役夫等,俱未分配脚色。

本事見唐于鄴《揚州夢記》。元喬吉(?—1345)《杜牧之詩酒揚州夢》雜劇、清嵇永仁(1637—1676)《揚州夢》傳奇與此題材同。

《飲中仙》

劇首署"松江石牧填詞",題目正名爲"常熟尉判牒留鄉老,鄴城伎舞劍悟書顛,狂長史醉濡頭上墨,酒星君歡聚飲中仙"。四折,依次爲《判牒》《觀舞》《醉墨》《聚仙》。第一折前有【菩薩蠻】曲,似傳奇之副末開場。寫唐代吴郡人張旭酒量既高,書法尤妙,有"酒顛""草聖"之稱。任常熟縣尉時，每日先喝酒再坐衙，邊携壺邊辦事，甚是逍遥。縣中百姓愛其書法，便通過告狀、公呈、獻德政歌等方式，賺其批語，藏爲真寶。後張旭被薦爲卓异，進京候用。途中遇僧懷素，懷素亦好酒善書，二人相投，一起往觀公孫大娘劍舞。公孫大娘舞姿豪蕩感激，果然絕技。二人從中悟出書法三昧。至京，汝南王李璡欲求張旭筆墨，請他過府赴宴，并邀李適之、蘇晋、崔宗之等作陪。席間，張旭連連痛飲，不覺大醉，後疾筆狂書，滿紙龍蛇，甚至以頭蘸墨做書。衆人驚嘆不已，紛紛求字。明日，張旭受邀，往杜康祠内參加八仙之會。先到，小寐祠中，夢酒星、酒鬼受酒鄉國王杜康差遣，封張旭等爲"飲中八仙"。張旭醒來訴説夢中所見，衆人大喜，又開懷暢飲。

生扮張旭，小生扮杜康、懷素、李白，旦扮公孫大娘、崔宗之，小旦扮李十二娘，老旦、貼旦扮童子，净扮書辦、李璡、酒德星君，副净扮皂隸、李適之，末扮焦遂，丑扮門子、酒保、蘇晋、酒鬼，外扮老人、賀知章，雜扮報人，外、末、净、丑扮觀舞諸人。

本事見於舊、新《唐書·張旭傳》。

《藍橋驛》

又名《裴航入仙》。劇首署"松江石牧填詞"，題目正名爲"雲翹酬句蘭舟客，雲英相見藍橋驛，月老周旋杵臼緣，裴航入贅神仙宅"。四折，依次爲《酬詩》《乞漿》《覓玉》《合緣》。第一折前有【臨江仙】曲，似傳奇之副末開場。寫唐代河東書生裴航頗具才華，然功名未成，婚事不就。某日下第歸來，浪游鄂渚，遇仙子樊雲翹，見其貌美，寫詩求愛。樊雲翹拒絕，然於和詩中暗示裴航與其妹雲英有姻緣之分。後裴航赴長安應試，過藍橋驛，口渴覓漿，遇到樊母及雲英。見雲英更美麗，且未婚配，當即求婚。樊母命其必以白玉杵臼爲聘禮，方可答應。月下老人欲成全二人，便從月宫借來玉兔搗藥之具，化作商人在長安古董店旁販賣。此時，裴航已考中進士，却不願爲官，祇想早日歸去，與雲英完姻。當他見到月老之白玉杵臼，馬上以十萬兩買下。又重回藍橋驛，將白玉杵臼獻給樊夫人。夫人又言裴航祇有搗成寒霜仙藥，方能與雲英合卺。裴航搗成了仙藥，與雲英飛升成爲神仙。雲華夫人、麻姑仙子、紫虛元君、月下老人等衆仙紛紛遣人送上賀禮，慶祝二人婚事。

生扮裴航，小生扮仙童，旦扮樊雲翹，小旦扮樊雲英，貼旦扮裊烟，老旦扮樊母，净扮舟子、店官、仙使，末扮仙使，外扮月下老人、仙使，雜扮青鸞使者、禮人。登場人物尚有童子，未分配脚色。

本事見於唐裴鉶《傳奇》，亦見於宋李昉等《太平廣記》等。宋雜劇《裴航相遇樂》，元庾天錫（生卒年不詳）《裴航遇雲英》雜劇，明龍膺（1560—1622?）《藍橋記》傳奇、楊之炯（生卒年不詳）《玉杵記》傳奇等，與此題材同。

● 著録、版本與收藏情況

《清代雜劇全目》《古典戲曲存目彙考》《古本戲曲劇目提要》著録。現存康熙間自刻《唐堂樂府》本；康熙間自刻博古堂《四才子奇書》本，均藏國家圖書館，鄭振鐸《清人雜劇百廿種》第5册據之影印。又有姚燮《今樂府選》稿本第31册所收本，藏浙江圖書館。

● 序跋、題詞與評語

陳元龍《〈四才子傳奇〉序》（康熙間博古堂《四才子奇書》本卷首）：

數聲羯鼓，花萼皆舒；一曲《烏栖》，鬼神欲泣。苟極聲音之妙，可通造化之靈。江南梅子，獨擅歌詞；西苑桃花，争傳樂府。才子之心似錦，金碧宛然；文人之吻如珠，宫商自合。緣情摛藻，既有色而有聲；望古興懷，皆可歌而可舞。嬌鶯百囀，并入毫端；妙伎千妍，悉陳紙上。雖曰文章餘事，實由慧業前因。若夫事韵遇奇，香流青簡；情深思邈，名在丹臺。或混迹以炫才，或任狂而得麗。或縱酒而成趣，或慕色而登仙。在昔相傳，無須影射；

於今若覯，怳接風流。此《四才子傳奇》所由作也。

夫猱雜何人？狹斜何地？糟丘豈終老可營？玉洞豈塵容可即？然而偶逢翦拂，何惜長鳴？倘遇溫柔，寧辭同夢？莫笑衆人皆醉，醉以全天；誰言太上忘情，情能契道。藉梨園之生面，標藝圃之美談。故實可稽，風姿如繪，豈與妄想成緣、子虛托興者比哉？加以引商刻羽，如夜光之瀉盤；含英咀華，若流雲之暈月。宜乎濡毫按節，已落梁塵；展卷聞歌，旋飄庭葉。不待車子當筵，順郎啓口也。嗟乎！孟初中千秋詩話，忽聽《白紵》新翻；周景元數幅畫圖，總入紅牙舊譜。奇才絕艷，天假之緣；書淫酒狂，吾從所好。雖復名餘一障，道隔兩塵，而蓬萊仙吏，尚記前生；碧落侍郎，現生凡境。游戲圖書之府，流連金粉之場。君患才多，吾嗟觀止矣。

康熙丙申長夏，南陔居士陳元龍題

叢澍《〈四才子傳奇〉序》（康熙間博古堂《四才子奇書》本《飲中仙》卷首）：

粵自吹嶰聽鴻以後，肇始宮商；和聲依永以還，權輿詞賦。《寶鼎》《赤雁》之歌作，開樂府於齊梁；《紅鹽》《白苧》之調興，極倚聲於唐宋。蓋詞變爲曲，體兼乎小令長歌；而曲別有音，務叶乎鵝笙象板。穠情艷質，須周、柳之香柔；鐵撥鷗弦，尚蘇、辛之感激。苟非慧業，鮮辨舌唇齒齶之微；自是才人，能通清濁高下之妙。然而情難覼實，事比鏤塵。暮雨朝雲，要亦虛無之説；鳩媒魚媵，詎常真有其人？達者喻之空花，愚者求之楮葉已。

今讀《四才子傳奇》一編，事以奇而足采，言復信而有徵。名士之澖迹多微，文人之鍾情倍篤。佯狂飲則濡首潑墨，醉草龍蛇；誇姻眷則月姊雲君，諧成琴瑟。藉彼幽事，抒君微言。間亦寓其不平之感，慷慨悲歌；要自發其難已之情，淋漓痛快。夫俳優爲致身之始，功名漫羨輞川；雲雨鮮作合之緣，紅紫安歸小杜？獨醒何益，算來不若糟丘；是色俱空，何處能尋玉杵？言中指點，宛爾拈花；象外形容，居然印月。至其敲金戛玉，刻羽引商，窮節拍之精，極排場之雅。上如抗，下如墜，爲樂至斯；倨中矩，句中鈎，移情不淺。此璧月瓊樹，難誇江令才華；而風片雨絲，不數臨川麗製也。

然而不逢賞識，那得長嘶；幸遇知音，寧辭酬唱。大中丞公建牙西粵，製升平樂府，以時事而播管弦；石牧黃君載書東閣，以才子傳奇，藉古事而揮艷藻。一則生民清廟，雅頌宏音；一則沅芷湘蘭，屈宋逸響。惟聯□刻燭，以相得而益彰；故《白雪》《陽春》，自有美之必達。他日薦以《上林》《長楊》之手，晉於金馬、石渠之間，行將鼓吹休明，賡颺景運。豈其紅牙拍按，但付船娘；黃督調工，聊填瑟部已乎？傳之四國，人間織元稹之詞；詔下三台，天上寫韓翃之句。

鍾山弟叢澍頓首拜題

王吉武《〈四才子傳奇〉序》（康熙間博古堂《四才子奇書》本《藍橋驛》卷首）：

古者詩以言志，而詠歌之即爲樂，所以鳴悅豫、宣湮鬱也。顧詩之爲義，貴於涵畜不盡，迨詩變爲詞，詞變爲曲，於是作者之心思，乃發泄而無餘留矣。何者？通雅俗之閑情，極悲歡之殊致。嬉笑怒罵，盡屬波瀾；劇語方言，咸資點染。以至絲簧按拍，爨弄登場，歌哭如生，鬚眉欲活。摹忠孝則頑懦聳心，斥奸諛則婦孺戟手。故才士往往樂爲之。然即事寫懷，無非寄托，大抵出於坎壈失職、牢騷激發者爲多。前代名家，如對山、渼陂、義仍、文長諸公，或盛年放廢，或高才轗軻，并藉引商刻羽之詞，以自抒其抑鬱，雖感興不同，而其有所寄托則一也。

是說也，予素嘗及之，乃今讀石牧黃子所著四種樂府而益信。石牧文采清門，异姿天挺，含華摛藻，學無所不窺，生機、雲之鄉，正所謂君患才多者。乃屢踏名場，年年氄氄，毫錐代耡，羈迹天涯，其中殆有不愜然者。於是援據舊事，攄發新詞，笑坦率之誤身，悵無媒之失路。而覺文章之動人，不如琵琶之悅耳也。至若寫樊川之跌蕩，憑詩句而見風流；狀長史之顛狂，藉酒杯而澆塊壘。即神仙伉儷，契合三生，亦是宋玉之微詞，景純之感遇。蓋文至傳奇，都無定準。共寫一人，而儘可移步換形；并拈一事，而不妨同床各夢。即以《鬱輪袍》言之，家緱山先生所作，祇自明其萋菲之無端；而黃子所製，則深示以吹噓之有力，亦各吐其胸中所欲言耳。或者猶執一說，而拘文牽義以求之，不亦固乎？若夫才力之雄奇，詞華之芳贍，陶鎔珠玉，翦刻風雲，以及審音按律之嚴，科段排場之細，海內詞家，應共識之，予不復道也。

丙申旦月，婁東弟王吉武拜題

沈樹本《〈四才子傳奇〉序》（康熙間刻本《厗堂樂府》所收《四才子》卷首）：

製曲之難，有甚於詩文者。文可任意捲舒，詩限聲韵，其律猶寬，曲則調有宮，句有板，字有音節，稍未協合，雖文詞雅麗，而一入歌喉，直如棘刺，適爲伶工笑耳。故知詩文之得失者甚多，而知曲之工拙者絶少。世人競稱臨川湯義仍之填詞，然其《四夢》傳奇，不知仙呂、商調爲何體，不知唇舌齒齶爲何聲，偭規越矩，顛倒踳駁，曾不能窺此道之藩籬。乃以其時露俊語，遂一唱百和，以爲詞家能品，豈不慎乎？

丙申夏，余游桂林，晉謁大中丞陳公，以余通家子，時留座隅。復招游叠彩岩，置酒風洞，得遇雲間黃子石牧，推襟送抱，恨相見晚。酒半，公出近刻《升平樂府》示余，余受而讀之，琅琅乎搣金考石，聲徹九霄，不勝觀止之嘆。公曰："黃子雅善填詞，所著尤夥，洵藝林之奇寶也。"翌日，黃子過余寓齋，出示雜劇數種，標新領异，動魄驚魂，幾欲與公爭勝。蓋公之作，皆雅頌之音，宜奏諸明堂清廟；而黃子之作，則體會人情，牢籠物態，備極风人之致，此實其地不同。而調無纇句，句無誤字，則皆合於尺度，歌之無有不諧，非若玉茗堂中强作解事，徒博耳食者之傳誦已也。

嗟乎！黄子以抑塞磊落之才，半生失志，而乃藉古人之佳話，寫自己之愁腸，其亦有不得已焉者矣。世第見其所言，皆神仙兒女之事，以爲文人樂境，而不知其皆不平之鳴也。雖然，士附青雲，則名施後世。陳公愛賢若渴，行且以《上林》《長楊》薦諸黼座。他日公賡歌於前，黄子從而和之於後，必有和其聲以鳴國家之盛者。區區文章小技，惡足以窮其所造也哉？

吴興同學弟沈樹本頓首拜纂

鄭振鐸《〈唐堂樂府〉跋》（《劫中得書記》第二〇則，上海古籍出版社2006年版）：

余十餘年前獲得石牧《忠孝福》傳奇，未加重視。惟盼能得其所著《四才子》。然終不可得。真州吴氏藏書散出，爲王富晋所購，待時索價，價奇昂。中有《四才子》之二（《鬱輪袍》《夢揚州》），裝一函。余狂喜，不惜重值購之。後至蘇州訪吴瞿安先生，欲借其藏本，鈔補《飲中仙》及《藍橋驛》二種。但吴先生殊珍惜此書，頗有吝色，遂不再談及抄補事。七年前在北平，坊賈以《忠孝福》及《四才子》半部求售。仍祇有《鬱輪袍》等二種，遂退還之。前日偶至來青閣閑坐，壽祺告余，新收得《唐堂樂府》一部。亟取閱之，即石牧所著《忠孝福》及《四才子》之全部也。久求不獲者，乃忽於無意中獲之。一書之得，誠非易也！首并有序，知刻於康熙丙申（五十五年，1716）。石牧生平，藉此以知之者不少。而《唐堂樂府》之名，至此始發現。可見"研究"較專門之學問，板本之考究，仍不能忽視。彼輕視"板本"者，其失蓋與專事"板本"者同。總之，博聞多見，乃爲學者必不可忽者也。

王鳳詔《〈四才子傳奇〉題詞》（康熙間刻本《唐堂樂府》所收《四才子》

卷末）：

利市題箋翰墨香，衣冠優孟亦荒唐。詩懷冲澹維摩詰，庶笑功名太熱腸。（題《鬱輪袍》）

烟景揚州三月時，當年專聞擁旌麾。愛才惜少牛丞相，風調堪憐杜牧之。（題《夢揚州》）

飲中草聖記張顛，不學劉伶荷鍤眠。我是前身狂李白，拚教百榼醉花前。（題《飲中仙》）

瑶島瓊樓別有春，藍橋小住結朱陳。神仙不少風流福，搗盡玄霜話夙因。（題《藍橋驛》）

夢華居士漫題

黃圖珌《題〈四才子傳奇〉》（乾隆間刻本《看山閣集》之《今體詩》卷六）：

《鬱輪袍》
清絲脆竹又翻新，摩詰風流宛尚存。莫賴吹噓終有命，一枝獨占杏林春。

《揚州夢》
傳說當年有二喬，花愁柳恨幾時消。春風十里揚州夢，吹斷秦樓月下簫。

《飲中仙》
八士清狂作美傳，詩中博士酒中仙。於今祇合騰騰醉，莫被人間名利牽。

《藍橋驛》
此段因緣入傳奇，仙凡一笑便留題。瓊漿能解相如渴，祇恐藍橋路欲迷。

魏荔彤
(1671—?)

　　字廩虞，一字念庭，號澹安，別號懷舫，柏鄉（今河北柏鄉）人。太傅魏裔介（1616—1686）第三子。年十二即補諸生，入貲爲内閣中書，選鳳陽同知。康熙四十九年（1710），升漳州知府，任上賑饑荒、設義學、修江橋等，士民感戴。以卓异遷江南常鎮道，兼攝崇明兵備道。後因忤大吏去官。罷官後，賃屋濂溪，點勘四庫七略，丹鉛不去手。平生嗜古學，勤著述，善醫學，通《易》學，旁知天文、地理。沈德潜（1673—1769）《懷舫集序》言："公爲太傅貞庵公令子，耳濡目染，庭訓既深，而天性淵穎，足以窮探古今之奥。蓋自六經諸史，旁及天文地志、稗官野乘，與夫浮屠老子、醫藥卜筮之書，靡不披覽。"著有《懷舫集》四十一卷、《大易通解》十五卷、《傷寒論本義》十八卷等，戲曲有《歸去來辭》雜劇一種。

　　傳記文獻：《清史列傳》卷六十八、李桓《國朝耆獻類徵初編》卷二〇八、徐世昌《大清畿輔先哲傳》卷二十、（同治）《蘇州府志》卷一百五十等。

《歸去來辭》

● 劇情概要與本事

　　劇首題"歸去來辭曲"。一齣，未標齣目。寫彭澤縣令陶淵明，到官僅八十餘日，值郡中遣督郵下縣，縣吏要他束帶迎接。淵明耻爲五斗米折腰，憤然辭歸鄉里。子陶儼領兄弟及老僕、小童出村迎接，僕、童見其未帶回俸米而頗感意外。親朋聽説淵明歸來，都來探望，本以爲其宦囊一定豐厚，不料行李中僅有破琴、殘書、酒器及詩箋等，亦感掃興。親朋欲歸去，却被陶淵明執意挽留。行李初卸，淵明便邀衆親友喝酒賞春，又撫琴高歌。衆親友聽他語言玄妙，都很高興，紛紛向他敬酒，陶淵明不覺大醉。

末扮陶淵明，副末扮僕從，老旦扮陶淵明妻，净扮老蒼頭，小生扮陶儼，小旦扮陶佟，外、生扮親戚。

本事見於《晋書·陶潛傳》。元尚仲賢（生卒年不詳）《陶淵明歸去來辭》（已佚）、清尤侗（1618—1704）《桃花源》雜劇、江大鍵（1725—1803）《柴桑樂》雜劇、汪柱（生卒年不詳）《賞菊傾酒》雜劇與此題材同。據内容分析，是劇當撰於作者罷官後。

● 著録、版本與收藏情况

《古本戲曲劇目提要》著録。現存雍正四年（1726）自刻《懷舫别集》本，藏國家圖書館。

傅廷標
(1675—1747)

　　字因是，一字因其，號半村、半村主人等，仁和（今浙江杭州）人。國學生。《國朝杭郡詩輯》言："半村治詩古文，兼工六法。晚應幕府聘，足迹半天下。嘗師事卞芝亭，而與項霜田、金壽門諸先哲爲文字交。詩情倜儻風流、不落細碎，古樂府尤得節短音長之妙。竹垞翁敘其詩，惜未付梓。"著有《螺齋詩鈔》（存）、《詞曲續譜》（佚）。據《台州經籍志》，傅廷標有戲曲四種：《臘盡春回》《懷香夢》《仙鸞會》《軒轅鏡》，今存雜劇《臘盡春回》一種。暮年與繼室郭蕙（生卒年不詳）寓居台州，郭蕙亦工詩善畫，所繪花鳥皆生動有致。著有《澄香閣吟》。

　　按，周越然《昨日書生 今朝貴客》（《晶報》1953 年 5 月 10 日）據《臘盡春回》首葉"廷標"二字白文小方印，疑是劇作者或即金廷標。《古典戲曲存目彙考》《中國古籍總目·集部》則直言爲金廷標，誤。金廷標（生卒年不詳），字士揆，烏程（今浙江湖州）人。早歲落拓不羈，後專心繪事，凡人物、花卉、寫真俱入妙。乾隆二十二年（1757）高宗南巡，進《白描羅漢》冊頁，入畫院祇候，甚得賞識，與宮廷畫家唐岱、郎世寧、張宗蒼等齊名。《臘盡春回》非金氏所作，有如下證據。首先，《臘盡春回》劇前署"金牛湖半村主人"，金牛湖即杭州西湖，應與作者籍貫相關，半村主人則顯係作者別號，這些均與金氏不符，而與傅廷標相合。《國朝杭郡詩輯》言："傅廷標，字因是，號半村，仁和監生。"其次，劇本封頁總題"半村遺筆"，下設《臘盡春回》《螺齋尺牘》《澄香閣詩》三名，可知三者均由傅氏抄録。螺齋乃傅氏齋名，《螺齋尺牘》應是其書信集，《澄香閣詩》爲其繼室郭蕙詩集，以此類推，《臘盡春回》應與傅氏關係密切。再次，《臘盡春回》男主人公名"專人"，二字合寫爲"傳"，"傳"又與"傅"字形接近，應在暗示作者姓氏。最後，項士元《台州經籍志》最早提及該劇，并將之歸入傅氏名下。

又按，柯愈春《清人詩文集總目提要》等或不著其生卒，或言其生卒不詳。鄧長風《二十三位明清戲曲家的生平資料》認爲："傅廷標的年齒應當長於金農，他可能生於康熙初（1662）前後，其確切生卒年不詳。"今據傅宗傑《〈螺齋詩鈔〉跋》，知傅廷標生於康熙十四年（1675），卒於乾隆十二年（1747）。

傳記文獻：傅宗傑《〈螺齋詩鈔〉跋》（傅廷標《螺齋詩鈔》），阮元、楊秉初《兩浙輶軒錄》，吳顥《國朝杭郡詩輯》，陶元藻《全浙詩話（外一種）》，項士元《台州經籍志》，（民國）《臨海縣志》，鄧長風《二十三位明清戲曲家的生平資料——美國國會圖書館讀書札記之四十五》（《明清戲曲家考略全編》下）。

《臘盡春回》

◆ 劇情概要與本事

劇首題"小螺齋臘盡春回傳奇"，署"金牛湖半村主人譜"。四齣，依次爲《痴秀才無端哭竈》《冥曹官有意憐貧》《驚惡夢一場笑話》《受殊恩頃刻奇聞》。寫臨安有名的才子專人，功名不就，窮困落拓，受盡世人白眼，心中甚是憤懣，妻子顏氏却常常勸他安貧守命。時值歲暮謝竈之日，夫婦無錢購買糖酒香燭奉神。專人藉拜禱之機，向竈神盡情哭訴滿腹愁悶。竈神見他可憐，遣鬼判喚其睡魂，勉勵一番，提醒他已到臘盡春回之時，要耐心等待。但專人利名心急，不信神言，竈君祇得令他夢裏尋夢。他先是折腰屈膝向財主石崇求富貴，發現石氏的金谷園早已是衰草斜陽；又向鄧通借銅山救濟貧窮，而鄧通言銅山祇得看、不得用。醒後向妻子訴説夢境，顏氏怪他不該在神前嘮叨。這時，皇帝下詔求賢，經太守力薦，專人獲授翰林院掌院學士。聞訊，親友咸來趨謁，旁人都來投靠。在衆人簇擁下，專人進京赴任。

生扮專人，旦扮顏氏，小旦扮鄧通，净扮竈神、翁仲、親戚，副净扮阿挪鬼、朋友，末扮石將軍、天使，丑扮鬼判、阿揄鬼、地方、鄰居，外扮范丹、鄰居，雜扮夫役，此外小生、末、老旦、小旦扮家人，外、净、副、丑扮夫役。

本事未詳。按，是劇當爲作者述懷寫心之作，開篇《滿江紅》詞云："拍案而歌，問誰識、淋漓磅礴。懶去抱、胡琴都市，學人做作。姓字斷難通狗監，文章那肯埋魚腹。剪殘燈、痛飲譜宮商，傳心曲。"據卷首陳撰（1678—1758）《〈臘盡春回〉序》末署"戊戌七夕，玉几生拜手題"，知是劇或作於康熙五十七年（1718）。

● 著錄、版本與收藏情況

《古典戲曲存目彙考》著錄。現存清鈔本，藏國家圖書館。

● 序跋、題詞與評語

陳撰《〈臘盡春回〉序》（國家圖書館藏《臘盡春回》卷首）：

蛾眉坐惜，嗟貧女於綠窗；驥足徒憐，泣王孫於歧路。終年萍梗，幾度椰榆。況復月影消沉，悵珠樓之夢杳；簫聲歇絕，悲故苑之春殘。望官閣以裴回，憶瓊花而太息。斯則紅箋十丈，寫幽怨以難窮；白紵千絲，縈縈愁而欲斷者也。爾乃觸目流連，逢場繪畫。音成微妙，寓悲閔於嬉笑怒罵之中；舌并廣長，寄隱語於唱導鉗錘之際。若冰雪之沁心，似涼風之拂體。三復迴環，慷當以慨矣。嗟乎！丘園寥寂，何知月落花開；城市囂塵，一任霜迴燧變。認白雪爲粉米，群兒之眯眯堪憐；指黃葉作金錢，古德之殷勤足念。廣筵一引，四座無聲。庶幾《臘盡春回》，羊忘鹿失之意也夫。

戊戌七夕，玉几生拜手題

許廷錄
(1678—1742)

　　一名逸，字升聞，號適齋，別署更生道人，常熟（今江蘇常熟）人。監生。少時即英妙卓犖，讀書敏捷。及壯，體弱多病，遂絕意功名。平生多才藝，工詩文，善書畫，嫻度曲，能填詞。《東野軒文集自序》稱"年逾二十，喜填南北院本"。足迹不出江浙，多以詩詞記之。著有《東野軒文集》四卷、《東野軒詩》三卷、《東野軒暇集》二卷等。戲曲有《五鹿塊》《兩鍾情》傳奇、《蓬壺院》雜劇，均存世。又，《東野軒暇集》所收寫給王昶（生卒年不詳）的書信言曾創作《碧玉釧》傳奇，《海虞畫苑略補遺》云其尚作有《五虎山》傳奇，均未見。

　　按，《古典戲曲存目彙考》言其約康熙年間在世。周妙中《清代戲曲史》推測其生年爲康熙十七年（1678），約卒於乾隆十二年（1747）；郭英德《明清傳奇綜錄》則言其卒於乾隆九年（1744）。王銀潔《許廷錄生平、家世及〈五鹿塊〉傳奇創作考》依據《歷代畫史彙傳》等，考訂其卒於乾隆七年（1742），今從。

　　傳記文獻：許廷錄《先考彥堂府君行略》《先考彥堂府君壙記》（《東野軒暇集》）、孫淇《東野許君傳》（許廷錄《東野軒詩》卷前）、魚翼《海虞畫苑略補遺》、彭蘊璨《歷代畫史彙傳》、（民國）《重修常昭合志》卷十八、王銀潔《許廷錄生平、家世及〈五鹿塊〉傳奇創作考》（《戲曲藝術》2015年第1期）等。

《蓬壺院》

● 劇情概要與本事

劇首署"古虞許廷録適齋撰,同里徐淑水南閲",題目正名爲"楊貴妃斷送馬嵬坡,唐明皇永會蓬壺院"。四折,未標折目。寫唐朝安禄山反叛,殺入潼關。唐明皇携楊貴妃奔蜀,行至馬嵬坡時,六軍不發。明皇命陳玄禮催促軍隊繼續前進,衆將士表示要誅殺楊國忠以謝天下,隨後將楊國忠亂刀殺死,又要求皇帝裁斷楊貴妃。唐明皇不能自保,令高力士引楊貴妃到佛堂自盡。楊貴妃細想安禄山之叛與已有關,遂自縊於佛堂前梨樹下。衆軍驗看,并馬踐其尸。亂平後,唐明皇處西宫養老,移葬楊貴妃,每日思念不已。在高力士推薦下,蜀地道士楊通幽進宫作法,欲往探貴妃亡魂所歸。楊通幽尋至海外蓬壺山始得見,此時楊貴妃已被封爲太真院玉妃。他向楊貴妃講述了馬嵬變後之情事,貴妃取金釵鈿盒作爲信物交與楊通幽,并回憶了天寶十載與唐明皇長生殿盟誓之事。未幾,唐明皇駕崩,被上帝封爲元始孔升真人,居住於蓬壺院,與貴妃再續前緣,永結盟好。二人欣賞仙樂妙舞,共赴蟠桃之會。

生扮唐明皇,小生扮陳玄禮,旦扮楊貴妃,小旦扮謝阿蠻,净扮楊通幽,丑扮高力士,老旦扮紅桃娘,净扮楊國忠。

本事見於唐白居易《長恨歌》、陳鴻《長恨歌傳》以及樂史《楊太真外傳》。元白樸(1226—1306後)《梧桐雨》雜劇、王伯成(生卒年不詳)《天寶遺事》諸宫調,清鈕格(生卒年不詳)《磨塵鑒》傳奇、孫郁(生卒年不詳)《天寶曲史》傳奇、洪昇(1645—1704)《長生殿》傳奇、唐英(1682—1756)《長生殿補闕》雜劇等,與此題材類同。按,據作者《〈蓬壺院〉跋》,知是劇完成於康熙四十二年(1703)三月。

● 著錄、版本與收藏情況

《古典戲曲存目彙考》及《古本戲曲劇目提要》附錄二著錄。現存舊抄本，藏上海圖書館、常熟圖書館；民國時期鉛印本，藏南京圖書館。

● 序跋、題詞與評語

馮武《〈蓬壺院〉序》（民國常熟丁氏淑照堂抄本《蓬壺院》卷首）：

歌者，古人之所不廢也，非有所溺於是而不廢也，其道不可廢也。蓋天地之氣、人之性情、天人之際，其致一也。不有以宣之則不暢，不有以節之則不和，是故學樂誦詩，童而習之。凡貞人雅彥、耕桑蠶漁、樵夫牧豎、里巷歌謠，皆得與知與能也。蓋長言之不足，故嗟嘆之；嗟嘆之不足，故咏歌之，宣於口而發於聲，出之自然，而其人之天（疑脫"性"字）始見。《書》有之曰："詩言志，歌永言，聲依永，律和聲。"夫詩者，由心生者也，故曰"詩言志"；有詩而長言之則爲歌，故曰"歌永言"；長言則有聲，故曰"聲依永"；有聲則清濁高下或不倫，故製十二律以一之，則合於樂舞而不相戾，故曰"律和聲"。則詩者，歌之詞也。

古詩三百，以迄乎有唐二百八十年，樂府、歌行、今體七言、五言皆可歌，而文人自爲之辭或有不協律者，十居其二三耳。昔人自離襁褓即頌詩，能誦則能歌，能歌則合樂。故歌於郊廟，則肅焉以敬；歌於朝廷宴饗，則正且和；歌於家庭鄉黨，則親而無間；歌於交游往返，則賦詩贈答，情深氣雅；歌於勞臣思婦，則綢繆嗟怨，固結而不可解。歌之爲道，有如是之，切近而不可離，廣大而不可量者。夫豈僅象管、鸞簫，取悅樽前云爾哉！故曰：聲音之道與政通也。故聲與音雖一義而微有异。故曰：音者，生人心者也。情動於中，故形於聲；聲成文謂之音，不知聲者不可與言音。聖賢用以垂訓立教，亦曰："善歌者發於聲，善聽者審於音，二者不可偏廢也。"顧有善歌而不善審音者，若韓娥、秦青、李龜年之徒是也。亦有善審音而不善歌者，若陳思王、陸士衡之流，事謝絲管，無詔伶人是也。千古惟我夫子，與人歌而善，必使反，而後和之，爲能善歌而又善審音，則又出乎師乙、季子之上也。已無如歌詩之法廢，變而歌詞，至趙宋而大盛，去古雖遠，然猶不失文人之致。至金元又變而爲雜劇，曲調則詞，并不可歌。去古愈遠而愈俗，先王雅歌之道息滅而不復可聞矣。然猶相仍至今而不輟者，則以人生而心有所動，氣有所舒，情有所觸，不能不發於聲。要皆所謂"溺音"而已，非"德音"也。

而許子適齋猶諄諄辨之，謂曲至今日而又分南北，北猶有剛方勁俠之氣，南音則靡靡極矣。於是喜塡北曲，一遵周德清韵，研心細測，先陰後陽，先陽後陰，撮口合口，不差毫黍。殆時辨淄澠於橫流之日，而不倦者乎。當今字學絕矣！侏儺期艾，莫所抵止。而猶幸有歌之一途，有能從音辨聲，由聲正音，存什一於千百，如適齋者，以爲他日正樂、正詩、正字之基，其立志豈淺鮮哉？適齋青年學古，風流儒雅，今所著《蓬壺院》雜劇，綽有梁伯龍、湯臨川遺意，豈復逐魏良輔後塵，紅牙檀板、傅粉登場，動遭公瑾之顧也邪？余非知音者，梓以問世，山崩鐘應，竊有望焉。

康熙歲次癸未，七十八老人簡緣馮武序

徐淑《〈蓬壺院〉序》（民國常熟丁氏淑照堂抄本《蓬壺院》卷首）：

元人白純甫作《唐三郎梧桐雨》一劇，蓋本香山《長恨歌》辭而敷衍出之。至明萬曆間，余族祖陽初先生，又復更爲南調二種，流傳至今。賞音家并置篋衍，用供吟諷。此作規橅元人，詞意特異，才情橫肆，音調激昂，正不須銅琵琶、鐵綽板，唱"大江東去"，然後爲粗豪也。

近世塡詞名手絕少，即有，亦不過傭賃塗抹，爲伶倫輩紅氍毹上作生活。若與尋行數墨，審宮按徵，恐未易言。夫豈知元時樂府，爲鄉、會兩科制舉義，百餘年間，學士大夫學識、心血流注筆墨，期以取功名而傳後世者乎？子乃儼然欲决漢卿之樊、闖東籬之室。我賞其才，更畏其志矣！

康熙丙戌仲夏，七十五種菜叟水南徐淑題

許廷録《〈蓬壺院〉跋》（民國常熟丁氏淑照堂抄本《蓬壺院》卷末）：

填詞一道，不獨曲分南北，即平、上、去、入之四聲，亦有南北之辨。曲之爲南北者何？南則統於九宫，北則統於六宫十一調；北曲之腔异於南曲，南調之板殊於北調；南無唱有一定之歌，北無歌有一定之唱，不相淆也。其中曲名雖有或同，而字句迥乎各別。腔之緩急不一，板之多寡亦殊。北曲之中，分拍之慢促；南曲之中，分調之磨快。是拍之促與慢者，成其爲北；調之磨與快者，成其爲南。曲之分南北，徑庭也。至於四聲之韵，則有宜於南而不宜於北，通於北而不通於南者。

若《洪武正韵》，南韵也，四聲并列，在入聲者，不能强之使平、使上、使去而爲平、爲上、爲去，亦甚戒入聲之混入也。按譜填詞，即有按聲押韵，無俟旁搜別究，始可聲韵無乖。北曲則不然，四聲之韵，至北曲而僅有其三。三者，平、上、去是也。是在入聲者，又必强之使平、使上、使去而爲平、爲上、爲去，雖甚戒入聲之毋入，而不能也，蓋以《中州音韵》全無入聲字面。大江以北之語句，悉本中州曲，而北江以北之曲也。北人舉口純乎噭吰，入聲字面最爲滯濁，安能亦噭亦吰，以諧北人之聲乎？今試舉入聲之滯濁、北音之噭吰者一二字言之。《中原韵》之"吃"叶"耻"也，不叶"補"也。北人之曰"耻"曰"補"，噭且吰矣，南人之曰"吃"曰"不"，滯且濁矣。且北曲之工，唯其豪邁磊落、慷慨激烈也。若句讀入聲，何能發其磊落豪邁之才、慷慨激烈之氣？北腔南字，南不成南，北不成北矣。矧南北之曲，因板起腔，因腔定字，陰陽平仄，不能易也。若填北調而概用四聲，則入聲之崇，必將平者仄，而陽者陰。付之歌者，誰不結舌哉？是曲之分南北，而平、上、去、入之四聲，亦有不得不分南北者在也。

余才鮮錙銖，何能論曲？亦以快讀《元人百種》後，遂粗述其所由分者若此，以俟世之知音者。

癸未三月，適齋識

許廷錄《〈蓬壺院〉又跋》（民國常熟丁氏淑照堂抄本《蓬壺院》卷末）：

己丑之春，書賈以錢塘洪昉思先生所撰《長生殿》劇本來售，余閱其總目，與鄙意相合，因嘆人心之同若此。

二月朔日，病中又識

許昭《〈蓬壺院〉題識》（民國常熟丁氏淑照堂抄本《蓬壺院》卷末）：

六世祖適齋公製曲三種，曰《五鹿塊》，曰《兩鍾情》，曰《蓬壺院》。曩刊《東野集》後，今板毀而不復流行矣。茲亡與洪昉思《長生》并出，第彼書行而此書廢，知物之遇合，亦各有數也。

辛酉九秋，昆孫昭謹識

許名侖
（1680？—1754？）

　　字蘊原，一字蘊源，號訪槎，別署吳下老詞痴、習池客，吳縣（今江蘇蘇州）人。明代曲家許自昌（1578—1623）玄孫，清代曲家許廷錄（1678—1742）、許廷鑠（1677—1760）族侄。雍正間，參加鄂爾泰（1677—1745）春風亭文會，其文卷取爲第一，收入《南邦黎獻集》。乾隆初，舉博學鴻詞，未中。後歸鄉里，以吟咏著述終老。通曉經史子集及釋典，工詩賦，善楷書。許集（生卒年不詳）《徵君訪槎傳》云其"生有至性，少時即以孝聞，爲人和平謹飭，不與戶外事。姿穎悟，讀書過目成誦，自經史而下，博覽群籍，旁及釋典。平生著作等身，工駢體，兼擅詞曲。屢試棘闈，不售"。《甫里志稿・著述》載其著述《松鱗集》《悲秋詩》《涉淮草》等九種，均未見。戲曲有《梅花三弄》《陶然亭》《卷石夢》等，今存雜劇《陶然亭》《卷石夢》稿本。還曾改定他人之《金鎖鴛鴦帳傳奇》。

　　按，關於其生卒年，鄧長風《九位明清江蘇、上海戲曲家生平考略》據其《七瘖》有關語句，推測"其生當在1684年左右，其卒則在1754年左右"。據《姚司馬星言夫人撰卷石夢序》記載，許名侖於乾隆十四年（1749）撰成《卷石夢》後，曾委托馮承宗向姚世倌夫人求序，時年七十。據此知其約生於康熙十九年（1680）或之後。

　　傳記文獻：許集《徵君訪槎傳》（《吳郡甫里志》卷二十二）、（嘉慶）《吳門補乘》卷五、鄧長風《九位明清江蘇、上海戲曲家生平考略——美國國會圖書館讀書札記之十一》（《明清戲曲家考略全編》上）等。

《陶然亭》

● 劇情概要與本事

一名《及第花》，又稱《樂游原》。劇首署"吳下習池客填詞"，正名爲"樂升平車馬清明節，會文武詩射陶然亭"。一折。寫虞山高陽生、天水生因應試、候選等，羈留京師。時值清明，二人結伴出城散心，過陶然亭，遇一貴戚携家人游春。貴戚見高陽生、天水生舉止不凡，邀其同坐共飲。貴戚又令人將布鵠擺在百步之外，與侄兒習射。貴戚中二矢，其侄中三矢，衆人喝彩。貴戚又請二生試射，高陽生亦不推辭，檢下硬弓，連發三矢，皆中。貴戚驚服，命侍女爲二人捧酒爲壽。高陽生等又步韵成詩，以紀勝游。貴戚遂贊二生爲當今李、杜，侍女翔鸞、飛鳳將清明風景譜成一曲，當筵歌之。高陽生對其色藝贊賞不已。

生扮高陽生，小生扮天水生，正旦扮翔鸞，小旦扮飛鳳，副凈扮從人，外扮貴戚，末扮貴戚侄，丑扮童兒。

本事當來自作者族叔許廷鑠京城游春事。據《卷石夢》稿本劇首許名侖《習池客〈樂游原〉序》，知是劇撰成於乾隆十四年（1749）十月。按，許廷鑠號素園，生平事迹不詳。

● 著録、版本與收藏情況

《古典戲曲存目彙考》著録。現存稿本，藏國家圖書館。

● 序跋、題詞與評語

許名侖《〈陶然亭〉序》（國家圖書館藏《陶然亭》稿本卷首）：

鰞溪宗伯予告歸里，有《懷人詩》二十首，其一贈我高陽先生云："酒酣忽憶少年事，馬上能挽兩石弓。"托新安生郵至。是日重九，梅花蘂林，繼結拾字之緣，我先生與天水先生司其社。因談及長安舊游，嘗與東海、瑯琊者四人，清明郊外，賦詩爲樂。時有貴公校射，舉觥彈弦，乃持弓以請。我先生弓硬手柔，矢無虛發。壁上觀者，靡不咋舌驚羨。天水先生有七言斷句一，今已鑱入《草堂集》中。我先生賦五言二律，內有"雕弓開辟歷，促節奏琵琶"之句。宗伯所贈，洵不虛也。社散而歸，我先生有《憶舊游》三絕，屬天水先生與研石山樵和焉，命予繼和，唯唯未遑。十月初六日，緣以假館，雨窗多暇，窮日之力，填就《陶然亭》一劇，計曲十二闋。

予每見撰劇既成，必邀老伶工相其罅隙，名之曰"犯"，予頗能自爲之。至於字辨陰陽，音分唇腭，名曰"樂句"，復加逐一剖析。顧周郎於三爵之後，未識猶有誤否也？先一日，設身處地，構局殊艱。至初七辰，曲已終闋，至晚始得脫稿，隨訂介白。初八一日夕錄成，自覺淋漓盡致，連浮大白以自賞。喜不成寐，并書"證引""關目""凡例""砌抹"於劇顛，以質世之知音者，俟更繕錄就正。兩先生能勿一噴其飯乎？

作劇名姓，例在隱現之間。予酒不厭旨，取"山簡載酒於習家高陽池"，曰"習池客"。又按《漢書》載"酈生自稱高陽酒徒"，及荀氏高陽里，均非鄉姓之郡名，客之命名，特假用"高陽"耳。茲序仍依劇中兩先生止署郡名，故於贈詩宗伯，暨郵詩賡韻諸君之名姓，亦牽連而隱之。高陽曰"我先生"，親之之辭也。

初十日，吳下老情痴習池客漫題

許名崙《〈陶然亭〉凡例》（國家圖書館藏《陶然亭》稿本卷首）：

一、古詩之韵，或平或仄，自首訖尾，雖遇獨用不通之韵，終是一條鞭的，似嚴實寬。《古詩十九首》中，《行行重行行》，索性二易韵；《飲馬長城窟》，索性七易韵。詞中如【荷葉杯】【轉應曲】，一調二韵；如【重叠金】【虞美人】，一調四韵，索性平仄換韵。至於曲律，如真文韵，并十三元半通，又隨帶上聲十一軫、十二吻、十三阮半，去聲十二震、十三問、十四願半等韵。北曲入聲分隸三聲，似乎通韵甚寬，可以展舒自如，用之不竭。不知曲中每韵以兩平字分領陰陽，陽不可陰，陰不可陽；平者不可用上去，上去者不可用平；上不可去，去不可上。用韵似寬實嚴，詳載《嘯餘南九宮譜》、周德清《中原音韵》，觸手牽絆，不能展舒。予十五六時，偶填套數，幸其韵寬，平仄滾用，被之管弦，俱不入調。後於病中，夢椒山公召示《律吕元聲》一書，覺而有悟，悔其少作。今則漸老漸熟，亦可範我馳驅矣。此雖小道，亦有足觀。假如庚青韵，仄止隨帶上廿三梗、廿四迥，去廿四敬、廿五徑；閉口侵尋韵，仄止隨帶上廿六寢，去廿七沁，不可混淆。前人劇本，往往以真文、庚青，并侵尋雜用，開閉不辨，詞雖膾炙人口，而按譜究屬舛錯。每韵三聲并用，一字難混，其嚴乎？

二、金元雜劇，例以正名句末爲劇名。

三、劇本中引用唐詩、宋詩、金元人曲，合韵合調，如自己出，謂之當行家數。引子【滿庭芳】後"寒鴉數點"二句，本秦少游化用隋煬帝詩。【八聲甘州】，二旦曲中，"良辰美景奈何春"，用《牡丹亭》，改"天"爲"春"，又引用"路上行人""牧童遙指"句；二生曲中，"分明恩怨曲中論"，杜句。二旦曲中，"青娥屬使君"；二生曲中，"桃花馬上"，俱唐句。二旦背唱，引用唐人"從此蕭郎是路人"，改"從此"爲"無奈"。二生曲中，"棗花簾子水沉熏"，本王新城《金陵雜詠》。外曲中"牛羊下"三句，引用黄山谷《清明》詩："日落牛羊來冢上，夜歸兒女笑燈前。"曲終合唱，"夕陽雖好"一句，本李義山"夕陽無限好，祇是近黄昏"。【尾聲】"出門共是看花人"，改"俱"爲"共"。起曲前腔，小生代生答計偕待榜，合唱"乘桃浪"六句，全拆用《琵琶記》，改"鳳池鰲禁聽絲綸"，爲"鳳池歸珮掌絲綸"。

四、清遠道人《四夢》集句，仿《孟子》引《詩》之例，往往改竄一二字。此劇白中"與君一夕話"，改"夕"爲"日"；"高陽一酒徒"，因上有

"一曰"之"一",故改"一"爲"有"。上二句"十年書",六魚韵;下"有酒徒",七虞韵,絶句本不通韵,在傳奇中,不必拘拘。落場用高青丘"白下有山",改"白"爲"日"。

五、北曲力在弦,字多調少,雖有連篇纍牘,終奏甚速。南曲力在板,字少調多,有一字加幾板者,每齣中三四曲,終奏甚遲。此劇字調俱多,一齣要抵一折四齣,不然,梨園亦太苦矣。

六、每曲完後,介白另起,低格一字。白在曲中者,曰"插白",與曲俱頂格寫。小字在旁,曰"襯字"。

七、曲中用韵處,紅圈爲記。

八、《陶然亭》,取正名句末三字。《及第花》,取落場句末三字。猶東坡於赤壁,填【念奴嬌】詞,後人取起句爲"大江東去",取末句爲"酹江月"也。(酹,音類。)

許名侖《〈陶然亭〉關目》(國家圖書館藏《陶然亭》稿本卷首):

習池客自記,稍有自詡之語,勿以爲笑。

一、正名起筆,"樂升平"。引子後闋,"難負休沐君恩"。【八聲甘州】曲,生代天水生答。生逢籲俊,外白中"一統車書"三句,射時謙遜。外白中,生忽插"聖朝兩途并重"句。外看祭掃曲中,"金門飽"三句,雖不標出何代人,必須如此。立言有體,方是盛世之音,猶《琵琶記》元人演漢事,引子中"風雲太平日",終劇有"聖主垂衣"句。

二、引子内,"遥薦蒿焄""慈闈道遠""妝臺含顰",可見念宗祖,重人倫,是爲人第一着。觀《琵琶記》提綱云:"不關風化體,縱好也徒然。"

三、爾時同游四人,劇中節去瑯琊、東海,以免場上嘈雜,且兩位郊外之詩,已失傳矣。至吟詩時,仍補點一筆,并無滲漏。

四、末之弓箭,可以自佩。外係公侯,僕從代佩爲得體。場面上雖花團錦簇，然終非合圍之比，焉用全班出場？郊外作觀甚閑曠，而場上實境終逼仄。二生是主，外末是主中賓，二旦是賓中賓，已有六人，若副淨、小丑，不離左右，場面共八人矣，豈非喧客奪主乎？故遣其先下。

五、副淨稟詞，將"陶然亭"一點，此畫龍之睛也。

六、昔有串劇者，演張侯翼德，舞矛入化，從胯穿過，檯下人叫笑曰："搠穿馬腹了。"此劇中稟"前去陶然亭"，末攢行幾步，作"加鞭介"，蓋恐場上化境，大踏步變成兩腳馬，故用"加鞭"以醒之。又恐忘却下馬，故寫"各下馬介"。又恐似馬散失群，故寫"繫了馬"，心細如髮。

七、童兒所傢伙，件件周至。若不吩咐鋪排，則副淨、丑先下之後，貴人自要鋪排，大失體統。即使二姬舉手，亦欠雅致。

八、副淨之弓箭，如解下呈外自佩，終不莊重，故挂在樹叉之上。沙土樹少，挂弓之後，隨手即繫了馬。

九、命取布鵠號鼓，副淨、丑先下，場面清楚，且伏射時之用，不覺其突。

十、外、末出場，至吩咐僕從時，二生如默無一語，場面偏寂，旁觀立定幾句，却少不得。

十一、二生與外、末坐處，若文東武西，氣脈不貫。所以相見即問訊，坐在一塊地，問答鄉姓，便生出許多波瀾，貫其氣脈。構局時，頗費經營。

十二、鄉貫姓氏，二生自答，怎好互相標榜，便減許多光焰。

十三、劇中稱"高陽""天水生"，故外、末但問貴鄉高姓，不問台表。

十四、杜詩："讀書破萬卷，下筆如有神。"曲中改"萬"為"千"，非減其數，因按譜，此字要平，若用"萬"字仄音，便拗噪矣。昔湯義仍填詞，但押韵脚，不顧句中平仄，自稱"雪裏芭蕉"，故多拗噪。今場上所奏，照吳興臧晉叔訂本。

十五、鄉貫履歷，生代小生答，小生代生答，筆法不板。二生分答，外末總答，筆法亦變。外、末住居，不問可知，姓有叔侄不同者，故但問臺銜。

十六、追憶郊外詩射時，高陽生尚未登鄉榜，天水生亦未登會榜，劇中一云"計偕"，一云"需次"，寫來生色。此非據實之生傳，亦非紀年之曲史，且述時事，非演古人，何必刻舟求劍？按高則誠撰《琵琶記》院本，墜馬齣中，比小秦王三跳澗；又湯若士《牡丹亭》，用宋書生看不到《皇明律》成語。演古尚然，何況時事？

十七、賜來新火，不脫清明，恰是貴家口吻。

十八、外出紅妝游玩，無外人同行之理，故指末爲侄兒，即帶説射法，頗好。

十九、副净、丑仍上聽令，落場仍上收拾，忽上忽下，隨用隨撒。

廿、布鵠號鼓，若排在場上，逼仄復逼仄矣。作暗排古門中，有郊外閑曠之觀，并省拾箭繫鼓人嘈雜。

廿一、外偏遜一籌，襯出其侄兒射法，正襯出高陽生射法之高也。此畫家烘雲托月之法。

廿二、外白中，"先生們倘精射法"，下一"倘"字，乃藐視書生不嫺習也。小生辭介，一筆撇開。

廿三、生開弓連中時，外、末一驚，小生一喜，筆法相照。

廿四、鵠在古門，箭共八中，射時優人自有法度，雖是假箭，須仔細古門邊看官們的眼，至囑至囑。一笑。

廿五、郊外絕句，天水生已刻集中。高陽生本是五律，吟入劇中，轉覺板重，故藉用【憶舊游近】作絕句。

廿六、二生聽二旦奏曲，衹"妙呀"二字，抵却無數贊詞，且留"停雲落葉"於曲中用。

廿七、二旦自謙，若用搊文語，究非本色，衹"好慚愧人也"五字，含蓄無限。

廿八、"翔鸞飛鳳"，有顧盼高陽生之意。大概傳奇背唱，便露出願侍巾櫛醜語矣。此云"非巫女"，自謙也，是路人自規也。情詞吞吐，不淫不傷，幾同欲界第四天，以相視一笑爲情矣。

廿九、"是路人"句後，二旦更着不得一字，下半曲，忽接外問江南風景，筆法超脫。

卅、他人祇顧自誇江南春好矣，此偏說"單没有桃花馬上石榴裙"，亦有眷戀二姬之意，筆法嵌空。下一"單"字，見件件都好也。

卅一、外說都中清明，一句抑，二句揚。見祭掃者，忽發感慨。一曲中三折筆，其轉捩處，全在襯字。

卅二、前曲已暢欲所言矣，忽作達觀一切語，筆勢展拓，波瀾不窮。

卅三、前外稱"俺的侄兒"，末亦有"叔叔講的是"，回喚一聲。外、末之爲叔侄，本子虛、亡是公也，安見末之令尊少於外幾歲乎？第因白中喚老伯，或伯父，或伯伯，總是迂板，祇"叔叔"兩字爲當行。

卅四、居停內外門，至長班指引，極似元人本色語。

卅五、"歸鴉入九閨"，與引子"寒鴉"相應。在郊外，故可藉用"流水孤村"。"飛鴉晚朝入內城"，實境也，永免繳弋之患。

卅六、落場如外、末先行，二生隨四馬、二旦之後，竟似《南西廂》"游殿"，隨着鶯、紅，法聰謔君瑞爲雄雞矣。

卅七、前二旦奏曲中杏花村，爲贈杏伏案。

卅八、按譜，喜怒哀樂，各有一種音節，每宫有數十調，不得任意扯用。【八聲甘州】，是走道兒的曲，此在郊原，故亦可用。俱用前腔，不更易調，同一調也。內二旦"東華滾軟塵"，二生贊"《霓裳》法譜陳"，二旦對"青娥屬使君"，三曲，分外紆緩難唱。語云"女怕唱【綿搭絮】"，而亦有別，《荊釵》老旦女祭易唱，《牡丹亭》旦夢後，"雨香雲片"難唱。即如《牡丹亭》【小措大】一曲，旦自一順至十數，"一宵恩愛"難唱，生自十逆至一數，"十年窗外"易唱。順逆數法，亦本元人《倩女離魂》劇。

卅九、劇中分唱、合唱、獨唱，悉照曲文之義理。如末射中後，外與二生合唱贊之，末不可唱。"鵠神紅臉不隨身"三句，即二生亦不可唱。乍交之時，豈可用譃？故外獨唱。餘仿此。上場時，須牢牢記着，不可如俗所云上場混。

四十、"天地一大梨園也"，麋公之言，旨哉！真者須達觀是戲，戲也仍須結撰當真。此劇構局，頗費經營。至於介白，不過信手而成，然自己看來，儘有關目，不辭覼縷而書之。俗云："不說不知。"予豈不憚煩哉？亦不得已也。

四一、生但言自家之寒酸，不言貴臣之喧鬧，因定場時，初見外、末，有"好生喧鬧也"句，眼光遙射在前，語無複沓。小生正接云"正是"，即轉云"我輩別有雅趣"。再申一句，便是蛇足。故即以"何必絲與竹，山水有清音"收之，猶書家之藏鋒。

四二、末應曰"這也偶然"，亦天造地設的謙語。若直用蔡文姬"偶然耳"三字，太掬文矣。加"這也"二字，便當行。

四三、生檢硬弓，不可用外與末者，如檢外弓為硬，則末之弓不硬可見矣，弓不硬而三中，算不得勝外一籌；如檢末弓為硬，則外開不硬之弓，祇中二箭，太覺是翁之不矍鑠。故預備軟硬二弓於氈上。

許名侖《〈陶然亭〉證引》（國家圖書館藏《陶然亭》稿本卷首）：

一、引子生唱"鴻嚮平沙"，本《月令》雁北鄉。

二、二生定場白，有"閑散心耍一回去"，本《北西廂》"老夫人開春院"白。

三、生代答天水生曲，用岑參《送邑宰》詩："縣花迎墨綬。"

四、小生代答高陽生曲，有"江南龍鳳"句，昔無葉堂宗泐大師乩贈云："太岳自來才子國，至今龍鳳滿高陽。"下半曲"龍門鳳池"，與上相應，非犯複字。

五、"乾坤萬里無餘子"一對，是樓山王中丞贈高陽生。

六、後曲"南國斜簪王祭酒"一對，亦舊時友贈高陽生者，引用之，與韻腔恰合，亦异矣哉！

七、唐人語云："城南韋杜，去天尺五。"

八、左思詩："金張藉舊業，七葉珥漢貂。"與許、史為四姓。

九、漢衛青、霍光，椒房之親，俱拜大將軍。

十、按《笑林》：一武臣敗績，有紅面神援之。祀謝關公，神示夢曰："我乃鵲神也。因君從未射我，特來相護。"

十一、武藝强者，謂之"好身手"。

十二、元廉公希憲，帝命同武臣校射殿廷，謂太弟曰："此真有用書生。"

十三、曲中"玉關羌笛奏佳人"，引用旗亭雙鬟，歌王之渙"羌笛何須怨楊柳，春光不度玉門關"。

十四、宋時語云："西湖風月，不若東華門外軟紅塵土。"

十五、宋子京《清明》詩："草色引開盤馬路，簫聲吹暖賣餳天。"

十六、唐人有"十千沽酒莫辭貧"句。

十七、《綠巾詞》，係優人自填之曲，見涵虛子編《北雅》。

十八、王建《宮詞》："黃金桿撥貼胸前"，謂琵琶也。

十九、外國以玉鵾筋，為四弦，見《樂錄》。

廿、二旦背唱"犧牲供養"，本《一笠庵占花魁》"勸妝曲"。

廿一、"教他真個消魂"，見宋人詞話。

廿二、《文選》"素衣化為緇"，言京洛多車塵也。

廿三、昔有壯歲即封拜者，呼為"黑頭公"。

廿四、范文正公有"終須一個土饅頭"句。

廿五、杜詩："李邕求識面，王翰願卜鄰。"《唐書》："邕美丰儀，行至金水橋，觀者如堵。"曲中以"堵"活對"鄰"。

許名侖《〈陶然亭〉砌末》（國家圖書館藏《陶然亭》稿本卷首）：

生扮高陽生，軟翅帽。

小生扮天水生，儒巾服（需次者，可用冠帶，但恐類花裏排衙，故仍用儒巾服）。

末扮貴臣，戎服，佩弓箭，跨馬。

外扮貴戚公侯，便服，跨馬。

副淨扮從人，佩弓箭，步隨。

正旦、小旦，雉貂舞衣，俱跨馬。

丑扮童兒，步行，挑擔，內爵杯共五事，果楂，琵琶一，檀板一。

杏花二枝（紙絹紮，臨用之前，先繫庭柱上）。

詞峰樵者《〈陶然亭〉評言》（國家圖書館藏《陶然亭》稿本卷首）：

丹青爲詩文之剩技，最重題跋，無題跋而重者，惟仇十洲。傳奇亦詩詞之剩，除有傷風化者不撰外，須以燕鄰臺閣之體，填金元院本之曲。若僅欲以傳奇擅場，成一湖上笠翁而已。習池客客春游湖上，撰《改琵琶》一劇，有召邕修史詔，唯肖東漢人筆。有評者曰："喬喬皇皇，麟麟炳炳，是知制誥大作手，不意於傳奇中遇之。"

文人心手，能煉五色石以補天。高陽生驚才絕艷，而不獲通籍南宮，叨陪侍從，同人代爲之惜，而生則泊如也。習池客撰《及第花》一劇，藉此一吐其氣，風流亦足以自豪。

有愛習池客者曰："老惜精神，筆墨宜省，勿速。疾行者無善步，故枚臯時有纍句，勿多。隸事者每氣滯，故謂陸機子患才多。"斯言誠然。然予觀客之詩文，則有不盡然者。止就此劇觀之，成於一日，速矣，而絕無纍句；計曲十二，并介白，共鈔九頁，多矣，而并無滯氣。細膩層次，無潦草複沓之病，惟見風發泉涌，霞蔚雲蒸。客之速而不拙如此，益服其才多之不足患也。

客，貧士也，多文以爲富。書几得晴，試墨揮灑。對菊，飲酒，度曲，仙乎仙乎！

詞峰樵者僭筆

鄭振鐸《〈陶然亭雜劇〉跋》(《劫中得書續記》第五十一則，上海古籍出版社 2006 年版)：

清人雜劇每喜用實事爲題材，作者自述之作尤習見不奇。徐爔之《寫心雜劇》，即全部以自身之瑣事爲題材者。此劇亦寫實事。正名云："樂升平車馬清明節，會文武詩射陶然亭。"作者自署"吳下習池客"，實爲許名侖之別署。名侖字訪槎，許廷鑠之侄，嘗客納蘭常安履坦許，故履坦嘗爲其《梅花三弄》作序。《梅花三弄》仿沈君庸《漁陽三弄》而作，寫范少伯、蔡中郎、陳季常事，惜不傳。

《卷石夢》

◆ 劇情概要與本事

又名《鈞天遺響》。劇首署"吳下習池客填譜戊辰八月初三"，正名爲"古虎丘改瘞碧鬟仙，來鶴樓感現卷石夢"。一折。寫書生卷石子，作幕吳門。公務之暇，聞幕友言來鶴樓有仙降筆，甚是靈應，因此書符召請。結果請來女中才鬼劉碧鬟，連夕唱和，不下數千言。卷石子錄爲一帙，朝夕展讀，甚是敬服，由此亦對劉碧鬟產生了思慕之情。一夕，卷石子隱几而臥，碧鬟鬼魂入其夢中，向之傾訴身世，并感謝幕中諸人將己尸骨遷葬虎丘之恩。又言自己荷太乙真人重憫，召赴鶩林，永脫鬼錄。卷石子忙向其祝賀，碧鬟亦言幕中諸公皆慧業文人，來世定生天上。言語之間，金童、玉女奉命來召，碧鬟與卷石子灑泪而別。卷石子醒後，準備將碧鬟乩筆付與剞劂，使千載之下，知有此香奩之物。

生扮卷石子，小生扮金童，旦扮劉碧鬟，小旦扮玉女，丑扮幕童。

本事出自《劉碧鬟傳》。按，許名崙《〈訪槎詞餘〉自序》言："至戊辰之春，游西子湖……是年秋，吳門盛傳乩仙《劉碧鬟傳》，徵刻詩歌，余撰《卷石夢》劇，以表才女之名列鬼仙。"據此，知是劇作於戊辰，即乾隆十三年（1748）秋。

◆ 著錄、版本與收藏情況

《古典戲曲存目彙考》著錄。現存稿本，藏國家圖書館。

◆ 序跋、題詞與評語

許廷鑅《習池客〈鈞天遺響〉序》（國家圖書館藏《卷石夢》稿本劇首）：

吾宗自中翰公以名德風雅為之前，厥後世守家學，代有嗣音。猶聞諸父行罄齔時課藝，見者紙相競寫，一時號為"八龍"。吳興沈翰林芝岡亟稱沈博絕麗之辭照耀海內，百年以前，吳中推高陽社為第一。追維先緒，慨焉顧慕。今風流亦稍息矣。而蘊源侄猶能銜華佩實，摘藻抽思，常伸紙作詞賦及駢體樂府，灑灑數千言，筆不停綴，雅為今相國西林先生所知。茲篇特偶然戲筆耳，已復工麗可喜，壹倡而三嘆，有遺響者矣。

雍正癸丑荷誕之後二日，素園叔廷鑅書於清蔭閣下

陸貽琛《題〈鈞天遺響〉後》（國家圖書館藏《卷石夢》稿本劇首）：

新聲三疊原無譜，紅豆拈來記拍多。何似西涼楊敬述，殿頭初進舞婆羅。

又

曲子繇來屬相公，琵琶聲唱大江東。李肱若并霓裳試，奪取宮花壓帽紅。
（唐貼試《霓裳羽衣曲》，李肱第一，載《文苑英華》。）

寶厓陸貽琛

倪承茂《〈風滿樓詞餘〉序》（國家圖書館藏《卷石夢》稿本劇首）：

吾友訪槎之寓館，相距不逾數武，昕夕過從，各以詞稿相質證。復出詞餘一集，顏曰"絳樹新聲"，蓋取魏文與繁欽書"舞莫妙於絳樹"，又徐陵詩"絳樹新聲劇可憐"之義也。代梁氏少白而興，可稱《江東白苎》之嗣音矣。更示其同鄉馬丈士延《月下霓裳》。余細按之，當行家數，少白太多；詞人致語，士延偏勝。能兼之者，其唯訪槎乎！梁、馬二家雖有小殊，而與訪槎之諧律則一也。余將合爲詞壇三妙，鈔以問世。先題數語於簡端。

時乾隆丙辰七夕，同學愚弟頣塘倪承茂書於八咏堂之曲宴

林玉藻《〈松鱗集〉序》（國家圖書館藏《卷石夢》稿本劇首）：

余畢家無長物，出門惘惘，保無行李之匱乏。訪槎乃貲費舟車，載其叢稿於三千里外，不亦憨乎！暇日，就其室而覽之，著作直與身埒，自弱冠以訖華顛，分爲前、中、後三編，計共六十餘卷。依蕭梁之《文選》，體無不備，賦居甲部。古人稱必須能作賦，方稱大才士。揚子雲云："觀千劍則知劍，觀千賦則知賦，巧者不過習者之門。"訪槎可謂習於賦矣。詩居什中之三，亦依蕭選，并入文中。外此有詩詞之餘，直闖宋元之堂奧。每當詩壇酒社間，搦管即付歌喉，洋洋盈耳，風流足以自豪。所少者，惟金元院本耳。余嘗觀馬東籬《漢宮秋》、白仁甫《梧桐雨》、田水月之《四聲猿》、沈君庸之《漁陽三弄》，才人游戲，夫亦何害！而訪槎誓不肯作，揣其意，蓋恐世人未窺全豹，但舉一臠，雖極加擊節，成一湖上笠翁而已，故不屑屑爲也。凡我同人，俟其酒酣耳熱，再慫恿之。

戊午春三月，月田林玉藻拜題

納蘭履坦《習池客〈梅花三弄〉序》（國家圖書館藏《卷石夢》稿本劇首）：

傳奇與史傳相表裏。史傳之中，其寓褒貶者不知凡幾，唯學士大夫能言之。若以譜入傳奇，登場一演，則菜傭販豎皆能指其姓名，可怪世之詞人恣筆端之游戲，以僞亂眞，使古賢受誣於千載之下，有心風化者可不亟爲之辨哉！如劇中之范少伯，良臣而智士也；蔡中郎，逸才而孝子也；陳季常，豪士而隱者也。今之所演，污衊特甚。曩時嘗改三劇，已付伶人之口，冉冉數十年，舊本散佚，偶自閱《宦游筆記》中，據史傳辨此三事，館舍無憭，擬續三劇。適有習池客者從江東來，諳於律呂，日從湖上游，談宴之餘，篝燈成之，隨自樂句。同舍聞人生亦嫻此道，輒謂宮譜不乖，且音節諧暢，絕無拗嗓之病，如撒玉笛篴以和之，靡不合拍。時梅花爛熳，明月入窗，恍惚羅浮，素袂翩乎其入夢矣。是劇也，辨誣者三，而笛譜有《梅花三弄》，聞人生即取以名其劇。樂句既畢，浮以大白。習池生乃舉杯而言曰："昔魯國國公和凝身居宰輔，雅善填詞，人稱其爲曲子相公，今之游於幕者，例以相公稱之，明公欲以我爲曲子相公乎！"座客聞之，不覺撫掌大笑。

納蘭受宜堂主人題

鄭振鐸《〈卷石夢雜劇〉跋》（《劫中得書續記》第五十二則，上海古籍出版社 2006 年版）：

正名云："古虎丘改瘞碧鬟仙，來鶴樓感現卷石夢。"所叙者爲劉碧鬟事。碧鬟爲乾隆時吳人盛傳之乩仙。滿紙荒唐言，實不足存。以爲其稿本，姑收之。

納蘭履坦《習池客〈梅花三弄〉題贈》（國家圖書館藏《卷石夢》稿本劇首）：

受宜堂主人原唱：

徐猿聲四聞（明徐文長撰《四聲猿》），瘦沈岵三分。（謂沈昭，《略》曰："君何瘦而狂。"明沈君庸有《漁陽三弄》,今與習池客《梅花三弄》鼎足而三。）小按紅牙板,嬌歌白練裙。（明范傳羊欣白練裙事。王司寇阮亭《金陵雜詠》云："清溪洞口諸年少,解唱當年白練裙。"）古冤方吐氣,（范少伯、蔡中郎、陳季常,受後人之誣,思欲駁正,於《宦游筆記》中及之。）絕調欲停雲。筆墨雖游戲,文人當績勛。（《文選·魏文帝文》："文人以翰墨爲勛績。"）

聞人生《武林聞人生和韵*受宜評:三四活對如龍*》：

院本繇來聳聽聞,董狐褒貶與平分。大髯一噱落禪杖,俠膽千秋寒綉裙。（謂季常。）行志泛湖誣載艷,（《國語》：范蠡請行,王不許。蠡曰："君行令,臣行志可也。"）洧飢戀闕失瞻雲。（謂中郎《琵琶記》事。）賴君秉筆如廷尉,山案平反第一勛。

楊子《寧波楊子和韵》：

此曲祇應天上聞,黃鐘起律辨差分。歌殘月底流鶯舌,舞皺風前蘼蝶裙。三弄梅華邀笛步,（用桓伊事）六橋柳色藹春雲。快聆奏雅非終曲,豆蔻休教詠司勛。（司有去音）

張半舫《雪莊張半舫和韵》：

久羨詞壇廣見聞,別開生面渭涇分。中郎爭道違斑彩,少伯相傳載舞裙。律應五音歌白雪,曲終三弄遏行雲。更將豪逸從蘇傳,（謂《方山子傳》。）遙洗蒙冤不世勛。

許名侖《習池客自題和韵》：

鈞天雅奏傍墻聞,（庚戌歲,醮壇絲竹禁奏糜響,有黃冠請於予,特製《鈞天遺響》,乃步虛之詞也。一時競奏,家叔素園作序。）曾照霓裳月二分。（癸亥渡江,有《廣陵春色詞剩》。）晉代風流寄團扇，漢家樂府在羅裙。自憐禪榻絲成雪，敢賦巫山夢作雲。（偶著傳奇，無裨風化者不采。）賢達洗冤憑綺語，詞場爭道策奇勳。

許名侖《習池客〈樂游原〉序》（國家圖書館藏《卷石夢》稿本劇首）：

鰥溪宗伯予告歸里，先有《懷人詩》二十首，其一贈我高陽先生云："黃木（灣名）扶胥（島名，均屬東粵）入句中，海濤筆陣互爭雄。酒酣倘話少年事，馬上能挽兩石弓。"托新安生郵至。乙巳重九，梅花蘻林，繼結拾字之緣，我先生與天水先生司其社，因談及長安舊游，嘗與東海、琅琊者四人，清明郊外賦詩爲樂。時有貴公校射，舉觥彈弦，乃持弓以請。我先生弓硬手柔，矢無虛發，壁上觀者靡不咋舌驚羨。天水先生有七言斷句一，今已鑴入《草堂集》中。我先生賦五言二律，內有"雕弓開辟歷，促節瀉琵琶"之句，宗伯所贈，洵不虛也。社散而歸，我先生有《憶舊游》三絕，屬天水先生與研石山樵和焉，命予繼和，唯唯未遑。

十月初六日，雨窗多暇，偶閱稗官家言，與唐時漆園、汝南郊游絕相類，窮日之力，填就《樂游原》一劇，計曲十二闋。予每見撰劇既成，必邀老伶工相其罅漏，名之曰"犯"，予頗能自爲之。至於字辨陰陽，音分脣齶，名曰"樂句"，復加逐一剖析，顧周郎於三爵之後，未識猶有誤否也？先一日，設身處地，構局殊艱。至初七辰，曲已終闋，至晚始得脫稿，隨訂介白。初八一日夕錄成，自覺淋漓盡致，連浮大白以自賞，喜不成寐。并書"證引""關目""凡例""砌抹"於劇顚，以質世之知音者，俟更繕錄就正。兩先生能勿一噴其飯乎？

作劇名姓，例在隱現之間。予酒不厭旨，取"山簡載酒於習家高陽池"，曰"習池客"。茲序亦如劇例，止署兩先生郡名，故於贈詩宗伯，暨郵詩賡韻諸君之名姓，亦牽連而隱之。高陽曰"我先生"，親之之辭也。

初十日，吳下老詞痴自題

許名崙《〈新編金鎖鴛鴦帳傳奇〉弁語》（國家圖書館藏《卷石夢》稿本劇首）：

丙辰夏至之十有四日，在宣武門盧氏館中承作洗塵之宴，獲觀新劇，屬題序言。詢悉作劇之旨，每成一聯，主人以一杯澆之。

解樂府之題，有傾城之悅名士；品簪花之格，猶巧婢之學夫人。寧獨濟尼，論大家之風，神情散朗；閑考天隨，撰小名之錄，齒類芬馨。障面羞郎，歌芳姿之團扇；雕籠報客，呼霍氏之浣紗。尤物移人，鍾情吾輩。乃有捧鏡憨兒，調朱少待。憶十三之初月，臨二九之芳春。一笑欲迷，雙眉能語。雖雲英之未嫁，而羅敷之有夫。是以綠葉纔芽，已悔尋遲於杜牧；即使烏雲亂挽，亦驚見慣之司空。譬之俟姝子於城隅，爲不見而搔首；立個儂於身畔，奈無賴之橫波。小帳無人，燭殘紅影；中庭得月，伴爇名香。茲者桃華灼其欲賦，勺（應爲"芍"）藥贈以將離。留芳草以如裙，化海棠而濺泪。纏綿曷極，怊悵良多！

坐是柔鄉，主人有《金鎖鴛鴦帳》之作也。如劇中之天傾離恨，補煉石於媧皇；簿掌氤氳，奪牽絲於月老。識紅豆之記曲，渾似韋青；合垂柳於章臺，何煩許俊。即成虛願，實當愜心。此猶微之誣會真之篇，東阿作感甄之賦。壹鬱其誰與語，風流足以自豪。嗟乎！僕本恨人，卿須憐我。三生非淺，一往而深。久已太上之情忘，不覺見獵而心喜。換羽移宮之下，偷聲減字之中。禪榻飄南國之香，泥絮逐東風而起。題四六之綺語，懺五百之業冤。稽首慈雲，皈心巫女。唯願朝朝暮暮，轉爲無夢之人；還期世世生生，莫作有情之物。

倪承茂《〈新編金鎖鴛鴦帳傳奇〉跋》（國家圖書館藏《卷石夢》稿本劇首）：

國色天然，鉛華弗御。寫得神光離合，乍陰乍陽。吟諷再三，令人驚心動魄。視余前作，形穢自慚。

倪頓塘

胡天游《〈月中榜傳奇〉序》(國家圖書館藏《卷石夢》稿本劇首)：

余之仲兄亦超云：客游甫里，生遇習池。文陣雄師，酒壇飛將；踪爲萍水，誼若蘭金。知其趨庭承詩禮之傳，而埒身有著述之富。培梅花於舊墅，撫陳、董之鐫題；披笠澤之叢書，慕皮、陸之倡和。論其文章臺閣，無怪乎一時卿相，莫弗倒屣而迎；編其古艷香奩，竊慮夫後世女郎，不免斷腸而死。爾時椿萱健在，琴瑟諧和，迹遍溪山，肩擔風月。科臨木馬，願捉銀蟾。言訪莫愁之湖，忽成驚艷之曲。化黃鶯之啄，欲含太傳之櫻桃；顫孔雀之飛，鬥舞司勛之豆蔻。陶寫竹絲，淋漓巾扇。或停拍而浮大白，或吹簫而唱小紅。風流足以自豪，嘯歌於焉不廢。直是審音之蔡，何殊顧誤之周。茲值軟紅之塵，共擘硬黃之紙。青山碧樹，每服仲晦之多才；池草園禽，益信靈運之前語矣。

時乾隆丁巳九月，山陰愚弟雲持居士胡天游拜題榜姓方

客言：後世斷腸，無乃太過乎？余曰：明有女郎俞二娘，憐湯若士之才，欲委身於焉。其父母曰：奈齒貌之不若何？一日適與舟會，乃皤然一老翁也。父母知其意絕，欲與議嫁。俞曰：遇此才人，而老不可嫁，女之命薄可知矣。遂鬱鬱而卒。若士作五言絕以哀之。又按，唐女子日誦羅昭諫詩，初欲嫁之，既見羅貌寢陋，遂不復誦江東詩什。安得謂之真憐才哉！

雲持自記

馮承宗《〈卷石夢〉序》(國家圖書館藏《卷石夢》稿本劇首)：

聖人不得已而有文，其意甚微，學者窮之而不得其要焉。《詩》《書》《易》，聖人之文也。《書》正而直，《易》奇而變。正之所不及，濟以變，而又有正與變之所不及，則通其用於《詩》。《詩》和婉而善入，觸於物，妙以聲，是故被之絲竹、金石，盎然而無垠，故樂亦寓焉。聖人寓其意於不可知

之域，而喻人以難言，則其用蓋亦神矣哉。

　　吾友許子訪樵，綺歲能詩，句已驚人。及長，益肆力爲古今文，擴幽洞奧，無之不深，而尤游其神乎詩，執騷壇牛耳者數十年，而不少衰。沉浸之久，溢而爲詩餘，再而爲填詞，世并稱之。近采劉碧鬟事，演爲雜劇。其字分陰陽高下，其聲節疏密清濁，其律隨手損益，毫忽不亂。豈獨奪前明一百十家之席，即金元兩代之製，而亦莫之或先。至於夢藉仙游，不掠剩影；詞臻化境，仍是元音。如琴瑟之韵，可聞而不可求，若難與名者，工矣。然窮其工，則皆依於詩。予故曰：訪樵，詩人也，神於詩者也，非金、元、前明製曲諸公之比，何有於猶龍氏與湖上笠翁哉！是爲序。

　　　　　　　　　　海虞教弟馮承宗題於茂苑之寓齋別字古宜

馮承宗《古宜雨中讀〈卷石夢〉曲，忽懷今昔，因成長句，却寄訪樵》（國家圖書館藏《卷石夢》稿本劇首）：

　　胸散珠華筆散情，不關玉茗是前生。舊憐紈扇留清韵，（訪樵製曲贈嚴西圃納姬、陸寶厓倚翠，人猶傳唱。今二公俱游泰岱，不勝聞笛之感云。）新怨楊枝作曼聲。春色半歸紅杏雨，曉風常妒彩雲晴。相從改盡當年客，孰與殷勤唱《渭城》。

朱雲翔《致許名侖書兩通》（國家圖書館藏《卷石夢》稿本劇首）：

表弟朱遂佺名雲翔來書（節錄）

　　《卷石夢》留咏，拙作《詩夢緣》附上，兩夢相絜，君作如《廣寒霓裳》之奏，弟本如《周禮》所云惡夢，宜令逐疫者送去者也。一笑。

又（節錄）：

　　老表兄詩懷酒腸，不減少年情態，羨慰，羨慰！讀《卷石夢樂府》，想見玉茗當年，必得絕妙女郎，宛轉於猩毹畫燭間，佐之檀板銀箏，當令人消魂欲絕。勉譜一調，自知唐突，望加按政。

調寄【高陽臺】：

月冷高牙，風清畫戟，翠樓鎖斷芳魂。杜宇年年，雕欄血染王孫。憑誰一點心香爇，運沙乢、寫怨羅裙。嘆漂零，南國香消，幾度黃昏。　　雞栖瘞玉難招些，傍真娘小墓門。掩殘春，佛火蒲團，猊床同證前因。高陽舊是多情種，犯淒涼，搯遍檀痕。聽銀箏，珠樓犀佩，一樣酸辛。（高陽《梅花墅五種曲》中有《弄珠樓》《靈犀佩》。）

又調【珍珠簾】《遂佺蕭齋養疴，有懷訪槎老表兄》：

雙梧靜掩重門峭，蕭蕭雨，綠遍空階芳草。花落漸無多，剩石榴嬌好。半榻依人支瘦骨，永晝爐香迴繞。誰告，嘆憔悴經年，無人知道。　　長憶舊社高陽，縱漂零往事，風懷多少。記得約花時，早薔薇謝了。雲樹斜陽遮斷目，將不去、情絲千裊。人杳，盼一縷吳淞，者般難到。

姚世佲夫人《姚司馬星言夫人撰〈卷石夢〉序諱世佲》（國家圖書館藏《卷石夢》稿本劇首）：

先夫君星言，薄宦數年，而禽魚花鳥，未嘗少廢。退食之暇，酒酣耳熱，每舉全元及明人雜劇，按節自歌。嘗論會稽孟君稱舜選劇：一名《酹江》，擬銅琵琶、鐵綽板唱東坡"一樽還酹江月"，為詞家之變調；一名《柳枝》，如點紅牙板，歌屯田"楊柳外曉風殘月"，是詞家之正聲。曲與詞同。又謂度曲家，更分為二：沈寧庵專尚協律，而湯義仍專尚工辭，二者俱為偏見。元高則誠編伯喈傳奇，白描高手，而自言并不尋宮數調，多用前腔。明陸天池編《明珠記》，雅似詞格，一時風會，賓白亦純用排句，其氣未免黏滯。欲得辭工律協，而賓白當行，家數誠不數覯。

虞山馮丈古宜，乃先夫君之舅氏也，一日以許丈訪槎撰《卷石夢》見示，序言殊多，咸稱其案頭、場上，并臻厥美矣。詩詞之餘，柔曼婉麗，本屬閨幨所宜，故女士輩多好之。氏隨命女兒繕錄歸繳。古宜舅曰："訪槎長我一歲，今已七十矣。而才情不減少壯時，以我爲介，欲浼序言以爲榮。"氏謹謝不敏，曰："曾見午夢堂葉氏蕙綢作《鴛鴦夢》四折，本朝張大家采於作《非非想》諸院本，膾炙人口，久已登場。氏非其倫，何敢序許丈之劇哉！且先夫君捐館以來，焚棄筆墨久矣。即使潦草塞責，其如內言不出於何？"茲因古宜舅索之甚力，竟不辭靦顏以述之，諒許丈必囅然一笑也。

沈振《〈卷石夢〉序》（國家圖書館藏《卷石夢》稿本劇首）：

竊聞卧去盧生，黃粱半熟；醒來槐國，白晝未過。問我輩之鍾情，誰深誰淺；吊移人之尤物，亙古亙今。是以月夕風晨，花明栖暗。倚欄而遙情四集，問天而長嘆數聲。蘇長公之豪縱才情，鐵板唱大江東去；秦少游之纏綿詞致，玉簫吹紅日西斜。未免有情，秋墳鬼嘯；誰能遣此，落葉蟬哀。

我舅氏訪槎先生，裔出高陽，學追中翰。胸藏二酉，咸傳江管生花；律審兩宮，蓋本椒山授篆。踏遍長安花市，不逢楊意，空賦凌雲；醉眠吳下酒家，倘遇鍾期，再彈流水。老冉冉其忽至，思軋軋兮若抽。閑從吟詩作賦之餘，旗亭賭勝；因於吊古懷人之夕，樂府留神。則有妾家瓜步，君宦金閶。二八青年，問小喬之初嫁；三五明月，誦崔氏之題詞。詩則金石流聲，人則蕙蘭其質。可餐秀色，不在一抹修眉；絕妙香奩，最是半簾輕絮。雖吳宮烟化，暮暮朝朝；而幕府魂游，風風雨雨。運乩於來鶴樓中，慘矣雞栖玉骨；改兆於真娘墓側，悠哉虎阜芳魂。好事者爲之踵成，有心人忍與終古？是用拍拍紅豆，調寫銀箏。馬上鵑聲，譜花蕊工愁之句；臺中鳳吹，述秦娥仙去之年。一曲《霓裳》，九秋桐館；數聲《何滿》，雙泪羅巾。斯蓋文士風流，豹斑微示；而亦才人游戲，首顧無煩者也。

      時乾隆丙子莫春下浣五日，甥沈振拜撰於渤海之擢雲書舍許名侖《〈訪槎詞餘〉自序》（國家圖書館藏《卷石夢》稿本劇首）：

余憶少日，逢先祖母朱恭人七十，屏幛詩文，彙成卷軸。獨我素園叔父，撰就【梁州序】二闋爲壽，隨授優伶，被之管弦。予製十斷句以謝。厥後亦想效顰，潛撰散曲或長套以自怡。其九宮十九韵，尚未之審也。越二年，夢椒山楊公召授《律呂》一書，覺來微有領悟，填譜竟能應節，仿少白《江東白苎》，不加科白。歲在丙辰，應京兆試，宣武門外有盧君，撰《金鎖鴛鴦帳傳奇》，頤塘與余先後作序，亟屬改訂，乃破誓而諾之。此余撰院本之權輿也。至戊辰之春，游西子湖，訪前浙撫納蘭公，出其筆記中"辨誣"三則。余因洗前賢之冤，遂按律成《梅花三弄》，一時傳播。是年秋，吳門盛傳乩仙《劉碧鬟傳》，徵刻詩歌，余撰《卷石夢》劇，以表才女之名列鬼仙。己巳冬，沈宗伯貽懷素園詩，言及舊游，余撰《樂游原》劇，以紀吾叔之藝兼文武。他如傳奇家之尤雲殢雨，誓不浼我筆端。常憶高則誠撰《琵琶引》云："不關風化體，縱好也徒然。"執是説以填詞，諒不如涪翁受秀師之呵矣。斯屬剩技，何足挂人齒頰。

回溯數十年來，詩古文辭積多楮素，半爲鼠蟬所耗蝕，難付鈔胥，必待親自補綴，腕脱眼昏，似不知老之已至。家人勸余曰："日薄西山，何耗散精力乃爾！宜就已往者整齊之，未來之筆墨，請從此輟。"余頷之。詞餘、院本亦殿集後，倘遇春秋佳日，對酒當歌。如晉人所言："人在暮年，正賴絲竹陶寫，祇可自怡，不堪持贈。"而謬好者紙相競錄，謂可以除協律郎，余烏乎敢？況今之樂非古之樂也。《記》曰："大樂與天地同和。"豈易言哉！

許名侖《〈卷石夢〉箋疏》（國家圖書館藏《卷石夢》稿本劇首）：

傻角：（王實甫《北西廂》白）"普天下害相思的，不似這等傻角。"
問名兒：（梁少白《吴越春秋·前訪》曲）"問名兒喚作西施。"
真個：（宋詞）"受他真個憐惜。"

認波：元人白中語助，見《西廂》等劇。

些：（楚辭宋玉《大招》）每句尾句"些"字，猶《詩經》之"兮"。而只也疏，去聲。"些"亦寫"此"，今人讀須音者誤。

杜家：（《西廂》）猜詩謎的杜家。

大古裹：猶言自古來，金、元院本之襯字。

無那我：（李易安詞）"燈燼欲眠時，影也把人拋躲。無那、無那，好個淒惶的我。"

掌記：紅綫爲節度薛嵩之女記室。

雲五朵：韋陟書箋，人號爲五朵雲。

土饅頭：（本乩詩）"但求一個土饅頭。"引用范文正公詩"終須一個土饅頭"。"一個"字樣似俚，却本《左傳》：齊公孫竈卒，晏子曰："子旗不免殆哉？二惠競爽猶可，又弱一個焉，姜其厄哉！"（注）二惠，子尾、子雅也。子雅即公孫竈，生子子旗。又《秦誓》："若有一個臣。"

裙拖：（唐詩）"裙拖六幅湘江水。"

綺疏：（《文選》）"交疏結綺窗。"

入道：唐人有送宮人入道題。

陽關破：（本乩詩）"此是陽關三叠詩"；（曲譜）有【出破】【入破】，（詞譜）有《攤破浣溪紗》《念家山破》。

微波：（曹植《洛神賦》）"托微波以通詞。"

着緊：（《西廂》）"橫枝兒着緊。"

金童詩：唐鮑溶《贈楊煉師》。

玉女詩：唐曹唐《小游仙》。

香奩中物：見張伯起《紅梨記・媼賺》折中白。

熱淚灑地："一腔熱血灑向何地"，前人語。

縮地補天：憶是楊升庵詞餘。

黯然悲哉：宋玉《九辨》，以對江淹《別賦》。本浙中前輩語。

怎能縠：見王鳳洲《曲藻》本《西廂》，誰能縠。

許名侖《〈卷石夢〉音韵》（國家圖書館藏《卷石夢》稿本劇首）：

曲中（【本宮賺】）葛，不收入聲；撥，不收入聲。（【五般宜】）落，不收入聲；薄，不收入聲；大，此歌戈韵，音惰，又皆來韵中，音袋。

許名侖《〈卷石夢〉砌抹》（國家圖書館藏《卷石夢》稿本劇首）：

生扮卷石子，旦扮劉碧鬟（始便服，終道妝），小生扮金童，小旦扮玉女。案上劉記、燭臺、幡一對、塵拂。丑扮幕僮。

闕名《〈卷石夢〉加評》（國家圖書館藏《卷石夢》稿本劇首）：

杜默下第，慟哭於項王廟云："以大王之英雄，不能有天下；以杜默之文章，不能成進士，千古不平，孰甚於此！"土像泪落如豆。此劇【下山虎】一曲，卷石云："俺旅館中寂寥恁過，知他地窟裏悶損何？"如碧仙聞此言，應亦泪落如珠矣。云是鬼太苦矣，似仙非鬼。碧仙若自云是仙太誇矣，云是鬼太苦矣。似仙非鬼，語有分寸。

《卷石夢》中，夜見宅眷，理應陡然生驚，云"忽臨敝館，道不得個惠臨及貴姓芳名，有失迎迓"等寒暄語，故直問姓甚名誰，有失回避，深得幕友之體。妙在碧仙直答"便是乩上人兒"，又妙在不即直答"妾乃碧鬟"，但云"乩上人兒"，更妙在曲中緊接"碧鬟小字曾提破"。說過姓名，卷石"祇原來是"一句，然後施禮送坐，結構最當。

"依阿母"一曲，應即聯"屋藏嬌"一曲矣，而作者偏將卷石"雞塒下"一曲隔斷，使碧之顛末不作一頓序出，筆法宛折。

習池客云："余初稿碧白中，'慈尊召赴鶱林，妾從此逝矣'，既思【山麻楷】一曲插白內有'今日仍返仙都'，又卷石吊場有'重歸紫府'句，不免三叠其義，故改'從此逝矣'句爲'幸得脱離鬼録矣'。卷石答'仙子本非凡骨'，初稿按'暫謫人間'，下文縮住，'重返仙都'，都以避複沓，今并將'暫謫人間'句删去，不複沓，更含蓄。初稿【山麻楷】曲後白'千言難盡'，下接'妾身就此告辭'，既思【餘音】中插白有'妾碧鬟去了也'句，犯複，故將'告辭'句抹去更簡净。碧仙去了，卷石醒來，若時下演劇，不過略説夢境，另以【清江引】收煞。作者妙在竟用長吊場，寫得錦簇花團，雲委波屬，并不覺無曲之寂寞。正稱收煞十曲之長劇，全副精神畢聚於此。是絶大的筆力，會心人自能賞之。"

闕名《代題〈碧仙傳〉》（國家圖書館藏《卷石夢》稿本劇首）：

散花天女謫塵寰，明月三分照玉顔。（仙系維揚籍。）鴨緑江邊隨遠戍，鶴來樓畔掩重關。骨遷虎阜無雙艷，籍隸駦林第幾班？敢擬真真名直喚，上稱爲碧下稱鬟。

唐 英
(1682—1756)

字俊公，又作雋公，一字叔子，號蝸寄居士，又號陶人，人稱古柏先生。祖籍瀋陽（今遼寧瀋陽），曾祖唐應祖（生卒年不詳）隨清軍入關，爲皇室包衣出身，隸籍漢軍正白旗。十六歲即供奉內廷，歷任內務府員外郎，淮安、九江、閩、粵海關監督。還曾兼理景德鎮窯務，苦心鑽研，製器甚精。公務之餘，不廢吟哦。能詩文，工書畫。有《陶人心語》《陶人心語續選》《陶人心語手稿》存世。亦通音律，好戲曲，與蔣士銓（1725—1785）、張堅（1681—1763）、董榕（1711—1760）等曲家交游密切，編有戲曲十數部，今存雜劇十三種、傳奇四種，總題《燈月閑情十七種》，後人亦稱其爲《古柏堂傳奇》等。

傳記文獻：郭葆昌《唐俊公先生陶務紀年表》（《北京圖書館藏珍本年譜叢刊》第91冊），傅振倫、甄勵編《唐英瓷務年譜長編》（《景德鎮陶瓷》1982年第2期），《清史稿》卷五〇五，《八旗滿洲氏族通譜》，（同治）《九江府志》卷二十七，等等。

《燈月閑情》

又稱《古柏堂傳奇》《古柏堂曲》《古柏堂雜劇傳奇》《古柏堂樂府》等。包括《虞兮夢》《英雄報》《女彈詞》《長生殿補闕》《十字坡》《三元報》《傭中人》《梁上眼》《天緣債》《巧換緣》《蘆花絮》《梅龍鎮》《麵缸笑》《雙釘案》《轉天心》《清忠譜正案》《笳騷》，其中《天緣債》《巧換緣》《雙釘案》《轉天心》爲傳奇，其他俱爲雜劇。另有《旗亭飲》《野慶》二劇，已佚。

● 劇情概要與本事

《虞兮夢》

劇首署"蝸寄居士填詞"。四齣，依次爲《禱霸》《哭廟》《賞花》《神會》。寫西楚霸王與虞姬死後，上帝憐其夫婦勇烈無雙，敕封項羽爲平浪江神，建廟烏江渡口，血食一方，伸其浩瀚之氣；封虞姬爲散花仙子，表其芳潔之心。一日，虞姬問起鴻門宴上爲何不用亞父之計，反而放走劉邦？項羽言當日仗着自身勇力及將勇兵雄，未將劉邦及張良、韓信等人放在心上，再說自己一向真率待人，一諾千金，不願施陰謀、用詭計，竟因此落得自刎烏江的下場。說話間，外邊傳來喧鬧之聲，原來是鄉民捧着祭禮進廟供獻，祈禱地方年歲豐收、江波無警，并依據常例，要項王顯個靈應。項羽就依從衆人所願，盼咐力士暗中附藉神力，讓老嫗、幼童分別搬起廟旁之太湖石與鐵鼎，繞殿三匝。衆人敬服，叩謝而去。江南秀士王訥，才雄命蹇，意大眼高，感世無知音，遂典盡春衣，買舟遠游，徜徉於山水烟霞之間。一日，路經烏江渡口，素聞西楚霸王祠廟甚是靈感，便來到廟中瞻仰一番。對着項羽神像，悲嘆項王勇武非常，無人能比，祇因在鴻門宴上不肯狡詐行事，卒致喪身垓下，霸業成灰。由此想到自己經濟填胸、文章蓋世，而年將半百，竟不能博一科名，認爲自己與項羽踪迹相同，坎坷無二。說到傷心之處，抱着神像痛哭，神像也流下泪來。後世又有一陶成居士，游宦西江。公餘，常在署中之珠山絶頂環翠亭中游賞，并在珠山上種些野草山花爲賞心娛目之助，最愛其中之虞美人花。時值春晴花放之日，居士邀請老友吳雙來環翠亭賞花飲酒，并令童子演唱新作之《珠山春曉》曲侑觴助興。二人正開懷暢飲，陶成居士忽然大哭起來，言因見虞美人花，不由爲項羽霸業無成、虞姬紅顏薄命而傷心，恨不能起二人於地下，與之交接、深談。說完大醉，童子將之扶往蝸亭安歇。項羽聞得陶成居士之事，便邀虞姬親臨其地，與他痛談傾倒一番。居士知項王、虞姬來訪，大喜。項羽言今日之會并非無因，原來虞美人花乃當

唐英

年虞姬捐生之時，頸血入地，精魂感化所生。陶成居士甚愛此花，經常酹之以美酒，奉之以新詩，感此，故來拜訪。居士盛贊此花，言其不僅是貞魂烈魄所化，秀色幽香也自與凡卉不同。項羽聞言，認爲虞姬得此咏贊，可以無恨矣。三人又同游後山，花神亦賣弄春光，使珠山四圍之花都隨風鼓蕩，鬥艷爭奇。珠山上之狂蜂、浪蝶二魔君想劫取虞姬，被項王左右拿下。最後，陶成居士驚醒，發現是大夢一場。

生扮王訥、花神，旦、小旦先後扮虞姬，老旦扮老嫗、花魂，正旦、丑扮二宮女，老旦、小旦、正旦、小生扮歌兒，净扮項羽，副扮道士、蜂妖，末扮陶成居士，外扮吳雙，外、末扮鄉人，丑扮幼童、蝶妖，雜扮二力士、院子、童子、春色。

本事來自項羽故事之想象，劇中陶成居士乃作者自喻。另，王訥哭拜項羽神像之關目與明沈自徵（1591—1641）《霸亭秋》中杜默哭廟事、清尤侗（1618—1704）《鈞天樂》中沈白哭廟事相似。

《英雄報》

劇首題"英雄報"，下注"舊曲弦索調小十面增本"，署"蝸寄居士填詞"。一折。寫漢初淮陰人韓信受蕭何舉薦，劉邦爲之築壇拜將，捧轂推輪。自用兵以來，韓信滅楚收秦，除暴安民，立下汗馬功勞。今天下太平，皇帝特敕在淮陰市上爲韓信建立府第，欽命其衣錦還鄉。韓信遣人訪查三人，一是對自己有一飯之恩的浣衣漂母，另外兩個則是當年凌踐自己的惡少王一、王二。結果，漂母年紀高邁，不能行走，中軍官遂將其子長兒帶到。韓信問明情況，任命長兒爲守備，并取黃金千兩爲漂母介壽。王一、王二亦被帶到轅門聽候，韓信本想將其殺死，見二人也是有膽有志的好漢，便封他們爲執戟郎，在麾下應候，并向他們講述了戰勝項羽等功業。

生扮韓信，净扮王一，副净扮王二，丑扮長兒，外扮中軍官，雜扮四將、四卒。

本事見於《史記·淮陰侯列傳》。按，是劇乃據弦索調演唱的散套改編而成。

唐英

《女彈詞》

劇首署"蝸寄居士改本"。一折。寫一位曾承恩內苑的天寶宮人，當年隨樂師李龜年學習《霓裳羽衣曲》，此曲乃楊貴妃所製。習成後，每日在朝元閣歌舞承值，好不繁華！誰知安祿山造反，破了長安，帝妃西幸，萬姓奔逃，老宮人也倚着年邁的胞叔挨到江南避難。爲了衣食，衹得用琵琶彈着《霓裳》曲，沿門賣唱。時值四月十八碧霞元君誕辰，天仙宮甚是熱鬧，老宮人便往彼處趕趁一回。當地書生李薈，昔日留滯長安，曾於宮牆之外偷得《霓裳》曲數叠，未得全譜，深以爲憾。今聞一賣唱老嫗彈奏琵琶手法像是梨園譜派，故前往尋訪、學習。來到天仙宮，隨衆人賞聽老宮人彈唱天寶遺事。老宮人細訴明皇訪麗色、選佳人、封貴妃諸事，又歷數楊貴妃曾在荷亭細按宮商、譜成《霓裳》之曲等，并感嘆亂平之後，長安繁華頓消，宮中蓬蒿遍地，野鹿成群，一片荒涼情狀。唱畢，李薈將老宮人接回家中，從之學習《霓裳》全譜。

小生扮李薈，旦扮天寶宮人，外、生、副、末扮瞽目夫婦。

本事見於唐元稹《連昌宮詞》。此劇仿清洪昇（1645—1704）《長生殿》之第三十八齣《彈詞》，主角托名李龜年之女弟子，故名。按，劇首有董榕（1711—1760）撰於乾隆十九年（1754）之題辭，知是劇作於此前。

《長生殿補闕》

劇首題"長生殿補闕"，下注"古【大紅袍】曲摘演"，署"蝸寄居士填詞"。二齣，依次爲《賜珠》《召閣》。寫唐代莆田女子江采蘋，幼耽文翰，性愛梅花。後選入宮闈，明皇見其有才有貌，性格溫柔，甚是合意，賜號梅妃，寵愛有加。後明皇見壽王妃楊玉環之才貌更爲過人，便悄悄納入宮中，安置於西宮，而將原居此地的梅妃遷至上陽宮東樓。明皇從此再未駕臨。梅妃因無罪被弃，驚懼不已。一日，日上窗紗，梅妃梳洗完畢，往花園游玩。見園中百花盛開，粉蝶成對，鶯燕争嬌，不由感傷自己青春無幾。這時，小黄門捧包盒參見。原來，明皇因遷梅妃於幽僻之地，心中不安，又憶梅妃昔日風流餘韵，甚有思念之意，遂差小黄門將外國進貢之明珠暗送東樓。梅妃既不謝恩，亦不領受，祗命侍兒取來紙筆，哭着寫下七絶一首作爲奏箋，表達無端被弃之憤懣與幽居長門之凄凉，請小黄門將之與原珠帶回復旨。明皇見此奏箋，更覺有愧，將往日舊恩真愛寫作《一斛珠》詞。又以身體有恙，需在翠華西閣静養爲由，不回後宮。同時密令小黄門送新詞與梅妃，并宣她悄悄來閣中相會。梅妃因不能光明正大侍寢，心中不快，遲疑不行，在侍兒督促下，梅妃方乘馬前往。明皇在西閣已等待多時，見梅妃到來，甚是喜悦，着人看座。梅妃不坐，責問明皇爲何摒弃自己。明皇又是勸慰，又是賠罪，最後二人入帳共眠。

生扮唐明皇，旦扮江采蘋，老旦、貼旦扮侍兒，副扮高力士，丑扮小黄門，雜扮二小監。

本事見於宋傳奇小説《梅妃傳》，清褚人獲（1635—1682）《隋唐演義》第七十九回至九十八回以及洪昇（1645—1704）《長生殿》之《夜怨》《絮閣》亦略述其事。明吴世美（生卒年不詳）《驚鴻記》傳奇，清孫郁（生卒年不詳）《天寶曲史》傳奇、袁棟（1697—1761）《江采蘋》雜劇、程枚（1749—1810?）《一斛珠》傳奇、無名氏《梅妃怨》、石韞玉（1756—1837）《梅妃作賦》雜劇、汪柱（生卒年不詳）《愛梅錫號》雜劇均演述同一題材。

《十字坡》

劇首署"蝸寄居士填詞"。一折。寫宋朝孫二娘勇武非常，江湖綽號"母夜叉"，與丈夫張青在十字坡開了家酒店，專殺過往之貪官奸商等不良之徒，替天行道。陝西朝邑縣吴貨郎貪淫好色，一日路過十字坡，見孫二娘生得風流俊俏，不由得想入非非。孫二娘故作熱情，背箱端茶，迎入店中。吳貨郎見此更是心猿意馬，醜態百出，竟當即跪下，送上花銀求婚。孫二娘假意應允，又賣弄風情，騙他飲下藥酒，待他昏睡過去，命夥計抬下殺死，做成人肉饅頭。不久，武松犯罪，發配孟州，與解差途經十字坡。他觀孫二娘言談舉止，知其非良善之人，且對該店殺人越貨之事早有耳聞，故不願停留。奈解差感行路辛苦，想在店中歇息，武松祇得依從。進入店來，武松問兩旁爲何擺列諸多器械，孫二娘謊稱因與梁山相近，用此安家護院。接着，孫二娘端上大肉饅頭，請衆人享用。武松剝開一看，餡中竟有人指甲，責問饅頭可是用人肉所包？孫二娘辯解稱：饅頭是鴨子肉包的，那不是人指甲，而是鴨嘴兒。武松言酒中必有蒙汗藥，衆人不飲，各回房安歇。夜間，孫二娘及其夥計持刀拿棒，幾次三番進入武松房中行刺。武松早有戒備，將其打敗。早晨，張青歸來，聞訊，提棍來擒武松，亦被打倒。最後雙方互通姓名，互相仰慕，結爲好友。將解差釋放後，三人同上梁山。

生扮武松，小旦扮孫二娘，净扮張青，副净扮吳貨郎，末、丑扮解差，雜扮四夥計。

本事見於施耐庵《水滸傳》第二十七回《母夜叉孟州道賣人肉，武都頭十字坡遇張青》，本劇當據《綴白裘》所收梆子腔《殺貨》《打店》改編而成。明沈璟（1553—1610）《義俠記》傳奇中有相似内容。

《三元報》

劇首署"蝸寄居士填詞"。四齣，依次爲《驚訃》《吊孝》《斷機》《榮歸》。寫秦賢輔本爲朝中大宦、皇帝股肱，因年老乞歸林下。與夫人甄氏育有一女，名雪梅。雪梅知書達理，貞静幽嫻，許於同鄉商裕後之子文佑爲妻。因秦賢輔必要女婿金榜題名後方許完姻，故婚事蹉跎至今。誰知商文佑竟因此抑鬱成疾，一病不起，商家欲娶雪梅過門衝喜，秦家堅辭不允。不久，商文佑亡故。當甄氏將凶訊告知女兒，雪梅撫面痛哭，當即脱下色衣簪珥，换上素服要爲商郎守孝，并言欲往商家祭奠丈夫，若父母不允，情願削髮遁入空門，以明從一而終之志。秦賢輔祇得帶着女兒來商府拜祭。禮畢，商家婢女愛玉前來獻茶，原來愛玉兩月前曾代雪梅衝喜，已有身孕。雪梅知此，當即與愛玉結爲姊妹，并要在商家守節，代丈夫奉老撫孤。秦賢輔夫婦見此，無可奈何，祇得依從。後愛玉産下一男孩，取名商輅，雪梅愛勝親子。商輅天資穎异，伶俐清秀，十一歲入學讀書。一日，雪梅正在機房勞作，學童賴髦兒來哭鬧，言商輅依仗聰明，欺壓同窗。商輅因此被雪梅責打，後忍受不過，言自己非雪梅親子，不應受其打罵。雪梅聞此，心灰意冷，將機頭剪斷，以示商輅材難成器，自己辛苦皆空。商裕後夫婦及愛玉聞聲而來，紛紛責罵商輅不知人事，辜負慈母一片苦心。商輅痛悔前言，跪求嫡母恕罪，表示一定痛改前非，謹遵母教。數年後，商輅三元及第，又蒙恩給假，遂衣錦還鄉，拜謝祖父母及兩位母親。朝廷又遣人宣旨，授商輅爲修撰之官，將首相之女賜予其爲妻；封雪梅爲賢節夫人，其他各人亦均有封贈。商輅蒙師史觀璧聞訊前來賀喜，將雪梅守節撫孤、商輅連中三元作爲奇聞講述，并斷言此事將載入史册，亦會被文人學士譜入歌譜，流傳不朽。

　　小生扮商輅，老生扮史觀璧，旦扮秦雪梅，老旦扮甄氏、老嫗，貼扮秦祥慶，小旦扮愛玉，净扮老嫗，副扮秦府家人、張氏，末扮秦賢輔、院子，丑扮婢女、商府管家、丫環、賴髦兒、縣役，外扮商裕後，雜扮院子等。

　　本事見於明何喬遠（1558—1632）《名山藏》、馮夢龍（1574—1646）《情史·章綸母》等，本劇以明章綸事迹敷演商輅故事。明沈受先（生卒年不詳）《商輅三元記》、徐霖（1462—1538）《三元記》傳奇與此題材同。另，地方戲中多有演述這一故事者。

《傭中人》

　　又名《哭靈》。劇首署"蝸寄居士填詞"。一折。寫明末一賣菜傭，名湯之瓊，家住京城門外，上無父母，又無兄弟妻子，孤身一人，每日靠賣菜所得,過着半飢半飽的生活。近來,流賊作亂,兵戈四起,村莊城市俱不得安寧,但他并不擔憂,認爲朝廷所豢養之文武百官自會盡忠報國。一天早晨,他又擔着菜兒進城去賣,見家家關門閉户,街市上也冷冷清清,全非昔日光景,遂向一位老者打聽。老者言這是舊皇帝遜位、新皇帝登基的緣故。湯之瓊認爲舊皇帝平日聖德愛民,不明白他爲何要將天下讓給別人。他又挑着擔子來到了東安門,想看看舊皇帝退位的場景。結果被看守崇禎皇帝及其皇后梓宮者呵斥,這時他纔知道舊皇帝已自縊殉國,新皇帝是流寇李自成,而且許多皇親國戚、閣老大臣等都去朝賀新主,以獲封贈。湯之瓊不由痛罵誤國賣君的文臣武將,然後用擔中青菜、瓶中清水祭奠帝后,因過分悲痛而暈倒在地。不久,有人將他喚醒,原來是襄城伯李國楨。李國楨巷戰被擒,李自成逼他投降,他假意答應,但以安葬崇禎皇帝及皇后的尸首爲條件,故亦來到了東安門。李國楨勸賣菜傭離開,不要誤了生意。湯之瓊則大聲哭喊,言國破君死,留下性命有何用? 於是,觸階而死。李國楨感其忠義,令人買棺盛殮,待帝后葬畢,將其埋在寶城之外,以爲守靈義勇。

末扮李國楨,外扮湯之瓊,丑扮地方,雜扮隨從。

本事見於清谷應泰(1620—1690)《明史紀事本末》之《甲申殉難》。

《梁上眼》

劇首署"蝸寄居士填詞"。八齣,依次爲《竊隨》《賞月》《謀夫》《誣父》《監證》《堂證》《警衆》《義圓》。寫蘇州府崑山縣手藝人蔡鳴鳳,以穿珠點翠爲業,兩年前到山東臨清經營,積攢下三百餘兩銀子。念離家已久,妻子孤單,遂將銀子藏在身上回鄉。一偷兒名魏打算,身世不明,自幼漂泊,長大後唯以偷摸度日。聞聽蔡鳴鳳有銀兩在身,急急趕上,主動搭訕,提出與其結伴而行,想尋機偷竊。不料,鳴鳳爲人機警,委婉拒絶。魏打算并不死心,尾其踪迹,一路跟到崑山,計劃等其到家,趁其夜深熟睡之時下手。鳴鳳妻子朱薔薇,乃鄰村朱茂卿之女。茂卿與妻子王氏僅有此一女,甚爲疼愛。見

唐英

女婿久出不歸,幾次要接她來家同住,朱氏却千推萬阻,抵死不來。原來,朱氏自認爲聰明伶俐,識情知趣,不比一般的村姑野婦,反嫌弃丈夫怯弱拘板。又加上鳴鳳經常出外理生,夫妻聚少離多,朱氏不耐寂寞,早已和本村一個名叫鄭打雷的屠户勾搭成奸。故父母屢次接她回去居住,總是不肯。中秋夜,她已備下酒果等,與情人約好一起賞月。蔡鳴鳳當日黄昏趕到家鄉,先去拜見岳父,一起飲酒賞月。將近二鼓時分回家,大聲叫門,朱氏正與鄭打雷厮混在一起。聽到丈夫歸來,朱氏將情人藏在床下。尾隨而來的魏打算偷偷爬墙而入,本想趁黑鑽進床底,發現床底有人,便攀到屋梁之上。朱氏頻頻勸酒,將丈夫灌醉,待其上床入睡後,親自入帳砍殺了丈夫。次日,茂卿前來祝賀女兒、女婿夫妻團聚,朱氏竟將父親扯到昆山縣衙大堂,狀告他謀財害命,殺死了丈夫。躲在梁上的魏打算目睹了發生的一切,離開時遇到巡夜的差人,因行迹可疑被鎖入監,正好與被收監的朱茂卿在一間牢房。當他知道了茂卿夫婦身份及其困境後,決定幫助他們,要王氏明天到公堂上出首自己。此案再次開審,王氏前來喊冤,指認魏打算是凶手。劉知縣讓魏打算與茂卿父女當堂對質,發現朱氏言語支吾,漏洞頗多,最有嫌疑。這時魏打算當衆講述了朱、鄭殺人滅迹的整個過程。劉知縣判處朱氏凌遲,鄭打雷斬刑,朱茂卿無罪釋放。又可憐茂卿年老蒙冤,孤獨無子,當場讓魏打算拜認自己爲義父,并任命魏打算爲縣衙馬快。自從來到朱家,魏打算把義父、義母當親生父母一般孝敬,再加上他聰明伶俐,又能節儉持家,深得茂卿夫妻喜歡。於是,茂卿擇定了吉日良辰,請下左鄰右舍,將婢女茄花兒配他爲妻。

　　生扮蔡鳴鳳,旦扮朱薔薇,老旦扮王氏,净扮劉清、牛霓,副扮茄花兒、鄭打雷,末扮馬牧、王相公,丑扮魏打算、鄭獨民,外扮朱茂卿,雜扮吏役、禁子、門子、劊子手。

　　乾隆初年,梆子腔有此劇目,原本未見,唐英據以改作此劇。地方戲《珠串記》《殺蔡鳴鳳》《蔡鳴鳳辭店》與此題材同,情節有所變動。

《蘆花絮》

劇首署"蝸寄居士填詞",題目正名爲"德行高賢孝不同,至情天性感能通,試看場上蘆花絮,演出當年底豫風"。四齣,依次是《露蘆》《歸詰》《詣婿》《諫圓》。寫春秋時魯國人閔啓賢,原配妻子過世多年,留下一子名閔損。繼娶李氏,又生二子,名閔華、閔榮。時值歲暮隆冬,嚴寒大雪,東村有人邀請閔啓賢賞雪觀梅,啓賢遂令閔損、閔華御車隨行。途中,閔損因身上寒冷不能行走。啓賢不信,以爲他貪閑懶惰,故違父命,於是動手打他,結果發現閔損冬衣竟全由蘆花所做。又看閔華冬衣,則全是棉花所製。原來,閔損學問有成,行事端方,平日深受父親鍾愛,李氏甚是嫉妒,幾次欲尋閔損過錯,將之折挫淩踐,然無隙可乘。恰今冬雨雪甚多,天氣寒冷,她爲衆子準備冬衣時,將重棉都絮入親子衣服内,繼子的則代以蘆花,并暗中祈禱神佛,讓閔損受凍生病而死。閔啓賢知道真相後怒氣填胸,責問李氏。李氏先是閃爍其詞,接着強詞奪理,繼而胡攪蠻纏。啓賢更加惱怒,吩咐閔華去請岳父李楠變、岳母張氏前來評斷。聽聞父母到來,李氏自覺理虧,躲在房中不去相見。啓賢將他們請到書房,二人見閔損衣中蘆花,亦覺奇怪,便喚出女兒詢問。李氏依舊支吾抵賴,不肯認錯。啓賢見此,當即取出筆硯,寫下休書,讓岳父、岳母將女兒領回。李楠變夫婦趕緊爲女兒辯解、求情。李氏此時方有所悔悟,因自己一念之差,被丈夫抛離,使父母受氣,覺無顔面偷生人世,欲要自尋短見,被衆人攔阻。閔損亦跪倒在父親面前,哭着爲繼母求情,甚至以死相諫。閔啓賢見此,祇得將休書扯碎燒毁,收回成命。李氏亦爲閔損純孝所感,暗中起誓,今後一定善待繼子。

生扮閔啓賢,小生扮閔損,旦扮李氏,貼旦扮閔華,净扮村婦,副扮張氏,末扮村民,小丑扮童子,外扮李楠變。

本事見於漢劉向《説苑》、元郭居敬(生卒年不詳)《二十四孝·單衣順母》等。宋元南戲有《閔子騫單衣記》,明沈璟(1553—1610)《十孝記·衣

唐英

蘆御車》、汪湛溪（生卒年不詳）《孝義記》、無名氏《蘆花記》與此題材同。

《梅龍鎮》

劇首署"蝸寄居士填詞"。四齣，依次為《投店》《戲鳳》《失更》《封舅》。寫明正德皇帝朱厚照見四海升平，萬方樂業，意欲當此承平，稍近聲色。聞得山西大同多產名姝，遂扮作軍官模樣，往彼處潛行私訪。大同府梅龍鎮上有李龍、鳳姐兄妹二人，父母亡故後，開了家小小的招商店，相依為命。近來生意微細，李龍又充任小甲當差承值。日色西沉，李龍到門前招客，恰遇私行到此的正德皇帝等，趕緊請到店中，為他安排酒飯。這時鎮上保長令李龍趕緊到鋪上支更。李龍臨行言道：若要東西，可拍桌上響木，自有人出來照應。正德皇帝連敲兩下，裏邊的鳳姐連忙將酒飯端上桌來，請其享用。皇帝見鳳姐荊布粗衣，不施脂粉，反而姿態天然，秀色可餐，已有幾分喜歡。又知她為了衣食不得不拋頭露面，更覺她堪憐堪愛，於是以喊她乳名、要她敬酒等，故意難為、調戲、試探她。鳳姐表現既天真、聰慧，又守身堅貞。皇帝亮明了身份，又取出身上寶珠等以為佐證。鳳姐趕緊叩頭謝罪，皇帝赦她無罪，封其為游戲宮掌院娘娘。李龍在外值夜，擔心妹妹安危，便偷偷回家查看。到了門首，又不敢敲門，怕萬一有事，驚動了鄰居，有礙體面，決定爬牆進去，結果被巡夜的士卒發現，不容分說，被當成賊人鎖去。正德皇帝一夜風流之後，更愛鳳姐，一面吩咐內使，準備車轎送李娘娘入宮；一面派人到梅龍鎮傳旨，封國舅李龍為招商侯，進京面駕。大同地方官員聽聞皇帝到此微服私訪，甚是慌張，趕到郊外，四處尋覓迎接，遇到前來冊封國舅的内監。內監向其打聽李國舅消息，眾人不知。正當眾人一籌莫展之際，忽然從牢裏傳來李龍的呼救聲。原來李龍因失更之事，被總官重責二十大板，又被吊在裏面勘問。內監聽說他是李龍，令其更衣接旨。最後，李龍敲詐總官五百老官板後，隨內監進京面聖。

生扮正德皇帝、內監，小旦扮李鳳姐，凈扮大同營守備、弓兵，副扮巡检司屯總官、太監，末扮老門子、大同知縣，外扮大同知府、保長，丑扮李龍、太監，雜扮二小太監等。

本劇所述故事見於清吳熾昌（1828—1897）《客窗閑話·明武宗遺事》、《江南傳》第三十六回、《正德白牡丹傳》第四十二回。按，是劇乃作者依據梆子腔相關劇作改編，第四齣《封舅》之【清江引】曲言："梅龍舊戲新翻改，重把排場擺。戲鳳唱昆腔，封舅新時派。那些亂彈班呵，就出了五百錢，這總綱也沒處買。"

《麵缸笑》

劇首署"蝸寄居士填詞"。四齣，依次爲《鬧院》《勸良》《判嫁》《打缸》。寫河南閿鄉縣名妓周臘梅色藝俱全，因前日起早，冒了風寒，身體不適，在家靜養。江西商人賴大點，近日在閿鄉販賣藥材。他性情放浪，愛酒貪嫖，聞知臘梅芳名，便假冒舊日相知，帶着作爲土儀的半塊江西草紙、兩張九江筤子，往臘梅家騙色、騙酒。臘梅本不想接待，但被龜公錢車糾纏不過，祇得出來應酬。山東商人牛木寸亦帶人來此尋歡，點下酒菜，還要臘梅唱曲取樂。臘梅見他舉止粗鄙，勉強應付了一會兒，便進去休息。錢車向牛收取嫖資，牛不與。賴大點出面調解，與牛木寸言語不和，打了起來。臘梅前來勸架，亦被牛毆打凌辱，遂嚎啕大哭，要尋個自盡。天亮後，老妓謝春風來打聽情況，臘梅向她訴苦，謝勸她收了尋死的念頭，趁着年紀未老，趕緊從良嫁人，又教她申請從良執照，以便嫁人。第二天一早，臘梅就到縣衙遞交呈詞。縣令見她決心從良，當堂批准，并將她嫁於書吏張才爲妻，又賞給他們一間馬房居住。由於衆吏挑唆，王書吏從中作梗，張才新婚之夜被差往山東公幹。夜晚，衆衙役、王書吏、典史、縣令等垂涎臘梅美色，都以賀喜之名，先後到馬房糾纏、調戲臘梅，結果被張才一一從竈膛、麵缸、床底下揪了出來。他們答應明天送上遮羞銀後，張才放他們離開。

小生扮張才，旦扮周臘梅，老旦扮謝春風，净扮牛木寸、吳有明、皂隸，副

唐英

扮賴大點、馬夫、典史，末扮錢車、王書吏，丑扮厨子，小丑扮店小二、轎夫。

是劇乃據花部《打麵缸》改編，第四齣《打缸》之【清江引】曲言："好笑好笑真好笑，梆子腔改崑調。床底下坐晚堂，查夜在麵缸裏炒，把一個王書吏，活活的燒胡了。"

《清忠譜正案》

又名《陰勘》，劇首署"蝸寄居士填詞"。一折。寫明代周順昌因怒罵魏忠賢生祠而慘死，蒙上帝矜憐，敕封爲蘇郡城隍。又有義民顏佩韋等五人，曾爲救助周順昌，率衆打死官騎，被誣爲亂民，亦慘遭殺害，上帝憐其愚誠大義，敕封爲蘇郡城隍之殿庭力士。周順昌上任伊始，上帝傳旨，言冥府已勾取魏忠賢及其黨羽之陽魂，發周順昌嚴審定罪，以彰善惡權衡。周順昌歷數魏忠賢數宗彌天大罪。魏不服，猶自狡辯。順昌大怒，令左右將其重杖一百，魏氣絶。煉形使者使其原形復聚，再受割舌、敲牙、斷手、刖足以及剖腹、抽腸之刑。接著提審毛一鷺、李實二人。毛懇求順昌念故舊之情，格外超生；李亦討饒，言自己乃是初犯。周順昌痛斥他們甘作魏忠賢之鷹犬，殘害同僚、百姓，判各重杖一百，再分別加以腰斬、砍頭之刑。然後，審訊倪文煥、許顯純。二人祈求周順昌看生前同朝之誼，能網開一面，又願將宦囊家產盡數濟貧，力行善事。周順昌笑二人痴心，言其家產等已被朝廷籍没，妻孥發配邊地，其亦將被押往冰山鐵炕地獄受罪，以爲其炎涼酷毒之報。最後，周順昌判魏十世爲豬，永墜惡鬼道，萬劫不復；毛七世爲羊，李五世爲犬，孽滿，同入阿鼻地獄；倪九世爲牛，許九世爲馬，孽滿，轉入泥犁地獄。這時，魏大忠、楊漣前來拜訪。原來，魏、楊二人生前亦遭魏忠賢陷害，死後被上帝敕封爲東岳考查善惡司主，今巡行天下，考察忠奸。二人見惡黨元凶已罰作五畜，心中大快。勘斷已畢，周順昌繳旨而去。

生扮周順昌，小生扮楊漣，旦扮馬傑，小旦扮沈揚，老旦扮李實，净扮顏佩韋，副扮魏忠賢、倪文煥，末扮楊念如、許顯純，丑扮周文元、毛一鷺，外扮東斗星官、魏大忠，雜扮鬼神、仙童等。

是劇本事來自清李玉（1602？—1676？）《清忠譜》傳奇。

《笳騷》

一名《入塞》，劇首署"蝸寄居士填詞"。一折。寫漢末才女蔡琰乃中郎將蔡邕之女，後被擄往胡地，被可汗納入中宮。蔡琰忍羞包恥，挨過一十二年，生下二子，但歸漢之心始終不滅。時值塞外秋高，萬物凋殘，帳外傳來牧人吹動笳管之聲，蔡琰將此采入琴拍，以消悶懷。并備下筆硯，作笳歌數曲，述說其生逢亂世，被迫去國投荒，來到這苦寒之地。雖嫁與可汗，做了一國之主母，然夫妻同床异夢，自己强顏歡笑，不知何日纔能歸鄉。這時，侍從黃阿狗前來報喜，言南朝丞相曹操念蔡邕衹有此女，不忍令其流落外邦，今特差官員贖取文姬歸國，可汗已經應允。蔡琰聞此，甚是歡喜，但一想到南歸，必得拋弃兒子，不由肝腸寸斷。兒子們進帳拜見，方知今日是與母親永別之期，母子抱頭痛哭。帳外車輦雖已備下多時，文姬遲遲不肯登車。可汗亦遣人催送，并令蔡琰換回漢家裝束。行到榆關，蔡琰與兒子們灑淚而別。

旦扮蔡文姬，丑扮達婆、黃阿狗，雜扮文姬二婢、二子，他思哈，鈕合。此外登場人物尚有漢差官、四卒、車夫等，俱未分配脚色。

本事見於《後漢書》卷七十四《董祀妻傳》。元金仁傑《蔡琰還漢》雜劇（佚），明陳與郊（1544—1611）《文姬入塞》雜劇，清張瘦桐（生卒年不詳）《中郎女》傳奇、尤侗（1618—1704）《吊琵琶》雜劇，與此題材同。另，清宮大戲《鼎峙春秋》亦有文姬故事。據作者題辭，知是劇作於乾隆七年（1742）。

◆ 著錄、版本與收藏情況

《古典戲曲存目彙考》《古本戲曲劇目提要》著錄，《明清傳奇綜錄》著錄《梁上眼》。現存乾隆、嘉慶間唐氏古柏堂刻本，藏國家圖書館，張發穎編

唐英

《唐英全集》（學苑出版社 2008 年版）、《古本戲曲叢刊七集》據之影印；另有過錄古柏堂刻本、周育德校點《古柏堂戲曲集》（上海古籍出版社 1987 年版）本，以及王永寬、楊海中、幺書儀選注《清代雜劇選》（中州古籍出版社 1991 年版）所收本。

● 序跋、題詞與評語

王文治《恭跋蝸寄居士〈虞兮夢〉填詞卷後》（《唐英全集》影印乾隆、嘉慶間唐氏古柏堂刻本《虞兮夢》卷末）：

填詞雖文人小技，而性情所寄在焉。《虞書》所謂"言志""永言"，即此義也。以項王之英雄，得虞子之節烈，更覺千載而下，生氣凜然。而王生之激昂慷慨，陶成居士之蘊藉風流，互相掩映，俾英雄之氣、兒女之情，與宇宙俱長。文人筆端造化，靈妙如是，洵藝苑奇觀也。文孫東齋先生授之菊部，鳳毛麟趾之所傳，自有爲之後者耶？抑奇文之不可磨滅，天實主之耶？至《梅龍鎮》《麵缸笑》二種，游戲神通，涉筆成趣，皆前輩之餘波綺麗爲也。

嘉慶六年辛酉夏四月既望，丹徒後學王文治謹識

董榕《〈女彈詞〉題辭》（《唐英全集》影印乾隆、嘉慶間唐氏古柏堂刻本《女彈詞》卷首）：

執耳騷壇，妙七襄在手，相題肖物。拈取陳鴻天寶事，不數偷聲宮壁。水碧山青，鳥啼花落，宮女頭如雪。譜來宛合，幟新壓倒詞杰。　　眼底白傅遺踪，琵琶亭畔，正黃蘆花發。刻羽移商聲泛處，流水夕陽明滅。一種風情，千秋霞契，并童顏鶴髮。晚涼歌罷，蓮衣還舞香月。（調寄《念奴嬌》）

乾隆十九年歲次甲戌中元前二日，漁山董榕題於潯陽郡署紫烟樓下

唐英

蒋士铨《〈三元报〉题辞》（《明清抄本孤本戏曲丛刊》第 11 册影印旧抄本《三元报》卷首）：

原夫孟子弃书不读，机零母氏之丝；乐羊捨业而归，杼割贤妻之锦。此传称列女，双垂废织遗规；乃剧谱名媛，别演断机故事。表秦门之贞女，纪商氏之孤儿。夫事既足传，野志可参正史；倘曲劳多顾，妙词端赖通人。此《三元报》之所由作也。于是据忠厚之微忱，著纲常之大义。如秦氏者，未谋郎面，猝遘夫丧。痛妾命之如丝，嗟我心之匪石。蘼芜春死，已拚从一以终；风雨魂单，几欲登山而化。换麻衣而往哭，也算于归；酹絮酒以呼天，斯为合卺。乃年芳而识卓，遂语迫而心专。岂贪一綫之生，恃有双鬟之孕。妇能代子，未亡人孝节两全；母可兼师，遗腹子诗书独继。鸣梭督课，蟲语空堂；泣杖授书，猿啼子舍。前功忍弃，机丝断即……（按，此处阙文若干）冢，为有青鬟腹内儿。

课子残机锦续完，成名天慰此心安。传人所恃无多物，儿女纷纷著眼看。
制泪听歌托赏音，排场真假费探寻。天然组织无金粉，机杼当来作者心。
　　　　时乾隆著雍执徐之岁桂月，铅山蒋士铨题并书于济宁舟中

董榕《〈佣中人传奇〉序》（《唐英全集》影印乾隆、嘉庆间唐氏古柏堂刻本《佣中人》卷首）：

论世于胜国之季，朝中可谓无人矣。自熹宗时，刑馀擅弄国柄，附之者以宰执、列卿之尊，甘为其门生、义子，甚至厮养僕隶，而不以为羞，人理几于灭绝。庄烈帝手剪貂璫，奋然思治，而所用者率皆亡国之臣。其《责臣罪己诏》曰："张官设吏，原为治国安民。今出仕专为身谋，居官有同贸易。"贸易者，佣保之所为也。庄烈此言，正如汉杨音骂盆子诸臣曰："卿等皆老佣耳！"其唯唯诺诺，旅进旅退者，伴食之佣也；其耽耽逐逐，窃据要津，摈排异己者，垄断之佣也；其饰大言以干进，视国事如儿戏，卒至一败涂地者，

畫墁之傭也；其支頤裹手，觀殘局之乘除，綠浪紅塵，付餘樽於夢幻者，寓賃之傭也；其蠹賊於中而受間輸情，蒙蔽於外而納贓夸盜，欲保身家之富貴，等君國於奇貨者，賣販之傭也。嗚呼！彼諸人者，曷嘗不戴髮含齒，頂弁拖紳，儼然自號爲人？而識者視之，直傭等耳。

然猶勿以傭儗之也。以傭擬之，仍不啻尊之貴之，而彼固傭之所不齒也。何者？傭中固大有人在也。余嘗觀甲申殉難中，有菜傭其人，爲之肅然起敬，愴然流涕，念其人與范吳橋以下諸公一同殉節，而更見其難。蓋吳橋諸公，大人也；菜傭，小人也。以小人而立大人之節，斯乃不愧爲人。每思歌之咏之，播之管弦，奏之邦國鄉社，以告世人，而自慚拙陋，詞不達意。今讀古柏先生《傭中人傳奇》，乃爲之拍案叫絕，暢然而無遺憾也。其文筆之妙，抑揚頓挫，忼慨激昂，愈跌愈醒，愈宕愈快，使明季頂弁拖紳、纍纍若若之輩，無地可容。誠足以誅奸腴於既死，發潛德之幽光，與六一居士《馮道傳》後舉一嫠婦以愧之者正同。文如太史公叙高漸離事，如聞怨哀擊筑之音。夫高漸離固爲人傭保者，今此傭得此文，堪與擊筑者并傳不朽矣。傭之姓名，篇中從谷氏《紀事本末》作湯之瓊，而橫雲山人《史稿》，則載湯文瓊事，未知爲一人否。要如左氏稱介之推，龍門則稱子推，其人之奇與文之奇，固皆同也，吾於斯人斯文亦云。

時乾隆癸酉嘉平下浣，漁山董榕題於清暉樓

商盤《〈傭中人樂府〉題詞》（《唐英全集》影印乾隆、嘉慶間唐氏古柏堂刻本《傭中人》卷首）：

其一
亡國臣難禦寇鋒，閒披《明史》到懷宗。外城失守將開鑰，前殿無人尚擊鐘。未及乘騾還渡馬，可憐踣鳳更僵龍。革間求活麒麟楦，愧煞鄉愚賣菜傭。

其二　　　　　　　　　　　　　　　　　　　　　　　　　　　　唐英

一肩重擔是綱常，蔬薖能留百代芳。士守厥根身抗節，民多此色世罹殃。故宮離黍雲千穗，變徵悲歌泪數行。舊事翻成新樂府，褒忠不爲感滄桑。

甲戌蕤賓月，寶意商盤

蔣士銓《〈蘆花絮〉題辭》（《唐英全集》影印乾隆、嘉慶間唐氏古柏堂刻本《蘆花絮》卷首）：

嘗嘆親其底豫，重華斯可解憂，我無令人，《凱風》是以不怨。蓋天下無不是底父母，而古人有獨摯之真誠。故操《履霜》以自哀，庶幾孝子；苟誦《蓼莪》而不哭，必係忍人。第學士葆爾秉彝，或可涵融自盡；奈愚民忽於天性，必需感發乃堅。此有心世道者，往往即游戲作菩提，藉謳歌爲木鐸也。倘謂予言未確，請觀斯劇可知。

蓋合萬人一本之天良，百善莫先於孝；遭雙親二弟於門内，大賢獨處其難。事等號泣旻天，人可倫常錫類。前賢不匱，後世堪師。爰吐筆花，爲傳蘆絮。如閔子者，聖門執業，高居德行之科；汶水栖遲，恥作權豪之宰。詎謂萱樹再榮堂北，春暉不照草心？畫荻全虛，縫裳異製。寒衣手紉，較勝荷蘭楊綿；草服天成，恨少松針柳綫。莫辨縕袍狐貉，尚絅原同；應穿桐帽棕鞋，藏花斯稱。暖掩三冬之眼，寒生六月之心。爾乃弟兄共御高車，陡變炎涼於膝下；風雪偏欺長子，各呈態度於父前。忍凍何爲？裂襟與視。隨風飛去，蘆中人遍體皆秋；引手搏來，漆園吏滿身是蝶。共雪華而歷亂，訝柳絮之飄颻。嚴君怒極興悲，繼室罵難偕處。母今何恃？伯也堪憐。子舍泥寒，既愧將雛之燕；鵲巢陰重，寧辭逐婦之鳩。戚戚我心，赧赧其色。負初念於夫子，無地自容；貽伊戚於嚴慈，何顏再醮。自古有死，妾當從一以終；到此何言，誰望臨崖而返。乃子抱終天之痛，親憐泣諫之誠。兒寒偶苦一身，母去誰矜諸弟？放聲齊哭，感益恨而悔復慚；引罪捐軀，生有虧而死不惜。

遂令父腸本鐵，剛因繞指都柔；母意如焚，愛比親生尤篤。蓋蘆花絮冷，不寒孝子之心；繼母愛偏，終化義夫之訓。故庭闈有憾，不可爲人；必感格無形，斯之謂孝。演向詞場，未同綺語；傳諸樂府，不愧正聲。鑒其隱，是能處捐階、焚廩之儁；讀斯文，竟可補《白華》《南陔》之什。作者既費苦心，顧者都無訛字。昔聽度曲，泪拋白雪青尊；今志題詞，時泊蘆花淺水。小詩續尾，黃絹怡神。

大孝曾傳無閑言，身寒心自戀冬溫。哀哀苦語根天性，都是詞人血泪痕。
忍凍惟求膝下依，血誠真處有慈闈。試看骨肉同袍樂，纔識蘆衣是彩衣。
感極成悲悲復歡，春暉頃刻換嚴寒。分明衹載夔夔訓，莫作尋常粉墨看。
酸風血泪感人深，冷雨幽窗不忍吟。親見紅氍銀燭底，周郎多少爲沾襟。

時乾隆戊辰重陽前，鉛山蔣士銓題并書於汶上之海岳行館

董榕《〈清忠譜正案〉題詞》（《唐英全集》影印乾隆、嘉慶間唐氏古柏堂刻本《清忠譜正案》卷首）：

在昔赤伏盡鈎黨（漁洋句），腐□蠹政宗厨幽。王甫猶解愍孟博，司棣終快來陽球。异哉萭啓獨魏大，羅織忠亮恣虐劉。隕虹墮月割箕斗，慘虐那管神人愁！天下男子故吏部，憤嘆遠送吳江舟。百叩御史（倪文煥）媚頤指，李璠繼劾行捕收。緹騎至吳縣令泣，雲栖笑灑甘拘囚。萬人執香爲乞命，五人奮臂稱同仇。匿廁中丞飛告變，掌刑鍛煉爲首彪。忠臣血嘖見高帝，義士掌□歸山丘。未幾人與國俱滅，百年事往餘沙鷗。當時誅賞未快意，鷙梟同盡天悠悠。吳閶社賽演歌舞，榮僇亦未傳真諏。徒令觀者氣填臆，酸鼻灑涕枯雙眸。琵琶亭主擅雄藻，等身著作皆陽秋。静夜澄心通帝座，髣髴玉詔來瓊樓。忠介蕆宜爲民正，翠旂孔蓋驂蒼虬。五人前驅作游奕，被犀撫彗操吳鈎。伍胥潮邊看弭節，要離墓畔聽鳴騶。此方是非惟侯主，北司舊案先校讎。喚起窮奇與檮杌，牢石纍纍均囊頭。窮治極勘莫辭瘁，職本帝命同爽鳩。東華仙

人語亭主："授君丹篆紀幾周。筆花開綻老愈橫，秋霜鈇鉞寒光遒。笙簧典籍闡心性，鼓吹史傳宣鴻猷。此事不以屬郊島，恐彼寒瘦思難抽。君其體此作《正案》，以告萬世爲國謀。"亭主笑領譜宮徵，下筆神助鐙花稠。是皆實語非幻設，判堅山岳垂鑱鍄。草罷授歌歌已遍，聽觀舞蹈誰能休？賢者快心頑者懼，不覺忠孝生油油。余埋案牘塵眼暗，對此開朗聞琅璆。漢書黨錮傳可削，幾番浮白千番謳。大江東去吳練白，惟聞風雨聲颼飅。

乾隆十九年歲在甲戌孟春月，題於古江洲之庚樓，庚溪董榕

唐英《〈笳騷〉題辭》（《唐英全集》影印乾隆、嘉慶間唐氏古柏堂刻本《笳騷》卷首）：

文姬事載諸漢史，吊中郎予魏武也。姬歸國後，感傷離，追懷悲憤，作詩二章。其《胡笳十八拍》，相傳非其自著，乃後之好事者爲之。考無可據，存而不論可耳。然玩其辭調，亦斷非晉唐以下所能爲役。予悲姬之遭際，喜其能逼肖當年之形神心事，非凡手也。憶予十年前曾寫《歸夏圖》，兼綴七律二章。客有以"買古人愁"見嘲者。予曰："嘻！子不聞悲歌慷慨，古燕趙之風耶？予真燕趙間人也。斯愁之買，捨我其誰？"爰更擬其當年之形神心事，鎔鑄其"十八拍"之節調遺音，不枝不蔓，敷衍引伸，笳吹騷動，騷譜笳傳，使文姬有知，未必不笑啼首肯於筆尖腕下也。時壬戌上元後二夜，予僑寓於古江州之溢浦邸署，時痴雲蠻雨，月暗更殘。新辭授之阿雪，輕吹合以洞簫，歌聲嗚咽，四壁凄清。予則掀髯而聽，忻然而笑，拍案大叫，賡予舊句曰："偕老那期歸董紀（應爲'祀'），可人畢竟是曹瞞。"歌竟雨歇，江風大作，濤聲澎湃，響震几筵，若助予之悲歌慷慨者。

附《歸夏圖》舊作二首：

關山不閉痛離鸞，自分生還故國難。偕老那期歸董紀（應爲"祀"），可人畢竟是曹瞞。家園重問村烟斷，裙髻初消朔雪寒。轉苦賢王憑塞雁，捲蘆

吹月向長安。

莫怨興平擾攘時，漢家寧得似蛾眉！脫身幸是中郎女，遠夢難拋鞨鞠兒。當世已同人面改，終天聊補父書遺。可知青冢魂應妒，到死空教斬畫師。

蝸寄居士漫題於琵琶亭側之雙碧樓

鄭振鐸《〈古柏堂十四種曲〉跋》（國家圖書館藏嘉慶間刻《古柏堂十四種曲》）：

天寒欲雪，情懷落漠。偶檢架上《古柏堂傳奇》，見祇有十四種，闕第十五種。憶昨晚在隆福寺大雅堂睹其從山東購來書中有《鐙月閑情》第十五種《雙釘案》一冊，因即驅車至大雅堂，攜此冊歸，恰好配成全書，大是高興！一書之全，其難如此，豈坐享其成之輩所能瞭然乎？

一九五六年十二月三十日燈下，西諦

厲鶚
（1692—1752）

　　字太鴻，又字雄飛，號樊榭、南湖花隱等，錢塘（今浙江杭州）人。康熙五十九年（1720）舉人，此後兩應禮部試，皆不第。乾隆元年（1736），舉博學鴻詞，又報罷，遂絕意功名，以設館授徒爲業。性孤峭，不苟合，唯與同縣周京（1677—1749）、杭世駿（1696—1772）相善。於書無所不讀，嘗館於揚州小玲瓏山館數年，所見宋人別集最多，而又求山經、地志、說部、詩話等，著《宋詩紀事》《遼史拾遺》《南宋院畫錄》《秋林琴雅》《東城雜記》，皆博洽詳贍。擅詩詞，能自成一家。著有《樊榭山房集》。又有承應劇《百靈效瑞》一種，與吳城（1701—1772）《群仙祝壽》劇合刊，總稱《迎鑾新曲》。

　　傳記文獻：李桓《國朝耆獻類徵初編》卷四百三十四、《清史列傳》卷七十一、錢儀吉《碑傳集》卷一百四十一、鄭方坤《國朝名家詩鈔小傳》卷四、李富孫《鶴徵後錄》卷五、錢林《文獻徵存錄》卷五等。

―――――┨《百靈效瑞》┠―――――

● 劇情概要與本事

　　劇首題"迎鑾新曲卷下""百靈獻瑞"，署"錢塘縣貢士臣厲鶚恭填"。四折，未標折目。寫當今皇帝應臣民之請，駕臨杭州，駐蹕湖上。觀音大士爲迎聖駕，從海南遄歸浙右。此時西湖百頃琉璃，風吹細浪，雙峰高峙，黃鳥歡唱。行至孤山，瞻仰行殿，不華不樸，制度得中。大士遣善財童子召取大江以南至浙省一切山海之神整齊隊仗，迎護翠華。金山水神、靈岩山神、南鎮永興公、錢塘君、江妃、焦公、陸羽、王珣、庚辰以及勾踐、王羲之等奉命列隊恭迎聖駕。四海龍王奉大士之命，前往海屋添籌，恭獻皇帝萬年之壽。湖山神水仙王亦率領四季催花使者、十三月花神，各顯神通，趕取百花齊放，恭候聖駕。

生扮金山水府之神、王羲之、水仙王，小生扮陸羽，旦扮觀音大士、江妃，小旦扮善財，貼旦扮龍女，淨扮錢塘君，副淨扮靈岩山神，末扮黃巾力士、南鎮永興公，丑扮王珣，外扮焦先，雜扮十六羅漢、四金剛、韋馱、四揭帝神、庚辰、勾踐、四海龍王、鱉精、蛟精、魚精、龜精、鰍精、烏賊精等。登場人物尚有八夜叉、四季催花使者、十三月花神等，俱未分配腳色。

是劇綰結民間傳說與浙地名人故事而成，乃爲乾隆十六年（1751）高宗巡行江南而作。

● 著録、版本與收藏情況

《清代雜劇全目》《古典戲曲存目彙考》《古本戲曲劇目提要》著録。現存光緒間錢塘汪氏振綺堂刻《樊榭山房集》所收《樊榭山房集外曲》本，藏國家圖書館、南京圖書館、上海圖書館、天津圖書館等，民國十八年（1929）涵芬樓輯《四部叢刊初編》據之影印；光緒二十一年（1895）錢塘丁氏嘉惠堂刻《武林掌故叢編》第 22 集所收本，藏國家圖書館、中國藝術研究院圖書館、天津圖書館、中國科學院圖書館、上海圖書館、北京大學圖書館、南京圖書館、復旦大學圖書館等，《傅惜華藏古典戲曲珍本叢刊》第 34 册據之影印；姚燮《今樂府選》稿本第 1 册所收本，藏浙江圖書館。另有羅仲鼎、俞浣萍點校《厲鶚集》（浙江古籍出版社 2016 年版）所收排印本。

● 序跋、題詞與評語

見本書"吳城《群仙祝壽》"條。

袁 棟
(1697—1761)

　　字國柱，一字漫恬，號玉田，別署玉田仙史，吳江（今江蘇蘇州）人。監生，省試十餘次，皆不售，遂棄絕功名，以讀書著述爲事。袁景輅（1724—1767）《國朝松陵詩徵》卷十五言其："讀書外無他嗜好，鋤經、書隱二樓中貯書萬餘卷，風雨晦明，晨夕一編，自少壯而老如一日。"著有《四書補音》《禮記類謀》《漫恬詩鈔》《漫恬詩餘》《唐音拔萃》《禮記類謀》《書隱叢書》《陶笙吟稿》《大學改本考》等。又有雜劇八種，合輯爲《玉田樂府》。

　　按，周妙中《歷代曲家時代考》推測其生於康熙三十九年（1700）以前，鄧長風《九位明清江蘇、上海戲曲家生平考略》考訂袁棟生於康熙三十六年（1697），卒於乾隆二十六年（1761），今從。

　　傳記文獻：李桓《國朝耆獻類徵初編》卷四百一十九、沈德潛《袁太學漫恬墓志銘》（《歸愚文鈔餘集》卷六）、袁景輅《國朝松陵詩徵》卷十五、沈德潛《〈書隱叢說〉序》（《歸愚文鈔餘集》卷二）、周妙中《歷代曲家時代考》（《曲苑》第二輯）、鄧長風《九位明清江蘇、上海戲曲家生平考略——美國國會圖書館讀書札記之十一》（《明清戲曲家考略全編》上）等。

《玉田樂府》

　　包括《陶朱公》《賺蘭亭》《江采蘋》《姚平仲》《白玉樓》《鄭虎臣》《鵝籠書生》《桃花源》八種。據作者自序，知是劇當完成於乾隆九年（1744）。

● 劇情概要與本事

《陶朱公》

題目正名爲"陶朱公千金救子，楚莊王一片剛腸，莽貴人暗通關節，呆長男持服還鄉"。四折，未標折目。寫越王滅吳後，范蠡深知越王不可與處安樂，決然長往，浮海出使齊，自謂鴟夷子皮。幾年間，致產數萬，任齊國之相。後歸相印，盡散其財，再住於陶，自謂陶朱公，又成巨富。但所生三子中，次子不肖，殺人囚楚。范蠡計劃令三子携黃金千鎰送好友莊生，求其救援。長子則自告奮勇，願携金往楚救弟。范蠡本不答應，奈長子以死相迫，妻子又來苦苦相勸，祇得勉强應允，然告誡兒子將黃金送上後，一切聽從莊生安排。原來莊生雖爲楚國布衣，家徒四壁，却因廉直名動君相。長子至楚，拜見莊生，說明來意，并獻上黃金。莊生應允，收下黃金，要求范子立刻歸家，静候佳音；然後進宮入奏，言天象星變，有禍於楚國，唯修德可以禳除，建議楚王赦免在押諸囚。楚王聽信其言，將行赦令。不料，范子未聽從莊生之言，私下向貴人求救，貴人言楚王將行赦令。范子回到寓所，認爲其弟已在赦中，所送莊生之千金枉成虚費，便往莊生處討還。莊生大惱，當即入朝，面見楚王，挑撥道：人言陶朱公因次子殺人囚獄，便令人多持金帛，賂王左右，是王之赦乃爲朱公子也。楚王傳旨，即刻處斬朱公子，明日纔行赦令。長子聽聞消息，趕緊求助貴人，貴人無能爲力，長子祇得持喪而返，將噩耗告知父母。范蠡夫婦問明經過，責怪長子不該要回金帛，觸莊生之怒。最後，范蠡認爲這都是由金錢惹起，遂決定弃錢避禍。

登場人物有范蠡、范蠡長子、范妻、莊生、侍從、内監等，俱未分配脚色。

本事見於《史記·越王勾踐世家》。

《賺蘭亭》

題目正名爲"唐太宗耐冷尋古迹，房玄齡趕熱奉朝廷，呆辨才乾結假知己，巧蕭翼計賺真《蘭亭》"。四折，未標折目。寫唐時皇帝銳志學書，欲購求二王真迹，聞《蘭亭》真本在越中永欣寺辨才處，便召其入京。雖恩賚優洽，多方誘導，奈辨才對真本寶惜异常，不肯送出，言喪亂之後，真本墜失，已不知其所在。皇帝見此，欲尋一智略之士，以計賺取。尚書左僕射房玄齡認爲監察御史蕭翼有才藝權謀，可充此任，皇帝遂命之前往。蕭翼改換衣冠，扮作山東書生，輕裝至越，往永欣寺訪辨才。辨才見其言語不凡，邀其留寺小酌。無論飲酒分韵、論詩對弈，還是彈琴作畫，蕭翼事事俱精。辨才甚是敬服，有相見恨晚之意。蕭翼又假意逢迎，辨才更是歡喜，將之視爲難得的至契好友。最後論及書法，蕭翼亦精擅此藝，并約明日將寓中二王雜帖數本取來，與辨才賞玩。次日，蕭翼持法帖、携酒肴，如約而至。辨才大喜，二人如老友般飲酒行令，極其歡暢。酒畢，蕭翼又出法帖賞玩。辨才有心賭賽，便命弟子從卧室梁上暗檻中取出真本《蘭亭》，請蕭翼觀賞。蕭翼故意言其不真，辨才也不十分計較，但求蕭翼將諸帖留下，以便暇日臨摹數遍，以快心意。此後，蕭翼頻頻來寺，展玩《蘭亭》，辨才更覺與之親密。一日，靈泥橋嚴家齋僧，辨才受邀前往。蕭翼趁機入寺，賺開辨才房門，盜走真本。隨後，改換衣冠，面見都督齊善行，令其傳來辨才，告知真相。辨才當即暈倒，後被衆人救醒。蕭翼對其多加安慰，又奉命賜之帛千匹、穀千石。

正末扮蕭翼。登場人物尚有從人、辨才、凌愬、齊善行等，俱未分配脚色。

本事見於《蘭亭集》以及《太平廣記》卷二〇八《賺蘭亭序》。元白樸（1226—1306後）《蕭翼智賺蘭亭記》雜劇與此題材同。

《江采蘋》

題目正名爲"韵梅花清閑有氣節，軟明皇優游無主張，楊玉環倉皇殉佛祠，江采蘋依舊效鸞凰"。四折，未標折目，另在第三折前有《楔子》。寫唐開元年間，明皇承先王之緒業，際四海之升平，遣高力士選取民間淑女，後莆田少女江采蘋被召入宫。其容貌端莊，能詩善賦，皇帝寵愛非常。因采蘋性喜梅花，所居便廣植梅樹，以爲娱樂，又因之被賜梅妃之號。一日，皇帝上朝，梅妃梳洗已畢，就到梅林中消遣，觀玩梅花。後皇帝駕臨，問其梅花之外尚有百花，爲何專愛於此？梅妃訴說梅花種種妙處，勸皇帝不要輕覷了它。後來，皇帝又選壽王妃楊太真入宮，恩幸無比，進册貴妃，而將梅妃遣置上陽東宮。梅妃遭受冷落，淒涼無告。一日，內侍奉命宣召梅妃往翠華西閣見駕。不料剛到西閣，楊妃已得知消息，正跟蹌趕來。明皇大驚，令高力士將梅妃從間道送歸。梅妃不由埋怨明皇無信，使自己無故受辱。高力士奉皇命賜梅妃珍珠一斛，以示安慰。梅妃不受，祇奉上一詩，向明皇表白心迹。漁陽節度使安禄山舉兵造反，破潼關，直逼京城。危難時刻，明皇撇下梅妃，祇携楊妃等倉皇幸蜀，行至馬嵬驛，軍士嘩變，被迫賜死楊妃。梅妃後逃出京城，暫居馬嵬驛尼庵之中。聽聞楊妃、楊國忠已死，楊妃所遺錦襪被過客展玩，不勝感慨。亂平，明皇返駕京都，遣人迎取梅妃入宮。二人相見，明皇聽聞梅妃經歷，更是敬愛，并爲當日因楊妃嫉妒不容慢待梅妃之事自責不已。最後，李龜年等衆樂工進宮叩賀，在沉香亭畔奏樂，共賀重逢之喜。

正末扮唐明皇，正旦扮江采蘋。登場人物尚有宮娥、內監、高力士、安禄山、卒子、楊國忠、陳元禮、李龜年、李謩、黃幡綽、賀懷智、馬仙期、張野狐等，俱未分配脚色。

本事見於宋代傳奇小說《梅妃傳》，洪昇（1645—1704）《長生殿》之《夜怨》《絮閣》亦述其事。明吳世美（生卒年不詳）《驚鴻記》傳奇，清孫郁（生卒年不詳）《天寶曲史》傳奇、唐英（1682—1756）《長生殿補闕》雜劇、程枚（1749—1810?）《一斛珠》傳奇、無名氏《梅妃怨》、石韞玉（1756—1837）《梅妃作賦》雜劇、汪柱（生卒年不詳）《愛梅錫號》雜劇等與此題材同。

《姚平仲》

題目正名爲"靖康帝召對福寧殿，姚平仲得道青城山，青騾子逍遥石穴外，丈人觀邀游塵世間"。四折，未標折目。寫北宋姚平仲戰功赫赫，因被童貫所抑，半世沉淪，爲此抑鬱不平。後金兵入寇，都城受困，皇帝知道其忠勇，特地召對富寧殿，詢問退敵之策。姚平仲自信應對，皇帝甚爲滿意，厚賜金帛，又言待其得勝歸來，將有不次之擢；還以遏抑忠良、營私誤國之罪，當即賜死童貫，爲姚平仲吐氣。孰料，姚平仲黑夜出城應戰，寡不敵衆，一敗塗地，覺無顏再見皇帝，遂獨跨青騾，逃往青城山隱居避禍。自此以後，無拘無束，逍遥散淡，反覺往日紅塵之中爲名繮利鎖所羈絆，甚是辛苦。一日，容成公、李耳等蜀中八仙來訪，言姚平仲本具仙骨，又能翻身到此，非尋常可及，便將大還丹相贈，勸其服下，以飛升度世。姚平仲服用後，霎時神清氣爽、煩惱頓除，便隨衆仙遨游四海而去。不知又歷經多少歲月，某日來到丈人觀，道士見其仙風道骨、氣象不凡，上前搭話。姚平仲備述經歷，并詢問今是何世，方知北宋已亡，現在是南宋淳熙年間。遂感嘆彩雲輕散，江山如同琉璃一般嬌脆，遂不再理會世事，飄然而去。

正末扮姚平仲。登場人物尚有侍從、内侍、容成公、李耳、董仲舒、張道陵、莊君平、爾朱先生、李八百、范長生、道士等，俱未分配脚色。

本事見宋陸游《渭南文集》卷二十三所收《姚平仲小傳》。

《白玉樓》

題目正名爲"李賀身上黄金闕，天帝召賦白玉樓"。一折。寫李賀細瘦通眉，才高蓋世，然無人引薦，祇得沉淪下僚。年已二十七歲，位不過奉禮太常。一日閑暇無事，正在窗下作功課，太白金星奉上帝之命前來宣旨，言因白玉樓成，上帝聞李賀高才，召其作記。李賀祇得乘坐風車雲馬，隨其來到天上候旨。天帝着金星將李賀引至白玉樓下，賜其文房四寶等，待記成之後，特授仙苑詞林，仍復仙班。已爲仙卿的李白、杜甫聞李賀到此，亦來奉迎。

正末扮太白金星。登場人物尚有李賀、仙官、李白、杜甫，俱未分配脚色。

根據唐李商隱《李賀小傳》敷演而成。清桂馥（1736—1805）《投圂中》雜劇、石韞玉（1756—1837）《賈島祭詩》雜劇亦演李賀故事。

袁棟

《鄭虎臣》

題目正名爲"鄭虎臣喬殺欺君相，賈似道結果木棉庵"。一折。寫南宋賈似道少時落魄，中年顯貴，直做到太師平章軍國政事，平日威權獨攬，唯我獨尊。後因敗盟失信，兵端大啓，干戈不息，又私自拘留使者，致使和議難成。事發，被籍沒家産，貶削官職，安置循州。縣尉鄭虎臣主動請求押解賈似道，想藉機羞辱并將之殺死，爲天下除害。臨行，賈似道猶賣弄往日威風，又要乘轎，又要讓姬妾隨行。鄭虎臣嚴辭拒絕。一路上，鄭虎臣痛斥賈似道敗盟誤國、招權納賄、日縱淫樂、欺君枉上之罪，對其既打又罵，極盡折磨。最後，來到木棉庵，鄭虎臣逼迫其自盡，賈不從，被虎臣杖斃。

正末扮鄭虎臣。登場人物尚有賈似道、侍從、衆姬妾、趙與芮、護衛等，俱未分配脚色。

本事見《宋史·瀛國公紀》《賈似道傳》以及明馮夢龍（1574—1646）《喻世明言》卷二十二《木綿庵鄭虎臣報冤》。

《鵝籠書生》

題目正名爲"寄鵝籠書生戲設，看銅盤許彥驚心"。一折。寫陽羨人許彥，幼習詩書，長而功名不遂，聊以書法自娱。某日，在親友家做客，以書易鵝而歸。途經綏安山中，遇一書生，自言偶得足疾，艱於步履，請暫寄許彥鵝籠之中。説完，書生縮小身軀入籠，與雙鵝并坐，鵝亦不驚。許彥倍感驚異。行至樹下，許彥休息，書生出籠，從口中吐出諸般銅物擺設及飲食，與許彥一起享用。接着書生又從口中吐出一艷妝女子陪酒。書生醉眠後，艷妝女子口吐一男子，與之歡會，并請許彥爲之保守秘密。書生卧欲覺，女子忙與書生共卧錦帳内。此時，男子口吐一淡妝女子，與之共酌，亦懇請許彥勿泄露消息。不久，男子吞淡妝女子，艷妝女子吞男子。書生醒來又吞艷妝女子及諸器皿，祇將大銅盤贈與許彥作別。許彥見盤上有銘，題"永平三年"。

正末扮許彥。登場人物尚有從人、艷妝女子、男子、淡妝女子等，俱未分配腳色。

本事出自南朝梁吳均《續齊諧記·陽羨書生》。

《桃花源》

題目正名爲"桃花源山中邀佳客，武陵人洞口返漁舟"。一折。寫桃源主人自先世爲避秦亂，率妻子、邑人來到桃源絶境，不復外出，遂與世人間隔，至今已經數世。他們住在洞中，有良田可耕，美池可灌，衣食無憂，驚呼不擾，生活散淡逍遥。一年桃花爛漫時節，桃源衆人相約游春踏青。武陵漁人黄道真誤入其中，發現這裏別有天地，不知是仙境還是世間，遂向桃源主人問詢。主人告知桃花源來歷，又請其往家中小酌。主人處洞日久，不知外界是何朝代，道真告知：自秦以來已歷經多個朝代，如今是晋室當權，外界多有擾攘。衆人嘆惋。黄道真恐家人牽挂自己，遂與桃源衆人辭別。主人應允，祇求其出去後，不必提起洞中之事。

正末扮桃源主人。登場人物尚有桃源中之長幼男女、黄道真等，俱未分配腳色。

本事見於晋陶潛《桃花源記并序》，清代劉龍貽（？—1905 後）《桃花源》雜劇、張雲驤（生卒年不詳）《桃花源》（已佚）雜劇、李崇恕（生卒年不詳）《桃花源記》雜劇等，與此題材同。按，《莊一拂〈古典戲曲存目彙考〉補正》著爲《桃花緣》，誤。

● 著録、版本與收藏情況

《清代雜劇全目》著録，另《莊一拂〈古典戲曲存目彙考〉補正》著録《姚平仲》《鄭虎臣》《桃花源》《鵝籠書生》四種。現存乾隆間刻本，藏中國社會科學院文學研究所、南京圖書館；又有清吳郡張若遷刻本，僅有《陶朱公》《姚平仲》《鄭虎臣》《鵝籠書生》《白玉樓》《桃花源》六種，藏中國藝術研究院圖書館,《傅惜華藏古典戲曲珍本叢刊》第 33 册據之影印。

● 序跋、題詞與評語

袁棟《〈玉田樂府〉自序》(南京圖書館藏乾隆間刻本《玉田樂府》卷首):

聲音之道與政通,樂其能事矣。自《樂經》失傳,後世有《鐃歌》《橫吹》諸曲,播之弦管。歷代因之,諸史志載之甚悉,大都五古、七古、長短句之類。宋代詩餘盛行。金元之際,遂多北曲雜劇。入明以後,南曲院本漸繁。詩流爲詞,詞流爲曲,一脉相傳,其氣體乃各別耳。而曲之婉轉委曲,節奏鏗鏘,不失樂府遺意。故後世仍名曲曰樂府者,良有以也。

南曲體段短而音調緩,北曲體段長而音調促。短則其情淡,長則其氣盛;緩則其音靡,促則其聲高,勢使然耳。余嘗曰:南曲當詩之律、絶近體,北曲當詩之五七古風、長短句,則謂之曰樂府,不亦宜乎?其爲體也,似乎詞易於詩,曲易於詞,謂詞僅輕清,曲多淺近耳。不知造其極者,輕清不足以盡詞,而淺近又豈易以概曲哉?顧其中之難易,反有迥然而各殊者。何則?詩之五七古,雖有天然音節,猶可稍爲變通,而詞之平仄拗句,一定不移,稍有未安,不得不易句以就也。至於曲,平聲之中,又有陰陽;仄聲之中,更分去上,一有不諧,未免佶屈,則曲律之嚴,不尤難乎?昔人曰:"一藝成名,必造深微。"豈可淺忽視之歟?故能詩者有不能詞,能詞者有不能曲,能曲者未有不從詩詞洗伐而出者也。

今人粗曉牌名,動輒製曲,非惟文采無可觀,即聲律亦有未諧者。盲填瞎唱,止可於酒筵上,嚇不識字人,豈足當具眼者之一噱乎?況夫北曲,氣機一片,縈繞千端,非具浩瀚文江者,尤未易窺其涯涘哉!僕吟詩四十餘載,填詞之暇,復好度曲。今者年齒已暮,世故日深,世味日淡。閑窗弄墨,輒取古人往事有觸於心者,仿元人體,爲譜其始末,所謂"藉他人之酒杯,澆自己之礧魂"也。如莊生之才而狠,蕭翼之才而詐;采蘋之才而抑,抑而遇;

平仲之才而窮，窮而仙。又如虎臣之俠，書生之幻，桃源之避世，長吉之登天，大約足以盡人世之紛紜矣。有能爲我演之氍毹上者，寧不撫掌而稱快乎？

乾隆十有九年歲在甲戌冬十月，吳江玉田仙史題

袁棟

無名氏《〈玉田樂府〉題識》（南京圖書館藏乾隆間刻本《玉田樂府》卷首外封）：

吳江袁棟漫恬著。沈歸愚稱："漫恬雅擅吟詠，高遠閑放，自露天真，長於填詞，好北宋之作，而清新秀雋，自然超逸。"其推重如此。

路工《〈玉田樂府〉跋》（《傅惜華藏古典戲曲珍本叢刊》所收本《玉田樂府》卷末）：

袁棟，字國柱，江蘇吳江同里人。生平不信佛教及鬼神之説。父死不作佛事，曰："吾不能陷親於罪戾也！"

此六種雜劇，不見收藏家入於書目，僅載《吳江縣志·藝文志》中，爲袁棟所作。

六種雜劇中，我認爲《鄭虎臣》最好，痛切咬牙，義氣憤發，制奸雄無逃盾（遁）之地，大快人心也。

一九六二年元旦蘇州寄來，索價百金，特將過年之資，傾囊匯去。

路工於北京

崔應階
(1699—1780)

　　字吉升，號拙圃，別號研露老人、研露樓主人，江夏（今湖北武漢）人。康熙五十九年（1720），由父蔭授順天府通判，遷西路同知。歷官知府、按察使、布政使、巡撫等職。乾隆三十三年（1768），擢閩浙總督，加太子太保。三十七年（1772），授刑部尚書，尋遷漕運總督。四十一年（1776），調都察院左都御史。四十五年（1780），卸職歸鄉，殁於途。一生仕途暢達，政績斐然，宦迹遍及東西南北。（同治）《江夏縣志》卷六云："乾隆乙酉春，聖駕南巡，道經山左，見河決後地靜民安，欽賜'績懋東邦'匾額，并御製詩一首以褒之。"琴藝精湛，擅長詩文、戲曲。著述頗豐，有《拙圃詩草》《研露樓琴譜》《黔游紀程》《東巡金石錄》等，戲曲作品收入《研露樓曲》，包括雜劇《情中幻》《烟花債》以及傳奇《雙仙記》（與吳恒宣合作）。

　　按，《古典戲曲存目彙考》言其"約清乾隆三十一年前後在世"，鄧長風《十五位明清戲曲作家的生平史料》據（同治）《江夏縣志》記載，定其生年爲康熙三十八年（1699），卒年爲乾隆四十五年（1780），今從。

　　傳記文獻：《清史稿》卷三〇九、李桓《國朝耆獻類徵初編》卷七十四、《清史列傳》卷五十二、（同治）《江夏縣志》卷六、鄧長風《十五位明清戲曲作家的生平史料》（《明清戲曲家考略全編》上）等。

《情中幻》

● 劇情概要與本事

　　劇首題"情中幻傳奇"，署"研露樓主人填詞"，題目正名爲"鄭六郎春旅遇狐仙,韋九郎義激成歡晤,任幻娘弄術攝寵奴,黎山母指引歸真路"。四齣,依次爲《春覯》《俠晤》《攝寵》《歸真》。寫狐仙任幻娘生長於青丘,長居洞府,修真養性已歷千年,本仙期不遠,奈情緣未斷,正果難成。一日艷陽當天,花柳爭妍,幻娘春心飄蕩,携媚奴游戲紅塵,遇書生鄭六郎,二人一見鍾情,約定終身。後隨六郎借居其表兄韋崟花園之中。韋崟心喜游俠,性耽詩酒,聽聞表弟獲絕色女子,特來探訪。見幻娘嬌艷動人,便輕薄調戲。幻娘躲避拒絕,乃至欲以死明志。韋生自覺失禮,向幻娘賠罪,并願以兄妹相稱。這時鄭六郎歸來,幻娘設下酒席,招仙女歌舞侍宴。席間,韋生提及刁將軍府中歌妓寵奴,言其音響絕倫,色伎無雙。幻娘知其有意於彼,表示可撮合二人姻緣。幻娘乘夜潛入刁府,將寵奴帶出,送其與韋崟完聚。後鄭授槐里府尉,與幻娘同赴任所,過馬嵬驛,遇二郎神率衆巡查搜捕凡界妖仙。幻娘知劫數難逃,告知鄭生身世後,化身一道金光逃走,二郎神緊追不捨。危難時刻,黎山老母救下幻娘,指引她在馬嵬驛修煉,待楊貴妃來此地後,同升天界。

生扮韋崟,小生扮鄭六郎,旦扮幻娘、仙女,貼扮媚奴、寵奴、仙女,老旦扮歡姑、黎山老母,旦、雜扮仙女八人,末扮二郎神,丑扮劍童,雜扮巡卒、二將軍、四太尉、真妖元形。

本事見於唐沈既濟《任氏傳》,金代有《鄭六遇妖狐諸宮調》,今佚。據硯林居士《〈情中幻〉序》、王昇《〈情中幻〉跋》,知是劇當作於乾隆二十六年(1761)或之前。按,崔應階曾據此雜劇及闕名《情中幻》傳奇合并增删,編定《情中幻》傳奇,吳恒宣加以校訂,現存乾隆間刻本,藏國家圖書館。

● 著録、版本與收藏情况

《古典戲曲存目彙考》《古本戲曲劇目提要》著録。現存乾隆間刻本,藏國家圖書館、北京大學圖書館;乾隆間刻《研露樓兩種曲》所收本,藏國家圖書館;乾隆元年(1736)鈔本,藏國家圖書館。

● 序跋、題詞與評語

硯林居士《〈情中幻〉序》（乾隆間刻本《情中幻傳奇》卷首）：

班《書》馬《史》，亦載五行；《博异》《搜神》，恒言二氣。興之偶到，何妨續彼《齊諧》；事苟可傳，於以宣諸樂府。則有青丘九尾，游乎紫陌三春。綽約花魂，少女風前爛熳；褊襡蝶影，王孫草上悠揚。遇谷口之檀郎，贈湘江之蘭佩。伊其相謔，適我願兮；携手同車，惟君在矣。紅樓遥指，妾家楊柳堤邊；白馬閑嘶，郎到桃花門下。洞中臺榭，金碧輝煌；壺裏乾坤，麝蘭芬鬱。遂握巫峰暮雨，爰行洛浦晴雲。乍諧秦晋之歡，永締朱陳之好。

至若宴開鈴閣，聯舊雨於酒杯；晝敞銀屏，出新聲之歌板。雲和一曲，腸斷蘇州；緱嶺數聲，魂銷子晋。翠黛骨幾化石，錦筵心醉如泥。欲發狂言，慚非杜牧；徒穿望眼，淒絶韋皋。葉法善之已亡，桂輪難入；古押衙兮不作，蕙質空思。於是友訪鄭玄，妹逢阿紫。論嫌疑之當別，竟兄妹以相呼。暢叙衷腸，倍申款洽。酒波摇舞袖臘花，齊放山香；燈影爍仙裳隋苑，迴旋剪彩。正幽賞之未已，更妙術之宏施。飛燕身輕仙掌，月明蟬鬢冷；春鶯夢醒蘭房，燈炧鳳幃寒。絶技拂青萍，宵柝驚迷虎。旅梯空挾紅粉，曉籌未報鷄人。天上金光，杜蘭香去；雲中笑語，萼綠華來。莊嚴則座擁貔貅，出墻頭之紅杏；威重則門高棨戟，探領下之明珠。

迨夫挈眷之官，驅車載道。關山越而邈邈，烟水望以茫茫。夫倡婦隨，謂可天長地久；雷轟電掣，詎期興盡悲來。一年之鐘鼓瑟琴，蜃消海市；半路之風霜雨露，蟻散槐柯。慘來甲馬天兵，脱去蜕蟬塵殻。繞林巒而奔走，避鋒鏑以崎嶇。獐首蛾眉，化作靈君藍面；珠顔玉腕，變成党尉金睛。當灰劫之難逃，幸黎瓊之茇止。指揮如意，屏退游神；俯伏皈依，留陪妃子。亦云幻矣，其奈情何？此絳蠟填詞，紅牙按拍所由來也。將梨園學香艷之歌，不減《玉臺》雅韵；藝苑播鏗鏘之調，争傳《金縷》風流。秋雨滴芙蓉，馬東籬真當失步；春風薰豆蔻，王實甫應與扶輪矣。

      時乾隆辛巳赤燁日，硯林居士序於花南小閣

裴宗錫《〈情中幻〉序》（乾隆間刻本《情中幻傳奇》卷首）：

  夫詩之餘爲詞，詞之餘爲曲。議者曰："是不過藝苑騷壇餘事之餘者也。"雖然，豈易言哉？傳奇之道，實通樂府，故全美最難。工於詞調者，每率於賓白科介；而精於科白者，又絀於詞曲，甚至按譜填詞，不便當場度曲。元人以詞取士，舉凡宋艷班香，莫不托之吳歈越調，彬彬乎一代風雅，宜其文采可觀，自必音韵諧合。乃《百種》流傳至今，紅氍毹上絶少音容，何也？蓋彼盡北調，假藉爲多。而其楔子，即南曲之引子，與定場白、吊場詩，均誦而不歌，稍不合拍，猶可藏拙。若過曲，啓口動是務頭，一有違拗，則不入歌矣。《九宮譜》法律甚嚴，平有陰、陽之別，仄有上、去、入之殊。填詞家得一佳句，遇有失拈，往往不肯割愛，以致音韵參差，不可入調，職此故也。

  若《情中幻》則不然。其事固奇而可傳，而其句語香艷，字法清新，若玉茗、石巢則無論矣。賓白科介，則似雲亭山人，而湖上笠翁又不足道矣。是其義可以觀感而適情，幻而真，真而逸，洵人間之妙部，不獨爲案上之奇觀，直可上溯樂府，而旁及詩詞之微妙矣。且聞之主人每一齣成，輒付之月下牙簫，花前檀板，故詞甫填而歌已演，惟句句斟酌，斯字字鏗鏘，不數日間，而雲鬢子弟，脆管繁弦，早已登之場面。予雖懵於此，而既快讀其書，又喜暢聆其曲，主人索序，戲爲論詞曲之源流如此，請還質諸主人。

                      午橋居士序

和南《〈情中幻〉題詞》（乾隆間刻本《情中幻傳奇》卷首）：

  嘗閱《廣記》，至"任氏偶鄭六郎"一則，未嘗不廢書三嘆焉。聞之狐百歲則化爲美女，冶容之誨，人盡可夫。乃任氏之拒韋生也，貞操卓然，有藺相如抱璧倚柱之概。且狐性多疑，乃周旋韋生、寵奴之間，直與張一妹、昆侖、押衙俠烈者流抗衡千古，是殆所謂狗子亦有佛性者歟？洎乎馬首載途，虞人斯斃，竊怪貞操俠烈如任氏者，曾不若端溪袁氏長嘯歸山，豈又所謂以殺身爲解脫者歟？

今讀《情中幻》填詞，花爛映發，簇簇皆新，幾令六郎諸人三毫添頰。至黎山指點，皈我覺途，何異太真宮裏雪衣誦佛，幸脫危機。知其拈管按牙之下，直欲以大慈悲施大解脫矣。雖然，有情皆幻，色色空空，兔角無形，龜毛不實，此又六如境界，呈露當場，即以爲普天下有情人當頭一棒可耳。

春水一波，秋風一葉。梭柳啼鶯，抱花寒蝶。觀造物之遷流，若轉丸於眉睫；惟達者之鑒虛，乃悠然而理愜。當其玉麈揮殘，超超玄箸；雪兒歌罷，嚦嚦清圓。王夷甫之談無，興來如答；江文通之賦別，情往無邊。遂令愁盡烟波，頓生眉上，香聞薝蔔，入我毫顛爾。其弄色欲仙，埋愁無地。時而隔紗私語，紫燕雙栖；時而窄袖凌虛，蒼鷹萬里。時而阿難弟子，原解拈花；時而羅刹前身，居常挾匕。或乍合而乍離，或之生而之死。返魂香烈，珠有摩尼；續命絲還，木無連理。莫不茹嘆含酸，心驚骨毀。彼積愛以成迷，孰觀空而悟止。原夫千燈入鏡，九劫皆塵。芝洞閑房，鳥名共命；檀林邃宇，花號長春。未免有情，不過鏡花水月；此中皆幻，何殊墜溷飄茵。是以參石火之微明，浮生若夢；藉笙歌以說法，舊面重新。於是屑玉提斤，剪雲秉鋸。車乘鸚鵡，魚山之梵唄初傳；舌吐珊瑚，天際之法蠡斯布。宋廣平之作賦，別有會心；陶靖節之閑情，偏多綺慕。漆園寓旨，直窮罔象之形；貝葉真詮，翻托秦優之誤。樂莫樂於新知，悲莫悲於岐路。翳縱縱與莘莘，奚朝朝而暮暮？乃爲之歌曰："蘭受露兮楸離霜，望美人兮天一方。悟一無於三幡兮，補離恨兮媧簧。"

小須彌山頭陀和南

岳夢淵《〈情中幻〉序》（乾隆間刻本《情中幻傳奇》卷首）：

蓋聞二氣絪縕，原自情中幻出；五行交互，無非幻裏情生。微笑拈花，釋帝示有因之覺；咸亨成象，聖人垂應物之文。凡屬含知，奚逃是理？況彈璈天女，烟鬟曾降於人間；鼓瑟靈妃，羅襪亦游乎江上。

彼任氏者，賦青丘之异骨，得紫府之真詮。態比花妍，韞就媚珠弄色；面嫌粉涴，生成美玉堪憐。三德克修，役日月而陰陽洞達；千年已邁，睹鸞鳳而風月纏綿。乘白鵠之晴雲，覓彩鴛之佳偶。正曲江景麗，綺羅間桃柳以蹁躚；東陸風和，鶯燕雜笙歌而旖旎。行春微步，相逢采藥仙郎；嘶草驕驄，邂逅爲雲神女。卿何乃爾，遽伸君子之逑；我見猶憐，無勞吉士之誘。於是春濃豆蔻，温柔鄉裏魂消；蔕并芙蓉，玉鏡臺前心醉。此所謂情之感而情之合也。乃劍童語泄，驚聞萼綠華來；袁子神摇，欲捧杜蘭香去。而芳心如石，甘玉碎以貞全；蘭咳如金，使蝶狂而夢醒。感君致愛，泛綠蟻以舞瓊葩；爲子周旋，盜紅綃而探虎穴。綉裙錦袇，飛來翠水真人；良夜好風，擁出瑶池艷質。女昆侖卓矣於今，古押衙瞠乎其後。此又情之貞而情之俠也。至於彩雲易散，秋風慣碎琉璃；璧月常虧，夜雨偏摧芍藥。金鞍珠勒，方揮之任絲鞭；怒電奔雷，驟值降魔鐵杵。旌旗獵獵，往時之花柳成虚；戈戟層層，昔日之恩情如幻。感黎山之化，俯首皈依；悟槐國之迷，洗心證果。此即情之終而情之覺也。

雖然，唯情難訴。玉茗曾言觀色知空，貝多有偈。若非掀翻幻海，打破情關，安能换羽移宫，以成筆歌墨舞？可知雲霄皓露，凝華於研露樓中；鸚鵡新詞，弄舌於填詞座畔。紅杏枝頭春意鬧，宋尚書退舍應三；拾翠洲邊得羽毛，趙少卿奪標如一。鷗弦鐵板，豪雄高幷眉山；鳳喊鸞吟，瀏亮駕乎實甫。且也發造化之機，作傳奇之事。使有情人劈開幻境，無懷氏逃出情禪。假此鉗椎，度衆生於甋甀上；代乎喝棒，縮大千於簫管場中。洵紺宇之青霞，豈紅兒之《白雪》也哉！

清涼山樵岳夢淵謹識

王昇《〈情中幻〉跋》（乾隆間刻本《情中幻傳奇》卷末）：

蓋聞性發爲情，情防燕溺。真逸而幻，幻或譸張。若夫紫閣玄關，青丘素頰。幽姿善媚，時聽響於冬冰；婉質多疑，忽結懷於春怨。不納藏嫗之諫，清課爲捐；輕從芃婢之詞，芳心益動。御泠風於列子，羽化其身；近溫玉於潘車，蓮如其面。隨波騰驤驕馬，度柳穿花；授余綽約絲鞭，盟山誓海。

時有曲江公子，閥閱畸人。侍新宴於戟轅，情縈有美；傳舊戚之別墅，屋貯多嬌。假君十年樓臺，久已解囊以贈；抹我三千粉黛，勢將載艷而歸。爾乃魂則堪銷，烈真難犯。向梁門以齊案，卿坿伯鸞；共張妹而焚香，余同仲儉。溶溶夜月，攝來艷骨繽紛；寂寂空亭，舞出名花爛熳。於焉獲完白璧，思報紅妝。無藉銅符，劍揮而退戍卒；未開金鑰，霞舉以度崇垣。彩綫飛於空中，暗笑昆侖鹵莽；赤繩牽於月下，還嗤紅拂伶仃。方期中表相依，永周甲子；夫何滅人交迫，歲值庚辛。劍閣初臨，嘆虎威之莫假；馬嵬不遠，望御座以難升。蛻去當年衣妝，徒傳琴外；還出本來面目，深悔化人。然而貞可弭凶，術或窮於灌口；義能格遠，心自鑒於黎山。仍戀穴居之修，待朝金闕；更深濡尾之戒，靜俟玉環。

我公天上文星，人間武庫。慈航渡世，不妨四道同登；花管宜人，聊藉一車垂訓。蓋天地無可更之匹，物且有然；而古今有必報之恩，妊猶知此。敲金戛玉，振木鐸於道人；刻羽引商，流曉鐘於法界。從此移風易俗，言性者不必廢情；抑且返樸還淳，傳真者無庸略幻矣。

時乾隆辛巳桂月下浣，屬吏翼城王昇謹跋

來鶴軒主人《〈情中幻〉跋》（乾隆間刻本《研露樓兩種曲》所收《情中幻傳奇》卷首）：

夫幻何以傳？傳其情也。情有何奇？奇其幻也。太上忘情，其次不及情。忠孝節義之不可奪者，其情堅也，古今來一大情境也。情之天，女媧氏莫補；情之地，費長房難縮。情也者，可以之生而之死，《舟樓相對》是也；亦可以之死而之生，《人面桃花》是也。蓋鍾此情，必欲遂此情，藉非然者，鮮不為情累。故長吉云"天若有情天亦老"也。然發乎情，又須止乎禮義，於是托之花月之妖可也，歌舞之妓可也，而金屋蘭房不與也。雖然，正唯妖，甫克神其術；正唯妓，方免誚其奔也。既以遂其情之真，而實傳其情之幻也。幻由情出，情以幻通。情乎？幻乎？吾不禁一往情深也已。

來鶴軒主人跋尾

挹華齋主人《奉題〈情中幻〉後》（乾隆間刻本《研露樓兩種曲》所收《情中幻傳奇》卷首）：

花下相逢窈窕娘，嫣然一笑效鸞凰。漢皋環佩三生幸，溢浦琵琶半面妝。步步金蓮穿蔓草，蕭蕭白馬傍垂楊。天臺祇在人間世，洞口桃開逗阮郎。

遮莫投梭拒謝鯤，仲堅兄妹締佳人。霓裳綽約花千朵，翠袖殷勤酒數巡。銀漢爲憐勞望眼，蓬山不遠指迷津。許將紅豆相思子，如意珠穿一串勻。

窄袖輕裝結束行，飛身幕府攝芳卿。茜裙露濕墻頭草，寶劍霜驚帳下兵。排闥貌他樂五利，吹笙還汝董雙成。月明萬戶天街裏，空有朱門擊柝聲。

等閑歡喜幻成愁，狼藉飛花逐水流。畫轂繡簾同坐處，珠顏玉腕霎時收。今生緣解成人美，無妄災翻不自由。聖母慈悲開覺路，留隨妃子到瀛洲。

挹華齋主人漫草

崔應階

東園居士《奉題〈情中幻〉後》（乾隆間刻本《研露樓兩種曲》所收《情中幻傳奇》卷首）：

無端流睇各鍾情，片語停驂意倍傾。鶯囀花明歸正好，聽冰未泮百年盟。
天臺咫尺隔凡塵，狂直偏教薦地親。揚袂滿堂花散處，素娥引恨曲江濱。
飛身玉帳劫明珠，緩步尋香夜月孤。兩地相思牽合得，夢中疑信認歡娛。
巫山雲散色成空，零落桃花頃刻風。從此仙踪難再覓，蓬萊遙隔意何窮？

東園居士題

得樹樓主人《奉題〈情中幻〉後》（乾隆間刻本《研露樓兩種曲》所收《情中幻傳奇》卷首）：

紅袖青衫邂逅緣，殷勤下馬讓絲鞭。雲英何必藍橋遇？祇在東風桃柳邊。
聯成棣萼頓相親，莫認天臺訪玉真。羅袂動香花萬種，幻娘原是散花人。
宵驚虎旅劍花痕，紅綫輕敲紅拂門。十萬貔貅環玉帳，青天飛下女昆侖。
一年琴瑟恰和諧，頃刻穠華化劫灰。不是黎仙留阿紫，玉環誰伴到蓬萊？

得樹樓主人題

熊之煥《奉題〈情中幻〉後》（乾隆間刻本《研露樓兩種曲》所收《情中幻傳奇》卷首）：

玉洞桃花本是秦，無端飄落到寰塵。風流着意尋佳侶，雨迹偏能締鳳姻。
寶馬翩翩方問柳，黃鸝兩兩正懷春。多情恰有鍾情遇，又結人間未了因。

偕將國色近東家，青鳥歸時訪麗華。幻女尚然貞有志，韋生從此愧無涯。
杯添繞席三巡酒，袖舞當筵幾樹花？一霎瑤池仙子歌，教人翹首玉鈎斜。

金屋朱扉掩寂寥，紅妝燭影暗魂銷。情殷歌席人空遠，身在侯門路已遙。
裊裊飛來心上使，雙雙歡會可憐宵。就中不是偷香技，誰向情根架鵲橋？

鴛行偏使遇辛年，須識紅顏運每慳。一載穠華遺綉履，半天風雨折朱弦。

雖逢劍甲勞雙袖，幸有慈航接上緣。回首馬嵬春寂寂，深情都付鏡中懸。

了如熊之煥謹題

崔應階

聚芳亭主人《奉題〈情中幻〉後》（乾隆間刻本《研露樓兩種曲》所收《情中幻傳奇》卷首）

　　春之日，秋之月；山之容，水之態；花之笑，鳥之歌，天地之物之胥於人有情也。顧未幾而風馳雨驟，柳急花忙，迎繁送謝，翠減紅衰，夫乃嘆嚮之所欣，固亦未始非幻焉。然而春秋佳日，自昔品題；江山勝迹，茲復登臨。而自顧百年，忽如榮華之飄風，好音之過耳，則又以嘆我身之爲幻，而天地之情之固未有終極也。

　　研露樓主人，今之鍾情者也。念天地之情無終極，而此生爲幻，故寄情傳奇。使後人睹瓊筵之醉客，而如遇漢卿；睹花間之美人，而如遇實甫。則主人幻身之，將自爲春之麗，秋之輝，山之瀲黛，水之擁媚，且生花活鳳之長相映於其間也。嗚呼，余亦安知主人之情之所終極也哉！

蘋州聚芳亭主人拜手

醓畫溪居士《奉題〈情中幻〉後》（乾隆間刻本《研露樓兩種曲》所收《情中幻傳奇》卷首）：

　　情者，色也；幻者，空也。顧人但解色是空，則枯木寒烟矣。故曰："色即是空，空即是色。"而闡揚《華嚴》宗旨，亦曰："真空得之而不空。"然則艷色歸空之爲任幻娘乎？爲寵奴乎？世亦知研露主人以粲花之舌，拈花之手，傳奇千古，而不知有句無句，千花萬朵。然而彼之談胭脂禪者，又烏足與解之？

醓畫溪居士謹跋

唫崗夔《奉題〈情中幻〉後》（乾隆間刻本《研露樓兩種曲》所收《情中幻傳奇》卷首）：

雅韵翻宮譜，奇情幻裏傳。仙期應不遠，塵慮每難捐。興惹韶光動，神緣麗景綿。輕盈辭玉洞，縹緲步瓊巔。柳絮沾雲鬢，梅風拂翠鈿。尋芳三月艷，訪勝六郎賢。仿佛巫峰裏，依稀洛水邊。劇憐塵外地，莫是鏡中天。帶綰同心結，花開并蒂蓮。鶯林推月馴，柳陌奉瑶鞭。携手珠簾外，盟心綉幕前。藍橋人意滿，紅粉客心懸。幻女情何慕？韋生意獨憐。堅貞懷皎潔，悔恨鬥嬋娟。謝過聯華萼，感恩列綺筵。稱觴光爛熳，獻伎舞蹁躚。萬點花盈座，三巡月照淵。早知鴛侶在，願教鵲橋連。劍拂霜花麗，妝成彩色鮮。金吾威莫禁，玉女意方堅。桂閣風烟裊，蘭閨密緒牽。忽來心上使，巧構意中緣。白璧凌雲獻，明珠繞霧穿。移來承寵妓，飛去步虛仙。雅意共明月，貞心托逝川。無端逢卯歲，有數遇辛年。誰識調鸚鵡？惟聞泣杜鵑。百年期未了，一載恨難填。黎母開先路，楊妃待共旋。元神歸正果，妙悟契真詮。景幻情非幻，詞妍意更妍。風流高格調，落紙盡雲烟。

唫崗夔謹識

鄭位《奉題〈情中幻〉後》（乾隆間刻本《研露樓兩種曲》所收《情中幻傳奇》卷首）：

窈窕多姿善媚人，修真未了又懷春。偏來吉士尋芳騎，柳陌花間邁鳳姻。守貞正色拒狂生，何事招仙動客情？想爲聯盟多意氣，名花侑酒舞傾城。本來面目慣飛身，夜入侯門劫麗人。撮合巫山雲共雨，方知月老術通神。無端情劫幾銷形，幸遇黎山作解星。從此色空空是色，曲終何處數峰青。

立軒鄭位拜手

闕名《奉題〈情中幻〉詞後》(乾隆間刻本《研露樓兩種曲》所收《情中幻傳奇》卷末)：

梨花堂掩春如雪，香囊錦襪人輕訣。此恨當時無絕期，杜鵑早染枝頭血。長安三月天氣晴，金鞍百寶殷車聲。雄蜂雌蝶盡無賴，引動元丘一種情。碧沙紅樹家何處？三生重覓他生侶。薜荔江皋目易成，流連陌上心相許。借得名園貯阿嬌，玉笙低和夜吹簫。櫻桃未妒專房寵，鸚武（鵡）偏騰放瓮謠。顛狂罔識前頭忌，醉眠誰信無他意？主父難忘覆酒疑，美人頓釋牽衣戲。舞遍山香落帽多，團團一妹共三哥。藏形不藉坤靈扇，執斧寧辭月下柯。纏綿異族痴生愛，新緣鳳業千金債。空解名姬劫贈人，天荒地老誰相貸？槐里官如夢裏游，二郎催起六郎愁。雲開突騎搜何急？宴罷瑤池駕暫留。解紛投體身歸主，巨靈爲惜摧花斧。孰買犀株鎮瞻驚，碧桃滿樹啼朝雨。破驛淒涼幾度中，芙蓉帳暖尚春風。袁家從此拋衣履，蛟妾徒煩辨吉凶。珠寒玉瘦非難判，鶴書鴛牒成哀怨。好向瞿曇悟六如，電光泡影情原幻。新聞此段合傳奇，彈出烏絲絕妙詞。兩部清聲排小隊，千林胡語咒禪枝。十年我已青袍濕，百端感此茫茫集。石黛初翻烏夜歌，淋鈴如聽驟綱泣。昧盡枯蘭舊日回，無聊一事尚生嗔。蓬萊山返鴻都客，不問青門玉面人。

崔應階

┨《烟花債》┠

● 劇情概要與本事

劇首題"烟花債傳奇"，署"研露樓主人填詞"，題目正名爲"邢春娘怨墮青樓夢，王司理歡邀白玉鵒，單符郎月下尋鶯偶，陳太守堂上配鴛鴦"。四折，依次爲《春怨》《賞荷》《訪月》《堂婚》。寫錢塘女子邢春娘係出名門，幼嫻歌咏，會遭兵燹，痛失雙親。後被人掠賣至全州，身陷烟花，并從楊姓。院中李英娘與之情投意恰，結爲異姓姊妹，見其整日雙眉緊鎖，悶悶不樂，勸其及時尋歡，隨遇而安。原來春娘幼時，父母曾將之許配中表單符郎，奈亂離後，單符郎消息全無，存亡不知，因此愁悶不已。某日，全州司理王永年在荷亭設宴待客，着春娘承值，客人實爲新任全州司户單符郎。席間，單、邢并未認出對方。符郎見春娘姿容婉麗，舉止幽閒，甚是傾倒。待到中秋，符郎夜訪春娘，表達愛慕之意，交談中得知其身世，大驚，不覺心碎，本想與其相認，又怕春娘久落烟花，風情無定，於是藉求愛進行試探。春娘堅拒，并爲李英娘作伐。符郎知其堅貞，就與其父將此事奏知朝廷，朝廷下旨爲春娘削籍完婚。全州太守陳履豐擺下宴席，招春娘侑酒，席上再次試探其心意，最後知她一心清白，遂令其與符郎相認，并當場完婚。

生扮單符郎，旦扮邢春娘，貼扮李英娘，末扮王永年，外扮陳履豐，雜扮梅香、役夫、章汝盛。

本事出自宋王明清《摭青雜説》。明梅鼎祚（1549—1615）《長命縷》傳奇、沈璟（1553—1610）《雙魚記》傳奇與此題材同。據作者《〈烟花債〉小引》，知是劇作於乾隆六年（1741）春末，作者客寓大梁即今開封之時。

● 著録、版本與收藏情况

《古典戲曲存目彙考》《古本戲曲劇目提要》著録。現存乾隆間刻《研露樓兩種曲》所收本，藏國家圖書館、上海圖書館；乾隆九年甲子（1744）研露樓刻本，藏北京大學圖書館。另有民國間鈔本，藏地待查。

● 序跋、題詞與評語

崔應階《〈烟花債〉小引》（乾隆間刻本《研露樓兩種曲》所收《烟花債傳奇》卷末）：

汝海投閒，繁臺僑寓，雪飛梁苑，疇爲授簡。才人草没夷門，孰問鼓刀游俠？《南華》之喻，斥鷃十步俾翔；茂先之賦，鷦鷯一枝安藉。屠龍莫學，

崔應階

失馬何嗟。攀蘿桂以淹留，據槁梧而偃息。於是青春白日，喜無案牘勞形；小巷閑門，幸有琴書寄傲。《廿一史》《十三經》，久作聖賢糟粕，何能驅我牢騷？《千家詩》《十種曲》，翻成藝苑精華，竟可供人笑語。爰搜艷异，日對塗朱傅粉之人；欲逞新奇，試填換徵移宮之曲。則《符郎傳》一劇，實奪他人之酒杯；而《烟花債》數番，乃澆自己之塊壘者也。

若夫春娘窈窕，早厪君子之述；單子風流，舊是淑姬之匹。佳人薄命，偏遭風雨摧花；公子多情，未效樂昌破鏡。烽烟忽起，鴛侶分飛；隔斷紅絲，莫傳青鳥。章臺落籍，依然柳色青青；綺席徵歌，宛是蘇家小小。蕭娘臉際，許多泪滴相思；卓女眉邊，無限怨含離別。春風夜月，何曾握雨携雲；舞榭歌臺，詎肯乞憐獻媚！丁香結恨，恨隔蓬山；芳草牽愁，愁深洛浦。爾乃天人作合，月老繩牽。日暖藍田，仍種舊時白璧；月明合浦，猶還此夜驪珠。采采薜蕪，會見故夫之面；團團紈扇，無勞白髮之歌。迎盼盼於燕子樓中，放瓊瓊於砑羅裙上。行雲流水，固何害於春娘；野草閑花，亦無妨於單子。盟香未冷，負心不似王魁；綠葉成蔭，失約豈同麗玉？藍橋上聲聲玉杵，裴航已見雲英；秦樓中咽咽瓊簫，弄玉還歸蕭史。

嗟乎！僕本恨人，久居散地，睹斯情種，寧不生憐？況杏靨桃腮，春色惱人如醉；鶯啼燕語，歌聲入耳羞簧。對此韶華，何能消遣？傷春杜牧，空贏薄幸之名；恨別江淹，未有銷魂之句。因翻南部，竊效西崑。風雪旗亭，豈稱雙鬟之唱；華燈夜宴，難教紅粉之迴。刻畫無鹽，自蹈泥犁之戒；唐突西子，任來狹斜之譏。原以自遣閑情，安敢質之大雅。

乾隆辛酉暮春之初，楚鄂研露樓主人題於大梁客寓

朱繡《〈烟花債〉贈言》（乾隆間刻本《研露樓兩種曲》所收《烟花債傳奇》卷首）：

叨附金蘭，獲窺管豹，登高作賦，甘拜下風久矣。兹睹《烟花債》一劇，

舊事翻新，創草於梁苑培風之日。知此中純是英雄牢騷氣概，特藉兒女子口頭發泄之耳。篝燈卒業，不覺撫掌狂叫曰："滑稽哉，崔使君也！是真龔、黃、元、白，合而爲一人者也。"

於是賓客傳觀，人人作擊碎唾壺之態。或云："是宜彈懷風、吹居巢佐之，以索丞之箏、桓子野之笛，可使飛鳥迴翔，淵魚出聽。"或又曰："不然。元人以傳奇爲取士程式，置此本於《百種曲》中，當與關漢卿輩爭魁奪元，豈得以紅氍毹蓺之？"或又曰："不然。作者寓意深遠，直將與子虛、亡是公諸篇，并駕千古。視爲元人試卷，是猶卑之無甚高論也。"异義雜陳，幾同聚訟，然膾炙服膺之情，則滿堂賓客，與區區謭陋主人，皆不約而同。是知妙腕靈心，雅俗共賞，洵乎龔、黃、元、白，合而爲一人者也。亦欲勉製一言，庶幾附鴻才於不朽。奈筆墨久荒，中書絳人輩，大率皆如強項令，不任驅使。即欲借寶丹山，而時乏鄒、枚之士，正未可漫應以褻吾知己。爰書數語，以志欣賞云。

癸亥良月，金筑寅弟朱繡書

任應烈《〈烟花債〉序》（乾隆間刻本《研露樓兩種曲》所收《烟花債傳奇》卷首）：

藐姑綽約，攬莊叟之寓言；湘浦嬋媛，慨靈均之幽思。蓋和倪鳴律，則曼衍以何傷；志潔稱芳，亦怨誹而不亂。況夫綉簾綠雨，譜出歐陽；紗幌朱顏，唱傳司馬。希文先憂後樂，亦有眉間心上之歌；稚圭出召入周，更聞病起花前之調。可見清詞嫵媚，自無妨鐵石心腸；誰謂雅韵風流，不益裨弦歌政事也哉！

研露樓主人，五龍世冑，三戟名家。幼誇對日之聰，燦若金沙見寶；少秉掞天之藻，皎如玉樹臨風。屏紈綺以操觚，掩翠於鳳凰山畔；弄縹緗而染翰，流丹於鸚鵡洲涯。筆架珊瑚，爭誦洞庭新咏；書裝玳瑁，久傳岳麓名篇。

崔應階

隨虎節而馳輊雲，屯閩海競呼才子；襲龍韜而彎弧月，落邊關群識英流。未幾，奮迹南州，承恩北闕。吟蘆溝之曉月，緋魚聲動鑾坡；握汾水之清風，紫馬名喧雁塞。既已家弦元、白，户頌龔、黄矣。及其敷政天中，澤深巷舞；行春鴻郊，化美農歌。廬陵之守拙循常，真從遜耳；寇恂之崇經修學，何多讓焉。無何，離懸瓠池邊，暫效匏瓜之不食；别平輿城畔，頓令熊軾之停輪。桂何寂寂兮梁園，竹何蕭蕭兮艮岳。侯嬴門側，誰與執鞭；倉頡臺前，惟堪造字。學優而仕，仕優而閑。天假文章，九命詩餘爲詞；詞餘爲曲，人傳樂府一編。此《烟花債傳奇》，牛馬走所以得讀也。

原夫藉艷异以成題，譜宫商而吹活。描香刻黛，排成關、鄭新聲；琢月搜烟，填作高、施妙劇。南音杳麗，既驚玉潤珠圓；北調砰磞，可使雲飛石裂。冷若竹敲幽澗，細如絲褭晴空。悲則楊柳啼烟，歡遂芙蓉笑日。苟非得夫九宫三昧，烏能爲此白雪陽春？至若宋玉微詞，舉堪醒目；東方諧語，盡可解頤。則嘻笑皆文，差勝妄言之蘇子；牢騷成趣，聊磨壯志於楊生者也。偶逢佳辰，遠來名部。演耆卿之曉風殘月，入河陽之檀板銀筝。聲繞梁間，不殊下王涣旗亭之拜；曲來天上，奚啻邀吴蘭羅帕之求。雖有他音，不敢請已；從前院本，尚可存歟？僕交附飲醇，敢效周郎之顧；心忘食味，竊擬齊國之聞。洵冗際之奇逢，亦塵餘之佳話。於虖！冷風清思，治淮陽者，久廑雅奏於西園；介節恤民，繼瑗挺者，更焕奎光於東壁。聖賢豪杰皆情種，情至處可登萬姓於春臺；事業功名舉戲場，戲成時仨調八風於嶰谷。

乾隆九年歲次甲子小春，錢塘寅弟任應烈拜題

許佩璜《〈烟花債〉題詞》（乾隆間刻本《研露樓兩種曲》所收《烟花債傳奇》卷首）：

名家列宅，晴川鸚鵡之洲；才子題詩，驚代鴛鴦之號。乞一麾而出守，歷四郡以頒條。地是淮陽，何妨卧理；人如張詠，遥接風流。偶采稗官，演

作元人雜劇；爰抽繭緒，撰成樂府新聲，則《烟花債》一編是已。

原夫單生玉潤，爲邢大令之賢甥；邢媛苕姿，即單夫人之女姪。絲蘿締結，本推自出之恩；襁褓提攜，各有指婚之約。夫何邢官宛葉，遇寇身殲；單宦臨安，征蓬梗斷。死生契闊，音驛浮沉。嗟邢女之遭俘，失身樂籍；惟單男之受蔭，隨牒州僚。迴溯舊盟，已同隔世。豈知定婚店內，赤繩一繫而不移；冤孽海中，白浪千層而終息。則有州堂公宴，綺席徵歌；睹一麗人，翩其獨立。紅蓮入幕，艷稱司戶風華；翠袖持觴，驟得彼姝顧盼。於斯時也，盈盈桃李，嘆薄命以誰憐；采采蘼蕪，逢故夫而詎識？幸值同僚之作合，偶就曲室以言歡。詢及家門，遂弗及於亂；知爲伉儷，乃默識於心。此則單子以禮自持，欲明其配；而在邢女願身有屬，翻愧自媒者也。是以寓書若翁，陳其顛末；乞咨太守，爲救沉淪。并有邢氏諸昆，曾爲承務；往與單族，亦屬通家。款語纏綿，從中慫恿；親賫符牒，遠歷間關。重以州將垂慈，竟爲邢娃脫籍。通守請爲作伐，承務倚以主婚。遂賦結褵，并稱嘉耦。伶倫雙琯，韵仍叶夫鳳凰；大夏兩環，形復蟠夫龍雀。詎非定數，夫豈偶然！

嗟乎！宣和之間，璇璣失政；靖康之難，板蕩興悲。慨九廟之鼓鐘，都隨電掃；痛七陵之鳧雁，忍逐灰飛。戰血殷川，積尸平堅。公之所譜，固爲兒女私情；事之流傳，亦是水天閑話。惟是鍾情特甚，歷劫難銷；宿願忽諧，匪臆可測。女媧氏石煉五色，補完離恨之天；費長房身隱一壺，縮盡相思之地。益信文心之妙，足奪造化之權。技至此乎，觀其止已！蔡文姬配入笳拍，歌成出塞之聲；鄭中丞按以檀槽，迸作忽雷之響。走爲擊節，請付剞人；公謂知言，遂傳槧本。

乾隆癸亥八月既望，屬吏許佩璜謹序

龔崧林《〈烟花債〉序》（乾隆間刻本《研露樓兩種曲》所收《烟花債傳奇》卷首）：

在心爲志，悲愉各有性情；發言爲詩，歌永用諧金石。溯絺衣之姚帝，肇正八音；追袞綉之姬公，首開六義。以彼禀神靈之哲，摻君相之權，得志於時，大行其道。猶且工於賦物，虞卿雲復旦之華；善於言情，繪思婦勞人之隱。用以導揚悅豫，宣泄幽微。矧是才高八斗，收百世之闕文；學富五車，采千篇之遺韵。能無課虛無以責有，演藻聯翩；叩寂寞而求音，摛辭怫悅也哉！且夫屈伸异致，離合無常。李廣數奇，長材或傷於短馭；馮唐齒盛，修翎每困於卑棲。恨塊壘之難澆，曷禁雅琴變調；維幽芳之在抱，何嫌流徵揚聲？所以思公子而難言，寄閑情以染翰，長歌當哭，短曲度愁。夢曰南柯，緊感遇之續也；記稱東郭，亦不平之鳴歟！

若夫時際晏清，遇欣梧鳳。圭璋特達，卞和弗泣於秦庭；騏驥高騰，伯樂一空夫冀野。方且人歌《擊壤》，士賦《卷阿》，又何事過湘水而吊媖媓，經汨羅而悲屈子？然而空亭闃寂，旅館蕭森。次公之蓋欲迎，司馬之車未駕。夜曼曼其若歲，懷鬱鬱其未更。因而翻藝文，蒐艷异，藉殘編之韵事，擬樂府之新聲，亦足以鼓吹休明，拓開胸臆爾。敬披緗帙，載誦瑤章。擬人於倫，比物象志。肌如素雪，乃混迹於師曹；志若青霜，仍守貞於樂籍。處空樓而斂恨，固知盼盼多情；舉翠袖以操弦，非類鶯鶯嫵媚。逮至鵲橋既遇，始賦三星；亦惟鳳侶重逢，方諧二姓。則紅綃之鏡，崔生不得窺；紫雲之名，杜牧不能識也，亦明矣。孰謂秦樓姝子，猶是水性楊花；而郢客高詞，非即美人香草也哉！乃者樗蒲成質，抱愧識丁；案牘勞形，未遑度曲。撫幽蘭之操，不免心盲；聆《白雪》之聲，何殊耳食。惟是流連短韵，雅類緣情；諷咏長言，工同體物。亦未嘗不興懷於觀海，幸列於下風也。爰屬小言，恭呈大雅；敢云同調，自托知音。

乾隆八年歲次癸亥小春上浣，蘭陵任西京令末員龔崧林封五氏謹題於飲和亭嚴遂成《奉題〈烟花債〉後》（乾隆間刻本《研露樓兩種曲》所收《烟花債傳奇》卷末）：

單符郎，邢春娘，同住東京孝感坊。美人脂盝調鸚鵡，公子華衫鬥鳳皇。兩家本是內兄弟，玉鏡一枚盟伉儷。草短蘼蕪金垾開，花新豆蔻珠房閉。待年牛女水盈盈，雀屏絲綫心空繫。一夕烽烟警汴梁，莽伏草竊紛豺狼。圖書燒殘平樂觀，珠幣捆載牟駝岡。金枝玉葉路隅泣，何況蓬絮隨風狂。鐵緪鎖連生翡翠，竹籠囚拆睡鴛鴦。春娘流落秋娘妒，縷月裁雲等閒度。眉挑彩筆畫啼妝，背剔銀燈給窮褲。誓此泥蓮不染身，一枝連理韓憑墓。符郎天遣到全州，司戶曹閑夜暗游。問柳依依馱細馬，采蘋宛宛蕩扁舟。香車油壁無消息，缺月難圓水不收。誰知目送楊家女，望夫山前風雨語。寶鏡重歸徐德言，綉鞋早餉程鵬舉。風流比段合傳奇，宛丘太守有情痴。蘸將紅粉者卿泪，彈出黃沙毛嬙絲。我飲一杯歌一曲，顧影凄惶喉斷續。任其所之王可兒，未能遣此張光祿。榴花不死死朝雲，雲落山丘念華屋。琵琶按譜不成聲，空灘孤雁蘆梢宿。

舊屬吏烏程嚴遂成呈本

吳燝文《奉題〈烟花債〉後》（乾隆間刻本《研露樓兩種曲》所收《烟花債傳奇》卷首）：

南都石黛寫魂消，一種烟花百種嬌。何處有臺堪避債，彩鸞畢竟嫁文簫。小別東京孝感坊，蠻雲瘴雨墮荒唐。紫釵不斷長條玉，忍作無情李十郎。凝妝薄怒啟朱唇，愧汗交流滿座賓。枉煞岑牟單絞客，鼓鼕聲動阿瞞嗔。薔薇盥手鼎焚香，潔雪寒燈按羽商。妙悟自含弦外意，不須親看舞《霓裳》。

樸庭吳燝文拜手

吳 城
(1701—1772)

　　字敦復，號甌亭，錢塘（今浙江杭州）人。世業鹺，家境富饒。曾習舉業，弱冠以國子生應鄉試，然非所好，遂謝去。喜藏、校書籍，殫力於此數十年。與同城厲鶚（1692—1752）、杭世駿（1696—1772）、汪沆（1704—1784）、全祖望（1705—1755）等交游密切。著有《配松齋詩集》《雲護齋詩話》，輯有《武林耆舊續集》。又有承應雜劇《群仙祝壽》一種，與厲鶚《百靈效瑞》合稱《迎鑾新曲》。

　　按，關於其生卒年，《古本戲曲劇目提要》言其"約1735年前後在世"。鄧長風《十四位清代浙江戲曲家生平考略》據杭世駿《道古堂詩集》卷十五《同人釀酒桂堂爲吳城祝五十初度用東坡八月十七日天竺僧送桂花分贈元素韵》詩，考證其生於康熙四十年（1701）；又據汪沆《挽吳甌亭》《吳太學家傳》等，定其卒年爲乾隆三十七年（1772），可從。

　　傳記文獻：汪沆《吳太學家傳》（《槐塘文稿》卷三）、汪沆《挽吳甌亭》（《槐塘詩稿》卷十四）、(乾隆)《杭州府志》卷九十四、(民國)《杭州府志》卷一百四十五、鄧長風《十四位清代浙江戲曲家生平考略——美國國會圖書館讀書札記之十二》（《明清戲曲家考略全編》上）等。

《群仙祝壽》

◆ 劇情概要與本事

　　劇首題"迎鑾新曲卷上""群仙祝壽"，署"錢塘縣國子生臣吳城恭填"。四折，未標折目。寫乾隆皇帝與太后巡行浙江，仙人許邁約同葛洪，準備奏聞西王母，邀請浙江境內衆位仙人恭迎聖駕。昨日，西王母已命董雙成與何仙姑掌管仙樂，演戲歌舞，以備太后萬壽供奉，今日又親往指授。許、葛二仙向王母奏明來意，王母令其站列兩階，試看歌舞。歌舞已畢，許邁邀集了劉晨、阮肇、黃初平、劉綱、桐君五位浙西仙人；葛洪請到了浙東仙人蔡經，凑足了八仙之數。蔡經等人憶及四十多年前聖祖南巡之事，感慨其深恩厚澤遍及浙江士庶；又言當今皇帝效法皇祖，巡行浙水，更是罕見盛典。此時，燕地廣陵仙人劉海亦聞訊趕來，加入慶壽之列。王母率領男女八仙及仙童等來到西湖，眼前一片萬物咸熙的太平景象。最後，衆仙來到太后行宮，西王母令許、葛獻上仙桃，董、何奉上仙酒，又帶領衆仙叩祝聖壽。

生扮劉晨、仙童，老生扮許邁，小生扮阮肇，旦扮董雙成，小旦扮何仙姑，老旦扮西王母，净扮桐君，副净扮劉綱，末扮葛洪，丑扮蔡經，小丑扮劉海，外扮黃初平。此外登場人物尚有衆女仙、仙童等，俱未分配脚色。

杭世駿《〈迎鑾新曲〉序》有"今上皇帝紀號之十有六載，巡省方俗，臨幸浙土"云云，知是劇作於乾隆十六年（1751），乃爲迎接清高宗南巡浙江而作。

● 著録、版本與收藏情況

《清代雜劇全目》《古典戲曲存目彙考》《古本戲曲劇目提要》著録。現存光緒間錢塘汪氏振綺堂刻《樊榭山房集》所收《樊榭山房集外曲》本，藏國家圖書館、南京圖書館、上海圖書館、天津圖書館等，民國十八年（1929）涵芬樓輯《四部叢刊初編》據之影印；光緒二十一年（1895）錢塘丁氏嘉惠堂刻《武林掌故叢編》第22集所收本，藏國家圖書館、中國藝術研究院圖書館、天津圖書館、中國科學院圖書館、上海圖書館、北京大學圖書館、南京圖書館、復旦大學圖書館等，《傅惜華藏古典戲曲珍本叢刊》第34册據之影印。另有羅仲鼎、俞浣萍點校《厲鶚集》（浙江古籍出版社2016年版）所收排印本。

● 序跋、題詞與評語

全祖望《〈迎鑾新曲〉序》（《傅惜華藏古典戲曲珍本叢刊》所收本《迎鑾新曲》卷首）：

予考《尚書大傳》，重華省方，羲伯、和伯而下，各以八方之舞進。曰舞，則歌在其中矣。夫省方進樂，蓋以美盛德之形容，其義主乎頌；而八方各陳其土音，則其義又未嘗不兼乎風，斯六義之所以交資也。後世之樂未足以語乎古，然讀《漢志》，則巴渝、淮楚之音俱領於奉常，而唐人盛稱魯山《于蔿于》之歌，時勢雖殊，其義一也。元人始變而爲曲，要亦樂中流別之以時而變者。

今天子建中和之極，躬奉聖母南巡至。吾浙東西老幼士女，歡聲夾道。吾友杭人厲君樊榭、吳君甌亭，各爲迎鑾新樂府，其詞典以則，其音噌吰，清越以長。二家材力悉敵，宮商鍾呂，互相叶應，非世俗之樂府所可語。大吏令樂部奏之天子之前，侑晨羞焉。昔人以此擅長者，如元之酸、甜諸老，明之康、王，不過以其長鳴於草野之間。而二君之作，上徹九重之聽，山則南鎮助其高，水則曲江流其清，是之謂夏聲也矣。爰爲之弁其首。

鄞人全祖望

杭世駿《〈迎鑾新曲〉序》（《傅惜華藏古典戲曲珍本叢刊》所收本《迎鑾新曲》卷首）：

遼古以來，生而神靈之君，莫如黃帝。恒以太乙與天目在，四維之歲，乘龍而四巡，彭祖前驅，松喬俠轂。入空桐，禮廣成子；游玄圃，禮雲臺先生；謁峨眉，見天皇真人；封東岱，奉中華君；之具茨，事大隗；入金谷，諮涓子；過楓山，見紫府先生。所遇皆超絕塵埃之真人。後世迂闊之鯫儒，拘曲之願士，覽《真源》《抱朴》之語，輒適適然驚疑而不信。吾欲家到而戶喻之，而不勝辭費也。

夫後世之所謂神仙不死之徒，不過於億兆庸人中，獨能離去葷濁，絕滅嗜欲，即可以長生而久視。而以聖王視之，彼所謂方丈麗農之區，不能不囿吾域中。囿吾域中，猶吾食毛踐土之百姓也。皇帝撫萬靈，函九夏，水宿星飯，皇然不得寧居，出而省圓首之疾苦。若彼爲神仙者，猶復逍遥晏安，藏匿而不肯一見，斯亦女青之律之所不宥者也。西王母在極西之國，見於《山海經》《爾雅》，不爲無稽也。自黄帝後，而堯見之，而穆滿見之，而漢武見之。彼非所謂育養天地洞陽之極尊者耶？而猶恒出而爲世主見。則凡許玉斧、葛稚川者流，幸而長不死，尤欲得有道之君而引伸其説，崇闡其教，偲偲然亟欲貢其所有，以顯靈異於人主，亦事理之所必至矣。

今上皇帝紀號之十有六載，巡省方俗，臨幸浙土。洞天福地，吾浙十嘗占其三四。四明龍薈台山，靈异勝迹，往往甲於天下神仙窟宅，於此雲氣往來，豈無聞見？或化而爲嘉禾瑞穀，以答聖主之憂勤；或變而出喬雲醴泉，以示蒼昊之靈貺。今上皇帝特厭弃文成、五利之所爲，命珥筆執記之臣，削封禪之文，剗符瑞之志，曉然示天下後世以六五帝、四三王之大道。瑰珍异寶，所在皆有，環溢心目，烏睹所謂使者四出以求神仙耶？且吾固疑有仙骨者，苦無仙才。木公、金母之辭，本王嘉所僞作；《真誥》所載雲林右英之詩，皆拙晦不可曉。降而至於吕嵒、葛長庚，丹經道曲，義淺辭膚，無當於《騷》《雅》之選。《道藏》中文集之繁富者，莫如陶通明、杜廣成，然求其一篇一句之傳誦於人口者而不可得。使其奏雲璈，吹玉琯，自撰歌曲，樊然雜進於文德誕敷、英略不世出之聖主之前，將恐其逡巡羞惡，而自愧其措辭之不工。則所謂"飄飄有凌雲之氣"，唯吾儒之健於文事者，能勝任而愉快矣。

吾友樊榭、甌亭兩先生，有挾天繪日之才藻，而耻蹈襲揚、馬之常。故獝狘其辭，詭譎其體，藉喬、張之雅調，傳佺、僑之逸事，率先衢歌巷舞。諸父老迓六飛於天上，被之管弦，次第進御。聖天子止輦而聽之，每奏一篇，稱賞不置。雖俳優乎，使枚皋、東方朔若在，畢力而爲之，未能有加也。嗚呼，悕矣！愚者輒河漢其言，予爲揣物情，徵往典，縱橫論列，以秕糠一世之塵濁，使知授符降斗之祥，不得專美於黃帝，而聖天子一游一豫，彼神仙者皆可折棰而使也。二君子所稱述，詞曲云乎哉！

秦亭老民杭世駿

吳城

汪曾唯《〈迎鑾新曲〉跋》（《樊榭山房集外曲》所收本《迎鑾新曲》卷末）：

是曲手稿，向藏余家振綺堂。首套曰《群仙祝壽》，吳甌亭太學撰，屬樊榭徵君參定；次套曰《百靈效瑞》，屬樊榭徵君撰，吳甌亭太學參定。咸豐辛酉，粵匪再陷杭城，手稿遂亡。客歲，余讎校徵君古文詩詞，彙爲全集。丁松生大令丙，郵寄是曲舊本，屬附刊於集外詩詞之後。舛誤頗多，經諸遲鞠大令可寶，參互而考訂之。爰跋數語，以識顛末。

光緒十一年乙酉冬十月，錢塘汪曾唯

汪曾唯《〈迎鑾新曲〉又跋》（《樊榭山房集外曲》所收本《迎鑾新曲》卷末）：

漢軍嘯吾司馬宗山答松生曰："《迎鑾新曲》，讀之神諡，紅筆校閱甚精，是三折肱於此道者。正趁分明，毫無舛誤，曲牌亦無錯訛。第二曲《水仙子》一調尚少八句，尋繹文義，斷非漏寫，前輩通融處，祇宜仍之。有兩處小誤，粘簽請酌。樣本甚工，可即上板。刊成，希賜兩本爲幸。"迨刷印成書，而嘯吾已歸道山，惜乎未獲請益焉。

戊子秋，曾唯又識

金志章《〈迎鑾新曲〉題辭》（《傅惜華藏古典戲曲珍本叢刊》所收本《迎鑾新曲》卷首）：

法部雲韶雅樂傳，清詞字字貫珠圓。粲花才子生花筆，合譜仙音各鬥妍。

笙鶴瑤天叓出塵，湖山春麗日華新。百靈擁衛群真集，齊捧三漿壽一人。
詞源三峽涌波濤，刻羽移宮調最高。鳧藻一時歌燕喜，九重天上響雲璈。
樂府新聲妙抑揚，南推高史北喬王。鈞天試聽迎鑾曲，未許前人獨擅長！

江聲金志章

吳廷華《〈迎鑾新曲〉題辭》（《傅惜華藏古典戲曲珍本叢刊》所收本《迎鑾新曲》卷首）：

譜得迎鑾法曲新，廣場二月播陽春。西方壽佛西王母，都作瞻雲就日人。
詞客毫端雅奏多，十平大樂協中和。虞廱他日金華殿，還進康衢擊壤歌。

東壁吳廷華

蔣德《〈迎鑾新曲〉題辭》（《傅惜華藏古典戲曲珍本叢刊》所收本《迎鑾新曲》卷首）：

重見神人啓玉函，帝車南指五雲衘。誰翻絕調迎鑾曲？法鼓仙璈總不凡。
現來天女將花散，幻作群仙駕鶴迎。不是一時雙彩筆，紫雲何處寫遺聲？

秋涇蔣德

丁敬《〈迎鑾新曲〉題辭》（《傅惜華藏古典戲曲珍本叢刊》所收本《迎鑾新曲》卷首）：

孝治真看邁百王，慈宮親奉九霞觴。新聲擬作無疆壽，才子迎鑾各擅場。
群仙爭集百靈趣，龍笛鵞笙調自殊。碧落空歌誰敢和？笑他郢雪祇區區。
析角分宮未易才，共將藻思瀉瓊瑰。一時駒豹爭聲價，曾唱鈞天法曲來。
詞筆湯徐信老成，同時對壘合爭衡。南湖花隱甌亭長，他日應傳供奉名。

龍泓丁敬

汪沆《〈迎鑾新曲〉題辭》（《傅惜華藏古典戲曲珍本叢刊》所收本《迎鑾新曲》卷首）：

  仙音兩部協宮商，壘玉駢珠各擅場。此曲自從天上奏，不須樂府數康王。
萬國歡心奉一人，親扶紫闥駐湖濱。山呼不是虛無事，帝德懷柔及百神。
山海仙靈絳節朝，花明行殿競雲韶。欣知聖母西方佛，聽慣瑤房鳳喙簫。
新詞譜出合笙鏞，雙管真堪峙兩峰。却笑粗才晁協律，祇歌并蒂有芙蓉。

西顥汪沆

吳城

馬曰璐《〈迎鑾新曲〉題辭》（《傅惜華藏古典戲曲珍本叢刊》所收本《迎鑾新曲》卷首）：

  東都詞筆柳秦妍，北地新聲關馬傳。西京樂府康王擅，迓鸞旗，奏御筵。
太和音、雙管齊宣。價重雲韶部，名高黃絹篇，鈔遍霞箋。（調《水仙子》）

半查馬曰璐

陳章《〈迎鑾新曲〉題辭》（《傅惜華藏古典戲曲珍本叢刊》所收本《迎鑾新曲》卷首）：

  譜梨園、兩部詞章。味合酸甜，響應宮商。不演參軍，不編待制，不唱中郎。 百靈走、烟排隊仗。群仙會、雲翦衣裳。宋艷班香。玉輦南巡，供奉君王。（調《折桂令》）

竹町陳章

舒瞻《〈迎鑾新曲〉題辭》（《傅惜華藏古典戲曲珍本叢刊》所收本《迎鑾新曲》卷首）：

  升平雅奏。付與雕龍手。二妙一時真罕有。記曲費他紅豆。 譜成山

渌湖光。傳來刻羽吟商。五色雲中扇筤。九重天上絲簧。（調《清平樂》）

堃畝舒瞻

張雲錦《〈迎鑾新曲〉題辭》（《傅惜華藏古典戲曲珍本叢刊》所收本《迎鑾新曲》卷首）：

八神弭節，七聖隨車，翠華南幸重睹。熊館花明，鵠池柳細，一時行幄同扈。粉箋銀管，話多少、迎鑾詞賦。雙成妙曲，誰似仙韶？舜瞳曾顧。付他關馬名流，周秦好手，也難翻譜。移宮換徵，錦心繡口，繪出升平春宇。六橋三竺，儘贏得、鍚簫茶鼓。魚龍爭演，壓倒東嘉，瑞光交處。（調《慶春宮》）

鐵珊張雲錦

張湄《〈迎鑾新曲〉題辭》（《傅惜華藏古典戲曲珍本叢刊》所收本《迎鑾新曲》卷首）：

和聲雙鳳穿雲叫，天上人間都滿。調協黃鐘，韵飄白雪，壓盡錦城絲管。幔亭何遠。儼三島群真，驂鸞陪輦。王母蓬池，小桃紅映水清淺。　漫論馬枚遲速，翩翩詞賦手，總輸歌板。絳樹千聲，驪珠一串，好趁花飛鸚囀。重瞳迴眷。正湖鑒澄空，山屏翠展。雅樂流傳，補省方盛典。（調《齊天樂》）

柳漁張湄

周宣猷《〈迎鑾新曲〉題辭》（《傅惜華藏古典戲曲珍本叢刊》所收本《迎鑾新曲》卷首）：

一代酸甜誇幷轡，香荃齊按金徽。蘸來湖渌點山霏。虞廷雙玉琯，漢院五銖衣。　福洞仙真都活現，九天鸞鳳爭飛。至尊含笑駐雲旂。漪風聆鞫部，曳彩看支機。（調《臨江仙》）

雪舫周宣猷

楊潮觀
(1710—1788)

　　字宏度，一作宏度，號笠湖，金匱（今江蘇無錫）人。幼擅才華，兼工書法。十四歲，參加春風亭之會，受知於鄂爾泰（1677—1745）。乾隆元年（1736）恩科舉人，入實錄館。乾隆九年（1744），出爲山西文水縣知縣。此後在河南、雲南、四川等地任州縣官達三十餘年。爲政廉敏有聲，知河南固始時，留心民瘼，興利除弊，德行爲兩河第一，人稱"楊固始"。精音律，嗜戲曲，愛花竹，雅好著述。著有《左鑒》《周禮指掌》《易象舉隅》《家語貫珠》《心經指月》《金剛寶筏》《吟風閣詩鈔》《吟風閣詞稿》《吟風閣文》等。又作雜劇三十二種，總名《吟風閣雜劇》。袁枚（1716—1798）《邛州知州楊君笠湖傳》云："在邛州得卓文君妝樓舊址，構吟風閣數椽。吏民上壽者，令各種花木一株，取古今可觀感事製樂府數十劇，付梨園歌舞，以落其成。"

　　傳記文獻：袁枚《邛州知州楊君笠湖傳》[《小倉山房文集》卷三十四]、李桓《國朝耆獻類徵初編》卷二百三十二、竇鎮《清朝書畫家筆錄》卷二、（乾隆）《重修固始縣志》卷十九、（嘉慶）《無錫金匱縣志》卷二十二、（嘉慶）《四川通志》卷一百十六。

《吟風閣雜劇》

　　原稱《吟風閣》，又名《吟風閣譜》《吟風閣傳奇》。今人胡士瑩校注本稱《吟風閣雜劇》，遂爲通稱。共三十二種，均爲單折短劇，依次爲《新豐店馬周獨酌》《大江西小姑送風》《李衛公替龍行雨》《黃石婆授計逃關》《快活山樵歌九轉》《窮阮籍醉罵財神》《溫太真晉陽分別》《邯鄲郡錯嫁才人》《賀蘭山謫仙贈帶》《開金榜朱衣點頭》《夜香臺持齋訓子》《汲長孺矯詔發倉》

《魯仲連單鞭蹈海》《荷花蕩將種逃生》《灌口二郎初顯聖》《魏徵破笏再朝天》《勸文昌狀元配瞽》《華表柱延陵挂劍》《東萊郡暮夜却金》《下江南曹彬誓眾》《韓文公雪擁藍關》《荀灌娘圍城救父》《信陵君義葬金釵》《偷桃捉住東方朔》《換扇巧逢春夢婆》《西塞山漁翁封拜》《凝碧池忠魂再表》《大葱嶺隻履西歸》《寇萊公思親罷宴》《翠微亭卸甲閑游》《感天后神女露筋》《諸葛亮夜祭瀘江》。

● 劇情概要與本事

《新豐店馬周獨酌》

簡名《新豐店》。寫唐代山東秀才馬周,初到長安,十分落寞,暫留中郎將常何門館。一日,代常何草奏章完畢,倍感無聊,遂往新豐市上買醉散懷。酒保見他衣服單寒,定非貴官長者,便引之到旁邊飲酒。馬周感漢高祖劉邦亦曾辱慢書生,致使四皓隱居,不爲世用。今日大唐文武并重,與漢初光景不同。但自己整日爛醉生涯,有負當今盛世。念此,在店壁上題詩一首,抒寫懷抱。酒保却怪馬周東塗西抹,有污墻壁光潔。馬周被平白奚落一場,甚是掃興,悲嘆詩書無用,落魄書生竟遭賤人欺辱。不久,馬周醉倒酒店。這時,内監等奉皇帝之名,尋訪馬周,要其換上冠帶,乘坐御馬,立刻進宫面聖。酒保見此,將其題詩尊爲名公筆迹,用碧紗籠罩。

生扮馬周,副净扮内監,末扮軍校,丑扮酒保。

本事見於《新唐書・馬周傳》。元庾天賜(生卒年不詳)《中郎將常何薦馬周》(佚),明茅維(?—1629)《醉新豐》、葉承宗(1602—1648)《窮馬周》等雜劇,與此題材同。

《大江西小姑送風》

簡名《大江西》。寫一官員幼讀詩書,早登仕版。今遠任南中,打從大江西去。一路舟行,雖旅況無聊,閑愁不少,然由此得觀水闊魚躍、天空鳥飛、耕牧蒼烟、雲山帶紫等景致，亦不覺萬里迢遙。今夜風月無邊，江山如畫，官員好不暢快！面對一輪明月，頗有佳興，乃吟詩一首，以爲消遣。不覺來到馬當山下、小姑山前，烏雲密布，風雨驟至，祇得泊舟守風。官員在艙中小寐片時夢見小姑山神女站在梳妝臺上，憑欄眺望，見阻風官舫中之士人道氣猶存，乃命風婆、水母與他順風相送。霎時間，青蘋吹動，天風乍起，輕舟隨浪而去。官員爲童子喚醒時，小船已達吳頭楚尾。他好生奇怪，認爲此乃小姑顯聖，遂感謝神女助風之情。

小生扮官員，丑扮童兒。

陳俠君寫韻樓本《吟風閣》傳奇序云："《大江西》之自爲寫照，皆有寓意。"知此劇乃作者自寫入蜀時江行光景。

《李衛公替龍行雨》

簡名《行雨》。寫三原人李靖，年方弱冠，抱負非凡。其舅父韓擒虎已將平生武藝盡授於他。李靖又聞龍門山下之雲中子道行高深，欲從他再學道三年，方肯出世。訪師途中，天色已晚，乃向林中人家叩門借宿。一位老母開門迎客，讓李靖在莊外團瓢歇宿。半夜，李靖被老母喚醒。原來老母乃龍王之母，剛剛上帝敕書，差遣龍王往河東行雨，恰龍王出外未歸，事出緊急，故請李靖代勞。龍母又言：自有白馬行空，皂旗遣將。李靖祇需搖動淨瓶，將柳枝輕輕揮灑，地上就有一尺甘霖。李靖乘馬升空，俯視下界，祇見赤地千里，禾苗枯焦，災民四下逃難。心中暗思，若依龍母言語行事，恐無法徹底解決旱災。於是，李靖揮動皂旗，號令諸神行雲布雨之際，自作主張，幾乎傾倒了所有瓶中之水。事畢，諸神各歸本位，李靖也按下雲頭，來到龍門山下，但見洪水滾滾，田廬漂敗。進入寺中，拜見雲中子，并禀告先前所行之事。雲中子聞此，怪他好心害事，且帶纍龍王母子慘遭天罰。李靖此時汗流浹背，追悔莫及，但已於事無補。雲中子趁機指點一番，令其入門修行。

生扮雲中子，小生扮李靖，老旦扮龍母，小旦扮龍孫。

本事見於唐李復言《續玄怪錄·李衛公靖》。

《黃石婆授計逃關》

簡名《黃石婆》。寫韓人張良俠烈非常，平日散財結客，後爲報韓仇，帶着黃金力士，狙擊秦始皇，雖大功未成，但也驚天動地。秦皇受驚，遍搜天下，圖形畫影，捉拿張良。張良師傅黃石公恐他難脫虎口，特托妻子黃石婆尋訪張良，授其妙計，助他逃出重關。原來張良爲人氣概英雄，相貌却類婦人。黃石婆教他假充入海求仙的童女，與自己扮成師徒，以撞出關去。張良認爲此舉有辱聲名，予以拒絕。黃石婆指點他道：大難臨頭，須知通變，剛者必折，强者必滅，執雌守柔，方能成就大事。張良聞此，改裝易服，化身爲一個美貌小道姑。來到關口，守關軍士上前盤問，二人自言受秦皇派遣，將入海求仙采藥。軍士見小道姑甚有姿色，想要調戲。危急關頭，張良腰間寶劍嗚嗚作響，黃石婆言此劍遇起不良心之歹人便會飛出，取其性命。軍士恐懼，不敢阻攔。二人順利出關。

小旦扮張良，老旦扮黃石婆，副净、丑扮軍士。

本事見於《史記·留侯世家》。

《快活山樵歌九轉》

簡名《快活山》。寫西山一位樵夫，安心耐苦，與世無争，靠一把斧頭養家糊口。一日天氣初晴，樵夫正好進山砍柴。來到山中，見蒼烟斷壑，紅葉紛飛，一片美麗秋光，甚是喜悦。忽然發現一書生跌倒在山凹之中，趕緊扶他起來。書生言自己上京應試，落第而歸，祇因滿腹牢騷，纔把路頭走錯。書生知樵夫每日打柴辛苦，却如此快活，甚是不解。樵夫言快活之事甚多，然後一一爲書生道來：一是感謝天地大恩，令自己生而爲人，免遭禽獸所歷之種種苦厄；二是幸運生做鬚眉男兒，不必經歷女子之勞累委屈；三是身體完全，五官端正，没有喑聾跛眇等種種殘疾；四是身體康健，没有惡疾折磨；

五是上有爹娘，下有妻兒，骨肉完全，不知生離死別之苦；六是無辱無榮，自由自在，不必遭受罪囚刑罰之痛；七是生在太平歲月，不必經歷刀兵亂世、天翻地覆、骨肉分離之苦。聽完樵夫所言，書生拍手大笑，言自己從前煩惱，都不知哪裏去了。

小生扮書生，末扮樵夫。

本事見於《列子·天瑞》。

《窮阮籍醉罵財神》

簡名《錢神廟》。寫寶山上有座錢神廟，每日來此燒香上供的人絡繹不絕，令廟中小沙彌應接不暇。一日，阮籍飲酒將醉，偶然從廟前經過，見金碧輝煌，香烟縹緲，便進去觀覽。小沙彌告訴他，此廟供奉錢神。阮籍聞此，要對着錢神大笑三聲，大哭三聲，還要罵他千聲萬聲。先笑錢神有權、有德。權能打透天羅地網、買通鬼使神差，德可助人施捨、救人緩急等；然後哭他逼死多少豪杰俊才；最後則罵他起紛爭、生圈套、變人心、摧道義、間骨肉、成仇怨，更罵他黑白不分，重富欺貧。阮籍見錢神一言不發，則撞鐘擊鼓，又從頭罵起。錢神甚爲惱怒，遣鬼判勾取阮籍生魂拷問。阮籍昂然不跪，甚有骨氣，錢神就用兩庫金銀來誘惑他。阮籍認爲錢財多寡，命中自有定數，驀得橫財，祇會招致禍患。錢神見其不受愚弄，甚爲欽敬，吩咐鬼卒送他還歸陽世。臨行，鬼卒向阮籍索要還陽錢，阮籍不與，鬼卒將之推倒。阮籍驚醒，原來是南柯一夢。

生扮阮籍，净扮錢神，末扮功曹，丑扮沙彌，雜扮鬼卒。登場人物尚有名繮、利鎖二魔頭，俱未分配脚色。

本事不詳。是劇創作或受清嵇永仁（1637—1676）《杜秀才痛哭泥神廟》《憤司馬夢裏罵閻羅》等雜劇影響。

《温太真晋陽分别》

簡名《晋陽城》。寫并州老婦崔氏,丈夫策名晋室,不幸早亡。長子溫嶠入司空劉琨晋陽幕府,次子溫季尚未成人。劉琨欲派溫嶠奉表經畫江東,溫嶠以母親年邁、不敢遠行爲由拒絶。崔氏則認爲此乃溫嶠報國之時,力勸他服從命令,勇赴國難,做一忠臣義士。又言家中有幼子照料,溫嶠可放心遠行。這時,劉琨派人來催促啓程,溫季不願哥哥離開,埋怨劉琨不顧私情。崔氏言溫季年幼,缺乏見識,其言不可從。且溫嶠作爲劉琨參佐,深受知重,亦應忠心報答,不能遇事推脱。溫嶠言晋陽四面受敵,形勢危急,自己一走,恐晋陽難保。崔氏聞言,質問道:晋陽難保與晋室安危孰重?勉勵他做支撑晋室的棟梁。溫嶠還以養親爲由,不肯遠行,崔氏斥責他是藉孝逃忠,并以死强迫他盡忠晋室。溫嶠牽衣不行,留戀不捨,崔氏令其割下一幅衣襟,留作紀念,言"見衣如見兒"。溫嶠祗得絶裾而去。溫季趕來爲哥哥餞行,兄弟二人在相互安慰、囑咐中分别。

生扮溫嶠,小生扮溫季,老旦扮崔氏,末扮軍官。

本事見於《晋書·溫嶠傳》,情節有所改動。

《邯鄲郡錯嫁才人》

簡名《邯鄲郡》。寫邯鄲一良家女子,少小隨母入宫,趙王對其一見傾心,即以才人相許。邯鄲女子長成後,更是姿比珠玉,雅善歌舞。孰料世事無常,趙王晏駕,父母離世,女子失去依靠,被遣出宫,又被兄嫂嫁於厮養卒爲妻。邯鄲女子甚是悲傷。時值中秋佳節,回憶昔日父母慈愛、君王恩重,更覺今日凄凉難耐。見月上天空,她焚香禱告,訴説衷情,想自己就要花落塵泥,白璧輕抛,反羡姮娥寡居天宫,不受塵世驚擾。更深夜永,女子掩泪睡去。忽母親急至,將之唤醒,説是趙王中宫虚位,要選女兒入宫,内侍、宫娥等已捧珠冠、玉珮前來下聘,趙王即日就來接迎。説着,内侍、宫娥都來磕頭,祈求看顧,并預言女子必得趙王寵愛,且會生下太子。女子高興异常，吩咐母親告訴趙王，自己要坐正宮，不當才人。這時，却發現母親、宮娥等俱已不見踪影，原來是黃粱一夢。夢醒之後，邯鄲女子更加愁悶。

旦扮宮娥，小旦扮邯鄲女子，老旦扮邯鄲女子母親，丑扮内侍。

是劇當據南朝謝朓《邯鄲才人嫁爲廝養卒婦》詩、唐李白同題詩敷演而成。

《賀蘭山謫仙贈帶》

簡名《賀蘭山》。寫唐朝李白自受賀知章薦舉，官拜翰林學士，聖恩優容，榮華無比。衹是酒酣豪放，每每凌轢公卿，自問非宜，乃上表求閑。皇帝詔許後，李白遍游天下，縱觀五岳名山。不久前，北上朔方，欲覽賀蘭名勝，因遇故人在此鎮守，不覺流連月餘。歸去之際，故人在城樓設宴餞行。李白乘馬赴宴，過演武場，見有犯將二人跪在道旁，午時三刻，就要問斬。其中一人器宇不凡，俊偉非常，命在須臾而辭色不動。李白知其非等閑之輩，決定搭救，問其姓名，乃帳前軍校郭子儀。李白急登城樓，見過朔方節度使，言郭是天下奇士，不可擅殺。節度使則言軍法無私，令在必行。李白聞此，當即辭宴，要往法場與郭訣別，并欲用血泪禱告他早早生天，及時出世，好爲國家出力。此時，節度使方相信郭必爲非常之才，於是允諾將之赦免，令其將功折罪，但要李白爲此多飲十斗。李白爽快答應，大笑道：此事快活有三，一是得遇异才；二是因自己一番言語，故友能網開一面；三是國家表面承平，實則大厦將傾，自己整日爲此憂心忡忡，今幸遇郭子儀，其將來必爲補漏扶危之人。宴畢，節度使命郭子儀陪李白登山游玩，李白勉勵郭在政局動蕩之時，一定要勇赴國難，又將皇帝所賜玉帶相贈。

生扮李白，副净扮哥舒翰，末扮郭子儀，丑扮童子，雜扮劊子手，外扮朔方節度使。登場人物尚有探子等，俱未分配脚色。

本事見於《新唐書·李白傳》及明馮夢龍（1574—1646）《警世通言》卷九《李謫仙醉草嚇蠻書》，屠隆（1542—1605）《彩毫記》傳奇有與此相同關目。

《開金榜朱衣點頭》

簡名《朱衣神》。寫大宋開科，皇帝令歐陽修執掌文衡。文昌帝君遣朱衣神帶着金童玉女早早降臨貢院，幫助歐陽修甄選賢才。説起本科分判方法，朱衣神言不憑文字，但依陰騭。果然，第一通天鼓過後，鬼督郵引導報恩鬼進，他們或頂香，或念佛，或贊嘆稱揚，保護場中恩人。這是因舉子及其祖宗造下無邊功德，故種種福報，不招而來。第二通天鼓之後，鬼督郵引導報冤鬼進，他們形貌恐怖，咬牙切齒，尋找場中仇人。這是因舉子及其祖宗結下難解難消的冤孽，故冤魂們亦不招而至。第三通天鼓之後，鬼督郵引導城隍社司、舉子祖輩先靈進。有些先靈妄圖爲後輩打通關節，被貢院門神趕出場外。歐陽修入場後，先是向天禱告，希望能提拔天下孤寒，不讓飽學名儒塵埋聖世；再求上天幫助選出大忠大孝大學問之人來匡扶社稷，宏講風流。他閲卷時，朱衣神用紅紗罩其雙眼，令他五色目迷，看朱成碧，反將那些真正的忠孝英才選拔出來。門子前來送茶，恍惚看見朱衣人站在歐陽修身後，隨歐陽修點頭點腦，又突然不見。閲卷完畢，天將破曉，歐陽修吩咐下人準備開場出榜。

生、净扮貢院門神，旦、小旦扮金童玉女，小旦扮門子，副净扮鬼魂，末扮朱衣神，外扮歐陽修，丑扮鬼督郵，雜扮五奎星。

本事見於明陳耀文（生卒年不詳）《天中記》以及清翟灝（？—1788）《通俗編》卷五引《侯鯖錄》條所載歐陽修事。

《夜香臺持齋訓子》

簡名《夜香臺》。寫漢代京兆尹雋不疑天性嚴猛，專以擊斷爲威。爲盡孝道，曾將母親接到官衙服侍。其母在衙中日聞敲撲之聲，歲閲屠戮之慘，知其中定有很多冤獄，心中常懷惶懼。一次，雋不疑連日出巡屬縣，審録囚徒。

母親想他此行又必添諸多業障，於是在夜香臺上焚香禱天，代其懺除罪過。雋不疑還衙見此，勸母親安心享受天倫之樂，勿以兒子官事爲念。母親趁機勸他慎用刑罰，須知百姓一人受刑，全家盡哭。不疑則言痛懲不法乃其職責所在。又言此次出巡，西路吏民豪猾，作奸犯科者多，爲護良善，唯恐除惡不盡，應無冤濫。母親見他如此行事，刑罰必會過頭，定然傷及衆多無辜百姓。爲了避免見到不疑像郅都、寧成等酷吏之悲慘下場，母親要即早東歸，從此長齋念佛。不疑趕緊跪下請求母親息怒，并言在東路巡視時平反了一件由寧成造下的冤案，已上奏皇帝，可活千人性命。母親聞此，大感欣慰，認爲這纔是兒子應當履行之職責。

生扮雋不疑，老旦扮雋母，小旦扮侍女，末扮堂候官。

本事見於《漢書·雋不疑傳》。

《汲長孺矯詔發倉》

簡名《發倉》。寫河南郡一個老驛丞，當差數十年，忍辱負重，盡職盡責。近來，地方荒歉連年，人烟消散，又軍興事繁，過往官差衆多，致使槽上幾無可騎之馬，簿中無可用之人，站中錢糧也已傾盡多時，驛丞實在無力應付。幸喜昨日得到任滿升遷的消息，故吩咐女兒賈天香趕緊收拾行李，準備搬家。突然，驛卒急報，説是黄門汲黯大人奉旨往河東勘任火災，今晚要來驛站歇宿，本郡官員亦都到此接送，需要盡快準備夫馬糧草等。驛丞聞言，跌坐在地，不知如何是好。女兒天香問明緣由，請父親放心，説自己畫一道靈符，就能禁住天使，使他不能到河東去。驛丞沒有辦法，祇得任憑女兒行事。汲黯來到驛站，見壁上有題詩，且分明在譏誚自己，不由大怒，令驛丞速將題詩的"洛陽才子賈天香"帶來。他見天香是個女子，好生奇怪，責問她爲何虛言惑衆，謗訕朝廷。天香則言河南連年災荒，饑民流離載道，比起河東火災嚴重百倍，朝廷爲何不問？并將之引上北邙山，汲黯果見虎牢關外，赤地千里，方知河南遭遇奇灾，地方官員隱瞞不報，還不肯開倉賑濟。當即表示回朝後，一定將之上奏皇帝，救此數郡生靈。天香認爲待他撫綏河東完畢，再去陳奏，灾民早已餓死。不如現在從權矯詔，持節發倉，以救百萬生靈。即使天子降罪，以一人之死，換千萬之人命，也不虧負汲黯忠直之名。汲黯見一女子竟有如此見識，自己也不能做無勇之夫，遂矯詔開倉救民。

生扮汲黯，小旦扮賈天香，副净扮驛丞，雜扮驛卒、候吏。登場人物尚有侍從，未分配脚色。

是劇依《史記・汲黯傳》點綴而成。

《魯仲連單鞭蹈海》

簡名《魯連臺》。寫戰國時人魯仲連，周游列國，爲人排難解紛。曾助趙擊退秦軍之圍，使得危趙不亡，强秦不帝。後上觀天時，下察人事，知不出二十年，六國必亡，秦國必霸，此乃定數，不可挽回，遂蹈海而去。途中，趙王遣使趕上，請其回轉佩挂相印，輔佐江山，魯仲連拒絕。接着，平原君遣人呈上黄金千兩、白璧一雙，魯仲連亦當即謝絕。信陵君派朱亥送上老驥及千里寶馬各一匹，仲連祇留下老驥，謝過信陵君後，打馬而去。途經瑯琊臺，他登高感懷，悲嘆各國朝秦暮楚，祇圖一時僥幸，纔造成不可收拾之局面。最後，仲連訪仙島，尋神仙，超然塵外，不問世事。

生扮魯仲連，副净扮朱亥，末扮趙王使者，丑扮平原君使者。

本事見於《史記・魯仲連傳》。

《荷花蕩將種逃生》

簡名《荷花蕩》。寫明初陳友諒攻太平城，守將花雲據城巷戰，中箭而死。夫人郜氏亦投井殉夫，臨終之際，將幼子交付婢女蘇昆，求其保護。蘇昆自幼便在將門，膂力過人，故仗着三分膽氣，懷抱孤兒，從亂軍中衝出，混入民間難婦間，逃出城外。結果被賊兵擄去，監在後營。賊兵幾次三番想要殺死啼哭的孤兒，蘇昆祇得拔下釵環，將之寄養在漁翁雷老兒家裏。後來趁着賊軍防守鬆懈逃出，往雷老兒家抱出小孩，來到渡口，想奔赴金陵。誰知渡口無船，陳友諒又率兵追至，蘇昆中箭落水，昏死過去。花雲鬼魂將之救醒後，蘇昆依靠浮木，渡過長江，漂至荷花蕩中躲藏。孤兒因飢寒啼哭不已。蘇昆祇得采些蓮子，與他充飢。蘇昆陷在泥水中七天七夜，身體困乏已極，又昏睡過去。天庭派采石磯江上一個土神，化身雷老兒前來搭救，使之與前來接迎之人相遇。感蘇昆等義烈，皇帝傳旨，將之送入花雲舊第安置，孤兒由蘇昆撫育，又宣其入宮面聖。

旦扮宮娥，小旦扮蘇昆，淨扮陳友諒，末扮雷老兒，丑扮內侍。登場人物尚有花雲鬼魂，未分配腳色。

本事出自《明史·忠義傳》。

《灌口二郎初顯聖》

簡名《二郎神》。寫因江水泛濫，傷害居民，蜀郡太守李冰率人治水，開鑿離堆，不得回府。其子二郎趁機帶着侍從，架鷹牽犬，偷出府門，到山前打圍，獵獲很多山禽野獸，又在山坡上暢飲飽餐，并令從人唱歌助興。忽然，家人來報，言李冰鑿破離堆，壞了蛟龍窟穴，龍婆、龍子惱恨，駕起風雷雨電，與李冰在江邊廝殺，李冰寡不敵衆，危在旦夕。二郎聞此，怒火中燒，即刻趕往江邊，截住孽龍母子與其戰鬥，并打出鐵彈、黃金索，釋放鷹犬，很快二龍受傷被擒。二郎本待將之斬殺，江神勸說留其性命，以便驅使。於是二郎將龍婆鎖在離堆之下，約勒江波；將小蛟裝在寶瓶口內，守定水門。又在山崖上砍下數道劍痕，在沙灘上插鐵杵一頭，作爲蓄泄江水之節度。并傳授江神"深淘灘，低作堰"六字，作爲治水口訣。

小旦扮二郎，外扮李冰，雜扮二郎隨從。登場人物尚有江神、龍婆、龍子，俱未分配腳色。

是劇乃敷演民間有關李冰父子治水傳說而成。

《魏徵破笏再朝天》

簡名《笏諫》。寫唐代起居舍人魏謩，乃太宗時賢相魏徵之裔孫，其祖先堂內還供奉着魏徵當年所用之象簡，手澤如新。皇帝聽說此笏尚存，特宣詔魏謩賫笏來見。皇帝東巡，在洛陽帳殿延見臣僚，晉國公裴度奏稱，自己年老體衰，上不能格心致主，下不能盡諫極忠，爲免外廷浮議，懇辭相位，歸田養老。皇帝則言裴度作爲四朝元老，不可遽圖便安，正欲藉其鎮撫四夷，消弭黨爭。談話之間，魏謩上朝覲見，呈上魏徵牙笏以供御覽，并言笏上有破損舊痕數道，乃因魏徵諫阻太宗親征高麗時，言辭懇切，失手將牙笏擲於丹墀之上，致使角缺邊殘，不成完璧。君臣共憶當日情狀，深贊魏徵識見超凡，又忠言敢諫。裴度言魏徵身後，舊恩遽替，奪婚削爵，甚至踣倒墓碑，令人心寒。魏謩言此乃魏徵在東征一事上不肯順顧，觸怒太宗所致。皇帝問將墓碑重新樹起，又因何事？魏謩言東征之後，師出無功，結果正如魏徵之言，太宗此時追悔莫及，方知魏徵忠直之心。皇帝聽後，特賜魏謩番錦一端，爲舊笏重製新囊，什襲而藏；亦勉勵裴度，當以魏徵爲典型，伴君左右，無廢規箴。

小生扮魏謩，外扮裴度。登場人物尚有皇帝、執戟郎、糾儀御史、戶外昭容、黃門官等，俱未分配脚色。

本事見於《新唐書·魏謩傳》，并參以同書《褚遂良傳》。

《勸文昌狀元配瞽》

簡名《配瞽》。寫臨安吳翁之子新中舉人，吳翁本待爲其完婚之後，再送他上京會試。不料原聘之女忽然雙目失明，其父携媒人進城相訪，一來賀喜，二來退還聘禮，令新舉人另擇高門。吳翁問女孩爲何失明？親家答道：妻子死後，女兒日夜悲泣，結果哭壞了雙眼。來時，女孩言已無法侍奉公婆，亦不能操持家務，若嫁來，恐誤人終身，故情願退婚。吳翁將子喚出，說明情況，問其打算。新舉人言婚姻一旦定下，豈容輕易更改！再說盲人何罪，她已喪母，再與丈夫拆開，以後誰來看顧她？她已如此不幸，自己祇會同情憐愛，不會心生厭惡。吳翁想再試他一試，說道："你娶瞎婦來家，誰來侍奉我們？你怎能自作主張！"舉人聞言，趕緊跪下解釋說："這門婚事已經父母認可，盲女因痛母傷身，過門後定是個賢惠妻子。"吳翁見兒子態度堅決，就對親家說，趕緊收回聘禮，不日將登門迎親。親家也稱贊吳翁父子是難得的有情有義之人。上帝知其事，降旨文昌帝君，舉人不弃盲妻，重倫尚義，可選爲今科狀元，以彰風化。

生扮文昌帝君，小生扮舉人，外扮吳翁，末扮親家，丑扮媒人。登場人物尚有天聾、地啞，俱未分配脚色。

本事見於宋陳師道《後山談叢》及清黃宗羲（1610—1695）《宋元學案》卷三十二等。

《華表柱延陵挂劍》

簡名《挂劍》。寫春秋時吳國公子季札，乃周室懿親、吳王介弟，受國君委派，歷聘中原。他過長江、渡黃河、覽岱宗、登太行，遍觀壯麗山河。又陰求天下奇士，與齊大夫晏嬰、晋大夫叔向、衛大夫蘧伯玉、鄭大夫公孫僑等解帶寫誠，都如舊識。後南返，過徐州。徐國國君乃其八拜之交，二人情同手足，季札早盼望能在歸途與其款叙。一見徐國陪臣，季札馬上詢問好友境況。陪臣却告訴他，徐君已死，前邊高岡就是其寢園所在。季札大驚，來到園內，但見愁雲在天，落葉滿地，山川如故，華表雙立。想起自己曾允諾將寶劍贈予徐君，今劍在人亡，不勝感傷，祇得解劍挂於華表柱上，以表昔日之心。問徐君身後之事，陪臣言嗣子幼弱，國小無依。季札憶起前日客館之中，曾夢徐君抱幼子來見，似有托孤之意，遂表示有生之年，再不遣一馬一箭到徐國界上，若徐國遭他國侵凌，定來相助。說完，撮土爲香，以茶代酒，澆奠徐君後，拜辭而去。

小生扮季札，末扮徐國陪臣。登場人物尚有侍從，未分配脚色。

本事見於《史記·吳太伯世家》。

《東萊郡暮夜却金》

簡名《却金》。寫漢代大儒楊震，奉詔拜東萊郡太守，單車赴任，途經昌邑地面時，吩咐隨從留宿此地，明早傳見迎接官員。天黑之後，門吏來報，言昌邑縣令王密黃夜求見。王密是楊震在荊州所取秀才，屬於故人，故破例允其來會。王密從懷中取出禮帖呈上，楊震大怒，將束帖扔於地上，斥責他不該行賄，污人清名。王密說祇是私下拜會，別人不會知曉，楊震則言天知、地知、你知、我知，怎能說無人知道？說着就要起草奏章，彈劾王密，并表示後悔薦其出仕，今日纔知道他是個貪污行賄之人。王密趕緊辯稱這份禮金完全出自俸祿，楊震毫不客氣地指出，這絕不會是其薪俸所積，一定是從百姓身上榨取而來。楊震本想將此事寫進奏章，上報朝廷，怕王密因此身敗名裂，最後祇告誡他改變前愆，以圖後效。

生扮王密，外扮楊震，末扮門吏。

本事出自《後漢書·楊震傳》。元鮑天祐（生卒年不詳）《東萊守楊震辭金》雜劇與此題材同。

《下江南曹彬誓衆》

簡名《下江南》。寫宋將曹彬奉旨征討南唐，兵不血刃，已將金陵圍困。為了一城生靈，貽書李煜，勸他早早投降，但李煜執迷不悟。正當曹彬憂心城破之日錦繡金陵將化爲白地之時，朝廷派使者賜其尚方寶劍一口，言軍中不遵將令者，可先斬後奏。曹彬有了主意，宣稱因身體欠安，暫不處理軍務。潘美等屬將聞訊，咸來問候。曹彬言自己所患乃心病，病根在於恐城破之後，玉石俱焚。先鋒將曹翰認爲一旦攻入城池，就應盡敵而歸，小民之命不必憐惜。曹彬大怒，斥責先鋒營軍心怠慢，專以擄掠爲事，乃其平時驕縱所致，吩咐左右將之收押，其他衆將紛紛求情。曹彬又言戰事因李煜而起，金陵百姓并無罪過，且此乃金粉之地，怎忍使之化爲焦土。再説皇帝以生靈爲重，此次征伐意在吊民，原非耀武。若諸將以暴易暴，濫殺無辜，必有違聖衷。到時軍法無私，恐不能相保。自己亦因此成病。衆將聞言，均表示願服從軍令。曹彬當即與潘美等焚香立誓，向天禱告：一不妄殺，二不擄掠，三不發墳掘墓，且不能加害李煜一門。

生扮王明，小生扮李漢瓊，老旦扮内監，外扮曹彬，副净扮潘美，丑扮曹翰，末扮中軍。

本事見於宋王陶《談淵》及《宋史·曹彬傳》。

《韓文公雪擁藍關》

簡名《藍關》。寫唐代韓愈侄孫韓湘子，七世童真，九齡入道，未冠登真。一日在大羅天上想起韓愈厄難已至，將過藍關，於是飛臨凡界，欲點化一番。韓愈因上《諫迎佛骨表》，觸怒皇帝，被貶往潮州，童奴驚散，形勢倉皇。行至藍關，更遇大雪嚴寒，路徑、行人俱無。正彷徨無計，忽見韓湘子前來作別，好生奇怪。向侄孫説起貶謫之事，既悲愁於一家骨肉離散，親人前途未卜，又憂憤於從此朝中無人，妖僧更加猖獗。湘子勸慰道：朝中之事自有大臣調劑，裴度丞相正蒙天子眷倚，想中興可待；况萬物同塵，人生如戲，大可不必爲三教妄爭閑氣。此去雖遠，還朝有日，不必傷悲，祗是胸中所懷忠正之氣還宜消去。韓愈則言忠直之心，至死不渝，明哲保身之舉，自己斷難學會。即使因此遭受如比干、屈原一樣之悲慘命運，也絕不會一身二道。湘子見話不投機，便告辭而去。韓愈繼續崎嶇前行。

小旦扮韓湘子，外扮韓愈。

本事見於唐段成式《酉陽雜俎》及宋劉斧《青瑣高議》。元紀君祥（生卒年不詳）《韓湘子三度韓退之》、趙明道（生卒年不詳）《韓退之雪擁藍關記》，明錦窠老人（生卒年不詳）《升仙記》、雲霞子（生卒年不詳）《藍關記》等均演述這一題材。

楊潮觀

《荀灌娘圍城救父》

簡名《荀灌娘》。寫晋襄陽太守荀崧之女灌娘，年方十三，母親早亡。近因山賊杜曾作亂，襄陽被圍，糧援俱斷，危在旦夕。梁州鎮將周訪，兵多糧足，又是荀崧八拜之交，若他能遣兵來救，或有一綫生機。但荀崧身邊缺少心腹之人可作信使，無奈作罷。灌娘聞此，當即改爲男裝，請令前往。荀崧以女兒年紀幼小，身體瘦弱，又路途險阻，予以拒絶。灌娘則認爲此關涉襄陽存亡，堅持冒險前行。荀崧亦無其他辦法，祇得寫下求救之血書，由女兒代爲奔命。灌娘趁敵軍懈怠，深夜縋城而出。晝夜兼程，不日到達梁州，假稱荀崧庶出之子，見過周訪，説明來意，并把血書呈上。周訪却言自顧不暇，無力奔赴往救，且不顧灌娘跪求哀告，趕她再向別處求援。灌娘見此，知父親必無生路，當場欲拔劍自刎，以譴責周訪不念故舊之情。周訪見其如此忠孝，急忙將之攔下，并答應派兒子周郎率八百精兵往救襄陽。周郎乘夜突襲，大敗賊兵，又追趕杜曾而去。襄陽圍解，荀氏父女抱頭痛哭，疑是夢中。荀崧擺下太平宴席，等待周郎凱旋。周郎將杜曾梟首，進城獻俘。荀崧令灌娘出來拜謝，周郎見其女妝艷服，大爲吃驚，待灌娘道破機關，纔如夢初覺。荀崧得知周郎與女兒年紀相仿，亦未定親，有意將女兒許之爲妻。

生扮荀崧，小生扮周郎，小旦扮荀灌娘，外扮周訪，雜扮杜曾。

本事見於《晋書·列女傳》。

《信陵君義葬金釵》

簡名《葬金釵》。寫戰國時，魏國如姬深得魏王寵愛，甚至兵符璽節等亦由其代爲掌管。王弟信陵君曾爲之報殺父之仇，如姬感激非常。後秦軍攻打邯鄲，信陵君爲奪軍救趙，請如姬幫助盜取了魏王兵符。如姬因此死於魏王拷掠之下，殘尸碎骨被拋入黃河，其孤魂亦上天無路、入地無門，終日漂泊。如姬向幽冥教主哀告，教主言等到信陵君回歸故國之時，她纔有見天之日。

十年後，秦軍圍困大梁，信陵君率百萬之衆救魏，大破秦兵，直殺到函谷關下，方奏凱而歸。魏王派内監顔恩帶兩班文武迎接。信陵君暫時在黃河岸邊扎營，派朱亥代祭侯嬴及晉鄙亡魂。夜深，如姬魂靈來到中軍帳中，見到了睡夢中的信陵君，稱贊其義高天下，自己雖因他而死，但毫無怨言，亦向信陵君哭訴了受刑之慘烈及死後之凄凉，并言沙灘下有自己所遺半股金釵，請其代爲收藏。信陵君驚醒後，向顔恩打聽當日如姬盜符之情形與受刑之經過，顔恩一一備述。信陵君聽後慟哭，深感有負如姬，又聞顔恩剛剛在沙灘撿到半股金釵，正與夢中如姬所言相合，知此釵必爲如姬故物。於是在河堤上爲如姬建虛冢一座，將金釵藏於其下，爲之招魂。又在墓前立碑，親書"忠義如姬之墓"，使其千古流芳。

生扮信陵君，旦扮如姬鬼魂，净扮朱亥，末扮顔恩。

本事見於《史記·信陵君傳》。明張鳳翼（1527—1613）《竊符記》傳奇與此題材相同。

《偷桃捉住東方朔》

簡名《偷桃》。寫東方朔本是歲星下降，做了漢武帝的中郎將，整日餓得發昏，有心參加王母的蟠桃宴會，討些果子吃，奈不獲邀請，於是做了猿猴行徑，誰知被捉，被穿了琵琶骨，吃了一頓惡杖，但也落得一肚子仙氣。如今蟠桃又到了大熟之期，他準備往瑶池再走一遭。王母派康寧看守桃園，康寧喜游好酒，不甚盡責。東方朔見園門大開，本想溜進去，却被康寧喝住。東方朔見他有些駘氣，就用謊話敷衍他，以口渴借茶支開他，然後進園偷桃。王母此日本待往大羅天赴約，臨行有幾件公案需要發放。一是没頭帖子告何仙姑犯奸事。何仙姑奏云：八洞神仙，七雄一雌，終日厮混在一起，畢竟不雅，難免别人説閑話，爲避嫌，自己情願來侍奉王母。二是紫府真人參奏李鐵拐作弊事。李鐵拐辯稱：自己生前爲衙蠹，多有作奸犯科之舉，但都是陳年舊事，自己已經悔過，并因此罪孽，投胎做了殘疾乞丐。三是造父訴冤事。

造父言當日隨周穆王瑤池赴宴，自己在黃河源頭瑤池洗馬，結果黃河變爲濁流，求告自己何日纔能飛升。王母告訴他，若想飛升，黃河必清。最後是東方朔再來偷桃事。王母因他是慣犯，要人拿去，直接打殺。東方朔聞此，言王母小氣，像個富家婆，自己兩番享用仙桃，已長生不死，打也無用。王母要治其偷盜之罪，東方朔更加不服，言神仙們都是小偷，或避世偷閒，或避事偷懶，甚至女仙們還下凡偷情養漢。勸説王母不如將園中仙桃盡行施凡間，讓大千世界之人都長生不老，方顯王母慈悲爲懷。再説，仙桃未必有所言之功效，若有，經常吃桃的李岳就不該拐腿，壽星也不會白頭。王母聽其言有見識，就點化一番，放他歸去。

旦扮王母，老旦扮黃婆，小旦扮何仙姑，净扮造父，副净扮康寧，末扮李鐵拐，丑扮東方朔，雜扮熊、虎二將。登場人物尚有嬰兒、姹女，俱未分配脚色。

本事見於晉張華《博物志》、南朝齊王儉《漢武故事》。明無名氏《東方朔》雜劇、吳德修（生卒年不詳）《偷桃記》傳奇，與此題材同。

《換扇巧逢春夢婆》

簡名《換扇》。寫混元蝶母在羅浮山下修煉千年，遇南海菩薩點化，修成正果，顯現人身。一日天氣明媚，蝶母帶領女兒們到黎母峰前觀玩景致，歌舞迎春。一陣狂風吹過，散花天女朝雲降臨，她原是蘇軾侍妾，今因蘇軾宿業將完，奉菩薩法旨，着蝶母等前往點化，令其及早回頭。蝶母領旨而行。蘇軾再貶瓊崖後，孤身萬里之外，倍覺愁悶。今日又訪友不遇，途中迷路，正彷徨無計，忽遇蝶母，遂向她尋求指引。蝶母及女兒風中定藉機點化，暗示蘇軾往日看中之科名、仕宦、政事、文章等，不過是春夢一場。隨後將一柄團扇與蘇軾之破瓢交換，蘇軾發現團扇化作蝴蝶翅兒，一時間異香、花雨又布滿天空，幡然醒悟，知是菩薩點化，不再受蝸角名利牽絆。最後，詔使宣旨，爲蘇軾昭雪，欽命還朝，即授禮部尚書。

旦扮蓬仙，小旦扮風中定，貼扮花犯，老旦扮混元蝶母，魂旦扮朝雲，末扮詔使，丑扮村裏來，外扮蘇軾。

本事見於宋趙德麟《侯鯖錄》。

《西塞山漁翁封拜》

簡名《西塞山》。寫唐朝隱士張志和，道號元貞子，曾被迫入京見駕，幸不久放歸。今垂釣西塞山前，不圖榮利，逍遥度日。一日上岸賣魚，換得美酒一瓶，對着一江好景，開懷暢飲。酒乾人醉，酣眠於柳蔭之下、小舟之中。皇帝偶幸曲江池釣魚，想起張志和之高蹈，便命御史大夫顏真卿前去尋訪。顏真卿來到江邊，喚醒正在沉睡的張志和，宣旨賜其"江湖散人"之號，賞童男童女二人，一名漁童，一名樵青。張志和領旨謝恩，邀顏真卿登舟一叙，并令樵青扶舵，漁童扯篷，放舟江心，臨風把盞。顏真卿勸張志和出來扶助江山，方不負聖主眷顧之情，張志和委婉拒絕，反勸顏真卿應及早致仕歸隱。談話間，狂風驟起，暴雨如注，雪浪高飛。水中船隻低昂碰撞，篷捲檣折。轉眼間，又霧斂雲收，江山寂靜。張志和藉此提示道：宦海風波比長江大湖更加不測。最後，二人別過，顏真卿回朝復命。

生扮顏真卿，小生扮漁童，小旦扮樵青，净扮張志和，末扮漁人。

本事見於《新唐書·隱逸傳》"張志和"事。

《凝碧池忠魂再表》

簡名《凝碧池》。寫唐代安史之亂平定後，玄宗返回長安，聞得安禄山占領東都時，在離宮凝碧池旁大宴，樂工雷海青用琵琶奮擊禄山，罵賊而死。玄宗十分感念，特命高力士前往凝碧池邊澆奠一番。高力士到後，遇到了在離宮對面開酒店的諸郎。諸郎本是教坊簫管藝人，開元中備承玄宗恩顧，亂後流落東都，賣酒度日。高力士向他説明來意，諸郎陪同前往。進入宮門，滿眼荒凉景象。諸郎説起當日罵宴情狀，歷歷在目。安禄山一破長安，就把梨園中一應伶工樂器盡數搜捉於此，并與那些僞官降將在凝碧池邊開宴痛飲，令教坊樂人在旁供奉。宴上，曾爲大唐將帥的哥舒翰、駙馬都尉張垍等，紛紛跪在禄山膝前敬酒，獻媚邀寵，醜態百出。雷海青見此，氣得面色大變，忍不住放聲大哭，連聲高叫"我的開元皇帝"，并痛罵哥舒翰、張垍等背主忘恩，安禄山狼子野心。説着將手中琵琶打來，弄得酒倒壺翻，攪散了宴席。雷海青因此被剮成肉醬，其殘骸碎骨被抛入池中。高力士聽完，深感其爲人之忠義、結局之悲慘，哭着將其澆奠，并吩咐在池邊爲他立碑，以表忠魂。

老旦扮高力士，丑扮諸郎，雜扮差人。

本事見於唐鄭處誨《明皇雜録》。明屠隆（1542—1605）《彩毫記》、吴世美（生卒年不詳）《驚鴻記》傳奇均插演此事。清洪昇（1645—1704）《長生殿》傳奇之《罵賊》齣專演此事。

《大葱嶺隻履西歸》

簡名《大葱嶺》。寫達摩尊者當初奉佛祖之命傳道東土，如今其衣鉢已在中華流傳，遂帶隻履，西行歸去。一日，路過葱嶺，欲以嶺上龍潭之水照本來面目。魏使宋雲奉使西歸，亦經此地。因達摩在少林寺面壁九年，肩頭鴉雀成巢，耳中野草生長，衆人均言其已圓寂多時。今驟遇之，十分驚奇。達摩言："我本無生，怎得有死？"宋雲又問達摩，爲何有履不穿、赤足而行等。達摩均以佛家出世返本思想巧妙作答。最後，二人各奔東西。

旦、小旦扮散花天女，净扮達摩，副净扮陰府簽書判官，末扮宋雲，雜扮海中兵將。

本事見於宋道元《景德傳燈録》卷三。

《寇萊公思親罷宴》

簡名《罷宴》。寫宋代寇準，幼年孤露，母親獨自將之教養成人，未及他功成名就，寇母就早早離世。後寇準官居一品，禄享千鍾，拜相州節度使，遂將昔日服侍母親的劉婆始終留養府中，以盡天年。明天乃寇準誕辰之日，百官會齊來賀，此時府中比往日更加鋪張，一應器具俱翻新換舊，更派人專程到蘇、揚等地，廣徵水陸珍品，妙選舞女歌童。劉婆見如此奢華，有心前去勸諫一番，不想被廊下成堆燭淚滑倒，一連跌了幾跤。寇準校場歸來，正爲采辦壽品的家奴誤事惱怒不已，忽聽外邊有啼哭之聲，喚來見是劉婆。問其啼哭原因。劉婆言被蠟淚滑倒後想起寇母，她當日爲兒子受盡艱難，就連寇準讀書時所用燈油，都是她十指上做出來的。如今府中到處紅燭高燒，遍地蠟淚成堆，如此繁華，寇母却不曾享受一日，念此，不覺傷心哭泣。寇準聞此，亦不覺落淚，剛纔之煩惱頓消，并要劉婆將母親舊日甘苦再細説一番。劉婆言寇母爲給兒子延師，曾典當釵梳；爲讓寇準參加科考，她不但要忍受母子分別之苦，還得獨立支持門户；好不容易等到兒子考中之喜報，她却筋力枯竭，一病不起。臨終之際，曾將一幅畫交付自己，并囑咐時時規勸寇準。畫上乃母子二人，孤燈一盞，正是寇母挑燈伴讀的情狀。寇準見此，哭倒在地，被衆人救醒後，吩咐將之懸挂中堂，以便和妻子朝夕展拜，又請劉婆代母親盡力數落自己一番。最後，將壽宴停罷，而廣延僧衆，設醮修齋，以盡孝思。

　　老旦扮劉婆，旦扮寇準妻子，外扮寇準，生、末、副净俱扮院子。

　　本事見於宋邵伯温《邵氏聞見前録》及歐陽修《歸田録》。

《翠微亭卸甲閑游》

　　簡名《翠微亭》。寫南宋名將韓世忠，自從辭去兵權，日日在西湖閑游，甚是歡樂。一日，天朗氣清，風和日暢。韓世忠與夫人梁氏携帶酒肴，再游西湖。先至翠微亭，亭上竹繁木茂，蟬聲清幽，開懷暢飲，并令書童、丫環唱曲助興。忽然園丁來報，言舊將呼延通求見，韓世忠不願再參與世事，婉言謝絶。爲免再遭纏繞，夫婦二人往放鶴亭而去，見彼處游人頗多，又放舟冷泉亭而來。冷泉亭僧人獻上清茶，梁氏與僧人相約，後日觀音菩薩聖誕之時，再來上香參拜。最後，梁氏建議丈夫與自己一起皈依佛門，韓世忠欣然同意。

生扮韓世忠，旦扮梁氏，貼扮侍女，净扮將官，末扮園丁，丑扮童兒，外扮僧人。

本事見於宋洪邁《夷堅志》、清潘永因（生卒年不詳）《宋稗類鈔》以及《清一統志》等。

《感天后神女露筋》

簡名《露筋》。寫揚州少女路金娘，因母親病在舅家，心中憂慮，遂急招嫂子一起前往。當日秋雨新過，路滑難行，日將落山，前途尚遠。嫂子埋怨她不該如此焦急。正不知如何是好，恰好有牧童經過，告知前方獨木橋頭，既無道路可行，亦無船隻可渡。金娘聞此，決定與嫂子在野外露宿一宵。牧童則告誡她們，此地蚊蟲甚多，厲害异常，荒草窩裏斷難安身。嫂子當即要隨牧童往村裏人家借宿，金娘出於貞潔考慮，堅宿草叢之中。嫂子與牧童走後，金娘一人在野外獨自哭泣。入夜，蚊聲如雷，亂遮星宿，金娘奮力驅趕，却漸漸無力招架。料想自己一定打熬不住，與其零星受罪，不如慷慨捐軀，遂投崖自盡。天妃聖母上天奏事，路經揚州地界，遙見一股怨氣衝天而起，便傳來當方土地詢問。聽完，又傳金娘鬼魂來見。天妃問明情由，令金娘揭開魂帕，見其額筋盡露，果爲蚊蟲所害，又感其以身殉節，貞孝可嘉。故上奏天庭，封其爲露筋女神，做邗溝一帶水府神祇。

旦扮路金娘，小旦扮天妃聖母，净扮嫂子，丑扮牧童，雜扮蚊神、土地。登場人物尚有侍從等，俱未分配脚色。

本事見宋米芾《露筋祠碑》。

《諸葛亮夜祭瀘江》

簡名《忙牙姑》。寫交阯有二女王，一名徵側，一名徵貳，統領十萬蠻兵，擾亂漢室江山，被伏波將軍所殺。死後，其怨氣未解，在瀘江上爲猖神，啖鬼吞人，興妖作怪。她們近來聞得蜀丞相諸葛亮征討南部諸蠻，凱旋還朝，路經此地，遂號令漢魂蠻鬼都到瀘江上顛風作浪，欲令蜀軍全軍覆沒，片甲不回。諸葛亮率兵來到瀘江岸邊，見陰風大作，江中黑浪滔天，軍馬俱不得渡。恰好軍中有一女土酋，名喚忙牙姑，善歌舞降神，傳達神意。諸葛亮遂喚之來詢問。忙牙姑言此次南征，陣亡的蠻軍漢將不計其數，番鬼們想要尋仇索命，漢鬼們則無人招魂，他們都聚集在猖神麾下，來瀘江作祟。要想渡江，祇得用活人頭顱四十九個、童男童女各一對，祭過猖神廟，方能前行。諸葛亮拒絕殺生人，祭怨鬼，於是用紙糊像生、面包肉餡代之，放置江岸，結壇招魂。忙牙姑做歌舞迎送神鬼；關索代諸葛亮行禮，宣讀招魂祝文；諸葛亮登壇炷香，哭祭亡靈。禮畢，千百鬼魂隨風而去，瀘江也風平浪靜。諸葛亮遂令大小三軍，點齊船隻，平安渡江而去。

生扮趙雲，小生扮關索，旦扮忙牙姑，淨扮魏延，末扮王平，外扮諸葛亮，丑扮猖神。登場人物尚有四猖鬼、鬼目、鬼卒、番鬼、漢鬼、蠻頭二人、婢女等，俱未分配腳色。

本事見於羅貫中《三國演義》第九十一回《祭瀘水漢相班師，伐中原武侯上表》。

● 著録、版本與收藏情況

《清代雜劇全目》《古典戲曲存目彙考》《古本戲曲劇目提要》著録。現存乾隆二十九年（1764）楊氏恰好處刻本，題名《吟風閣》，四卷二十八種，《古本戲曲叢刊七集》據之影印；乾隆三十四年（1769）恰好處己丑重刻本，題名《吟風閣》，四卷三十種，較前一版本增《二郎神》《笏諫》，《續修四庫全書·集部》第1768冊（上海古籍出版社2002年版）據之影印；乾隆三十九年（1774）恰好處甲午重刻本，題名《吟風閣》，四卷三十二種，較前一版本增《荀灌娘》《葬金釵》；嘉慶二十五年庚辰（1820）屋外山房主人重刻本，題名

《吟風閣》，四卷三十二種；民國二年（1913）六藝仁記書局續出排印本，題名《吟風閣傳奇》，四集三十二種；胡士瑩校注《吟風閣雜劇》（上海古籍出版社1983年版）所收本。另，王永寬、楊海中、幺書儀選注《清代雜劇選》（中州古籍出版社1991年版）收錄《東萊郡暮夜却金》《寇萊公思親罷宴》二劇。

● 序跋、題詞與評語

楊潮觀《〈吟風閣雜劇〉自序》（胡士瑩校注本《吟風閣雜劇》卷首）：

《吟風》之曲，往年行役公餘遣興爲之，其天籟耶？人籟耶？殊不自知。年來與知音商榷次第，被諸管弦，至茲始獲刊定。夫哀樂相感，聲中有詩，此亦人事得失之林也。士大夫詩而不歌久矣，風月無邊，江山如畫，能不以之興懷？惟是香山樂府，止期老嫗皆知；安石陶情，不免兒輩亦覺矣。

時乾隆甲午之秋，笠湖

楊潮觀《〈吟風閣雜劇〉小序》（胡士瑩校注本《吟風閣雜劇》各劇劇首）：

《新豐店馬周獨酌》

《新豐店》，思行可也。命世無人，而馬周巷遇，爲世美談，敷陳其事，聊慰夫懷才未試者。

《大江西小姑送風》

《大江西》，思任運也。江行萬里，消受無邊風月，懷古之餘，倚帆清嘯，忘其于役之遙。

《李衛公替龍行雨》

《行雨》，思濟世之非易也。以學養才，斂才歸道，非大賢以上，其孰能之？

《黃石婆授計逃關》

《黃石婆》，思柔節也。《易》用剛，黃老用柔。光武言："吾治天下，亦欲以柔道行之。"柔勝剛，弱勝强，柔之時義大矣哉。

《快活山樵歌九轉》

《快活山》，思分定也。即榮啟期之意而長言之。至樂性餘，至静性廉，雖异《伐木》之旨，其亦神聽和平者乎。

《窮阮籍醉駡財神》

《錢神廟》，思狂狷之士也。豐嗇由天，狂者胸中無物；若狂而不狷，君子奚取焉。

《温太真晉陽分別》

《晉陽城》，思雪讒也。温郎固英物，在當時國士無雙，而有絶裾之謗，求忠臣、孝子門，吾决其必不然，而事物有因，如兹之所云云爾。或者曰，近世征衣之製，多缺一襟，非獨便鞍馬，蓋即温郎遺事，以儆夫游子忘歸者。

《邯鄲郡錯嫁才人》

《邯鄲郡》，思失職也。譬之鹽車駿馬，能無仰首一鳴？然知命者怨而不怒，有風人之義。

《賀蘭山謫仙贈帶》

《賀蘭山》，思知己之難遇，而賢者忠愛之至也。汾陽偉人，太白奇士，思其事，想見其爲人，慨當以慷，庶幾乎登場遇之。

《開金榜朱衣點頭》

《朱衣神》，思賢路也。文章一小技，而名器歸之，九品中正以後，捨此則其道無由。及其權重，而取精用宏，進退予奪之際，可勝慨哉！

《夜香臺持齋訓子》

《夜香臺》，思慎罰也。武宣之際，吏事刻深，不疑亦快吏也，史稱其嚴而不殘，訓由賢母，獲以功名終。若夫嚴延年母雖賢，曾莫救其子之惡，悲夫！

《汲長孺矯詔發倉》

《發倉》，思可權也。爲國家者，患莫甚乎弃民；大荒召亂，方其在難，君子饑不及餐，而曰待救西江，不索我於枯魚之肆乎？《詩》曰："載馳載驅，周爰諮度。"汲長孺有焉。

《魯仲連單鞭蹈海》

《魯連臺》，思達節也。戰國策士縱橫，干秦貨楚，惟魯連於世無求，獨申大義於天下，其賢於人遠矣。世稱魯連不死。嘗讀《太史公》書，子房東見滄海君，求力士，而不著其姓氏。誰為滄海君？其即魯連子非耶？

《荷花蕩將種逃生》

《荷花蕩》，思托孤寄命之難也。自昔衣冠多賢智，而愚不可及，每於厮養中得之。

《灌口二郎初顯聖》

《二郎神》，思德馨也。禮有功德於民者則祀之，能捍大災、禦大患者則祀之，瀾沉澹菑，禹之明德遠矣。三代以降，遠績禹功而大庇民者，其惟蜀之二郎乎。香火千年，蜀人尊為川主，思其德而歌舞之，宜矣。惟是神之姓氏，傳聞异辭，在正史為李氏子，在虞初家皆以為楊，豈灌口有兩二郎耶？

《魏徵破笏再朝天》

《笏諫》，思遺直也。唐人有《相笏經》，當時吉凶頗驗，而不知美惡之在人。若夫萬笏朝天，而魏鄭公用以諫君顯，段太尉用以擊賊聞，此真笏之美者也。物以人重，信夫！

《勸文昌狀元配瞽》

《配瞽》，思重匹也。孝子順孫，義夫節婦，天性淳篤，可維風化者，輶軒所及，代有旌揚，而連類及之，從無特獎義夫者。近事可徵，是用隱其名，顯其事，以備激揚之缺典云爾。

《華表柱延陵挂劍》

《挂劍》，思古交也。一劍何足道，而死生然諾之際，情見乎詞。

《東萊郡暮夜却金》

《却金》，思祖德也。家藏有四知圖像，并被諸弦歌，亦白圭三復之義。

《下江南曹彬誓衆》

《下江南》，思武德也。夫武，禁暴戢兵，安民和衆。宋初，李煜出降，錢氏納士，皆以全取勝，東南之民晏然。孰知百年而後，東南即其子孫獲以偏安處也。曹彬之後當昌，又其小焉者爾。

《韓文公雪擁藍關》

《藍關》，思正直之不撓也。道之在天者曰，其在人者心，心君氣母，内不受邪，則光耀直達，通徹三界，吾於昌黎發之。

《荀灌娘圍城救父》

《荀灌娘》，思奇節也。至性所動，無鬚眉巾幗，無總角成人，臨事激昂，則智勇俱出。如當日灌娘之救父，豈非動天地而泣鬼神者乎？

《信陵君義葬金釵》

《葬金釵》，思補遺也。當日信陵破秦歸魏，封侯生之墓，吊晉鄙之魂，而爲如姬發哀，蓋情事之所必有，而史不及載，輒用悲歌以補之。

《偷桃捉住東方朔》

《偷桃》，思譎諫也。游方之外，飾智驚愚，愚實易驚，非仙實智，知之者其滑稽之雄乎？

《換扇巧逢春夢婆》

《換扇》，思攖寧也。攖寧者，攖而後寧。若夫得全於天，胸無滯礙，非夢亦非覺，何入而不自得乎！

《西塞山漁翁封拜》

《西塞山》，思物外觀也。風雨晦明，安危憂喜，頃刻萬端，用參物變。

《凝碧池忠魂再表》

《凝碧池》，思忠義之士也。妻子具則孝衰矣，爵祿具則忠衰矣，上失而求諸士，士失而求諸伶工賤人焉。昔晏子有言："非其私昵，誰敢任之。"若雷海青者，其可同類而共薄之耶？

《大蔥嶺隻履西歸》

《大蔥嶺》，思返本也。是儒是釋，誰見道真，求諸語言文字之間，抑亦末矣。

《寇萊公思親罷宴》

《罷宴》，思罔極也。長言不足而嗟嘆之，不自知其淚痕漬紙，哀絲急管，風木增聲，恐聽者與《蓼莪》俱廢爾。

《翠微亭卸甲閑游》

《翠微亭》，思英特也。蘄王忠智，出則夫婦同獎王室，退則闔門養威重，不出家而得泉石之友，似此唱隨，亦賢矣哉。

《感天后神女露筋》

《露筋》，思勵俗也。烟花三月，歲歲揚州。距二十四橋月色簫聲之外，有自苦如露筋娘者，來往邗江，敬瞻祠宇。輒藉絲哀竹濫，寫其幽怨焉。

《諸葛亮夜祭瀘江》

《忙牙姑》，思死封疆之臣也。周有遺戍及勞旋帥之詩，所以慰其心者至矣，而於死事者缺焉。孔明瀘江酹酒，哀動三軍，僉曰："吾帥待死者如此，況其生者乎！"

楊懋《〈吟風閣雜劇〉序》（胡士瑩校注本《吟風閣雜劇》卷末）：

詞曲之名起於宋，盛於元。勝國以後，文人學士，相繼而作，其膾炙人口，傳之優孟衣冠者，大抵言情居多，或致有傷風化，求其激昂慷慨，使人感動興起，以羽翼名教，殆不可得。吟風閣者，懋伯祖笠湖公著書之室也。公嚴氣正性，學道愛人，從宦豫蜀，郡邑俎豆，爲學人，爲循吏，著作甚富。公餘之暇，復取古人忠孝節義足以動天地、泣鬼神者，傳之金石，播之笙歌，假伶倫之聲容，闡聖賢之風教，因事立義，不主故常，務使聞者動心，觀者泣下，鏗鏘鼓舞，淒入心脾，立懦頑廉，而不自覺。刻成，因以"吟風閣"

名之。以是知公之用心良苦，公之勸世良切也。

　　往歲，先君子宦蜀，同僚索觀甚衆，舊板在梁溪，郵寄非易。先君子乃出家藏之本而重鎸之，手自讎校，用力甚勤。丁亥秋，先君子没，此板謹藏於家，二三同志，求者益多，乃為刷印傳布。慇生也晚，不獲親承訓誨，以為立身行己之準。又少遭孤露，父書懼不能讀，勉承先志，幸無墜失。尤願觀者觸目警心，以為作忠作孝之助，庶無負公化俗之盛心與先君子重刊之意也夫。

　　　　歲在柔兆涒灘陽月，侄孫慇謹識

陳俠君《〈吟風閣雜劇〉序》（胡士瑩校注本《吟風閣雜劇》卷末）：

　　傳奇行世者不及章回説部至繁，社會所歡迎，除普通之《西廂記》《桃花扇》，次則《牡丹亭》《長生殿》《琵琶記》《燕子箋》等，諸書傳播人口，風行一時。如李笠翁十種曲，蔣心餘九種曲，無新本印行，故知者亦鮮。此外著者或拙詞藻，或乖音律，厭人觀聽，隨出隨滅，無著作之價值，不得長留於世界矣。間有一二佳文杰構，雖年久湮没，斷簡殘編，好事者珍而藏之，親友展轉借鈔，文字顯晦有數，優勝劣敗，豈無定評者。

　　江蘇楊君笠湖名潮觀，無錫人，以名進士宦蜀。初任邛州刺史，有政聲，善詞曲，於官廨廳事之西，築吟風閣，公餘聚賓僚觴咏賡歌其中，揮毫著書，以為娱樂，志乘猶志其事。嘗與袁隨園文字詰難，隨園視為畏友。先生譜《吟風閣傳奇》三十二回，將朝野隔閡，國富民貧，重重積弊，生生道破；心摹神追，寄托遥深，別具一副手眼。文情艷麗，科白滑稽，光怪陸離，獨標新義，掃盡浮詞，不落前人窠臼，似非尋常隨腔按譜、填曲編白可比也。

　　頻遭兵火，是書傳本甚稀，余先得殘本，無叙跋，無作者姓氏。後見友人藏有袖珍小本，亦佚遺下半二册，是為渠縣令楊文泉明府得資重刻，卷首文泉小序，以"笠湖先伯"稱作者。考閱《邛州志》所志，益悟"吟風閣"為先生按譜之所，而《却金》思祖德，《大江西》之自為寫照，皆有寓意，愈瞭然於心目間矣。去年歸里，在坊肆得獲全書，係寫韵樓鈔本，吳瓊仙女士點勘，硃墨燦然。吳女士爲隨園女弟子。閱竟爲之狂喜。今春，友人持原刻本來，慫恿付梓，將吳女士點勘校正本互相對勘，以聚珍版印行，以供世間欲讀是書者，因志數語，拉雜記之。

海昌陳俠君識

楊潮觀《〈吟風閣〉題詞》（乾隆三十四年恰好處己丑重刻本《吟風閣》卷首）：

【南呂引子·滿江紅】

（末上）世界雲浮，遍樓閣、飛空人物。平白地、爲誰顰笑，等閑痴絶。對酒當歌何處好，憑高吊古無人識。但自家、陶寫性中天，閑評跋。　百年事，千秋筆；兒女泪，英雄血。數蒼茫世代，斷殘碑碣。今古難磨真面目，江山不礙閑風月。有晨鐘暮鼓，送君邊，聽清切。

【中呂慢詞·沁園春】

美景良辰，賞心樂事，人生幾場？自新聲鄭衛，淫哇競起；悲歌燕趙，感慨多傷。大雅云遙，陽春絶少，子孝臣忠闕幾章。移情處，風流宏獎，別譜絲簧。　吟風閣下徜徉，有短笛橫吹信口腔。藉丹青舊事，偶加渲染；漁樵閑話，粗與平章。顛倒看來，胡盧提起，青史何人姓氏香？呼僮至，相將好去，細按宮商。

闕名《〈吟風閣〉題識》（乾隆三十四年恰好處己丑重刻本《吟風閣》卷首墨筆題識）：

湯曾輅大奎云：無錫楊笠湖，少以詩筆著名。中年絲竹陶寫，寄情聲律，嘗著《吟風閣》雜劇，深得元人三昧。昔人論製曲須是鉅才，與詩詞另是一副筆墨，既宜傳演，又耐吟諷，摹神繢影，中人性情，斯爲能事。東塘、昉思而後，笠湖其嗣響矣。

琴詠廎主僭注云：筆驚風雨，詞泣鬼神，胸臆牢騷，時展卷一讀，幾乎擊碎唾壺。《快活山》《錢神廟》二齣，尤爲奇特之至。

楊文叔《〈吟風閣〉題識》（嘉慶二十五年庚辰屋外山房主人重刻本《吟風閣》卷首）：

《吟風閣》，余笠湖先伯之所作也，迄今四十餘年矣。板藏於家，近復散失，而索觀者甚衆，遂出舊本而重刻之。

時嘉慶二十五年春正月，梁溪楊文叔記

吳梅《〈吟風閣雜劇〉跋》（胡士瑩校注本《吟風閣雜劇》卷末）：

《吟風閣》爲無錫楊笠湖潮觀作，笠湖以名進士作宰蜀中，曾攝臨邛令，重修文君妝樓，又築吟風閣，令人民各植一樹，自作此劇演之。惟文則非一時所成也。此書原槧係乾隆甲申（一七六四），今此刻作嘉慶庚辰（一八二〇），相距五十六年，封面題吳翬、曹應穀、陸光宗同校，屋外山房主人重刻，皆不知何許人，版本考訂亦難矣。因過廠肆見此，屬鳳叔購之，略疏作者由歷如此。

己未九月，長洲吳梅跋

吳梅《〈吟風閣雜劇〉識語》（《吳梅全集·理論卷·讀曲記》，河北教育出版社2002年版）：

此譜僅有板式，余嚮有旁譜，他日攜歸吳中，可細按銖黍。友人王君九見此書，在廠肆購歸，知余痂嗜，因割愛見讓焉。

戊午新秋，老瞿漫識

吴梅《〈吟風閣雜劇〉題記》(《吴梅全集·理論卷·讀曲記》,河北教育出版社2002年版):

《吟風閣》散套三十二折,無錫楊潮觀撰。潮觀字弘度,號笠湖。乾隆元年恩科順天舉人,上實錄館。期滿出爲縣令,初授山西文水縣,後補河南彰德府林縣,乾隆癸酉調任固始。廉敏有聲,人稱楊固始,以卓异升四川邛州知府,調簡州、瀘州,以老乞歸。著有《左鑒易隅》《家語貫珠》。晚好禪,作《心經指月》《金剛寶筏》。此散套則任邛州時作也。笠湖入蜀後,就卓文君妝樓舊址構吟風閣,吏民上壽者,令各種花木一枝,取古今可興可觀事,製成樂府,付梨園歌舞,以慶落成。(見袁簡齋所作傳中)此劇吳中傳唱僅《寇萊公罷宴》一折,其它雖老伶工且不知焉。余未得原本,往歲伯舅鄒芸巢(福保)曾見示原刊,亦未有旁譜。今得此全譜,自謂眼福不淺。且細按音節,確合律度分寸,或即當時嘌梨園所習之本,余敢斷言世間無第二本也。猶記光緒三十二年,常熟黃慕韓(振元)偶假得此劇,余欲借讀一過,慳不肯與,怏怏而返。今與二三小友,按樂板,擊象箸,淺斟低唱,此樂實非容易,益思歐公之言,物牽聚於所好,爲不虛也。惜慕韓歿已五年,不能與之訂譜,未免有人琴之感矣。

戊午七月庚申,長洲吳梅題記

吴梅《〈吟風閣雜劇〉跋》(《吴梅全集·理論卷·讀曲記》,河北教育出版社2002年版):

清楊潮觀撰。潮觀,字笠湖,無錫人。笠湖官臨邛縣時,就卓文君妝樓遺址,築吟風閣,又命士庶各植一花,自選古今可歌可泣事編爲散套,慶新樓落成。此《吟風》散曲之由來也。曲共三十二折,每折各賦一事,又各作小序一首,實爲傳奇家別開生面,而頗合近百年內之搬演家也。其中如《黃石婆》《錢神廟》《曼倩偷桃》諸折,可謂戛戛獨造之作。梨園中傳唱《罷宴》一折,非文之至勝者。因選錄五折,以見一斑。至歌譜則敝篋尚存,學者盡可按拍焉。

霜厓

吴梅《〈吟風閣雜劇〉評語》(《吴梅全集·理論卷·中國戲曲概論》,河北教育出版社2002年版):

楊笠湖之《吟風閣》,荆石山民之《紅樓夢》,分演固佳,合唱亦善。此較明人爲優者一也。

楊笠湖以名進士宦蜀,就文君妝樓故址,築吟風閣,更作散套以慶落成。而《却金》折則思祖德,《送風》折則自爲寫照也。是書共三十二折,每折一事,而副末開場,又襲用傳奇舊式,是爲笠湖獨創,但甚合搬演家意也。此曲警策語頗多,如《錢神廟》之豪邁,《快活山》之恬退,《黄石婆》《西塞山》之别出機杼,皆非尋常傳奇所及。而最著者,惟《罷宴》一折,記寇萊公壽,思親罷賀事,其詞足以勸孝。如《滿庭芳》云:"想當初、辛勤教養,他挑燈伴讀,落葉寒窗,那有餘輝東壁分光亮。單仗着、十指縫裳,繼膏油、叫你讀書朗朗。拈針綫、見他珠泪雙雙,真凄愴。到如今,怎金蓮銀炬,照不見、你憔悴老萱堂?"【朝天子】云:"撫孤兒暗傷,代先人義方。爲延師、盡把釵梳當,祇要你、成名不負十年窗。倚定門閭望,怎知他獨自支當,背地糟糠。要你男兒志四方,又怕你在那厢,我在這厢。眼巴巴、到你學成一舉登金榜。"此二支描寫慈母情形,動人終天之恨,此阮文達所以罷酒也。

王季烈《〈吟風閣雜劇〉評語》(《螾廬曲談》卷四,山西人民出版社2018年版):

《吟風閣》,國朝楊潮觀撰。潮觀字笠湖,無錫人,與袁子才同時,曾任汴省秋闈分校,夢香君爲侯朝宗後裔薦卷,與隨園馳書辯論,詳見《小倉山房文集》。是本共三十二折,而每折一事,蓋亦雜劇體裁也。《曲考》云:"《吟風閣》雜劇中有《寇萊公罷宴》一折,淋漓慷慨,音能感人。阮大中丞巡撫浙江，偶演此劇，中丞痛哭，時亦爲之罷宴。蓋中丞亦幼貧，太夫人實教之。阮貴，太夫人已下世，故觸之生悲耳。"余按此本各折，各有寄托，通體多佳篇，首特著小序，仿詩序之體，讀者可以見其旨矣。

王昶《〈吟風閣雜劇〉評語》（《湖海詩傳》卷六）：

（楊潮觀）所著《吟風閣》傳奇，如《諸葛公夜渡瀘江》《寇萊公思親罷宴》諸劇，聲情磊落，思致纏綿，雖高則誠、王實甫無以過也。

焦循《〈吟風閣雜劇〉評語》（《劇說》，《中國古典戲曲論著集成》第八集，中國戲劇出版社 1959 年版）：

《吟風閣》雜劇中有《寇萊公罷宴》一折，淋漓慷慨，音能感人。阮大中丞巡撫浙江，偶演此劇，中丞痛哭，時亦爲之罷宴。蓋中丞亦幼貧，太夫人實教之。阮貴，太夫人久已下世，故觸之生悲耳。

姚燮《〈吟風閣雜劇〉評語》（《今樂考證》"著錄四"，《中國古典戲曲論著集成》第十集，中國戲劇出版社 1959 年版）：

湯曾輅大奎云："無錫楊笠湖，少以詩筆著名。中年絲竹陶寫，寄情聲律，嘗著《吟風閣》雜劇，深得元人三昧。昔人論製曲須是鉅才，與詩詞另是一副筆墨，既宜傳演，又耐吟諷，摹神繢影，中人性情，斯爲能事。東塘、昉思而後，笠湖其嗣響矣。"

王述庵昶云："楊潮觀字笠湖，金匱人，乾隆元年舉人，官至瀘州知州。性情倜儻，工畫竹，詩亦多杰句。尤工度曲，所著《吟風閣》傳奇，如《諸葛公夜渡瀘江》《寇萊公思親罷宴》諸劇，聲情磊落，思致纏綿，雖高則誠、王實甫無以過也。"

案："笠湖此劇，每折各自製解題於首，意蓋援古事以鐸世耳。"

周 壎
(1714—1783)

  字牖如，一字伯譜，號韵亭，別署冰鶴侍者，室名冰鶴堂，龍泉（今江西龍泉）人。父早喪，母親苦節養其成人。乾隆十二年（1747）舉人，十六年（1751）進士，次年授河南淇縣知縣，後因病解官。二十六年（1761），補澠池縣知縣，曾攝延津縣事及開封陳州郡丞事，署彰德府印。四十五年（1780），升補汝寧知府，以積勞多病，退歸龍泉西溪故里，日以歌酒自娛。與當朝重臣及文壇名士彭元瑞（1731—1803）、楊錫紱（1701—1769）有交誼；與戲曲家蔣士銓（1725—1785）相交數十年，多有詩文唱酬。能詩善賦，著有《冰鶴堂集》二十卷、《韵亭詞稿》四種，未見傳本。精通音律，雅愛戲曲，蓄有家班，曾親教伶人唱曲。撰有傳奇《拯西廂》《中州愍烈記》、雜劇集《廣陵勝迹》，均存。另有《雙飛劍》《九老會》《五色雲》等，已佚。

  傳記文獻：（同治）《龍泉縣志》卷十一，劉孟秋《汝寧知府周壎》（《遂川文史》第七輯，1997 年内部刊本），鄧長風《清代傳奇、小説作者考三題——美國國會圖書館讀書札記之四十二》（《明清戲曲家考略全編》下），李勝利、王漢民《清周壎劇作考》（《藝術百家》2012 年第 1 期），蔣國江、温冬妮《清代戲曲家周壎生平及創作考論》（《影劇新作》2014 年第 6 期）。

《廣陵勝迹》

  一名《廣陵勝迹傳奇》。包含雜劇八種：上卷爲《燈游》《詩籠》《花瑞》《堂宴》，下卷爲《虎夢》《桃醫》《神鏡》《佛輪》。另，卷首有《開場》一齣。是劇旨在"表彰勝迹，歌咏太平"。按，李勝利、王漢民《清周壎劇作考》推測此八種雜劇應作於乾隆二十二年至二十六年（1757—1761）。

● 劇情概要與本事

《燈游》

劇首署"第壹齣《燈游》",全名《廣陵城燈游時太平有象》。寫大唐開元皇帝登基以來,任賢才,聽箴規,戒奢靡,甲兵不用,世樂熙平,論者謂"開元之治"。時值上元節,特御上陽宮,慶賞良宵,并傳處州道士葉法善入宮清談。皇帝聽說此夜廣陵燈火最麗,且能御風往觀,便宣宰相張說與之同游。葉法善飛出元神,前赴玉霄殿,奏知玉帝。玉帝立遣勾陳雲將,擁起五色長虹,架起橋道,直達殿前。皇帝登上虹橋,月宮仙女駕鶴驂鸞,導引法駕;十八羅漢遍散天香,供奉乘輿;四帝率周天二十八星宿齊會碧霄,拱衛行在。到達廣陵地方後,駐蹕城頭,觀賞燈城,葉法善講述了揚州城之營建及四門所用燈火。接着廣陵士民所扮的天象文明燈登場,以示永保平安之意。這時,傳來一片歡笑喧嘩之聲,原來民間百姓亦紛紛前來觀燈,見皇帝出現在五色雲中,誤以爲是玉皇上帝現身,便紛紛磕頭拜禱,求財求福。皇帝效大舜故事,命伶人李龜年等奏《霓裳羽衣曲》,與民同樂。最後,更闌人靜,月影參橫,葉法善導引法駕回宮。

生扮開元皇帝(李隆基),小生扮張說,旦扮月宮衆仙女,净扮葉法善,雜扮八雲將、十八羅漢、東方青帝、南方赤帝、西方白帝、北方黑帝、一父老、一客商、二僧道、一秀士、一村婦、一少女。登場人物尚有内侍、宮娥等,俱未分配脚色。

本事出自唐牛僧孺《玄怪錄》卷三《開元明皇幸廣陵》。

《詩籠》

劇首署"第貳齣《詩籠》",全名《木蘭院詩籠處故里垂芳》。寫唐代揚州人王播,早年孤苦,後舉賢良方正,居官二十載,歷事四朝。長慶初年,因江淮雄鎮需用重臣,遂奉命出鎮揚州。某日,王播親往查勘疏浚官河情況,便道重游故里瓜州鎮。百姓聞之，紛紛前來叩接。王播誡勉衆人一番，便登上大觀樓，觀賞四周之園閣及波濤、雲海，感慨萬千，又於壁上題詩，以遣深情。後又帶領衆人重訪木蘭院。木蘭院僧人聞知，甚是驚懼。原來，王播早年曾在此寄食，聽院中鐘鳴，知是飯熟，即來就食。僧人厭惡，故意飯後鳴鐘。王播候鐘而來，無人瞅睬，就題詩壁上，拂袖而去。如今，僧人爲求自保，買就碧紗一幅，將王播昔日所題舊句籠罩起來。王播來到院中，說起往事，早已釋懷。又命人揭去碧紗，續完前句，教故鄉鄰里都來觀看。王播不怪僧人見識短淺，祇感當今諸公無識才、憐才之心，而真才人、假名士多有干求、奔競之意。最後，寺僧邀王播在院中齋飯，并鳴鐘侑食，王播欣然應允。

外扮王播，副净扮木蘭院僧，末扮揚州刺史，丑扮沙彌，雜扮將校，小生、小旦扮内衛、書吏、瓜州父老。

本事出自五代王定保《唐摭言》卷七《起自寒苦》，《太平廣記》亦有相似記載。明來集之（1604—1682）《秃碧紗》（全名《秃碧紗炎凉秀士》）雜劇、清張韜（1651—1710?）《王節使重續木蘭詩》，與此題材同。

《花瑞》

劇首署"第叁齣《花瑞》"，全名《芍藥圃花瑞奇分枝兆相》。寫宋慶曆六年，資政殿學士、諫議大夫韓琦，因范仲淹、富弼、杜衍相繼罷官，疏救不報，遂求出守揚州。到任以來，增學田、蠲賦斂、備賑荒，揚州紳民敬之如神，愛之如父母。近因雨澤不降，農事方艱，韓琦自製祭文，步禱東陵聖母祠下，爲民請命。東陵聖母奏知后土，轉達玉霄，分遣九龍行雨，致四境沾霖，禾黍青葱，花卉開放。聖母又傳來四位芍藥花姨，言韓琦將來必入輔臺垣，命四人製成金帶圍花一枝，在郡圃中開放，以兆相業。四花姨則言現於此地爲官的王珪、王安石，以及來揚公幹之陳升之，將來會相繼入相，亦可當此花瑞。聖母以爲可行，就將鶯燕蜂蝶暫閉金籠，令花姨製成四朵花瑞，以待韓琦諸人宴賞。又據韓琦等人之學問、人品、相業、富命等，使所屬金帶圍之花色、花香稍分深淺，然後遣人送往郡圃中開放。韓琦見園中既吐奇花，益徵靈雨，便邀請王珪、王安石、陳升之來府，共做文酒之會。四人移席近圃，賞奇花、賦新詩、飲美酒。最後，眾人認為良辰美景、賞心樂事，此四者最難兼得，而四人竟得之，遂待明日向圃中建"四并堂"，以留勝賞。

生扮王珪，小生扮陳升之，老旦扮杜姜，末扮韓琦，外扮王安石，雜扮青鳥使者、院子，旦、小旦、貼、丑扮四花姨等。

本事出自宋蔡絛《鐵圍山叢談》卷六、劉攽《芍藥譜》等。

《堂宴》

劇首署"第肆齣《堂宴》"，全名《平山堂堂宴樂摘蕊傳觴》。寫宋代廬陵人歐陽修，四歲喪父，隨母寄居隨州。家貧不能延師，其母以荻畫地，教之作字。稍長，借人書卷抄讀。弱冠名魁禮部，歷官至龍圖閣學士，封信都開國伯。祇因杜、范、韓、富同時罷去，他上書辨救，被罷龍圖之職，出知滁州。慶曆八年春月，接任韓琦，知揚州軍事。前月出郊勸農，登眺蜀岡，祇見江南諸山若相拱揖，又動其山水清懷，便因山築堂，堂與山平，因此取名平山堂。某日，邀請僚佐、賓從王安石、劉敞、沈遵，以及名僧慧勤等，在堂前開宴；又命人前往邵伯湖中采擇荷花行酒。高郵少女毛惜惜，本是良家閨媛，祇為孤窮無倚，淪落青樓，現寄居邵伯鎮。她素聞歐陽修為當代名臣，風節凜然，每以無由相見為憾。遂趁歐陽修平山宴客之機，采芙蕖百朵，插以花盆，攜赴華宴。眾人見其談吐不凡，頗饒俠氣，便允其入席，以佐觴政。席間，歐陽修、王安石、沈遵賦詩填詞，記錄盛事；慧勤與毛惜惜以歐陽修詩語參禪，別開生面；沈遵又將歐陽修之《醉翁亭記》寫入琴操，當筵演奏。毛惜惜傳花侑酒，眾人酒足，以所得之花全付惜惜，以代纏頭之錦。

生扮歐陽修，小生扮沈遵，小旦扮毛惜惜，净扮慧勤，副净扮院子，末扮劉敞，丑扮小厮，外扮王安石，雜扮從役。此外，登場人物尚有祇從，未分配脚色。

本事源自宋葉夢得《避暑錄話》卷一,又取《歐陽文忠集》相關内容,敷演而成。

《虎夢》

劇首署"第伍齣《虎夢》",全名《點鼠岍虎夢來天懷坦蕩》。寫宋代眉州人蘇軾,嘉祐之初策名仕版,後因抗論時非,屢遭外謫。元祐七年,以龍圖學士出守揚州。一晚,吏散人稀,月明風靜,蘇軾正在誦讀歐陽修文集,忽傳來鼠囓之聲。蘇軾恐其囓壞書卷,便喚醒童子攛開它。童子偵知鼠躲在橐兒裏頭,便手持棒槌,待鼠跳出,伺機打死。鼠久不出橐,童子舉燭照看,見其翻着肚皮,似已驚嚇死去,便將之從橐中倒出。不料,點鼠趁人不備,逃之夭夭。蘇軾感鼠狡黠,作《點鼠賦》一篇。寫畢,夜已三更,蘇軾入帳安歇。原來,此鼠乃南山白額虎精李耳所遣小狐所化,意在誘使蘇軾作賦,藉以長價。李耳又入蘇軾夢境,命一乳虎上前追噬蘇軾,蘇軾大聲叱呼,虎猶自不退。李耳化作紫衣道人,趕走猛虎,救下蘇軾。蘇軾驚醒,正回想夢中之事,忽報南郡道士李耳來參見。蘇軾知其爲虎精所化,怒揭其夜來妖術。虎精也不否認,表示願效曾入蘇軾夢中之黃鶴,求得一篇奇文,傳爲佳話。蘇軾拍案怒斥,言鶴與虎善惡不一,怎容他橫行山林,殘害百姓!虎精驚懼,跪地求饒,望蘇軾看在夢中舉袖相護一節,放過自己,情願帶領子孫,遠竄他鄉。蘇軾答應其歸去,但不許其害及他邦百姓,遂取朱筆,在其白額之中點上朱痕,權當鶴頂紅。不料,這一點如同千金符,竟壓得虎精難以移動,化爲虎形,又變作小鼠,但額上朱痕仍在。最後,鑽進昨晚橐中死去。蘇軾命童子以橐爲棺,埋之蜀岡山下。又傳檄屬邑,廣設檻阱,將深山中豺狼虎豹殄滅無遺。

净扮李耳、紫衣道人,末扮蘇軾,丑扮童子,雜扮院子、門吏、役卒。

劇中蘇軾夢虎故事出自宋趙與時《賓退錄》等,點鼠故事則見於蘇軾

周壎

《點鼠賦》。

《桃醫》

劇首署"第陸齣《桃醫》",全名《枯樹園桃醫感閣境寧康》。寫明嘉靖時期有高郵人韋氏,因連年倭患,其夫吳岱征戍未還,祇留其一人在家奉養婆婆。水旱不時,饑饉薦至,韋氏拮据難支。婆婆年衰體弱,去歲一病垂危,幸韋氏割股和藥,方得痊愈。今日婆婆又染沉痾,韋氏遍覓良醫,都說難治,祇得忍痛再割股上之肉。當其伸臂舉刀之際,昏迷許久的婆婆突然抬頭驚叫:"不要割,割得我心疼,我要逃了。"韋氏誤以為婆婆想吃鮮桃,但此時乃十月天氣,哪裏還有鮮桃?於是手捧靈香,三步一拜,拜到園中桃樹邊,乞取鮮桃救母。因接連叩頭,以致頭破血流,暈倒在樹邊。神靈為其孝心所感,依次將桃花、桃子插在樹上。韋氏醒後,果覓得桃子一枚,捧於婆婆。婆婆吃了一半,精神爽利,要求往門首一望。正巧倭寇前來搶掠,婆婆受驚暈倒。賊人要殺婆媳二人,因有土地暗中保護,刀砍不下。賊人好生奇怪,逼問韋氏,韋氏便將哭桃醫母之事相告。得知韋氏孝行感得天地獻靈,鬼神呵護,賊人心中敬服,便向婆媳二人叩頭謝罪,并削柱題字,不許來者干犯孝婦一家。韋氏亦趁機請其施恩,保全高郵全境百姓。倭寇答應,秋毫不犯,卷甲而遁。逃難百姓由此得救,紛紛前來拜謝。州官遣人送來"純孝格天"之金字匾額,書就紅羅一幅,以崇旌門之典。并送上米麵各十石,絹布各十端,以助養姑之資。自此每月照常供給,以彰風化。

旦扮韋氏,老旦扮婆婆,副净扮倭寇,末扮禮房吏,丑扮土地,雜扮難民、鄉保。此外,登場人物尚有仙女、倭兵等,俱未分配脚色。

本事出自(雍正)《揚州府志》卷三十四《列女》之韋氏小傳。

《神鏡》

劇首署"第柒齣《神鏡》",全名《邗溝廟神鏡懸孝忠照朗》。寫吳王夫差死後，上帝因其獲罪於人，未嘗獲罪於天，不滅人國，反致自滅其國，深爲垂憫，許其血食故鄉。後來廣陵士民念其築城鑿溝，垂利無窮，便建祠以祀，名爲"邗溝大王"。又因其當日雄踞三吴，財賦甲於天下，便奉其爲財神福主。某日，揚州城趙甲、孫丙、李丁三人來錢乙家閑坐，説起錢神廟之靈异，又聽聞臺前有一寶鏡，能洞照人心，示人以夢，可指迷途，遂相約前往祈夢。四人焚香拜禱，廟祝請之到客堂奉茶。夜間，待四人入夢後，錢神令春夢婆引來其夢魂，問其隱願。趙甲願做揚州太守，錢乙袛求奉借十萬貫錢，孫丙表示願登仙，李丁則願"腰纏十萬貫，騎鶴下揚州"。錢神令春夢婆於夢境中滿足四人願望。果然，趙甲新登黄甲，除授揚州太守，走馬到任，好不威風；錢乙憑藉一個大錢，足足賺了十萬貫，但依然是鶉衣百結，視財如命；孫丙則十年修道，一旦飛升，日與衆仙往來；李丁更是經商致富，力學登科，又修真得道。錢神點化李丁，令其自照神鏡。李丁醒悟，明白若能忠孝兩全，便不用做那富貴神仙。

　　生扮趙甲，小生扮李丁，老旦扮春夢婆，净扮夫差，丑扮錢乙，外扮孫丙，雜扮神將、軍校。此外，登場人物尚有袛從、車夫、道童等，俱未分配脚色。

　　本事出自（雍正）《揚州府志》卷十四。

《佛輪》

　　劇首署"第捌齣《佛輪》"，全名《天寧寺佛輪轉福壽延昌》。寫佛馱跋陁羅尊者，來從西域，挂錫廣陵。東晉義興時，得謝安别墅，舍爲佛寺，取名興嚴寺。跋陁羅在此翻譯佛經，得成正果。宋代政和年間，改名天寧禪寺。傳之大清，因兩宮每每臨幸，更是鼎盛。近日，佛母摩耶壽辰，世尊如來在忉利天設了無遮大會，爲其祝壽。跋陁羅、文殊菩薩、普賢菩薩、觀音菩薩等亦前往忉利天宫，同申慶祝。衆人參過佛母，同升法座，與佛母就諸法、諸經進行參證，并聽其説法。佛母講畢，跋陁羅言揚州天寧寺創建萬佛樓一座，裝成牗海佛萬尊，爲聖朝祝嘏。佛母聞此，大爲贊賞，認爲正逢聖主萬福之年、太后萬壽之日，應當大彰法乘，廣集嘉祥。遂傳令金剛，護擁法輪，同赴萬佛樓。來到廣陵，見萬佛樓果然非凡，於是傳命金剛開甘露門，浚七寶池，注功德水，涌起千蕊寶蓮花，轉動無上最大法輪。一時間，妙果圓成，萬瑞千祥，應時而來。佛母率諸佛走後，跋陁羅打坐樓前，一一介紹了龍馬負圖、鳳凰來儀、景星慶雲、萬壽成山、萬福成海等祥徵。

生扮文殊菩薩，小生扮普賢菩薩，老旦扮佛母，小旦扮觀音菩薩，末扮如來，外扮跋陁羅尊者，雜扮四大金剛、龍馬、鳳、凰、星君、雲將、仙翁、龍女。此外，登場人物尚有小童、侍者、四天女等，俱未分配脚色。

本事出自（雍正）《揚州府志》卷二十五。

● 著錄、版本與收藏情况

《清代雜劇全目》著錄，作"無名氏"撰。現存乾隆間冰鶴堂刻本，藏中國藝術研究院圖書館，《古本戲曲叢刊七集》及《傅惜華藏古典戲曲珍本叢刊》第 50 册據之影印。

● 序跋、題詞與評語

周墿《〈廣陵勝迹傳奇〉題識》（《傅惜華藏古典戲曲珍本叢刊》所收本《開場》齣末）：

右《勝迹》，分目八首，每首各傳一事，一事各有起結。兼之比事屬辭，必須詳盡，演者不宜删減曲白，致令情景不全。倘以爲套數太冗，即將八首分爲十六齣劇目亦可。如第一齣分爲《駕虹》《燈游》，第二齣分爲《題樓》《詩籠》，第三齣分爲《製花》《花瑞》，第四齣分爲《獻花》《堂宴》，第五齣分爲《鼠賦》《虎夢》，第六齣分爲《桃醫》《寇感》，第七齣分爲《立願》《神鏡》，第八齣分爲《參法》《佛輪》。蓋此表章勝迹，實爲歌咏太平。作者慘澹經營，非止計四聲之度；演者春容節奏，自宜盡一日之長云爾。

《〈燈游〉考證》（《傅惜華藏古典戲曲珍本叢刊》所收本《燈游》劇末）：

唐開元十八年正月望日，帝問："今夕何處最麗？"葉法善對曰："無逾廣陵。"帝曰："何術可以觀之？"對曰："可。"俄而虹橋起殿前，板閣架虛，欄楯若畫。帝步而上，頃刻到廣陵。觀陳設之盛，燈火之光，士女鮮麗，皆仰面望曰："仙人現於五色雲中。"帝大悅，敕伶官奏《霓裳羽衣》一曲，後數日廣陵果奏此曲云。（《幽怪錄》）

按原錄，此事尚有太真從行。考之正史，天寶四載始冊太真為貴妃，開元尚無其人，故删之。惟考其時，張說為相，嘗扈東封之蹕，則為侍從之日親者耳。至事出《幽怪》，不過侈張方術，後人不得不議其虛；然即以為實，亦王者德格穹蒼、心周寰宇之應。然而灑道清塵，非必盡資於方術，亦不必盡斥為矯誣也。廣陵置郡以來，欲求帝王盛軌，固無有逾於開元燈夕之游者，得不援此為勝迹之冠耶？又《太平廣記》載，葉法善引帝西涼觀燈，有鐵如意質酒事，與此不同。

《勝迹》發端，自應冠以君相，然此事最難着筆。將感之夢寐，則為原錄所無；若盡委之方術神通，則召雨呼風總成習套；而以施之哲后，尤為非體。作者通節從愛民之心，寫格天之理，將王者心周六合、有觸即通景象，曲曲傳出。愈神奇亦愈平實，真經世手，華國文也！至其考史闢誣，以別開元於天寶，尤足徵學識之優。

《〈詩籠〉考證》（《傅惜華藏古典戲曲珍本叢刊》所收本《詩籠》劇末）：

王播，先世太原人。父恕為揚州倉曹參軍，遂家江都之瓜洲。後為淮南節度使，有《游瓜洲故居感舊詩》（詩載本齣）。大觀樓在瓜洲城南隅，木蘭院在江都縣通泗門內，十里港在縣南七里。王播鎮揚時，開鑿以通舟航。

（《揚州志》）

唐貞元中，王播客揚州木蘭院。僧厭苦之，飯後鳴鐘。播題詩壁上曰："上堂已了各西東，慚愧闍黎飯後鐘。"後二紀鎮揚，訪舊詩，已碧紗籠之矣。播乃續題曰："二十年來塵拂面，如今始得碧紗籠。"（《太平廣記》）

按，播於貞元時以賢良方正舉，由尉令歷遷京尹部曹，政績在民，功勤在國。至鎮揚治河，後世猶享其利，蓋亦賢矣。就食闍黎，英雄不得志之所偶，然後人未有以淮陰漂母事爲恥者。碧紗籠詩又與萊公陝郊僧寺如一轍。太原續詩不過托之歌吟，以寓炎涼之感，卒未聞其以此罪僧，何所損於和平之雅望？時非太上，豈盡亡情？戛羹之封，漢王長者且然。其在今人，稍有芥嫌。早辦一得志時，不忘拜賜之想，誠有慕乎？古人之感獨所存。僅此談笑而道，則心胸中削幾許荊棘，世境內靖幾許戈矛。籠詩一事，前輩風流，真堪膾炙。當時鉅公如李德裕、許渾和詩，未有微詞及此者。惟東坡咏事，以養播爲遺患，以闍黎飯後鐘爲巨眼，則文人筆舌之鋒，恣爲攻擊，未敢據爲定評耳。

極意爲太原拂拭眉目，即極意爲天下後世孤寒才子，開拓心胸，蕩滌肺腑。若僅僅以嘲刺闍黎見長，則庸手或優爲之。自來作者必不輕作一無甚關係之文。

《〈花瑞〉考證》（《傅惜華藏古典戲曲珍本叢刊》所收本《花瑞》劇末）：

杜姜，廣陵東陵亭女子，左道通神。縣以爲妖，收之獄，變形莫知所之。狀聞，即其處立廟祀之，曰"東陵聖母"。（《後漢書·郡國志》）

東陵聖母廟，每著靈驗。嘗有一青鳥集廟前，人有遺失，則飛墜盜物之處，以此廣陵盜不拾遺。宋慶曆六年，韓琦守揚州，遇旱，有《祭東陵聖母廟祈雨文》。（《揚州志》）

芍藥花有紅葉黃腰者，號金帶圍，開時，則城中當出宰相。韓魏公守維揚，郡圃芍藥盛開，得金帶圍四朶。公選客以賞之，時王珪爲郡倅，王安石爲幕官，皆在選中，尚缺其一。公謂："今日有過客，即使當之。"及暮，報衛尉丞陳升之來。明日遂開宴，折花插賞。後四人皆爲相。（劉攽《芍藥譜》）

韓魏公於郡圃中建四幷堂，取良辰、美景、賞心、樂事，四者相兼之義。（《方輿勝覽》）

按，古無花神之名，惟《淮南子》謂女夷爲花神；《花木錄》云魏夫人弟子黄令徵善種花，號花姑；《博異記》載崔元徽月夜見諸女伴楊氏、李氏、陶氏、石醋等，即衆花姨。然則花神無則已，有則必女屬爲之。臨川傳奇花神男扮，以《冥判》折有問答一番，難爲女神置座，故矯爲之。今乃爲十二花神立祠，并於《牡丹亭》劇内仿而增之，率用男裝，頗濫觴矣。金帶圍不常見，見則爲相兆，自有莫之爲而爲之者，則以女夷之説爲近。是花既有神，神必有辨相；既可兆，兆亦有分。將以是花爲閣下之麻，即以是花爲橋上之鵑。直道猶存，古人可作，豈必待諛於後人哉？

花其小焉者也，而以爲入相兆，自必有神。神之司乎草木，又其微焉者也，而以爲效靈，而泄造化之秘，又必有其主者。東陵聖母既能捍衛鄉人，故魏公之修詞告虔，不爲非鬼之祀。是篇從此結胎，天然串合，而以喜雨爲宴客之由，不以誇瑞爲賞花之本，識解何等超絶！魏公千載後，正不意遇此知己也。至其烘托生平，針砭執拗，易手而爲，蓋萬不注筆及此者。且如秦、賈、童、蔡輩，習易其性，其性與人殊，若犬馬之與我弗類。故天下後世無智愚賢不肖，悉唾其奸，夫何足誅責？獨荆公負當時偉望，乃以學術之偏，邪佞之附，陷爲誤國之謀，使天下凡輩不能爲荆公，而皆藉口以不願爲荆公。作者此篇諷之耶？蓋傷之也。其顯托諸貶詞耶？抑別寄夫深意也，不圖爲傳奇之至於斯也。

周壎

《〈堂宴〉考證》（《傅惜華藏古典戲曲珍本叢刊》所收本《堂宴》劇末）：

平山堂在府城西北，歐陽文忠公守揚時建。據蜀岡，臨邗江，壯麗爲淮南第一。夏月，公每携客堂中，遣人走邵伯折荷花百朵，插四座，命妓傳花行酒，往往載月而歸。（《名勝志》）

王安石、劉敞俱有《登平山堂詩》（詩載本齣）。毛惜惜，高郵妓也。宋端平初，別將榮全率衆據城以叛，制置使武翼郎招之，全僞降，欲殺使者，方與同黨王安等飲宴。惜惜耻於供奉，安責之，惜惜曰："初謂太尉降，爲太尉更生賀。今閉門不納使者，乃叛逆耳。妾雖賤妓，不能爲叛賊行酒。"全怒，以刀裂其口，臠之，罵至死不絕。事聞，封英烈夫人，立廟祀焉。（《揚州志》）

歐陽公贈沈遵詩，序云："予昔於滁州作醉翁亭，有記刻石。太常博士沈遵，好奇之士也，聞而往游，歸而以琴寫之，作《醉翁吟》一調。"又公有《送釋慧勤歸餘杭》詩。又公詩"畫盆圍處花光合，紅袖傳來酒令行"，自注云："予嘗采蓮，插以畫盆，圍繞坐席，命座客傳花，人摘一葉，葉盡處飲，以爲酒令。"（《歐陽文忠公集》）

按，聲伎之習，自魏晉以來，浸淫而至唐宋。平康、錦水，居然著官妓之稱。士大夫家宴會，非此不以爲娛，甚且紅箋致謁，宴席相攘，幾無人道之防矣。文忠在宋，事事挽回風氣，豈其共此波靡？生平著作等身，從無一投贈烟花之作，故史稱其學，推韓愈、孟軻以達於孔氏者。平山妓宴，不過明道之座中有妓，而或因是以濫作招邀之侶，傳爲狎昵之場，寧非文忠之罪人耶？毛惜惜之拒寇死難，蓋青樓中空前絕後之一人。雖事在歐公之後，而此事屬詞，正可緣是以并傳，亦復有宜於雅會耳。又，平山之客，自來未著姓氏，以今考之介甫、原甫平山之詩，最爲親切。沈遵契深，慧勤居近，皆文忠之所最不忘者。芳筵勝集，微諸公，其諸與歸？

歐公宴客，客非常客，妓亦必非常妓。婦人孺子皆知司馬相公，則亦無不知有歐陽太守者。妙在因遣人邵伯取荷之便，使花隨妓，獻花則可，即而可離，妓亦自來而自去。寫歐公當日一段行雲流水意象，正足挽聲伎之頹風。且以獻花爲載贄，即以贈花爲歸趙，使毛姬异日之裂口䰟尸，可比於全受全歸之正命。又不但藉慧僧慧眼，一翻冷落老大之案也。冰鶴守口如瓶，素不言妓，嘗謂傳奇惡道，莫甚於兒女私期，而《西樓》《紅梨》等劇乃更爲青樓作紐合，是固不可以已乎。惜惜之傳，以其死義而傳之，捨是之外無可傳，亦概爲其所不欲傳者耳。

《〈虎夢〉考證》（《傅惜華藏古典戲曲珍本叢刊》所收本《虎夢》劇末）：

蘇子夜坐，有鼠方齧，拊床而止之。既止復作，使童子燭之。有橐中空，嘐嘐聱聱，聲在橐中，曰："嘻！此鼠之見閉，而不得去也。"發而視之，寂無所有；舉燭而索，中有死鼠。童子驚曰："是方齧也，而遽死耶？嚮爲何聲，豈其鬼耶？"覆而出之，墮地乃走。雖有敏者，莫措其手。蘇子嘆曰："异哉！是鼠之黠也。"云云。（蘇文忠公《黠鼠賦》）

東坡知揚州，夢行山林間，一虎來噬，有紫衣道士揮袖障公，叱虎去。明日道士謁曰："夜出驚畏否？"公咄曰："鼠子乃敢爾！正欲杖汝脊，汝謂吾不知汝夜術耶？"道士驚怖而退。（趙與時《賓退錄》）

按，蘇公守揚，除漕舟載貨之禁，寬揚民積欠之壓，罷萬花徵會之奸，正能除苛政之猛於虎，以蘇民困者。虎見於夢而不能傷公。故當時之厲民病國，爲當道豺狼者，能忌公讒公，亦卒不能害公。而在他人視之爲虎，公則咄叱之爲鼠。他人畏之，爲虎之威；公則批抹之，爲鼠之黠。所謂不二於物，即不二於夢，而賦鼠、夢虎，亦二事而一事云爾。

幻化之筆，涵泳之神。修己治人，俱堪自鏡。可見莊、列文章，未嘗不爲救時起見也。奇思奇文，慧心慧眼，妙處悉在空際，可作一篇醒世文讀。

周塤

《〈桃醫〉考證》（《傅惜華藏古典戲曲珍本叢刊》所收本《桃醫》劇末）：

明嘉靖間，高郵吳岱妻韋氏，姑病，刲股療之。愈後復染危症，醫者咸云不治。忽思食桃，時值十月，氏向家園枯樹下哭拜不已。忽花開結一桃，姑食之，復愈。州牧旌之曰"純孝格天"。及倭寇至，焚掠民居，入氏家，曰："此孝婦家，不可犯。"以刀削柱記之。今此室柱上刀迹猶存。（《揚州列女傳》）

按，原傳中有"倭寇入氏家，見匾額與文稱爲孝婦"等語，此語焉不詳者。今人標榜懿行，旌門題壁，不可勝數。鄉曲見聞之近，猶將疑信相參，能使潢池頑類見而知感耶？刲股、哭桃，言庸德者不必矜奇行。然如往田號泣，純是一腔血誠，所見未嘗飾僞以矜奇。而當日之象耕鳥耘、下廩出井，亦即頑傲之所爲，允若蒸父者，事之絕無而僅有，理之相應而固然。竊於吳婦之孝，不禁盛稱而深愧之。

其事奇，其情真，其勸世也切，其感人也深。妙在以半桃作前後關鍵，神筆亦史筆也，可補志傳之遺。《琵琶》傳趙氏之湯藥饜糠、山神助墳等事，尚涉子虛。此則實有其人其事，讀者當更何如。

《〈神鏡〉考證》（《傅惜華藏古典戲曲珍本叢刊》所收本《神鏡》劇末）：

昔有四人，各言所願。甲願爲揚州守，乙願積錢十萬，丙願爲仙，丁曰："腰纏十萬貫，騎鶴上揚州。"蓋兼三人之願也。後人因建騎鶴樓。（《太平廣記》）

邗溝廟在城東，邗溝之陽。神服袞冕，相傳爲吳王夫差築城開邗溝，後人祀之。（《揚州志》）

東坡在昌化，逢績婦，年七十，曰："內翰昔日富貴，一場春夢。"坡然之。因呼爲春夢婆。（《侯鯖錄》）

開元中，揚州鑄水心鏡。有老人自稱龍護小童，自元冥入爐所，扃戶三

日,失其所在。得素書一紙曰:"鏡龍法三才,象四時,稟五行,可以辟百邪,鑒萬物。"乃以進於朝,入內庫。(《鏡龍記》)

按,四人不著世代,不傳姓名,後人以甲、乙、丙、丁名之即可,以趙、錢、孫、李姓之。至邗溝借錢之說,則近時諧語所沿。庸愚畏飢寒,所願不過如此。其俊者希情榮祿,神仙有無,非所必競。然兼之以富貴,極之以神仙,乃爲人生滿願之樂事。得而爲之,或造物之忌;不得而爲之,亦造物之憾。爲置其身於可得不可得之間,既不以爲忌,亦不以爲憾,須是一場春夢,得來不費功夫,固亦差強人意也。夫富貴、神仙,以爲觀止莫加,不知更有甚於富貴、神仙者。忠主孝親,所以立人道之綱維,而常超乎窮通修短之外。且富貴、神仙虚願,聽之冥漠。惟忠與孝實理,悉備人心。求富貴、神仙,未必即爲富貴、神仙;而求忠與孝,未嘗不可爲忠臣、孝子者。特以塵氛障蔽,未能自鑒其本來,故不得不假水心之鏡,爲人心之鏡,使知不忠不孝之不可以爲富貴、神仙。而現在求富貴、神仙之人,尤當返而自鏡,其能忠與孝焉?否者,殆亦神道之所爲設教耳。

富貴、神仙是夢中幻境,忠君、孝親是夢中真境。第樂其幻者,或忘其真。將於幻處見真,即於影中見性,鏡之所以神也。大抵莊言之弗親,不若諧語之易入;驟而語之以至理,則難爲強制,不若徐而引之以樂事,則易於轉關。是謂談玄,是謂講道。

《〈佛輪〉考證》(《傅惜華藏古典戲曲珍本叢刊》所收本《佛輪》劇末):

天寧寺在拱辰門外,舊傳寺在東晉時爲太傅謝安別墅。義興中,有梵僧佛馱跋陁羅尊者譯《華嚴經》,褚叔度爲請於謝司空琰,建寺名興嚴。至宋政和中賜名天寧禪寺。佛馱跋陁羅,西域人,華言覺賢,來揚州,止天寧寺。覺賢能通華言,席地趺坐,翻譯《華嚴經》。有兩青蛇從井中出,化爲青衣童子供事,遂立爲伽藍。(《揚州志》)

佛昔於波羅奈斯國轉法輪，今乃復轉無上法輪。（《法華經》）

轉輪聖王即是如來。（《金剛經》）

按，天寧寺，一説本唐柳毅宅。考毅既非揚産，亦未有宦迹在揚，宅於何昉。惟謝傅作鎮，治埭利民，民謳思之。今揚城有祠、有宅，此其別墅無疑，故舊稱謝司空寺也。覺賢譯經，化蛇顯异，事不足傳耶？夫三藏傳燈，苟無與於佑國福民之資，又奚取乎寶筏金繩之説？況德孚瑞應，百神皆爲之效靈。無法輪則已，有則必驗，其常轉而萬世無疆之祝，於是爲有徵焉耳。

佛言濟世，究歸幽渺之談。得此文，結出萬佛轉世、普濟衆生一解，方見天下萬世受福實際。智珠、法眼具此靈通，而盈耳洋洋，何异《關雎》之畢奏。

廖景文
(1714？—1787 後)

字覲揚，一字琴學，號古檀，別署黃葉村農，婁縣（今上海）人。乾隆十二年（1747）以密云籍中舉，曾任職內廷，後爲河陽知縣。十九年（1754），登明通榜，選授合肥知縣，後以參案去官。三十六年（1771）以後，出游閩、粵以及杭州等地，歸鄉築檀園，與文友詩酒酬唱於其中。據金兆燕（1719—1791）《棕亭詩鈔·贈廖古檀兼懷王西莊》詩，知廖景文乾隆五十二年（1787）仍在世。著有《吟香集》、《清綺集》（一名《罨畫樓詩話》）、《漱芳集》。書畫皆善，尤精音律。廖景行（生卒年不詳）《羡行偶筆》云："我兄古檀亦工樂府，生平所作，有《周郎顧》《羅浮夢》《玉馬墜》《小青遺真記》《李謩裂笛記》傳奇。"其中，《遺真記》雜劇有傳本，其他未見。

按，《古典戲曲存目彙考》《古本戲曲劇目提要》言其爲青浦人，非是。鄧長風《廖景文和他的〈清綺集〉》推測其約生於1713或1714年，晁嵩《清代戲曲家廖景文生平資料補正》則認爲其生年當在1716與1718年之間。

傳記文獻：廖景行《羡行偶筆》（廖景文《遺真記》卷末附）、廖景文《清綺集》、王昶《青浦詩傳》卷三十、（光緒）《重修華亭縣志》卷十六、鄧長風《廖景文和他的〈清綺集〉》（《藝術百家》1988年第4期）、晁嵩《清代戲曲家廖景文生平資料補正》（《文教資料》2011年第36期）等。

《遺真記》

◆ 劇情概要與本事

一名《桃花影》。六折，依次爲《挑燈》《游湖》《請師》《寫照》《送花》

《點化》。寫揚州少女馮小青才色無雙，幽閑貞靜，無奈所適非人，兼遭大妻虐待，獨居湖上，日日對景傷懷，魂消腸斷。平生喜讀《牡丹亭》傳奇，某日與婢女談起其中杜麗娘與柳夢梅情事，惆悵不已。揚州楊夫人對小青甚爲憐愛，特意泊舟孤山，邀小青同游，細談衷曲。舟過西泠蘇小埋香之處，小青引蘇小爲同命之人，以酒奠之。楊夫人欲助其脫離火坑，勸其別求佳偶。小青則執意不從，表示願甘守孤燈。楊夫人祇得囑其保重身體，依依而別。此後，小青肌膚消瘦，病體日漸沉重，便請畫師圖一小像，以便流傳後世，令人知其爲巾幗文士、畫眉才子。婢女又將其往日詩篇誦讀，小青聽後更覺凄凉，出世之心更加堅定。原來小青前世本是楞迦山紫竹林中一個比丘尼，法名玄玄，祇因偶動凡心，謫生下界。今已一十八年，磨難將滿。觀音大士前來其夢中點化，以楊枝甘露助其解脫凡塵；又令座下龍女引她西去。小青尸解仙游後，婢女等將其所遺之衣葬於孤山梅樹之下，攜其畫像、詩稿投奔楊夫人而去。

小生扮少年，老生扮畫師，旦扮楊夫人，正旦扮婢女，小旦扮馮小青、鄰嫗女兒，貼扮菊香、妓女、觀音大士，老旦扮鄰嫗，净扮富人、妒婦，副扮游人，末扮花神，雜扮伴、家人、十位美人、衆婢女、紅孩兒、善才、龍女，老旦、丑扮婢女，老旦、貼、丑扮游女，副净、丑扮婢女。

本事見於明馮夢龍（1574—1646）《情史類略》卷十四、秦淮寓客（生卒年不詳）《綠窗女史·青樓部》之《小青傳》等。明吳炳（1595—1648）《療妒羹》傳奇演述相同題材。據作者《〈遺真記〉序》，知是劇當作於乾隆二十六年（1761）。

● 著録、版本與收藏情况

《古典戲曲存目彙考》《古本戲曲劇目提要》著録。現存乾隆青溪廖氏愜心堂刻本，藏國家圖書館。

序跋、題詞與評語

廖景文《〈遺真記〉序》（乾隆青溪廖氏愜心堂刻本《遺真記》卷首）：

稗史傳小青事，讀者酸鼻，莫不憐其才色若此，而薄命又若此。雖然，終不如小青之自憐者深也。夫青惟自憐其才，憐其色，憐其薄命，而欲後人共憐其明慧而貞靜更若此。是以有楊夫人之最相憐者，而不相從，此青之大可憐也。近有《療妒羹傳奇》，以青改嫁。嗟乎！小青一厄於儇夫，再厄於妒婦，歿世而後，於傀儡場復遭唐突。生而玉質摧殘，死而冰心湮没，更可憐矣。余諸生時見此，即欲釐正之。乃風塵浪迹，忽忽十餘年。今在汝陽，又經五稔，官齋餘暇，與友話及，覺胸次怦怦，不復能已，輒填數齣，令家樂演成，以正《療妒羹》之誤。始見青之深可憐者，非止才、色而薄命也。夫小青之有無，固不必考。小青而無其人則已，小青而果有其人，則其玉潔冰清、貞魂不朽，當與孤山一拳石共孑然於西湖風月中已。

乾隆辛巳孟夏上浣，古檀氏書於平梁之愜心堂

廖景文《〈遺真記〉題詞》（乾隆青溪廖氏愜心堂刻本《遺真記》卷首）：

桃花艷影暗生春，一幅生綃畫美人。粉本飄零誰省識，恰憑倩女爲傳神。
菱角當筵麗若雲，半生幽怨曲中論。香魂冰操均千古，合傍孤山處士墳。

青溪廖景文古檀

畢懷圖《〈遺真記〉題詞》（乾隆青溪廖氏愜心堂刻本《遺真記》卷首）：

夢醒西泠迹已陳，闡幽惻惻爲傷神。三生無感超形感，一曲《遺真》敵《會真》。才大定遭媒母笑，情多誰免刺規瞋。（河魨一名規魚，生江北者有刺。）勞君飽蘸如椽筆，苦吊千秋失意人。

邗江畢懷圖花江

高景光《〈遺真記〉題詞》（乾隆青溪廖氏愜心堂刻本《遺真記》卷首）：

蘭香謫下西泠路，消受塵緣苦。小桃花底葬啼痕，誰解冬青麥飯吊芳魂。鏤冰才子江花夢，簫引秦樓鳳。《霓裳》一曲譜真真，愁煞當筵雙淚孟才人。（調寄《虞美人》）

練塘高景光桐村

馬載青《〈遺真記〉題詞》（乾隆青溪廖氏愜心堂刻本《遺真記》卷首）：

春情不可狀（李群玉），款曲擘香箋（權德輿）。贈遠聊攀柳（溫庭筠），相思寄采蓮（萬齊融）。眉欺楊柳葉（白居易），鬢濕杏花烟（李賀）。舊事參差夢（杜牧），風流合管弦（姚合）。

震澤馬載青

廖雲龍《〈遺真記〉題詞》（乾隆青溪廖氏愜心堂刻本《遺真記》卷首）：

六橋烟柳岸，空翠落西湖。玉腕埋塵土，桃花艷畫圖。《遺真》堪不朽，《療妒》底相誣。料得孤山墓，青青滿碧蕪。

不學章臺柳，心同介石堅。綠珠堪絕世，紫玉已成烟。薄命三生定，芳名一死傳。歌成清泪落，腸斷斷橋邊。

青溪廖雲龍承符

胡師謙《〈遺真記〉題詞》（乾隆青溪廖氏愜心堂刻本《遺真記》卷首）：

一片花飛菱綠蕪，夢中幽恨月輪孤。新妝別是春風面，應作當年第幾圖？調鉛殺粉為傳神，瘦影紅顏總幻因。惆悵芳魂招未得，幾回畫裏喚真真？

青浦胡師謙荔山

王鳴盛《〈遺真記〉題詞》（乾隆青溪廖氏愜心堂刻本《遺真記》卷首）：

西子比西湖，淡抹濃妝入畫圖。千古傷心何處所？模糊，不那青山一點孤。　花月暗銷磨，誰把春光刻意摹？斷碣荒墳斜日畔，經過，倩女亭亭定有無？（調寄《南鄉子》）

嘉定王鳴盛西莊

徐薇坡《〈遺真記〉題詞》（乾隆青溪廖氏愜心堂刻本《遺真記》卷首）：

簾外一聲杜宇。問東君脉脉，渾無據。斷送幾番風雨。爭奈命逐桃花，魂離倩女。　蘭因絮果何處？算兔毫欲腐。寫不盡斷腸的詞句。憑着小史如花，爲我留住春光，翻將曲譜。（調寄《芭蕉雨》）

青浦徐薇坡藕汀

汪烈《〈遺真記〉題詞》（乾隆青溪廖氏愜心堂刻本《遺真記》卷首）：

小閣香殘，孤山翠冷，蘚痕一徑欹斜。倩女亭亭，夕陽墳畔桃花。看他瘦影臨春水，但東流、流怨天涯。在誰家？兩頁濤箋，一幅冰紗。　憐卿好奠梨和酒，爲翻成《白雪》，按就紅牙。傳與歌人，姍姍來者非耶？還教寫出昭陽貌，盼新妝、第一無差。漫吁嗟，畫苑騷壇，恨補皇媧。（調寄《高陽臺》）

婁村汪烈峭厓

汪杰《〈遺真記〉題詞》（乾隆青溪廖氏愜心堂刻本《遺真記》卷首）：

美人命薄秋蟬翼，仙令情多春繭絲。一曲《遺真》腸斷處，池邊顧影獨吟時。

婁村汪杰江峰

廖景文

孫大濩《〈遺真記〉題詞》（乾隆青溪廖氏愜心堂刻本《遺真記》卷首）：

香消玉冷百餘春，誰向孤山吊美人？惟有青溪老名士，紅情如海記《遺真》。

曾訪貞魂過碧湖，裙腰空綉綠蘼蕪。緣慳不識春風面，金粉新詞即畫圖。
冰心印徹老逋梅，地老天荒句壯哉。翻笑賞音楊氏女，嫚辭唐突比章臺。
胸中磊塊苦難澆，歌罷真如癢得搔。絕代佳人新樂府，普天才子小《離騷》。
粉本飄零何處存？百年艷影屬梨園。酒痕紅到櫻桃靨，真現亭亭倩女魂。
縱教并蒂灑楊枝，猶怕生當妒婦溪。何似琉璃寶地好，盡填情海證菩提。

山陰孫大濩雨田

汪熙《〈遺真記〉題詞》（乾隆青溪廖氏愜心堂刻本《遺真記》卷首）：

湖上春初歇，桃花隱墓門。孤山一片土，千古共銷魂。譜入鶯聲細，歌殘燭影昏。第三圖不見，鴻爪剩纖痕。

婁村汪熙笠夫

馬元澂《〈遺真記〉題詞》（乾隆青溪廖氏愜心堂刻本《遺真記》卷首）：

粉箋翠管記《遺真》，瘦影傳來淡有神。爲憶歌筵看妙舞，夜闌愁殺倚樓人。

素女芳魂巧樣妝，生綃一幅粉痕香。何當再倩江郎筆，添個盈盈小六娘。

華亭馬元澂宛山

陳奎元《〈遺真記〉題詞》（乾隆青溪廖氏愜心堂刻本《遺真記》卷首）：

明璫翠羽女中仙，謫下紅塵十八年。西子縱教裏醜妒，羅敷寧受使君憐。修蛾脈脈翠秋水，香鬟姍姍貼寶鈿。始悟莫梨人未死，《遺真》妙曲正當筵。

重調丹粉寫瓊姿，可是當年畫譜遺？一片夕陽花外影，幾篇殘稿病中詩。蘭因絮果幽懷結，地老天荒雅操垂。《療妒》而今經顧誤，離魂倩女亦神怡。

福安陳奎元榆台

廖雲魁《〈遺真記〉題詞》（乾隆青溪廖氏愜心堂刻本《遺真記》卷首）：

西風吹折夢中花，薄命崔徽早自嗟。解透蘭因與絮果，芳心一點玉無瑕。
明妝欹坐病逾妍，十八年華了宿緣。踏著罡風歸玉殿，霞衣還惹御爐烟。
夕陽倩女影亭亭，是處游人吊小青。直得西湖身一死，白花飛蝶有餘馨。

青溪廖雲魁斗齋

薛元春《〈遺真記〉題詞》（乾隆青溪廖氏愜心堂刻本《遺真記》卷首）：

無端雲雨繞晴空，摘艷薰香有化工。如灑楊枝瓶上水，湖山花柳盡春風。
對影空憐現在身，當時焚草又焚真。那知埋玉藏香後，三百餘年有解人。
孤山何處是芳魂？梨酒無因奠墓門。一片清心終不涅，暗香應在月黃昏。
分明剪取吳淞水，寫出亭亭倩女神。何事此情人不解？畫中人是意中人。

侯官薛元春位中

唐景《〈遺真記〉題詞》（乾隆青溪廖氏愜心堂刻本《遺真記》卷首）：

秋浦斜陽短柳，孤山細雨荒墳。無限斷腸詩句，依然流水行雲。
湖上平添佳話，詞中苦吊香魂。記取歌珠一串，桃花艷影猶存。（己卯冬，曾留合署觀劇。）

松江唐景蕉村

費辰《〈遺真記〉題詞》（乾隆青溪廖氏愜心堂刻本《遺真記》卷首）：

埋玉藏香湖水清，蘭因絮果證前盟。汝陽仙令情如海，倩女亭亭爲寫生。

西泠橋下短碑存，曾采青茆薦墓門。今日春風重回首，暗香疏影與招魂。（庚午秋，同人奠小青墓，碑識歸然。今不知所去。）

一曲當筵乏賞音，周郎顧誤到於今。傳神賴有江毫健，浣出千秋冰雪心。

仁和費辰榆村

姚碧《〈遺真記〉題詞》（乾隆青溪廖氏愜心堂刻本《遺真記》卷首）：

美人香草地，愁思落西湖。命逐桃花薄，墳依處士孤。《遺真》誰省識，顧曲已模糊。憑仗多情吏，傳神入畫圖。

華亭姚碧天璞

費建勳《〈遺真記〉題詞》（乾隆青溪廖氏愜心堂刻本《遺真記》卷首）：

西子西湖舊得名，孤山片土更含情。冰心羞泛鴟夷棹，恰比湖波到底清。

畫圖幾易態輕盈，十八年來幽恨縈。梨酒一杯澆莫處，曉風殘月尚聞聲。

蒲團一夢萬緣空，法界慈雲咫尺通。太息章臺柳千樹，楊枝灑遍倚春風。

墨瀝吳箋弦管新，零香剩粉足傷神。當筵一曲貞心見，漫把《遺真》比《會真》。

吳江費建勳東嘉

張寶林《〈遺真記〉題詞》（乾隆青溪廖氏愜心堂刻本《遺真記》卷首）：

何處天涯可寄愁？孤墳斜照六橋秋。清貞千古誰堪并？金谷佳人墜玉樓。

新詩結得後生緣，剩粉零香太可憐。讀罷《遺真》新樂府，泪花紅染薛濤箋。

一讀新詞一愴神，披圖無術喚真真。阿儂亦有多情癖，不獨先生是解人。

長白張寶林

顧元揆《〈遺真記〉題詞》（乾隆青溪廖氏愜心堂刻本《遺真記》卷首）：

　　人間才美難雙并，得一已傷妾薄命。何況美人更有才，那容得地長歡慶？竹西仙子最堪憐，謫向西泠得幾年？孔雀金花愁被觸，鴛鴦綉襆擁孤眠。孤眠豈爲多情惱？惜此容華衆中少。風吹蘭蕙爐猶香，水照芙蓉影亦好。影滅香銷春夢醒，孤山片石葬娉婷。感懷詩在應腸斷，得意人聞也涕零。涕零好藉宫商按，忍把貞姬風節換？百年幽恨待知音，一曲《遺真》寫生面。寫恨翻成樂意新，舵樓一語壽千春。君看垂柳章臺下，才色真爲薄命人。

元和顧元揆端卿

何法上《〈遺真記〉題詞》（乾隆青溪廖氏愜心堂刻本《遺真記》卷首）：

　　浙山明媚黛眉痕，湖水清泠雅操存。三百餘年知己淚，《遺真》一曲吊芳魂。

　　風月依然事已非，披圖誰更識芳徽？釣游每憶西泠路，愁見桃花片片飛。

　　處士芳鄰墓草留，（林處士山莊中有放鶴亭，小青墓在山阜。）當年粉黛一齊休。游春堤上人偏鬧，指點孤山片石秋。

　　美人環珮靚妝樓，韵事傳來幾度秋。尋到斷橋空綠浦，（湖分内外，中亘西泠斷橋、壓綠、跨虹、慶春、秋浦諸橋，訪青墓者，須過橋進浦。）清暉掩映碧波流。

　　百幅濤箋墨瀋浮，焚餘無復見風流。花鈿巧襯殘詩稿，傳與西泠作話頭。

　　湖内芙蕖湖外紅，（内湖多藕花，外湖惟澄波浩渺而已。）娉婷形影畫圖中。幽魂應化楊枝水，夢覺蓮臺一夜風。

　　南北峰高土一抔，香消玉隕盡成灰。曾聞芳樹多才色，殘碣何人憑吊來？（芳樹與小青，同爲鍾生之妾。）

　　挑燈閑誦轉添愁，雙淚盈盈日夜流。癡絕佳人同不朽，牡丹亭畔斷橋頭。

　　古粵西湖我舊游，（在惠州府西關外。）朝雲墓在碧峰頭。小青又續風流債，兩地清標共不休。

鬱鬱荒阡長碧蕪,芳名長自占西湖。崇坊若表佳人節,前有青娘後秀姑。(秀姑葬岳墳後,土人稱烈女墳。)

武林何法上遜之

富灝《〈遺真記〉題詞次韵》(乾隆青溪廖氏愜心堂刻本《遺真記》卷首):

落盡桃花春復春,踏春誰吊意中人?青溪名士風流甚,詩寫芳心畫寫神。

翻覆人情薄若雲,河東獅吼總休論。管弦傳出《遺真記》,好并殘碑立古墳。

海鹽富灝觀瀾

許煌《集〈桃花影〉填詞五截句》(乾隆青溪廖氏愜心堂刻本《遺真記》卷首):

踠地長條葉葉愁,東風吹絮上簾鉤。紅樓不盼韓郎馬,燈下孤吟掩翠幬。

南樓楚雨暗三更,春水西湖一夜生。挑盡寒燈鷄未唱,滿懷幽恨夢難成。

冷雨幽窗人斷腸,梅花消歇嶺頭香。闌干淚濕芙蓉帳,夢入傷心杜麗娘。

可奈與花同命薄,淒涼詞句苦難聽。落紅如夢東風驟,豈獨傷心是小青?

春風省識佳人影,紅顏標出憑毛穎。瘦比梅花冷似冰,芳名應占孤山嶺。

海鹽許煌庭輝

廖景文《鷺門官齋題〈桃花影〉填詞後》(乾隆青溪廖氏愜心堂刻本《遺真記》卷首):

《遺真》一曲譜真真,舊事傳來墨暈新。物換星移家樂散,十年春恨細如塵。

鶴放孤山舉手招,綠迷秋浦水迢迢。何時重訪貞姬墓,紅帽青衫過六橋?

廖古檀

廖景文《乙未九秋訪小青墓（時偕舊友姚天璞、姜甥敬銘暨山右白少君）》（乾隆青溪廖氏愜心堂刻本《遺真記》卷首）：

葉葉丹楓分外鮮，香魂一縷美人天。如何青冢無人問？舊約蹉跎又十年。

別業難尋高士湖，尚留片石壓藨蕪。桃花艷影分明見，不似巫山事有無。（武林詩友費榆村云：數年前見"小青之墓"四字石碣。）

西泠橋畔青蕪路，可憐玉腕埋塵土。有心人覓轉無踪，遠山一角斜陽暮。（天璞友人張某，曾訪得其墓，惜張君物故，不可復識。）

抔土曾依處士梅，探梅訪墓重低徊。一時魚鳥都相識，紅帽青衫令又來。

蘇小風流石碣新，（墓在西泠橋左，徐補桐方伯近爲修葺。）憐才一片意何真。斷橋還仗生花筆，特爲貞姬表墓人。

廖古檀

陳憬《次韵題〈桃花影〉填詞》（乾隆青溪廖氏愜心堂刻本《遺真記》卷首）：

西泠佳話事全真，拂袖珠璣字字新。小部音聲裝點出，春愁牽惹隔花塵。（前聞歌童王佳卿，能摹小青情態，故云。）

一片香魂夢裏招，玉京仙子路迢迢。裴航漫索瓊漿飲，不是藍橋是斷橋。

婁村陳憬雲耑

張泓《次韵訪小青墓》（乾隆青溪廖氏愜心堂刻本《遺真記》卷首）：

十里琉璃荇藻鮮，西風疏柳斷腸天。可憐艷骨渾無主，霧鬢雲鬟想昔年。

如黛山容繞聖湖，古來陳迹半荒蕪。埋香幸傍孤山勝，曾見林逋蘇小無？

西泠橋外淒涼路，美人高士同黃土。滿山紅葉夕陽明，芳魂休認桃花暮。

傍水依山百樹梅，水邊梅畔重徘徊。一抔渺渺迷芳草，多謝詩人訪覓來。

幽思柔腸百載新，空山何處喚真真？貞魂應效銜環報，我見猶憐有幾人？

長白張泓花農

陸以誠《次題〈桃花影〉填詞後韵》（乾隆青溪廖氏愜心堂刻本《遺真記》卷首）：

紅牙按拍記《遺真》，黃絹題來別樣新。唱到夢兒亭畔路，夕陽一片净無塵。

渺渺香魂妙手招，松嵐秀處暮雲迢。空中色相誰尋得？記取西陵第一橋。

海鹽陸以誠和仲

陸以誠《次訪小青墓韵》（乾隆青溪廖氏愜心堂刻本《遺真記》卷首）：

草綠裙腰一帶鮮，尋芳恰近送春天。生香活色依然在，識字寧惟三十年？
閑訪高踪過望湖，斜陽細柳映平蕪。飄殘紅雨何人問？果作劉安雞犬無？
芳魂夢斷孤山路，是耶非耶一抔土。段家橋畔立移時，弱絮風中春欲暮。
話到酸心却似梅，荷絲蓮性轉徘徊。遙憐風雨孤燈夜，泪灑羅衣誰復來？
樓開教妓景還新，底事當年氣獨真？未了夙緣難再辱，漫云蘇小意中人。

海鹽陸以誠和仲

黃運亨《和題〈桃花影〉訪小青墓》（乾隆青溪廖氏愜心堂刻本《遺真記》卷首）：

桃花艷影尚分明，一曲風流千古情。唱徹鶯門聲欲斷，春風吹遍會稽城。（徐方伯在杭，已令名優唱演。）

斜陽斷碣記前曾，（見原詩第二首注。）爲訪佳人覓舊朋。秋草依依人已去，（見其第三小注。）不知何處照魚鐙？

海鹽黃運亨夢胏

何配金《次韵訪小青墓》（乾隆青溪廖氏愜心堂刻本《遺真記》卷首）：

雨過秋山濕翠鮮，爲尋香冢向湖天。傷心紫玉成烟後，零落荒丘不計年。
鏡水空濛西子湖，新愁難剪似春蕪。不知黃葉西風裏，仍有高人訪得無？
輕烟漠漠西泠路，風流絕世埋黃土。蠻吟疏柳更無人，夕陽一片青山暮。
占斷清芬嶺上梅，幾經墓下思徘徊。天涯尚有憐才客，可許追陪再去來？
吊古淋漓翰墨新，銀燈官閣記《遺真》。憐他一種如花女，網結千絲錯贈人。

海鹽何配金儒珍

張世基《次題〈桃花影〉填詞韵》（乾隆青溪廖氏愜心堂刻本《遺真記》卷首）：

樂府才人妙寫真，墨痕猶帶淚痕新。却將意怨情貞處，譜得風流絕點塵。
亭亭倩女向誰招？欲訪仙踪路鬱迢。慚愧當年蘇小小，香魂猶傍六條橋。

海鹽張世基畬堂

張世基《次訪小青墓韵》（乾隆青溪廖氏愜心堂刻本《遺真記》卷首）：

綽約桃花泣雨鮮，緘愁何必問青天。天公要斷銷魂種，情字分開十八年。
瘞玉埋香記此湖，祇今青草漫平蕪。《桃花》曾譜纖纖影，肯試春風一笑無？
踏青誰訪西泠路，一杯何處澆墳土？青衫紅帽謫仙人，歸去南屏鐘欲暮。
孤山曾認墓門梅，欲訪仙姬首重回。莫道先生情不甚，十年舊約幾回來？
譜入歌筵事更新，亭亭素女認還真。風流第一傳神筆，冰雪文描冰雪人。

海鹽張世基畬堂

陳石麟《次韵題〈桃花影〉填詞後》（乾隆青溪廖氏愜心堂刻本《遺真記》卷首）：

偶將《白雪》譜《遺真》，宛轉歌喉一曲新。記取桃花分艷影，不教遺恨墮紅塵。

惆悵芳魂那可招？西泠烟水碧迢迢。斷腸祇有江南句，贏得風流滿六橋。（徐補桐方伯近命梨園演唱，杭人艷傳之。）

海鹽陳石麟寶摩

陳石麟《次韵訪小青墓》（乾隆青溪廖氏愜心堂刻本《遺真記》卷首）：

雨洗秋湖着意鮮，短筇閑步菊花天。美人香草知何處？檀板清樽憶往年。
愁比盈盈西子湖，空山曾記采蘼蕪。最憐并蒂情如許，化作楊枝一滴無？
短碑零落西泠路，埋香瘞玉空黃土。夕陽一片杳難尋，桃花影失孤山暮。
隱隱孤山千樹梅，暗香疏影足徘徊。遙吟別有關情處，不爲羅浮入夢來。
詞成幼婦意翻新，每自憐才爲寫真。行過六橋重回首，青衫紅帽有情人。

海鹽陳石麟寶摩

朱芳選《次題〈桃花影〉填詞後韵》（乾隆青溪廖氏愜心堂刻本《遺真記》卷首）：

好事何須記《會真》，《桃花》艷曲一番新。氍毹紅處風光好，扇影歌喉總絶塵。

試把芳魂曲裏招，孤山一抹路迢迢。底須重問吹簫譜，明月揚州廿四橋。

海鹽朱芳選海伽

朱芳選《次訪小青墓韵》（乾隆青溪廖氏愜心堂刻本《遺真記》卷首）：

綺羅香盡泪痕鮮，薄命當年欲問天。一滴楊枝空有願，墓門芳草自年年。
精舍三間西子湖，上山何處采蘼蕪？蘭因絮果三生定，好向蒲團課有無。
秋風秋雨錢唐路，美人零落終黃土。花殘月缺百餘年，山水朝朝復暮暮。

廖景文

嶺上誰栽幾樹梅，暗香疏影重徘徊。何時明月孤山夜，環珮珊珊林下來？
梨花帶雨一枝新，寂寞芳容自寫真。舊是六朝金粉地，可憐空谷有佳人。

海鹽朱芳選海伽

董彬《次題〈桃花影〉填詞後韻》（乾隆青溪廖氏愜心堂刻本《遺真記》卷首）：

譜出《桃花》艷影真，深情宛轉管弦新。朱門寂寂濃烟鎖，祇恨重來已後塵。

香魂試托楚詞招，一望西湖山水迢。幾曲清歌寫舊恨，芳踪不是記藍橋。

海鹽董彬通齋

董彬《次訪小青墓韻》（乾隆青溪廖氏愜心堂刻本《遺真記》卷首）：

武林遺迹最新鮮，劇愛秋來氣爽天。閒步荒郊景凄絕，不知何處吊芳年。
孤墳一簇對平湖，玉腕朱顏委綠蕪。曠代凄涼深欲絕，也知此事豈虛無。
游來已失桃源路，墳畔尚餘三尺土。仿佛貞娘鏡裏容，傷心不覺斜陽暮。
記得窗前夢落梅，紅顏猶令我徘徊。回看荒冢依然在，明月清風幾度來。
韶華過眼一番新，色相天然總是真。憑吊古今無限恨，還因秋色惜芳人。

海鹽董彬通齋

蔣佩蘭《次題〈桃花影〉填詞後韻》（乾隆青溪廖氏愜心堂刻本《遺真記》卷首）：

清樽檀板譜《遺真》，舊事重翻別樣新。料得鷺門聲伎好，歌喉一串繞梁塵。

太息吟魂何處招，西泠極目水迢迢。春風人面無消息，一片斜陽過斷橋。

海鹽蔣佩蘭香谷

蔣佩蘭《次訪小青墓韻》（乾隆青溪廖氏愜心堂刻本《遺真記》卷首）：

斷碣荒涼翠墨鮮，離懷常恨九秋天。蘭心不逐風中絮，辜負花期二十年。
明鏡妝臺映碧湖，殘膏冷翠長平蕪。朱門風景重來好，人似桃花影有無。
垂楊垂柳湖堤路，生憐樹玉埋黃土。我行步出武陵門，四山多風天欲暮。
玉笛吹殘正落梅，幽窗冷雨自徘徊。挑鐙無限傷心意，瓊蕊優曇不再來。
情詞宛轉好詩新，七字初裁見性真。經卷藥爐風味足，等閒未是黨家人。

海鹽蔣佩蘭香谷

曹筠《次題〈桃花影〉填詞後韻》（乾隆青溪廖氏愜心堂刻本《遺真記》卷首）：

桃花爛熳見天真，艷影重翻巧樣新。譜出西湖真色相，臨波羅襪也生塵。
魂夢何須屈子招，武陵溪畔水迢迢。金樽檀板新詞好，人在錢唐第幾橋？

海鹽曹筠竹均

曹筠《次訪小青墓韻》（乾隆青溪廖氏愜心堂刻本《遺真記》卷首）：

樹樹冬青著雨鮮，吟懷悵觸望湖天。白公堤外春光早，紅雨飄殘又一年。
不學西施泛五湖，孤山小築剩荒蕪。蓮花爭說同心好，曾見慈雲大士無。
秋風獵騎西陵路，萬叠晴嵐三尺土。湖光山色任容與，芳草美人悲遲暮。
清淺微波一桁梅，憐香顧影自徘徊。多情不是章臺柳，肯盼韓郎走馬來。
萋萋芳草墓門新，石碣標題姓氏真。（徐方伯擬訪其墓建碑。）怪殺湖堤騎馬客，艷稱蘇小是佳人。

海鹽曹筠竹均

徐恕《次韻題〈桃花影〉填詞》（乾隆青溪廖氏愜心堂刻本《遺真記》卷首）：

誰將粉本寫《遺真》，頭白才人樂府新。一曲歌殘紅雨歇，夢回花影已生塵。（余在杭州時，曾命梨園演唱，膾炙一時，競傳勝事。）

淒迷白石倩雲招，吟到湖西碧水迢。欲訪香魂何處是，荒苔春鎖段家橋。

青浦徐恕補桐

徐恕《次韻訪小青墓》（乾隆青溪廖氏愜心堂刻本《遺真記》卷首）：

花雨酴醾隔水鮮，美人芳草夕陽天。一抔欲訪孤山徑，空憶春風燕子年。
仿佛魂歸傍後湖，墓門青冢半春蕪。夜來化作人間夢，夢到桃花影裏無？
六橋細雨西泠路，溪烟憔悴迷陳土。楊枝一滴水涓涓，石上雲歸山雨暮。
月榭蕭疏處士梅，梅孤月冷柱低徊。雨絲風片多零落，冢上何人酹酒來。
十載湖西夢雨新，空花幻影鏡中真。山青水碧斜陽岸，曾記當年訪翠人。

青浦徐恕補桐

吳興宗《次韻題〈桃花影〉填詞》（乾隆青溪廖氏愜心堂刻本《遺真記》卷首）：

人到傷心事怕真，那堪舊恨又翻新。啼春一樣臨風淚，濕却青衫便洗塵。
香魂沉寂斷難招，斜倚秋山盼路迢。幾處空寒驚落葉，淒迷烟雨度江橋。

大興吳興宗超亭

吳興宗《次韻訪小青墓》（乾隆青溪廖氏愜心堂刻本《遺真記》卷首）：

愁眉一掃黛痕鮮，剩得閒情感暮天。懊惱春游蕭索甚，淒涼錦瑟問華年。

濃妝淡抹笑西湖，紫陌香銷草半蕪。老我紅顏驚退盡，憐才君也斷腸無。
晴雲三竺慈雲路，破涕焚香憐净土。當年何不便皈依，尚倚紅樓怨朝暮。
一派清香幾樹梅，香銷花落客低徊。嬌痴半被情緣誤，莫遣多情寫怨來。
綠波紅雨白堤新，霧眼朦朧認未真。燕語鶯啼乍顫，踏歌按板更何人。

大興吳興宗超亭

賀念祖《次韵題〈桃花影〉填詞》（乾隆青溪廖氏愜心堂刻本《遺真記》卷首）：

風流絕世寄情真，法曲翻來字字新。記得慈雲生颭𩖄，紫金蓮掌拂紅塵。
芳草香魂何處招，亭亭倩女路迢迢。春潮自擁相思海，紅豆花開憶斷橋。
（丁亥春，偕章桐門過西泠，見抔土，指云此小青墓也。）

海鹽賀念祖曉江

王璠《次韵訪小青墓》（乾隆青溪廖氏愜心堂刻本《遺真記》卷首）：

西湖雨過水澄鮮，惆悵芳魂倚暮天。嶺上梅花今尚在，黃昏青冢自年年。
油壁青驄繞聖湖，斷橋殘碣半春蕪。銷魂此日孤山路，曾聽《遺真》法曲無？（武林名優演唱，今更傳遍江東。）
殘花野檞西泠路，絕代佳人瘞抔土。夕陽黃葉萬山寒，一樹棠梨秋色暮。
一點冰心寄嶺梅，新詞譜就重低徊。十年舊約江南夢，特爲憐才著屐來。
湖山面面翠鬟新，湖水盈盈似寫真。芳草天涯秋又晚，携筇訪墓更何人。

海鹽王璠翰如

富志江《次韵題〈桃花影〉填詞》（乾隆青溪廖氏愜心堂刻本《遺真記》卷首）：

心同介石守何真，妙手傳來面目新。如此佳人如此曲，畫梁聲裏定飛塵。

佳句曾傳大小招，更聽新曲恨迢迢。遥知訪墓扶筇日，苦雨淒風過六橋。

海鹽富志江敏三

富志江《次韵訪小青墓》（乾隆青溪廖氏愜心堂刻本《遺真記》卷首）：

策馬湖堤碧草鮮，殘碑斷碣夕陽天。但勞傳出佳人節，何必尋芳悵隔年。
迹并逋翁寄此湖，當年幾度踏青蕪。春風披拂桃花面，可與梅花對影無？
零膏冷翠西湖路，誰將梨酒澆黄土。吟鞭遥指數峰青，一聲杜宇蒼烟暮。
遠笛哀秋聽落梅，松風蕉雨幾徘徊。而今惟有孤山月，猶向孤墳照影來。
一曲《離騷》弦管新，青衫泪濕記《遺真》。當場賴有傳神筆，底用鮫紗畫美人。

海鹽富志江敏三

胡師謙《次韵題〈桃花影〉填詞》（乾隆青溪廖氏愜心堂刻本《遺真記》卷首）：

幾番圖畫會傳真，曲播旗亭調越新。曾記梨花春月夜，東風香惹襪羅塵。（徐方伯在杭，曾令慶玉名班唱演。）
夢裏芳魂倩鶴招，三更風雨碧迢迢。桃花影落知何處，山外青山橋外橋。

青浦胡師謙荔山

胡師謙《次韵訪小青墓》（乾隆青溪廖氏愜心堂刻本《遺真記》卷首）：

香徑青青草色鮮，招魂欲向大羅天。由來孽海多魔劫，枉墮紅塵十八年。
黛是春山鏡是湖，妝臺還認綠蘼蕪。祇因情字分開後，人面桃花半有無。
零香剩粉殘花路，烟雨忽迷一抔土。幸傍孤山處士墳，載酒月明春未暮。
幾向西泠探早梅，美人香草費徘徊。東風吹落楊枝水，玉珮疑隨山雨來。

風簫雲管曲翻新，泡影空花幻亦真。梨水一杯爭欲酹，六橋愁煞踏青人。

青浦胡師謙荔山

戴鎬《次韻題〈桃花影〉填詞》（乾隆青溪廖氏愜心堂刻本《遺真記》卷首）：

人間何處喚真真，賴有仙郎彩筆新。攝取斷魂來紙上，香奩寶襪憶前塵。

拾翠尋芳賦《大招》，春湖流恨碧迢迢。古杭金粉飄零盡，（嚮有《古杭金粉》之輯，尚未脫稿。）終古青山繞六橋。

錢塘戴鎬雛客

戴鎬《次韻訪小青墓》（乾隆青溪廖氏愜心堂刻本《遺真記》卷首）：

湖山滴翠水澄鮮，中有佳人長恨天。一自妝樓春閉後，梨花寒食自年年。
濃綠西泠入裏湖，誰憐青冢沒寒蕪。蘭因絮果三生外，沾得楊枝一滴無？
賈亭側畔孤山路，艷骨已成山下土。貞魂不逐落花飛，翠袖亭亭芳草暮。
冷蕊疏香幾樹梅，墓門殘月自低徊。黑罡風裏翻身快，曾否清涼界上來。
剩有香奩句字新，珮環無復畫中真。由來缺陷誠難補，何限人間失意人。

錢塘戴鎬雛客

吳嘉澄《次韻題〈桃花影〉填詞》（乾隆青溪廖氏愜心堂刻本《遺真記》卷首）：

憑將彩筆寫《遺真》，《白雪》歌成弦管新。一點貞心照千古，祇今湖水碧無塵。

幾度追陪勝侶招，韶光三載去迢迢。（乙未歲，曾訪青墓不可得。）高吟未愜幽尋意，烟雨重重夢六橋。

松江吳嘉澄劍園

吳嘉澄《次韻訪小青墓》（乾隆青溪廖氏愜心堂刻本《遺真記》卷首）：

一抹青蛾雨後鮮，輕紈如織水如天。貞姬墓下長酸鼻，冷我吟情又幾年。
渺渺香魂傍聖湖，寒鴉落葉滿平蕪。憐才情更深於水，肯聽姬名涉有無？
垂楊幾折西泠路，過客心傷三尺土。山空人遠雁聲高，殘照西風秋嚮暮。
一片心神淡似梅，段家橋外首低徊。何時携莫蘭陵酒，重嚮孤墳灑淚來。
影入《桃花》樂府新，玲瓏歌板爲傳真。（謂王佳卿。）生香更有徐陵筆，（近日補桐方伯次訪小青墓，句甚佳。）苦吊湖山薄命人。

松江吳嘉澄劍園

吳興仁《次韻題〈桃花影〉填詞》（乾隆青溪廖氏愜心堂刻本《遺真記》卷首）：

桃花小樣寫遺真，一曲金徽別後新。殘恨鷺門星夜散，何人覓得繞梁塵。
孤山女伴好重招，蘇小墳前暮影迢。幾處題詞青草路，含情貪過第三橋。

大興吳興仁靜巖

吳興仁《次韻訪小青墓》（乾隆青溪廖氏愜心堂刻本《遺真記》卷首）：

草色湖光一樣鮮，春來踏破暮雲天。傷心半屬多情字，問謫人間有幾年。
白楊小瑩記臨湖，古冢迷人長綠蕪。自是仙源塵不到，休將情影認虛無。
荒村月落青無路，千古情人一抔土。不須重怨鏡中形，去時有迹來何暮。
依約貪看橋畔梅，無心折得重徘徊。鍾情不道花間蝶，已解尋香撲面來。
湖中風月曲中新，長遣鮫綃爲寫真。知己自來情裏盡，雲峰飄渺誤詞人。

大興吳興仁靜巖

富灝《次韵題〈桃花影〉填詞》（乾隆青溪廖氏愜心堂刻本《遺真記》卷首）：

殘箋劫火記難真，誰譜《桃花》一瓣新？添個雪兒拋鐵版，紅顏隱約出紅塵。

風流雲散欲何招，夢繞孤山路未迢。唱到凄涼詞句苦，銷魂應斷六條橋。

海鹽富灝觀瀾

富灝《次韵訪小青墓》（乾隆青溪廖氏愜心堂刻本《遺真記》卷首）：

照影空嗟春水鮮，一生情事豈尤天。慈悲錯認同心願，債負風流十八年。
別室孤山路傍湖，幽窗冷雨長青蕪。相思泪滴楊枝水，一派盈盈淡欲無。
西陵仿佛廣陵路，皈依凈體埋塵土。桃花影裏吊芳魂，斜陽一帶前山暮。
曾憶生平性似梅，魂依花影共低徊。幽貞一片傳今古，問爾何人妒得來。
眼底浮雲舊閒新，零膏冷翠寄情真。宮黃和罷《陽春曲》，腸斷千秋傾國人。

海鹽富灝觀瀾

富灝《再次韵題〈桃花影〉填詞》（乾隆青溪廖氏愜心堂刻本《遺真記》卷首）：

誰寫廬山面目真，譜成花樣一番新？雲間自古多才士，畢竟高懷迥出塵。

玉腕珠顏杳莫招，行吟惆悵望湖迢。若教天上聞新曲，痛絕銀河斷鵲橋。

海鹽富灝觀瀾

富灝《再次韵訪小青墓》（乾隆青溪廖氏愜心堂刻本《遺真記》卷首）：

憶昔容光藻耀鮮，香魂憑吊暮春天。回思福薄傷心處，幸不餘生三十年。

一抔青冢向西湖，雲壓溪頭路滿蕪。剩有寒梅三百本，花心猶變杜鵑無。
紅顏已去孤山路，依稀蘇小墳前土。閑來覓句寄芳魂，桃花影落春將暮。
山下依然百本梅，離魂愁鎖路盤徊。踏春誰是知音者，合有多情才子來。
腸斷春衫血淚新，端居別室寫天真。生來薄命休言苦，地老天荒不死人。

海鹽富灝觀瀾

廖景行《〈遺真記〉後序》（乾隆青溪廖氏愜心堂刻本《遺真記》卷末）：

古今傳奇，半多憑空結撰。《琵琶》之蔡無其事，《西廂》之張無其人，《牡丹亭》則并舉，人與事而悉空之，而世之覽者，方且唱嘆低徊而不能自已。況夫瀟湘江畔，竹可成斑；風雨山頭，人能化石。人有其人，事有其事，造物者且將留其迹以垂諸無窮，萬不至終古銷沉，搔首而傷憑弔之末由也。我兄古檀，與小青有緣，因見《療妒羹》之誤，而製為《桃花影》。客有以無是人之說進者，僕竊笑之。不見陸次雲《湖壖雜志》乎？曰："至孤山者，必問小青；問小青者，必及蘇小。孰知二美之墓，竟在子虛烏有間。"夫不知其墓，未嘗謂無其人也。又情史氏云："聞第二圖藏嫗家，余竭力購得之，娟娟楚楚，如秋海棠花。其衣裏珠外翠，秀艷有文士氣。"夫既有其圖，豈無其人？龍子猶不我欺也！《列朝詩集》以為本無其人，誤矣！顧予雖主是說，究以未得其真姓氏為憾。

我兄自歸田後，製書畫舫，往來吳閭，留意典冊。適於書肆得《小青傳》一本，其中有空谷玉人小序，則云"傳出朱小玉手，而某生係鍾姓，妒婦為錢姓，生尚有姬芳樹"等語。指證確鑿，蓋不特倩魂宛轉，呼來畫裏仙人，絕非妖夢迷離，幻出峰頭神女也。又云："姬好與影語，此第一奇情。"更與情史氏"斜陽花際，烟空水清，輒臨池自照，對影絮絮如問答。婢輩窺之，則不復爾，但微見眉痕慘然，似有泣意"一段相合。特其詩云："不須更覓傳神手，祇此情深是畫圖。"未見全璧，良可惋惜。然其詞其筆，自出老手，非有心傅會者。自是而小青之有其人，有其事，彰彰明矣。則豈非造化者欲留其迹，以垂諸無窮，而使憑吊者唱嘆低徊而不自已耶？夫小青之有無，何與人事？特以其貞心亮節，可以立頑起懦，以視《琵琶》《西廂》《牡丹亭》之無其人、無其事而憑空結撰者，不更可傳乎？況如曲中句云："與花同命薄，惟恨共更長。小春香怎解，傷心杜麗娘。""春水西湖一夜生，多應是我淚珠迸。粉褪香殘兀自污，丹青瘦伶仃。""香銷豆蔻悶昏沉，怨托筌篌，湖山烟景銷魂藪。春去也，似紅顏消瘦。"詞意兼美。我友畢花江所云："勞君飽蘸如椽筆，苦吊千秋失意人。"正得我兄作記之意也。今已演諸家樂，播之旗亭。艷思綺語，上傳幼婦之詞；翠管銀箏，穢洗庸奴之誚。從此孤山雲冷，休疑鴻爪留痕；別墅魂銷，恍聽鶯聲喚夢。則即謂與《琵琶》《西廂》《牡丹亭》諸傳奇并流傳不朽也可。

乾隆癸巳閏上巳，羨行氏書於興寧致遠堂之東軒

附詩話（乾隆青溪廖氏愜心堂刻本《遺真記》卷末）：

紅顏薄命，至小青極矣。《列朝詩集》云："小青本無其人，後見崇禎甲申空谷玉人題《小青傳》云'點次一二逸事，凄然可感。初疑爲子虛無是之流，及友人自武林歸，知出朱小玉手。小玉館卓左車。左車，某生戚也。生名開平，乃鍾中丞化民之後。某夫人，則舒公俊民婦耳。所稱生性嘈啐、憨跳不韵，名不虛得。妒婦錢氏，閥閱女也，頗工詩。生尚有姬芳樹，才色俱不亞青。造物何厚於傖父，使坐擁姝麗若此'等語，指證確鑿，足破千古疑團。"又一則云："姬好爲影語，此第一奇情。汨羅問天青而呼月，略得此意。"予曾爲之賦曰："不須更覓傳神手，秖此情深是畫圖。"蓋姬既秉性貞潔，而所處之境未免無聊。予《遺真記傳奇》有"地老天荒，此身無變更"句，殆足爲青吐氣矣。邘江同年畢花江（懷圖）題《遺真記》後曰："勞君飽蘸如椽筆，苦吊千秋失意人。"夫爲失意人表揚，此予作《遺真記》本意也。

（《古檀詩話》）

　　娟娟楚楚，如秋海棠花，小青第二圖也。馮猶龍得之，不知流落何所。余在平梁，王佳卿演《遺真》新劇，形態逼真，命畫師即佳卿繪小青像，題以詩曰："桃花艷影暗生春，一幅鮫綃畫美人。粉本飄零誰省識，恰憑倩女為傳神。"紀其實也。歸里後，佳卿暨諸伶陸續散去。感賦云："《遺真》一曲譜真真，舊事傳來墨暈新。物換星移家樂散，十年春恨細如塵。""鶴放孤山舉手招，綠迷秋浦水迢迢。何時重訪貞姬墓，紅帽青衫過六橋。"辛卯夏，攜圖到鷺門，遇墨稼陳文學（長源）精繪事，別畫一圖，態益流動，而娟娟楚楚者如生矣。（《古檀詩話》）

　　幼時讀小青詩及致某夫人啟，不覺淚下，以青之才之貌之情寧汨於荒烟野草。惜逸事難稽，聊以一"情"字解之。癸巳寓齊，獲覽廖明府《遺真記後序》，原原委委，乃知貞心諒節必有解人，天亦不忍聽其泯泯也。披圖嘆想，繫以詩云："懼落人間十八年，應知幻夢似游仙。蘭因絮果超輪劫，流播吟壇共灑然。"（《墨稼叢談》）

　　"飄零法曲人間遍"，蓋尤悔庵以樂府擅場也。我兄古檀亦工樂府，生平所作，有《周郎顧》《羅浮夢》《玉馬墜》《小青遺真記》《李暮裂笛記》諸傳奇。王光祿贈詩云："攜得玉壺千日酒，雙鬟低唱小梅花。"（《羕行偶筆》）

　　筆墨游戲，往事多誣。曩作《小青遺真記》，牽引菊香作婢，未免唐突。《湖壖雜志》有問菊香何人者，陸次雲曰："客不聞乎，菊香是矣。"此模棱之見也。《楓江本事詩》載余於己卯五日，泛舟西子湖，尋菊香墓。見碑上刻"本司婢女菊香之墓"字，賦《漁家傲》一闋云："艾虎釵符懸百結，蘭橈重泛菖蒲節。影漾湖心清又徹，無休歇，子規枝上聲聲血。　　瘞玉埋香魂斷絕，銀濤江上空嗚咽。莫把靈均閒話說，春纖捏，半彎邐迤沈香屑。"又曰："菊香墓在孤山四賢祠左，碑上字隱隱可辨。夕烟春草，凄艷移人。"毛馳黃屬王西樵（士祿）賦詩，自題二十字云："昨過西陵路，蒼茫吊夕曛。餘魂銷未盡，重賦菊香墳。"觀縷識之，庶憑吊者知所著筆也。（《古檀詩話》）

"美人祇受一人憐",臨湖季孟蓮作也。詩出,當時傳誦之。予謂上句警而未醇,對句婉而可味。古來賢媛,豈有不從一終者?石崇之被收也,綠珠請先死以報寵遇。宋子虛詩云:"紅粉捐軀爲主家,珍珠一斛委泥沙。年來金谷園中燕,銜取香泥葬落花。"又小青云:"盈盈金谷女班頭,一曲驪歌衆伎收。值得樓前身一死,季倫原是解風流。"綠珠可無憾於九京矣。(《古檀詩話》)

綠珠以死報知己,千古快事,宜小青羨之。雖然,豈獨小青?閩中女子邵霏霏遇亂,爲人小婦。至京,遭妒妻抑配閹奴,作絕句三十平韵而死。有云:"白雲縹緲望中迷,獨倚蓬窗對面啼。萬里北堂知也未,碧梧不是鳳凰栖。""挑燈含淚寫紅箋,萬里緘對報可憐。爲問生身親父母,賣兒還剩幾多錢。""蜀魄啼聲不忍聽,斷腸最是雨淋鈴。紅顏千古同淒惻,我又臨風慟小青。"自敘云:"江城吹笛,空嗟紅豆相思;流水揮弦,痛哭白頭奚托。"淒其欲絕,不啻一聲《河滿子》也。(《古檀詩話》)

南海黃同石(璞),有《風流債》填詞。據《紫雲歌》小序云:"馮紫雲爲小青女弟,歸馬髦伯,因指爲馮姓。又以馮生與姬同姓,拆爲馬冰。妒婦死,偕老。"予爲作題辭,寫"債"字云:"竟欲代卿償恨,追還負義之逋。若更爲天市清,焚盡斷腸之券。然姓既未確,情節又費斡旋,不若遺真,撒手生天,爲佳人尋得一塊乾净去處也。"題句云:"情死情生兩不差,生綃長倚玉無瑕。何緣解釋春風恨,重向情根放筆花。""痴學爲尸信有無,當前粉本拓模糊。佳卿也是溫柔種,傳得人間第四圖。"(《竹屏涉筆》)

人心不一也,愛才則一。憐小青者,前有《療妒羹》,後有《桃花影》矣。顧青溪有陸明經(祖彭),曾作數劇,其詞失傳。今吳外翰竹屏(函),又述黃君有《風流債》之著,同一愛才心也。外翰來札云:"既賞一通佳詞,復陪了好些眼淚。"又王辟塵(伯維)題云:"桃花片片落殘紅,憑吊貞魂點綴工。展卷不堪深夜看,恐添清淚入圖中。"則又毛聲山所謂"憤處、悲處,未嘗不可下酒"云。(《峭厓雜錄》)

愛才而樂與考究，所謂代古人擔憂也。新安張山來（潮），《題小青傳後》曰："小青事，或謂原無其人。合'小青'二字，乃'情'字耳。及讀吳□□《紫雲歌》，其小序云：'馮紫雲爲維揚小青女弟，歸會稽馬髦伯。'則又似實有其人矣。即此傳，亦不知誰氏手筆。吾友殷日戒，仿佛憶爲支小白作。未知是否，姑闕疑焉。"殆未定之詞也。今觀空谷玉人序，瞭然矣。（《古檀詩話》）

志乘考據須確。予近閱《西湖志》，有支如增《小青傳》一篇，首句即曰："小青，馮生姬。"其後較《情史》本小异，且截去虛字甚多，更無味。謹"按"一段云"小青事多言僞托，但姚靖增修《游覽志》載入孤山路，焚餘詩詞，又流傳人口。張潮作《虞初新志》云：'小青馮姓，其女弟紫雲，歸馬髦伯。'據此似實有其人"等語，獨不思張潮係批非志，亦并未確指爲馮姓也。又云："《支傳》外，復有戔戔居士一傳，其言更詳，或云明季馮猶龍作。是否亦無可考。"夫《情史》具在，竟未一查，豈非夢夢！（《古檀詩話》）

西湖不涸，名迹長留。長洲汪鈍翁尊人元御（膚），號玉淙居士，天啓丁卯孝廉，嘗泛舟西湖，戲訪小青舊居，賦二絕云："迴波藉影指痕鮮，倩女游魂未可傳。最是東風能寫照，西泠流水斷橋烟。""濕雲如髻水如鬟，處士東鄰藉玉顏。千樹梅花愁不墮，小青祇合嫁孤山。"香魂有靈，應感千載下有知音也。（《古檀詩話》）

薰香摘艷，莫如《百美圖》詩，梁殿撰瑶峰曾爲余寫一通，書與詩雙絕也。長洲葛肇武（馭）復集百美，人賦一絕，中有小青句云："長橋月到短橋圓，湖上春光罨畫船。今日西陵踏青去，誰將杯酒酹玄玄。"（《古檀詩話》）

"何處結同心，西陵松柏下"，古辭也；小青亦有"杯酒自澆蘇小墓"句，墓在西湖無疑。陸廣微因徐凝詩"嘉興郭里逢寒食，落日家家拜掃回。惟有縣前蘇小墓，無人送與紙錢灰"，遂謂蘇墓在嘉興，豈不誤耶！今西泠橋畔蘇小墓，徐補桐方伯已爲修葺，石碣一新，而小青未經表彰，不無遺憾。（《古檀詩話》）

韓錫胙
(1716—1776)

字介屏，一字介圭，號湘巖，別署少微山人、妙有山人等，青田（今浙江青田）人。生而穎异，既長，博極群書，經史、天文、樂律、方技、道書、釋典無不通曉。乾隆六年（1741）拔貢，補八旗教習。乾隆八年（1743），國子監肄業。乾隆十年（1745），考授武英殿纂修官，留補八旗學教習。乾隆十二年（1747）中舉，明年揀發山東，歷任齊河、平陽、禹城、萊陽、平原以及江蘇金匱、寶山等地知縣，擢安慶、松江、蘇州等地知府，升蘇松督糧道，未赴任而卒。爲官期間，勤政愛民，政聲卓著。有詩文集《滑疑集》、傳奇《漁邨記》一種、雜劇《南山法曲》《砭真記》二種。

傳記文獻：劉耀東《韓湘巖先生年譜》、（嘉慶）《禹城縣志》卷七、（光緒）《青田縣志》卷十、郭婧《戲曲家韓錫胙研究》（南京師範大學碩士學位論文，2017 年）等。

《南山法曲》

● 劇情概要與本事

劇首署"青田湘巖填詞"。一折。寫南極老人與韓湘子結伴駕雲游覽人間。某日，來到惠山之下，見男女老幼采花執香，携酒謳歌，不知何故，於是閃在一旁静聽。原來今日是臘月十五，乃無錫縣令吳鉞生辰之期。吳令平日有仁心、施仁政，恩澤遍及百姓，百姓感其大德，自發爲他慶壽。南極老人見吳令爲官清正，遂委派韓湘子將駐顔、忘憂、宜男三粒金丹進獻，并傳語曰：八十年後在東海南山頂上相會。韓湘子扮作祝壽鄉民，向吳令進呈金丹，見他半信不信，就施展法術，聚齊八仙，一起現身雲端，合奏天樂《南山法曲》一章，一時間仙音嘹亮。百姓見之，無不言吳令忠君愛民，有神天護佑。事畢，南極老人與韓湘子駕雲歸去。

小生扮韓湘子，外扮南極老人，雜扮無錫縣民。

是劇乃爲無錫知縣吳鉞祝壽而作。按，吳鉞（生卒年不詳），字愛棠，安徽全椒人。貢生。乾隆二十四年（1759）補無錫知縣，後調吳縣令，擢邳州知州，遷奉天同知，卒於官。《無錫金匱縣志》卷十八《名宦》言其"愛民如子，煦煦嫗嫗，人皆忘其爲令也"。

● 著錄、版本與收藏情況

《古典戲曲存目彙考》《古本戲曲劇目提要》著錄。現存乾隆三十三年（1768）序妙有山房刻本，藏國家圖書館；咸豐五年（1855）石門山房刻《漁邨記》所附本，藏國家圖書館，鄭振鐸《清人雜劇百廿種》第 8 册據之影印；光緒二年（1876）妙有山房刻《漁邨記》所附本，藏中國藝術研究院圖書館，《傅惜華藏古典戲曲珍本叢刊》第 38 册據之影印。

● 序跋、題詞與評語

金昌世《〈南山法曲〉跋》（《傅惜華藏古典戲曲珍本叢刊》所收本《南山法曲》卷末）：

乾隆己卯，全椒吳愛棠以刺史攝無錫篆，寬慈愷悌。每聽訟，集兩造階前，温詞絮語，群皆悅服。黃童白叟，靡不頌爲仁人也。明年，青田韓湘巖補官金匱，與無錫同城，則侃直剛峻，遇事必辨是非，不少假藉，人畏憚之。由是有"吳和韓冷"之稱，謂二公不相能。今觀韓爲吳作壽序，且製《南山法曲》以侑觴，其傾倒於吳，可謂至矣。二公學問淹博，文筆高迥，如東岱西華，争奇競秀。吳題無錫縣門聯云："有吳地肇江南大，無錫人歌天下清。"

沈歸愚宗伯常稱爲沉雄博大，壓倒一時文人。韓自書花廳聯云："鳥語花香衙散後，天心道味夢回初。"常州太守潘蘭谷見之，嘆賞終日，謂有味外味，携之以去。如塤如篪，更唱迭和，每一韵出，好事者取爲畫本，斯亦一時之盛也。

戊子九秋，山陰八十老人金昌世跋

《砭真記》

● 劇情概要與本事

劇首署"少微山人戲筆"。六齣，依次爲《雌黄文字》《探索幽冥》《芳魂皎潔》《真僞分明》《窮途反本》《苦行除愆》。寫成德隱元真人奉玉帝敕旨，對世間流傳的文人學士寄興的書史進行考辨并更改駁正。一日，真人讀罷《會真記》，認爲鶯鶯之事必屬子虛烏有，便下牒命冥司攝取張生魂靈，對質取供，以便删定。不料，冥界之中并無張生，文昌帝君與冥王祇得同到隱元真人洞府，與鶯鶯質對。原來崔鶯鶯本是織女座下一位女真，祇因七夕時題詩嘲笑，致星官震怒，被謫下凡塵，受盡千秋毀謗。鶯鶯與母親寓居佛寺，爲求表兄元稹保護，奉母命假賦"待月西廂"之詩，期其親至再以大義拒之，故此後之事全係杜撰。真人遂遣人往文學司將元稹喚來對質，元稹坦言所作《會真記》乃是假托，祇爲自寄愁懷而已。真人便罰元稹轉世爲窮秀才，一生蹭蹬，令其現身說法，以證《會真記》之虛妄。元稹後轉世爲洛陽公子張白，雖有才學，然時運不濟，由富轉貧，甚至餓倒路旁。幸得妙湛真人救回。經其點化，元稹方悟出前因，此後刺破手指，每日以指血寫歌詞三章，遍貼天下名勝，令人人都知《會真記》之非實，以消除前孽，修成功德。

生扮成德隱元真人，小生扮張白、元稹，旦扮女仙離垢、鶯鶯真身，老旦、小旦扮二侍女，貼扮二道童，净扮冥王，副净扮判官，末扮帝君隨從，丑扮真去秀，外扮文昌帝君、賈成親。登場人物尚有金童玉女四天將、士農工商四百姓、功曹、判官、鬼卒、道童等，俱未分配脚色。

本事出自唐元稹《會真記》及相關傳說。劇首作者《〈砭真記〉自叙》末署"乾隆甲申元夕，少微山人序"，知此劇當完成於乾隆二十九年（1764）或之前。

● 著錄、版本與收藏情況

《古典戲曲存目彙考》著錄。現存清鈔本，藏浙江圖書館。另有民國五年（1916）有正書局排印本，藏上海圖書館、浙江圖書館。

● 序跋、題詞與評語

韓錫胙《〈砭真記〉自叙》（清鈔本《砭真記》卷首）：

少微山人，朝放蜂衙，暮平蝸鬥。餐西山之秀靄，傾北海之神漿。萬慮俱空，六塵不入。時則徙倚初慵，跏趺纔結。子綦隱几，鄉已入於無何；譚峭垂簾，神若凝於有待。奇花拂帽，雨自諸天；石瀨濺衣，涌來平地。玉山銀海，非皓月而炅明；蓀薛蘭房，鼓微颺而更馥。斯爲何境？瞶焉來游。

則有麗人冉冉以來前，相望盈盈而可挹。山名姑射，神人冰雪之肌；水漾瀟湘，帝女琅玕之泪。西施無恨，眉亦長顰；精衛奚悲，心常抱痛。甫臨風而散影，爰敷衽以陳詞。曰："妾唐時崔氏女鶯鶯也。"語未及終，聞者已駭。計此崔氏者，假禪關而憩息，非以藏嬌；獻午夜之綢繆，何如其智？弃捐何道，不知恩弛崇朝；消瘦容光，焉免羞貽來世耶？麗人復愀然訴曰："凡先生心所見鄙，正賤妾願欲求伸也。憶自隨母言歸，中途聞戒。懼崔符之見侮，倚護衛於所親。厥有微之，實惟中表。解紛排難，乍申俠氣於魯連；設饌烹羊，旋撥琴音於司馬。招以詩而至止，折以禮而廢然。蓋聲其致討之醇，則楚爲外懼；而置諸罔聞之列，將晋且何厭？不樂鳳凰，宋女久安於荆布；

風其牛馬，使君自費其跚蹣。世已隔乎滄桑，口忽騰其磨涅。謂衾裯之抱，曾爲紅拂之奔；蒭菲之遺，乃在留侯之裔。新聲艷曲，樂府奉爲典章；舞袖歌喉，梨園尊爲鼻祖。凡此蜃樓之幻影，實皆備作於《會真》。先生其肯抽寸管之思，爲賤妾雪三生之謗乎？"當斯時也，若離若即，流泉鏘瓊佩之鳴；非有非無，烟靄映霓裳之色。接古今於俄頃，聲傳林鳥之中；降魂氣於新涼，人在窗紗之外。憶其語，既有懷畢吐，占無藉於泰人；詳其因，竟突如其來，受豈根於作者？夫氣運闢而降賢良，則有若丁之求説；風範留而深向往，則有若孔之見周。休祥發其蘖芽，則上官畀以大稱；餘照迫於老瀕，則聲伯歌其瓊瑰。雲山聯棠棣之歡，則靈運微吟於春草；契闊結瑟琴之愛，則幽求警覺於寺垣。産棘徵蘭，事或符諸异日；官棺財穢，擬反出於非倫。自來獻夢之司，類有知幾之哲。

今者山人，栖心冥漠，吟哦未涉於稗官；息念烟雲，盼睞罔攖於粉黛。觸虛船而不怒，焉知盡簡之是非；漱白石而常貞，寧計蛾眉之妍醜？身非樂廣，叩錯噩以何緣；詩遇髯蘇，咏吞吳而相告。因取《會真記》而諦思之，抒意綿綿，馳神軋軋。筆柔墨膩，繪素楮之嬋媛；錦字朱弦，覯丹唇之綽約。其寓言之作歟，忽與目成；抑警世之篇歟，不嫌遐弃。劃親疏於意圖，迕矛盾於文瀾。迹彼全編，病非一種。觀其綺筵纔散，侍婢初逢，勸訂絲羅，永諧秦晋。問名納采，原片語之可通；遵路褰裾，亦并施而不悖。何於銷魂之始，別無執手之盟？其可嗤者一也。乃若崔多臧獲，自著明文；張寓苾芻，未聞假館。拂墻見拒，暫弛戒於吠尨；携枕惠臨，寧無疑於零露。靳寸箋之速駕，冒重險於宵征。其可嗤者二也。既而好締中宵，聲聞母氏。知不可奈何矣，因而欲就成之。以白髮之憐兒，值紅顏之未嫁。既援之而易止，胡虛鍾建之婚；竟靦爾以相容，不促蹇修之聘。其可嗤者三也。及其別離西去，萍梗東歸，高堂既醜其中冓，暴客寧留其再宿？將子無怒，供行李之往來；還即授餐，恣閨閫之贈答。女曰："没身之誓，願同穴以相從。"士曰："蕩子之情，第逢場而作戲。"鴻雁傳書而愁絕，杜鵑啼血而誰聞？其可嗤者四也。

韓錫胙

夫好色狂童，妍媸不擇，或隨所見而情移；知非修士，懺悔已深，亦憶前愆而舌結。執兩端以相度，均斯記之難符。矧乃穠纖婉約，妙質無雙；博洽柔嘉，多才第一。書藏腹笥，艷比文姬；錦織迴文，巧逾蘇蕙。聯朱、陳之伉儷，問捨此以何求；戒褒、妲之傾危，應熟視而無睹。居然人類，有初而莫保其終；迥异恒情，既得而坐聽其失。若果傳爲信史，聞之者髮盡衝冠；或徒托之空言，覽之者手思剚刃。此則山人午睡，偶隨蝴蝶之游；女鬼幽憂，欲拔髑髏之刺者也。且也書之罅漏，衆目共知；事之乖睽，百身莫贖。考張之友善者，巨源先生；而元與深談者，公垂執事。一則中庭蕙草，止蕭娘一紙之書；一則青鳥香風，僅"三五月明"之句。則當日效尤接踵，欲以燕而伐燕；後人證异稽同，即以馬而喻馬。花間佳會，皆死心幻結之灰；別後胠詞，悉袄廟焚燒之爐矣。

爰度新聲，聊翻舊案。魂招三盼，誤正千春。嗟乎！煉石補天，寧有巨靈之擘；彎弧射日，何來荆楚之筊？續志怪之《齊諧》，擊虛空而在握；陋《搜神》之干寶，統明昧以歸元。誰能爲獨具隻眼之人，請俟諸別有會心之士。

乾隆甲申元夕，少微山人序

韓錫胙《〈砭真記〉凡例》（清鈔本《砭真記》卷首）：

一、元微之載張之於崔，始亂終弃，千古同恨。《西廂》雖極意斡旋，然脫胎《會真》，文辭妙麗，長亭、哭宴之後，益復泥牛入海矣。山人觀書得間，辨駁《會真》之妄，詳諸自序。遂復芳魂入夢，幽恨重申，以逾墻之前，定爲以張易元；逾墻之後，定爲將沒作有，非徒翻新出奇，長人眼力不小。

一、張生即微之，前人語之詳矣。《西廂》詭名張珙，一無來歷，故是册置諸不論。

一、張生賦《會真三十韵》，未完以授紅娘。天下豈有詩未賦完，而可舉以與人者？蓋即微之所續之三十韵，心猿意馬，幻想結成者也。山人兹編，斷無疑義。

一、成德隱元，十大洞天之號也，靈光自闢，洞見真源。謂爲崔氏雪恨也可，謂爲學人指迷也可。

一、神仙鬼怪，詞家惡道，山人意在儆世，寫來真是臨上質旁，凛凛可畏。

一、插科打諢，調笑成趣，一則言外有言，包羅一切；一則歌舞場中，可免寂寞。

一、古劇中移宫換調，類皆別自用韵，如《琵琶》之《陳情》，《千金》之《追賢》是也。是本移宫換調，首尾俱用本韵，庶使聽者不至逆耳。

一、仙人侍從，神鬼差使，惟當場度曲者派定脚色。其餘如功曹鬼卒之類，即以本名命之，不必派定某脚色扮某項人，反使梨園束縛也。

一、末二齣關節頗長，二可分而爲四，聽人自便。

一、人不覽《會真記》原文，强聒以是篇，如嚼蠟耳。兹錄《會真》原文於前，使人兩相比勘，始知山人非有意翻新也。

一、是集南北二曲并用，俱擇梨園所習者填詞。宫商平仄，聲調陰陽，字字洗刷，使之合板，庶免他手妄行增改，反使文理不貫。

一、是集閑話頗多，然俱有關名教，或指點道法，或摹寫俗情，幸毋忽焉。

雲卧山人

　　姓名、生平事迹未詳，如皋（今江蘇如皋）人。著有雜劇《譜定紅香傳》一種。

　　按，周妙中《江南訪曲錄要》最早著錄《譜定紅香傳》，然作者誤題爲"卧雲山人"。蔡毅《中國古典戲曲序跋彙編》將該劇作者定爲戴鴻恩（生卒年不詳），并言其"號雲卧山人，生卒年、里居未詳"。鄧長風《十四位明清戲曲家生平著作拾補》據"卧雲山人"一號，考證該劇作者爲徐攀龍。徐攀龍（1745?—1798前），字利人，號卧雲，通州（今江蘇南通）人。性豪邁，喜結納，飲酒賦詩。年五十餘，卒於蜀中。著《卧雲剩稿》。孫書磊《〈譜定紅香傳〉傳奇及其作者考》則提出"雲卧山人"乃黃振。黃振（1724—1793後），字舒安，號瘦石，別署蘇庵、漱石、海漁、柴灣村農、石榴村農，室名柴灣村舍、瘦石山房，如皋人。貢生，屢試不第。著《黃瘦石稿》《斜陽館日記》《斜陽館詩文全集》等，另選輯《東皋詩存》四十八卷。關於雲卧山人之確切身份，有待進一步考證。

　　傳記文獻：鄧長風《十四位明清戲曲家生平著作拾補——美國國會圖書館讀書札記之十五》（《明清戲曲家考略全編》上）、蔡毅《中國古典戲曲序跋彙編》、孫書磊《〈譜定紅香傳〉傳奇及其作者考》（《文獻》2002年第2期）等。

《譜定紅香傳》

◆ 劇情概要與本事

　　題目正名爲"曾郎好色好其美，徐娘鍾情鍾欲死，彭公憐才憐到頭，施賊獻醜獻出底"。十齣，依次爲《大略》、《説艷》（又名《述艷》）、《院嘆》、《優觀》、《訪紅》、《設計》、《情鴆》、《寫狀》、《訊釋》、《載美》，其中《大略》似傳奇之副末開場。寫姑蘇書生曾觀國舉止蹁躚，丰神閑雅，曾中副車，又逢大比，赴京應試途中寓居廣陵。聽聞邗公廟旁有名妓徐紅香，姿態幽艷，意韵風流，便與好友張平、金綺於二月十二邗公生辰之日往邗公廟看戲，藉機一親芳澤。二人相遇，互生好感，紅香將手中扇子擲於觀國，以示愛慕之意。明日，觀國以扇子爲信物，到院中相訪。紅香盛情款待，宴罷，又托以終身。觀國答應待京試歸來，便爲紅香落籍，將其納爲小星。先是，廣陵有貴公子施戚，垂涎紅香美色，多次來訪。紅香嫌其醜且無才，避而不見。聽聞觀國已梳攏紅香，施戚氣急敗壞。其門客秦游許設計，以金銀買通紅香父徐賢，令其逼迫女兒與觀國斷絕關係，入施府爲妾。紅香受逼不過，服下砒霜，以死明志，幸被及時救回。施戚又唆使徐賢誣告觀國，控其因强奸紅香不遂，迫紅香服毒。江都縣令彭侶仙清正廉潔，秉公斷案，查實原委後，懲處了施戚、秦游許等，并親自做媒，爲曾觀國、徐紅香完婚。曾生得中進士，携紅香同返姑蘇。

　　生扮曾觀國，小生扮張平，旦扮徐紅香，老旦扮徐張氏，净扮邗公廟主持，副净扮施戚、徐賢，末扮金綺，丑扮顧細、秦游許、文房寶，外扮彭侣仙。登場人物尚有吏役等，俱未分配脚色。

　　本事待考。按，作者《〈譜定紅香傳〉自記》云："右傳奇共十齣，名乃假名，事爲實事。"則該劇當據實事敷演而成。又，劇首徐觀政（1742—1808）題詞末署"癸丑子月六日，弟湘浦政讀"，癸丑即乾隆五十八年（1793），知是劇撰於此年或之前。

● 著録、版本與收藏情况

　　《古典戲曲存目彙考》《明清傳奇綜録》《莊一拂〈古典戲曲存目彙考〉補正》著録。現存藍絲欄抄本，藏國家圖書館；紅杏山房謄清稿本、謄清稿本過錄本，藏南京圖書館等，《古本戲曲叢刊七集》據謄清稿本影印；舊鈔本，藏北京師範大學圖書館；舊鈔本，藏首都圖書館，《綏中吳氏藏抄本稿本戲曲叢刊》第 17 冊據之影印。

● 序跋、題詞與評語

雲臥山人《〈譜定紅香傳〉自記》（南京圖書館藏紅杏山房謄清稿本《譜定紅香傳》卷首）：

  右傳奇共十齣，名乃假名，事爲實事。逾月而成，屢經作輟。其填詞開白，繪景摹情，風晨雨夕，月夜花朝，經營慘淡，嘔出心肝。況歲逢荒歉，米珠薪桂，三旬九食。濡墨含毫，知無當於窮愁著書，殊稍异乎游戲成文焉耳。

雲臥山人自記

冒瑞和《〈譜定紅香傳〉跋》（南京圖書館藏紅杏山房謄清稿本《譜定紅香傳》卷末）：

  鳳簡徵歌，龍梭織字。左與言生工綺語，滴粉搓酥；柳耆卿慣唱妍詞，曉風殘月。簷欹側帽，酒濁拈花。琲百斛之珠璣，抒千行之錦綉。緣情綺靡，至性纏綿。處處紅樓，浣裙北里；家家香徑，題壁東鄰。廿四橋魂消豆蔻，二分月腸斷琵琶。君雖未免有情，僕又那能無泪？珊瑚架畔，閑吟絕妙之詞；翡翠窗前，漫索相思之句。裁雲鏤月，學窮鹿苑編中；戛玉敲金，調叶鸞簫聲裏。消盡筵前之恨，無非牛鬼蛇神；揮殘醉後之毫，都是時花美女。漆園傲吏，每著《齊諧》；紅豆詞人，曾翻舊譜。從教看儘舞人，爭歌薊北；倩誰付諸檀板，傳唱江南？

世愚侄柏崖冒瑞和拜讀

馮雲鵬《〈譜定紅香傳〉跋》（南京圖書館藏紅杏山房謄清稿本《譜定紅香傳》卷末）：

才憐黃絹，譜按紅香。問杜牧以前身，識羅虬於今日。薛侍□□□，製曲鏦鏦鉾鉾；溫助教蠟淚，填詞深深密密。小笙□□，□□□院之音；紅綉紅羅，艷寫當場之畫。藉虛名以□□，□□迹以生新。一自參媒氏妁，行間之月老□□；□令璧合珠聯，雲裏之女媧煉石。真可爲才子舒□□□□□□。

僕也幻海恨人，邗江羈客。半載梅花□□，□□□□；□回春柳長堤，紅思映水。羅呼愛愛，李喚心心。□□□□，頻裁艷曲；櫻桃會上，曾按新聲。然而美無徐媛，飄零雲閣之篇；才愧曾郎，冷落邗公之廟。三□□□□花，花花弄恨；二十四橋明月，月月停愁。倘按□□□□□□□□之歌吹無聲；如□斯曲於木葉秋□□□□□□□□□艷。鄭德輝之《倩女離魂》，□□□□□□□□□□□願傳樂府，永播詞場。

晏海馮雲鵬拜讀

李懿曾《〈譜定紅香傳〉題詞》（南京圖書館藏紅杏山房謄清稿本《譜定紅香傳》卷首）：

羅虬曾咏比紅詩，千載芳情孰似之。譜出《紅香》新樂府，憐香心事曉鶯知。

少伯扁舟事有無，胭脂匯畔長青蕪。曲終自擲珊瑚筆，昨夜烟波夢五湖。氏妁參媒易舛乖，罡風吹落幾枝釵。移來歡喜園中住，一段工夫勝女媧。雲卧山人綠髓仙，青衫憔悴落花天。聊裁小部氤氳記，象板銀箏送算年。

紫琅李懿曾拜讀

魏茂林《〈譜定紅香傳〉題詞》（南京圖書館藏紅杏山房謄清稿本《譜定紅香傳》卷首）：

> 一夕春花筆底開，曲終情韵話堪哀。五湖烟月沉淪久，更讀鴟夷別傳來。多情紈扇定青樓，一棹吳中載美游。應笑杜郎真薄幸，空留好夢在揚州。
>
> 笛生魏茂林拜讀

徐觀政《〈譜定紅香傳〉題詞》（南京圖書館藏紅杏山房謄清稿本《譜定紅香傳》卷首）：

> 琲珠璣於白紵，艷冰雪於紅牙。錦心綉口，在臧晋叔、白仁甫之間，後來惟玉茗、家青藤似之。挑燈沐誦，想見風流運腕時也。
>
> 癸丑子月六日，弟湘浦政讀

愛新覺羅·弘旿《〈譜定紅香傳〉題詞》（南京圖書館藏紅杏山房謄清稿本《譜定紅香傳》卷首）：

> 無限人間絕代姿，才華費盡比紅兒。色絲好綉蘭閨品，珍重春風芍藥詞。苦海歡場幾變更，歸舟載趁月華明。平生我亦多情者，夢斷霜鐘第一聲。
>
> 瑶華仙史題

曹景福《〈譜定紅香傳〉題詞》（南京圖書館藏紅杏山房謄清稿本《譜定紅香傳》卷首）：

> 辜負多情孝穆才，俱從筆底細傳來。春光賤賣春情在，泪落當場却也該。字別陰陽譜按商，何須調協曲霓裳。殷勤管領春風鬢，一聽旁人笑作狂。
>
> 祉繁曹景福集句

雲臥山人

翹珊《〈譜定紅香傳〉題詞》（南京圖書館藏紅杏山房謄清稿本《譜定紅香傳》卷首）：

什襲瓊瑤護錦囊，薔薇浣手露餘香。披吟怯到銷魂處，殘月曉風柳七郎。

翹珊弟拜題

玉山樵人《〈譜定紅香傳〉題詞》（南京圖書館藏紅杏山房謄清稿本《譜定紅香傳》卷首）：

我已江湖十載游，漫從翰墨識名流。東皋自昔多奇撰，又得《紅香》繼《石榴》。

玉山樵人拜題

吳大春《〈譜定紅香傳〉題詞》（南京圖書館藏紅杏山房謄清稿本《譜定紅香傳》卷首）：

媚香樓上舊風華，一見能教學士誇。春恨也從羅扇寄，倩誰和淚寫桃花。
中流携手幾魂消，綠舫紅簾緩緩潮。不是美人多俠氣，月明空聽廣陵簫。

眷同學晚生蕉衫吳大春拜題

汪爲澍《〈譜定紅香傳〉題詞》（南京圖書館藏紅杏山房謄清稿本《譜定紅香傳》卷首）：

花作嬋娟月作妝，春風一曲斷人腸。鬚眉自古來巾幗，不愛金錢愛玉郎。
平生我亦戀交游，夢繞虹橋處處樓。祇有曾郎緣分好，除君那忍說揚州。

眷同學晚生春潯汪爲澍拜題

沙慶生《〈譜定紅香傳〉題詞》（南京圖書館藏紅杏山房謄清稿本《譜定紅香傳》第伍齣後）：

新詩紈扇證鴛鴦，酬唱邗江樂未央。爲問書青知道否，墨花香襲麝蘭香。
風流賈禍泣途窮，照徹江都玉鑒中。底事錦帆高挂日，彭公不謝説邗公。
關情我憶武陵游，舟繞春江第一樓。三載相思千里月，揚州夢斷話杭州。
七尺珊瑚架彩毫，青衫跌宕老文豪。無端翻案《桃花扇》，贏得江南紙價高。

芝崑沙慶生題

紉蘭《〈譜定紅香傳〉評語》（南京圖書館藏紅杏山房謄清稿本《譜定紅香傳》卷末）：

選詞最雅，立意尤工。穿插映帶，迴環起伏，無不入妙。間有諷諭，亦含蓄不露，可謂忠厚之遺。至其韵叶官商，聲成金石，漢卿、實甫不是過也。

紉蘭芬拜讀

松門《〈譜定紅香傳〉評語》（南京圖書館藏紅杏山房謄清稿本《譜定紅香傳》卷末）：

以淵雅之才，具粲花之舌。寓意則温柔敦厚，遣詞復淡雅清麗。前之作者，罕盛於此，誠爲名世一寶。

弟松門讀

雁橋居士《〈譜定紅香傳〉評語》（南京圖書館藏紅杏山房謄清稿本《譜定紅香傳》卷末）：

金元遺音。

雁橋居士拜讀

劉䎖
（？—1795？）

字漢翔，號靄堂，別署夢華居士，丹徒（今江蘇鎮江）人。貢生。乾隆三十三年（1768），任浙江蘭溪知縣，遷遂安、壽昌知縣，既而罷官。寓居蕭山二十餘年。（民國）《蕭山縣志稿》言其"素性恬淡，敦古道，精藝事，終身徜徉山水間"。著有《再甦吟》，又有雜劇《楊狀元進諫謫滇南》。

傳記文獻：《京江耆舊集》卷九、（民國）《蕭山縣志稿》卷二十一等。

《楊狀元進諫謫滇南》

◆ 劇情概要與本事

又名《明世宗私親議大禮》，簡名《議大禮》。劇首題"嘯夢軒新演楊狀元進諫謫滇南雜劇"，署"南徐夢華居士劉䎖靄堂填詞，壽陽西塘主人方廷熹霽庵批評"，題目正名爲"明世宗私親議大禮，楊狀元進諫謫滇南"。四齣一楔子，未標齣目。寫明武宗駕崩，未有子嗣，慈聖皇太后與大學士楊廷和定策，遣官奉遺詔迎興獻王世子入繼大統，是爲世宗。世宗登基後，命廷臣集議爲自己父母上封號，楊廷和反對，認爲不合禮制，世宗甚不悅。不久楊致仕家居，其子楊慎弱冠釋褐，時任翰林院修撰，見皇帝將關於大禮一事之章奏皆留中不下，遂與在廷諸臣草成章疏，犯顏直諫，匍匐在地，撼門大哭，堅持不去。皇帝大怒，命逮捕首事諸人，廷杖下獄；謫楊慎戍雲南永昌衛，餘俱削籍。楊慎來滇，幸當道大吏善視，不致羈縻，且與張愈光等當地士人相與詩文切磋，杯酒盤桓。一日，張愈光又來相訪，懇請其將所製《廿一史彈詞》演唱一番，楊慎從其請。張聽完，贊其爲真才子，又勸其姑且忍耐，静待時機，楊慎則心灰意冷，祇想做神仙之游。此後，楊慎感復官無望，便縱酒自恣，佯狂玩世。時值上巳節，楊慎身着花衣，頭挽雙丫髻，乘輿往昆明池，與衆友飲酒玩樂，觀賞水戲。又爲傾慕自己的趙國香等樂妓題咏，衆妓歌舞以謝之。楊慎謫居滇南已二十年，後接到家書知父親去世，悲痛不已。皇帝亦感念楊廷和定策之功，便頒旨赦楊慎之罪，令其復官還朝。

生扮楊慎，小生扮張愈光，正旦扮趙國香，老旦扮蘇玉梅，小旦扮王翠蘭，貼旦扮錢杏娘，净扮馮保、楊士雲，末扮胡在軒，外扮王純荜，雜扮金獻民、孟春、王時中、賈咏、豐熙、王元正、張翀、家僮、二門生、蒼頭、内官、觀龍舟男女等。

本事見於《明史・楊慎傳》。明沈自徵（1591—1641）《楊升庵詩酒簪花髻》雜劇與此題材同。按，方廷熹《〈議大禮〉序》末署"乾隆歲次辛卯嘉平月望後一日"，知是劇成稿或在乾隆三十六年（1771）十二月稍前。又按，劇首附有校訂者姓氏："壽陽葉繼皋愚溪、蔣澍雨階、方纘基貽哲、方榮曾步期、邵宗慶春堂、方來曾雲仲、方耀曾芳林、方振曾載河、蘭江諸葛雯素存。"

◆ 著録、版本與收藏情況

《清代雜劇全目》《古典戲曲存目彙考》《古本戲曲劇目提要》著録。現存乾隆三十六年（1771）序刻本，藏國家圖書館，近人王孝慈"珠還室"據之影鈔，《中國古代雜劇文獻輯録》第 4 册據之影印，1959 年北京市中國書店東安市場舊書店據之謄印，鄭振鐸《清人雜劇百廿種》第 5 册據之影印。

◆ 序跋、題詞與評語

劉犖《〈議大禮〉劇題詞》（乾隆三十六年序刻本卷首）：

昔人謂，有明一代才人，惟升庵與義仍兩先生而已。義仍先生慷慨建言，

劉犖

爲當軸所抑，仕弗達，故功名亦弗顯。升庵先生則以新都名閥，弱冠登朝，心地光明，學問淹博，極其才智，其功名正未可量，乃以泣諫大禮遠成滇南。投荒之餘，肆力古學，於書無所不窺。嗣因長流不反，益復韜光晦迹，縱酒自放。間於春秋佳日，插花丫髻，輿行市中，蠻童僰婦，舞拜道路，酒櫨歌扇，墨瀋淋漓。嗟乎！天既生才，不使展其宿負於九閽之上，乃極之竄謫遐方，淪落以老，終其身不能復進，是可哀也已。先生著述最富，近於詩文集外，單行者甚鮮，惟《藝林伐山》《丹鉛錄》《廿一史彈詞》數種而已。

余以三餘之暇，采綴成劇，非謂能傳先生謣謣謇謇之大節，聊以見先生當日蒙難艱正，其流風餘韻，付之優孟衣冠，或可爲教孝教忠者勸。至於換羽移宮，諧聲赴節，余既素非所長，且行笥蕭然，樂府諸譜未經隨攜，惟就胸中記憶熟調，約略填詞。謬誤甚多，尚望當代周郎正其得失也。劇成，因題其首。

夢華居士劉畢并書

方廷熹《〈議大禮〉序》（乾隆三十六年序刻本卷首）：

將取千古第一等風流人物，刻劃其性情，摹擬其神彩，并以發其忠孝悱惻之思，俾千載而下，可興可觀，可以廉頑而立，懦者自非，沉思大力，足與其人其事相副，蓋戛戛乎難哉！此余於藹堂劉先生《議大禮》北劇，不能不爲之擊節三嘆也。

劇爲有明楊升庵先生作。升庵以高明伉爽之胸，宏博艷麗之學，卓然爲一代才人。而議禮一節，忠孝斐然。觀其永昌諸詩，惓惓君父，遭困頓而意彌篤，是其性情神彩，豈袞袞詹詹瑣瑣者所可得而仿佛？不謂二百餘年後有爲之刻劃摹擬，發其隱幽，攄其素抱。時而激昂慷慨，奮不顧身；時而感喟欷歔，憂來若結。時而雅髻蠻妝，頹唐適志；時而美人香草，婉變寄情。使於燈紅酒綠之餘、鐵撥銀箏之會，向鬼門而呼之以出，不真令人一時同喚奈何也哉！每慨世之傳奇者，不過規倩盼之令姿，寫閨襜之纖致，柔情膩理，騁其妍心；翠帳翡衾，送其美睇，敷藻雖工，誨淫不少。以視斯作，其於雅俗之間，相懸奚翅萬萬？

藹堂先生才氣閎放，既足與其人其事相副，而又殫究於音律之學。嘗見酒酣興發，按拍長謠，句必動魄而驚心，韵則投袂而赴節。凡所點綴，皆屬意到筆隨，而施之當場，適如頰上添毫，使當日風流宛然可見，洵醉壇之極觀而歌筵之快覩也。世有名優，當亟開演，爲梨園添一段佳話。至如前輩尤展成、孔東塘、洪昉思諸樂府出，學士大夫爭先購讀。以是編之徵詞協律，無妙不臻，方將與諸賢後先輝映。宇內名流，均屬同調，猶應什襲藏之，以供嘯咏，又不僅付之旗亭，登諸曲部，取悅於庸耳俗目，爲隋珠卞璧增價矣。是爲序。

乾隆歲次辛卯嘉平月望後一日，西塘方廷熹拜書於陳源山莊

附《明史》本傳（乾隆三十六年序刻本卷首）：

楊慎，字用修，少師廷和子也。年二十四，舉正德六年殿試第一，授翰林修撰。丁繼母憂，服闋，起故官。十二年八月，武宗微行，始出居庸關，慎抗疏切諫。尋移疾歸。世宗嗣位，起充經筵講官。常講《舜典》，言："聖人設贖刑，乃施於小過，俾民自新。若元惡大奸，無可贖之理。"時大鐺張銳、于經論死，或言進金銀獲宥，故及之。

嘉靖三年，帝納桂萼、張璁言，召爲翰林學士。慎偕同列三十六人上言："臣等與萼輩學術不同，議論亦異。臣等所執者，程頤、朱熹之說也；萼等所執者，冷褒、段猶之餘也。今陛下既超擢萼輩，不以臣等言爲是，臣等不能與同列，願賜罷斥。"帝怒，切責，停俸有差。逾月，又偕學士豐熙等疏諫，不得命，偕廷臣伏左順門力諫。帝震怒，命執首事八人下詔獄。於是慎及檢討王元正等撼門大哭，聲徹殿廷。帝益怒，悉下詔獄，廷杖之。閱十日，有

劉軍

言前此朝罷，群臣已散，慎、元正及給事中劉濟、安磐、張漢卿、張原，御史王時柯實糾衆伏哭。乃再杖七人於廷。慎、元正、濟并謫戍，餘削籍。慎得雲南永昌衛。先是，廷和當國，盡斥錦衣冒濫官。及是伺諸途，將害慎，慎知而謹備之，至臨清始散去。扶病馳萬里，憊甚，抵戍所，幾不起。五年，聞廷和疾，馳至家。廷和喜，疾愈。還永昌，聞尋甸安銓、武定鳳朝文作亂，率僮奴及步卒百餘馳赴木密所，與守臣擊敗賊。八年，聞廷和訃，奔告。巡撫歐陽重請於朝，獲歸葬，葬訖復還。自是，或歸蜀，或居雲南會城，或留戍所，大吏咸善視之。及年七十，還蜀，巡撫遣四指揮逮之還。嘉靖三十八年七月卒，年七十有二。

慎幼警敏，十一歲能詩，十二擬作《古戰場文》《過秦論》，長老驚異。入京，賦《黃葉詩》，李東陽見而嗟賞，令受業門下。在翰林時，武宗問欽天監及翰林星有"注張"，又作"汪張"，是何星也？衆不能對。慎曰："柳星也。"歷舉《周禮》《漢書》《史記》以復。預修《武宗實錄》，事必直書。總裁蔣冕、費宏盡付稿草，俾削定。常（嘗）奉使過鎮江，謁楊一清，閱所藏書。叩以疑義，一清皆成誦。慎驚异，益肆力古學。既投荒多暇，書無所不覽。嘗語人曰："資性不足恃，日新德業，當自學問中來。"故好學窮理，老而彌篤。世宗以"議禮"故，惡其父子特甚，每問慎作何狀，閣臣以老病對，乃稍解。慎聞之，益縱酒自放。明世記誦之博，著作之富，推慎爲第一。詩文外，雜著至一百餘種，并行於世。隆慶初，贈光祿少卿。天啓中，追謚文憲。

朱景英
（1718？—1778後）

　　字幼芝，一字梅治，號苕汀、梅墅、研北，別署研北農、研北寓農、研北學子、研北學人、石圃後人、一百八松亭長、詅痴翁，武陵（今湖南常德）人。乾隆十五年（1750）解元，十八年（1753）選任福建連城知縣，次年遷寧德知縣，二十九年（1764）任平和知縣，三十年（1765）任侯官知縣，三十四年（1769）擢臺灣府鹿耳海防同知，三十九年（1774）署汀州、邵武知府，四十一年（1776）任臺灣北路理番同知，四十三年（1778）任永春州知州。後以病告歸，行醫爲生。謙和勤政，不廢吟誦。性穎悟，博極群書，擅著述，工漢隸。著有《畬經堂詩集》《畬經堂詩續集》《畬經堂文集》（合輯爲《畬經堂集》）及《畬經堂詩三集》《畬經堂詩後集》《研北詩餘》《海東札記》，纂修《沅州府志》五十卷。又有《桃花緣》雜劇、《群芳》樂府等。

　　按，《桃花緣》雜劇曾附刊於徐朝彝（1797—？）《夢愔書屋詩鈔》下册"擬古樂府"之後，《古典戲曲存目彙考》《古本戲曲劇目提要》等據此將其作者定爲徐氏，誤。該劇又有乾隆間紅蕉館刻本《畬經堂文集》卷首附刻本，劇前有作者所撰《小引》，末署"研北寓農幼芝甫自識於淥江小泊"，知其作者實爲朱景英。另，劉世德《朱景英和〈桃花緣〉傳奇——清代戲曲家考略之一》疑《群芳》樂府爲戲曲，並考證其創作時間約爲乾隆三十五年（1770）底或三十六年（1771）初。

　　傳記文獻：李元度《朱景英傳》（李桓《國朝耆獻類徵初編》卷二百五十五）、（乾隆）《福寧府志》卷十七、（乾隆）《永春州志》卷八、（嘉慶）《常德府志》卷四十、（同治）《武陵縣志》卷三十六、劉世德《朱景英和〈桃花緣〉傳奇——清代戲曲家考略之一》（《文獻》1980年第4期）。

《桃花緣》

● 劇情概要與本事

劇首題"桃花緣填詞"。四齣，依次爲《萍邁》《寫恨》《泣詩》《蘇配》。寫唐時博陵才子崔護來長安應試，旅館寂寞，便趁着寒食節令與友人郊外踏青，并藉茵鬥酒，因酒力不勝而獨自先歸。途中口渴，乞茶村舍，無意間於桃花莊中遇一麗人盧氏。盧氏母親早亡，與父親在長安城外相依爲命。二人雖一見鍾情，然情意未通，祇得忍痛分別。次年寒食節，崔護又因赴考滯留京師，前往郊外再訪盧氏。適逢盧氏隨父掃墓未歸，崔護不勝感傷，題詩於門扉之上，悵然而去。詩云："去年今日此門中，人面桃花相映紅。人面祇今何處去，桃花依舊笑春風。"盧氏歸來見詩，知崔護來訪，恨失交臂，不覺情動，遂染重疾。自此茶飯不思，形容枯槁，秋來更爲沉重，竟至暈絕。崔護進士及第後，舊情難忘，又來尋訪，恰盧氏病重昏死過去，崔護喚醒盧氏，二人互訴情思，結爲連理。

生扮崔護，旦扮盧氏，外扮盧潛，丑扮書童。

本事見於唐孟棨《本事詩·崔護》。明孟稱舜（1594—1684）《人面桃花》雜劇，清舒位（1765—1816）《桃花人面》雜劇（佚）、曹錫黼（1726—1754）《桃花吟》雜劇與此題材同。據朱景英《〈桃花緣傳奇〉小引》，知此劇創作於乾隆二十八年（1763）三月。

● 著錄、版本與收藏情況

《古典戲曲存目彙考》《古本戲曲劇目提要》《莊一拂〈古典戲曲存目彙考〉補正》著錄。現存乾隆間紅蕉館刻《畬經堂文集》卷首所附本，藏福建省圖書館；道光間刻《夢恬書屋詩鈔》所附本，藏南京圖書館。

● 序跋、題詞與評語

朱景英《〈桃花緣傳奇〉小引》（乾隆間紅蕉館刻《畬經堂文集》所附《桃花緣傳奇》卷首）：

癸未暮春，余之官閩海。舟溯瀟湘，食眠少適。偶閱唐《本事詩》，取崔護事，戲填詞四折。南北雜陳，宮調頗協。命家童倚艙歌之，余於扣舷節拍時，輒覺酸甜風味，不待領諸錦氍紈扇間也。

研北寓農幼芝甫自識於淥江小泊

黃任《〈桃花緣傳奇〉題辭》（道光間刻《夢恬書屋詩鈔》所附《桃花緣傳奇》卷首）：

曾向桃花酹一尊，去年今日事重論。春風忽遣玲瓏唱，聽到收聲祇淚痕。
妻東腸斷臨川曲，白髮紅牙惹恨多。今日也拚腸一斷，還魂能耐幾回歌。

永福黃任莘田

許良臣《〈桃花緣傳奇〉題辭》（道光間刻《夢恬書屋詩鈔》所附《桃花緣傳奇》卷首）：

博陵舊事感詞人，一笑春風一曲新。誰信江南賀梅子，桃花劫後認前身。
風懷老去漸闌珊，玉白花紅興亦慳。恨不旗亭早相值，與君畫壁鬥雙鬟。

侯官許良臣石泉

吳壽平《〈桃花緣傳奇〉題辭》（道光間刻《夢恬書屋詩鈔》所附《桃花緣傳奇》卷首）：

青藤絕調儘粗豪，玉茗清辭動鬱陶。爭似紅蕉新院本，一時傳唱鄭櫻桃。

隔江招手柳屯田，風月溪山倍惘然。賴有詞人來繼響，桃花也解女郎憐。

仁和吳壽平江尊

林擎天《〈桃花緣傳奇〉題辭》（道光間刻《夢恬書屋詩鈔》所附《桃花緣傳奇》卷首）：

筆格都教八寶裝，湘天波逐紫鴛鴦。譜成千古情鍾處，傳唱寧輸玉茗堂。

簾捲娉婷正十三，緩歌欹側碧瑤簪。也知字字皆紅豆，好播新詞到海南。

侯官林擎天心香

王熺《〈桃花緣傳奇〉題辭》（道光間刻《夢恬書屋詩鈔》所附《桃花緣傳奇》卷首）：

紅牙拍遍譜烏絲，清遠江山入座移。記得倚聲商禺指，浪花如雪放船時。

情性深從正處參，文章麗則任咀含。《國風》好色應難擬，弦管須教合《二南》。

武陵王熺南陔

朱景英《冬夜南園同人觀演拙製〈桃花緣傳奇〉小引》（乾隆刻本《畬經堂詩續集》卷二《來鷗館詩存》）：

艷異爭傳《本事詩》，《返生香》裏逗情痴。春風有底干卿事，記取桃花見面時。

譜就重翻意自惺，消磨白日唱還停。臨川老子顏唐甚，卻掐檀痕教小伶。

園愛瀉盤珠的皪，弱憐踠地柳纏綿。坐中不少周郎顧，愧煞詞場屬老顛。

到地無霜月有痕，夜闌曲罷轉銷魂。青衫詎為琵琶濕，說著天涯淚已繁。

蔣士銓
(1725—1785)

　　字心餘，或作心畬、辛畬、辛予、莘畬等，一字苕生、清容，號藏園，晚號定甫，別署離垢居士，鉛山（今江西鉛山）人。乾隆十二年（1747）舉人，十九年（1754）考授内閣中書，二十二年（1757）中進士，授翰林院編修。居官八載，以養母乞假歸。先後主紹興蕺山、杭州崇文、揚州安定書院。後入京，補國史館纂修官，記名以御史用。未幾，以病歸，尋卒。詩古文詞負海内盛名，與袁枚（1716—1798）、趙翼（1727—1814）并稱"乾隆三大家"。著有《忠雅堂詩集》《忠雅堂文集》《銅弦詞》等。工南北曲，有雜劇《西江祝嘏》《一片石》《四弦秋》《第二碑》《采樵圖》《采石磯》《廬山會》；傳奇《空谷香》《桂林霜》《雪中人》《臨川夢》《香祖樓》《冬青樹》，此六種傳奇與《一片石》《四弦秋》《第二碑》三種雜劇合稱《藏園九種曲》，亦名《紅雪樓九種曲》。又有散曲《南北雜曲》。

　　傳記文獻：袁枚《翰林院編修候補御史蔣公墓誌銘》（《小倉山房文集》卷二十五）、王昶《翰林院編修蔣君墓誌銘》（《春融堂集》卷五十六）、阮元《蔣士銓傳》（《揅經室二集》卷三）、翁方綱《翰林院編修蔣公墓誌銘》（《復初齋集外文》卷二）、李桓《國朝耆獻類徵初編》卷一百二十九、李元度《國朝先正事略》卷四十二、《清史稿》卷四〇九。

《西江祝嘏》

　　包括雜劇四種：《康衢樂》《忉利天》《長生籙》《昇平瑞》，均爲四齣。按，是劇前有時任江西布政使王興吾之序，言乾隆十六年（1751）皇太后六十大壽，蔣士銓爲承應而作此劇。

劇情概要與本事

《康衢樂》

《西江祝嘏》目錄題"第一種《康衢樂》",劇首署"華亭王興吾慎齋鑒定,鉛山蔣士銓莘畬編,新城陳守誠伯常訂"。四齣,依次爲《呈瑞》《游衢》《宮訓》《朝儀》。寫唐堯母親慶都氏生日,眾神感堯帝孝思,降下十二種祥瑞,如雷公電母、風伯雨師布灑和風甘露,土地、勾芒播下靈草嘉禾,竈神進獻箟脯一篚。此外尚有日月合璧、五星連珠、鳳凰和鳴等异象。堯帝命后夔隨侍,巡視康衢,采風問俗,製成慶賀樂章。先是遇到九十九歲的擊壤老人在路邊樹蔭下唱曲,述百姓人壽年豐、平安富足之况。堯帝令后夔采之。又問民間憂樂於老儒華封,華封亦言人民豐衣足食,盡享太平之福。後宮中,娥皇、女英二位公主爲太后綉了一領百福虯龍之衮、千祥麟鳳之裳,以申孝意。後又助皇后散宜氏將女子淑德懿行輯錄成書,名曰《女則》,準備進呈太后,頒行中外。太后壽日,梁州、雍州、豫州等八州州牧,帶來玉鼎、金爵、萬年杖等珍寶,與百官早早待漏朝房,等候朝賀。堯帝、皇后在長慶宮爲太后設宴稱賀,敬獻壽酒;群臣進獻賀表;樂人侑酒,歌《康衢同樂》之章,爲《合璧連珠》之舞等;畿輔士民作祝壽詩文三百餘卷,亦錄畢呈上;宮女唱堯帝自作《祝嘏詞》一篇;五岳之神、四瀆之神亦入京暗中朝賀。最後帝、后扶輦,送太后回宮。

副净、丑扮内官。登場人物尚有嵩山之神、泰山之神、華山之神、衡山之神、恒山之神、江瀆之神、河瀆之神、淮瀆之神、濟瀆之神、景星、壽星、雷公、電母、風伯、雨師、后土、土地、勾芒、竈神、童子、后夔、堯帝、擊壤老人、華封、老婦、醜婦、幼婦、抱兒婦、宮娥、娥皇、女英、皇后散宜氏、梁州牧、雍州牧、豫州牧、荆州牧、青州牧、兗州牧、揚州牧、徐州牧、冀州牧、老監、樂官等,俱未分配脚色。

本事待考,當據神話故事及民間傳說結撰而成。

《忉利天》

《西江祝嘏》目錄題"第二種《忉利天》",劇首署"華亭王興吾慎齋鑒定,鉛山蔣士銓莘畬編,新城陳守誠伯常訂"。四齣,依次爲《設會》《市花》《天迓》《慶圓》。寫佛母摩耶夫人萬歲大壽,佛祖欲向天臂城設立無遮大會,資益四民。又令弟子跋陀羅查天市中米穀衣服、飲食器用等,皆令豐滿,普賜諸天眷屬,使天上人間歡喜無量。慶壽之日,諸天眷屬皆來散花,跋陀羅主持花市,將各種奇花散給一十八天眷屬、欲界九天人衆、婆羅門等四族大姓,對士農工商俱有賞賜。一向與佛祖爲敵的提婆達多前來廝鬧,跋陀羅用定亂繩將之縛住。又有魔王波旬欲上忉利天朝賀,途中遇到羅漢阿私陀,二人同行。阿私陀向波旬講述如來降生成佛故事,波旬受到感化。途經于手天、持華曼天、放逸天、日月星宿天、四大天王天,最後到忉利天。阿私陀又經炎摩天到達兜率天。六位老佛在此天爲佛母祝壽,佛母先下忉利天瞻禮,然後到兜率天受賀。她讓跋陀羅請觀音和天女們把寶蓋萬花散下人間,普施法雨,造福衆生。

生扮刹帝利大姓、天臂城差官,旦扮跋陀羅,小旦扮首陀大姓,老旦扮摩耶夫人,净扮波旬,副净扮馬犍陟尊者、提婆達多、毗舍大姓,末扮婆羅門大姓、迦毗羅城差官,丑扮車匿尊者、鹿牛老丈、吳剛,外扮阿私陀、忉利天帝釋。登場人物尚有釋迦牟尼、四天王、四儒生、四農夫、四匠人、四客人、老人、貧婦、小兒、瞽者、跛者、病者、孕婦、駝婦、疤婦、老婦、六童子、觀音、龍女、波旬衆子、四王子、獅子、六天女、四金剛、迦葉、阿難、侍女、忉利天直殿將軍、九羅漢等,俱未分配脚色。

本事待考,當據佛教故事敷演而成。

《長生籙》

《西江祝嘏》目錄題"第三種《長生籙》",劇首署"華亭王興吾慎齋鑒定，鉛山蔣士銓苕畬編，新城陳守誠伯常訂"。四齣，依次爲《煉石》《望海》《守桃》《貢牒》。寫爲慶中華太后生日，月主嫦娥向軒轅帝借來九鼎，放入女媧補天餘下之五色石髓，配以日月星三光精華，再注入織女帶來的天河之水。鼎下取月桂枝葉爲薪，輔以電母之電光，共同煉製大丹，準備進賀太后。嫦娥又在丹桂兩樹間設宴，奏《霓裳羽衣》曲，爲織女、女媧、電母等侑觴。時有頑仙女几，本是賣酒婦人，在海邊開一酒店，詼諧善飲，常與仙人賭酒。此日麻姑、毛女、何仙姑等女仙來此酒店聚飲，并各獻絕技。董雙成奉金母之命，來酒店找尋何仙姑等，召其共注《長生寶籙》，貢於中華。藍采和也來到女几店中賭量，不久即被灌醉。王母娘娘欲采摘蟠桃爲中華太后祝壽，爲防東方朔偷桃，就命度索山土地與南海、北海、西海土地，齊來看守蟠桃。四土地暢飲醉眠，東方朔之母田婆婆趁機偷走蟠桃。四土地酒醒，追趕田婆婆，嫦娥看見，從雲端阻擋田婆婆去路，令她同去中華進獻大丹與蟠桃，將功贖罪，田婆婆祇得遵從。王母又遣郭密香迎上元夫人與王子登，共請老君之母同來細校《長生寶籙》。十洲所有男仙女仙俱至皇宮慶賀，專候王母降臨，同看《長生寶籙》。

生扮梓潼帝君，小生扮文昌帝君、仙童、藍采和，旦扮嫦娥、毛女，小旦扮織女、何仙姑、仙娥，貼旦扮電母、明星仙子、董雙成、仙娥，老旦扮女媧、麻姑、仙娥、金母，净扮金蟾、土地婆、上元夫人，副净扮吳娘、女童、田婆婆、仙娥，丑扮玉兔、女几、王子登、仙娥，外扮朱衣，生、小生、末、外扮四海龍王、四土地。登場人物尚有蛟人、海鬼，俱未分配脚色。

本事待考，當據道教傳說故事構想結撰而成。

《升平瑞》

《西江祝嘏》目錄題"第四種《升平瑞》"，劇首署"華亭王興吾慎齋鑒定，鉛山蔣士銓苕畬編，新城陳守誠伯常訂"。四齣，依次爲《坊慶》《齋議》《賓戲》《仙壇》。寫太后壽誕之期，正值江西吉水縣訓導高汝轍之母趙氏壽及百齡，其家五代同堂，一門歡慶。撫軍題奏，給予旌表建坊，工程完竣時，縣令楊某及工匠們齊來祝壽。儒學中幾位窮學官也以壽詩、壽評、壽聯等物來應酬。壽日，高家賓朋滿座，車馬盈門，同時舉辦戲筵，演出昆曲及傀儡劇。楊縣令讓全府高齡老婦以趙氏爲首，十月二十後到府城麻姑山上建立經壇，遙祝太后聖壽。屆時，趙氏攜同十三郡老婦一同前往。麻姑仙子爲讓閨閣之情上達玉虛，化身雲游女道，助觀主組織齋醮儀式。她抱道登壇，令功曹將青詞表文上達十洲三島、靈霄寶殿等。諸儀完畢後，衆人持燈同舞，共慶升平。

生扮高汝轍、王方平、上界功曹，小生扮高汝轍孫、仙部功曹，旦扮小兒、麻姑仙子，二旦扮高汝轍曾孫，老旦扮趙氏、蒼頭，小旦扮小兒、女道士，净扮韓必酸，小净扮門斗，副净扮矮子，末扮高汝轍子、蔡經，丑扮糊品班頭，外扮知縣、斗部功曹、上界功曹，雜扮高府下人、糊品班藝人、仙童、净、丑、副净、外扮四石匠，外、末、丑、副净、小生扮裳學官，净、外、雜扮村夫，净、副净、旦、貼旦、雜扮老婦。

本事待考。

● 著錄、版本與收藏情況

《清代雜劇全目》《古典戲曲存目彙考》《古本戲曲劇目提要》著錄。現存乾隆間華亭王氏刻本、嘉慶間刻本、嘉慶間大文堂刻本、清刻本等，俱藏國家圖書館。《古本戲曲叢刊七集》及鄭振鐸《清人雜劇百廿種》第6—7册據乾隆間刻本影印。另有周妙中點校《蔣士銓戲曲集》（中華書局1993年版）所收本。

● 序跋、題詞與評語

王興吾《〈西江祝嘏〉序》（《蔣士銓戲曲集》所收本《西江祝嘏》卷首）：

國家治平百二十年，涵煦生養，殖民藩息，爲曠代所未有。而兼容遍覆，邊荒擾服。舟車所至，海聚山徼，如出入堂户，無戒心。民生父子祖孫，不聞有賦役徵召事。恬嬉愉逸，於是極矣。以故《康衢》《擊壤》，傳誦休風者，匝地敷天。乾隆十六年冬，恭逢皇太后萬壽，海宇士民既聖母之仁壽無疆，復荷皇上錫類隆恩，歡欣忭舞，發於中心不容已。而遠方細民，無由瞻叩闕下，晋祝南山，於是形爲歌咏，被諸管弦，爲吾聖母、聖君慶。此皆由我朝世德相承，厚澤淪洽人心，不自知其手之舞之、足之蹈之也。

夫宣上德，達下情，臣職攸司，日聞蒼生黎庶仰戴堯天，如此其誠且至，有不爲之愉快者歟。《西江祝嘏》四幀，本出自民間風謡，而編輯彙次，佐以聲韵，雖間井儈鄙之音，無當雅頌體制，然歌咏承平，以抒傾葵獻曝之誠暨訖，山陬士庶，亦足爲久道化成之一徵。在昔神堯不辭老人之祝，而《齒風》老農，亦得申躋堂稱觥之誼。用敢援引古義，以識其端云。

華亭王興吾書

梁廷枏《〈西江祝嘏〉評語》（《曲話》卷三，《中國古典戲曲論著集成》第八集，中國戲劇出版社 1959 年版）：

乾隆十六年，恭逢皇太后萬壽，江西紳民遠祝純嘏雜劇四種，亦心餘手編。第一種曰《康衢樂》，第二種曰《忉利天》，第三種曰《長生籙》，第四種曰《升平瑞》。徵引宏富，巧切絕倫，倘使登之明堂，定爲承平雅奏，不僅里巷風謡已也。

《一片石》

● 劇情概要與本事

劇首署"華亭王興吾宗之評定，鉛山蔣士銓清容填詞，真州吳承緒芬餘正譜"。四齣，依次爲《夢樓》《訪墓》《祭碑》《宴閣》。第一齣前有【蝶戀花】一曲，似傳奇戲曲之副末開場。寫某日書生薛天目客游南昌，爲消遣春懷，往酒樓閑眺，感前朝寧王朱宸濠王妃婁氏之才智節烈，題詩一首後伏几睡去。夢中，婁妃來訪，見題詩潸然淚下，告知薛生自己殉國後爲土人私葬，墳墓就在附近，望其過訪。薛生醒來後好生奇怪，知此間布政使錢繼鏗襟懷風雅，極肯表識古迹，遂往其處相告。錢繼鏗以爲尋訪婁妃墳壟乃表揚節義之舉，關乎風化，特諭一府學訓導代爲探訪。訓導奔走半日，毫無頭緒，後避雨祠堂中，遇在此借宿的鍾秀才，向其問詢，請其占卜。鍾秀才言婁妃乃自己十三代祖姑，其古冢就在新建、上饒兩漕倉界墻之中。訓導大喜，邀鍾秀才同去探看，果然尋得。錢繼鏗聞訊，命人爲婁妃樹碑，并與薛生、婁氏後人等同來祭拜。時值端陽佳節，已爲豫章河督的婁妃設宴，邀西山吳彩鸞、建昌麻姑二位仙子到滕王閣看龍舟。席間，婁妃懇請二仙爲作墓志，二仙應允。文成，三仙同往廢冢處憑弔。

　　生扮錢繼鏗，小生扮薛天目、仙童，旦扮婁氏，老旦扮朱氏、田婦，小旦扮吳彩鸞、田婦，貼旦扮婁妃後裔、麻姑，净扮老道士、土地婆，中净扮劉娘娘、訓導、宫女，末扮鍾秀才、婁妃後裔，丑扮酒保、門斗、宫女，外扮老道士、土地，雜扮舟子、抬碑人，生、末、小生、外扮農夫，外、末、生、小生、净、老旦扮龍舟水手。

　　是劇題材來自作者經歷，有關人物乃易名入劇。據作者《〈一片石〉自序》，知是劇當完成於乾隆十六年（1751）。

● 著録、版本與收藏情况

　　《清代雜劇全目》《古典戲曲存目彙考》《古本戲曲劇目提要》著録。現存清焕乎堂刻本，藏南京圖書館；乾隆四十六年（1781）序刻《紅雪樓十二種塡詞》本，藏北京大學圖書館，《不登大雅文庫珍本戲曲叢刊》第 22 册據之影印；乾隆間經綸堂刻《藏園九種曲》本、乾隆間漁古堂刻《藏園九種曲》本，藏國家圖書館、南京圖書館；清刻本，藏國家圖書館。又有《古本戲曲叢刊七集》據國家圖書館藏乾隆紅雪樓刊本《紅雪樓十二種填詞》影印本。另有周妙中點校《蔣士銓戲曲集》（中華書局1993年版）所收本。

● 序跋、題詞與評語

蔣士銓《〈一片石〉自序》（《不登大雅文庫珍本戲曲叢刊》所收本《一片石》卷首）：

前明寧庶人婁妃沉江後，為南昌人私葬。二百年來，無有志者。乾隆辛未春夜，南昌蔡書存先生謂余曰："昔聞朱赤谷老人言，婁妃有墓，在城外隆興觀側。今廢矣，碑趺尚存，惜無能復之者。"余領之。明日告青原方伯，意怏怏。急遣吏訪得其處，遂立碑表識之。越三日，有鍾某來謁方伯，伏地拜不起，曰："某本上饒婁氏裔，妃即某先世祖姑。因避逆藩禍，易姓鍾。旋徙居隔江沙井。崇禎末，宗室子弟鬻妃墓，為郡守陳公建生祠。守憫焉，索地券，益官牒一紙，給某家世守，戒勿更售。鼎革時，冢漸傾廢。後建上饒、新建兩漕倉，以有妃墓故，虛其間隙地數丈，今市兒各構屋賽之。"乃探懷中牒以獻，則硃墨符篆，居然前代物。方伯喜慰，信益篤。

或疑妃沉樵舍，有順流西下皖江耳，安得逆溯城闕？是獨不聞曹孝娥、叔先雄之故事乎？夫義烈之鬼，皮骨苟存，且有應聲逐人者矣，有反側鼎鑊中者矣，精氣不泯，可動天日。區區河伯，敢不迴既倒狂瀾，成賢妃首丘之志？然則好為議論者，固未可執方隅固陋之見，以斷其為必無也。妃之冢也，余固未見勝國官牒，則既見之，豈鍾氏於百歲前，逆知有彭公其人，而預為此贗物相待，是不辨而自明矣。

余時撰《南昌縣志》，乃紀其事，參雜《志》中。以地屬新建，故"祠墓篇"中，例不得載，尚竊懼其弗播人口。霪雨溜檐，新蘚上四壁，硯中塵薄若蒙縠，一燈熒熒然。乃起濡殘墨，衍其事為《一片石》雜劇，其間稍設神道附會，精誠所感，又何必不爾耶！若詼笑點染，以鄉人言鄉事，曼聲拉雜，謂之操土音可也。山川落落，客有渡章江者，或向此石作寒山語，即非方回，是亦解人矣。

穀雨日，鉛山蔣士銓苕生自識

蔣士銓《題墓圖詩》（《不登大雅文庫珍本戲曲叢刊》所收本《一片石》卷首）：

水際埋香太等閑，匆匆何處卜青山。玉魚金碗無人見，祇有秋江似佩環。
斷碣銷沉劫後灰，已無華表鶴歸來。柴關土銼人稀到，消受官厨酒一杯。
聚米量沙計已空，唱籌聲合院西東。江城豈是無閑土，豚柵雞栖據此中。
遺丘畫就免傳訛，藝苑應摹陸法和。不許碑陰牛礪角，詞人經此定摩挲。

士銓自題

彭家屏《墓碑記》（《不登大雅文庫珍本戲曲叢刊》所收本《一片石》卷首）：

前明宵庶人妻賢妃墓在此。

妃為上饒婁諒女。當宸濠萌逆時，妃曾作詩諷之。且力諍，不聽，卒至殄滅。乃自沉以殉。邦人欽其賢且烈也，為具厚斂葬於此。二百年來，無有志者。余廉得之，遣吏往查視。封鬣久廢，僅餘碑趺埋沒泥沙中，至轉徙湮沒之。故妃家後裔易姓鍾氏居沙井者，尚能言之。特為刻石表其處，使人知巾幗流芳，雖骨朽後，其生氣且與江聲同浩浩矣。墓在上饒、新建兩倉中間，盈字廠之後。

乾隆十六年辛未仲春月，江西布政使中州彭家屏立并識

彭家屏《〈一片石〉題詞》（《不登大雅文庫珍本戲曲叢刊》所收本《一片石》卷首）：

曾向黃陵弔二妃，又尋荒冢與扶持。期將悵望千秋淚，灑向荒凉數尺碑。

鎮石消沉馬鬣封，一抔黃土二廠中。遺丘不若秦櫸里，渭水邊旁夾兩宮。
標識匆匆去此都，那知好事有吾徒。何因乞得傳神手，妝點風流到老夫。
多謝挑燈譜赫蹏，一時傳唱大江西。他年小泊隆興觀，來聽秋娘按拍低。

夏邑彭家屏青原

王興吾《〈一片石〉題詞》（《不登大雅文庫珍本戲曲叢刊》所收本《一片石》卷首）：

釀窖將同殖業坊，却勞重寫十三行。尋常來驗胭脂土，半是泥香半酒香。
孫許還應拜九原，同時忠烈各銜冤。笑他一丈降王纛，不及江神兩樹幡。
一齋家學驗閨門，大節分明死自尊。地下若逢莊烈后，故應攜手各寒溫。
兩行銀燭舞衫齊，悲壯纏綿入耳凄。不看新碑看法曲，卷端消得蔡邕題。

華亭王興吾慎庵

黃叔琳《〈一片石〉題詞》（《不登大雅文庫珍本戲曲叢刊》所收本《一片石》卷首）：

白幟書名獻逆俘，南昌冷落一魂孤。滄桑變後遺丘在，留畫詩人展墓圖。
更拓紅觚現宰官，墓門澆酒發長嘆。莫將裂石崩雲響，滴粉搓酥一例看。
蔣捷才名酒樣濃，江湖聽遍雨惺忪。少年曾否歌樓上，紅燭周圍幔一重。
不作喁喁兒女詞，愛將名節譜烏絲。胸頭義烈肩頭事，每藉柯亭笛一吹。

北平黃叔琳崑圃

錢陳群《〈一片石〉題詞》（《不登大雅文庫珍本戲曲叢刊》所收本《一片石》卷首）：

四年兩度過樵舍，每向斜陽一吊之。難得廬陵老居士，江頭題出淑人碑。
皁服沉江志可哀，殘軀真賴土人埋。插秧時候農歌好，可有金蠶出墓來。

詞人題滿碧油幢，院本傳來果擅場。不道老夫門下士，竟能分壘敵高王。

　　　　　　　　　　　　　　秀水錢陳群香樹

蔣溥《〈一片石〉題詞》（《不登大雅文庫珍本戲曲叢刊》所收本《一片石》卷首）：

刻意流傳見苦心，梨花寒食共探尋。才人妙筆神仙志，不要嬋娟誄墓金。
樵采雖難近墓封，民居攢簇竈烟蒙。可能別蓋杉皮屋，讓出遺墟地十弓。
指點斜陽碧水隈，煩他過客與低徊。一聲牙板無人和，合召湘靈鼓瑟來。

　　　　　　　　　　　　　　　　常熟蔣溥恒軒

程尚賨《〈一片石〉題詞》（《不登大雅文庫珍本戲曲叢刊》所收本《一片石》卷首）：

不放廬山頂上雲，自噓餘氣作妖氛。從教茅土隨風捲，三尺孤墳遺細君。
想見貞魂獨立時，哀蟬落葉不勝悲。水邊沙際淒然唱，定有靈風捲畫旗。

　　　　　　　　　　　　　　　　桐鄉程尚賨北涯

宋樹穀《〈一片石〉題詞》（《不登大雅文庫珍本戲曲叢刊》所收本《一片石》卷首）：

節義偏教巾幗持，城南藁葬有誰知？暫將才子生花筆，寫作貞妃表墓辭。
一時新曲艷西江，小部徵來盡擅場。聞道淺斟低唱夜，翠簾爭認綠衣郎。

　　　　　　　　　　　　　　　　錢塘宋樹穀桐門

趙大經《〈一片石〉題詞》(《不登大雅文庫珍本戲曲叢刊》所收本《一片石》卷首):

黃石磯邊霸業休,夕陽江上動人愁。銷沉戰骨餘多少?祇有香魂占一丘。
些只何勞遣越巫,新詞譜就一燈孤。他時笛裂歌聲咽,卿是人間鬼董狐。

濟南趙大經吾山

饒學曙《〈一片石〉題詞》(《不登大雅文庫珍本戲曲叢刊》所收本《一片石》卷首):

廢壘消磨罷掃除,留將方伯表幽居。綿津也建西江纛,却向蘇州禮六如。
飲恨何殊周郁妻,自憐不及衛樊姬。當時已分難同穴,應悔登船聽鼓聲。
席上填詞掌上謳,纔離兔穎入鶯喉。哀絲苦竹愁人劇,博得靈妃破涕不?

廣昌饒學曙芸圃

裘麟《〈一片石〉題詞》(《不登大雅文庫珍本戲曲叢刊》所收本《一片石》卷首):

曾勸狂夫莫渡河,鮫人泪冷較誰多?生平怕讀劉英傳,無奈彭城俯首何。
尚書端坐中樞省,宣撫頻班討賊師。莫嗟國傅無何敵,不敵妖人卞忌詞。
變盡連廂亡國音,招魂交付米嘉榮。當時舞殯而歌墓,不及秋墳鬼唱聲。

新建裘麟超然

陳淮《〈一片石〉題詞》(《不登大雅文庫珍本戲曲叢刊》所收本《一片石》卷首):

冰肌懼濁喜清流,失節餘生若死休。一代紅顏亡國婦,古來留得幾人丘。
雨滴檐蕉助客哀,衍波箋上斷魂回。可知竹屋填詞夜,暗有啼妝襝衽來。

商丘陳淮望之

盧明楷《〈一片石〉題詞》(《不登大雅文庫珍本戲曲叢刊》所收本《一片石》卷首)：

  捷書底用太匆匆，天子纔封鎮國公。不信君王能殺賊，受降城在石城東。
難挽西江淨洗兵，知來語驗鐵冠靈。還他護衛真無識，愁煞監司胡世甯。
荒草斜陽自訴愁，檻車低咏足包羞。降王臭骨無埋處，讓與婁妃土一丘。
珊珊環珮是耶非，唱得香魂冉冉歸。各有心頭忠孝淚，一時賓客盡沾衣。
                寗都盧明楷端臣

汪軔《〈一片石〉題詞》(《不登大雅文庫珍本戲曲叢刊》所收本《一片石》卷首)：

  有客登樓讀楚騷，黃沙吹面烈風高。酒酣題壁江神見，忽聽空中奏八璈。
宴罷麻姑別彩鸞，山君海鶴出江干。賢妃淚滴豐碑字，還倚炊烟仔細看。
才人片石托傳奇，欲破黃溪渡口疑。驅逐青蠅全白璧，解嘲弭謗應如斯。
西山已醒雲烟夢，南浦無勞杜宇聲。料得水仙開口笑，一縑一字謝茗生。
                武寗汪軔輦雲

楊垕《〈一片石〉題詞》(《不登大雅文庫珍本戲曲叢刊》所收本《一片石》卷首)：

  一片苔痕是淚痕，年年杜宇哭黃昏。千岩萬壑信州路，生長婁妃何處村？
紅板輕翻幼婦詞，個儂心事幾人知？可憐跛足稱皇后，那及降王墮淚時。
                南昌楊垕恥夫

徐曇《〈一片石〉題詞》(《不登大雅文庫珍本戲曲叢刊》所收本《一片石》卷首)：

  過江飛蓋下天師，衡石孤踪後代疑。不似景陽宮內井，斑痕猶涴舊胭脂。

風雨何須問武林，念家山破劇沉吟。按辭忍唱《黃金縷》，字字《離騷》屈宋心。

靈支翠羽大顛狂，可識水仙舊有王。珍重官奴更䴷燭，拓碑另寫十三行。

彤管吟成絕妙詞，龜趺先立最高碑。詞中有句分明說，長乞天龍好護持。

廣豐徐曇穉亭

龔起《〈一片石〉題詞》(《不登大雅文庫珍本戲曲叢刊》所收本《一片石》卷首)：

漆燈雖滅寸心明，誰向秋墳種女貞？等出筆頭花一朵，烏絲闌上寫銘旌。

豈無絕世佳人冢，博得消魂過客詩。不許江頭留綺語，者堆香土亦男兒。

武進龔起予鮮

汪汝淮《〈一片石〉題詞》(《不登大雅文庫珍本戲曲叢刊》所收本《一片石》卷首)：

官牒猶存表墓詞，茅檐三面護荒基。不然一片埋香地，換作南昌大守祠。

遲遲一死素心違，覆體何曾盼寶衣？福命不如成祖后，殘碑題作庶人妃。

鉛山汪汝淮溶川

謝逢泰《〈一片石〉題詞》(《不登大雅文庫珍本戲曲叢刊》所收本《一片石》卷首)：

紀葬難尋墓大夫，百年流恨遍江隅。新詞傳得千秋信，一洗鄉人穢語污。

碑字分明屭贔知，魚扉當建水仙祠。從今不怕秋濤捲，定有江神與護持。

泪痕多少注春江，小部徵來韻繞梁。冷月照人聲慷慨，一時秋氣滿西堂。

南昌謝逢泰蒼崖

鍾瑗《〈一片石〉題詞》（《不登大雅文庫珍本戲曲叢刊》所收本《一片石》卷首）：

題碑纔表桓伊墓，又與妻妃志廢丘。能爲古人存朽骨，不相關處獨風流。
避禍何年易姓鍾，前朝官牒篆書紅。爭墩莫漫分王謝，守土還須學仲翁。
文章節義重千鈞，此意原堪泣鬼神。扶植風騷本忠孝，不知誰是賞音人。

南昌鍾瑗蘧廬

戴涵元《〈一片石〉題詞》（《不登大雅文庫珍本戲曲叢刊》所收本《一片石》卷首）：

章門破浪下樓船，聲撼長江震遠天。一自虔南風雨後，埋香鬱鬱獨淒然。
花影曾無上錦庭，杜鵑猶帶血痕腥。豐碑雨過蒼苔蝕，不待樵人始再經。

大庾戴涵元筤圃

于發祥《〈一片石〉題詞》（《不登大雅文庫珍本戲曲叢刊》所收本《一片石》卷首）：

勾闌雜戲蓄深謀，大命何堪以暴求？天子氣纔明漢水，美人簪又過蘆溝。
從夫枉自效丁寧，滑路擔柴肯暫停？却被商辛妃子笑，不曾呼得轉頭聽。
城陰屋角爨烟昏，小院中間覓墓門。驀唱一聲《河滿子》，燈前招出水邊魂。

南昌于發祥定庵

陳守誠《〈一片石〉題詞》（《不登大雅文庫珍本戲曲叢刊》所收本《一片石》卷首）：

王匹都輸烈婦甍，漆燈金碗可無徵？家人小占江南土，祇有斯丘伴孝陵。

明月空江響珮環，終風低咏恨難刪。臨河試種娥娟竹，定有當時血淚斑。

新城陳守誠恕堂

熊爲霖《〈一片石〉題詞》（《不登大雅文庫珍本戲曲叢刊》所收本《一片石》卷首）：

緬結沉江事可憐，貞妃殉國慘風烟。誰人酹酒冬青樹？冷落湘娥證水仙。
苔花一片夢沉沉，聞説殘碑鬼氣深。方伯風流能好事，重澆麥飯薦青芩。
麻姑仙醞蔗漿寒，招向吳峰約采鸞。樓上月明秋似水，雲吹烈魄下珠冠。
酒樓歌扇近清明，爲吊妻妃悶聽鶯。小搯檀痕記天寶，仙才襧襪蔣苕生。

新建熊爲霖鶴嶠

蔣婉貞《〈一片石〉題詞》（《不登大雅文庫珍本戲曲叢刊》所收本《一片石》卷首）：

百計思量淚眼空，戰船催逼向江東。酒樓夢裏分明聽，斷碣猶存矮屋中。
數尺殘碑濕淚痕，江邊人靜哭黃昏。梨花二月城西路，似有靈旗掩墓門。
豐碑四尺倚江濱，細雨斜風墓草新。謗語傳訛今始雪，受他貞魄拜詞人。

廣豐女史蔣婉貞清映

蔣士銓《〈一片石〉題詞》（《不登大雅文庫珍本戲曲叢刊》所收本《一片石》卷末）：

蝶是莊生化。絶纓冠、仰天而笑，閑愁休挂。自古人生行樂耳，檀板何妨輕打。窮與達、漫漫長夜。駿女痴兒歡喜煞，嘆何戡、已老秋娘嫁。須富貴，何時也？　　十年騎瘦連錢馬。經幾多浮雲變態，悲歌嫚駡。南郭東方游戲慣，場上誰真誰假？吊華屋、荒丘聊且。不見古人何足恨，笑文詞、伎

倆斯其下。我本是，傷心者。（右調《賀新涼》）

清容自題

徐燾《〈一片石〉題詞》（《不登大雅文庫珍本戲曲叢刊》所收本《一片石》卷末）：

下筆關風化。譜宮商、分明指點，芳踪遺挂。二百年來堪恨事，盡把疑團翻打。瘞土處、片時清罷。大字碑陰真痛煞，問何如、出塞昭君嫁！青冢怨，茫茫也。　知音祇許王關馬。看幾多、插科打諢，旁敲刺罵。免俗未能聊爾爾，説鬼東坡非假。表節烈難容聊且。握管自摹還自審，況低徊、召伯甘棠下。用不著，空空者。（和前調韵）

鄱陽徐燾

鄭桬甲《觀戲記》（光緒三十二年五月《民報》第二號）：

乃自元代以來，華夷無限，賢人君子不得志於時者，思爲移風易俗之助，往往作爲曲本，以傳播民間。如湯玉茗之《牡丹亭》《臨川四夢》，孔云亭之《桃花扇》傳奇，蔣心餘之《冬青樹》《一片石》《香祖樓》《空谷香》《臨川夢》等類，共成九種曲，皆於一時之人心風俗，有所關係焉。蔣心餘之言曰："天下之治亂，國之興衰，莫不起於匹夫匹婦之心，莫不成於其耳目之所感觸。感之善則善，感之惡則惡；感之正則正，感之邪則邪。感之既久，則風俗成而國政亦因之固焉。故欲善國政，莫如先善風俗；欲善風俗，莫不如先善曲本。曲本者，匹夫匹婦耳目所感觸易入之地，而心之所由生，即國之興衰之根源也。"記者曰："蔣君其知本哉！雖然，豈特此哉？夫感之舊則舊，感之新則新；感之雄心則雄心，感之暮氣則暮氣；感之愛國則愛國，感之亡國則亡國。演戲之移易人志，直如鏡之照物，靛之染衣，無所遁脱。論世者謂學術有左右世界之力，若演戲者，豈非左右一國之力者哉？中國不欲振興

蔣士銓

則已,欲振興,可不於演戲加之意乎?加之意奈何?一曰改班本,二曰改樂器。改之之道如何?曰,請詳他日;曰,請自廣東戲始。"於是乎記。

《四弦秋》

● 劇情概要與本事

　　一名《青衫泪》,又作《江州泪》。目錄題"四弦秋雜劇",劇首署"鶴亭居士正拍,清容主人填詞,夢樓居士題評"。四齣:第一齣《茶別》,注曰"商人重利輕別離,前月浮梁買茶去";第二齣《改官》,注曰"我從去年辭帝京,謫居臥病潯陽城";第三齣《秋夢》,注曰"夜深忽憶少年事,夢啼妝泪紅闌干";第四齣《送客》,注曰"座中泣下誰最多,江州司馬青衫濕"。寫唐代長安名妓花退紅,嫁茶商吳名世爲妻,泛宅潯陽江上。吳爲莽漢,不解溫存,清明已過,又要出門販茶。退紅不願獨守孤船,懇請丈夫長相廝守。這時剛從京都南下的烏子虛來訪,退紅向其打聽京中親友情況,得知弟弟從軍,姨母及兩位師傅已死,不由放聲痛哭。吳名世決意隨烏子虛往浮梁販賣,花退紅無力勸阻,祇能暗自垂泪。京中左贊善白居易因上書言宰相武元衡被刺事,惹怒權臣,被參,貶爲江州司馬,携家離京赴任。給事中薛存誠趕來拜送,二人相互安慰勸勉。吳名世走後,退紅寂守孤舟,依栖江上,回憶少年情事,倍感迷悶。伏几小寐,夢中,姨母、師傅、兄弟及舊友來訪,互道別後淒涼。白居易謫居江州不覺一載,生活安閑。某日送客江邊,忽聞花退紅所彈琵琶聲,覺有京都之音,便邀過船相見,重新開宴。席間,花退紅邊彈邊唱,訴盡淪落憔悴。白聞言,觸動遷謫流落之恨,不覺泪灑青衫。

　　生扮白居易,小生扮薛存誠、白居易友,旦扮白居易妻楊氏,小旦扮花退紅,老旦扮院子、花退紅姨母,二旦扮婢女,副净扮艄婆,末扮吳名世、穆師傅,丑扮烏子虛、花退紅弟、白居易友,外扮院子、曹師傅,雜扮兵將、僕從，外、净、旦、丑扮茶商，末、净、生、副净扮豪家從人。

是劇主要據唐白居易《琵琶行》詩本義，又雜引《唐書》元和九年（814）、十年（815）時政以及《〈香山年譜〉自序》等寫成。元馬致遠（1251？—1321後）《青衫泪》雜劇、明顧大典（生卒年不詳）《青衫記》傳奇、清趙式曾（？—1793？）《琵琶行》雜劇，與此題材類似。據作者《〈四弦秋〉自序》，知是劇當創作於乾隆三十七年（1772）。

◆ 著錄、版本與收藏情況

現有乾隆三十八年（1773）刻本，藏上海圖書館；乾隆四十六年（1781）序刻《紅雪樓十二種填詞》本，藏北京大學圖書館，《不登大雅文庫珍本戲曲叢刊》第 21 冊據之影印；乾隆間經綸堂刻《藏園九種曲》本、乾隆間漁古堂刻《藏園九種曲》本，藏國家圖書館、南京圖書館；光緒間刻本，藏上海圖書館；清刻本，藏國家圖書館。另有王永寬、楊海中、幺書儀選注《清代雜劇選》（中州古籍出版社 1991 年版）本，周妙中點校《蔣士銓戲曲集》（中華書局 1993 年版）所收本。

◆ 序跋、題詞與評語

蔣士銓《〈四弦秋〉自序》（《不登大雅文庫珍本戲曲叢刊》所收本《四弦秋》卷首）：

壬辰晚秋，鶴亭主人邀袁春圃觀察、金棕亭教授及予宴於秋聲之館。竹石蕭瑟，酒半，鶴亭偶舉白傅《琵琶行》，謂嚮有《青衫記》院本，以香山素狎此妓，乃於江州送客時，仍歸於司馬，踐成前約，命意敷詞，庸劣可鄙。同人以予粗知聲韻，相屬別撰一劇，當付伶人演習，用洗前陋。予唯唯。明日，乃翦劃詩中本義，分篇列目，更雜引《唐書》元和九年、十年時政，及《〈香山年譜〉自序》，排組成章，每夕挑燈填詞一齣，五日而畢。

嗚呼！憲宗英斷之主，雖強藩不靖，而將相得人，斥奸納諫，柄不下移，可云盛矣。矧居易受特達之知，列在近侍，且使擇官以濟其貧，明良之會，豈衰世君臣猜忌者所及乎？乃《捕賊》一疏甫上，竟遭譴謫，固政府好惡之偏，而得旨施行，又何爲者？豈以殿中論事，抗直干怒時，雖暫解於裴度一言，而憲宗厭薄之心究不能釋，因而藉以出之耶？嗚呼！此青衫之淚所難抑制者也。

人生仕宦升沉，固由數命。若劉夢得、柳子厚、元微之輩，戾由自取，豈得與江州貶謫同日而語哉！填詞雖小道，偶連類而論次之，俾知引商刻羽時，不僅因此琵琶老妓浪費筆墨也。

鉛山蔣士銓清容氏書

江春《〈四弦秋〉序》（《不登大雅文庫珍本戲曲叢刊》所收本《四弦秋》卷首）：

白太傅文章風節，載在正史。余讀其詩，每心儀其人，將重編《長慶集》付諸梓。適鉛山蔣太史心餘過我秋聲館，因出所創《凡例》就質焉。太史拊掌曰："善。"遂相與上下其議論。偶及《琵琶行》，舊人撰有《青衫記》院本，命意遣詞，俱傷雅道。太史工填詞，請別撰一劇湔雪之，太史欣然諾從。閱五日即脫稿，題曰《四弦秋》，示余。余讀之而嘆，嘆夫太史之才之大，徵引不出本事，而閨房婉轉，遷客羈愁，描摹鏤刻，一一曲盡其妙。乃益笑昔人之拙，其增添新意，正苦才窘耳。亟付家伶，使登場按拍，延客共賞。則觀者輒欷歔太息，悲不自勝，殆人人如司馬青衫矣。

夫文之至者能感人。太傅之詩與太史之詞，皆千秋絕調，合而爲一，其尤足以感人也，不亦宜乎！太史既收入《外集》，余復爲之序其顛末如此。

秋聲館主人鶴亭江春識

張景宗《〈四弦秋〉序》(《不登大雅文庫珍本戲曲叢刊》所收本《四弦秋》卷首)：

蝦蟆陵下，兒家門戶重開；翡翠函中，史院詩詞雙絕。溯青衫之歌泣，事以感生；揮彩筆之雲烟，興從境起。美人香草，雲山助詞客謳吟；戍婦飛蓬，霜雪乃征夫寄托。總緣千古情同，遂致一時紙貴。若乃碧雞坊裏，少小知名；金馬堂前，詞華獨擅。佳人才子，同推名噪當時；怨婦逋臣，忽漫相逢异地。泉流鶯語，淒清發《子夜》之歌；鐵騎銀瓶，慷慨解商人之穢。石銜精衛，潯陽苦海難填；血染杜鵑，京洛旅魂如結。薔薇盥手，清芬現五色之絲；芍藥爲心，嬌艷出四弦之響。藉酒澆重重磈磊，君其然乎；搓酥成字字珠璣，我真醉矣。請付紅兒菊部，悲凉共看沾襟；試起白傅蓬山，今古應稱同調。

乾隆癸巳六月中浣，東皋弟張景宗拜題於荑灣舟中

錢世錫《〈四弦秋〉題詞》(《不登大雅文庫珍本戲曲叢刊》所收本《四弦秋》卷首)：

過眼繁華一霎空，歡娛憔悴任天公。才人例作邯鄲婦，燃燭看他臉暈紅。
婪尾穠花細細謳，也如小杜醉揚州。春風十里珠簾捲，不似潯陽兩岸秋。

秀州錢世錫百泉

江春《〈四弦秋〉題詞》(《不登大雅文庫珍本戲曲叢刊》所收本《四弦秋》卷首)：

嚼徵含宮夙擅奇，新翻曲譜更淋漓。難銷一段秋情處，多在江州送客時。
販茶重利輕離別，每到春來不在家。漫道此身如柳絮，可憐彩鳳暗隨鴉。
豪華忽忽現前情，往事多因想内成。霹靂一聲金鼓震，人間秋夢忒分明。
涼館挑燈讀未終，銜杯愛賞百分空。玉堂風月元無價，抬舉一枝花退紅。

新安江春鶴亭

王宸《〈四弦秋〉題詞》(《不登大雅文庫珍本戲曲叢刊》所收本《四弦秋》卷首):

讀罷新詞覺酒香，故人相接在他鄉。浮生出處渾閑事，適楚還吳客夢長。辛苦十年纔乞郡，不將別淚向人彈。琵琶亭下秋風冷，老却朱顏且自看。

太倉王宸蓬心

秦黌《〈四弦秋〉題詞》(《不登大雅文庫珍本戲曲叢刊》所收本《四弦秋》卷首):

覆水難收感舊游，夢醒江上楚天秋。直將九曲腸迴淚，灑向潯陽九派流。青溪白水蔣三妹，綠酒紅妝段七娘。一曲銷魂人聽去，笙歌徹曉是維揚。

甘泉秦黌西巖

盧謨《〈四弦秋〉題詞》(《不登大雅文庫珍本戲曲叢刊》所收本《四弦秋》卷首):

騷情史筆擅風流，舊曲新翻付妙謳。一丈紅毹多少恨？美人學士兩分頭。得意時歡失意傷，難從兒女較收場。天涯怨婦孤臣淚，榮落升沉各斷腸。

德州盧謨竹圃

張棟《〈四弦秋〉題詞》(《不登大雅文庫珍本戲曲叢刊》所收本《四弦秋》卷首):

老大何須更自傷？蝦蟆陵下舊家鄉。從來遷客元多感，不必琵琶始斷腸。不須更說錦纏頭，淚濕青衫水自流。此日登場誰按拍？荻花楓葉滿江秋。

震澤張棟看雲

金兆燕《〈四弦秋〉題詞》(《不登大雅文庫珍本戲曲叢刊》所收本《四弦秋》卷首)：

司馬住江州，青衫泪自流。祇今江上月，腸斷《四弦秋》。

九派空留寒浪，千秋誰訴幽襟？才子原多軼事，詞人最肯傷心。

笙歌鼎沸夜遲遲，白髮當筵醉一卮。解得琵琶深夜語，不須鸚鵡遣楊枝。

全椒金兆燕棕亭

王文治《〈四弦秋〉題詞》(《不登大雅文庫珍本戲曲叢刊》所收本《四弦秋》卷首)：

古樂秦漢已淪佚，中聲在人今不没。審音易而作樂難，此語吾服西泠逸。堂堂蔣侯起豫章，奇句驚天卓天骨。餘技能爲樂府辭，宫徵咀含發古質。空谷蘭揚幽閒芬，霜林桂傲陰崖茁。協律今見夔虁才，傳奇却藉范班筆。挑燈偶誦《琵琶行》，潯陽遺事從頭述。名倡遠嫁辭青樓，才子南遷望紅日。元和戡亂時尚隆，樂天敢言道非屈。誰教白璧被蠅點，始信朱顔入宫嫉。茫茫荻花江浸月，船舫無聲四弦歇。莫怪江州泣下多，多情原自忘情出。休官余亦臥江干，四十四年霜鬢殘。臨風聽徹銷魂曲，那免青衫泪暗彈。

京口王文治夢樓

高文照《〈四弦秋〉詩餘》(《不登大雅文庫珍本戲曲叢刊》所收本《四弦秋》卷首)：

常怪彼蒼，忍把江河，都成泪凝。算無古無今，兩條玉箸；爲官爲賈，一塊紅冰。長慶詩人，善才弟子，嗚咽相逢別舫燈。鯤弦絕，惹一場痛哭，月涌濤崩。　　孤亭記我曾憑，認千里波連下馬陵。怪如許秋光，幾人吟吊；者般傀儡，若個翻騰。偌大才情，淋漓史筆，重寫青衫老白丞。休多訝，看

當歌鉛水,誰減誰增?(《沁園春》)

武康高文照東井

江昉、江立《〈四弦秋〉詩餘》(《不登大雅文庫珍本戲曲叢刊》所收本《四弦秋》卷首):

夜舫琵琶婦(昉)。訴衷情、忍把嬌嬈,頓教儇偡(立)。男子浮梁買茶去(昉),落得空幃獨守(立)。衹抱却、鵾弦消受(昉)。切切嘈嘈珠淚灑(立),搵難乾、司馬青衫舊(昉)。江月白,荻花瘦(立)。　新翻一曲當筵奏(昉)。有玉堂仙客,金源妙手(立)。剪劃長歌徵本事(昉),雜列史書排紐(立)。看腕下、雨行風驟(昉)。好句成時剛按拍(立),影芭蕉、紅燭搖窗牖(昉)。聽九派,秋濤吼(立)。(《金縷曲》)

新安江昉橙里、新安江立玉屏

陳文煜《〈四弦秋〉詩餘》(《不登大雅文庫珍本戲曲叢刊》所收本《四弦秋》卷首):

世間能幾歡娛者,相逢便彈珠淚。遠謫官人,孤栖蕩婦,都是者般憔悴。空勞隕涕。任濕透青衫,有誰憐未?瑟瑟霜蘆,晚風吹盡月西墜。　知音忽來千載,聽翻弦上曲,頓教心醉。身在江湖,志存廊廟,脈脈此情遥寄。偷聲減字,早筆奪龍門,補成唐史。一部新歌,令英雄短氣。(《齊天樂》)

茗溪陳文煜蓉圃

俞禔《〈四弦秋〉詩餘》(《不登大雅文庫珍本戲曲叢刊》所收本《四弦秋》卷首):

燈影停紅,酒杯凝綠,聽按琵琶調別。舊曲翻新,更繁音淒切。宛然見、當日荻花楓樹,西舫東船明月。淪落相逢,將舊情追說。　嘆主知、如此標臣節。誰道是、一疏江州謫。回首龍池鶴禁，竟風流消歇。祇數聲、漁笛蕭條絕。可憐生、泪灑青衫血。算今古、一等才人，有天公磨折。(《拜星月慢》)

錢唐俞禔是齋

凌應曾《〈四弦秋〉詩餘》(《不登大雅文庫珍本戲曲叢刊》所收本《四弦秋》卷首)：

刻羽函宫，兩行官燭。翻新譜，往懷今緒，都付琵琶語。　戀闕丹心，史筆淋漓補。天涯暮，悲涼如訴，一夕成千古。(《點絳唇》)

雲間凌應曾叔子

黃燮清《夢橫塘·聽歌者蝶雲演〈四弦秋·送客〉一劇》(同治六年刻《倚晴樓詩餘》卷四)：

黛眉顰翠，玉指弦冰，少年心事愁憶。感遇悲秋，藉四柱、流泉幽抑。酒暈難留，夢痕無據，可憐今昔。看登場掩袂，忽忽心傷，傷心處、誰知得。

風塵我亦天涯，嘆韶華易換，素鬢催織。信美嬋娟，空點染、楚詞顏色。但秋水、江湖照影，芳草年年寄蘭澤。九派潯陽，泪珠多少，到今朝猶滴。

吳梅《〈四弦秋〉跋》(《吳梅全集·理論卷·讀曲記》，河北教育出版社2002年版)：

清蔣士銓撰。白傅《琵琶行》事，譜入劇場者，先有馬致遠《青衫泪》，以香山素狎此伎，於江州送客時，仍歸司馬，踐成前約。後有顧道行《青衫記》，即根據馬劇，為《諧賞園傳奇》之一。心餘序中，所云命意敷詞，庸劣可鄙者，蓋即指顧作。(見汲古閣《六十種曲》)此記一切刪剗，僅就《琵琶行序》，及元和九、十年時政，排組成章，較馬、顧二作，有天淵之別矣。時丹徒王夢樓，精音律，家有伎樂，即據以付梨園，一時交口稱之，故《納書楹譜》尚存《送客》一齣也。雜劇體例，以南詞登場者，始於明之季世，如汪道昆《遠山戲》《高唐夢》等皆是。心餘即本此而作，未可訾其蔑古焉。《茶別》齣開首有【尾犯序】一支，以茶客冲場；《送客》齣開首有【香柳娘】二支，以二客、白傅冲場，是爲饒戲（《茶別》〔尾犯序〕未錄），其功用與北曲中之楔子同。凡整套大曲，其前後先將情節布置妥貼，別填一二曲者，即饒戲也。通本皆作蘊藉語，恰合樂天身份。《改官》折尤得大體。世人皆賞【折桂令】，蓋愛春華而忽秋實者也。

霜崖

吳梅《〈四弦秋〉評語》（《吳梅全集·理論卷·中國戲曲概論》，河北教育出版社 2002 年版）：

蔣心餘《四弦秋》劇，爲舊曲《青衫記》鄙俚不文，遂填此作。凡所徵引，皆出正史，并參以樂天年譜，故出顧道行作萬倍。其中《送客》一齣，爲全劇最勝處，【折桂令】尤佳，詞云："住平康十字南街，下馬陵邊，貼翠門開。十三齡五色衣裁，試舞宜春，掌上飛來。第一所、烟花錦寨，第一面、風月牙牌。颭鴉鬟、紫燕橫釵，蹴羅裙、金縷兜鞋。這朵雲不藉風行，這枝花不倩人栽。"極生動妍冶，余最喜誦之。《一片石》《第二碑》中土地夫婦，最爲絕倒，曲家每不善科諢，惟此得之。至《長生籙》等四劇，皆迎鑾應制之作，可勿論也。

吳梅《〈四弦秋〉評語》（《吳梅全集·理論卷·顧曲麈談》，河北教育出版社 2002 年版）：

《藏園九種曲》爲鉛山蔣士銓撰。前人推許備至。世皆以《四弦秋》爲最佳。余獨取《臨川夢》，以其無中生有，達觀一切也。

《第二碑》

● 劇情概要與本事

又名《後一片石》。劇首署"見亭外史正譜,藏園居士填詞,蒼厓老人評校"。六齣,依次爲《賡韵》《留香》《上冢》《尋詩》《題坊》《書表》。第一齣前有【蝶戀花】一曲,似傳奇之副末開場。寫漢陽書生阮劍彩因舅氏季延陵升任江西布政使,有書相召,故前往南昌。在臨江樓飲酒時見到薛天目二十多年前所題弔婁妃詩,又從酒保口中得知當年江西布政使錢公爲婁妃立碑致祭及演《一片石》雜劇情形。此時恰遇婁妃後裔二人亦來飲酒,談及往事,不勝感慨,揮筆題寫和薛天目絶句二首。阮劍彩向舅父講述婁妃事,季延陵親往隆興觀察舊墓遺址,見墓中有异香放出,知婁妃英靈未泯,遂令此處居民遷移,重修婁妃墓。薛天目重游舊地,與阮劍彩相遇,二人同至臨江樓看詩。婁妃新墓由洪州縣令伍先行監修竣工後,季延陵題寫坊匾,阮劍彩作《滿江紅》詞以紀盛事。婁妃本是天帝第三女,死後歸仙界,職任江防總制、水部分司,她與神仙吴彩鸞、麻姑同來觀新碑。這時,早已成仙的昭明太子撰寫墓表,吴彩鸞書丹,麻姑取廠倉之粟散作紛飛花雨,以志慶賀。

生扮伍先行,小生扮阮劍彩、蕭統,旦扮婁妃,貼旦扮麻姑、仙女,小旦扮吴彩鸞,净扮鍾秀才、土地婆,中净扮土地,末扮鍾秀才、薛天目;丑扮酒保、老訓導,外扮季延陵,雜扮二鄉民、斗級。登場人物尚有役卒、老門斗、二仙童、二内監等,俱未分配脚色。

是劇題材來自作者經歷,有關人名作了更動。據《〈第二碑〉自序》,知是劇當完成於乾隆四十一年(1776)。

● 著録、版本與收藏情况

《清代雜劇全目》《古典戲曲存目彙考》《古本戲曲劇目提要》著録。現存乾隆四十一年（1776）刻本，藏上海圖書館；乾隆四十六年（1781）序刻《紅雪樓十二種填詞》本，藏北京大學圖書館，《不登大雅文庫珍本戲曲叢刊》第 22 冊據之影印；乾隆間經綸堂刻《藏園九種曲》本、乾隆間漁古堂刻《藏園九種曲》本，藏國家圖書館、南京圖書館；清刻本，藏國家圖書館。另有周妙中點校《蔣士銓戲曲集》（中華書局 1993 年版）所收本。

● 序跋、題詞與評語

蔣士銓《〈第二碑〉自序》（《不登大雅文庫珍本戲曲叢刊》所收本《第二碑》卷首）：

婁妃墓在新建、上饒兩倉間，埋沒貧家竈側有年矣。乾隆辛未春，予訪得之，告青原方伯。時移藩滇南，且戒裝，不得廓清塋域，僅立碑表識而去。歷今二十六載，予每寓書有司，乞擇官地一區，徙此破屋以妥妃靈，無有應者。乙未冬，漢陽阮見亭茂才過訪，執手如平生。叩以故，則於傳抄中，心折予所撰《一片石》舊詞，蓋十餘稔，每以不及訂交爲憾。予乃傾倒見亭者不能已。見亭時往虔南，省舅氏太守煮堂吳公，匆遽特甚。明年，上特擢太守江西鹽道，即權方伯篆，見亭從焉。予心怦然動，遂舉妃墓事，屬告方伯，亦姑妄語之云耳。明日，聞方伯偕令尹伍君往視，即賞墓戶遷屋之貲，又給金屬令尹修葺如式。伍君亦捐俸，購墓門外民居，俾圻去。於是兆域夷曠，馬鬣崇起，新坊翼然以崇。嗚呼！妃之幽宅至茲而奠矣，不亦快乎！

或謂事之廢興，良由期會。予獨嘆美方伯樂善之宏，而行義之勇也。世無墓大夫，柳下之禁缺焉弗講，官之汲汲者奚恤於斯？方伯聞一善言，沛然若決江河，則於官守民生，擔荷維持之意，實可概見。富鄭公、韓魏公、范忠宣輩，每蒞官司，必以掩骼埋胔爲務，方伯有焉。予自衡恤後，捐棄筆研，閱月二十矣。今以夙願得申，始一破涕。乃援祥琴禮例，作《後一片石》，藉紀其娭，比事屬詞，弗依絲竹。見亭或不以爲非禮歟？爰撮顛末以爲序。

藏園居士蔣士銓書

王均《〈第二碑〉叙》(《不登大雅文庫珍本戲曲叢刊》所收本《第二碑》卷首):

義烈之顯載邑乘者,不待傳也。惟志乘所略,而又事涉嫌疑,不得文人之筆宣播之,則其迹不彰,而其義且終晦。明宸庶人之妃婁氏,紙結沉江之事,洵足嘉矣。或有以叛臣之妻少之者,以故二百年來,僅一青原方伯表識其墓。而數弓塋址,雜遝民居,欲求一欣爲擴清者,不可復得,蓋狃於斯議耳。不知宸濠雖叛,妃則始以歌諷,繼以泣諫,終以死殉。其忠也、義也、烈也,不相掩也。今讀茗生太史《後一片石》填詞,乃知署方伯鬻堂觀察吳公,不惑羣議,毅然爲培其墓,表其坊,遷其民舍,而新建伍明府復襄其事,爲泐碑以志焉。噫!是何精於辨義,而勇於旌善乎!

昔青原方伯之表妃墓也,太史實啓之,聞時尚未通籍。兹《第二碑》傳奇,以方伯擬嚮日之錢公,見亭爲今日之薛生,是不惟兩方伯後先媲美,而兩君之力爲先容。擬以范文正爲秀才時,即以天下事爲己任,亦何多讓!予諸子向師見亭,特與予契,因郵是編囑予序之。嗚呼!方伯之闡揚義烈,兩君之扶植人倫,心心相印,所謂"文章有神交有道"者歟?

予退食之餘,庚樓憑眺,輒携此帙臨江諷之,尤愛【醉花陰】數闋,怨慕情深,低佪欲絕。而故宫禾麥之悲,恍繚繞於波濤浩渺間,有令人慷慨唏噓,不知涕之何從焉。因嘆文章之能移我情也,正使子長復起,爲之寫生,恐不能傳神至此。即以此補《新建縣志·祠墓》之缺焉可耳。

丙申涂月上浣,上谷王均榘平氏書於古江州之庚樓

阮龍光《〈第二碑〉序》(《不登大雅文庫珍本戲曲叢刊》所收本《第二

碑》卷首）：

鴻文補闕，曾志貞妃；彤管分編，仍歸史筆。幸舟藏之未泯，藁葬堪悲；嘆墓禁之誰申，堂封將隳。殘碑數尺，忍没如斯；破屋幾家，實逼處此。何幸重來方伯，擴清一薦香芩；不圖舊日詞壇，傳播再翻新調。碣刊第二，依然一片韓陵；拍按無雙，怕聽三更鬼唱。洵千秋之佳話，慰十載之遐思。廣韵於帝子樓邊，顰愧東鄰之效；尋詩在隆興觀側，車同下澤之游。嗟乎！曳明璫翠羽以來，香籠夜魄；訪金碗玉魚而至，風滿靈旗。偕仙令以扶持，伍松滋有茲後裔；藉史官而紀載，蔡陳留應是前身。凡此移宫換徵之清音，要皆揚烈表忠之健筆。是以飲香浴露，韵分中秘之馨；因而橫錦粲花，鮮濯西江之水。聲流簡外，都緣文以情生；艷發毫端，寧等老而才盡。宿雲花榭，十手爭傳；膶日芸窗，六幺頻按。播雅音於豪竹哀絲之會，誰知我亦登場；開清宴於蟹肥橙熟之秋，共羨君能顧曲。

漢陽阮龍光拜題於洪都官署西齋

王堂《〈第二碑〉題詞》（《不登大雅文庫珍本戲曲叢刊》所收本《第二碑》卷首）：

久佩《銅弦》絕妙詞，春華秋實信兼之。何曾老退江郎筆，試讀新翻《第二碑》。

蕭蕭颯颯復啾啾，風外猿聲最惹愁。如此命騷歌永漏，恐驚山鬼泣遺丘。

氤氲芳骨暗流香，誰道仙靈事渺茫？記否神乩寫名字，第三神女玉卮娘。

上谷王堂午橋

吴山鳳《〈第二碑〉題詞》（《不登大雅文庫珍本戲曲叢刊》所收本《第二碑》卷首）：

史筆騷才兩絕倫，一腔幽怨倩傳神。墳邊共下蛾眉拜，巾幗何嫌屬庶人。

题碑敢谓继青原，扶植人伦事可存。不道无盐烦刻画，登场惭我鹤乘轩。昔仰松滋献馘功，後贤书碣表幽忠。诛邪反正存公道，守土心情异代同。

汉阳吴山凤焘堂

蒋士铨

伍魁孝《〈第二碑〉题词》（《不登大雅文库珍本戏曲丛刊》所收本《第二碑》卷首）：

又读骚坛《第二碑》，伤心往事涕还垂。当年泣谏能回主，不使才人数费词。

一缕幽香烈女魂，感人精魄动乾坤。廿馀年後重封鬣，明月清风锁墓门。

玉骨尘埋迹未湮，关怀自有总持人。续成一部旌忠传，旧曲新腔细讨论。

凭吊曾经冢上来，天教取次护残堆。剧怜一片西江月，流入河声万古哀。

湘源伍魁孝省亭

阮龙光《〈第二碑〉题词》（《不登大雅文库珍本戏曲丛刊》所收本《第二碑》卷首）：

醉和江楼吊古吟，十年神契卷中深。重劳刻羽移宫手，写尽依韩慕蔺心。

多君史笔谱纲常，《第二碑》成水一方。不等降王遗臭骨，幽馨留得墓门香。（香出墓碑下细窦中，月夜尤烈。土人来告，伍大令亲得之。）

两贤相识画中颜，寄语烦予代往还。（清容与鬻堂公，未识面时各以小像订交，遂属余商榷廓清妃冢。）片石因缘总前定，五人同洒涕潺湲。（事始於彭、蒋两公，而予与吴、伍两公继成之。）

行省门留妙格书，（藩司门榜"屏翰"二字，乃妃手书。）延陵人爲表幽居。真教别盖杉皮屋，豚栅鸡栖顿扫除。（蒋虞山相国题前《一片石》，有"可能别盖杉皮屋，让出遗墟地十弓"之句。）

见说灵乩信有神，第三天女是前身。谁知再谱鱼山曲，仍属操觚旧舍人。

（太史昔官中書時，妃曾降乩書，謝填詞，自稱"天帝第三女"。其事甚奇。）

宛陵阮龍光見亭

張汝弼《〈第二碑〉題詞》（《不登大雅文庫珍本戲曲叢刊》所收本《第二碑》卷首）：

文成捷後故宮非，寂寞妝臺澹夕暉。憑眺荒郊餘片碣，新詞和淚一沾衣。
方伯冰銜大令題，新坊舊碣護香泥。王孫尺土今何在？腸斷田歌雨一犁。
曾於青史吊芳踪，不道來瞻馬鬣封。補入江鄉丘墓志，尚煩明府墨花濃。

夢澤張汝弼直卿

蘇遇龍《〈第二碑〉題詞》（《不登大雅文庫珍本戲曲叢刊》所收本《第二碑》卷首）：

礦畢（碑）王田（重）數七（立）兮（漢碑額），庾詞笑破外孫題。何如江漢題襟手？月斧修成日未西。
貞妃遮莫賦歸來，共詫霏烟出墓臺。一窖神香三尺土，可憐千劫不成灰。
如此情文絕等倫，八風五色一何神。誰人解賦湘靈瑟，祗恐先生是後身。
唾海瀾翻舌本蓮，不全忠孝不游仙。堂防忽變風陵相，拔地人驚又補天。

府谷蘇遇龍德水

羅聘《〈第二碑〉題詞》（《不登大雅文庫珍本戲曲叢刊》所收本《第二碑》卷首）：

寒濤嗚咽向東流，詞客相逢賣酒樓。一片新碑如玉滑，如椽筆健抵松楸。
前度詩人有二毛，肩頭事讓與人挑。神弦再譜魚山唱，不死貞魂命我曹。

（集本詞句。）

揚州羅聘兩峰

鍾錫圭《〈第二碑〉題詞》（《不登大雅文庫珍本戲曲叢刊》所收本《第二碑》卷首）：

表貞阡換表貞間，二十年來事再書。一樣釵痕寫泥壁，朱顏華髮兩相如。
舊句曾傾阮步兵，新詞還續蔣山卿。哀江頭曲湘靈唱，不是商聲是羽聲。
仙人旄節駐雲中，下界聲聞盡掃空。一片靈風度江去，大王無復較雌雄。
鶴歸華表證前身，世事升沈信有因。誰剪茅茨換松柏？浮圖端藉合尖人。

山陰鍾錫圭西樵

張舟《〈第二碑〉題詞》（《不登大雅文庫珍本戲曲叢刊》所收本《第二碑》卷首）：

六合茫茫索解難，百年遺事感無端。重題一片韓陵石，七品歸田老史官。
好德千秋自不孤，能酬夙志賴吾徒。怪他阮籍懸青眼，不爲西山展畫圖。
廿載流光劇指彈，滇南人去海生瀾。摩挲舊碣翻新唱，大似三生石上看。
酷日篷窗不憚勞，湘靈鼓瑟助蕭騷。神仙忠孝原無二，巾幗居然愧我曹。

鉛山張舟廉船

于發祥《〈第二碑〉題詞》（《不登大雅文庫珍本戲曲叢刊》所收本《第二碑》卷首）：

鴉巢蝸舍竟遷移，一桁新坊兩石碑。能改蕭條變清肅，何妨异代不同時。
聽唱哀詞廿五年，怕經殘竈拂炊烟。誰將陸老丹青手，畫出江頭好墓田。
方伯風儀吳季子，令君家世伍忠襄。表貞心事靈妃鑒，江水真同此意長。
山卿時爲老彭哀，天遣風流小阮來。掃淨氛霾現香冢，安危端仗出群才。

柿南于發祥定庵

謝逢泰《〈第二碑〉題詞》（《不登大雅文庫珍本戲曲叢刊》所收本《第二碑》卷首）：

二十年前上冢詞，西堂曾聽唱哀絲。遺丘再挂延陵劍，老眼重看《第二碑》。

薛生未老阮生來，同向孤墳酹酒杯。一對詩人兩名宦，後先分管劫餘灰。

地志圖經待補遺，又將史筆譜新詞。意中言外傷懷極，一語能堪十日思。

分明有穴未能同，却拜貞妃罵狡童。千里長江一抔土，偷彈老淚向西風。

南昌謝逢泰蒼厓

甘立猷《〈第二碑〉題詞》（《不登大雅文庫珍本戲曲叢刊》所收本《第二碑》卷首）：

韓陵片石寫閒愁，二十年前舊酒樓。重賦《大招》煩楚客，仙官名士兩千秋。

雞犬驅除釜竈移，還他三尺舊墳基。風流例與賢方伯，一桁坊題兩墓碑。

唐計詩墳且再新，況留貞骨守江神。主持名教存風義，畢竟揚芬賴顯人。

淒涼法曲譜雙聲，兩串驪珠一手擎。自有如椽遷固筆，不煩香艷擬昭明。

奉新甘立猷西園

李友棠《〈第二碑〉題詞》（《不登大雅文庫珍本戲曲叢刊》所收本《第二碑》卷首）：

憶昔狂童犯順年，南昌城郭枕江烟。計疏狡兔無三窟，舉國繁華委逝川。（溫庭筠 韋莊 羅隱 吳融）

彩雲天遠鳳樓空，亡國離宮蔓草中。多難始應彰勁節，不將顏色托春風。（楊巨源 胡曾 韓偓 白居易）

白楊別屋鬼迷人，數尺墳頭柏樹新。何者爲泥何者玉？浮生共是北邙塵。（李商隱 張籍 顧況 歐陽詹）

蔣士銓

　　三徑初開見蔣卿，歌詞自作別生情。陽春欲奏誰相和？珍重多才阮步兵。（楊萬里 劉禹錫 李白 曹唐）
　　江間亭下悵淹留，二十年前向此游。拾得寶釵金未化，新篇寫出畔牢愁。（李商隱 李涉 王建 劉禹錫）
　　飽看西山插翠霞，吳公政事副詞華。紫薇今日烟霄地，一字千金未足誇。（耶律楚材 劉禹錫 白居易 郭翼）
　　莫計恩仇浪苦辛，景陽宮井又何人？雲衢不要吹簫伴，試瀝椒漿合有神。（白居易 鄭畋 劉禹錫 羅隱）
　　海山兜率兩茫然，記取紅羊換劫年。近得麻姑音信否？仙人曾此話桑田。（蘇軾 殷文圭 顧況 沈彬）
　　名帖雙鉤拓硬黃，蓬萊才子即蕭郎。文章聲價從來重，留得當年翰墨香。（陸游 李群玉 姚鵠 仇遠）
　　江畔誰人唱《竹枝》，蒼苔滿字土埋龜。飢烏啄碎琅玕石，欲為君刊《第二碑》。（白居易 王建 杜瑛 劉禹錫）

　　　　　　　　　　　　臨川李友棠西華

李傳燮《〈第二碑〉題詞》（《不登大雅文庫珍本戲曲叢刊》所收本《第二碑》卷首）：

　　誰種紅梨覆瓦棺，青原故碣墨纔乾。飛香久作生天證，歷劫今方得地安。
　　貞魂招得勝蠶磯，頭白詞宗此日歸。翁仲共看斜照泣，神鴉解傍舊人飛。
　　坊表巍峨署達官，九區能吏好名難。江樓此夜瀟瀟雨，破壁何人剪燭看。
　　筆散幽花護殯宮，關心興廢一抔中。玉魚舊地傷重到，黃絹新詞比更工。
　　天水含愁霧不開，蕭郎哀艷表休裁。清江魂魄生前節，望苑文章死後才。
　　拔山休喚奈虞何，曾止痴人逐日戈。花蕊有詩傷蜀主，一般哀感夜潮多。

　　　　　　　　　　　　臨川李傳燮夢岩

阮龍光《〈第二碑〉題後》(《不登大雅文庫珍本戲曲叢刊》所收本《第二碑》卷末)：

吟肩漫勞醉聳，怕擔愁萬古。北邙裏、遺恨如山，就中心緒誰語？記當日、洪州畫壁，烏絲傳寫新詞苦。嘆重游、拍遍紅牙，一抔黃土。　蔣捷歸歟，阮生至矣，忽相投白杵。向前墓、剪紙招魂，解人惟我偕汝。看墳頭、柴扉冷竈，渾不是、兒家陵戶。料無人，再掃殘丘，但憑侵侮。　錢鏗久逝，季札重來，漏天應待補。笑我亦、因人成事，謝舅羊甥，揭好攜他，湘源明府。方伯題門，令君書碣，人家雞犬纔移掉，表幽貞、墨淚彈秋雨。可憐詞客，者番白了吟髭，又煩重按新譜。　繁音拉雜，逸響刁騷，把舊愁細數。算往事、黃金教伎，胡粉登場，一往情深，風流如許。豪哉太史，桂林蘭谷。傳神自寫人天怨，奮霜豪、搗破燈筵鼓。樽前相對掀髯，君試長歌，我爲起舞。(《鶯啼序》)

漢陽阮龍光見亭

程巎《〈第二碑〉題後》(《不登大雅文庫珍本戲曲叢刊》所收本《第二碑》卷末)：

江頭墓，問是誰家占住？何曾見，金碗玉魚，祇有神香裊烟霧。閱滄桑幾度。朝暮無人却顧。思前次，方伯去時，但志賢妃瘞斯處。　傷哉好詞句。唱冷雨酸風，殘破如故。延陵仙吏旌旗駐。把舊屋遷徙，新坊圍護。再磨碑碣傍墳樹，寫年月鐫注。　如慕，更如訴。聽法曲聯珠，聲韵雙互。曉風殘月江南路。讓個儂腸斷，綠腰偷賦。何戡已老，吊書客，剩賀鑄。(《蘭陵王》)

鉛山程巎尺木

《采石磯》

● 劇情概要與本事

　　劇首署"鉛山蔣士銓清容填詞，新安江春鶴亭正譜，維揚羅聘兩峰校閱"。八齣，依次爲《市逅》《仙聚》《醉吟》《宮妒》《戍邊》《村耄》《捉月》《祭冢》。寫唐代天寶初年，李白客游長安，偶遇集賢學士賀知章。賀見其風標絕世，神采異常，問其里居姓氏，知爲李白，便邀往酒肆一敘，又連夜草表薦之於天子。汝陽王李璡性喜賓客，與李白等人結爲"飲中八仙"，召衆人歡宴，觥籌交錯，主賓忘分。張旭乘醉作書，翰墨淋漓。李白被保舉爲翰林學士，因恃才傲物，引起高力士不滿。沉香亭畔牡丹盛開，明皇召李白賦詩，李白酒醉入宮。高力士研墨，楊妃捧硯，李白作《清平調》三章。明皇嘆賞，賜蒲桃美酒，并令高力士扶之歸院，爲之脫靴。高心中恨極，向楊妃進讒，言李白出語輕薄、侮辱貴妃，所作《清平調》實含暗諷之意，且與永王李璘勾結，有不臣之心。楊妃將此密奏明皇，李白被處以極刑，押赴雲陽，祇有兩位女孫前來送別，李白一腔悲憤無處訴說。幸得郭子儀保奏，李白免死，即刻流放夜郎。而女孫則嫁平民爲妻。李白謫滿歸來，寓居當塗令李陽冰處，一日登舟游江，酒醉落水而亡。李陽冰在牛渚磯頭建太白酒樓，以示紀念。若干年後，江南宣慰觀察使范傳正得知李白生前愛謝家青山，就將之改葬謝公山。事竣，前往祭拜，遇已同登仙班的李白、杜甫二人。上帝升杜、李爲碧落左、右侍郎，共掌人間才子祿籍。范又將李白女孫夫役永遠捐除。

　　生扮唐明皇、郭子儀、李陽冰、杜甫，小生扮李白，旦扮楊貴妃，老旦扮蘇晉、錢乙，小旦扮崔宗之、念奴，二旦扮李白女孫、水仙，净扮張旭、劊子手、漁夫，中净扮焦遂、趙甲，末扮賀知章、農夫、劊子手，丑扮李適之、高力士、牧人，外扮李璡、樵夫、范傳正，雜扮僕役。登場人物尚有軍官、二神將等，俱未分配脚色。

本事見於李白事迹及傳說，多有增飾。據作者《〈采石磯傳奇〉自序》，知是劇作於乾隆四十六年（1781）。

● 著録、版本與收藏情況

《清代雜劇全目》《古典戲曲存目彙考》《明清傳奇綜録》《古本戲曲劇目提要》著録。現存乾隆四十六年（1781）序刻《紅雪樓十二種填詞》本，藏北京大學圖書館，《不登大雅文庫珍本戲曲叢刊》第 21 冊、鄭振鐸《清人雜劇百廿種》第 6 冊據之影印；民國二十五年（1936）中華書局排印《紅雪樓逸稿》所收本。另有周妙中點校《蔣士銓戲曲集》（中華書局 1993 年版）所收本。

● 序跋、題詞與評語

蔣士銓《〈采石磯傳奇〉自序》（《不登大雅文庫珍本戲曲叢刊》所收本《采石磯》卷首）：

> 才高識短，豎儒耳。太白才傾人主，氣凌宦官，薦郭汾陽再造唐室，知人之功，雖姚、宋何讓焉。後世誦其文者，皆以詩人目之，淺之乎丈夫矣！予表文、謝兩公忠義後，尚餘墨瀋，乃盡一日，填《采石磯》雜劇八齣，以見青蓮一生遭逢志節。同聲而哭者，或又破涕爲笑矣。
>
> 辛丑重九日，清容居士書

《廬山會》

● 劇情概要與本事

劇首題"廬山會傳奇"。一折。寫廬山上有古槐三株，枝摩太空，根蟠卧龍，天福星君、天禄星君、長庚星君三星認爲此乃最爲佳勝之處，前來照臨。大小匡君、江神大姑、彭蠡小姑、矐仙等亦前來觀看，共祝吉祥。

生扮天福星君，小生扮天禄星君，旦扮江神大姑，小旦扮彭蠡小姑，老旦扮小匡君，末扮長庚星君、大匡君，外扮老寧王，净、副净、丑、二雜扮廬山五老。登場人物尚有白鹿、仙童，俱未分配脚色。

是劇爲慶壽之作，本事不詳。

◆ 著録、版本與收藏情況

《清代雜劇全目》《古典戲曲存目彙考》及《古本戲曲劇目提要》附録二著録。今存乾隆四十六年（1781）序刻《紅雪樓十二種填詞》本，藏北京大學圖書館，《不登大雅文庫珍本戲曲叢刊》第 21 册、鄭振鐸《清人雜劇百廿種》第 5 册據之影印；民國二十五年（1936）中華書局排印《紅雪樓逸稿》所收本。另有周妙中點校《蔣士銓戲曲集》（中華書局 1993 年版）所收本。

江大鍵
(1725—1803)

　　字藥川，號藥船，亦號鈎鈐子、方輪子，如皋（今江蘇如皋）人。自幼穎悟好學，弱冠游庠，與兄江大銳（生卒年不詳）齊名，人稱"二陸"或"雙丁"。然困於場屋，後赴都，肄業太學。受某郡王之請，作《萬壽樂章》，名噪都下。應順天鄉試，屢薦不售，抑鬱而歸。曾受聘纂修《中州志》，主安陽畫錦書院。爲人端凝自重，不爲時趨，所學甚富，通曉天文、地理、音學、算法等。工詩，善古文辭。著有《籌算我法》《藥船詩文集》《鈎鈐子詩集》等，多散佚。有雜劇《柴桑樂》一種存世。

　　按，《古典戲曲存目彙考》《古本戲曲劇目提要》等依據《柴桑樂》題署，將之歸入方輪子名下，言作者姓字、生平不詳。裘是《讀曲筆談》據冒廣生之言及其紀事詩，認定《柴桑樂》作者方輪子實爲如皋人江大鍵。孫書磊因未在《冒氏叢書》中找到裘是所引冒氏言論及詩作，其《〈柴桑樂〉稿本及其作者考辨》對裘是所言提出質疑。吳懌《〈柴桑樂〉稿本作者及其創作背景》則據曹龍樹《星湖詩集》等證實《柴桑樂》作者確爲江大鍵。又，吳懌文進一步考證江大鍵生卒年爲"1725—1803"，今從。

　　傳記文獻：（嘉慶）《如皋縣志》、楊廷等《崇川咫聞錄》、王豫《江蘇詩徵》、孫書磊《〈柴桑樂〉稿本及其作者考辨》（《南京圖書館藏孤本戲曲叢考》）、吳懌《〈柴桑樂〉稿本作者及其創作背景》[《九江學院學報》（哲學社會科學版）2010年第1期]等。

《柴桑樂》

● 劇情概要與本事

　　劇首署"如皋方輪子填詞，南園抱瓮子正譜，吳門周亮彩按拍"。八齣，依次爲《虎溪》《獨漉》《挂冠》《歸田》《譜琴》《栗里》《送酒》《菊壽》。此外，第一齣前有"試壹齣"《提綱》，《提綱》末所附四句爲題目正名："羞折腰的傲吏帶醉休官，感遁迹的高僧離山譜曲。藉當壚的艷女席地論文，引送酒的賢侯就籬訪菊。"寫東林寺惠遠長老與十八高賢結爲廬山大社，日日講經。某日，惠遠聽聞陶淵明將有彭澤之行，便暗中命小沙彌沽取美酒，以爲餞行之用。待諸人散去，單留下陶淵明與陸静修往禪房叙話。陶索求餞行之飲，惠遠故意不與，反説飲酒之害，彼此辯駁，陶淵明直欲拂袖而去。惠遠見其動怒，方點頭大笑，取出美酒療其喉嚨之癢。陶淵明授彭澤縣令，到任以來，整理公田，種秫釀酒。一日，陶淵明往酒房查看，見佳釀將熟，不顧其中滿是浮梁，便命人擔到琴堂，脱巾漉酒而飲，不覺大醉。適逢督郵錢如山奉檄視察彭澤，點名要縣令前來參見。陶淵明袍帶歪斜，被衆人攙扶到大堂上。督郵想藉機恐嚇，索取財賄，不料反被嘲駡，怒甚，回到公館即派人摘其印綬。陶淵明自知在彭澤已無法安身，便將紗帽等挂在庭中老槐之上，載酒而去。歸舟途中，自斟自飲，好不自在，并作《歸去來辭》以表心意。剛到家中，好友劉程之、周續之便來相訪，三人邊飲酒邊訴説別後境况。陶淵明曾將《歸去來辭》寄於惠遠。惠遠將之譜入絲桐，聞友歸來，星夜下山相訪，與淵明鼓琴賞月，抵足而眠。江州刺史王宏久慕陶淵明，渴望一見，便托好友龐通之爲之撮合，三人遂在廬山毛家店中相會。老闆娘皮一紅敬酒唱曲，詞頗挑逗，陶淵明正色不受，爲龐、王所敬服。重陽節至，又爲陶淵明壽辰。王宏命僕役改換白衣，擔美酒二瓮送至陶府，爲其慶壽。陶淵明正爲無酒傷神，見此大喜。陶府內菊花盛開，妻兒、朋友陸續到來，陶淵明擺宴東籬，眾人飲酒賦詩，陶大醉，眾人盡歡而散。

生扮陶淵明，小生扮龐通之，旦扮翟氏，小旦扮皮一紅，老旦扮惠遠，净扮陸靜修、錢如山，付净扮主簿，末扮王宏、縣丞，付扮周道祖，外扮劉思仲，丑扮毛萬綠、縣尉，雜扮家奴、隨從、皂隸等，付净、丑扮二小和尚。登場人物尚有二虎、院子及陶淵明四子等，俱未分配腳色。

本事出自《晉書·陶潛傳》。清石韞玉（1756—1837）《桃源漁父》雜劇、劉龍賵（？—1905 後）《桃花源》之《源尾》折，演述故事與此內容相似。按，此劇爲歡送如皋縣令曹龍樹致仕還鄉而作，見其《星湖詩集》卷十七《霨峰園觀〈柴桑樂〉新劇》詩序所注。曹龍樹（1749—1814），字松齡，號星湖，晚號七松居士，江西星子人。乾隆三十六年（1771）舉人，乾隆五十五年（1790）任如皋縣令，勸農興教，多有政績。嘉慶三年（1798），因病告歸。邑人爲其作送行詩達千首，輯爲《星湖如皋攀轅集》。有《星湖詩集》二十七卷傳世。又，本劇前徐觀政（1742—1808）所作序言曰："戊午晚秋，籬間黃菊燦然，同飲花下，忽發填詞之興，即陶淵明先生故事。共數晨夕，一月得劇八齣，命名《柴桑樂》，手付家伶演影之。"據此知是劇完成時間當在嘉慶三年（1798）。

曹龍樹《星湖詩集》卷十七《霨峰園觀〈柴桑樂〉新劇》詩序有注，曰："余解任後，皋人以余家柴桑，特製陶靖節《柴桑樂》曲一部，演以餞行。"師彥公《〈星湖如皋攀轅集〉序》亦言："新製《柴桑樂》曲一部，付梨園習之。餞公（曹龍樹）於霨峰園，即演此曲以佐觴，蓋以靖節擬公之高也。"因曹龍樹是江西星子人，家在匡廬山下，柴桑、栗里之間，而此處正是陶淵明的故鄉，所以作此劇有藉陶淵明來歌頌曹氏人品高潔之意。

● 著錄、版本與收藏情況

《古典戲曲存目彙考》《明清傳奇綜錄》《古本戲曲劇目提要》著錄。現存嘉慶三年（1798）序稿本，藏南京圖書館。

● 序跋、題詞與評語

徐觀政《〈柴桑樂〉序》（嘉慶三年序稿本《柴桑樂》卷首）：

余官鹽曹者九年，今告歸，又六越寒暑矣。悟宦海之浮沉，識人心之冰炭。閉門養拙，築室避囂，性愛種蘭與菊。其尤癖者，夢魂常在氍毹間，一日無此，則嗒然如喪其偶。家有小部梨園，時演舊劇，日久厭常。

南鄰方輪子，老名士也。詩文之餘，更善元人之技。時過小園，相與較訛正舛。戊午晚秋，籬間黃菊燦然，同飲花下，忽發填詞之興，即陶淵明先生故事。共數晨夕，一月得劇八齣，命名《柴桑樂》，手付家伶演影之。□□□人下酒物，非所以悅眾行世也。止八齣者，淡素□□，如太羹玄酒，飲之可以導和解懺，遺世忘名，洵莊周之《養生主》也。觀者若以傳奇目之，誤矣！

時嘉慶三年十一月長至前六日，南園抱甕子并書於課菜樓

曹龍樹《霽峰園觀〈柴桑樂〉新劇》（《清代詩文集彙編》第424冊影印《星湖詩集》卷十七）：

乾隆庚戌秋，余來宰如皋，八年於茲矣。嘉慶戊午七月，因疾致仕，冬季將治歸裝，同寅各紳士餞余於霽峰園，徐湘浦司馬以家伶演《柴桑樂》曲，江藥船明經新製也。（余解任後，皋人以余家柴桑，特製陶靖節《柴桑樂》曲一部，演以餞行。）雖優孟衣冠，而其間《漉酒》《歸田》《譜琴》《醉菊》諸齣，情致翩翩，有瀟灑出塵之概，幾令人神游於西疇、南阜、菊徑、柳溪間焉。是日也，寒雨初晴，冬陽布暖，松梢翠古，梅萼香新，座集英賢，人偕少長。品類為盛，視聽備娛，樂事賞心，匪以一足。特余慚擬非其倫，而感志雅意，兼當闊別。殊難為懷，爰賦三章，以紀嘉會。

靖節顏曾徒，匪第隱淪數。即非督郵來，豈爲五斗誤。折腰固所羞，意實別有注。我懷高賢風，安能旦暮遇？能事讓優伶，登場學俟度。漉酒猶留巾，歸舟聞歌賦。開徑接南山，松菊情修故。今人作古人，狀狀符天趣。古人儼在斯，相將酬清酤。

近五柳之居，我家柴桑里。弱冠走名場，壯心難自已。講學趨鳳城，一官移滽水。偏地省送迎，顏膝免奴婢。勸農瑞穀登，課士科名起。轉餉兼濬河，案牘無停晷。儒吏多傲岸，相戒遇之詭。區區殫此心，勞積病附體。風好尚收帆，御倦且回軌。此去山雲深，五峰高仰止。聊得傍清徽，前賢安敢擬。

諸君皆俊彥，海表萃圭璋。或敷政達用，或解組善藏。或以齒德尊，或以詞藻芳。嘗來言偃室，今聚午橋莊。願俱崇令德，隨時愛景光。在天鴻雁遠，在地兼葭蒼。彈琴發清嘯，觸目離緒長。將別難爲別，別後曷能忘？會期雖匪遠，言念各神傷。何以紓離思？騰觚覓醉鄉。

熊璉《〈柴桑樂〉題詞》（嘉慶刊本《澹仙詩鈔》卷三）：

絕代高人藉酒狂，瓢樽亦帶菊花香。曹騰別有閒天地，第一逃名是醉鄉。
中流掉首悟迷津，野老山樵許結鄰。大抵不驕由不諂，當途愧死折腰人。
雲出無心鳥倦飛，高情司馬溯前徽。便拋官爵耽林下，攜得清風兩袖歸。
栗里芳踪杳莫尋，移宮換羽索知音。倩將一管生花筆，傳出淵明萬古心。

冒廣生《〈柴桑樂〉紀事詩》（轉引自裘是《讀曲筆談》）：

寂寂空倉噪暮蟬，鐘聲無復到樓前。生花記得江郎筆，曾譜柴桑入管弦。

曹錫黼
(1726—1754)

字誕文,又作旦雯、旦文,號菽圃,曾署玉皇香案吏,上海人。例貢生,授行人司司副,遷太常寺所牧,改補員外郎,卒於京邸。好藏書,多才藝,勤著述。編有《石倉世纂》《曹氏闔族試藝》《四焉齋詩文全集》等。著有《碧鮮齋詩集》,雜劇有《頤情閣五種》。

按,關於其生卒年,說法較多。《清代雜劇全目》《古典戲曲存目彙考》均記作"約1729—1757",周妙中《清代戲曲史》則記作"1730—1758"。鄧長風《〈吳中葉氏族譜〉中的清代曲家史料及其他》認爲以上結論俱非,應爲"1727—1755";鄧長風《十三位清代戲曲家的生平資料》又據施潤(生卒年不詳)《居敬堂詩稿》卷三《曹菽員外挽歌》等,補正曹氏生於雍正四年(1726),卒於乾隆十九年(1754),與曹浩(生卒年不詳)纂修之《上海曹氏續修族譜》卷二"世次録"記載相同。

傳記文獻:曹錫寶《文林郎晉階奉直大夫候補員外郎現任太常寺所牧加一級亡弟菽圃行略》(《古雪齋文集》)、曹浩《上海曹氏續修族譜》卷二"世次録"、(乾隆)《上海縣志》卷十、(嘉慶)《上海縣志》卷十四、鄧長風《十三位清代戲曲家的生平資料——九五春上海讀書札叢》(《明清戲曲家考略全編》下)等。

《頤情閣五種》

又名《無町詞餘》,包括《桃花吟》《雀羅庭》《曲水宴》《宴滕王》《同谷歌》五種,後四種又合稱《四色石》,均爲一折。

◆ 劇情概要與本事

《桃花吟》

劇首署"海上曹錫黼菽圃填詞","弟錫辰、錫棠,男洪梁、洪頤、洪潤同校"。四折一楔子,依次爲《邂艷》《再訪》《哭證》《重圓》。寫唐代博陵人崔護幼習詩書,頗稱穎敏。今功名已遂,奈婚姻未就,每藉踏青之名尋訪淑女。目下留滯都城,邸中寂寞,又值清明時候,遂散步城南,因口渴,借茶於桃花莊院,遇貌美少女謝婷婷。崔護向其求婚,謝氏雖有意於崔生,但因避嫌予以拒絕。崔護歸後,日夜思念謝氏。忽忽又是清明,崔護對景懷人,情不可抑,祇得再往城南尋訪。來到謝氏門前,則見大門扃鎖,全無聲息。崔護心中疑惑,題詩一首,怏怏而歸。謝氏與父母祭祖歸來,見門上詩句,方知崔護爲才子,如此錯過,謝氏心生抑鬱。數日之間,謝氏竟一病不起,臨終留下遺言:倘崔護重來,可得再生。果然,崔護又來拜訪,知謝氏爲己而死,哭倒在地,并爲其招魂。謝氏陽壽未盡,閻羅遣小鬼將之魂魄送還人世。眾人見謝氏還陽,大喜,謝太公贅崔護爲婿。最後,皇帝以謝父多善舉,欽賜孝廉,崔護則以弘文館學士被錄用。

生扮崔護,旦扮謝婷婷,小生扮報子,老旦扮謝媽媽,净扮老婢,副净扮小鬼,末扮蒼頭,丑扮小二,外扮謝仰石。

本事見於唐孟棨《本事詩·崔護》。明孟稱舜(1594—1684)《人面桃花》雜劇,清舒位(1765—1816)《桃花人面》雜劇(佚)、朱景英(1718?—1778後)《桃花緣》雜劇與此題材同。

《雀羅庭》

正名作《張雀網廷平感世》。一折。寫下邳人翟公官拜廷尉,賓客盈門;忽遭皇帝休致,賓客盡去。一日檢點廳事,但見紅芳散亂,鐵馬叮噹,鳥雀滿院,一片蕭索之象。翟公不勝感慨,想起往日庭中之鳳簫象板、鶯笙雁瑟,何等繁華，而今祇有雀兒與己周旋、作伴，遂吩咐小厮將網兒收拾了。後皇帝下旨，赦其罪，復其職，賓客聞訊復來。翟公更感世態之炎涼、人心之勢利。

生扮翟公，净扮花嘴花臉賓客，末扮傳旨官，丑扮翟公家人。

本事見於《史記·汲鄭列傳》。

《曲水宴》

正名作《序蘭亭内史臨波》。一折。寫王羲之出身世家，官拜右軍，不戀奢華，祇愛泉石；曾築亭蘭渚之上，整日養花栽竹，植藥焚香。時值三月三日祓除佳節，王羲之約下支遁、謝安、孫綽、許詢、李充、郗曇等諸友，往蘭亭小酌。席間，衆人將杯盤浮於水面，任其所向，隨意取酌；又約定酒到賦詩，詩不成罰酒三斗。最終，二十六位完卷，十五位未成詩。詩作合之，名《蘭亭集》，王羲之又爲之作序一篇，甚得衆人贊賞。後天色漸晚，衆人告辭。

生扮王羲之，小生扮孫綽，旦扮郗曇，净扮謝安，副净扮李充，末扮許詢，丑扮王羲之僕人，外扮支遁，雜扮僚友子弟。

本事見於《晋書》及王羲之《蘭亭集序》。明許潮（生卒年不詳）《蘭亭會》雜劇爲同題材作品。

《宴滕王》

正名作《宴滕王子安檢韻》。一折。寫唐代絳州書生王勃，官朝散郎，祇爲作《鬥鷄檄》惹惱高宗，被斥出王府。後往交趾探父，過馬當，聽聞七百里外之滕王閣將舉行重陽華宴，悵惜自己不能及時趕到。睡夢中，已爲江右水神的滕王元嬰祭起一陣神風，送其早早抵達洪都（今江西南昌）。次日，王勃參加宴會，閻都督令其作詩一首、文一篇。王勃剛寫幾句，閻不甚滿意，以爲老生常談。待王勃完稿，衆人皆爲之驚服。閻謝罪，請王勃暢飲。王勃大笑復大哭，悲嘆英雄失路，知音難覓。

生扮王勃，末扮元嬰，貼扮吳子章，净扮閻都督，副净扮宇文新州，雜扮隨從、僚屬。

本事見於《新唐書・王勃傳》及《太平廣記》卷一百七十五。元無名氏《滕王閣》，清鄭瑜（1612？—1667？）《滕王閣》雜劇、無名氏《滕王閣》傳奇與此題材同。

《同谷歌》

正名作《寓同谷老杜興歌》。一折。寫杜甫官拜拾遺，因疏救房琯受到株連，被放逐華州（今陝西渭南）。後西入秦州，寓居同谷。想起天下兵戈、兒女飢寒、親故迢遥、僮僕星散，不覺泪如綆下。有鄰叟二人携酒相訪，爲杜甫洗塵。杜甫感其厚愛，爲其清歌數曲，唱盡飢寒交迫、骨肉離居等種種悲情苦狀。

生扮杜甫，净、丑扮鄰叟二人。

本事見於唐杜甫《乾元中寓同谷縣作歌七首》。

● 著録、版本與收藏情況

《清代雜劇全目》《古典戲曲存目彙考》《古本戲曲劇目提要》著録。現存施潤乾隆二十一年（1756）序刻本，藏國家圖書館。又有施潤乾隆二十三年（1758）序刻本，藏國家圖書館，鄭振鐸《清人雜劇初集》、《清人雜劇百廿種》第2冊據之影印。

● 序跋、題詞與評語

葉鳳毛《〈頤情閣五種曲〉序》（《清人雜劇初集》所收本《桃花吟》卷首）：

竊觀多文才藝之士，用之不盡，則溢爲小説詞曲。自元代創傳奇，四百年來，其書汗牛充棟，然優人習而歌之者，僅百餘種。蓋不必其詞之工，第視其聲容之足以動人，歌演得盡其技者而已。求其三者兼美，百餘種中又僅得一二。小小文字，傳不傳，亦有數與？

曹太常誕文多文才藝，生平所著詩文，俱流播人間。嘗於酒酣談笑之傾，輒爲傳奇，曰《桃花吟》《四色石》。雖短篇小構，亦足見其才氣之奔逸、辭采之淵茂、寄興之微遠，殆老手專家無以過之。其詞既工，其聲既諧，有爲付之管弦，傅粉墨，登氍毹，當必能動人而盡優人之技者矣，何疑於不傳乎？今誕文逝矣，風流文采，日在人口。其弟北樞、循南梓此曲行之，吾知其塤箎之誼，人琴之感，有餘悲焉。

清敖道人題

葉承《〈頤情閣五種曲〉序》（《清人雜劇初集》所收本《桃花吟》卷首）：

海倘能填，何處得尋精衛；天如可補，不妨重問女媧。思破涕以何時，茫茫今古；嘆埋愁兮無地，浩浩山川。蓋夫地缺天傾，誰平遺恨；風流雲散，徒剩虛名。無聊幾碎唾壺，有激欲斟大斗。則若門羅雀網，戲場即在名場；面映桃花，薄命可能續命。春憐三月雨，猶羨雙鴛合鏡之緣；神助一帆風，徒驚"孤鶩落霞"之句。歌傳同谷，悲拾橡之少陵；會記蘭亭，仰流觴之内史。名猶不幸之幸，事皆無奇之奇。嗚呼！大造愚人，化工侮世。凡波逝者，雪真見睍而消；苟有情人，劍且倚天而叩。此菽園曹太常《桃花吟》《四色石》傳奇所由作也。

憶往日脫稿殷勤，袖煥珠璣之彩；詎而今披書太息，坐熠筆墨之光。鞅繫一官，輸杜陵之老大；菌涓廿載，同王勃之伶俜。命也如何，湯湯逝水；天胡不佑，黯黯秋雲。尚忍言哉，誰能遣此！雖然，嘆孤桐之搖落，天本忌才；撫文杏之芬菲，名原自我。若其才非蓋世，徒嗤紫色哇聲；縱令壽過古稀，終等電光泡影。今且半生佳製，唱遍旗亭；即此一闋新聲，歌傾菊部。引商刻徵，蠻箋增墨苑之光；換羽移宮，彤管奪蒼旻之巧。從此遺書能讀，望屬孤兒；況復潛德克彰，誼推幼弟。君真不朽，留佳話於人間；我爲解嘲，報故人於地下。

乾隆景子鞠月朔日，芝涇弟葉承拜題

施潤《〈頤情閣五種曲〉序》（《清人雜劇初集》所收本《桃花吟》卷首）：

曹員外菽圃，生僅二十九年，而著作已富。詩、古文及説部、雜識，卷帙盈尺，各有根柢，存乎其間。至按律呂爲南北曲，固才人能事之餘，而士林亦深賞之。憶癸酉、甲戌間，同居日下，余二人賞奇析疑，意極相得。誼本中表親，菽圃以兄事余，如余以兄事容圃太史，切切匪形迹合也。顧容圃時官中書，頻入直，大約晨夕之數，繫菽圃爲多。故所撰述，余見什之九。《桃花吟》《四色石》，亦曾屬余爲周郎之顧，而余謝不敏者。

嗚呼！今菽圃墓草宿矣。難弟北樞、循南率令子匡來輩，孝友之思，不忘手澤，將輯其詩、古文、説部、雜識以行世。余方幸菽圃懷才好學，不能天假之年者，將藉翰墨以垂不朽名，而不意此詞餘二種，已先鋟之棗梨，并且演之傀儡也。兹余久客倦歸，得逢妙舞清歌，爲移情者久，乃取原稾，一再吟諷。見《桃花吟》一折，與玉茗堂《四夢》同工；而《四色石》慷慨淋漓，各盡其致，則徐文長之《四聲猿》可以頡頏。由此鼓吹詞林，流傳藝苑，洵亦慧業中不朽者。菽圃非藉此以傳，而此足以傳菽圃矣。海内知菽圃名者，即不求諸詩、古文、説部、雜識，而求諸《桃花吟》《四色石》，亦足見才人之才，無所不至也。

乾隆戊寅初冬，秋水施潤題

施潤《〈頤情閣五種曲〉跋》（國家圖書館藏施潤乾隆二十一年序刻本《同谷歌》卷末）：

曹員外菽圃，生不過二十九年，而著作最富。詩、古文及説部、雜識，動輒成帙，類斐然可觀。《桃花吟》《四色石》，其餘事也。

昔同居京邸，余兩人賞奇析疑，意極相得。誼本中表親，荻圃以兄禮事余，一如余以兄禮事容圃太史，無敢慢也。顧容圃時官中書，頻入直，大約晨夕之數，繁荻圃為多。凡所撰述，余得見什之九。甲戌七月十一日，忽手一編而告曰："（應脫'詞'）餘二種將赴之梓，君為某作周郎之顧。"視之，則《桃花吟》《四色石》也。余方謝不遑，詎知荻圃即於是日寢疾，疾且不起，永訣時此藁猶在枕側。容圃作《行略》，嘗指數之，知海內知名之士欲睹是曲也，五六年於茲矣。今難弟北樞、循南率令子匡來輩，梓而行諸世，世故有目共賞，況重以恒齋、芝涇兩先生序，則曲之妙無俟贅言於余，而循南且諄諄以後序為請。余愧不足報故人命也，亦嘉夫羯末風流，不忘先業，聊代志梓行之歲月云。

乾隆丙子九秋，掌霖施潤跋

鄭振鐸《〈桃花吟〉跋》（《清人雜劇初集》所收本《桃花吟》卷末）：

右《桃花吟》雜劇一種，上海曹錫黼撰。錫黼字荻圃，與兄容圃并有才名。錫黼早歲得第，乾隆間為某部員外郎，死時年不及三十。施潤序《桃花吟》謂："曹員外荻圃，生僅二十九年，而著作已富。詩、古文及說部、雜識，卷帙盈尺，各有根柢，存乎其間。至按律呂為南北曲，固才人能事之餘，而士林亦深賞之。"云云。今詩、古文及說部、雜識，皆已散逸不傳。獨《桃花吟》及《四色石》諸雜劇存耳。

錫黼少年科第，故所譜諸劇胥為從容爾雅之什。即敘感憤之事，亦鮮燋煞之音。《桃花吟》四折寫崔護謁漿事，恰是少年筆下所欲寫之好題材。按崔護事，譜者殊多。傳世者有明人孟子塞《人面桃花》一劇。以錫黼此劇較之子塞所作，未免相形見絀。然其色調之鮮妍，却亦自為可傳之作。惟第四折敘及鬼使送謝女回生一節，殊令人有蛇足之感耳。

中華民國二十年正月二十五日，鄭振鐸

鄭振鐸《〈四色石〉跋》（《清人雜劇初集》所收本《四色石》卷末）：

右《四色石》雜劇四種，曹錫黼撰。錫黼所作雜劇，有《桃花吟》及《四石色》諸種。《桃花吟》已著錄，《四色石》則仿《四聲猿》例，譜翟公、王羲之、王勃、杜甫四事，事各一折。

《張雀網》寫翟公去官後，賓客絕迹，庭可羅雀，及其復貴，客又大集事。此事為絕好之劇材，然譜之為劇者却未見。錫黼寫此，蓋為空谷足音。《序蘭亭》寫王羲之三月三日宴集蘭亭事。此事明人許潮嘗譜之為《蘭亭會》一劇。然此事本非好劇材，寫來自未能出色當行。許、曹二劇，蓋皆不過穩妥而已。《宴滕王》寫王勃省父，路過南昌，值都督大宴賓客於滕王閣，勃以寫作《滕王閣序》驚一座事。此事盛傳於世，"時來風送滕王閣"一語，已成為民間習語。馮夢龍所輯之《醒世恒言》中，亦載有《馬當神風送滕王閣》平話一篇。但錫黼此劇，則全就史實而譜，并未涉及神怪。《寓同谷》寫杜甫寓於同谷，感時歌吟事。此事亦未有人譜過。杜甫一生可譜之事甚多，然劇作家知道捉住者則絕少。許潮嘗譜《午日吟》，然劇情甚為無謂，還不如錫黼此作之較為扼要可觀也。

中華民國二十年正月三十日，鄭振鐸

闕名《題〈曲水宴〉》（《清人雜劇初集》所收本《曲水宴》卷末）：

一年最好是三月，勝事猶傳晉永和。參透人生生死案，青春贏得笑呵呵。

闕名《題〈雀羅庭〉》（《清人雜劇初集》所收本《雀羅庭》卷末）：

炎涼之態怕無加，白眼看來轉嘆嗟。省得凡人難貌相，青門莫厭故時瓜。

闕名《題〈滕王閣〉》(《清人雜劇初集》所收本《滕王閣》卷末):

義烏亡命楊盧死,終古書生處境窮。年少飄零似王勃,神人還予一帆風。

闕名《題〈同谷歌〉》(《清人雜劇初集》所收本《同谷歌》卷末):

一腔熱血杜襄陽,矢口酸辛泪滿裳。莫訝七歌歌太苦,耐人棖觸是殊鄉。

楊宗岱
（1726？—1796後）

原名生魯，號鈍夫，別號楚客，大庾（今江西大余）人。乾隆二十四年（1759）舉人，二十八年（1763）進士。乾隆三十八年（1773），掣得廣西來賓縣知縣缺，未赴任，明年改攝四川綿竹令。乾隆四十二年（1777），授四川井研知縣。爲官清廉，有政聲。（民國）《大庾縣志》卷八言其"廉敏有聲，凡民間利弊，興革俱宜，民德之，爲立祠以祀。後子孫偶過其地，都人士爭釀金以贈，此亦如感恩召伯，愛及甘棠也。蓋德澤之入人深矣"。後丁憂歸鄉。與翁方綱（1733—1818）交往密切，入翁氏廣東學政幕。曾掌教廣東惠州書院、南雄郡學以及湖南常德朗江書院。乾隆六十年（1795）歲末至京，蒙邀參加次年正月在寧壽宮舉行的千叟宴，作《千叟宴恭紀十首》。工詩文，然多亡佚。今有筆記小説《烈女無名傳》及雜劇《離騷影》存世。

按，關於《離騷影》作者，郭英德《明清傳奇綜録》署爲"鈍夫"，言"姓名未詳，號楚客。大庾（今屬江西）人。生平未詳"；《古本戲曲劇目提要》署爲"楚客"，亦言其"姓名、生平事迹不詳"。杜桂萍《清代戲曲〈離騷影〉作者考》、黄義樞《清代戲曲作者考三題》均考證《離騷影》撰者爲楊宗岱。

傳記文獻：雷翀霄《邑侯楊鈍夫壽序》[（嘉慶）《井研縣志》卷十]、（道光）《南雄直隸州志》卷四、（咸豐）《大庾縣續志》卷十二、（嘉慶）《井研縣志》卷五、（嘉慶）《直隸綿州志》卷三十四、（道光）《綿竹縣志》卷三十七、（民國）《大庾縣志》卷八、杜桂萍《清代戲曲〈離騷影〉作者考》（《文學遺産》2010年第5期）、黄義樞《清代戲曲作者考三題》（《文獻》2010年第4期）、何光濤《清代戲曲家楊宗岱年譜》（《宜賓學院學報》2013年第8期）。

《離騷影》

● 劇情概要與本事

劇首署"楚客填詞，吳謳正譜"。八齣，依次爲《江巡》《水解》《漁詩》《瘞玉》《訪古》《鐫玉》《續招》《月圓》。首齣前有《提綱》，包括【蝶戀花】曲，似傳奇之副末開場。寫屈原死後，上帝憫其孤忠亮節，拔擢沉魂，封爲"懷潛仙伯"，仍復其"水字星君"原位，令其巡視五湖四瀆，舉忠烈、劾邪淫，以宣天憲。時屆出巡之期，屈原率人先巡湖湘一帶，忽見一股怨氣衝上半天，又化作彩雲飛去，不知爲何，便傳游奕使者等查問。原來此地因年歲饑荒，盜賊蜂起，一位宦門女子被賊酋所擄，賊酋欲納其做壓寨夫人，此女甚是剛烈，不肯就範，賊酋將其押在一處破廟中，并令人看守。女子雖欲逃離，却身處蠻荒之地，家鄉遼遠，單身弱力，難脱虎口，後發現此廟正是三閭祠，於是向屈原神像哭訴一番後，撕下衣襟，以指血寫詩一首，不留姓氏，緊握手中，投江而死。屈原命人將其魂魄引入瑤池，烈女參謁王母，得封瑤池散仙之位。其尸身則被武陵漁翁等人發現，漁翁等見其衣裙完好，頭髮不亂，面色如生，好生奇怪，又將烈婦手中字絹交書生紀真、鄉紳成章辨認。二人讀其絶命詩，知其不幸，敬其品格，決定厚殮尸首，出資刻成詩碑。築墳之時，風雨大作，山神受屈原之命，助成高冢。衆人立起詩碑，以供世人景仰。二百年後，鄉人龔有聞與紀戴修志，考察一座圮壞的無名墳冢時，屈原令蒼水使者化作雲游道人來此指點，二人方知此乃烈婦墓葬之地及當年種種异迹。兩人又將此事報告給學中老師，老師感烈婦之節義，又爲之修墳請祀、樹碑演戲等。爲修志有據，龔、紀二人又拓下碑文，誰知剛拓好的碑帖忽然衝天而去。水卒將碑帖上呈靈威丈人，丈人另刻琬琰，并邀瑤池散仙等審定後，進呈蕊珠殿珍庫收藏。最後，瑤池散仙受天帝褒獎，獲封碧漢散仙，提舉天河渚宮。

正生扮屈原、成章、龔有聞，小生扮紀真、游奕使者，旦扮烈女、瑤池仙子、湘夫人，小旦扮賣果子者、曹娥，小旦、貼旦扮漁姑，貼旦扮精衛，老旦扮女嬃，老旦、小旦扮被擄女子，净扮扒山虎、漁翁、雲游道人，副净扮鑽水獺、山鬼，末扮石匠、紀戴，副末扮瞻尹，外扮靈威丈人，丑扮僕人、漁婆、釣者、疙禿、小丑、小生扮漁童，雜扮賣小茶者、水鬼。登場人物尚有神將、童男女、蠻兵、蒼水使者、陰卒、女童等，俱未分配脚色。

是劇據所附《烈女無名氏傳》敷演而成，故事來自鼎州數百年前發生過的一件實事。創作時間當爲乾隆五十八年（1793），任鑑題詞云："癸丑夏，大庾鈍夫先生掌教朗江，演其事，作《離騷影》雜劇示余，顯微闡幽，功莫巨焉。"癸丑，即乾隆五十八年。

● 著錄、版本與收藏情况

《古典戲曲存目彙考》《明清傳奇綜錄》《古本戲曲劇目提要》《莊一拂〈古典戲曲存目彙考〉補正》著錄。現存乾隆五十八年（1793）正氣樓刻本，藏中國社會科學院文學研究所，《古本戲曲叢刊七集》據之影印。

● 序跋、題詞與評語

楊宗岱《〈離騷影〉題詞》（《古本戲曲叢刊七集》所收本《離騷影》卷末）：

生死皆乘化。寓形宇内如逆旅，有何牽挂？難得五更鼾睡美，鄰寺曉鐘輕打。利誘名牽何時罷，把倮蟲兒簸弄煞。嘆替人、做就衣裳嫁。行自念，吾衰也。　何須不應呼牛馬。花落花開春料理，黄鸝慣罵。三萬六千傀儡場，遮莫疑真疑假。楚人謡處，我歌且烈，傳奇懷沙。後賦似蜉蝣，在匪風之下。慷以慨，知音者。（右調《賀新凉》，次清容居士韵）

楚客自題

任鑑《〈離騷影〉題詞》（《古本戲曲叢刊七集》所收本《離騷影》卷首）：

填詞之學，始於宋，盛於元，濫觴於明，而事非忠孝節義，其詞不足以正人心、厲風俗、端教化者，雖工弗貴。《琵琶》一部，布帛菽粟之文，論其詞采風韵，豈遂駕乎《還魂記》《會真記》之上？即例以元明各種曲，亦相埒焉。而讀是書者，莫不爲之悲感交集，涕泗行下，則又何也？蓋忠臣孝子悌弟之良人所固有，雖愚夫愚婦亦觀感而興起其惻怛慈愛之懷。此《還魂》《會真》之供詞人吟咏，而《琵琶》獨推第一，職是故耳。

武陵古烈婦遭時多難，作《絕命詩》一章，投江以死。其憂愁怨思，與屈平何以異？然屈子能以文章自顯，烈婦雖有詩而不傳其姓氏，則其志其遇，尤可悲也。癸丑夏，大庾鈍夫先生掌教朗江，演其事，作《離騷影》雜劇示余，顯微闡幽，功莫巨焉。史遷云：「非附青雲之士，烏能施於後世。」信乎，忠孝節烈之必有待於記事也。余不敏，於填詞之學少所講習，然《琵琶》以至孝弁冕諸詞，《離騷影》以節烈步其後塵，傳之奕世，又不知幾千萬人涕泗行下矣。

歌喉一轉一酸辛，藉影離騷弦管新。豈必梨園肖千古，悲歌當哭問湘神。

荊溪任鑑

王澍《〈離騷影〉跋》（《古本戲曲叢刊七集》所收本《離騷影》卷末）：

《楚辭》一書，與屈子同時之人附見於篇者，衹鄭詹尹、漁父、女嬃，餘皆神鬼。試問左徒，此時目中尚有此三人之丰采，耳中尚有此三人之言論，附筆以傳，豈三人者之言論、丰采耶？作者分目光注此，故取影於江巡照畫壁之月，而現形於天河渚宮之月，迷離恍惚，是何境界？觀者聽者，毋徒覓聲覓影於詩騷中，斯得解矣。

鹿泉老人王澍書後。時癸丑長至，水仙將開，載酒探梅，品簫度曲於柳葉湖舟次龍軒《〈離騷影〉跋》（《古本戲曲叢刊七集》所收本《離騷影》卷末）：

紀載逸事，以補史傳之闕多矣。獨韓、柳《張中丞傳後敘》《段太尉逸事狀》，膾炙人口，生氣勃勃紙上。非獨美其文也，忠肝義膽之實迹，隻字片言，俱堪寶惜。矧巾幗捨生取義，灑血之字，絕命之詩，無怪水不能渝，土不能蝕，閱數百年之久，天地鬼神百端呵護，務使天壤間即不必知其名，斷不忍并沒其實，遂泯泯無傳也。夫名亦何常之有？《詩三百篇》，多忠臣孝子之言，能舉其名卒鮮。況流傳於今之詩什，即古人之樂章。由樂章而樂府，由樂府而傳奇，聲律雖有古今之殊，所以激揚風化，振厲人心。"今之樂由古之樂"也。

予自垂髫，習聞郡西郭烈婦古墓，傳信傳疑，訖無定論。馴至白首，始獲睹其詩而倡修其墓。工竣，其事、其詩已有播之樂府、被諸管弦者。於此可見微顯闡幽，人同此心，亦不可謂非天有顯道，實至而名自歸也。因與同好，亟謀鋟板，以廣其傳。夫可歌可泣之事，雅俗共賞之文，壽梨棗以供鍵户之披吟，與演優伶而新觀場之耳目，感發善心，懲創佚志，孰鮮孰多，孰廣孰狹，必有能辨之者。若事之顯晦顛末，詳本傳、題詞，茲不復贅。

乾隆癸丑黃鐘月，武陵龍軒跋

趙孝英《〈離騷影〉跋》（《古本戲曲叢刊七集》所收本《離騷影》卷末）：

愚按《楚辭·九歌》，當時沅湘間樂神祀鬼之曲耳。屈子諧其聲以紓憂思，哀音苦調，習染成風。數千載後，婦人女子尚能誓死殉節，而不以之殉名，履霜之操，《柏舟》之音，寫入傳奇，如《離騷影》者，謂之樂府可，即謂《三百篇》之樂章，亦無不可。

夫王豹、綿駒，謳歌之善耳。且自淇而化河西，自高唐而化齊右，杞婦哭其夫耳，且變國俗，豈非仁言不如仁聲之感人深耶？吾又烏知觀演《離騷影》之色目，感奮興起，不更勝讀二十五篇些聲耶？若未亡人，此聲此調，觸耳碎心，字字如竹斑鵑血，開卷即淚眶濡睫，不忍卒讀云。

玉畦女史趙孝英跋

周大澍《〈離騷影〉題詞》（《古本戲曲叢刊七集》所收本《離騷影》卷首）：

絕代風流湯玉茗，天然標格蔣苕生。而今翻出《離騷影》，宗派西江字字清。

狀元才子古猶惜，香草美人今尚存。并與《琵琶》作雙絕，千秋大義此中論。

巴渝解勸使君歌，小拍紅牙喚奈何？懺盡綺言還度曲，宰官身現說維摩。

壺頭關下桃花水，踏遍花猺唱《竹枝》。無限湘靈怨湘瑟，峰青江上月明時。

長沙周大澍

戴世泰《〈離騷影〉題詞》（《古本戲曲叢刊七集》所收本《離騷影》卷首）：

烽火焚如逝水侵，銷鎔玉骨洗冰心。無情水火都迴避，冰玉封緘翡翠岑。

不是沉淵避死兵，分明水解赴瑤京。回頭十九年塵夢，醒處全拋世上名。

萍村戴世泰

葉鳴岡《〈離騷影〉題詞》（《古本戲曲叢刊七集》所收本《離騷影》卷首）：

紅顏青冢不須憐，一樣波臣與波瀕（一說昭君出塞赴水死）。此地桃花流去水，沿江竹蘸淚涓涓。

梅花形似水仙神，何待招魂別寫真。幻出《離騷》《天問》影，步姍姍畫卷中人。

鳳亭葉鳴岡

卞承烈《〈離騷影〉題詞》（《古本戲曲叢刊七集》所收本《離騷影》卷首）：

净洗名心不廢詩，人間天上莫遲疑。《柏舟》之死靡他志，《三百篇》餘是《楚詞》。

美人香草擄胸懷，澤畔行吟孰與偕？手攬芙蓉搴木末，靈氛畢竟有裙釵。

芝岩卞承烈

文自奎《〈離騷影〉題詞》（《古本戲曲叢刊七集》所收本《離騷影》卷首）：

甘心死節全生理，轉眼生天慰死綏。楚國《九歌》垂樂府，湘君一水赴瑶池。

接桃源水莫歌漁，四韵吟成演六如。試按紅牙敲一拍，定猜黄絹起三閭。

鷺溪文自奎

張瑛《〈離騷影〉題詞》（《古本戲曲叢刊七集》所收本《離騷影》卷首）：

楔子《離騷》兩壁圖，魚龍戲劇會黄姑。當時鼓枻滄浪曲，打諢申申詈女嬃。

武陵城外大堤西，三尺荒墳夕照低。一曲老龍吹笛裂，鷓鴣啼罷子規啼。

紫堂張瑛

胡豐《〈離騷影〉題詞》（《古本戲曲叢刊七集》所收本《離騷影》卷首）：

《子夜》歌殘懊惱儂，水仙琴操撥惺忪。空江况鼓湘靈瑟，曲罷遥遥青數峰。

倒影巫山一段雲，飛升回顧洞庭君。寄聲明月弄珠女，説苑新鎸琬琰文。

樂亭胡豐

趙九鼎《〈離騷影〉題詞》(《古本戲曲叢刊七集》所收本《離騷影》卷首)：

浩氣凌波接太空，星河皎皎逼蟾宮。《霓裳》半部招颭影，誰說靈旗不滿風？

莫愁湖畔莫愁歌，三弄桓伊喚奈何？試向武溪深處聽，斑斑淚點竹枝多。

了緣趙九鼎

朱怡典《〈離騷影〉題詞》(《古本戲曲叢刊七集》所收本《離騷影》卷首)：

波聲朗朗咽長江，別調明明帶楚腔。三十六灣鳾鶄舞，鴛鴦分散不能雙。

青山漠漠水悠悠，切莫悲吟惹四愁。此曲竟須天上有，鮫人綃亦贈纏頭。

荔堂朱怡典

朱鶴年《〈離騷影〉題詞》(《古本戲曲叢刊七集》所收本《離騷影》卷首)：

懺悔從來綺語能，填詞先貯一甌冰。梨園裝點松筠節，此是菩提最上乘。

《洛神》空拓十三行，氏署無名翠墨香。小影《離騷》新院本，莫教鮑老漫登場。

野雲朱鶴年

釋常濟《〈離騷影〉題詞》(《古本戲曲叢刊七集》所收本《離騷影》卷首)：

蘭苕片玉刻冰魂，化碧啼鵑有血痕。解得觳音繙佛曲，蓮花舌本掉田村。

一髮沅江節節灘，淘淘水樂攪聲酸。生天成佛惟忠烈，長嘯歸來月未闌。

蓮筏釋常濟

張世法《〈離騷影〉題詞》(《古本戲曲叢刊七集》所收本《離騷影》卷首)：

"二南"無嗣響，楚風已淪萎。惟餘《騷》只些，江葬魚腹奇。鄉風善幽怨，忠孝節義垂。傳聞朗州墳，有古烈婦碑。沉淵滅姓字，賁志投湘纍。碑隕墳亦頹，三百年於茲。傳聞摹仿佛，踪迹邈難追。乃獨來椽筆，覽乘據皋比。哦詩傳《騷》影，志逆意得之。二十五篇賦，五十六字詩。精神相往復，上下古今馳。心花空結撰，波濤驅雄辭。水府何深邃，宮殿鬱參差。想見瑤臺座，日月燦璧珪。龍公紅抹首，刀褌排金闈。左右紛黿頭，拜進語喔咿。侍女帷帳間，魚服閑容儀。紛紛芷與蘭，壇坫芳葳蕤。旋忽騰帝闕，神游向天墀。上界渺風雲，高朗無敝虧。夷猶引羽仗，清樂張軒羲。奎璧文章府，金薤光淋漓。玉皇香案吏，女史專職司。高軒黜賀謅，乞巧屏柳卮。敕命三閭奏，仙秩進瓊姬。玉骨節珊珊，烈氣扶綱維。當年戒婞直，申罥女嬃爲。漁父常鼓枻，詹尹亦拂龜。搜羅非附會，義例當補遺。應律叫詞翰，餔啜幷糟醨。下臨無極地，上達河漢涯。神鬼入肺腸，風雷生噓噫。凛冽存正始，雅頌嚴箴規。豈比吟月露，歌板艷色絲。何嘗競標榜，秉節抗襟期。此後千載下，先生果伊誰。

鶴泉張世法

孫起楠《〈離騷影〉題詞》(《古本戲曲叢刊七集》所收本《離騷影》卷首)：

零陵芳草洞庭雲，樂府新篇有妙文。聽唱江巡哀咽處，楚歌騷些不堪聞。

瑤池謫史賦《懷沙》，十九年中怨物華。要認金庭仙館籍，武陵溪畔有桃花。

千載幽情鬼宿星，遺聲腸斷《牡丹亭》。何如廿五《離騷影》，一片九疑雲樹青。

黃絹詩篇絕命詞，逃名惟有列仙知。應須鐵老傳湘瑟，三月子規啼血時。

蘅皋孫起楠

陳珪《〈離騷影〉題詞》(《古本戲曲叢刊七集》所收本《離騷影》卷首)：

鐵崖樂府記仙曹，枉渚悲風起怒濤。名士牢愁無處着，江邊痛飲讀

《离骚》。

浮尸不堕蛟龙宅，痛哭曾惊虎豹关。二百馀年诗一首，无名氏女在人间。
鼎州郭外草萋萋，玉冷香消客思迷。二十五弦声未绝，女萝山鬼夜深啼。
绝调千秋玉茗堂，琵琶往事泪沾裳。谁知月好风清夜，一曲江巡人断肠。

兰庄陈珪

杨泳《〈离骚影〉题词》（《古本戏曲丛刊七集》所收本《离骚影》卷首）：

今古茫茫委逝波，一波一折护湘娥。洄流不散苍梧影，水调歌头起汨罗。
死不沽名生可知，饶他巾帼愧须眉。即无一字肠堪断，况读沉渊绝命词。
瘗玉无须土一堆，冰夷引绋挽风雷。水仙蜕脱形原幻，回向瑶池月下来。
姓字谁教琬琰镌，争光日月女婵娟。人间院本无名氏，胜似湘东玉管传。

晓帆杨泳

杨宗岱《烈女无名氏传》（《古本戏曲丛刊七集》所收本《离骚影》卷首）：

鼎州江郭，古墓一所。相传某年月，江涨浮女尸一躯，洄漩堤下不去，涨落停沙上数日，面色如生。居人异而殓之，一手犹握小卷，取出开视，札缚绢片《血书诗》一首，云："洁守深闺十九春，岂期竟作虏囚身！夫生未补君王事，妾死宁忘夫妇伦。夜静自甘沉弱质，月明那管吊亡人？恩深父母终难慰，愿作儿孙来世亲。"咸惊叹曰："烈妇也！奈何不留姓氏。"有识者曰："若不观诗意乎，前后八句，惓惓以死，维君臣、父子、夫妇之伦，而不管人吊否，此岂有心殉名哉！"佥曰："诺。"遂厚殓，择高原葬之，勒诗于石，以风世焉。岁久墓圮，石漫灭，诗遂失传。或指为贞女，或指为节妇，俱无左验。有某生者，忽于墓所遇一叟，须眉皓白，指颓冢谓生曰："此烈女也。"为具述颠末，且云渠曾祖预其事，而和有诗。遂并原诗录出付生，不顾而去。生嗟讶久之，持其诗诣采风者，遂树石重表其墓云。

論曰：女子之潔身也，死可潔，既死名何愛焉！人人之不忍死烈也，烈可傳則傳，名又何與焉！此特爲泯之，無一字存者言耳。若詩言志矣，而不言名，安知無死，何心也？而又因以爲名之痛之懲，則其光明磊落，如烈日秋霜，而不可喧之。苦志雖欲勿傳，庸可得乎！庸可得乎！

陳子承《和烈女詩原韵》（《古本戲曲叢刊七集》所收本《離騷影》卷首）：

赫然生氣朗江春，曾濯沉淵不朽身。精衛塞流枯海眠，曹娥分水植天倫。祗將毅魄還夫婿，豈有名心付世人？五十六珠牢把握，三綱提記報君親。

采芳休踏汨羅春，香草嬋娟今替身。寸心斷腸牽伉儷，明心張膽死彝倫。從來鼓瑟湘中曲，等是《懷沙》賦裏人。白日都亭莫飲恨，世間寧少龐娥親？

鐵山陳子承

周大澍《和烈女詩原韵》（《古本戲曲叢刊七集》所收本《離騷影》卷首）：

不夜泉臺萬古春，奪將魚腹未吞身。香埋净土封三尺，祭慰貞魂備十倫。水解疑仙誣本志，冰操抵死博完人。揚名即署無名氏，絶命詩傳更顯親。

風篁泪雨暗傷春，愁絶蒼梧遠隔身。何處空江無杜宇，不堪斷竹有伶倫。弄珠雲夢龍宫女，澡雪湘魂蜃市人。一片洞庭波下上，湖心山髻與波親。

雨林周大澍

邱應培《和烈女詩原韵》（《古本戲曲叢刊七集》所收本《離騷影》卷首）：

桃溪李徑武陵春，外史中涓博士身。責實修書期不爽，循名擬古必於倫。圖經凛凛編佳傳，事迹頻頻訪郡人。力挽迴瀾堤上冢，蕭疏江柳夕陽親。

蔣園邱應培

李如筠《和烈女詩原韵》（《古本戲曲叢刊七集》所收本《離騷影》卷首）：

引決能回天地春，波臣呵護葬濤身。命輕似葉欺高浪，死重於山顧大倫。題句注明心上事，蓋棺論定冢中人。報恩父母全夫婦，已約來生況六親。

虛谷李如筠

朱騰鵬《和烈女詩原韵》（《古本戲曲叢刊七集》所收本《離騷影》卷首）：

怪得騷蘭浦溆春，綱常都繫浪中身。浮漚水面原無礙，化石堤邊更絕倫。自碎紅顏灰此劫，誰知青史活斯人。表章烈女傳神傳，親筆傳神語較親。

南溟朱騰鵬

卞光培《和烈女詩原韵》（《古本戲曲叢刊七集》所收本《離騷影》卷首）：

古墓無名春復春，名將安附自沉身。如江漢濯與其潔，向海若驚殊不倫。之死靡他誠在我，捨生取義存乎人。五湖烟浪一抔土，綠蟻游魚知孰親。

小山卞光培

卞炎墀《和烈女詩原韵》（《古本戲曲叢刊七集》所收本《離騷影》卷首）：

了無墳樹接城春，豈有冤禽啼化身？江上牢愁不汝畔，水宫仙子疑卿倫。手鈔逸事入新志，口授遺詩逢老人。勸刻事原詩版石，摩挲愈讀愈神親。

丹颺卞炎墀

楊泳《和烈女詩原韵》（《古本戲曲叢刊七集》所收本《離騷影》卷首）：

金谷千年不願春，落花驚顫墜樓身。爲憐葬玉拒孫秀，轉恨投珠許季倫。請看凌波尸解女，沐光奔月魄生人。精魂朗照江湖影，魚滕鄰鄰日夜親。

曉帆楊泳

鄧顯鶴《沅湘耆舊集》卷四十二有《血書詩》一首，署"古烈女"作，其序云：

《常德府志》載鼎州江畔古墓，相傳江漲浮女尸，洄旋堤下不去，漲落停沙上數日，面色如生。居人异而斂之，一手猶握小卷，取出開視，縛絹片《血書詩》一首，咸驚嘆曰："烈婦也！奈何不留姓氏。"遂厚斂，擇高原葬之，勒詩於石。歲久墓圮，石漫滅。乾隆末，大庾楊宗岱鈍夫主講朗江時，曾采其事作《離騷影》傳奇，其詩遂盛傳於時。